Les demoiselles de Provence

Patrick de Carolis

Les demoiselles de Provence

Roman

LABOR · IMPROBVS · OMNIA VINCIT

Plon

ISBN : 2-259-20065-6

A ma mère
qui a tant aimé
la Provence et
le chant des cigales.

PARTIE I

LE CHANT DES CIGALES

1

Cara Proensa

Forcalquier. Eté 1231.

L'été tend son voile bleu sur le pays de Forcalquier. Planté sur sa haute colline, le château comtal dresse avec arrogance son donjon, ses quatre tours d'angle et sa couronne de murailles grises comme un défi aux téméraires qui oseraient s'y attaquer. Tout autour s'échelonnent des moutonnements calcaires couverts du manteau vert sombre des forêts de chênes jusqu'à la montagne de Lure au nord, à la muraille du Luberon au sud-ouest, à la vallée de la Durance à l'est. Un franc soleil y répand sa poudre d'or et lâche ses effluves de chaleur sur la plaine de la Laye qui étale en contrebas ses terres à froment tachetées çà et là de carrés de lavande mauve. C'est là que le comte de Provence, Raimon Bérenger, tient à ce que naisse son septième enfant.

Il a ses raisons. Son vœu le plus ardent est d'avoir un garçon afin de perpétuer sa lignée. La comtesse Béatrice lui en avait bien donné trois, mais la maladie les avait mortellement frappés en bas âge. Dieu, qu'il pria avec ferveur et générosité en multipliant ses dons à l'Eglise, n'accorda vie et santé qu'à ses trois filles. Rien n'étant moins sûr qu'une prière, il croit avoir trouvé une assurance dans la conviction que le lieu le plus favorable au lignage d'un souverain est Forcalquier. N'est-ce pas sur cette orgueilleuse éminence que sa mère, Gersende de Sabran, a pu trouver autrefois la force d'âme pour le rétablir dans ses droits légitimes sur le comté de Provence ?

— L'air qu'on y respire est indispensable à quiconque veut conquérir, conserver et perpétuer son pouvoir, parce qu'on s'y sent plus près de Dieu que nulle part ailleurs.

Raimon Bérenger tenait d'elle ce fief dont l'importance stratégique résulte de sa situation au débouché des Alpes, sur l'antique route reliant la péninsule Ibérique à l'empire de Rome, la *via Domitia*. S'il aime tant à y séjourner, c'est qu'il y a connu une époque mouvementée de son adolescence, entre la joie des retrouvailles avec sa mère, après la délivrance d'une longue séquestration en Aragon, et l'espérance d'être investi de l'héritage paternel. Du donjon ou du chemin de garde, une fois la brume dissipée, il peut contempler son domaine, gigantesque drap d'or et d'émeraude déployé au-delà de la Durance jusqu'à la vallée du Rhône et à la mer. Et le soir, lorsque monte le souffle vivifiant qui s'exhale des forêts et des garrigues, des oliveraies et des vignobles légués par le roi d'Aragon Alphonse, son père, il se sent vraiment le maître du comté. Que de combats a-t-il livrés et livre-t-il encore pour faire de ce qui était un simple apanage attaché au royaume paternel son exclusive possession !

La nouvelle grossesse de la comtesse avait fait renaître ses espoirs d'un rejeton mâle. Dans son entourage, chacun, par bienveillance, compassion ou flagornerie, s'est évertué à les renforcer. La sœur de Raimon Bérenger, Gersende, épouse du vicomte de Béarn Guillaume de Moncada, ne se prive pas d'affirmer avec assurance :

— Ce sera un garçon, Béatrice a le ventre plus gros du côté droit, et son sein droit est plus volumineux que le gauche, un signe qui ne trompe pas !

Carenza de Castelmagno, une Lombarde, amie d'enfance et dame de compagnie de la comtesse, de renchérir :

— Elle remue toujours en premier le pied droit et elle est très gaie...

— Elle l'était autant quand elle attendait nos filles, a remarqué le comte.

— Cette fois, son allégresse est différente, mon seigneur.

La gouvernante Flamenque professe la même opinion, mais sans enthousiasme. Nourrissant une rancune à l'égard de la gent masculine à cause d'un amour déçu, elle n'a accepté qu'à contrecœur et à l'insistance de la comtesse de lui composer, selon une antique recette, une potion réputée infaillible pour faire naître un garçon : des testicules de bouc et une matrice de chèvre bouillis, séchés, réduits en poudre et mélangés à du vin.

— Autant administrer de l'eau fraîche ! a ricané avec mépris maître Raimon de Fayence, le médecin du comte. De toute façon, pourquoi madame la comtesse n'accoucherait-elle pas d'un garçon ? Cela lui est déjà arrivé trois fois.

— Dieu me les a enlevés ! a répliqué le comte. Quel péché ai-je donc commis pour mériter cette malédiction ?

— Vous oubliez Gontran, mon seigneur !

Gontran est un page né d'une fille de ferme. Culbutée dans les foins un jour d'été, elle avait juré que le très jeune comte en était le père. En ces temps où un seigneur dispose pratiquement de tous les droits sur les manants de son domaine, en particulier celui d'assouvir ses envies sur leurs filles, ce n'est pas un crime. Mais Raimon Bérenger n'est pas une brute. Après avoir constaté que le garçon lui ressemblait et avait comme lui un grain de beauté au cou, il l'a recueilli et fait élever dans ses châteaux. Pour l'heure, l'existence de ce bâtard bien vivant et solide ne suffit pas à le rassurer. Il a donc fait venir d'Aragon un astrologue de grande réputation.

— Selon les plus grands esprits, Aristote, Hippocrate, Galien, Averroès, un enfant mâle signifie que la conception a été bonne, a déclaré le savant homme. Il faut que la semence de l'homme ait dominé celle de la femme, car c'est elle qui donne forme au sang féminin...

— J'ai déjà entendu ce discours, réplique Raimon Bérenger. Dis-moi plutôt ce que tu as lu dans les astres.

— Ce que j'ai vu et entendu me permet d'être optimiste, mon seigneur. Au cinquième mois, qui est sous le signe de Vénus, dame Béatrice était radieuse. Or, cet astre préside à la confection des membres, il donne forme aux os, aux oreilles, au nez, à la verge...

— Il pourrait aussi bien fabriquer une vulve, non ?

L'astrologue, vexé, le prit de haut :

— Seigneur comte, le jeu des astres n'indique que des éventualités. La décision appartient en dernier ressort à Dieu.

Raimon Bérenger a renvoyé le pieux cuistre chez lui et multiplié les dons à des églises et à des monastères afin que le Grand Maître des choses de ce monde exauce son vœu.

A l'approche du terme, il arrive à Forcalquier, après une tournée en son vaste domaine, et se rend aussitôt au chevet de son épouse, dans la chambre ornée d'une riche tenture de soie vénitienne rouge. Il la trouve allongée sur le lit à baldaquin, dressé sur une estrade a double marche. Elle est revêtue d'une ample chemise de lin blanc d'où émerge ses bras lisses comme de la porcelaine et ses pieds nus joliment cambrés. Sa longue chevelure, dénouée, ruisselle sur le drap de soie.

— Comment vous sentez-vous, ma douce amie ? lui murmure-t-il à l'oreille en lui prenant la main.

— Ma foi, aussi bien que possible... Vous savez que je me plais ici. Le ciel si limpide et l'air qu'on y respire me rappellent tant ma Savoie natale...

Elle ajoute en le regardant droit dans les yeux :

— ... Je sais ce que vous attendez. J'ai beaucoup prié pour que vos vœux... et les miens soient exaucés.

Raimon Bérenger lui serre si fort la main qu'elle laisse échapper un gémissement avant d'ajouter d'une voix ferme :

— Soyez donc confiant, mon ami. Je suis sûre qu'il ne pourra rien nous arriver de mal.

Agréable parole de nature à donner de l'espoir au comte. Mais les jours suivants, l'attente se prolongeant, il retombe dans le doute. De plus en plus anxieux, il se couche tard après avoir écouté les chansons de troubadours de passage et feint de rire aux pitreries du bouffon Tristanou, un nain roux à la langue acérée et au faciès de bouc. Il boit surtout beaucoup en compagnie de ses familiers qui le suivent dans ses tournées ou ses campagnes, comme Guillaume de Cotignac, avec lequel il peut échanger des confidences dans la langue de la Catalogne, leur pays d'origine. Des seigneurs attachés au château se joignent souvent à eux, trop heureux de pouvoir faire ripaille.

Un matin, la comtesse est réveillée en sursaut par les bruits qui montent de la grande salle et de la cour du château. Raimon Bérenger n'est plus auprès d'elle et ses habits ont disparu. Entendant des chiens aboyer et les veneurs crier « Or çà ! Or çà ! », elle devine ce que lui confirme la servante Fantine :

— Mon seigneur le comte a décidé brusquement de lancer une chasse.

— Plaise à Dieu qu'il y retrouve son sang-froid, murmure la comtesse.

Raimon Bérenger a moins envie de courir le sanglier ou le cerf qu'il ne cherche à tromper son anxiété par quelque galop effréné sur des sentiers sinueux qu'il est seul à connaître pour les avoir sillonnés depuis son adolescence. Malgré les avis de ses veneurs, au lieu de se diriger vers le nord et la montagne de Lure où les sangliers sont nombreux, il choisit d'orienter vers le sud son étalon arabe Carn-et-Ongle, un destrier solide et nerveux provenant d'un élevage andalou.

— Pourquoi cours-tu ainsi, seigneur comte ? Tu crois que le vent fera sortir le garçon tant espéré du ventre de la comtesse ? lui crie

Tristanou qui a lestement sauté sur son poney de Navarre, une monture à sa taille.

Raimon Bérenger ne l'entend pas. Penché sur l'encolure de son cheval, dont la crinière lui fouette les joues, il est déjà loin et ne tarde pas à échapper aux regards de la troupe de chevaliers, d'écuyers et de veneurs qui renoncent à le suivre.

Les aboiements de la meute se perdent dans les airs quand il aborde à bride abattue un champ de lavande, puis franchit des vallonnements creusés de gorges. Après avoir traversé une lande de genévriers où pointent de loin en loin des refuges de berger en pierre sèche et les toits de tuiles roses de quelques fermes, il débouche sur la plaine de Reillanne, s'engouffre dans un vallon surplombé d'une falaise à laquelle s'accroche le prieuré de Carluc. Une sente raide le mène jusqu'à une sorte de plateau rocailleux où il s'arrête enfin et descend de cheval.

A ses pieds s'étend une forêt dense et inquiétante d'où s'exhale une âpre odeur de sauvagerie. Il la connaît bien pour y venir souvent chercher ses proies, chevreuils, cerfs et sangliers. Plus au nord, au-delà de la montagne de Vachères bordée sur son flanc oriental par le canyon de l'Oppedette, le Luberon dresse son rempart couvert de chênes au feuillage estival bleuté qui tournera bientôt au roux de l'automne. Tournant son regard vers le midi, Raimon Bérenger peut non seulement contempler les basses terres de sa *cara Proensa* – sa chère Provence –, mais en sentir la chaleur sur sa peau, en humer les fragrances, percevoir le bruissement de ses eaux et dans le lointain brouillé de brume légère deviner les rives d'une Méditerranée qui envoie le garbin, ce souffle du soir porteur de tous les rêves.

Comment, en cet instant-là, sa mémoire ne s'ouvrirait-elle pas sur la longue histoire du comté et sur les efforts accomplis pour s'en rendre maître ?

A l'époque romaine, ce pays entre les Alpes et le Languedoc faisait partie de la Gaule transalpine. Il est resté longtemps un ensemble hétérogène de seigneuries détenues par de puissantes familles et des cités gouvernées par des évêques. Dans la dépendance nominale de l'empire d'Occident, il formait une sorte de marche frontière contrôlant les accès à la mer et à la péninsule italienne.

A la suite du démembrement de l'empire de Charlemagne, cette Provence incertaine se détache en 879 du royaume de Bourgogne Cisjurane pour échoir à un entreprenant seigneur nommé Boson, qui se fait proclamer en 879 roi d'Arles, de Provence et de Bourgogne. Ses successeurs, maîtres d'un domaine comprenant Arles, Vienne, Aix, le Lyonnais et les vallées des Alpes, sont hantés par des ambitions territoriales s'étendant à l'Italie septentrionale et se font couronner par l'empereur rois d'Italie.

Au XIe siècle, la région, dénommée royaume d'Arles, est toujours détenue dans l'indivision par les descendants de Boson et intégrée à l'empire d'Occident, mais faute d'héritiers mâles, elle va devenir enjeu d'alliances matrimoniales et d'une rivalité entre deux maisons catalanes, celle de Barcelone et celle de Toulouse-Saint-Gilles, un fâcheux précédent.

Une longue guerre a donc opposé les deux familles qui sont convenues en 1125 d'un partage, avec une première définition territoriale de ce qu'on appelle la Provence. À Alphonse Jourdain, de Toulouse-Saint-Gilles, revint le titre de marquis de Provence attaché aux terres situées entre l'Isère et la Durance, ainsi qu'à une partie des juridictions de quelques villes dont Avignon et Beaucaire. À Raimon Bérenger Ier, de Barcelone, échut le comté du même nom, comprenant le pays circonscrit par le Rhône, la Durance, les Alpes et la mer. Entre les deux domaines s'enclavait le comté de Forcalquier. La répartition fut confirmée à Jarnègues en 1176, puis en 1190. Quelques années plus tard, le partage fut assorti d'unions matrimoniales et remis en cause par Guillaume de Forcalquier. Mais c'est la mort d'Alphonse, roi d'Aragon et comte de Provence, et celle de son frère Pierre en 1213, à la bataille de Muret, qui ouvrirent une grave crise de succession.

La veuve d'Alphonse, Gersende de Sabran, fit reconnaître par les principaux seigneurs et prélats la légitimité de son fils Raimon Bérenger comme successeur de son père à la tête des deux comtés de Forcalquier et de Provence. Comme il n'avait que quatre ans, elle assuma la régence. Sanche, l'oncle de Pierre, ne l'entendit pas de cette oreille. Il s'empara de la personne du garçon et le séquestra en son château de Monzon, en Aragon, sous la garde des chevaliers du Temple.

Le comté sombra dans l'anarchie sous le gouvernement de Nuno, fils de Sanche. Des seigneurs provençaux enlevèrent alors Raimon Bérenger et le ramenèrent à sa mère. Le garçon, qui avait onze ans, incarna aussitôt l'espoir du renouveau dans une Provence qui se définissait comme telle et se détachait désormais de la Catalogne aragonaise. Gersende, secondée par ses conseillers, les frères Justas, reprit en main l'administration et, en 1219, mit fin à sa régence. Raimon Bérenger venait d'atteindre l'âge de l'émancipation selon la coutume catalane, quatorze ans, Le jeune comte quitta alors le perchoir de Forcalquier pour s'installer à Aix.

Depuis lors, les difficultés ne cessèrent de s'accumuler, suscitées par des seigneurs ambitieux, des évêques cupides, des cités turbulentes, et le comte de Toulouse qui revendiquait les terres du marquisat. Si aujourd'hui les obstacles ne manquent pas, le comte peut s'enorgueillir d'avoir imposé presque partout son autorité et implanté les fondations d'un véritable Etat.

Conseillé et soutenu par des fidèles tels que Rodrigue Justas et Guillaume de Cotignac, et par des prélats influents tels que l'évêque d'Antibes Bertrand, et l'archevêque d'Aix Bermond Cornut, il n'a cessé de lutter pour imposer la paix et la justice, arbitrer les conflits internes, agrandir son territoire de toute la Provence orientale, donner légitimité à son pouvoir. Dans ces conditions, comment ne s'inquiéterait-il pas de la menace que l'absence d'héritier mâle fait peser sur l'avenir de ce grand œuvre en cours d'accomplissement ?

— Non ! se surprend-il à crier comme pour se faire entendre du ciel, quel que soit l'enfant que Dieu me donnera, je ne laisserai jamais de mon vivant cette Proensa se désagréger ou passer en d'autres mains que celles de mon lignage !

Alors que ces paroles, emportées par le vent, se répètent en écho aux quatre coins des monts et des plaines, il éperonne furieusement son cheval qui se cabre, peu habitué à cette brutalité, et le lance vers la forêt du Paty. Il sait pouvoir y retrouver ses compagnons de chasse dans le pavillon où ils ont coutume de prendre du repos entre deux courses.

Dès qu'il met pied à terre, Gontran le bâtard se précipite pour conduire Carn-et-Ongle à l'abreuvoir. Raimon Bérenger l'arrête d'un geste :

— Laisse donc les autres pages s'occuper de ça ! Retourne au château. Dès que la comtesse accouchera, reviens me dire ce qu'il en est.

Le comte entre dans la simple cabane de bois où l'attendent, attablés devant des cruches de vin, une poignée de chevaliers. Il dégrafe son ceinturon, dépose son épée et secoue la poussière de ses bottes avant de s'asseoir. Soudain, le bouffon Tristanou, qui était allé cueillir des immortelles à l'odeur de chair pour s'en faire une couronne, fait irruption en sautillant sur ses jambes torses.

— Seigneur comte, s'écrie-t-il tout essoufflé, une fille sale comme un pied de vagabond veut te voir. Elle prétend te connaître et avoir des choses à te dire. Je lui ai interdit d'approcher, elle répand une odeur de sorcière.

Le comte fronce les sourcils.

— Où est-elle ?

— Elle est partie, mais m'a dit que tu savais où la trouver.

— N'y allez pas, messire, c'est peut-être un piège, dit l'un des chevaliers.

— Tendu par Raimon de Toulouse ? ironise le comte.

— Sa robe est jaune et verte, avec des rayures, la marque du diable ! insiste Tristanou en se signant.

Le comte n'écoute plus. Il sort du pavillon et dévale le coteau à pied. Chevaliers et écuyers se regardent, étonnés, et comme l'un d'eux veut s'élancer pour l'accompagner, Guillaume de Cotignac, un colosse barbu, le retient :

— Il sait où il va, et il doit y aller seul.

— Pour faire quoi ? Rencontrer cette diablesse ? s'écrie le bouffon.

— Il n'y a pas de sorcière ! tranche Cotignac en le foudroyant du regard. Ne t'ai-je pas dit de te taire ?

Au détour d'un sentier, un moine noir chevauchant un âne arrête le comte. Sous la capuche, brillent des yeux agrandis par l'effroi :

— Holà, seigneur ! Ne va pas plus loin ! Le démon t'attend à deux pas d'ici.

Le comte hausse les épaules et poursuit son chemin jusqu'à une futaie de chênes verts. Une hutte de chaume y est nichée. Une femme en sort et vient à sa rencontre.

Jeune d'allure, on lui donnerait aussi bien vingt que trente-cinq ans. Sa peau a la couleur brune d'une noix muscade et son visage finement sculpté est illuminé par l'éclat flamboyant de larges yeux noirs. Un turban oriental aux rayures roses et vertes retient une chevelure de jais et laisse échapper de longues mèches frisées. Sa vêture est peu banale : un châle rouge, posé sur les épaules, couvre des seins lourds qui tressautent à chaque pas. Le long surcot qui tombe jusqu'aux chevilles, découvrant les pieds nus, est taillé dans un tissu strié de bandes jaunes, vertes et noires.

Elle salue le comte avec désinvolture, d'un vague signe de tête, agrémenté d'un sourire narquois.

— Il y a longtemps que je ne t'ai vu, messire comte, lance-t-elle d'une voix rauque dans la langue du pays mais avec un indéfinissable accent étranger.

Le comte ne s'offusque nullement de cette familiarité. Il connaît bien Marca, dite « la Brune », depuis qu'il l'a vue, lors d'une chasse, émerger du brouillard comme venant d'un autre monde. Interrogée, elle lui avait affirmé avoir pour père Marcabru, un ménestrel qui avait fréquenté plusieurs cours princières et vagabondé entre Occitanie et Portugal, entre Espagne et France. Apprécié pour son talent mais redouté et haï pour l'acuité de sa langue, « plus affilée qu'un bec d'aigle », il prétendait être né sous un signe maléfique : *Marcabru, fils de madame Bruna, a été engendré sous une telle lune qu'il n'a jamais aimé une femme, ni n'en a été aimé.* Il avait mal fini, assassiné par les hommes de main de seigneurs furieux de ses critiques.

Que cette filiation soit réelle ou imaginaire, Marca semble avoir hérité de la malédiction paternelle, à en juger par sa pauvreté et son existence solitaire en forêt, mais personne ne sachant quand ni comment elle était arrivée au pays de Forcalquier, le mystère de ses origines et la pratique de la divination ont suscité les rumeurs les plus diverses. Les mieux intentionnés la croient née d'amours princières dangereuses à révéler, d'autres se fondent sur sa manière de parler et les expressions diverses qu'elle utilise pour affirmer qu'elle est une esclave orientale affranchie, peut-être même l'une des jeunes Sarrasines du gynécée de l'empereur Frédéric. Marca accrédite cette version en prétendant tenir son aptitude à lire dans le jeu des étoiles du fameux Michel Scot, l'astrologue favori de ce flamboyant souverain. Peu lui importe que la plupart des gens, seigneurs ou manants, nobles dames ou fermières, clercs ou hommes d'armes, la voient fille du diable, se faisant louve la nuit, s'introduisant dans les maisons pour sucer le sang des enfants, et célébrant dans les ténèbres des rites étranges, au cours desquels elle livrerait à Lucifer des adolescentes droguées, allongées sur un lit de cendres.

Ces ragots s'expliquent par une seule évidence : sa beauté sauvage suscite chez les hommes un irrésistible désir que trouble le sentiment de n'avoir pas la capacité de dompter cette créature venue des Enfers. Et chez les femmes une violente jalousie. Elles l'accusent de séduire leurs maris ou amants par quelque sortilège ou la considèrent comme une vulgaire prostituée. Ne porte-t-elle pas des vêtements à rayures frappés de l'infamie qui s'attache à tout ce qui vient des Infidèles ? Quant aux clercs, ils la condamnent pour son audace sacrilège à prétendre connaître un futur qui n'appartient qu'à Dieu en pratiquant ce qu'elle appelle des chevauchées dans l'au-delà.

Pourtant, malgré tout ce qu'on prête à Marca, le comte Raimon Bérenger n'a pas craint de la consulter sur les conséquences d'un acte exécuté ou d'une décision prise dans le doute. Si les réponses de cette nouvelle Pythie lui ont surtout permis de se rassurer malgré leur caractère ambigu, il ne peut se défendre d'éprouver pour elle un désir qu'il n'a jamais osé assouvir, et une fascination inspirée par le sentiment que le diable lui a délégué quelque pouvoir.

Devinant les préoccupations du comte, Marca s'écrie sans ambages :

— Ne te désespère donc pas, comte ! Tu sais bien que tes filles sont de véritables joyaux. Elles sont belles et portent les promesses d'un éclatant avenir... pour elles et pour toi aussi !

— Que veux-tu dire ?

— Tu sais très bien qu'en les mariant avec habileté, tu vas pouvoir défendre des terres que tant de rapaces convoitent. Oublies-tu que tu en as toi-même hérité par les femmes ?

Le comte hausse les épaules.

— Puisque tu es si bien renseignée, tu n'ignores pas qu'il en est résulté des guerres incessantes durant plus de cent ans !

Et lançant une petite bourse à Marca qui la saisit au vol, il ajoute :

— ... Ne reviens donc pas sur le passé ! La comtesse va accoucher. Que me prédis-tu ? La dernière fois, tu t'es trompée...

— Je n'avais rien prédit, messire comte. Souviens-toi ! Je t'avais simplement indiqué comment avoir un garçon : pas d'amour pendant les règles de ta femme, faire en sorte que la chaleur de ton corps soit supérieure à la sienne. M'as-tu écoutée ?

La bouche du comte se crispe.

— Je ne te demande pas un conseil, mais le verdict des étoiles.

— Dès que j'ai appris la grossesse, j'ai consulté le ciel.

— Que t'a-t-il répondu ?

Marca hoche la tête d'un air désolé :

— Tu devrais avoir encore une fille.

Cette fois, le comte explose :

— Quoi ? Une quatrième ! Tu plaisantes ? Pourquoi pas cinq ou six, puisqu'on y est ?

— Le nombre quatre est merveilleux. Il symbolise l'univers et la totalité de ce qui est révélé, créé. Ainsi y a-t-il quatre points cardinaux.

— Les cavaliers de l'Apocalypse sont quatre et porteurs de quatre grands fléaux...

— Pourquoi toujours ce noir regard, messire comte ? Les évangélistes sont également quatre, comme les vertus cardinales, prudence, justice, force, tempérance, et aussi l'olivier, le palmier, le cèdre et le cyprès, ces arbres qui poussent si nombreux sur ton domaine pour faire chanter les cigales. C'est bien avec eux que Noé a construit son arche, non ? Tu verras que tes quatre filles te tresseront un cercle de couronnes au milieu desquelles resplendira ta gloire...

— ... Tu aurais mieux fait de m'annoncer un fils ! coupe sèchement Raimon Bérenger. Sans un rejeton mâle, mes terres échapperont à mon lignage.

— Calme-toi, messire comte. Après les épreuves que tu as traversées, tu devrais savoir réprimer des inquiétudes indignes d'un grand seigneur.

Le regard du comte se voile. La mémoire des années douloureuses de son enfance resurgit, sa séquestration à Monzon, les manœuvres de son cousin Nuno pour lui voler son héritage, celles des Sabran pour récupérer Forcalquier. Mais Raimon Bérenger ne veut pas s'enfoncer dans le pessimisme. La pensée de tous ceux qui l'ont soutenu en ces temps gris dissipe ces ondes amères

— Tu peux te tromper, Marca. J'ai déjà eu des garçons.

— Alors, pourquoi venir me consulter, messire comte ? Je ne suis que l'interprète des astres, je n'en règle pas le cours. Si tu veux vraiment un héritier mâle, tu devras adopter la seule solution qui puisse rompre le maléfice, celle que je t'ai déjà proposée...

Le comte pâlit. Marca s'approche de lui et lui glisse dans le creux de l'oreille :

— Quand on tient à ce qu'un désir se réalise, rien n'est impossible. Il te suffira de revenir cette nuit et je te conduirai dans la Cour des Ténèbres, où règne la Lumière Noire...

Le comte ferme les yeux. Profondément troublé par le murmure de velours et le parfum pénétrant, indéfinissable, émanant de ce corps dont la chaleur lui caresse la peau, il se sent à la fois entraîné par une force qui le pousse à accepter et retenu par la crainte irrépressible de commettre l'irréparable. Ouvrant soudain les paupières, il croise le regard de Marca, qui brille d'une flamme ardente.

— Non ! hurle-t-il comme pour s'en protéger et briser le charme de cette voix qui l'invite à franchir la limite du royaume de Dieu.

Il fait le signe de croix et, tournant les talons, s'éloigne à grands pas tandis que la forêt retentit du rire de la devineresse.

La décision du comte de partir à la chasse a chagriné la comtesse. Jusqu'alors sereine, elle commence à se laisser gagner par la nervosité qui règne au château. Après la messe, elle confie à son amie Carenza le désir de descendre au prieuré bénédictin de Salengon, situé en contrebas de la colline.

— Je veux aller faire offrande à notre Sainte Vierge Marie et lui demander d'exaucer le vœu du comte.

— C'est bien imprudent ! Pourquoi ne pas prier à Notre-Dame-de-l'Assomption, qui est toute proche ?

— J'ai fait un vœu à Salangon. Ce n'est pas si loin.

Si la bonne Carenza, femme joviale et accommodante, ne tient pas à contrarier Béatrice, la gouvernante Flamenque réagit avec vigueur.

— Ah non ! La chaleur, la poussière, les cahots, tout ça est trop dangereux pour quelqu'un dans votre état. Le comte serait furieux. Il m'a chargée de veiller sur vous et sa colère retomberait sur moi. Même le chapelain Raynier le déconseillerait.

Consulté, ce clerc séculier dont le principal souci est de préserver une position éminemment favorable à son confort et à son goût pour la bonne chère, s'abstient prudemment de trancher :

— La raison et le souci de sa santé ordonneraient à madame la comtesse de rester au château, mais est-ce que cela compte lorsque Notre Très Sainte Vierge l'invite à la rencontrer ?

— Si elle pouvait intervenir, Notre Très Sainte Marie, mère de Jésus, s'y opposerait ! réplique Flamenque en foudroyant le chapelain du regard.

Elle ne saurait toutefois s'opposer à la décision de la comtesse qui ordonne déjà de préparer les chars, les victuailles, et de réunir l'escorte, en précisant qu'elle emmènera ses trois filles.

— Cela leur fera du bien de sortir du château. Marguerite et Eléonore sont trop énervées.

Sancie, âgée de deux ans, est trop jeune pour être vraiment affectée par la tension que suscite l'anxiété de ses parents et de leur entourage, mais il n'en va pas de même des deux aînées, Marguerite, qui a dix ans, et Eléonore, qui en a huit.

Lors de la précédente grossesse de leur mère, elles avaient été moins sensibles à l'agitation qui l'avait accompagnée parce qu'elles n'en avaient pas vraiment compris la raison. Agacées cette fois de se voir négligées, elles l'attribuent à une inquiétude justifiée par de précédentes fausses couches et à l'anxiété de leur père. La déception qu'il avait ouvertement exprimée à la naissance de Sancie leur avait fait prendre conscience de l'importance d'un fils pour la lignée et de la place toute relative qu'elles occupaient dans son esprit. Il leur prête cette fois si peu d'attention depuis quelques semaines qu'elles en sont meurtries. A peine leur a-t-il jeté un regard quand il est arrivé au château. La pudique Marguerite s'est efforcée de cacher sa peine, mais n'a pu s'empêcher le soir de pleurer dans son lit. Eléonore, plus expansive, n'a cessé au contraire de la manifester à sa manière, par une mauvaise humeur et des actes de désobéissance.

Au moment de monter dans le chariot aux rideaux rouge et or, couleurs des armes comtales, la comtesse se tourne vers ses deux aînées pour leur rappeler de ne pas oublier leur rosaire et leur livre d'heures.

— Mère, est-ce que je peux y aller à cheval ? demande Eléonore.

— Non ! Tu ne montes pas encore assez bien pour une chevauchée en montagne.

— Si on va au monastère de Salangon, ce n'est pas la montagne.

— Ne réponds pas, obéis !

— Est-ce que je peux monter en croupe avec l'écuyer Delfin ?

La comtesse refuse sèchement sans donner d'explication.

— Pourquoi faut-il toujours que cette petite cherche à se distinguer ? murmure-t-elle.

— Parce qu'elle te ressemble ! répond Carenza.

Le convoi s'ébranle. En tête chevauche Gontran le bâtard, portant la bannière au blason du comte, quatre pals de gueules rouges sur fond d'or. Dix hommes d'armes commandés par un sergent à la carrure colossale, Odonin le muet, encadrent les quatre chars, celui de la comtesse précédant ceux qui transportent deux dames et trois damoiselles de la suite de Béatrice, le chapelain Raynier, un ménestrel nommé Uc, les domestiques avec les paniers de victuailles. L'écuyer Delfin, un beau jeune homme aux yeux bleus et aux longs cheveux blonds retenus par une tresse et trois jeunes pages, fils de seigneurs en apprentissage de chevalerie, ferment la marche.

Le cortège franchit le pont-levis et prend la route du prieuré, situé près du hameau de Mane. Il s'arrête devant la chapelle vouée à Notre-Dame. La comtesse, à laquelle son ample vêtement de cendal donne l'apparence d'un ballon, met pied à terre avec quelque difficulté, soutenue par Carenza et Flamenque. Des maçons travaillant à la construction d'un logis prieural interrompent leurs travaux pour s'incliner devant elle. Elle répond avec cette courtoisie princière qui sait allier la familiarité avec la distance imposée par le rang, et appelle la bénédiction divine sur eux et leur ouvrage. Soudain, elle fronce les sourcils en voyant Eléonore courir sans leur accorder la moindre attention. Elle l'appelle pour la sermonner à voix basse.

— Ces gens nous ont saluées, tu n'y as même pas répondu. Quelle inconvenance ! Retourne donc le faire !

— Ces vilains vont me passer leurs poux, mère !

— Tu n'es pas obligée de t'en approcher, mais fille du seigneur, tu dois faire preuve de courtoisie et de modestie. Si ton père le comte a des droits sur eux, il a aussi des devoirs. Montre-toi digne de ton rang, et cesse de faire cette tête. Quand je te fais une observation, ne me réponds pas avec cette insolence !

Eléonore s'incline, non sans esquisser une moue que sa mère ne remarque pas, car elle s'est tournée vers un moine rubicond et tout en sueur accouru pour l'accueillir et ouvrir le portail de l'église.

— Nous ne vous attendions pas, ma dame. Pardonnez mes frères qui sont aux champs.

Béatrice pénètre avec sa suite dans la chapelle, se signe et s'agenouille sur un prie-dieu, encadrée par ses filles et le chapelain Raynier. Après avoir rendu grâces à Dieu, elle prie à haute voix la Sainte Vierge Marie de lui donner la force d'accomplir ses tâches et de lui pardonner ses offenses, puis ouvre son livre d'heures pour lire une oraison que reprend toute la compagnie.

Seule, Eléonore reste muette. Elle feint de ne prêter attention qu'à un bas-relief de pierre représentant des bergers au chevet de Jésus qui vient de naître. Une fois achevée l'oraison, sa mère se tourne vers elle.

— On ne rêve pas dans une église ! Aurais-tu oublié qu'en ce lieu on célèbre le service du Créateur du ciel et de la terre ? Récite-moi donc un *Credo*, un *Pater Noster*, un *Ave Maria*... Et toi, Marguerite, ne souffle pas !

Eléonore s'exécute parfaitement, mais d'une voix monocorde, afin de bien montrer qu'elle est encore furieuse du refus maternel de lui accorder la sortie à cheval. Mais lorsque la comtesse, après avoir salué la communauté de bénédictins rassemblée devant l'église, annonce une promenade à Saint-Maime et dans la forêt d'Asson, elle ne cache pas sa joie.

Ses sœurs la partagent, ainsi que la plupart des dames et des damoiselles, toutes enchantées de ne pas replonger dans l'atmosphère d'enfermement du château et d'aller respirer dans la nature les enivrantes senteurs de l'été. Par contre Flamenque est réticente, craignant que la comtesse ne souffre de la chaleur et qu'une marche dans les bois, même brève, ne la fatigue. La camérière Fantine rappelle que tout près d'ici, à Dauphin, rôde un fantôme en armure. Odonin le muet signale pour sa part un danger plus évident, la présence dans les parages d'ours, de loups et d'une bande de détrousseurs.

Béatrice balaie tous ces arguments d'un geste.

— J'ai besoin de respirer. Nous irons à la clairière des Cyclamens, ce n'est pas loin. Nous y cueillerons des fleurs et écouterons notre Uc chanter quelques couplets.

On ne contrarie pas la comtesse Béatrice, surtout dans son état.

La route qui conduit à la forêt d'Asson passe entre les deux castels fortifiés de Dauphin et de Saint-Maime, qui gardent l'accès de Forcalquier. Le cortège l'emprunte et s'arrête au lieu-dit les Encontres, dans une grande ferme seigneuriale fortifiée, où le comte a vécu enfant après son évasion d'Aragon. La comtesse en a fait le centre de ses excursions et y envoie ses filles afin de les initier à la vie et aux activités du peuple des campagnes, « ce que tout enfant de seigneur se doit de connaître ».

Après avoir parqué les véhicules et les chevaux, la compagnie, précédée du sergent et de cinq gardes, s'engage sur un sentier tracé au milieu des fougères et s'arrête au bord d'une rivière, la Laye, dont les maigres eaux d'été murmurent sur leur lit de cailloux. Sur l'autre rive, en aval, des garçons de la ferme, torses nus, les braies de coton blanc collées aux cuisses et au ventre, cueillent des baies rouges ou s'ébrouent dans un fossé rempli d'eaux vertes.

— Marguerite, regarde ! s'écrie Eléonore, c'est Marcadet le fils du fermier, il est tout nu !

— Voulez-vous bien fermer vos yeux et vous taire ! hurle Flamenque, alors que les jeunes gens, à la vue de la compagnie du château, prennent leurs jambes à leur cou.

Comme il faut traverser la rivière à gué, Delfin et les hommes d'armes se précipitent pour accomplir une tâche plaisante : porter dans leurs bras dames et damoiselles afin de leur éviter de se mouiller les pieds ou de glisser sur les pierres. Les plus jeunes d'entre elles, émoustillées, se disputent le beau Delfin et poussent de petits cris en jouant les effarouchées, mais l'écuyer se charge de la comtesse qu'il ne cesse de regarder avec des airs énamourés.

— Quelles idiotes ! grogne Eléonore.

— Pourquoi ? Tu voudrais bien toi aussi que Delfin te prenne dans ses bras, hein ? réplique sa sœur aînée avec un sourire malicieux.

— Tu es aussi bête qu'elles, je me moque bien de ce blondinet, moi !

La promenade se poursuit sous les somptueuses frondaisons de chênes blancs, de châtaigniers et de mélèzes. Alors que Sancie ne quitte pas sa mère qui la tient par la main, Marguerite cueille des narcisses, des tulipes sauvages, de la bardane dont on fait des décoctions pour soigner les furoncles, les angines ou les piqûres d'insectes. Elle hume avec délectation la pénétrante odeur qui monte de la terre restée humide sous les feuillées. Flamenque, fille naturelle d'une fermière et d'un petit seigneur, lui a appris à apprécier la nature, quand elle la faisait jouer dans ces petits paradis que sont les jardins et les vergers ensoleillés des châteaux de Brignoles et d'Aix, où figuiers, amandiers et pruniers voisinent avec les lauriers aux fleurs roses qu'on défend aux enfants de toucher « parce qu'elles rendent aveugle ». Grande pour son âge, Marguerite a hérité de son père un corps bien charpenté, un visage rond et un nez légèrement busqué. Elle tient également de lui un caractère impulsif et franc, dont l'éducation maternelle, en lui enseignant les convenances, lui a appris à retenir les élans et à masquer les émotions. N'étant plus une enfant sans être encore une jeune fille, elle y parvient assez bien.

Pour le moment, après la claustration des dernières semaines au château de Forcalquier, cette promenade est un véritable enchantement pour elle comme pour Éléonore. Mais si celle-ci partage avec sa sœur le goût de la nature, c'est moins pour jouir comme elle de ses parfums, de ses fruits, de ses fleurs, que pour l'espace de liberté qu'elle représente. Jolie, avec des yeux pers, le corps élancé, la chevelure brune et abondante, elle est vive, voire agitée, surtout imprévisible. Son tempérament indépendant la portant à la turbulence, les excursions et les randonnées ne sont pour elle qu'occasions d'échapper à la surveillance de Flamenque, sa bête noire, et de courir dans les sous-bois pour croquer mûres ou myrtilles, sans tenir aucun compte des interdictions et des conseils de prudence qu'on lui prodigue. Elle y rêve à de beaux et preux chevaliers courant cerfs et sangliers, ou s'affrontant, revêtus d'armures étincelantes, en de sanglants combats devant elle et de belles dames revêtues de somptueux atours.

La comtesse chérit également toutes ses filles. Elle se reconnaît toutefois en sa cadette davantage qu'en Marguerite. Elle aussi a été une enfant précoce, indépendante, réfractaire à la discipline, arrogante avec les humbles, avant que son père, le comte Thomas de Savoie, ayant appris qu'elle avait osé frapper des serviteurs, ne la punît en la plaçant dans un couvent pendant trois ans. Elle a gardé de cet enfermement et des contraintes de toutes sortes auxquelles elle a été soumise un souvenir si odieux qu'elle ne voudrait pour rien au monde infliger une telle expérience à ses filles. Afin de l'éviter, elle a choisi de prévenir les incartades par une éducation serrée et une attention de tous les instants.

— Gontran ! Va donc voir ce que fait Eléonore, je ne la vois plus, s'écrie-t-elle, lorsque soudain elle pâlit, porte les mains à son ventre et s'adresse à Flamenque dans un murmure : Je crois qu'il est temps de rentrer.

La gouvernante rameute aussitôt toute la compagnie et communique l'ordre du retour. La comtesse refuse d'être portée jusqu'au chariot, mais les contractions se précisent et leur rythme s'accélère. Durant le trajet, elle perd ses eaux et c'est de justesse que le convoi parvient au château pour qu'elle puisse accoucher dans son lit.

— Dieu merci, ça s'est passé si vite et si bien ! s'écrie joyeusement Carenza, qui ajoute dans un murmure après avoir jeté un coup d'œil à l'enfant : Comment va réagir le comte ?

Pendant que les servantes apportent de l'eau chaude et des linges, et que dame Aurélie, la sage-femme, lave le nouveau-né, Flamenque, tout attendrie, annonce d'une voix claironnante :

— C'est une fille, ma dame !

La comtesse tend les bras pour prendre l'enfant qu'elle serre sur sa poitrine comme si elle craignait qu'on la lui enlève.

— Ne t'inquiète donc pas, dit Carenza, ce n'est pas un malheur et il faudra bien que le comte accepte la décision de Dieu !

Calfeutrées dans la chambre voisine par la gouvernante, les trois filles ont tout entendu de l'opération, les halètements de leur mère, les ordres lancés par leur tante ou par Flamenque, le va-et-vient des servantes, l'agitation du château. Sancie, inquiète et quelque peu effrayée, est restée blottie dans un coin, tandis que Marguerite, aux aguets, ne cessait de répéter :

— Pourvu que tout se passe bien... pourvu que notre mère ne souffre pas...

Quant à Eléonore, elle jouait l'indifférence en restant obstinément devant la fenêtre à contempler le ciel et la campagne que le soleil déclinant caressait d'une lumière orangée.

Toutes les trois sursautent quand la gouvernante entre brusquement et leur annonce qu'elles peuvent maintenant se rendre au chevet de leur mère et voir leur petite sœur, dont elles entendent les vagissements. Marguerite et Sancie se précipitent en poussant des cris de joie, mais Eléonore, traînant les pieds, ne s'approche pas du lit et jetant un vague coup d'œil à la nouveau-née, lâche à mi-voix :

— Une fille, notre père ne sera sûrement pas content.

De retour au pavillon de chasse, le comte n'y trouve que Cotignac.

— Tu es seul ?

— Ils sont tous partis courir un sanglier signalé dans les environs.

— Gontran est-il revenu ? A-t-on quelque nouvelle du château ?

— Non... Aucune, que je sache...

Le comte se verse un gobelet de vin et l'avale d'un trait. Aux pépiements des oiseaux se mêlent dans le lointain les aboiements de la meute. Bientôt, ils se rapprochent et un moment plus tard, les chasseurs sont de retour, soulevant un nuage de poussière. L'un d'eux entre dans la cabane et annonce joyeusement qu'un sanglier a été abattu.

— Bête immonde, sale bête du diable ! commente Tristanou en crachant par terre.

Au-dehors, bien qu'ils aient eu leur part de poumons et de viscères, car la curée a eu lieu en forêt, les chiens aboient, glapissent, grognent en tournoyant autour de la dépouille que les veneurs viennent de déposer sur le terre-plein.

— La poursuite a été longue, raconte un chevalier, harassé, les houseaux de cuir maculés de sang. Tristanou a raison, le diable était en lui ! Une bête furieuse ! Il nous a tué un lévrier et trois brachets avant que j'aie pu mettre pied à terre et préparer le pieu sur lequel il est venu s'enferrer.

Le comte, émergeant soudain de sa prostration, se dresse et sort du pavillon, où les veneurs brûlent les soies du sanglier.

— Ecartez-vous ! leur crie-t-il en s'emparant d'un coutelas.

Il sort la bête du feu et fouaille les entrailles vides de la dépouille avec une violence étrange, comme s'il voulait tuer le maléfice dont le sanglier aurait été porteur. Cotignac juge bon d'intervenir et lui lance en catalan :

— Tu te fais du mal, je crois que ça suffit, comte !

Raimon Bérenger se relève, hagard. Il lâche le coutelas et rentre dans le pavillon, où il finit un cruchon de vin. Dédaignant d'examiner la bête qu'on lui présente, comme il est d'usage, il dresse l'oreille au bruit d'un galop qui se rapproche. Gontran fait irruption, couvert de sueur et de poussière. Il s'incline devant le comte et annonce d'une voix tremblante :

— Une fille, mon seigneur. Elle est en bonne santé, ainsi que madame la comtesse.

Tous ceux qui sont présents hésitent à manifester quelque allégresse. Leurs regards convergent vers le comte. Moins accablé qu'on eût pu l'imaginer, il semble plutôt soulagé. La voix de Guillaume de Cotignac s'élève alors pour clamer :

— Que la volonté de Dieu soit respectée ! A la santé de la

comtesse et de la fille dernière née de notre seigneur bien-aimé, le comte de Provence !

Tandis que les chevaliers répètent en chœur le vœu en levant leurs gobelets, Cotignac se penche vers Raimon Bérenger.

— Il n'est aucun maléfice qui ne puisse être conjuré, mon seigneur. Il suffit de montrer assez de malice, d'intelligence et de volonté pour savoir tirer parti de la réalité qui nous est imposée par la grâce du ciel.

Le comte relève la tête et lance d'une voix forte :

— Que Dieu bénisse et protège la Provence !

2

Le verger de la comtesse

Six mois se sont écoulés depuis que la comtesse a donné naissance à sa quatrième fille, prénommée, comme elle, Béatrice. Un soleil plus chaud commence à percer le brouillard et dissipe la peur des longues nuits d'hiver avec leur cortège de fantômes, de bêtes sauvages et de cauchemars inspirés par le diable, les rivières s'enflent peu à peu des eaux du dégel, annonçant le renouveau. La comtesse s'installe alors à Brignoles avec ses filles. Elle se sent plus qu'ailleurs chez elle dans cette seigneurie qui lui a été attribuée en douaire par le comte et dont elle gère les revenus.

Ce matin-là, la cloche de l'église Saint-Sauveur sonne prime, c'est-à-dire six heures. Le soleil ne pointe pas encore et la fraîcheur de la nuit imprègne les murs de la demeure fortifiée entourée d'une vigne et d'une pinède, résidence seigneuriale dans l'attente d'un palais plus conforme au prestige du comte.

La comtesse se lève, quelque peu énervée. Elle a fort mal dormi. La veille, un message lui a annoncé l'arrivée de son époux, qu'elle n'a pas revu depuis plusieurs semaines. L'éternel ennemi, le comte de Toulouse Raimon, dit « le Raimondin », et quelques seigneurs turbulents ont en effet attaqué une fois de plus des châteaux du comté et Raimon Bérenger a dû courir les combattre. Il vient de les repousser victorieusement.

Béatrice se réjouit de son retour, encore qu'elle l'attribue au besoin de fêter la victoire avec ses chevaliers plutôt qu'à l'envie de la retrouver. L'automne dernier, il avait quitté Forcalquier sans lui rendre visite, ni voir ses filles. Il n'avait même pas jeté un regard sur sa nouveau-née. La comtesse en avait été profondément meurtrie. Marguerite avait pleuré, comme la petite Sancie. Quant à Eléonore, elle avait fait une fugue et on l'avait retrouvée au bord de la Laye, trempée jusqu'aux os. Il en était résulté une fièvre dont elle ne s'était remise qu'un mois plus tard, après qu'on eut craint pour sa vie. Puis le temps, les soucis du pouvoir et la nécessité de guerroyer semblent avoir dissipé le tourment du comte quant à sa succession. Entre ses campagnes militaires et ses tournées administratives qui le mènent d'Aix en Arles, de Tarascon à Digne, ou de Marseille à Hyères, il a repris son habitude de venir rejoindre sa famille là où elle réside.

La nervosité de Béatrice s'explique. Si le comte honore à nouveau depuis la Noël la couche conjugale, il n'est plus animé de la même passion qu'autrefois. Elle le soupçonne d'aller chercher auprès d'autres femmes, en même temps que le plaisir, l'assurance qu'il est capable d'engendrer un enfant mâle. Bien qu'elle soit en mesure de lui en donner un, elle se demande si elle a gardé après tant de grossesses tout son pouvoir de séduction. Aussi tient-elle à se présenter dans tout l'éclat de sa beauté.

Cette beauté, il n'est guère de gens qui n'en aient entendu parler en deçà et au-delà des Alpes, de la Lombardie à l'Occitanie en passant par les pays alpins. Des troubadours ont chanté ou chantent ses immenses yeux pers, sa bouche joliment ourlée, la délicatesse aristocratique de son visage, et l'éclat d'une chevelure châtain aux reflets roux. C'est à elle que l'un d'eux, venu de l'Aquitaine et reçu à la cour de Savoie, Aimeric de Belenoi, un nom que les méchantes langues prononcent Bel-Ennui, a dédié une pathétique *canso*.

L'amour m'a saisi et me fera mourir
Je ne sais plus rien des saveurs de la vie
Car pour la belle et douce dame de Savoie,
Aux yeux de saphir et aux lèvres vermeilles,
J'ai livré mon cœur...

Aucun de ceux qui la rencontrent ne peut oublier sa taille fine et la cambrure de ses reins qui font ressortir une gorge de déesse athénienne et lui donnent une silhouette de nymphe. Tous sont surtout frappés par le contraste troublant entre son sourire plein de grâce et son regard où percent des éclairs de cruauté.

Lorsque la comtesse Gersende de Sabran l'avait rencontrée à l'époque où elle envisageait de marier son fils, alors âgé de quatorze ans, elle avait remarqué chez cette fille de douze ans un mélange inquiétant de séduction et de froideur.

— Cette Béatrice est jolie, mais par moments, quand elle vous regarde dans les yeux, elle vous donne froid dans le dos, avait-elle confié à Rodrigue Justas.

— Le jeune comte devra affronter un monde de rapaces, avait répondu le conseiller. Préférez-vous pour lui une gentille tourterelle qui réchauffera sa couche, ou une aiglonne aux serres affûtées qui l'aidera dans son combat ?

L'argument avait convaincu Gersende, d'autant plus que la fille du comte Thomas de Savoie était un excellent parti. Elle appartenait à une lignée dont les terres s'étendaient de part et d'autre des Alpes depuis deux siècles. Le comte de Maurienne Humbert Ier aux Blanches Mains avait agrandi sa principauté du lac Léman vers la vallée de l'Arc au sud, et englobé le Viennois et le Chablais à l'ouest. Après lui, son fils Odon devint marquis du Piémont par son mariage avec Adélaïde de Suse, avant qu'Amédée III ne prît à partir de 1143 le titre de comte de Savoie, rattaché au Saint Empire romain germanique. Thomas enfin, le père de Béatrice, a consolidé le fief en adoptant la politique familiale traditionnelle : une combinaison de la force armée et d'une diplomatie assez souple pour concilier les deux puissances antagonistes de l'heure, l'empereur et le pape. Il est resté le vicaire du premier tout en revendiquant l'amitié du second. Il a surtout repris à son compte les visées expansionnistes de ses prédécesseurs vers la péninsule italienne et la vallée du Pô, en annexant le comté d'Aoste et le marquisat de Saluces. Avec le contrôle des principales voies transalpines du Simplon, du Mont-Cenis et du Grand-Saint-Bernard, il est ainsi placé au carrefour des fructueux échanges entre ces deux pôles économiques essentiels que sont le bassin oriental de la Méditerranée et le nord-ouest de l'Europe.

Thomas a de surcroît renforcé sa position en épousant Marguerite de Genève, qui lui a donné une nombreuse progéniture masculine, huit fils encore vivants avec lesquels il a tressé un véritable réseau d'influence. S'il a formé ses aînés dans la perspective d'assurer sa succession, il a fait de la plupart des autres des clercs pourvus de fonctions stratégiquement importantes et assorties de riches bénéfices. Guillaume, quatrième dans l'ordre des naissances, est depuis 1225 évêque élu de Valence. Le cinquième, Thomas, est chanoine au chapitre cathédral de Lausanne. Le huitième, Boniface, vient d'être élu en cette année 1232 évêque de Belley.

Sixième enfant et seule fille avant la naissance de Marguerite, sa cadette Béatrice a donc grandi au milieu de douze frères. Par orgueil, ne pouvant se satisfaire du rôle effacé et humble dévolu aux femmes dans les familles seigneuriales, elle ne s'est pas laissé étouffer par la prédominance masculine. Son éducation de princesse a évidemment commencé par la sévère instruction religieuse et morale traditionnelle. La lecture des Saintes Ecritures exigeant la connaissance du latin, langue commune de l'Occident chrétien, elle en a poussé l'étude avec le bénédictin Odilon, un savant clerc de l'entourage paternel. Elle a appris tout ce qu'une fille de seigneur se doit de savoir, le beau langage, l'art de la conversation, la manière de se vêtir avec raffinement, les règles de la bienséance, la pratique de l'équitation, la vénerie, la musique, mais avec une application et une capacité d'assimilation auxquelles son père ne pouvait rester insensible.

Le comte Thomas a eu le bon esprit de comprendre qu'une telle fille, nantie de ces deux qualités idéalement jumelées que sont la beauté et l'intelligence, était capable de s'assurer une autre destinée que celle d'une simple monnaie d'échange dans un monde tenu par les hommes. Il décida donc de lui donner les armes indispensables pour jouer sur leur terrain, l'initia aux arcanes du pouvoir, du commerce et de la finance, ce qui suscita l'étonnement, voire la réprobation de son entourage : n'était-ce pas une transgression des règles de l'ordre social ? Faisant fi des critiques, il chargea de la tâche son fils Guillaume, le plus brillant dans l'art de l'intrigue et de la diplomatie.

Aucune jeune fille ne pouvait cependant échapper aux jeux de la stratégie matrimoniale. Afin de poursuivre sa poussée vers le Piémont et la vallée du Pô, le comte Thomas avait besoin de sécurité sur son flanc occidental. Le mariage de Béatrice, alors âgée de treize ans, avec le jeune comte de Provence, qui en avait quinze, pouvait la lui apporter avec en sus la perspective d'exercer une influence sur ce fief d'empire encore instable, voire d'intervenir jusque dans la vallée du Rhône.

Une fois devenue en 1220 l'épouse de Raimon Bérenger, la jeune comtesse n'a pas tardé à faire montre d'une autorité exceptionnelle. Un sens aigu des affaires lui vaut dans le comté une réputation de femme exigeante, très pointilleuse sur l'administration de ses propres biens. Si l'appellation de « Dame Lombarde » a d'abord été une simple façon de rappeler son origine étrangère, elle a pris chez nombre de sujets du comte une tonalité quelque peu péjorative liée à la pratique de l'usure par les gens venus de cette région d'Italie.

— Peu importe ce qu'on peut penser ou dire de toi, ou de notre famille, lui a dit son père lorsqu'elle s'en est plainte à lui. L'important est de ne jamais oublier dans tes actes un devoir primordial défendre les intérêts de ta famille, protéger tes enfants et assurer leur avenir.

Béatrice a retenu le conseil. Elle a profité de l'ascendant moral qu'elle a su très tôt acquérir sur un mari de deux ans plus âgé mais moins mûr d'esprit qu'elle pour permettre à son père et à Guillaume d'intervenir dans des affaires internes, notamment en prêtant de l'argent et en arbitrant des conflits. Pour l'heure, c'est sa propre personne qu'elle doit défendre contre le doute et le désintérêt de l'époux migrateur.

*

Vêtue d'une large et longue chemise de nuit, elle s'apprête à faire sa toilette. Après avoir renvoyé les camérières, elle se dénude entièrement, mais par une pieuse pudeur derrière une tenture qui la protège du regard du Christ cloué sur une grande croix accrochée au mur. Elle se lave d'abord les mains, puis ouvre un coffret de cuivre émaillé contenant sept pots. Elle puise dans l'un d'eux un onguent aux senteurs de myrte et de rose qu'elle applique avec soin sur son visage.

Examinant ensuite son corps à la lumière d'un grand candélabre sur pied, garni d'une vingtaine de bougies, elle fronce les sourcils. Depuis quelque temps déjà, ses seins tendent à piquer de la pointe, mais maintenant, en les palpant, elle constate une certaine flaccidité. Elle en attribue la cause aux allaitements successifs. Plutôt que de faire appel à une nourrice comme tant d'autres épouses de seigneurs, elle est en effet restée fidèle à une tradition familiale transmise par sa mère, considérant qu'il n'y a pas de meilleure façon de s'attacher son enfant et de lui communiquer sa propre force. Le ventre aussi a souffert, la peau n'en est plus aussi lisse. Quand elle s'assoit, deux rides, certes minces, se dessinent juste au-dessus du triangle noir du pubis. De rage, elle se grifferait !

Elle retourne s'allonger sur le lit, où elle entreprend de se masser avec une éponge imprégnée de jus de citron. Elle prend dans un autre pot plusieurs pincées d'une pommade composée de fromage de vache aigri, de poudre de cristal, de feuilles d'asperge, le tout mélangé à de la térébenthine de Venise dont l'odeur lui chatouille les narines. Elle en confectionne quelques emplâtres qu'elle s'applique sur la poitrine et le ventre. Puis elle s'immobilise et ferme les yeux.

Au bout d'un long moment, elle se lève et entre dans l'étuve où, en d'autres temps, elle se baignait avec Raimon Bérenger. L'eau en est glacée. Elle s'y plonge en frissonnant, forte de la conviction que ce froid rend les chairs plus fermes. Après s'être frottée partout avec du savon d'Italie à l'huile d'olive pour ôter le gras des emplâtres et les restes de sueur, elle se rince et sort du bassin. La bouffée de chaleur qui la saisit la fait soupirer de plaisir. Elle se frictionne alors vigoureusement le cou, les bras et les épaules avec une solution parfumée composée d'herbes et de lavande, se nettoie les dents et les gencives, selon une recette orientale, avec des feuilles de laurier qu'elle mâche et garde un long moment sous la langue afin de purifier son haleine. Puis elle passe une chemise de soie propre et rappelle sa camérière pour la coiffer et l'habiller.

Fantine démêle d'abord les longs cheveux avec un grand peigne d'ivoire et confectionne une tresse dont elle lui entoure la tête. Elle l'aide ensuite à enfiler une cotte en drap bleu de Gand qui moule le buste et s'évase aux hanches. Après en avoir boutonné les manches jusqu'aux poignets, Béatrice revêt un surcot à traîne de camelin rouge, orné à l'encolure d'un fermail d'argent ouvragé à motifs orientaux. Elle choisit dans un coffre un fin cordon de cuir et d'argent serti d'émeraudes dont elle se ceint les hanches et tend ses pieds à Fantine qui les chausse d'une paire de fins solers en cuir de Cordoue émaillé de petites fleurs roses. Elle jette enfin sur ses épaules le mantel mauve à broderies et fourré d'hermine que retient une cordelette dorée, et Fantine lui pose une coiffe également mauve tissée de fils d'or. Un voile maintenu par un serre-tête lui encadre le visage, faisant ressortir la pureté de l'ovale.

Béatrice peut alors inviter Carenza et les autres dames de sa suite à venir la saluer. Bien mieux que son image imprécise dans le miroir d'étain, leur regard la rassure sur l'éclat de son physique. D'ailleurs, après chaque maternité et malgré les atteintes à l'intégrité de son corps, n'éprouve-t-elle pas le sentiment d'en sortir chaque fois plus belle, plus charnelle, plus majestueuse, en tout cas plus sûre de l'effet qu'elle produit sur les hommes ou les femmes ? Forte de cette assurance, elle se sent prête à recevoir et à séduire le comte.

Comme il n'est attendu qu'en cours de journée, elle se rend dans la chambre des enfants, une pièce nue avec en son milieu une table, sur laquelle sont posés un petit bassin, une cruche et une coupe en corne pleine de dragées. Une cloche enrubannée est accrochée au plafond pour appeler les servantes, mais ce sont les enfants qui s'amusent plutôt à l'actionner comme un grelot. Marguerite, Eléonore et Sancie dorment encore dans leurs lits de bois sombre à hauts panneaux, avec à proximité, une chaise percée et des chaises à peigner.

— Flamenque, il est temps de les réveiller.

La gouvernante s'exécute et sans ménagement les secoue.

— Allez, allez ! A genoux ! Vos prières !

Les petites ânonnent *Credo*, *Pater* et *Ave*.

— Avez-vous bien retenu tout ce je vous ai enseigné ? Notre-Seigneur Jésus-Christ, qui est né de la Sainte Vierge, a été conçu du Saint-Esprit... C'est pourquoi il fut à la fois homme et Dieu.

— Je ne comprends pas bien, mère, intervient Eléonore.

Béatrice sourit, se souvenant de s'être posé au même âge les mêmes questions.

— Tu dois comprendre que c'est une vérité infaillible. Vous ne devez jamais l'oublier, sous peine d'aller en enfer, comme les hérétiques, ces gens qui commettent le grave péché de prêcher des choses contraires aux Saintes Ecritures et veulent ainsi détruire l'Eglise du Christ.

— Pourquoi irions-nous en enfer puisque Jésus a racheté par son sacrifice les péchés des hommes ? C'est le chapelain qui nous l'a dit.

Béatrice hoche la tête.

— Il a dû vous dire aussi que Jésus, fils de Dieu, s'est fait homme, et que vous devez le vénérer, adorer la Croix sur laquelle il a été supplicié, et obéir aux commandements de la Sainte Eglise.

Les filles acquiescent et font le signe de croix comme pour sceller en leur tête cette double vérité : il y a des choses inexplicables et leur chercher une explication est un péché.

— Et le péché, a dit frère Rigaut leur précepteur, est cette faute qui peut faire tomber l'épée divine suspendue sur votre tête et vous envoyer dans les flammes où brûlent les hérétiques.

Ah ! Ce bon frère Rigaut. C'est lui qui leur a enseigné le maniement du stylet en argent presque toujours sur des tablettes de bois recouvertes de cire, rarement sur des parchemins, trop coûteux au gré de l'intendant de la maison comtale. Il leur a appris également à compter, sommairement, en se servant de noyaux d'olives, parce qu'il ne sait pas utiliser l'abaque, la table de calcul arabe que les Catalans ont adoptée. On peut être bénédictin et ne pas tout savoir !

Eléonore n'est pas fille à se satisfaire de toutes les certitudes assénées avec le marteau de Dieu. Elle se penche vers Marguerite pour lui souffler :

— Tu ne crois pas que l'histoire de saint Joseph et de la sainte Vierge ressemble à celle de nos parents ?

Marguerite la regarde, effarée.

— Qu'est-ce que tu dis là ?

— Notre-Seigneur Jésus est peut-être né de ce Saint-Esprit parce que Joseph était souvent absent de chez lui, comme notre père.

— Mon Dieu, tu blasphèmes, Eléonore !

— Pourquoi notre père n'est jamais avec nous ?

— On te l'a dit, il fait la guerre... comme tous les grands seigneurs.

— Qu'est-ce que vous complotez encore ? rugit Flamenque. Assez parlé, entrez dans l'étuve !

Le rite des oraisons matinales est toujours suivi des ablutions.

— Lavez-vous soigneusement le visage, les mains, et aussi le corps sous la chemise, recommande la comtesse. Votre père va arriver, montrez-lui que vous êtes pures de toute saleté. Beauté ne va pas sans propreté !

Pour les filles, c'est aussi un plaisir et un jeu que la gouvernante doit interrompre, car il faut aller à la messe dans la chapelle attenante à la demeure, et prendre la collation du matin. La comtesse impose la frugalité pour ce premier repas, selon le conseil d'Aldebrandin de Sienne, un savant italien qu'elle a rencontrée à Asti, chez son père : du pain, du miel et de l'eau, à l'exclusion de tout gâteau ou pâté. Dans le même temps, elle leur réitère ses conseils pour faire bonne figure en société.

— N'oubliez jamais de montrer de la bonne humeur, d'être modeste et pudique dans votre attitude, élégante dans vos manières et vos propos, comme toute fille de bonne lignée. Eléonore, tu m'écoutes ?

— Regardez donc madame la comtesse votre mère, ajoute Flamenque. Elle vous donne l'exemple.

Soudain, tout le monde sursaute. Le son strident d'une trompe vient de retentir sous les murs de la résidence fortifiée. Le sonneur du maître, surnommé « Mort-du-Sommeil », annonce son arrivée.

— On l'attendait plus tard, murmure Béatrice, dont le cœur bat la chamade.

Elle ajuste sa coiffe, ses vêtements, se redresse, et descend dans l'aula, la grande salle de réception, suivie des trois filles et de Flamenque qui porte la dernière-née. L'intendant, le majordome, le chapelain, les chevaliers et les écuyers attachés à la maison s'alignent déjà devant les murs décorés des armoiries comtales et de celles des vassaux. Béatrice va s'asseoir sur l'un des deux sièges d'apparat placés sur une estrade recouverte d'un tapis rouge et fait aligner ses filles à ses côtés pour former une sorte de front.

Lorsque s'ouvre en crissant la grande porte de bois et qu'elle entend le bruit métallique des éperons d'acier, la comtesse retient son souffle. Raimon Bérenger apparaît, flanqué de son chapelain et de l'inséparable et monumental Guillaume de Cotignac. Il a fière allure dans ses vêtements de campagne, le corps entièrement pris dans la cotte de mailles grise, que recouvre, des épaules aux mollets, la cotte d'armes rouge frappée de son blason. Les lacérations et les taches de boue et de sang séché qui la maculent témoignent des combats qu'il a livrés. Il tient contre sa poitrine son heaume et, s'il a confié son écu à l'écuyer Bertran Pachon et sa lance à Gontran le bâtard, toujours dans son ombre, il pose son poing d'un geste martial sur le pommeau de l'épée accrochée à sa ceinture de cuir cloutée. Son regard est brillant, illuminé par le sentiment de la victoire. Béatrice remarque surtout la fatigue qui creuse le visage encadré par le haubert et soudain s'attendrit, se sentant honteuse de n'avoir pas pensé aux risques qu'il a dû encourir.

— Que le Seigneur Dieu tout-puissant qui m'a protégé vous bénisse tous ! déclare le comte d'une voix vibrante d'émotion.

Alors que toute l'assemblée répond en chœur : « Que Dieu soit toujours auprès de vous, mon seigneur ! », Eléonore s'élance brusquement, traverse la salle, suivie de Marguerite et de Sancie. Elles se précipitent vers leur père qui, surpris, lâche son heaume et les prend toutes trois dans ses bras. Il y a si longtemps que le comte ne s'est pas montré aussi chaleureux en famille que l'assistance ne cache pas son émotion. Flamenque en a les larmes aux yeux, et elle retient même des sanglots quand, après avoir déposé ses enfants, il s'approche d'elle, se penche sur la petite Béatrice et lui caresse la joue. Il se tourne ensuite vers la comtesse, lui prend la main et sans hésitation, lui donne un baiser sur les lèvres.

— Ma dame, ma douce amie, vous et nos enfants êtes tout ce que j'aime. Pardonnez le mal que j'ai pu vous faire et acceptez mon profond regret d'avoir égaré mon esprit et de vous avoir négligées.

La comtesse baisse les yeux, troublée par cette voix qui fait renaître la mémoire de l'amour autrefois partagé et des nuits de feu. Mais elle se ressaisit et retire si brusquement sa main que Raimon Bérenger sursaute. Il sait bien qu'elle lui tient encore rigueur de son comportement durant les derniers mois et que la méfiance qu'elle éprouve à son égard ne saurait fondre si vite, même dans l'atmosphère chaleureuse des retrouvailles.

Percevant l'émotion qui agite son épouse derrière le masque des convenances, c'est avec l'outrecuidance d'un homme sûr de son pouvoir de séduction qu'il lui chantonne une *cobla* assez haut pour que toute l'assistance puisse l'entendre :

Nombreuses ont été mes fautes,
J'en appelle à votre clémence,
Belle dame,
M'accorderez-vous une grâce,
M'enivrer à votre suave fontaine,
Très douce amie.

Béatrice rougit. Son sourire, cette fois, ne se fige pas. En cet instant, elle est prête à croire à la sincérité du repentir et de la déclaration d'amour.

L'espoir de la comtesse va s'étioler au fil des heures qui suivent. Depuis son arrivée, à aucun moment de la journée le comte n'a trouvé le moindre instant pour rester seul avec elle, si tant est d'ailleurs qu'il en ait eu envie.

Après l'office religieux pour remercier Dieu de ses bienfaits, et le déjeuner pris avec la famille et les chevaliers présents à la résidence, il est en effet happé par les devoirs de sa fonction. Des bailes et des prélats arrivent, les uns pour faire leurs rapports, les autres pour exprimer leurs doléances. Il les reçoit tous, flanqué de Cotignac et du non moins fidèle Justas.

— Les voir venir ainsi est une autre victoire ! commente ce dernier.

— Vous y êtes tous deux pour quelque chose, dit Raimon Bérenger.

Grâce à une action diplomatique mêlant obstination et opportunisme, Justas et Cotignac se sont en effet beaucoup dépensés pour permettre à la souveraineté comtale de s'imposer sur tout le territoire. Ils ont ainsi obtenu de l'empereur Frédéric, suzerain nominal, d'accorder au comte le droit de confisquer les biens des rebelles.

— J'espère qu'après tous les coups que je lui ai portés, le Raimondin va se calmer.

— Je n'en suis pas sûr, intervient Cotignac. Ce diable ne s'avoue jamais vaincu ! En attendant, il faut profiter du vent favorable. Je te suggère, seigneur comte, de faire spécifier dans tous tes actes que tu es investi de la souveraineté pleine et entière sur tes terres avec droit régalien de justice.

— Il conviendrait de la renforcer par une bonne législation, ajoute Justas.

Le comte approuve. Il est avant tout un guerrier et fait confiance à ces conseillers férus de droit. Ne sentant plus sa fatigue, il tient audience tout l'après-midi pendant que la comtesse préside aux préparatifs du grand festin prévu le soir pour célébrer la victoire.

Mieux qu'aucune épouse de seigneur, elle connaît l'importance des affaires de gouvernement et c'est sans arrière-pensée qu'elle met son amertume sous le boisseau et se consacre à organiser la fête, de la composition des menus à celle des entremets, ces divertissements que les convives attendent avec autant, sinon plus d'excitation, que les plats eux-mêmes.

Elle y met un entrain qui étonne et réjouit ses filles ainsi que les dames de son entourage. Toutes y participent, encore qu'elles passent plus de temps aux bavardages qu'à aider la comtesse. Sancie, d'ordinaire si calme, ne cesse de sautiller derrière sa mère et de chantonner une comptine, et Marguerite en profite pour satisfaire son goût des beaux vêtements et plonger dans la garde-robe maternelle. Quant à Eléonore, elle est surprenante de bonne volonté, surtout lorsque sa mère la charge de transmettre ses ordres aux jeunes pages et aux écuyers.

— Ne vous attardez pas avec ces gens ! lui recommande Flamenque, la seule à ne pas sourire.

— Pourquoi faites-vous grise mine au milieu de cette allégresse ? demande Carenza.

— A quoi bon se réjouir d'un rayon de soleil quand on sait qu'un gros nuage va le cacher ?

— Il me semble que les bonnes nouvelles ont dissipé tous les nuages.

La gouvernante n'en dit pas davantage. Pensive, elle suit d'un regard indifférent les efforts des domestiques pour tendre une tapisserie sur un mur. D'autres installent trois longues tables en équerre sur des tréteaux. L'une, surélevée, est réservée au comte et à son épouse, avec leurs invités de haut rang, prélats, amis et principaux vassaux avec leurs dames. L'une des deux autres est affectée aux seigneurs de moindre importance et aux simples chevaliers, presque tous accompagnés de leurs épouses, la troisième enfin aux clercs et aux fonctionnaires. On les recouvre de nappes, on y dispose les couverts de porcelaine ou d'argent sortis du grand dressoir, écuelles et cuillers, hanaps et aiguières en argent ciselé et serti de pierreries, cadeaux princiers ou royaux qu'il convient d'exhiber avec fierté.

On place ensuite les chaises d'un seul côté des tables et on dresse de part et d'autre de la porte donnant sur les cuisines, deux buffets, l'un pour les écuyers, les pages et les palefreniers qu'on appelle « galopins », l'autre pour le personnel de maison qui n'est pas retenu par le service.

Le comte tient en effet à ce que la fête se déroule dans cet esprit de familiarité qu'il a adopté dans ses rapports avec les humbles, ce qui lui vaut une grande popularité dans le pays. Tout le monde doit donc y participer, sauf les enfants qui doivent se coucher tôt, bonne éducation oblige. Quant à la troupe d'hommes à pied du comte et des vassaux, forte d'un millier d'hommes, elle va banqueter dans le camp dressé hors de la ville.

Avant que ne s'achève l'après-midi, la comtesse donne l'ordre de joncher le sol de fleurs et de préparer des candélabres et des cierges en assez grand nombre pour que la résidence soit illuminée comme si le soleil y pénétrait, un luxe qui lui rappelle le faste de la cour de Savoie. Elle ordonne enfin à Flamenque de faire souper puis coucher les filles une fois dites les oraisons du soir, et elle se retire dans ses appartements du premier étage afin de faire sa toilette et de s'habiller.

A la tombée de la nuit, alors que le château brille de toutes ses lumières, le comte et la comtesse accueillent les invités. On échange des baisers, comme c'est l'usage entre nobles et seigneurs, pendant qu'un trio de ménestrels dirigé par Uc égrène des notes joyeuses sur une vièle, un galoubet et des tambourins. Tristanou lance aux invités des plaisanteries grivoises plus ou moins appréciées et se mêle au ballet des deux cents convives qui s'entrecroisent pour se rendre à leurs places dans une atmosphère bruyante et joyeuse.

On se lave les mains dans des bassinets d'argent emplis d'une eau parfumée à la rose et présentés par les serviteurs, tandis qu'entre à son tour le personnel de la maison convié aux agapes. L'archevêque d'Aix Bermond Cornut, un Provençal bon teint, demande alors le silence pour prononcer le *Benedicite,* que l'assistance reprend en chœur. Après quoi le comte peut donner le signal des agapes en faisant sonner le cor. Uc et quatre ménestrels jouent sur flûte, vièle, luth, psalterion et tambourin, une joyeuse ballade pendant que les échansons se déploient pour servir les boissons, vin de divers vignobles de Provence, mais aussi ceux, très appréciés, d'Auxerre et de Chypre, muscat d'Italie, clairet ou vin rouge au miel, et le divin hypocras, un mélange de vin, de miel, de cannelle, de coriandre et d'amandes douces.

Tristanou grimpe sur une table au milieu des applaudissements et des rires et déclame d'une voix de fausset ·

Ne vous privez pas, messires et dames !
Boire à la capucine, c'est boire pauvrement
Boire à la célestine, c'est boire largement...
Mais boire en cordelier, c'est vider le cellier.

Les serviteurs apportent de grosses miches de pain blanc et en une étourdissante succession des plats innombrables et divers dressés avec de savantes ornementations, chapons, faisans, tourterelles, pâtés, lards de cerf ou de sanglier, quartiers de bœuf ou de porc rôtis au verjus, hachis de viande au safran, anchois et sardines cuits au bouillon d'herbes aromatiques, fèves et légumes assortis macérés dans l'huile et le vinaigre. Un fumet d'ail, de fenouil et d'épices s'en dégage et se mêle aux parfums des dames et à celle des fleurs jonchant le sol.

Le festin commence dans le respect de la bienséance. On se tient correctement à table, les hommes tranchent la viande pour leurs voisines et les conversations sont courtoises. Tandis que le comte, en bon hôte, se répand en amabilités auprès de ses invités, la comtesse prodigue ses sourires. Droite sur sa chaise, elle ne manque pas de majesté. Tout en inclinant la tête pour répondre à un salut, son attention s'attarde parfois sur une des femmes de seigneur avec une insistance que remarque Gersende de Moncada, dont l'appétit légendaire n'étouffe pas la curiosité. N'étant pas assise près d'elle, la sœur de Raimon Bérenger profite d'un divertissement d'entremets assuré par des jongleurs pour se lever et venir murmurer à l'oreille de Béatrice :

— Qui cherchez-vous donc, ma sœur ?

La comtesse éclate de rire, comme si elle venait d'entendre une plaisanterie, et répond à voix basse, sur un ton à la fois détaché et ironique :

— Je cherche celle qui me remplace sur la couche de votre frère.

Gersende manque de s'étouffer.

— Ai-je bien entendu ?

— Vous avez sûrement bien compris, ma sœur.

— Seigneur Jésus ! Encore cette histoire ! Je vous croyais tous deux réconciliés.

— Nous n'étions pas fâchés, et ne le sommes pas davantage maintenant. Sachez que nous partageons parfois ce lit, mais depuis quelque temps, il y fait singulièrement froid. Je présume qu'une autre saurait mieux le réchauffer... Sans doute ne savez-vous rien d'une telle infamie, sinon vous m'en auriez parlé, n'est-ce pas ?

Gersende, gênée et sentant que les gens commencent à s'intéresser à ce conciliabule, se met à bredouiller :

— Ce que vous dites là me fait beaucoup de peine.

— La peine est surtout pour moi.

La voix du comte interrompt le dialogue.

— Que complotez-vous donc toutes les deux ?

— Histoires de femmes, répond Gersende en rejoignant sa place.

Le festin se poursuit avec une interminable suite de desserts, pâtisseries et autres confiseries, tourtes à la poêle, rissoles ou gressins, des monceaux de fruits, raisins, poires, pêches, noix, figues, tandis que se succèdent acrobates, dresseurs de chiens, jongleurs et ménestrels. Deux troubadours invités rivalisent de verve dans des *cansos* consacrées à la *fin'amor*, Blacas, un seigneur d'Aups, et un nouveau venu, Falquet, originaire de Romans, qui a fréquenté les cours du marquis de Montferrat et de l'empereur Frédéric.

Le vin coulant en abondance rougit les visages, alourdit les corps qui commencent à s'affaisser. Certains couples s'éclipsent avec plus ou moins de discrétion, accompagnés des remarques obscènes de Tristanou qui se fait gifler par une galante dame, pendant que Blacas et Falquet, déchaînés, brocardent à la grande joie des convives les grands de ce monde dans de mordants *sirventès*. Soudain, alors qu'ils se lancent dans une *tenson* évoquant le pauvre Raimondin victime des Franchimands et regrettent la dispute entre les deux comtes de Provence et de Toulouse, « ces deux frères de sang », Raimon Bérenger les interrompt sèchement.

— Ce soir est consacré à la fête ! Chantez-nous l'amour plutôt que la guerre et faites-nous danser ! Allez, les ménestrels, réveillez-vous !

L'ordre est accueilli par des approbations bruyantes et des manifestations de joie. Uc houspille les musiciens et lance un rondeau sautillant. Des seigneurs se lèvent, certains en titubant, et invitent dames et damoiselles à danser une cordelle. Couples et trios se constituent spontanément et forment une ronde menée par un Tristanou ivre qui ne se gêne pas pour palper au passage quelques paires de fesses. Les ménestrels donnent la cadence sur les tambourins et chantent un refrain égrillard racontant le péché mignon d'un moine qui aime à mettre sa robe entre les dents pour culbuter dans les vignes des pastourelles effarouchées. C'est alors que les prélats et les clercs jugent bon de se retirer.

Leur départ n'empêche pas le comte d'entrer dans le cortège de la cordelle. Un sourire figé sur les lèvres, la comtesse le suit des yeux alors qu'il forme un trio avec deux belles femmes. L'une est Philippa de Villamuris. Agée de vingt-cinq ans, elle est réputée fidèle à son mari, un seigneur du comté de Forcalquier très attaché au comte. Par contre, elle voit l'autre pour la première fois et ne se souvient même pas de l'avoir accueillie. C'est une jolie blonde plantureuse et pleine de fraîcheur, avec un visage juvénile aux joues rosies par la danse et des yeux bleus rieurs. On lui donnerait à peine dix-sept ans.

Béatrice appelle aussitôt sa camérière Fantine qui se tient à distance, prête à la servir.

— Tâche de savoir qui est cette damoiselle.

Fantine disparaît pour revenir peu après :

— Elle s'appelle Guilhelma. Son mari est un petit seigneur maître de la châtellenie de Montmeyan, mais il n'est pas là.

— Comment est-elle venue ?

— Personne n'a pu me le dire, ma dame.

— C'est elle que je cherchais, dit Béatrice à Carenza, venue la rejoindre pour lui tenir compagnie.

Gersende, qui a entendu hoche la tête :

— Raimon Bérenger ne fait rien de mal, ma sœur. Nous savons que la femme du sire de Villamuris est irréprochable.

— Et l'autre, le fruit vert ?

— Je ne la connais pas.

Pendant que la cordelle se mue peu à peu en une farandole échevelée entraînant presque toute l'assistance, la comtesse perd soudain de vue la jeune cavalière du comte. Soulagée par la disparition de l'inconnue mais fatiguée, elle décide de se retirer et de se préparer à recevoir son époux. Il ne lui ferait tout de même pas l'injure de ne pas venir la retrouver après une si longue absence.

Alors que les feux de la fête s'éteignent peu à peu, Béatrice attendra en vain toute la nuit, attentive au moindre bruit de pas dans l'escalier. Elle finit par succomber au sommeil au moment où sonnent les matines et fait un rêve épouvantable : errant dans la forêt à la recherche d'un enfant dont le visage est celui du comte, elle est agressée et violée par un ours, tandis que le garçon est entraîné dans une ronde de chats autour d'une croix. Réveillée en sursaut, elle découvre en ouvrant les yeux ses filles, debout à son chevet, et derrière elles Flamenque. Toutes la fixent d'un regard inquiet.

— Vous avez tellement crié, on a eu peur, explique la gouvernante.

— Cette nuit, il y a eu beaucoup de musique et de bruit en bas, ça empêche de dormir et on fait de mauvais rêves, remarque Marguerite.

— Père n'a pas dormi avec vous, mère ? demande Eléonore en jetant un coup d'œil au lit.

— Les enfants ne doivent pas poser de telles questions à leurs parents ! répond Béatrice sur un ton si violent que les deux aînées baissent la tête.

Mais Eléonore ne peut s'empêcher de dire :

— Il cherche peut-être un fils !

La comtesse pâlit et retient difficilement ses larmes.

— Cessez de dire des sottises ! intervient Flamenque. Et laissez madame votre mère se reposer, vous ne voyez pas qu'elle est fatiguée ?

*

Le lendemain, Raimon Bérenger réapparaît dans le courant de la matinée, tout guilleret, comme si de rien n'était. Il ne livre évidemment aucune explication à son escapade. Son entourage, rompu à la discrétion et totalement dévoué à son seigneur et maître, n'oserait y faire allusion ni même donner l'impression de l'avoir remarquée. Tristanou lui-même s'abstient de toute plaisanterie. Figée dans sa fierté, Béatrice ne lui pose aucune question. Autour d'elle règne également le mutisme de rigueur. Seule, Flamenque ne se gêne pas pour vitupérer l'inconstance des hommes. Quant à Gersende, elle admire trop son frère pour prendre le parti de sa belle-sœur, dont elle juge la jalousie bien excessive.

— Vous avez trop d'imagination, ma bonne Béatrice ! Ne voyez-vous pas que Raimon Bérenger est accablé de soucis ? Et de toute manière, les hommes sont ainsi faits. Si vous croyez que j'ignore les turpitudes de Guillaume de Moncada dans les escaliers ou le verger de notre château ? Nous, femmes, sommes là uniquement pour procréer, comme l'indique notre sainte mère l'Eglise. Cela signifie que les maris peuvent, doivent même chercher le plaisir avec les autres femmes. L'amour pur et chaste que chantent nos troubadours n'est que la dentelle qui cache la luxure.

Béatrice ne peut donc guère s'épancher qu'auprès de Carenza, mais celle-ci lui tient les mêmes propos désabusés que Gersende. Le sire de Castelmagno passerait son temps à courir les tournois et à trousser les damoiselles. Aussi agacée par cette résignation que par le silence du comte, Béatrice est désagréablement surprise d'apprendre que le séjour d'une quinzaine de seigneurs, choisis pour leurs actes de bravoure, et de leurs dames est prolongé à l'invitation de leur hôte. Le sire de Montmeyan qui vient d'arriver est du nombre, ainsi que son épouse. La comtesse décide aussitôt de mettre la belle Guilhelma. sous surveillance.

*

Au fil des jours, la présence de la dame de Montmeyan et les efforts d'amabilité qu'elle se doit d'accomplir rendent Béatrice d'autant plus irascible qu'elle dort chaque nuit seule dans le lit conjugal. Pourtant, force est de constater la conduite irréprochable de la suspecte, espionnée par Fantine et une autre camérière, Maria. Elle finit même par se demander si elle ne fait pas fausse route et reporte ses soupçons sur une jeune femme tout aussi aguichante, Douce du Riou, dont le mari est un vieux barbon qui s'occupe davantage de jouer aux échecs que d'honorer sa femme. Mais avec celle-ci comme avec Guilhelma, la mission de Fantine et de Maria ne donne aucun résultat, sinon de découvrir que Douce a choisi l'écuyer Delfin comme partenaire de ses ébats.

— Comtesse, mon amie, tu te tourmentes trop et ça se voit, observe Carenza. Tu es fébrile, tu ne dors plus et ton visage en porte la marque : yeux cernés, traits tirés. Au lieu de suspicion, pense plutôt reconquête. Tu en as les moyens, mais il faut mettre en valeur ta beauté et faire meilleure figure.

Ces paroles ébranlent l'entêtement de Béatrice. Elle réalise soudain que son obsession la mine, occupe tout son temps, l'empêche de s'occuper de ses filles, de diriger la maison, où un certain laisser-aller s'instaure, et même de respecter ses devoirs de piété. Il lui faut se ressaisir. Elle prend de nouveau grand soin d'elle, ramène la domesticité à une stricte discipline, consacre du temps à ses filles. Le séjour des invités touchant à sa fin, elle décide de convier les dames à une promenade dans ce qu'elle appelle son verger, un peu pour se faire pardonner ses humeurs, surtout pour montrer son mépris des intrigues de femmes lubriques et de maris en mal de volupté.

Le verger est en fait le jardin dans lequel voisinent arbres fruitiers et plantes aromatiques ou médicinales que Béatrice cultive à la fois par amusement et pour instruire ses filles. Il s'ouvre sur la pinède où elle aime musarder en compagnie de son entourage, comme dans le bois de Saint-Maime du pays de Forcalquier. Avec le soleil qui couvre d'or les rochers lisses et d'argent les cascades, la brise adoucissante envoyée par la mer comme pour annoncer les ondes du printemps qui font briller les prunelles, ce jour d'hiver agonisant se prête à merveille à la flânerie.

La gente compagnie sort de la résidence dans de joyeuses dispositions et forme cortège derrière Uc le ménestrel qui la conduit à une clairière tapissée d'herbe humide et d'aiguilles de pin. Les serviteurs y déploient une vaste toile et des tabourets sur lesquels les dames sont invitées à s'asseoir en cercle autour de leur hôtesse.

Pendant qu'elles écoutent chanter le seigneur Blacas, dont la voix, soutenue par les accords d'un luth, se mêle aux crissements des cigales, Marguerite et Eléonore, surexcitées, courent en tous sens en riant et en criant.

— Ne vous éloignez pas ! hurle Flamenque qui envoie Gontran et Delfin à leur poursuite.

Quand les écuyers les ramènent, Eléonore tient une boule de poils roux entre ses bras.

— Qu'est-ce que c'est ? Un écureuil ? Comment l'avez-vous attrapé ? demande la gouvernante.

— Une femme, dans la forêt, me l'a donné. Elle avait des yeux comme du feu et sa robe était pleine de rayures...

— Marca la diablesse... Voulez-vous bien relâcher cette bête ?

— Pourquoi ? Je veux le garder. Il est si gentil.

— Ah oui ? C'est un animal du diable. Il passe son temps à des jeux obscènes et à voler des vivres qu'il cache, mais il est si stupide qu'il ne se souvient jamais de la cachette.

— Il n'aura pas à faire ça, puisque c'est moi qui le nourrirai.

— Madame la comtesse n'acceptera pas. Ne voyez-vous pas qu'il a le poil roussi par le feu de l'enfer ? Allez, relâchez-le tout de suite !

Eléonore obéit en rechignant et rejoint avec ses sœurs le cercle des dames. Son attention est aussitôt attirée par le manège du beau Delfin, dont elle suit d'ailleurs tous les mouvements d'un œil chaviré. L'écuyer se tient à l'écart. Il semble nerveux et, un instant plus tard, s'éloigne discrètement pour disparaître dans les profondeurs de la pinède.

— Marguerite, Delfin a disparu, murmure-t-elle à l'oreille de sa sœur.

— Qu'est-ce que ça peut te faire ? Ecoute donc le sire Blacas !

— Je m'en moque, il chante mal... mais regarde !

D'un signe de tête, Eléonore désigne Guilhelma de Montmeyan

qui se glisse hors du cercle avec précaution et prend le même chemin que Delfin.

— Ils vont sûrement se retrouver ! Viens, on va les suivre.

— Non ! Dame Flamenque va nous voir.

— Elle ne nous verra pas. Reste si tu veux... Moi, j'y vais !

— On dit qu'il y a un monstre, une tarasque...

Eléonore hausse les épaules et se met à chantonner tout bas :

A Draguignan, un serpent mange les enfants,
A Cavaillon, c'est un dragon,
A Pâques, sort la tarasque...

Eléonore n'a qu'une idée en tête, savoir si cette Guilhelma, qu'elle déteste parce que tout le monde loue sa beauté, va rejoindre le bel écuyer, pour lequel elle éprouve ce sentiment indéfinissable qui fait rougir les joues dès qu'elle le voit. Echappant à la surveillance de Flamenque, elle se lance sur les pas des deux fugitifs.

Pendant son absence qui dure un bon moment, Marguerite ne cesse de trembler. Heureusement, les *cansos* de Blacas retiennent l'attention de toute l'assistance, même celle de Flamenque. Aussi éprouve-t-elle un immense soulagement de voir sa sœur revenir enfin, toute rouge et haletante, mais aussi effrayée que si elle avait rencontré un monstre.

— Si tu savais ce que j'ai vu !

— A voir tes yeux, sûrement le diable !

Eléonore hoche la tête et se cache le visage en sanglotant.

— C'est terrible, Marguerite..., murmure-t-elle en attirant sa sœur à l'écart.

— Delfin et la dame de Montmeyan se sont retrouvés ? En quoi ça nous regarde ?

— Ce n'était pas Delfin !

— Qui alors ?

— Oh, mon Dieu ! Je n'ose le dire... C'était notre père...

— Quoi ?

— Oui... Ils se sont couchés sur l'herbe... Guilhelma avait le surcot, la cotte et la chemise remontés jusqu'à la taille... Elle poussait des petits cris...

Marguerite rougit violemment.

— Ça suffit, n'en dis pas plus !

Parfois, il est arrivé aux deux sœurs de surprendre dans les sombres escaliers du château d'Aix ou de celui de Forcalquier des chevaliers de l'entourage du comte en train de lutiner des dames, mais cela ressemblait à un jeu sans importance. Cette fois, c'était leur père et le jeu était autrement plus grave.

— Je vais le dire à notre mère, lâche Eléonore entre deux sanglots.

— Non ! Ne fais pas ça. Mon Dieu ! Eléonore, ce que tu as fait n'est pas bien ! Voir commettre un péché, c'est comme si on le partageait !

— Tu parles comme Flamenque et tante Gersende.

Les deux filles se taisent brusquement. Alors qu'on n'entend plus Blacas et que les dames se sont égaillées en petits groupes pour musarder, la gouvernante leur crie :

— Madame la comtesse vous demande toutes les deux !

Marguerite et Eléonore se présentent, tête basse, épaules rentrées, à Béatrice qui, seule au pied d'un pin, les foudroie du regard.

— Qu'est-ce que j'apprends ? Il paraît que vous avez suivi les écuyers dans les bois ! Que sont ces manières ?

— On s'est promenées, mère, marmonne Marguerite, solidaire de sa sœur.

— Non, c'est moi toute seule, mère, j'ai suivi Delfin.

— C'est du beau.

— Le péché a été commis par la dame de Montmeyan, poursuit Eléonore d'une voix frémissante.

Béatrice sursaute.

— De quel péché veux-tu parler ? demande-t-elle en cherchant des yeux la jeune femme, sans la trouver.

— Ils étaient ensemble...

— Qui « ils » ? Qui était avec elle ?

Eléonore lâche alors en bredouillant :

— C'était... père.

La comtesse pâlit. Elle sent ses jambes flageoler et un grand vide se creuser dans sa poitrine. Elle ne s'était donc pas trompée. Le comte et la Montmeyan l'avaient bien dupée. Une bouffée de colère l'envahit, mais elle se fait violence pour ne rien en montrer, surtout à ses filles, et c'est d'une voix maîtrisée qu'elle leur dit :

— Ce n'est rien, nous allons rentrer et... oublier ce misérable incident. Je vous ai toujours recommandé de ne rien laisser deviner aux autres de vos sentiments, et de ne jamais parler devant les étrangers des affaires de famille. Vous êtes encore jeunes, mais c'est le moment de prouver que vous en êtes capables. Je sais aussi que vous ne direz nul mot de tout cela à votre père. Je peux vous faire confiance, n'est-ce pas ?

— Vous pouvez nous faire confiance, mère, bredouillent Marguerite et Eléonore en se serrant l'une contre l'autre.

Elles se rendent compte que quelque chose de grave vient de se passer entre leurs parents et leur émotion est telle qu'elles éclatent en sanglots. Béatrice les entoure alors de ses bras et murmure :

— Ne pleurez pas, mes enfants. Vous allez connaître des épreuves bien plus terribles dans votre vie. Il vous faudra les affronter avec courage et dignité, mais jamais, non jamais, vous ne devrez céder ni accepter la défaite.

3

La stratégie de Romée le Pèlerin

La comtesse tend le poing et l'épervier prend son envol. Telle une flèche, il perce les airs, affole un couple de geais et une volée de corneilles mais les ignore avec superbe pour dessiner un large cercle en altitude. Il esquisse quelques arabesques, plane sur ses ailes déployées avec une tranquille arrogance, comme pour affirmer sa suprématie, et reste un long moment immobile dans l'immensité bleue. Peut-être n'a-t-il pas encore choisi sa proie, ou attend-il à l'affût le moment propice pour porter son attaque. Soudain, il bascule et tombe dans le vide telle une pierre détachée d'un astre. Il traverse un nuage de passereaux égarés qui se dispersent en tous sens. Poursuivant sa trajectoire vers la lande de genévriers encore parsemée de givre matinal, il plante ses serres jaunes sur un lièvre en pleine course et le plaque violemment au sol.

La comtesse lance aussitôt sa jument. Marguerite et Eléonore, qui montent de petits chevaux arabes sous la surveillance attentive de Delfin, la suivent et tous quatre parviennent sur le lieu de la capture juste à temps pour assister à la mise à mort. D'un coup de bec brutal, le rapace rompt les vertèbres de l'animal, dont les pattes se rétractent en un dernier spasme. Puis, le couvrant de ses ailes déployées pour s'en approprier l'exclusivité, il lui ouvre les entrailles et les fouaille furieusement, lacère les chairs, avant de lever la tête et de regarder sa maîtresse avec un air de triomphe.

Béatrice frémit imperceptiblement. Elle éprouve comme chaque fois une étrange et indéfinissable sensation, une sorte de jouissance perverse prête à se muer en répulsion A son côté, Eléonore, fascinée, ne quitte pas des yeux le spectacle, tandis que Marguerite se détourne, horrifiée et s'écrie :

— C'est vraiment trop cruel !

— La violence et la cruauté ne sont pas l'apanage des éperviers. Vous les retrouverez partout chez nos semblables, dit la comtesse.

— Ne sont-elles pas des péchés, mère ?

— Evidemment, puisque c'est contraire à la bonté et à la charité, mais elles sont si profondément ancrées dans le cœur des hommes qu'elles étouffent la peur des sanctions. Sachez, mes filles, que vous aurez à vous défendre contre ceux qui les exerceront contre vous. Vous serez obligées d'en user vous aussi.

— Il faudra donc commettre le même péché ?

— Dieu pardonne à ceux qui doivent se battre contre le diable.

Ces paroles bouleversent les deux filles, même si elles les expliquent par le ressentiment et l'amertume de leur mère depuis la découverte de l'infidélité du comte.

Ce n'est pourtant pas la première fois qu'elles assistent à une chasse au vol. La comtesse les a initiées à l'exercice de dressage d'un épervier. Elles ont appris à lui attacher des grelots aux pattes ainsi que des lacets de cuir, et à lancer les escapes, ces oiseaux qui lui servent de proie. Marguerite ressent une peur viscérale quand il est posé sur son poing ganté, chargé d'une violence toujours prête à se manifester. Eléonore au contraire est enthousiaste, mais parfaitement inconsciente du danger. Un jour, à force de cajoler le rapace, elle l'a tant énervé qu'il a fini par lui entailler le bras d'un coup de bec. Comme sa mère, elle ne se lasse pas de regarder le profil têtu de conquérant et les yeux à l'iris jaune toujours en quête d'une proie. Son imagination la porte à y voir un frère animal des Lancelot et des Perceval, ces vaillants chevaliers dont le récit des fabuleux exploits la font rêver. Mais aujourd'hui, cette chasse émeut encore davantage les deux filles parce que leur sensibilité est depuis quelque temps à fleur de peau.

Le choc causé par l'infidélité du comte qu'a suivie une nouvelle séparation familiale les a laissées si désemparées qu'on ne les a plus guère entendues rire ou jouer. Alors que Sancie, trop jeune pour comprendre les raisons de la morosité ambiante, s'amuse à souffler dans une flûte, ses deux aînées passent leurs journées à broder, le nez sur l'ouvrage. Eléonore surtout y met un acharnement destiné à chasser de son esprit l'image obsédante de son père en partie dévêtu étreignant le corps nu de Guilhelma. Elle en a éprouvé à la fois un dégoût et un trouble dont elle a encore honte. Chaque nuit, elle fait un cauchemar dans lequel la femme brune aux rayures rencontrée en forêt vomit un serpent qui s'enroule autour de son père pour l'étouffer.

Marguerite, elle, rêve de façon plus confuse mais non moins

effrayante d'animaux et de monstres informes qui la poursuivent et la précipitent du haut d'une tour dans un marécage fourmillant de tarasques. Comme sa sœur, elle s'est mise à ignorer ostensiblement l'existence de la petite Béatrice que toutes deux rendent plus ou moins consciemment responsable du comportement paternel.

De toute façon, leur attachement envers un père qui garde son image de chevalier de légende les empêche de le condamner. Mais si elles estiment qu'il a été victime de la lubricité de Guilhelma de Montmeyan, elles se sentent plus proches que jamais de leur mère dont elles partagent l'affliction.

La comtesse ne s'est pas laissé longtemps entraîner dans une spirale de détresse. Le besoin d'air et d'espace, et aussi de libérer sa rage n'a pas tardé à reprendre le dessus. C'est ainsi qu'elle a décidé de recommencer la chasse au vol, un exercice de nature à endurcir le caractère de ses filles aînées, afin de les armer contre les agressions et les pièges de l'existence.

Elle-même a été initiée à cet art par son frère Aymon, sire du Chablais. Un chevalier catalan de retour de croisade lui ayant offert un épervier, un mâle au plumage gris-bleu barré d'orangé, elle avait appris à le dresser. Quelle jouissance d'apprivoiser la formidable puissance de l'oiseau, de commander par l'esprit les longues serres jaunes et le bec courbe conçu pour tuer, déchiqueter ! Quelle étrange sensation que celle de l'emprise des griffes sur le poing ganté ! La réussite du dressage et l'accoutumance n'empêchent nullement d'en ressentir la précarité, et c'est précisément le danger d'une révolte éventuelle du prédateur qui provoque un délicieux frisson.

Pour cette partie de chasse, la comtesse s'est apprêtée comme pour un combat. Elle a revêtu une tenue rouge doublée de vair et bordée d'hermine, serré sa chevelure nattée dans un bandeau de même couleur. Elle ne s'est pas fardée, laissant à son visage de carnation claire toute sa pureté de traits, et à ses yeux tout leur éclat glacé. Sûre maintenant d'avoir recouvré son énergie, elle a le sentiment d'être prête à la revanche.

Carenza remarque le changement, mais la connaissant bien, elle s'en inquiète.

— Tu viens de faire ta dévotion à la vengeance par le truchement de ton épervier. Ne devrais-tu pas songer au pardon pour la paix de ton âme ?

Béatrice lui lance un regard enflammé.

— Pardonner ? Jamais !

Guillaume, l'évêque de Valence, et Pierre, prévôt de Genève et d'Aoste, se regardent, perplexes, après avoir écouté avec attention le discours de leur sœur. Ils sont venus à Brignoles à sa demande, les termes du message de Béatrice ayant laissé transparaître une émotion plutôt insolite de sa part.

Tous trois sont réunis dans une salle discrète de la résidence, devant laquelle veillent les hommes d'armes qui accompagnent les visiteurs. Le prélat, impressionnant de stature, a un long visage alourdi de bajoues mais le nez busqué et de grands yeux sous d'épais sourcils noirs lui donnent un profil d'aigle. Aussi fidèle serviteur de l'Eglise que négociateur tortueux au service de son père, il associe piété et réalisme politique avec un art consommé de la dialectique. En tant qu'aîné, il prend le premier la parole.

— Dieu merci, le voyage n'est pas long de Valence, mais il me semble que cette affaire ne nous concerne qu'au regard de notre affection fraternelle. Vous êtes la seule à pouvoir la régler au mieux, ma sœur.

Pierre, petit et sec, un faciès de renard et le regard vif, approuve du chef et ajoute :

— Pourquoi tant d'émoi pour une frasque ?

— Une perfidie, un péché d'adultère, mon frère ! répond Béatrice, offusquée.

— Certes, c'est condamnable, mais ne soyons pas naïfs, reprend Guillaume. Il n'y a que les manants, les bourgeois, à la rigueur les petits chevaliers qui pourraient être passés en justice pour cette faute. Vous croyez-vous capable, ma sœur, d'en accuser ouvertement le comte ? Et d'ailleurs, il me semble que ce n'est pas la première fois qu'il la commet. Vous connaissez bien l'existence de Gontran. Peut-être même a-t-il d'autres bâtards...

— Gontran est fils d'une fille de ferme, ça ne compte pas. Cette dame de Montmeyan est fille et épouse d'un vavasseur. Je ne peux l'accepter.

— Vous êtes tout de même singulièrement arrogante. Ce que vous désirez, c'est tout simplement vous venger. Un sentiment bien barbare ! N'y mêlez pas Dieu. Je vous conseille au contraire de le prier afin qu'il vous rende esprit et sang-froid.

Le sermon fraternel ne calme pas Béatrice.

— La dame de Montmeyan est une créature du diable, et c'est servir Dieu que de la dénoncer !

— Que voulez-vous dire ?

— Quand ma fille les a surpris, il y avait dans le bois Marca la brune, cette sorcière qui hante les forêts du comté et y organise des orgies nocturnes.

L'évêque hoche la tête, incrédule.

— Ne me dites pas que le comte verse dans les diableries.

— Je ne serais pas surprise que la dame de Montmeyan soit une hérétique

Guillaume sursaute.

— Une hérétique ? Ce serait autre chose... Mais la présence d'une sorcière sur les lieux est un argument bien mince pour le démontrer. Et puis en quoi cette dame aurait-elle trahi le dogme en séduisant le comte ? Combien d'autres faudrait-il porter au bûcher pour avoir cédé à des impulsions... que Dieu me pardonne, somme toute naturelles !

Pierre le prévôt, resté assez silencieux, reprend la parole.

— Je vous conseille la prudence, ma sœur. Le sire de Montmeyan est peut-être un seigneur de rang modeste, mais il a des cousins puissants susceptibles de fomenter des troubles.

— Aurait-il partie liée avec Raimon de Toulouse ?

— Pas que je sache. Au contraire, il a toujours été au côté du comte Raimon Bérenger pour combattre le Toulousain et ne saurait être soupçonné de complicité avec les démons cathares. S'il apprenait son infortune à travers votre accusation, il risquerait de réagir très mal et de causer beaucoup de tort au comte. Y tenez-vous vraiment ?

Béatrice, déçue, hoche la tête. mais elle réagit aussitôt et déclare sur un ton déterminé :

— Il faut qu'ils payent, l'un et l'autre !

Guillaume lève les bras au ciel.

— Comme vous y allez ! Si vous êtes aussi déterminée, pourquoi nous avoir fait venir ?

— Pour un conseil sur la meilleure façon de punir leur fourberie.

— En ce qui concerne la dame de Montmeyan, qu'elle soit inspirée par le diable ou une sorcière, c'est à Dieu de la punir, pas à vous. Quant au comte, pourquoi ne pas faire preuve de charité chrétienne et lui accorder le pardon ? Dieu vous en saurait gré.

Le visage de Béatrice se fige.

— C'est trop me demander, mon frère. Songez que c'est ma fille Eléonore qui a découvert le comte avec cette femme. Elle n'a pas dix ans. Vous imaginez ce qui se passe dans sa tête ? Vous me reprochez d'être égoïste, mais sachez que je ne pense pas qu'à moi. J'ai quatre filles, et je dois me soucier de leur avenir...

— En quoi votre vengeance pourrait-elle leur profiter ?

— En obtenant du comte des avantages matériels qui leur échoiraient.

Guillaume et Pierre se regardent, puis éclatent de rire.

— Je vous savais douée, dit l'évêque de Valence, mais je ne pensais pas que mon élève me dépasserait en... réalisme. Ce propos est plus raisonnable.

Pierre approuve avec vigueur.

— J'adhère à l'idée d'exploiter la faiblesse du comte pour en obtenir des avantages, si tant est qu'il se sente coupable, ce dont je doute.

— Cette solution est acceptable, reconnaît l'évêque, et nous pouvons vous aider sur ce terrain en lui faisant valoir l'importance du soutien de notre famille dans sa diplomatie...

— Et dans ses finances, ajoute le prévôt. Le comte est encore redevable d'importantes dettes envers notre père.

— L'essentiel, ma sœur, est que vous agissiez dans le respect de la foi et des commandements de notre très sainte mère l'Eglise.

— Puisque vous désirez un avis, reprend Pierre, prenez garde aux gens qui entourent le comte. Ils sont rusés et leurs connaissances en droit sont solides. Les Justas et autres Cotignac sont catalans et lui sont totalement dévoués. Vous n'êtes pour eux qu'une étrangère.

Béatrice sourit avant de lâcher avec une belle assurance :

— Soyez tranquille ! Question de ruse, les Savoyards n'ont rien à envier aux Catalans. De toute façon, je dispose d'armes bien plus redoutables.

— Nous prierons pour vous, conclut Guillaume, qui ne se fait guère d'illusion sur le renoncement de sa sœur à une vengeance dont il redoute la cruauté.

Après le souper, la comtesse fait discrètement signe à Delfin de la rejoindre dans sa chambre. L'écuyer en frémit de joie. Amoureux d'elle depuis qu'il est entré à son service quelque deux ans auparavant, il n'a cessé d'espérer un tête-à-tête pour lui exprimer ses sentiments, mais elle a toujours évité de se retrouver seul avec lui. Il s'est imaginé que c'était par crainte de succomber à l'attrait de sa jeunesse. Malgré ses succès et le nombre de dames qui lui ont offert leurs charmes, son désir d'adolescent pour ce corps d'une savoureuse plénitude charnelle ne s'est jamais émoussé. Au contraire, la distance imposée par le rang, la vertu et l'autorité de la comtesse en ont attisé le feu, et il n'a jamais désespéré de faire tomber une défense dont il n'a jamais pu déceler les faiblesses. Humant avec délectation le parfum qu'elle répand sur son sillage, il se sent soulevé d'un fol espoir quand elle se dirige vers le fond de la pièce et tire le rideau qui isole une sorte d'alcôve.

Il déchante très vite quand elle lui déclare sur un ton d'une terrible sécheresse :

— Tu as servi de leurre pour permettre au comte de rencontrer la dame de Montmeyan, n'est-ce pas ?

— Je... je... j'ai obéi... au comte, bafouille Delfin soudain vidé de tout désir.

— Peu importe ! Tu m'as trahie. N'es-tu pas mon écuyer ? Je sais beaucoup de choses sur toi, et je pourrais te livrer aux maris jaloux qui te feraient enchaîner en forêt pour servir de gibier aux ours.

— Je vous demande pardon, ma dame, supplie Delfin en tombant à genoux.

— Je te donne une chance de te racheter. Tu vas te rendre à Montmeyan, tu approcheras la dame, la séduiras...

Delfin stupéfait, ouvre de grands yeux.

— La séduire ? Mais comment ?

— Allons, ne fais pas le naïf. Pour t'introduire au château, tu auras le prétexte d'un message... Ensuite, tu sauras très bien t'y prendre pour faire tomber dans tes bras cette infâme ribaude.

— Et le seigneur de Montmeyan... et ses gens...

— Quoi ? Tu as peur de ce petit seigneur... ou bien du comte ?

Delfin, vexé, hoche la tête, mais aucun mot ne sort de sa bouche.

— Ce n'est pas fini, poursuit la comtesse. Tu lui feras quitter le château et tu pourras t'amuser de son corps, mais surtout tu feras en sorte qu'elle rentre chez son époux entièrement nue, les mains liées par une écharpe rayée de rouge et de jaune comme une créature du diable...

L'écuyer pâlit. Il ne se sent pas capable d'une telle cruauté, mais il ne peut résister au regard à la fois impérieux et séduisant de la comtesse. Que ne ferait-il pas pour lui plaire ?

— Ne sois donc pas si effrayé ! poursuit Béatrice. Ce ne sera qu'un jeu pour toi de la séduire. Et puis, si ma vengeance te paraît cruelle, d'autres femmes que moi chargeraient un Odonin de l'exécuter et la Guilhelma ne rentrerait pas chez elle nue, mais dans un linceul ! Ne m'oblige donc pas à envoyer le muet.

Delfin frémit. A la pensée que la brute pourrait s'occuper de la jolie dame de Montmeyan, il s'incline, d'autant plus que la comtesse ajoute d'une voix qu'elle sait rendre enveloppante :

— Je saurai te récompenser, Delfin.

A Brignoles, en ces derniers jours de février, règne l'atmosphère agitée des départs. Un message du comte a demandé à la comtesse de venir le rejoindre avec la famille à Aix, où il tient les assises administratives de début d'année. Béatrice en est agréablement surprise. Echaudée, elle n'ose toutefois espérer un retour de flamme de l'époux, et se demande plutôt s'il ne nourrit pas quelque projet de séparation. Dans le char qui l'emporte avec ses filles, Carenza et Flamenque, elle ne cesse de pester contre la lenteur du cheminement, retardé par le gel qui fait trébucher les chevaux ou la pluie qui embourbe la route.

Lorsque apparaissent enfin dans la lumière brouillée du crépuscule les tours et la silhouette massive du château comtal, elle fait le vœu secret que ce printemps ne soit pas celui de la rupture, mais celui de la renaissance d'un amour singulièrement effrité.

Les filles, elles, crient de joie en entendant le son des trompes tombant du haut des murailles pour annoncer leur arrivée. Le pont-levis s'abaisse et une troupe d'hommes d'armes à cheval et à pied en jaillit pour s'aligner devant la barbacane et accueillir le convoi.

A peine Béatrice s'est-elle engagée dans la cour intérieure que le comte sort du donjon et s'avance vers elle avec cette élégante désinvolture qui donne toujours l'impression que tout va bien et que tout nuage, s'il y en a eu, est dissipé.

— Vous n'avez jamais été aussi resplendissante, douce amie, dit-il en lui donnant un baiser sur la bouche.

Incertaine sur les arrière-pensées du comte, Béatrice n'en est pas moins flattée. Elle sourit de satisfaction de le voir embrasser ses filles, prononcer quelques paroles affectueuses, et surtout prendre dans ses bras la petite Béatrice que Flamenque lui présente.

— Je crois qu'il a de bonnes intentions, murmure Carenza.

— Ne sois pas si pressée de conclure, répond la comtesse à mi-voix.

Un peu plus tard, alors que les époux se retrouvent dans leur chambre pour se préparer au souper, Raimon Bérenger attire Béatrice contre lui. Elle ne résiste pas, tout en restant sur ses gardes.

— Veuillez pardonner ma négligence de ces derniers temps, lui susurre-t-il à l'oreille. Je n'ai pu retourner à Brignoles car j'ai eu fort à faire.

— Encore le Raimondin, je suppose.

— Evidemment ! Le Toulousain n'en finit pas de créer des ennuis. Il vient de rencontrer la régente de France Blanche et le jeune roi Louis pour faire valoir on ne sait plus quels droits. Il a même obtenu de la commune de Marseille des privilèges seigneuriaux en viager. En Arles, c'est l'archevêque qui est aux prises avec la commune. Bref, je ne peux être partout à la fois et je dois chercher des appuis sûrs et des ralliements. Le prix en est élevé et sujet à marchandage. Tout cela est épuisant et parfois, je me suis endormi dans la salle d'audience... Mais jour après jour je me languissais de vous.

Béatrice se dégage et fixe Raimon Bérenger, comme pour jauger le degré de sincérité de son discours. Elle se sent fondre sous le regard qu'il pose sur elle, mais ne peut se débarrasser de sa méfiance.

Le soir, après le souper, retirée dans sa chambre, elle se prépare néanmoins à le recevoir. L'attente est longue et elle commence à ne plus y croire, quand elle entend son pas et la porte s'ouvrir. Dans l'obscurité, elle le sent approcher en se dirigeant à tâtons, guidé par le froissement de la soie, et frémit d'un désir presque oublié après tant de nuits sinistres vouées à la froidure de la solitude. Elle frémit quand les mains dont elle a connu tant de caresses défont les cordons de sa chemise et glissent sur sa peau. Elle s'abandonne alors totalement à l'étreinte qu'elle appelle de tous ses sens.

Pour Marguerite et Eléonore, l'hiver s'achève sur une note d'allégresse. La réconciliation visible de leurs parents dissipe les miasmes de la discorde qui empoisonnaient leurs relations et le palais résonne à nouveau des échos de leurs rires. Un jour la nouvelle y parvient que la jeune dame de Montmeyan s'est noyée dans la Durance.

— Il paraît qu'elle était nue. On ne sait s'il s'agit d'un accident, d'un meurtre, ou d'un suicide, rapporte Gontran.

La comtesse pâlit, mais ne dit mot.

— Qui aurait pu la tuer, sinon son mari ? commente Carenza. Elle lui en tellement fait voir.

— Une punition de Dieu, affirme Flamenque.

Prêtes à croire à la sanction divine, Marguerite et Eléonore sont atterrées. Celle-ci surtout, qui se sent impliquée, puisque Dieu l'avait choisie pour découvrir le péché. Le soir, elle s'endort avec difficulté et rêve que Guilhelma court à demi nue sur une lande déserte où elle est capturée et déchiquetée par un immense rapace noir dont la tête est celle de Marca la brune. Réveillée en sursaut, inondée de sueur comme si elle-même avait couru, elle saute du lit en hurlant pour se réfugier auprès de sa sœur qu'elle serre dans ses bras en pleurant.

— Que se passe-t-il ? demande Flamenque aussitôt accourue.

— Eléonore vient de faire un cauchemar.

— Ce n'est pas étonnant. Le diable a monté toute cette histoire. Il se manifeste encore avec l'apparence de cette ignoble sorcière. Il faudra bien qu'un jour, on la mette au bûcher !

Personne en tout cas ne pense à établir un lien entre le drame et un voyage de Delfin qui était parti rendre visite à sa famille. A son retour, c'est avec une grande émotion qu'il raconte à la comtesse ce qui s'est passé.

— J'ai réussi à faire sortir la dame du château... Nous avons chevauché en forêt et puis...

— Inutile de me donner des détails sur ce que vous avez fait, coupe sèchement la comtesse. Dis-moi plutôt la suite.

— J'ai voulu lui ligoter les mains, mais elle s'est débattue et a réussi à m'échapper. J'ai pu la rattraper. Elle a pris un bâton, m'a frappé et s'est enfuie. Elle courait si vite que j'ai dû prendre mon cheval, je me suis jeté sur elle et pour la maîtriser, je lui ai serré le cou...

Delfin s'interrompt et regarde la comtesse, comme s'il en attendait un réconfort. Elle se borne à murmurer en se signant :

— Je n'ai pas voulu un tel châtiment.

— Je ne pouvais faire autrement. C'était allé trop loin. Elle savait qui j'étais, et vous aurait dénoncée. J'ai transporté le corps jusqu'à la Durance... Il vaut mieux pour vous qu'il en soit ainsi.

— Je ne t'avais pas dit de la tuer ! dit la comtesse sur un ton sec en lui tournant le dos.

Delfin baisse la tête, profondément accablé, et se retire. Le lendemain, il s'éclipse sans crier gare, et pour ne plus revenir.

Le comte a pour sa part affecté une telle indifférence à l'annonce de la mort de la jeune femme que la comtesse s'est demandé si elle ne s'était pas trompée. Eléonore a-t-elle vraiment vu Guilhelma, ou n'aurait-elle pas été victime d'une illusion créée par Marca ? Mais Béatrice, armée de la certitude que la volonté toute-puissante de Dieu a inspiré le geste de Delfin, ne tarde pas à écarter de son esprit un tel doute et de sa conscience le moindre remords. Elle peut se consacrer sans état d'âme à une tâche ô combien importante : préparer l'avenir de ses filles.

Avec Raimon de Toulouse, la paix n est jamais qu'une pause entre deux affrontements. La nouvelle rapportée par des espions qu'il est en train de rassembler ses vassaux en vue d'une attaque dans la région de Tarascon oblige le comte à mobiliser ses forces et à repartir en campagne. Compte tenu du risque, Béatrice décide de lui demander des garanties matérielles pour ses filles et pour elle-même.

— Je ne sais ce que vous allez décider concernant votre succession, sauf évidemment si j'ai un jour le bonheur de vous donner un fils...

— Plaise à Dieu que cela nous arrive ! Que souhaitez-vous donc ?

— Que l'avenir de nos filles soit assuré... ainsi que le mien.

Le comte, surpris, fronce les sourcils, puis esquisse un sourire, presque amusé à la pensée que Béatrice envisage l'éventualité de sa disparition.

— Rien n'est sûr en ce monde, n'est-ce pas, ma dame ? N'ayez crainte, je vais y réfléchir sans tarder.

Dans le courant de la même journée, il fait demander à la comtesse de venir le rejoindre dans l'aula. Vêtu de pied en cap de sa tenue de guerre, il annonce son départ, commandé par l'urgence. Auprès de lui se tient un inconnu vêtu de noir au faciès volontaire, éclairé d'un regard franc et direct, qu'il présente.

— Romée de Villeneuve remplit actuellement les fonctions de juge mage. Sa famille est originaire du Llobregat, en Catalogne. Il revient d'un voyage à Rome. Il a été reçu par le Saint-Père et a rencontré votre frère, Mgr Guillaume de Savoie. Je l'ai chargé de constituer une chancellerie en collaboration avec Justas, Cotignac et Albeta de Tarascon.

— Le comté prend des allures de royaume ! remarque Béatrice.

— J'ai chargé Romée d'étudier la question de nos intérêts communs. J'ai une entière confiance en lui. Il vous fera des propositions dont vous pouvez être sûre qu'elles seront inspirées par le souci de vos intérêts et de ceux de nos enfants. Pardonnez-moi, mais il me faut partir...

Le comte embrasse Béatrice et se tourne vers les filles qui viennent d'entrer dans la pièce. Il les prend l'une après l'autre dans ses bras avec une émotion qui gagne les trois aînées. Les filles sont en pleurs et la comtesse elle-même, surprise de cette effusion, ne peut retenir ses larmes.

— Ne pleurez donc pas, ma dame, je reviendrai, lui dit Raimon Bérenger, une lueur d'ironie dans le regard.

La confiance du comte en celui qu'on appelle à Aix *Lou Roumieu*, le Pèlerin, est née dès leur première rencontre, quelque sept ans plus tôt, lorsque ce jeune chanoine de Fréjus, au visage franc et au regard direct, lui a été présenté par son beau-frère Guillaume de

Moncada. Il connaissait bien son père, le vieux Giral de Vilanova, seigneur d'un domaine situé dans la basse vallée du Llobregat. La famille était venue en Provence à l'époque du grand-père de Raimon Bérenger, le roi Alphonse d'Aragon, qui lui avait octroyé plusieurs seigneuries dans la vallée d'Argens.

L'origine catalane et ces antécédents familiaux jouèrent en faveur du jeune Romée, mais le comte a été surtout séduit par la force de conviction de ce jeune homme qui portait les signes d'un pèlerinage à Saint-Jacques-de-Compostelle, le bâton et la coquille sur un manteau de bure.

— Seigneur comte, ma famille vient comme la vôtre du même pays, avait-il déclaré. Comme la vôtre aussi, elle s'est enracinée dans cette terre de Provence, sur laquelle vous bâtissez une grande seigneurie indépendante. J'ai beaucoup prié au cours de ma longue marche et j'ai reçu de Dieu une réponse : « Le sens de ta vie est de te vouer à cette construction et de veiller à ce qu'elle reste fidèle à mon Eglise. »

La recrue était de choix. Outre la bénédiction divine, le bagage de Romée était impressionnant. Il avait beaucoup lu les écrivains latins et acquis une connaissance si approfondie du droit romain qu'il réussit à mettre en difficulté sur ce terrain des hommes tels que Rodrigue Justas et Albeta de Tarascon. Imbu de la notion latine de souveraineté, le *merum imperium*, et d'une conception centralisatrice du pouvoir, il a convaincu le comte, aux prises avec des forces acharnées à fomenter des troubles et à créer les divisions, de réorganiser son administration en ce sens. Depuis lors, il fait partie du cercle étroit de ses conseillers, mais dans l'ombre, afin de lui permettre d'exercer un contrôle sur les agents et les services du comté sans éveiller leur méfiance.

Trois jours après le départ de Raimon Bérenger, Romée sollicite une entrevue de la comtesse. Elle décide de le recevoir dans la chapelle Saint-Mitre, une façon de conférer aux propos qui y seront tenus la solennité requise par l'importance du sujet. Elle revêt d'ailleurs pour la circonstance une somptueuse robe rouge taillée dans un précieux tissu de Byzance et se pare d'un collier serti d'étincelantes pierreries, offrande du comte pour la naissance de Marguerite.

Romée est un homme séduisant, qui n'a pas la sècheresse d'un Justas, ni la rudesse catalane d'un Cotignac, ni la faconde d'Albeta de Tarascon. C'est d'une voix grave qu'il annonce la première décision de Raimon Bérenger, « inspirée par une grande générosité » : confirmation des terres et des revenus constituant le douaire, notamment ceux de Brignoles et du pays de Forcalquier, octroi d'une rente de huit mille sous sur les revenus de terres dépendant de la baillie de Gap, allocation dans les six mois à venir des revenus de terres situées sur la rive droite de la Durance, cession de plusieurs châtellenies.

La première réaction de Béatrice est d'exprimer son approbation, mais elle ne tarde pas à déchanter lorsque Romée ajoute :

— Mon seigneur le comte souhaiterait de votre bienveillance la remise de dettes contractées envers vous et envers mon seigneur le comte de Savoie, votre père, ainsi que la cession de certaines de vos terres à Tarascon et à Eyguières.

— Voilà une singulière générosité ! s'écrie Béatrice. Est-ce vous qui lui avez conseillé cet échange ?

— Je l'ai fait en fonction de l'intérêt du comte et sans nuire au vôtre. La rente et les revenus qui vous sont octroyés sont importants, ma dame. La contrepartie qu'il demande se justifie pour des raisons politiques. Les régions de Tarascon et d'Eyguières sont remuantes et le comte doit y avoir les mains libres. Quant à la remise des dettes, elle est imposée par l'état des finances du comté, que vous savez déplorable à cause des guerres et des troubles.

Raide sur son fauteuil, Béatrice ne dit mot. Ce n'est pourtant pas un silence de désapprobation. Elle est trop consciente des enjeux politiques pour ne pas comprendre ces arguments.

— J'accepte, finit-elle par répondre au bout d'un moment. Toutefois, en ce qui concerne les créances, je ne peux prendre de responsabilité que pour la mienne. Elle s'élève à quatre mille marcs d'argent.

— Je le conçois bien... Mais sachez que mon seigneur le comte de Savoie nous a fait savoir qu'il exigeait le remboursement des dettes...

Béatrice retient un sourire de satisfaction. L'exigence de son père résulte de son entrevue avec ses frères Guillaume et Pierre. La solidarité familiale a joué, comme toujours.

— Mon seigneur le comte espère que vous en obtiendrez la remise, poursuit Romée.

— Et si je n'y parvenais pas ?

— Ce serait très regrettable, ma dame.

— Est-ce à dire que l'effacement des créances conditionne la « générosité » du comte ?

— Je regrette d'avoir à vous répondre par l'affirmative.

Béatrice sent se raviver son sentiment de méfiance que la sueur du plaisir partagé sur la couche conjugale n'a pas réussi à dissiper.

Elle sait que sous le masque de la désinvolture et d'une exquise courtoisie se cache un personnage secret, complexe, changeant, et difficile à retenir. Bien qu'il soit revenu vers elle, nul ne pourrait jurer de la pérennité des sentiments ni de l'attachement sensuel qu'il lui manifeste.

— Je donnerai ma réponse au comte à son retour, dit-elle.

Deux semaines plus tard, Romée est surpris d'entendre la comtesse annoncer à son époux, revenu auréolé d'un nouveau succès militaire sur le Raimondin, qu'elle consent aux conditions énoncées par Romée et a obtenu de son père la remise de la dette. L'amour sans doute a surmonté les préventions, même s'il ne les a pas totalement chassées.

L'accord, rédigé par le notaire Raimon Scriptor avec pour témoins Romée de Villeneuve et Guillaume de Cotignac, est censé mettre fin définitivement à la brouille conjugale. Comme pour lui apporter une consécration, Béatrice, sûre depuis peu d'être enceinte, l'annonce au comte le jour de Pâques, une façon de lier ce bonheur à la résurrection du Christ. Elle le fait discrètement à l'issue de la messe solennelle en la cathédrale Saint-Sauveur d'Aix, pendant que toute la famille assiste à la procession rituelle des chanoines autour d'un labyrinthe tracé devant le parvis. Les chants et le roulement des tambours qui rythme les pas obligent Raimon Bérenger à lui demander de répéter ses paroles.

— Que Dieu soit loué ! crie-t-il alors, laissant éclater sa joie.

Sans en comprendre la raison, la foule se met à hurler des vivats, mêlant Dieu, le comte et sa famille. Raimon Bérenger ordonne aussitôt une distribution de victuailles et de vin. Le soir, la fête bat son plein dans les rues d'Aix, pendant qu'au château est offert un festin aux seigneurs et aux clercs.

Les nuits suivantes, le comte se montre plus amoureux que jamais de sa femme et s'abstient de toute allusion au sexe de l'enfant à naître. En ce mois d'avril, prodigue en ondes de fraîcheur qui font éclater les bourgeons et reverdir la nature, Béatrice s'apprête à vivre un printemps d'allégresse comme elle n'en a pas connu depuis longtemps.

A l'instar des bergers qui abandonnent les terres basses vouées aux miasmes malsains de l'été pour conduire leurs troupeaux sur les pâturages des collines ou des montagnes, la famille se prépare à émigrer sur les hauteurs. En raison de la grossesse de Béatrice, il est décidé de sauter l'étape printanière habituelle de Brignoles pour gagner Forcalquier dès la fin du mois. Les filles se réjouissent à la perspective de passer le premier jour de mai à Saint-Maime, où la fête de la jeunesse est célébrée dans une très grande allégresse.

Le voyage se déroule sous un magnifique soleil et un ciel bleu qui entretiennent la bonne humeur malgré l'inconfort des chariots et le mauvais état d'une route transformée en bourbier par les averses. Un seul incident survient, jetant un froid sur le convoi. Un cavalier solitaire, tout vêtu de noir, le visage à peine visible sous un capuchon, surgit d'un bas-côté et aborde le véhicule de la comtesse avant que les gardes à cheval puissent s'interposer.

Il lance en latin, d'une voix lugubre, étrange, comme contrefaite :

— Aux derniers jours d'avril, le signe du taureau masque l'arrivée du diable vengeur. Il vient des terres glacées du Septentrion, fera régner les ténèbres, emportera femmes, enfants et bêtes, enverra un dragon pourrir les eaux avec de la salive empoisonnée. Les prières ne l'empêcheront pas de frapper...

Il ne peut en dire plus, car Odonin, aussitôt accouru, vient de lui pointer son épée sur la gorge. L'inconnu ne demande pas son reste et tourne bride en lançant une imprécation dans une langue incompréhensible.

— Je n'aime pas ça, murmure Flamenque, qui ne comprend pourtant pas le latin.

— Un fou ! dit la comtesse en haussant les épaules.

Mais elle pâlit quand Eléonore s'écrie :

— C'est Delfin, je l'ai reconnu !

— Qu'est-ce que tu racontes ? Delfin a complètement disparu.

— De toute façon, c'est un oiseau de mauvais augure, grogne la gouvernante.

Aucun autre incident ne trouble les derniers jours du mois, démentant le présage proféré par le cavalier noir. Dès la veille du 1er mai, des groupes de jeunes gens sont allés couper dans la forêt des tronçons d'arbre feuillus pour les planter devant les maisons des jeunes filles auxquelles ils veulent déclarer leur amour. Certains chantent et boivent déjà plus que de raison, mais c'est le lendemain que commence la vraie fête.

Après la messe, la comtesse, ses filles, la gouvernante et les camérières prennent la route de Saint-Maime avec une petite escorte. Le village est en effervescence. Une foule de gens accourus des fermes et des hameaux environnants avec leurs enfants s'agglutine autour des jongleurs, des acrobates, et d'un montreur d'ours. L'arrivée de la châtelaine et de sa compagnie qu'ils saluent avec respect ne les gêne guère, tant la présence de la famille du comte leur est familière.

Alors que Sancie reste auprès de sa mère et que la petite Beatrice est confiée à la fermière du castel des Encontres, Marguerite et Eléonore échappent une fois de plus à la surveillance de Flamenque pour aller voir les jeunes filles enlever les arbres de mai en réponse au message de leurs soupirants. Pour elles, ce rite n'a jamais été qu'un jeu, mais cette fois, elles perçoivent dans les rires et les regards un échange assez troublant pour que Marguerite en rougisse et s'éloigne en courant.

— Pourquoi t'en vas-tu ? lui crie sa sœur, en se résignant à la suivre.

Elles croisent une Flamenque furieuse, lancée à leur recherche, et rejoignent leur mère entourée de ses camérières devant la porte du castel. Une fille toute rondelette y est en train de saisir l'arbre planté à son intention. Elle adresse un clin d'œil de défi à Marcadet, le fils du fermier, en chantant d'une voix claire au timbre enjoué :

Vive la dame qui ne fait pas languir son ami,
Qui ne craint ni les jaloux, ni le blâme,
Et va chercher son cavalier dans les bois...

Soudain, au milieu des vivats et des rires, Eléonore se précipite vers sa mère pour lui demander de rentrer.

— Pourquoi ? Que se passe-t-il ?

— Ces paroles doivent réveiller de mauvais souvenirs, marmonne Flamenque à voix basse.

Béatrice ne dit mot. Elle se rend compte brusquement que tout ce qui s'est passé les derniers mois entre elle et le comte a déchiré le voile de l'innocence qui enveloppait ses filles et laissé une blessure que la réconciliation n'a pas permis de guérir. De retour au château, elle juge bon de leur expliquer le sens de cette fête.

— La plantation d'arbres de mai est un spectacle, un jeu, mais c'est aussi pour les jeunes manants une déclaration d'amour.

— Ça veut dire qu'ils vont se marier après ? demande Marguerite.

— Pas toujours... Si le garçon fait une déclaration devant des témoins, alors il est engagé. C'est plus simple chez les manants que chez les seigneurs. Ils n'ont pas besoin du consentement des parents, tandis que dans nos familles ce sont les parents qui décident du mariage de leurs enfants

— Pourquoi, mère ?

— Les intérêts des familles sont trop importants et les enfants doivent obéir.

— Et si les mariés ne s'aiment pas ? demande Eléonore.

— Vous êtes toutes les deux trop jeunes pour savoir ce que ce mot signifie vraiment. Sachez seulement que l'amour est comme le soleil, il est souvent caché et peut apparaître un beau matin après la nuit, ou lorsque le vent a dissipé les nuages...

Elle se tait et, croisant le regard pur de ses filles, ajoute :

— Il peut être aussi un mensonge, ou bien un feu qui vous brûle et vous rend fou.

Les présages, bons ou mauvais, ne se réalisent pas toujours, et pas au moment que l'on espère ou que l'on craint. Au début de l'été, la grossesse de Béatrice s'interrompt brusquement sans que maître Raimon de Fayence, le médecin du comte, puisse en donner la raison exacte. Nombreux sont ceux qui croient à un maléfice jeté au nom du diable par le cavalier noir rencontré près de Forcalquier. Le fait qu'Eléonore ait cru reconnaître Delfin incite la comtesse à y ajouter foi et à imaginer que la fausse couche est l'acte de vengeance du fantôme de Guilhelma. Elle se demande même si la malédiction ne l'empêchera pas désormais d'enfanter.

Ce n'est donc pas sans appréhension qu'elle attend la réaction du comte. A sa surprise, s'il lui exprime tristesse et déception, il ne manifeste pas la violence qu'avait provoquée la naissance de Béatrice. Sans chercher à élucider la raison de ce changement, elle a l'impression qu'il a pris son parti de n'avoir que des filles. Jusqu'alors assez indifférent à leur égard, il montre un intérêt croissant pour ses deux aînées, surtout depuis que la personnalité de chacune se dessine avec plus de précision. Connaissant sa versatilité et les aléas d'une existence vouée à la lutte pour le pouvoir et à la guerre, elle saisit l'occasion de son séjour à Forcalquier pour évoquer leur avenir.

— Notre Marguerite a maintenant onze ans. Elle sera bientôt en âge d'être mariée, rappelle-t-elle.

— On a encore le temps d'y penser.

— Peut-être pour lui chercher un prince digne de votre lignage, mais il convient de la préparer.

— La préparer ? Mais il me semble que vous leur avez inculqué tous les principes indispensables à une jeune fille de notre rang, la piété, la chasteté, le respect des convenances, vous les avez initiées à la vénerie, à la musique, il restera à leur enseigner ce qu'elles doivent savoir sur les rapports entre un homme et une femme.

— Cela ne me paraît pas suffisant. Marguerite et Eléonore ont assez d'intelligence et de beauté pour ne pas se contenter d'offrir leur matrice à leurs époux et de broder leur linge. Elles vous seront précieuses pour les alliances que leurs mariages vous apporteront, mais je n'apprécierais pas qu'elles soient de simples pions dans votre stratégie politique.

— Que voulez-vous qu'elles fassent de plus ?

— Elles pourraient avoir une réelle influence, participer au pouvoir, un privilège qui ne m'a pas été accordé...

— Est-ce un reproche ?

— Parfaitement ! Après tout, vous n'obéissez qu'aux conventions, et mon cas importe peu. C'est celui de nos filles qui me préoccupe. Il faut leur donner les moyens intellectuels d'affronter cette longue épreuve qu'est le mariage...

— Une épreuve, le mariage ?

— Qu'est-ce d'autre qu'une confrontation charnelle transformée en servitude par le double devoir d'obéissance à la famille et de soumission à l'époux ?

Le ton véhément du propos déconcerte le comte.

— Les moyens intellectuels ? Vous ne voulez tout de même pas qu'elles s'initient aux arts libéraux ? Ils sont réservés aux garçons.

Les arts libéraux, autrement dénommés les « sept colonnes de la sagesse », forment alors l'ensemble des connaissances enseignées dans les universités. Ils sont groupés en deux cycles, l'un est le *trivium* comprenant grammaire, rhétorique et dialectique, l'autre le *quadrivium*, comprenant arithmétique, musique, géométrie, astronomie, soit les quatre branches des mathématiques.

— Il n'est pas question qu'elles fassent concurrence aux clercs, réplique Béatrice. Je pense à une instruction un peu plus savante que celle délivrée par ce vieux griffon de frère Rigaut. Le pauvre n'a sans doute jamais lu dans sa vie que les Saintes Ecritures.

— Il ne faudrait pas aller trop loin, ma dame. Au lieu de plaire par leur beauté et leur éducation, nos filles vont faire peur.

— Votre mère a-t-elle eu peur de moi ? Avez-vous eu peur de moi ?

A l'évocation de sa mère, le comte change de ton et réplique avec vivacité :

— La comtesse Gersende a dû faire face à d'innombrables difficultés après la mort de mon père, elle ignorait la peur, mais moi j'ai eu longtemps peur de vous, ma dame.

L'aveu fait sourire la comtesse.

— Ce n'est vraiment plus le cas, soupire-t-elle.

Raimon Bérenger lâche d'une voix suave :

— Je suis votre homme lige, ma douce amie, vous le savez bien.

— Revenons à nos filles, reprend Béatrice. Il faut qu'elles connaissent mieux la valeur de ce comté édifié par leur père avec des fragments épars. Un oisillon ne doit-il pas connaître son nid et le renardeau son terrier ? C'est ainsi qu'elles comprendront leur devoir de le défendre quand elles entreront dans d'autres familles !

L'argument fait mouche.

— Vous avez raison, je m'en chargerai.

— Vous êtes trop souvent absent. Comme il conviendrait aussi de renforcer leurs connaissances en latin, de les instruire sur les grands royaumes voisins et les rapports de leurs souverains entre eux...

Le comte lève les bras au ciel.

— Mon Dieu ! Vous espérez qu'elles prendront un jour le pouvoir en France, en Angleterre ou en Germanie ?

— Ne plaisantez pas, mon ami. Il s'agit de l'avenir de nos filles et je voudrais qu'elles remplacent le garçon qui vous manque tant.

— Que proposez-vous ?

— Il faudrait leur donner un autre précepteur que le brave frère Rigaut. Je pense que frère Elias, du prieuré de Salagon, conviendrait parfaitement. Je l'inviterai à venir au château pour vous le présenter.

Le comte acquiesce et Béatrice, sans perdre de temps, envoie chercher le moine.

Frère Elias, âgé d'une quarantaine d'années, a l'aspect d'un ascète. Son visage semble encore imprégné de la poussière des routes parcourues, mais il est éclairé d'un regard angélique. Aussi pieux que savant, il a mené une vie d'ermite itinérant dans les pays de l'al-Andalous et en Sicile, où il a appris l'arabe, avant d'aller étudier à Padoue. Il a rencontré de grands esprits tels qu'Albert le Grand et Joachim de Flore. Il a lu Aristote et Galien, Averroès et Avicenne. Si sa modestie l'empêche de faire étalage de ses connaissances, il assume avec fermeté sa fidélité au dogme édicté par Rome.

Après un bref entretien, Raimon Bérenger s'estime rassuré sur la rigueur spirituelle et la science du moine. Les leçons commencent aussitôt, mais la comtesse tient aussi à ce que ses filles apprennent ce que frère Elias ne saurait leur enseigner, la signification de l'argent, la monnaie, le commerce.

Elle en charge un homme de confiance, recruté chez elle, en Savoie, pour s'occuper de sa comptabilité. Agé d'une trentaine d'années, il s'appelle Bonafous. Il est juif et sa famille a été au service des comtes de Savoie depuis des lustres. Tout de noir vêtu, maigre et raide comme une lance, avec une tête d'oiseau et des yeux noirs mobiles, il a la parole précise et alerte. C'est néanmoins avec ennui que Marguerite et Eléonore l'écoutent parler de la valeur de l'or, de l'argent ou du cuivre, de la frappe des monnaies, du denier et du marc d'argent, du besant de Byzance et du dinar arabe. Ce qu'elles ignorent, c'est que cette instruction supplémentaire est motivée par la perspective du mariage de Marguerite.

Le comte, qui commence à s'en soucier, se tourne vers Romée de Villeneuve, l'homme sans l'avis duquel il ne prend plus aucune décision importante. Qui d'autre mieux que le « Pèlerin » pourrait le conseiller pour transformer en une arme politique et diplomatique le désavantage de n'avoir que des filles ?

A la suite de sa conversation avec la comtesse, il est allé sur le chemin de ronde du château pour y réfléchir, contempler ses terres, en humer les odeurs, et jouir du sentiment de domination que ce panorama lui inspire. C'est là que quelques jours plus tard il convoque Romée.

— Comme tu le sais, lui dit-il, l'espoir d'un héritier vient à nouveau de sombrer.

— La comtesse est encore en âge...

— Non ! coupe le comte On ne compose une musique qu'avec les sons dont on dispose.

— Votre musique peut être somptueuse, mon seigneur, à condition de savoir la moduler.

— Explique-toi !

— Notre Provence est un joyau trop séduisant, trop bien situé, pour ne pas attirer toutes les convoitises. En outre, nombreux sont ceux qui, dans le voisinage et ici même, vous reprochent d'avoir pris le parti du pape et du Capétien contre les hérétiques d'Albi, voire contre le Raimondin, et malgré ce que certains croient, contre l'empereur.

— Je n'en changerai pas !

— Vous savez que je vous approuve, mais notre intégrité et notre indépendance exigent que nous cherchions à contrebalancer cette hostilité latente ou déclarée. Vous devez faire de votre Provence une étoile dont le rayonnement s'étendra aux quatre points cardinaux...

Romée, soulignant son propos d'un geste, ouvre sa main gauche comme pour lui donner la forme d'une fleur à quatre pétales, et de l'index de sa main droite dessine un cercle,

— Au centre, la Provence, autour d'elle la ronde des prédateurs : à l'ouest, il y a Toulouse, et plus loin l'Aragon et l'Aquitaine des Plantagenêt. Au nord, il y a la France des Capétiens, à l'est, la Lombardie, et au-delà la papauté, l'empire. Au sud, la mer... Il faudra faire en sorte qu'en ces quatre directions retentisse le chant de nos cigales afin qu'à l'exemple de la parole de l'Evangile, il charme l'ami, et désarme l'ennemi. Avec l'aide de Dieu, vos filles sauront le faire entendre pour assurer votre gloire, mon seigneur !

4

De la rosée sur un bouton de rose

Aix. 1er janvier 1233.

Au lendemain de la Nativité, il est de tradition de célébrer avec une allégresse particulière les fêtes de Saint-Etienne, de Saint-Jean l'Apôtre, et des Saints-Innocents. Par une malicieuse inversion de la hiérarchie ecclésiastique, la charge de conduire le rituel et d'animer les réjouissances de ces trois jours revient au bas clergé et aux enfants de chœur. Saint Luc l'évangéliste n'a-t-il pas écrit : « Déployant la force de son bras, le Puissant disperse les superbes, renverse les puissants de leurs trônes, élève les humbles » ?

Les trois filles du comte, excepté Béatrice, encore trop petite, se sont beaucoup amusées à la fête des Saints-Innocents. Quelle jubilation que de voir des gamins chasser les chanoines de leurs hautes stalles du chœur de l'église pour s'y installer, et l'un d'eux, coiffé d'une mitre trop grande, prendre la direction des cérémonies à la place de l'évêque ! Il ne leur est pas venu à l'idée de faire un quelconque rapprochement avec la réalité, tant il leur est impossible d'imaginer des manants prendre la place du seigneur comte leur père. Cette année, elles ont demandé à assister à la cérémonie de la Circoncision que célèbrent les sous-diacres. Réputée encore plus drôle et provocante parce qu'on y intronise un âne, elle n'est pas qualifiée sans raison la « fête des fous ».

L'année précédente, elle a même été scabreuse. Les sous-diacres, ivres, avaient parodié la messe de façon grossière, affublé l'âne d'un sexe gigantesque et achevé la journée par une orgie dans un estaminet. Cette année, l'archevêque a cru bon de lancer un avertissement et menacé d'excommunier ceux qui commettraient de tels excès. De nouvelles dérives sont toutefois à craindre. Le mécontentement de la population et du bas clergé contre l'immoralité et la cupidité de nombreux prélats risque de rejaillir sur le comte depuis son engagement auprès du pape et du roi de France dans la croisade dite des Albigeois.

L'Eglise est en effet agitée depuis des décennies par un vaste mouvement critique. Au-delà du discours moralisateur de l'évêque d'Acre Jacques de Vitry et de la purification par l'exemple de François d'Assise, elle est confrontée à une contestation plus grave, celle des hérésies qui s'attaquent à ses fondements dogmatiques. Les Vaudois, ou Pauvres de Lyon, prônent ainsi le retour à la Bible et dénient au clergé le monopole de la prédication. Plus répandue est celle des Cathares du Languedoc voisin qui accusent l'Eglise de Rome d'avoir trahi l'Evangile et croient en la réalité antagoniste de deux principes éternels, le Bien que représente Dieu et le Mal que représente Satan. Adoptée ou soutenue par de grands seigneurs, renforcée par une révolte contre les abus du clergé, son succès avait contraint le pape Innocent III à lancer en 1209 une croisade contre elle.

Menée d'abord par Simon de Montfort puis par le roi de France Louis, huitième du nom, l'expédition avait pris tournure d'invasion du Midi par des forces du Nord. Tandis que le comte Raimon de Toulouse s'y était opposé pour défendre ses terres, Raimon Bérenger s'y était rallié pour préserver les siennes. Le premier, vaincu, fut contraint en 1229 par le traité de Meaux d'abandonner ses terres du marquisat de Provence, tandis que le second garda son comté intact. En prenant pied dans le Midi où il installa les sénéchaussées de Béziers et de Carcassonne, le Capétien protégeait en quelque sorte le comté provençal des velléités de reconquête du Toulousain.

L'alliance de Raimon Bérenger avec les « Franchimands » et le pape produisit en Provence des séquelles moins favorables. Outre la sympathie qu'on y éprouvait pour des hérétiques partageant la même langue d'oc, cette collusion était de nature à encourager les tendances autonomistes et anticléricales très vivaces dans des villes comme Marseille, Tarascon, Avignon, ou Arles. Les confréries qui s'y fondèrent prirent parti pour le Toulousain. Raimon Bérenger a donc du batailler ferme pour y imposer son autorité, ainsi qu'aux seigneurs et aux villes de la Provence orientale comme Grasse, Nice et les communes urbaines du bas Rhône. A Marseille, au cours des derniers mois, les consuls communaux et une partie de la population détruisirent son château, chassèrent ses partisans dont ils mirent les biens à sac. Raimon Bérenger jugea préférable de négocier et de faire appel à l'empereur. Pourtant, il se heurte toujours à une résistance regroupée autour des comtes de Toulouse et des Baux. En ce début de l'an 1233, la paix reste donc fragile.

Aussi, la comtesse Béatrice est-elle étonnée qu'il ait autorisé ses filles aînées à assister à la fête des fous.

— Ce jeu relève d'une vieille tradition. Ne faut-il pas qu'elles connaissent toutes nos coutumes ? Frère Elias leur en expliquera le sens. D'ailleurs, je suis persuadé que le sermon de l'archevêque aux sous-diacres permettra un déroulement décent de la fête...

Il ajoute avec un sourire entendu :

— J'ai fait ce qu'il fallait pour leur faire entendre raison.

Béatrice sait ce que cela signifie : un assortiment de menaces et de faveurs diverses, de dons et de privilèges ou de promesses de bénéfices, tactique éprouvée pour calmer les velléités de révolte. De toute façon, elle-même est convaincue que ses filles, du moins les deux aînées, seront appelées un jour ou l'autre à être confrontées à des situations embarrassantes. Il convient de les y habituer. Elle a donc chargé Flamenque et Gontran de les accompagner avec une escorte commandée par Odonin le muet.

La foule est nombreuse devant le parvis de la cathédrale Saint-Sauveur, où les filles du comte viennent se placer sous le dais érigé à leur intention.

A peine la trentaine de clercs chargés de commencer la liturgie entonnent-ils l'aria « De l'Orient nous est venu un âne... » qu'une rumeur s'élève dans une rue adjacente. Il en débouche une troupe d'une vingtaine de personnes affublées d'oripeaux qui frappent sur des tambourins de façon désordonnée. Les uns ont le visage barbouillé de suie, les autres portent des masques d'animaux. Deux d'entre eux tiennent un âne par le licou. Ils rejoignent les chanteurs pour former un cortège qui pénètre dans l'église. Malgré la solennité des cantiques, des rires éclatent quand des sous-diacres assènent une volée de coups de bâton à l'âne pour lui faire franchir le porche.

— L'âne n'aime pas ces pitreries, tout juste bonnes pour Tristanou, grogne Flamenque en suivant le cortège avec les deux filles. Dieu punira la vilenie de ces clercs de bas étage !

— Dieu le permet, il est au-dessus de ça, lui répond à voix basse Gontran. Et puis l'âne est aimé du Christ et de la Vierge Marie qu'il a transportée quand la Sainte Famille s'est rendue à Bethléem.

L'âne finit par céder dans un concert de braiments et de cris et le cortège peut enfin entrer sous la nef centrale. Les sous-diacres pénètrent dans le chœur, les uns pour s'asseoir dans les stalles vides du chapitre cathédral, les autres pour servir la messe après avoir coiffé l'âne d'une mitre d'évêque. Debout à la croisée du transept, Marguerite et Eléonore suivent bouche bée ce spectacle sacrilège et se regardent avec un air offusqué. Mais l'office se poursuit sans aucun autre geste ou parole parodique jusqu'à la procession finale dans le déambulatoire et les nefs latérales. Les sous-diacres se mettent alors à gesticuler et à danser autour du pauvre bourricot. Au sortir de l'église, ils entonnent une prière vouée au « Sire Ane » en terminant chaque strophe par des « hez-hi-han-hez-hi-han », à la grande joie de la foule qui pousse des clameurs et des vivats.

— Je veux rentrer au château ! s'écrie soudain Eléonore.

Décontenancée, la gouvernante lui en demande la raison.

— Parce que je déteste ces cris, je déteste que tout soit à l'envers ! Frère Elias nous a dit qu'on doit respecter l'ordre de Dieu. Pourquoi mettre la mitre d'un évêque à un âne et le frapper ? Bientôt, c'est nous qu'ils vont frapper.

— Je vois que les leçons de frère Elias ont du bon, marmonne Flamenque qui constate avec satisfaction un changement dans le comportement d'Eléonore.

— Oui, rentrons ! déclare à son tour Marguerite, apparemment très contrariée.

De retour au château, alors qu'Eléonore monte dans la chambre des enfants et se plonge dans un ouvrage de broderie, Marguerite fait irruption chez sa mère, qui en est absente. Elle se précipite dans le coin réservé aux ablutions, et relevant surcot, cotte et chemise, constate avec stupeur qu'un filet de sang coule sur ses cuisses, provenant de son sexe. Affolée, elle s'essuie avec un linge et se tasse dans un coin de la pièce, le cœur battant, en se demandant ce que signifie cette étrange maladie.

Elle se relève en entendant la voix de la comtesse :

— Que fais-tu donc là ?

Marguerite éclate en sanglots et montre le linge en pleurant.

— Mère, je suis malade... je perds tout mon sang !

La comtesse sourit

— Ne t'inquiète pas. Non, tu n'es pas malade et ne vas pas perdre tout ton sang, mais n'en parle pas. C'est ce qui arrive à toutes les jeunes filles de ton âge. Cette saignée va durer quelques jours et reviendra désormais tous les mois.

— Si ce n'est pas une maladie, pourquoi ça recommence tous les mois ?

— C'est la nature, ma fille. Cela signifie que tu es devenue une jeune fille.

— Alors pourquoi ne pas en parler ?

— Des savants disent que le corps d'une femme sécrète du poison...

— Mon corps contient du poison ?

— On le dit, voilà pourquoi il ne faut pas en parler, tu effraierais les gens. Mais toi, tu n'as pas à t'en inquiéter, car c'est aussi le signe que désormais tu pourras te marier et avoir des enfants.

Marguerite baisse la tête. Elle ne comprend pas comment le fait de devenir une jeune fille, de pouvoir se marier et avoir des enfants, pourrait la rendre effrayante.

— Vous aussi, mère, vous avez du poison en vous ?

— Je ne le crois pas.

— Si c'était vrai, nous serions mortes, mes sœurs et moi, puisque nous étions dans votre ventre et que nous avons bu votre lait.

— Tu as bien compris. Si cette histoire de poison était vraie, et puisque toutes les femmes connaissent ces écoulements, il y aurait beaucoup de gens empoisonnés et peu d'hommes qui se marieraient. Alors, n'oublie pas : chaque fois que ça t'arrivera, ne le dis pas...

La comtesse ouvre un grand coffre de bois et de cuir, y prend une bande de tissu blanc comportant aux deux extrémités des cordelettes et la tend à sa fille.

— Verse de l'eau dans l'étude, lave-toi bien, et après t'être essuyée, place ce bandeau entre tes cuisses en l'attachant autour de ta taille. Il faudra le changer souvent...

— Eléonore va me voir, Flamenque et les servantes aussi.

— J'expliquerai à ta sœur qu'il s'agit d'une servitude imposée par Dieu à toutes les femmes. De toute façon. elle la connaîtra bientôt à son tour.

— Pourquoi Dieu a-t-il fait ça ?

— Dieu nous punit à cause du péché d'Eve, notre mère, qui a goûté au fruit défendu.

— Le fruit défendu ? Comment Eve pouvait savoir que c'était un fruit défendu puisqu'elle était la première femme ?

— Ne pose pas trop de questions. Seul Dieu a toutes les réponses.

Obligée de s'habituer à cette « servitude », Marguerite y trouve au moins l'avantage de pouvoir se considérer comme une jeune fille, et en même temps de se distinguer de sa sœur.

Eléonore a accueilli les explications maternelles sans réagir. Elle n'a même pas posé de question, ce phénomène bizarre ne la concernant pas. Elle observe par contre avec ironie que Marguerite se fait plus coquette.

— La damoiselle joue les comtesses, la damoiselle joue les comtesses ! chantonne-t-elle en dansant autour d'elle à cloche-pied.

Agacée, Marguerite réplique par des remontrances sur un ton autoritaire : « Lave-toi mieux la bouche, tu as mauvaise haleine... Tiens-toi mieux devant les petits pages... Ne salis pas ta robe... », si bien qu'un jour Eléonore lui lance :

— Cesse de jeter ton poison sur les gens, sinon tu ne pourras pas te marier !

Marguerite reste sans voix. Voilà que sa sœur fait resurgir l'abominable histoire de poison en la liant au mariage, situation à la fois précise et floue, génératrice de tant de rêves et de peurs. Elle est pourtant contrainte d'y penser à force d'entendre prononcer son nom dans de mystérieux conciliabules entre Flamenque et les camérières, entre sa mère et Carenza, sans parler de l'insistance de frère Elias à souligner l'importance des alliances matrimoniales dans la destinée des seigneurs et des souverains.

Elle finit par en faire part à Eléonore qui lui répond en se moquant :

— Ça arrivera bien un jour... à moins qu'on t'envoie au couvent !

Pourtant, au fil des mois de cette année 1233, aucun signe d'un quelconque préparatif à une noce ne se manifeste. La vie continue pour la famille du comte comme elle s'est toujours déroulée, entre Aix, Brignoles, Forcalquier, avec quelques détours par Manosque, Fréjus ou Arles, et pour Marguerite l'accoutumance à la mensuelle « servitude de Dieu ».

Pendant quelque temps, la comtesse est même loin d'y penser. La mort de son père, le comte Thomas de Savoie, l'affecte profondément et elle s'absente pour assister aux funérailles et à l'intronisation de son frère Amédée. Elle reçoit ensuite assez souvent ses frères pour régler des problèmes de succession. La perspective d'un mariage finit par s'estomper dans l'esprit de Marguerite, précisément au moment où ses parents l'envisagent à son insu. Elle ignore qu'un homme s'en préoccupe plus que quiconque, Romée de Villeneuve.

Après avoir déterminé les grandes lignes d'une stratégie matrimoniale qui doit tenir compte de l'absence d'héritier mâle et des rapports de forces entre les puissances qui cernent le comté, *Lou Roumieu* a fait son choix. Il sait qu'il devra convaincre le comte pour lequel l'importance de son fief relève de l'ordre passionnel, et la comtesse, pour laquelle prévalent l'intérêt familial et le bien-être de ses filles. Croyant Béatrice plus accessible à la raison et sentant qu'il peut s'en faire une alliée, il envisage de lui en parler d'abord. À sa surprise, c'est elle qui, de retour à Brignoles après les obsèques de son père, prend les devants, sans doute soucieuse de ce que prévoit le conseiller.

— Vous avez parlé un jour de faire entendre les cigales de Provence aux quatre points cardinaux, messire. Marguerite est nubile. Le moment est venu de chercher dans quelle direction il faudra lui chercher un époux.

— Le meilleur parti est Louis, roi de France, répond sans hésiter Romée.

Béatrice ne marque aucune surprise. Elle sait que l'alliance avec la dynastie capétienne est importante pour la protection du comté contre les initiatives intempestives de Raimon de Toulouse, mais après en avoir discuté avec ses frères Guillaume et Pierre, elle la juge dangereuse à terme, sinon illusoire.

— Ne serait-ce pas introduire le loup dans la bergerie ? Il a déjà une patte dans le voisinage, à Béziers et à Carcassonne. Et personne ici n'a oublié l'invasion des Franchimands. Je ne serais pas étonnée qu'ils envisagent de pousser leur conquête.

Romée rejette l'objection.

— Le roi de France a beaucoup d'ennuis avec les seigneurs de l'Ouest et le Plantagenêt qui ne pense qu'à reconquérir ses terres continentales. D'autre part, il n'a aucun intérêt à provoquer l'empereur Frédéric, qui tient à son cher « royaume d'Arles » et a confirmé au comte la possession des comtés de Provence et de Forcalquier.

— J'admets qu'une conquête soit pour le moment improbable, mais il y a des voies indirectes, par exemple le mariage de Jeanne, la fille du Raimondin, et du frère cadet du roi Louis, Alphonse de Poitiers. C'est un bon moyen pour les Capétiens de mettre la main sur les possessions du comte de Toulouse. Il ne leur manquerait plus que le comté de Provence pour posséder tout le Midi.

— C'est vrai, ma dame, mais le comte est libre de dicter ses volontés et d'imposer ses conditions afin de préserver l'indépendance du comté. De toute façon, le mariage d'une fille est un risque.

— Je ne crois pas que le comte accepte ce risque.

— Il le faudra bien pourtant, puisqu'il n'a pas d'héritier mâle.

Le visage de Béatrice se crispe. Le rappel de cette évidence résonne à ses oreilles comme un reproche. Elle lance à Romée un regard si glacial qu'il se croit obligé de s'excuser.

— Pourquoi vous excuser ? Sachez que je n'ai aucune honte à n'avoir que des filles, messire ! réplique-t-elle sèchement. Je suis fière d'elles et n'ai qu'un désir, les marier à des princes du plus haut rang... D'ailleurs pourquoi pas un fils de l'empereur ? Ne serait-ce pas prestigieux ?

Romée n'apprécie guère qu'on contrarie un projet qu'il a longuement mûri.

— Je ne le recommanderai pas, ma dame réplique-t-il vivement. Les Staufen sont une étrange famille, très agitée. Ils aiment la violence et la luxure. L'empereur est excommunié, il possède un gynécée de jeunes esclaves orientales, une ménagerie de bêtes fauves, il a des astrologues arabes à son service, c'est un diable ! Sa Sainteté interpréterait un tel mariage comme un retournement d'alliance et, pour le coup, le Capétien risquerait de mettre en œuvre sa volonté d'expansion.

Surprise par le ton de la réplique, la comtesse sait que les reproches adressés à l'empereur Frédéric reposent en bonne partie sur des rumeurs et sont surtout proférés par le Saint-Siège, mais elle est trop réaliste pour ne pas accepter les arguments politiques de Romée. Ses préventions à l'égard des Capétiens la poussent toutefois à avancer une objection d'un tout autre ordre.

— Je crains la régente Blanche. On la dit très autoritaire et le roi Louis très soumis.

— Le roi est jeune, mais il a une forte personnalité et son attachement pour sa mère ne l'empêchera pas de faire valoir son autorité. Il règne sur un grand royaume. Puisque vous parliez de prestige, songez à celui que vous donnerait une fille reine de France !

Cette fois, Romée a frappé juste. Le prestige n'est-il pas ce soleil dont l'éclat caresse les orgueilleux et ne brûle que les médiocres ?

— J'en parlerai au comte, dit Béatrice, mais je doute fort qu'il donne son accord.

Raimon Bérenger est de retour quelques jours plus tard. En entendant Romée prononcer le nom du Capétien, il explose :

— Quoi ! Tu veux livrer le comté au Franchimand ? Tu ne vois pas que les vieux conseillers de la Curia et la régente ne pensent qu'à nous absorber ? Ils ont manigancé le mariage de la fille du Raimondin pour s'emparer du comté de Toulouse et du marquisat de Provence ! Il ne leur restera qu'à s'emparer de mes terres pour étendre le royaume jusqu'à la mer ! Tu oublies que la régente appartient à une lignée ennemie de la mienne ! De toute façon, je suis le petit-fils de sa grand-tante Sancie, une parenté qui exige une dispense du pape !

Cet éclat n'étonne ni n'émeut Romée. Il sait que la passion inspire Raimon Bérenger, dont le jugement se détermine en fonction du long combat qu'il a livré pour rassembler des fragments de terre épars et en faire un fief digne de ce nom. C'est en son cœur plus qu'en sa tête que s'ancre sa détermination à préserver cet héritage spolié et regagné de haute lutte. La conviction du conseiller se fonde au contraire sur une évaluation stratégique des rapports de forces. Pour l'heure, Romée juge préférable de ne pas insister, mais il se promet de revenir à la charge.

L'occasion lui est offerte par le retour d'espions qu'il a envoyés à la cour de France.

— Nos agents m'assurent que la Curia et la régente Blanche ne tiennent pas du tout à s'immiscer dans l'imbroglio des luttes régionales. Elles ont trop à faire pour défendre l'unité du royaume contre les féodaux et ne veulent pas non plus déplaire à l'empereur.

Le comte écoute sans mot dire. Sa colère retombée, il est partagé entre sentiments et raison. Romée le sent bien qui poursuit son offensive sur un ton solennel :

— Seigneur comte, songez à l'avenir, à l'implantation de votre lignée dans le royaume de France, aux liens qui vont se nouer avec les enfants qui naîtront. Vous gardez de toute façon la liberté de disposer de vos biens et il ne tiendra qu'à vous de la préserver en choisissant parmi vos petits-enfants celui qui vous succédera.

Le comte hoche la tête et sort de l'aula d'un pas rapide, comme pour échapper à cette évidence : celui qui lui succédera sera issu d'une autre lignée que la sienne. A la fin de la journée, il fait appeler Romée et lui dit d'un ton calme, mais ferme :

— La comtesse m'en a parlé, tu as peut-être raison, mais je ne veux pas livrer ma fille à la Castillane. Elle n'en a que pour Raimon de Toulouse !

— La régente est une femme intelligente et habile. Elle sait que l'intérêt bien compris du royaume est de laisser tomber cet agité de Toulousain et de se rapprocher de vous.

— Je veux encore y réfléchir.

Alors que le comte ne s'est pas encore déterminé survient à Aix Mgr Guillaume, le frère de Béatrice. Il arrive de Rome. Tenu au courant des projets de mariage, il a fait le détour malgré le mauvais temps avant de gagner son évêché de Valence, car il a une nouvelle importante à transmettre. Elle est plutôt inquiétante.

— Le comte de Toulouse a promulgué des lois contre l'hérésie. Sa Sainteté vient de lui envoyer l'archevêque de Vienne pour lui exprimer sa satisfaction et l'assurance de sa sainte protection. Raimon Bérenger perd donc l'un de ses deux appuis. Qu'il réfléchisse bien au choix de l'époux pour Marguerite. Il est indispensable qu'il soit assez puissant et solide pour contenir les ambitions du Toulousain.

— Qui pourrait-il être, selon vous ?

— Je n'en vois qu'un seul, le roi de France.

Au moment où il prononce ces mots survient Raimon Bérenger qui le salue et s'exclame aussitôt :

— Vous aussi tenez au Capétien, Monseigneur ?

— Je regrette pour vous la démarche de Sa Sainteté, mais vous comprenez bien que pour notre Saint-Père, l'essentiel est d'éradiquer l'hérésie...

Raimon Bérenger s'efforce de rester calme, mais son visage laisse transparaître la colère et l'amertume que suscite le geste d'amitié du pape envers un personnage aussi peu fiable que son éternel rival.

— Voilà comment ma loyauté est récompensée !

— Je partage votre indignation, dit Béatrice en lui prenant la main.

Il la regarde et, lisant dans ses yeux à la fois tendresse et détermination, il s'adresse à Guillaume d'une voix maîtrisée.

— Je crois que vous avez raison, Monseigneur. Le rapport des forces m'oblige à accepter le Capétien. Il reste à savoir s'il n'a pas de son côté d'autres vues, et puis il y a un obstacle : je suis le petit-fils de Sancie de Castille, la grand-tante de la régente Blanche.

— Qu'à cela ne tienne ! Sa Sainteté ne fera aucune difficulté pour accorder une dispense. Je m'en chargerai. Je vous propose même, si vous le souhaitez, de solliciter de la régente Blanche une audience pour Romée de Villeneuve. Son aval sera déterminant pour engager une négociation.

A la veille de Noël, Marguerite est soudain l'objet d'attentions exceptionnelles de sa mère et des camérières, prélude à des noces que chacun, au château, croit prochaines. On lui confectionne des vêtements splendides, chemises, cottes et surcots taillés dans des tissus d'Orient coûteux, manteaux fourrés d'hermine et de petit-gris, coiffes et chausses de soie, solers et eschappins de feutre ou de cuir souple. La comtesse elle-même et Carenza lui apprennent à se farder, à prendre soin de son corps. Elles lui expliquent les bienfaits des pommades, onguents et autres huiles sur la peau du visage, des mains et des bras, bref sur tout ce qui se voit, mais aussi sur les parties plus intimes qu'il ne faut jamais oublier de parfumer.

Toute cette sollicitude ne va pas sans susciter la jalousie d'Eléonore, si bien que sa mère consent à lui faire profiter de ces préparatifs. Même le comte y met du sien. En voyant apparaître Marguerite, pour la première fois apprêtée comme une damoiselle, il est saisi à la fois de tendresse et d'admiration. Vêtue d'une magnifique robe rouge aux parements d'hermine, elle arbore un visage à peine rosi par un fard léger qui met en valeur ses yeux noirs et sa bouche vermeille. Son port de tête et sa démarche royale ne font pas oublier l'innocence de son regard ni la fraîcheur juvénile de toute sa personne.

— Notre Marguerite est devenue une magnifique jeune fille, n'est-ce pas ? dit fièrement Béatrice.

— Je ne l'ai pas vue grandir, avoue le comte à voix basse, j'espère que le Capétien sera un digne époux.

Dès la décision prise, Romée a été envoyé à Paris pour rencontrer la régente. Elle a accepté de le recevoir sur les instances de Mgr Guillaume et l'a écouté dérouler son argumentation sans l'interrompre, mais en le fixant attentivement, comme pour l'impressionner et percer ses arrière-pensées.

Les espions de Romée lui ont rapporté qu'elle avait consulté ses conseillers et que la discussion avait été vive. Les uns auraient objecté qu'une fille de comte n'était pas d'un rang digne du roi. Les autres, avec la régente, auraient fait valoir la perspective d'une intégration du comté de Provence au royaume. Le roi aurait finalement pris en compte ce dernier point de vue et donné son agrément à l'ouverture de véritables négociations, à condition que le pape ait délivré sa dispense et que soient réalisés certains préalables d'ordre politique.

Après qu'un émissaire royal, Gilles de Flavy, a pris à Aix un premier contact avec le comte et la comtesse de Provence et vu la jeune fille, la première condition se réalise : le 2 janvier 1234, à la suite d'une entrevue avec Mgr Guillaume, Sa Sainteté Grégoire IX émet la lettre accordant sa dispense assortie d'un privilège consenti à la chapelle royale, celui d'être protégée de tout interdit épiscopal sans l'aval du Saint-Siège.

La deuxième condition, celle qui concerne les gages politiques et financiers, est plus délicate à régler. Il est convenu que le comte fera d'abord appel à l'arbitrage du roi Louis dans deux conflits qui l'opposent alors à Raimon de Toulouse. C'est en fait un sacrifice qu'on lui demande. Pour prix du mariage, la régente exige un règlement en faveur de ce dernier, en particulier la confirmation par le roi de France de l'autorité du Toulousain sur le marquisat de Provence. Raimon Bérenger est furieux, mais craignant de perdre l'appui du Capétien après celui du pape, il accepte à contrecœur, après maintes tergiversations.

La négociation décisive s'engage. Elle est conduite du côté provençal par Romée et l'archevêque d'Arles Jean Baussan, et du côté français par deux des principaux conseillers de la régente, Jean de Nesles et l'archevêque de Sens Gautier Cornut. La discrétion qui l'entoure n'empêche pas les fuites. La présence au palais d'Aix de divers émissaires étrangers et des rumeurs persistantes laissent deviner à Marguerite qu'il s'agit de son propre sort.

Le moment qu'elle appréhende approche où elle va devoir quitter sa famille, son entourage, le pays. Elle a fini par s'habituer à l'idée, non sans pincements au cœur, mais elle ignore encore l'identité de l'époux qu'on lui destine, encore que le séjour du sire de Flavy et de maître Hubertus, respectivement ambassadeur et notaire du roi de France, fasse planer une présomption en faveur de Louis le Capétien.

Une autre hypothèse se révèle avec l'apparition d'un étrange personnage, Perceval Doria, un Génois qui s'est fait remarquer dans des festins par son talent de troubadour. Il a exercé les fonctions de podestat dans plusieurs villes, en Lombardie et en Provence, et passe pour être un envoyé officieux de l'empereur Frédéric. Il n'en faut pas plus pour que certains évoquent la possibilité d'une union avec un des fils de ce dernier. Que ce soit un roi ou un fils d'empereur, personne dans l'entourage du comte et de la comtesse n'envisage en tout cas pour Marguerite un prince de moindre rang.

— La fille aînée du comte sera un jour reine ou impératrice ! proclame avec exaltation Flamenque.

L'intéressée, elle, est toujours partagée entre le rêve assez vague d'une cour fastueuse, le cauchemar d'être livrée à un barbon laid comme Tristanou, et la perspective douloureuse du départ. Elle sait bien que le lot de toute fille de comte, de seigneur ou de souverain est d'être un pion sur un échiquier dont elle ne comprend pas les règles du jeu. Appartenant à une noble lignée, elle est une créature destinée à une fonction essentielle, la procréation. On attend d'elle qu'elle enfante des garçons bien portants, et aussi qu'elle reste longtemps assez séduisante pour plaire à l'homme qui sera le père de ses enfants. L'exemple de sa mère est trop présent pour qu'elle l'oublie. Aussi se refuse-t-elle à penser à la conclusion de ce jeu dit de la *fin'amor* par crainte non seulement de commettre le péché de luxure, mais aussi de faire resurgir le souvenir horrible de l'infidélité de son père.

Au mois de janvier, après l'Epiphanie, les choses se précisent brusquement. Frère Elias, qui connaît la langue des Français, lui en apprend les rudiments, surtout le vocabulaire et la manière de prononcer, beaucoup moins chantante que celle du Sud.

— Vous êtes promise à un roi mage, lui glisse à l'oreille Fantine.

— Tu vas partir chez les Franchimands, tu vas partir chez les Franchimands ! lui chantonne Eléonore, agacée par tout ce remue-ménage autour de sa sœur.

Au mois de février, à la Chandeleur, le comte et la comtesse annoncent enfin à Marguerite que ce sera Louis, roi de France. Elle rougit, se cache le visage entre les mains, balbutie des paroles incompréhensibles, et pleure, sans que ses parents sachent si c'est de joie ou de tristesse.

— Pourquoi cette rosée sur un si joli bouton de rose ? s'écrie le comte. Tu seras reine, ma fille.

Elle secoue la tête pour dire que ce n'est pas grave. Non, ces larmes ne veulent rien dire. Elle n'est ni joyeuse, ni chagrinée, juste un peu effrayée et aussi très fière. Si elle va partir en pays inconnu pour épouser un homme dont elle ignore tout, celui-ci est un roi ! Et un jeune roi. Elle peut désormais l'imaginer et, comme on le dit beau, elle voit une sorte d'archange en armure étincelante chevauchant un destrier blanc.

La réalité qui se cache derrière la splendeur est plutôt sordide. Conseillers et notaires discutent à Sisteron des conditions financières. Avant d'y partir, Romée a suggéré au comte d'accorder une dot de huit mille marcs d'argent.

— C'est une somme considérable, a protesté Raimon Bérenger. J'ai déjà dû faire d'intolérables concessions !

— Le sacrifice est grand, mais il y va de votre prestige, mon seigneur.

— Sacrifice, prestige ! Des mots ! Que ne peut-on régler l'affaire l'épée à la main ?

— Une telle dot pour une fille aînée qui deviendra reine de France marque l'importance du comté, insiste Romée. Je demanderai un paiement échelonné. Il faudra un gage, j'ai pensé à proposer les revenus de votre châtellenie de Tarascon.

Le comte haussa les épaules. Il ne donna son approbation que le lendemain, au moment où Romée partait pour Sisteron. Il s'était décidé après avoir entendu la comtesse lui rappeler que le choix des époux pour leurs trois autres filles dépendrait des conditions de ce premier mariage.

Après un âpre marchandage, les ambassadeurs royaux finissent par imposer une dot de dix mille marcs d'argent, mais acceptent le versement en cinq annuités avec le gage proposé par Romée. Le comte n'en devra pas moins solliciter une avance de deux mille marcs auprès de l'archevêque d'Aix et hypothéquer les revenus qu'il tire de sa capitale afin de pouvoir honorer le premier terme.

Une fois de plus, Romée le rassure.

— Pour les autres versements, ne vous inquiétez pas, je ferai traîner les choses, seigneur comte.

La négociation a également porté sur le douaire de la future reine. Selon la coutume, il doit correspondre au tiers des biens du roi. Si celui-ci décède avant sa femme, elle peut en jouir durant toute sa vie, sans toutefois pouvoir en disposer et, à sa mort, ces biens doivent revenir à la Couronne. Il a été décidé qu'il se composerait de la ville du Mans et de ses dépendances, des châteaux de Mortagne et de Meauves-sur-Huisne dans le Perche. Les droits royaux seraient sauvegardés et les aumônes collectées sur les revenus seraient maintenues. Il ne reste donc plus qu'à entériner officiellement l'agrément.

*

Le grand départ pour le voyage vers le Nord a lieu au mois d'avril, après Pâques. La première étape est Sisteron, où doit être signé l'accord financier. Après des préparatifs agités, le comte en personne prend la tête du convoi avec une escorte armée, bannières jaunes et rouges au vent. La suite comprend, outre son entourage familier de seigneurs et son chapelain, deux prélats, l'archevêque d'Aix et l'évêque de Riez.

Marguerite a pleuré en faisant ses adieux à ses sœurs, à Flamenque, à tous les autres, au milieu desquels elle a passé les treize années de son existence. Dans le chariot qui l'emmène, elle s'est blottie contre sa mère, l'écoutant à peine converser avec Iselda de Vauclaire, jeune veuve d'une vingtaine d'années que la comtesse a désignée pour être sa dame de compagnie. Afin qu'elle ne se sente pas trop isolée, on lui a demandé de choisir les membres de son personnel. Elle a désigné Gontran comme écuyer – n'est-il pas de la famille ? –, Fantine comme camérière et son mari Arnaut comme valet, ainsi que le ménestrel Uc, cinq autres musiciens, trois pages et deux messagers. Le comte a imposé en outre frère Elias, du moins jusqu'aux noces, afin d'expliquer et de commenter à la future reine le déroulement des formalités et le rituel royal.

Bien que tendue, Marguerite peut encore se sentir chez elle jusqu'à Sisteron, en continuant d'entendre le langage chantant et coloré de cet entourage qui s'efforce d'entretenir autour d'elle une atmosphère chaleureuse. Elle ne commence à pressentir le monde où elle va vivre qu'à la présentation aux deux ambassadeurs du roi, Mgr Cornut, l'archevêque de Sens, personnage imposant au profil d'aigle, et le sire Jean de Nesles, au visage chafouin, austère et compassé dans ses vêtements sombres. Sous leurs regards inquisiteurs, elle se sent toute menue, désarmée, désemparée, n'entendant même pas leurs compliments. Elle se rassure en voyant sa mère, qui est en retrait et ne la quitte pas des yeux, et en entendant les voix de son père, de Romée et de l'oncle Guillaume, venu de Valence les rejoindre.

Le moment est en effet solennel puisqu'il est procédé à la signature de l'acte qui scelle l'engagement de mariage, ce qu'on appelle *verba de presenti*. Pour la première fois, Marguerite appose son sceau sur un document. Le geste consacre son entrée dans une existence officielle. Elle en retiendra la date : 30 avril 1234.

La deuxième étape de la longue marche vers les noces est Lyon. C'est presque en somnambule que Marguerite l'effectue. Elle ne s'éveillera que lorsque sa mère la retiendra un soir auprès d'elle pour lui révéler comment devrait se réaliser l'union charnelle concrétisant le mariage béni par Dieu.

A vrai dire, elle avait vu ou surpris des accouplements d'animaux, de chiens ou de chevaux, mais la pudeur et la peur de commettre un péché l'avaient toujours empêchée d'imaginer celui d'un homme et d'une femme, jusqu'à ce que les paroles d'Eléonore pour décrire son père et Guilhelma aient entrouvert le rideau. Les mots « caresses » ou « baisers » entendus dans des *cansos* de troubadours lui avaient confirmé cette idée de contacts intimes, néanmoins pudiques malgré les interrogations qu'a suscitées dans son esprit la différence de forme des sexes. Ce n'est donc pas sans quelque effroi, et même une certaine répulsion, mêlée d'une curiosité trouble, qu'elle écoute sa mère lui expliquer qu'il s'agit d'une pénétration.

Comme elle a l'air effrayée, Béatrice tente de la rassurer :

— N'en aie pas peur ! La première fois, c'est douloureux, mais ça l'est de moins en moins ensuite. N'oublie pas que le devoir essentiel d'une femme, à plus forte raison d'une reine, est d'enfanter pour perpétuer la lignée de l'époux. Vous allez tous les deux émettre des humeurs dont le mélange permettra cette procréation.

Béatrice s'interrompt, guettant une réaction de sa fille. Les yeux baissés, le visage rouge, Marguerite a les doigts crispés sur sa robe.

— Ne résiste donc pas à ses entreprises, poursuit la comtesse d'une voix douce. Au contraire, abandonne-toi à ses baisers, à ses caresses. Alors, tu pourras connaître l'amour... un amour plus fort et plus profond que celui qu'on chante.

Marguerite, un instant prostrée, se jette brusquement, sans un mot, dans les bras de sa mère.

Après avoir échangé avec les envoyés du roi la promesse de mariage, et décidé que la cérémonie aurait lieu avant l'Ascension – le 1er juin –, le comte s'apprête à regagner sa capitale avec la comtesse et Romée.

Le moment des adieux est venu.

Marguerite s'effondre en pleurs. Elle voit sa mère sangloter pour la première fois. Le comte a lui aussi les yeux embués. Il ouvre sa main au creux de laquelle brille un bijou de rubis et d'émeraude, long comme le doigt majeur et en forme de cigale. Il en ouvre les ailes, et de l'intérieur s'échappe un parfum de pin et de lavande.

— Garde-la toujours sur toi, dit-il Partout où tu seras, tu pourras humer le souffle du pays et tu l'entendras chanter. Alors, n'oublie jamais de rappeler au monde la beauté et la grandeur de notre Provence.

Il enlace brusquement sa fille, mais ses mains de guerrier tremblent, ces mains capables de brandir sans frémir une épée ou une hache. Quand il la relâche et s'éloigne avec la comtesse vers les chevaux et le chariot qui les attendent, Marguerite se sent soudain terriblement seule. Ses pensées vont à ses sœurs, qu'elle revoit jouer, chanter, danser, rire en un tourbillon d'images et de sons qui s'évanouit et disparaît dans un abîme de ténèbres. Elle ne peut voir Romée qui se tient discrètement à l'écart. Il la regarde avec dans les yeux un mélange de fierté et d'émotion. Ne vient-il pas de faire jouer avec succès le premier des quatre actes de la pièce qu'il écrit pour la gloire de son seigneur le comte ?

Devant Marguerite se dresse l'oncle Guillaume.

— Il faut bien un jour quitter ses parents, ma nièce. Songez plutôt à ce qui vous attend. Demain, nous partirons pour Sens. Vous y serez sacrée reine !

Durant ce dernier parcours, accompli avec une solennelle lenteur vers le nord, le paysage se modifie. Il est doucement vallonné, couvert de champs et de forêts immenses, d'où émergent de temps en temps des clochers gris de cathédrales, et des tours de châteaux effleurées par les nuées sombres qui courent devant le soleil. S'il y a des vignobles, il n'y a plus d'ifs, ni de pins, ni d'oliviers. Mais tout cela, Marguerite ne le remarque même pas. Ses pensées restent au pays et aux gens qu'elle a quittés. Elle cultive l'illusion d'en emporter le parfum et la musique en parlant avec Iselda de Vauclaire, ou en demandant à Uc de chanter. Elle ne cesse de serrer entre ses doigts la cigale Pourtant, peu à peu, c'est l'impatience qui la gagne. Après une nuit et une journée de prières passées à l'abbaye de Tournus, le trajet jusqu'à Sens lui paraît interminable.

— La patience doit être l'une des vertus d'une reine, lui dit l'oncle Guillaume.

Trois jours plus tard, le cortège arrive enfin à destination et le moment espéré autant que redouté est venu. En ce 26 mai 1234, la fille du comte de Provence est présentée par son oncle Guillaume, représentant son père, à celui auquel elle est destinée.

La cérémonie a lieu au château du duc de Bourgogne en la présence de la régente, de Mgr Cornut, des frères du roi et d'une assistance réduite de conseillers et de barons.

Dès qu'elle pénètre dans la somptueuse salle de réception, son cœur cogne dans sa poitrine et une sorte de bouffée de chaleur l'envahit, balayant chagrin et nostalgie, quand elle aperçoit le roi. Vêtu d'une cotte vermeille et d'un surcot de soie bleue brodée de fleurs de lys, il fait un pas vers elle. Il est grand, mince, presque maigre, mais bien charpenté. Son allure est à la fois élégante et réservée, son visage d'une pâleur qui lui donne une sorte d'aura lumineuse sous la courte chevelure blonde et ondulée que serre un chapel décoré de fleurs de lys. Il est beaucoup plus beau qu'elle ne l'avait imaginé, et ses appréhensions fondent aussitôt qu'elle croise le regard chaleureux et doux de ses grands yeux bleus qui se pose sur elle avec moins d'assurance que de timidité.

Alors qu'il s'incline devant elle et lui souhaite la bienvenue d'une voix grave, un peu étouffée, elle reste figée, si bien que l'oncle Guillaume doit lui effleurer la main pour lui rappeler de faire une révérence.

En se relevant, elle se trouve soudain devant une femme, sobrement vêtue de blanc et de gris, dont les yeux la fixent comme pour la dévorer, Blanche de Castille. Brune, petite et vive, avec des mains nerveuses qui bougent sans cesse, elle prononce quelques paroles dans la langue d'oïl avec un accent curieusement chantant. Marguerite, qui n'en a pas encore acquis la pratique, entend à peine ce qu'elle lui dit. Elle s'étonne que la régente ne s'adresse pas à elle dans la langue du Sud qu'elle doit connaître, mais il lui faut se tourner vers le roi qui lui présente ses frères Robert, comte d'Artois, à peine plus jeune que lui, Alphonse, comte de Poitiers, encore un adolescent, puis un cousin, Alphonse de Portugal. Quant aux autres, elle ne remarque qu'un vieillard particulièrement attentif, le grand chambrier Barthélemy de Roye.

Quelques dames la dévisageant avec une curiosité pleine d'arrogance, Marguerite est saisie d'une envie de fuir, mais l'oncle Guillaume, devinant son désarroi, se penche pour lui murmurer :

— N'ayez pas peur, ma nièce. Ce sont elles maintenant qui vont avoir peur.

Revigorée par ces paroles qui lui rappellent celles de sa mère, elle se redresse et pour la première fois depuis son arrivée à Sens, sourit. Le roi s'approche alors d'elle comme pour lui faire un compliment, mais aucune parole ne sort de sa bouche.

— Ma foi ! Le roi est aussi timide que vous, constate l'oncle Guillaume en raccompagnant sa nièce. Reposez-vous bien, demain sera une rude épreuve.

C'est avec une intense émotion que la fille du comte de Provence s'achemine vers le parvis de la cathédrale Saint-Etienne de Sens. Elle en oublie qu'elle a très peu dormi de la nuit. En ces heures si particulières de son existence, sous les yeux de ces milliers de gens qui la regardent, elle voudrait tant avoir auprès d'elle ses parents et ses sœurs. Pourtant, l'oncle Guillaume est là qui ne cesse de la réconforter, et aussi sa petite escorte provençale qui l'entoure d'une affectueuse sollicitude. L'accueil du jeune roi, dont la beauté et le regard ardent l'ont troublée et l'enthousiasme bon enfant de la foule qui s'est assemblée sur son passage devraient la rassurer. Tout cela ne l'empêche pas de rester partagée entre l'angoisse d'entrer dans ce nouveau monde, froid et solennel et la fierté de vivre ce moment indicible de devenir reine d'un puissant royaume dont les bannières bleues à fleurs de lys flottent dans la ville.

Elle parvient devant l'église au moment même où arrive le roi, entouré des siens et suivi d'une brillante assemblée de grands prélats et de feudataires accompagnés de leurs dames. Elle est si bouleversée qu'elle ne remarque même pas le comte Raimon de Toulouse, ce grand ennemi de son père, venu de loin prouver au roi sa reconnaissance et sa toute nouvelle fidélité. Elle cherche plutôt le regard de l'oncle Guillaume pour ne pas défaillir au moment où Mgr Cornut, en chasuble tissée d'or et d'argent, coiffé de la mitre épiscopale dorée et la crosse à la main, apparaît devant le portail, accompagné des chanoines du chapitre et assisté d'une pléiade d'enfants de chœur.

Il invite les deux promis à se rapprocher et récite une prière reprise en chœur par l'assistance. Puis il prononce le dernier ban, appelant quiconque connaissant un empêchement à ce mariage à le faire savoir. Après un instant de silence, il s'adresse à Louis et à Marguerite pour les exhorter à vivre une union dans la foi du Christ. Mgr Guillaume saisit alors la main droite toute tremblante de Marguerite pour la placer dans celle du roi. Ce simple contact, le premier, déclenche en elle un frémissement qu'elle s'efforce de réprimer, tandis que Mgr Cornut, imperturbable, consacre la jonction. Il prend un anneau d'or sur un coussinet que présente un chanoine et le bénit avant de le remettre à Louis. Le roi le passe successivement au pouce, à l'index et au majeur de la main droite de Marguerite « au Nom du Père, du Fils et du Saint-Esprit ». Il lui remet ensuite la charte nuptiale, où figure le contrat, et treize deniers que Marguerite donne à l'archevêque. Celui-ci psalmodie les prières adressées à Jésus et à la Sainte Vierge, bénit et encense les mariés, qu'il invite à entrer dans la cathédrale avec leurs suites respectives pour assister à la messe solennelle.

Marguerite est maintenant agenouillée au côté de Louis sous la nef qui embaume l'encens et résonne des chants liturgiques rythmés par la voix monocorde du prélat. Sous l'empire de la fatigue et de l'émotion conjuguées, elle est au bord de l'évanouissement. Songeant à sa mère, elle résiste et invoque l'aide de Dieu, sans pouvoir empêcher une image impudique de trahir ses pieuses pensées lorsque l'officiant prononce la phrase : « Ils ne sont plus deux, mais une même chair. » N'est-ce pas d'ailleurs ensemble qu'ils portent le pain et le vin, ainsi que de l'argent et deux cierges allumés, ensemble qu'ils se prosternent devant l'autel, où les servants les couvrent du voile nuptial ? « Que la paix du Seigneur soit toujours avec vous ! » dit l'archevêque en donnant le baiser de paix au roi qui le donne à son tour à son épouse. Sentir ainsi les lèvres de Louis sur les siennes la trouble profondément, alors que la liturgie impose le recueillement de la communion. Mgr Cornut s'approche ensuite des époux. Il les invite à « s'unir par la chair après avoir prié ensemble trois nuits durant », et bénit le pain et le vin que Louis et Marguerite partagent avant de sortir de la cathédrale.

Une foule nombreuse les attend et leur lance des vœux. Le roi marche vers des groupes de miséreux vêtus de haillons qui lui tendent les mains. Puisant dans des sacs que lui présentent ses écuyers, il leur distribue des pièces en les remerciant d'être présents en ce jour merveilleux. Il se dirige ensuite vers un groupe de gens atteints de la maladie des écrouelles et impose sur eux ses mains, en vertu d'une tradition remontant aux guérisons miraculeuses qu'auraient obtenues deux siècles plus tôt Robert le Pieux.

Toute la ville est en fête, mais la jeune mariée, épuisée, a déjà l'esprit à l'autre cérémonie, prévue pour le lendemain, celle du sacre et du couronnement, un rite par lequel la Vierge Marie, reine du ciel et mère de l'enfant Jésus, lui assure la consécration divine.

Dès l'aube, après le chant de prime, deux évêques viennent chercher Marguerite pour la conduire à la cathédrale Saint-Etienne où l'attend le roi, qui trône sur une estrade installée à la droite du chœur. Elle se prosterne d'abord devant l'autel, puis monte sur une autre estrade, à la gauche du chœur et s'assoit face à lui sur un trône plus petit. « Seigneur, en ta force le roi se réjouit », chantent les chanoines. « Dieu éternel et tout-puissant, sur Votre servante que voici, multipliez les dons de Vos bénédictions... Qu'elle mérite d'être féconde et d'être félicitée pour le fruit de son sein, afin que soient protégées et défendues la dignité du royaume et la stabilité de la Sainte Eglise de Dieu », clame l'archevêque avant de procéder à l'onction avec de l'huile bénite.

Il commence par la tête, puis la reine ayant ouvert sa tunique et sa chemise, il lui oint la poitrine. Tout en continuant ses oraisons, il lui remet un sceptre, insigne du pouvoir, et une verge, symbole de justice. Il lui impose enfin la lourde couronne d'or tenue par deux grands barons : « Seigneur, source de tout bien, accordez à Votre servante de bien se conduire dans la dignité acquise et de persévérer dans la gloire reçue de Vous et dans les bonnes œuvres. »

L'archevêque dit ensuite la messe et retire les lourdes couronnes d'apparat pour les remplacer par de plus petites : « Seigneur, donnez à Votre servante, la reine que voici, l'autorité du gouvernement, la grandeur du conseil, l'abondance de la sagesse... Versez en elle la rosée de Votre sagesse, qu'elle suive la paix, aime la charité, s'abstienne de toute impiété... Ainsi soit-il. »

Cette fois, tout est dit. Les réjouissances peuvent commencer. Elles se poursuivent avec éclat toute la nuit dans les rues envahies de manants venus des environs profiter de la générosité occasionnelle du roi et assister aux spectacles de bateleurs et de jongleurs. Quant aux seigneurs, d'autres plaisirs leur sont réservés, un adoubement de nouveaux chevaliers agrémenté d'un tournoi et un festin qui réunit l'aristocratie laïque et cléricale autour des nouveaux époux.

Pour le roi et la reine, le moment n'est pas encore venu de se retrouver seuls. Dès le lendemain, ils quittent Sens en un long cortège, précédé de bannières et d'oriflammes à fleurs de lys. La jeune reine voyage dans un chariot vermillon avec un attelage de quatre chevaux, la régente dans un bleu, Louis est à cheval, avec ses frères, suivi de nombreux feudataires.

A Fontainebleau, Mgr Guillaume fait ses adieux à Marguerite :

— Vous voilà donc reine de France, ma nièce. Les grands du royaume ont assisté à votre sacre. Il y a eu quelques absents, mais certains sont venus de loin, comme le comte de Toulouse. Puisse cette union, avec l'aide de Dieu, favoriser la paix.

Saisie par l'émotion, Marguerite éclate en sanglots. Si les liens avec la terre natale et ceux qui l'habitent restent vivaces, elle a le sentiment que les amarres du navire sur lequel on l'a embarquée sont maintenant rompues.

Sur la route de Paris, la jeune reine regarde par les rideaux relevés de son char la foule accourue pour acclamer les jeunes époux. Ces vivats la flattent et l'effraient à la fois. Malgré la cérémonie nuptiale et celle, si solennelle, du sacre, elle se demande si elle est bien cette reine sur laquelle est appelée la bénédiction divine.

— Oui, c'est à vous qu'ils s'adressent, vous êtes la reine de France, répondez à votre peuple par un signe, lui conseille Iselda.

Elle agite sa main, ce qui déclenche un redoublement des acclamations et une clameur qui l'accompagne le long du trajet jusqu'à la porte Saint-Denis, où le roi et ses chevaliers, chevauchant en tête du cortège, font leur entrée dans la capitale au son des trompettes. Les représentants des corps de marchands de la ville tendent un dais bleu et or au-dessus du roi et du char de la reine et leur font escorte jusqu'au palais. Les corps de métiers ferment la marche, portant des figures symbolisant les sept péchés capitaux.

Sur tout le parcours, la rue a été débarrassée des immondices, parfumée aux eaux de senteur et décorée de banderoles multicolores, les façades des maisons ont été recouvertes de tapisseries et de bannières. Le peuple de Paris se bouscule en une invraisemblable cohue, et aux abords du palais, l'excitation est à son comble. Chacun sait que pour cette journée et la nuit qui va suivre, la peine et la misère quotidienne pourront être noyées dans le vin et l'hypocras, oubliées dans le plaisir éphémère de la fête et la musique.

En descendant de son char, Marguerite manque de tomber, tant la tête lui tourne, mais quel soulagement d'échapper enfin à ce tourbillon de cris, de bruits et de couleurs pour trouver le calme de la chambre royale, dite chambre verte, tapissée d'or et de rouge pour la circonstance. Il reste néanmoins un dernier rite à célébrer.

Le soir venu, après avoir béni la couche nuptiale en présence de la régente Blanche et d'une poignée de prélats, Mgr Cornut prie le roi et la reine de s'y allonger côte à côte. Il prononce les prières appelant à la fertilité du couple, garante de la gloire dynastique. Après quoi, tout le monde se retire, laissant enfin les jeunes mariés en tête à tête.

Seule face à Louis, le cœur de Marguerite bat la chamade. Ses appréhensions resurgissent, attisées par le souvenir des paroles de sa mère. De tous les mots entendus, elle ne retient que la douleur ressentie par toute fille vierge.

Iselda a bien tenté de la rassurer en lui répétant que ce n'était que souffrance passagère, prélude à la félicité suprême de l'amour partagé et qu'il n'y avait pas péché à s'y abandonner. Elle lui a rappelé l'importance de la séduction et recommandé de ne porter qu'une chemise légère pour mettre en valeur sa beauté. La pudeur a empêché Marguerite de suivre tous ces conseils et lorsque Louis, en chemise lui aussi, s'approche du lit, elle s'enfouit sous un drap.

— Pourquoi vous cacher ainsi ? demande le jeune roi.

Embarrassé, il n'ose la découvrir et brusquement s'agenouille devant le crucifix sur pied qui se dresse au milieu de la chambre.

— Venez donc près de moi, nous devons prier maintenant, dit-il.

Marguerite obéit et s'associe à ses oraisons. Comme elle ignore lesquelles doivent être dites en cette circonstance, il s'étonne qu'on ait omis de les lui apprendre.

— Nous devons commencer par des invocations et des réponses alternées, puis nous réciterons les oraisons d'une seule voix.

Ils psalmodient les prières, si longuement que Marguerite, accablée de fatigue, finit par se taire et s'affaler sur le carrelage. Louis la porte sur le lit et s'allonge à son côté. Il la regarde longuement avant de s'endormir à son tour.

Le lendemain, à son réveil, Marguerite s'étonne de le voir debout à son chevet. Il la fixe d'une si étrange façon qu'elle lui demande s'il a quelque reproche à lui faire.

— Je vous aime, très douce amie, lui répond-il dans un murmure.

Surprise, elle lui tend spontanément la main, qu'il serre très fort, non sans lui rappeler qu'ils doivent se préparer pour la messe. Ils y assistent ensemble à la chapelle du palais, mais aussitôt après, Louis disparaît.

— Le roi est retenu par ses fonctions ! explique la régente.

Marguerite ne le reverra que le soir dans leur chambre. Ils reprennent aussitôt les prières. Le son de leurs voix mêlées récitant la litanie les enveloppe peu à peu dans la même ferveur, mais elle les berce au point que bientôt, dans la pénombre, leurs mains se joignent. En cette deuxième nuit, à l'initiative de Louis, ils s'endorment l'un contre l'autre, enlacés.

Le sommeil de Marguerite est si profond qu'elle ne l'entend pas se lever et marcher pieds nus dans la chambre en invoquant le Seigneur et la Vierge Marie de le protéger de la tentation.

La troisième des nuits chastes selon la règle, la dernière avant la consommation du mariage, Louis se montre nerveux. Commençant les oraisons d'une voix forte, il les martèle comme s'il voulait appeler Dieu et chasser le Malin. Soudain, il s'interrompt et entraîne Marguerite sur le lit, où il l'enlace avec fougue. Au contact de ce corps collé contre le sien, de cette jambe qui s'est intercalée entre les siennes, de cette bouche qui lui effleure les lèvres, elle sent monter en elle une vague brûlante, irrésistible.

— Non ! s'écrie Louis en se redressant et en la repoussant. Il nous faut encore prier !

Marguerite, le corps en feu, est étonnée, déçue. Elle le dévisage sans se rendre compte qu'elle est à moitié dénudée, car en ôtant son bras et sa jambe, il lui a soulevé et remonté la chemise. Soudain, elle s'en aperçoit et par un réflexe de pudeur, elle se couvre et enfouit sa tête sous le drap, pendant que Louis s'écarte d'elle pour aller s'agenouiller, mains jointes, le regard fixé sur la croix.

Le lendemain, en se réveillant, Marguerite se retrouve à nouveau seule. Elle ne verra pas Louis de la journée. Il est parti chevaucher en compagnie de ses frères et de quelques chevaliers jusqu'à la nuit tombée. Il réapparaît au souper, l'humeur enjouée, et aussitôt après, rejoint la reine qui fait des ablutions dans la chambre. Il se dévêt et sans plus l'inviter à prier, la soulève et la porte sur le lit.

C'est avec une grande douceur que Louis, d'ordinaire si brusque, lui remonte la chemise jusqu'au cou. A la vue d'un sein pointu et dur qui s'en échappe, du ventre blanc et lisse ponctué d'un petit triangle noir, des hanches joliment galbées, son regard s'enflamme. Il se penche pour humer le parfum poivré de la peau humectée de sueur et pose ses lèvres sur la bouche qui s'entrouvre.

Elle, la tête renversée en arrière, le corps en fièvre, les yeux clos, s'abandonne aux caresses, mais soudain, les mains lui écartent les cuisses et elle se sent brutalement pénétrée, fouaillée. Elle pousse un cri de douleur qui se prolonge en un long gémissement jusqu'à ce qu'il se retire. En s'écartant, Louis voit des larmes couler sur les joues roses et murmure un pardon. Elle se blottit dans ses bras et c'est ainsi enlacés qu'ils s'endorment.

Le lendemain, sortant d'un sommeil lourd, plein de rêves confus, Marguerite s'aperçoit qu'elle est seule sur la couche nuptiale tachée de sang. Louis est agenouillé au pied de la croix, en prière. Il se relève en l'entendant bouger et avec un sourire affectueux lui tend un écrin où brille une bague en or. Des mots y sont gravés au milieu d'une guirlande de lys et de marguerites : « Pourrions-nous trouver l'amour hors de cet anneau béni ? »

5

Le songe des Alyscans

Depuis le départ de Marguerite au pays de France, Eléonore se sent très seule. Sancie ne peut la consoler, elle n'a que six ans et ne se soucie guère que de chantonner et de jouer de la cithare à longueur de journée. Hormis les heures consacrées aux pieuses dévotions, aux leçons de choses élémentaires délivrées par le gentil frère Rigaut, et à la savante instruction de frère Elias et de Bonafous qui l'ennuient profondément, Eléonore erre comme une âme en peine. Sans sa sœur, à la fois si proche et si différente, elle a l'impression de flotter comme un nuage suspendu entre ciel et terre. Même plus turbulente, surprenant Flamenque par une inhabituelle docilité, elle a besoin de pouvoir s'accrocher à une activité dans laquelle elle pourrait s'exprimer.

Sa mère le comprend si bien qu'elle l'emmène souvent à la chasse au vol et lui achète un épervier qu'elle lui apprend à dresser.

— Comme je vous l'ai dit un jour, à toi et à ta sœur, le jeu est cruel, mais c'est le reflet du monde. Et le monde des hommes, comme celui des animaux, se partage en deux espèces : les prédateurs et les proies. Tu dois faire partie des premiers, ma fille.

— Un épervier a un bec et des serres, moi je n'en ai pas, mère.

— Une femme a la vision aussi aiguë que ce rapace, elle dispose d'autres armes, la séduction, la ruse, pour s'imposer.

— Est-ce que Marguerite s'est imposée à la cour de France ?

— Hélas ! Je ne le crois pas. On l'appelle la « jeune reine ». Iselda m'a fait savoir qu'elle était parfois en pleurs, parce que la mère du roi, qu'on appelle la « reine » n'est guère gentille avec elle.

— Le roi Louis ne la défend pas ?

— Il écoute beaucoup sa mère. Et puis Marguerite est si jeune, si franche ! Moi aussi, je me suis mariée à treize ans, mais j'ai eu de la chance. La comtesse Gersende, votre grand-mère, a été bonne avec moi, et votre père m'a beaucoup aidée par son amour.

Eléonore est surprise, car c'est la première fois que sa mère lui fait une telle confidence. Elle a l'impression d'être désormais une vraie jeune fille. Son père a d'ailleurs changé d'attitude à son égard. Lors du dernier été, à Forcalquier, il l'a emmenée faire de longues chevauchées à travers le pays. Il lui a même appris à monter à cru, une initiative vigoureusement désapprouvée par Flamenque.

— Faire beaucoup de cheval est mauvais pour une fille, surtout quand on monte comme un homme. Mon seigneur le comte ne veut tout de même pas faire de vous un chevalier !

— Je suis aussi forte qu'un garçon ! a protesté Eléonore.

Un soir, au château d'Aix, le comte la retient avant qu'elle aille se coucher pour lui raconter l'histoire de son exil forcé à Monzon, chez son oncle d'Aragon, et de son retour en cette Provence héritée de son père.

— Ce n'étaient que mottes de terre éparses, mais riches et disputées par les uns et les autres. C'est moi qui en ai fait une vraie maison, précise-t-il avec force. Ne l'oublie jamais.

Eléonore promet, mais pour l'heure, c'est le tournoi qui l'intéresse.

En cette fin d'automne 1234, le comte organise une de ces joutes qui ont fait le bonheur de sa jeunesse. Depuis lors, les charges du pouvoir et la guerre l'ont empêché d'y participer. Cette décision est inspirée par une double arrière-pensée. Alors qu'il vient de se reconnaître officiellement vassal de l'empereur et que ce dernier, aux prises avec une rébellion des cités lombardes, le presse de remplir ses obligations en participant à la lutte, il veut jauger les capacités au combat de ses jeunes seigneurs et attirer dans son camp quelques fiers-à-bras. Ses conseillers ont manqué d'enthousiasme, surtout Romée, hostile à une entreprise inutile, trop coûteuse, et surtout à une expédition au côté de l'empereur qui déplairait au pape. Il rappelle en vain que cette fête barbare a été interdite par le concile de Latran.

Ce qui était avant tout un entraînement militaire est en effet devenu un spectacle où la vanité et la gloriole se mêlent à un besoin viril de violence. La croisade en Orient ne soulève plus le même enthousiasme. Les frais en sont trop lourds et une absence prolongée se traduit souvent par une spoliation de biens ou l'infidélité de l'épouse. On croit d'ailleurs fort peu à la possibilité de récupérer le tombeau du Christ et la piété peut se pratiquer chez soi. Pour évacuer l'excès d'énergie, les conflits locaux ne manquent pas, mais il est à coup sûr beaucoup plus plaisant de s'affronter en champ clos. On peut y démontrer son habileté aux armes et faire étalage d'opulence devant un public de dames toutes prêtes à l'extase. Que certains en profitent pour régler quelques comptes au mépris des règles d'honneur y ajoute un piment très apprécié.

Dès l'annonce faite par le comte et transmise par des hérauts dans le pays, les artisans, forgerons et autres fournisseurs se sont réjouis. Les commandes de lances à panonceaux, d'écus armoriés, d'armures et de harnachements ont afflué. Les seigneurs engagés sont arrivés quelques jours auparavant, certains en grand équipage, avec escorte et trompettes. Ils ont envahi les auberges et les hôtelleries des environs d'Aix, ont accroché aux pignons leurs écus gravés de leurs blasons. Dans la journée, à l'intérieur de la cité et aux alentours, les rues retentissent du martèlement des cavalcades et du cliquetis des armes. La nuit, le vacarme des festins fait vibrer murs et murailles et la fête se prolonge souvent en beuverie ou en orgie.

— Le Seigneur doit frémir d'entendre ça ! grommelle frère Elias.

— Tout cela n'est qu'œuvre du Malin ! renchérit frère Rigaut en prévenant Eléonore de ne pas confondre l'héroïsme du combat contre l'Infidèle avec la vanité de ces joutes.

Insensible au pieux propos, Eléonore cache son impatience à assister à ce qui est pour elle une vraie bataille, semblable à celles des chansons de geste que sa mère et surtout Carenza, qui en est friande, lui ont données à lire. Si elle a été choquée par l'histoire du roi Arthur à cause de la liaison coupable de la reine Guenièvre avec Lancelot, elle a rêvé aux amours de Guillaume d'Orange et de la belle Orable, une princesse sarrasine. Elle a été surtout bouleversée par la chanson du neveu de Guillaume, le valeureux Vivien.

Le duc d'Alençon ayant été capturé par les Sarrasins, son fils Vivien s'est livré comme otage pour le faire libérer. Vendu ensuite comme esclave et recueilli par une marchande anglaise, il a lancé une croisade et vengé son père en détruisant Luiserne. Blessé au combat, il se reposait près d'Arles, aux Alyscans, quand des cavaliers ennemis le découvrirent et l'achevèrent. Il mourut dans les bras de Guillaume d'Orange, accouru trop tard pour le sauver. C'est à ce héros qu'Eléonore pense quand, le grand jour étant venu, elle est réveillée dès matines.

Pendant la prière et la toilette, l'appel des hérauts sonnant cors et trompettes aux quatre coins de la cité, et le brouhaha de tous les équipages éparpillés en ville ne font qu'accroître sa nervosité. Dans sa nouvelle robe, de couleur rose à parements dorés, elle se sent une vraie damoiselle, capable de rivaliser avec toutes celles qui vont assister au spectacle.

Elle est si fébrile qu'en montant dans le char de sa mère, elle manque de tomber et bouscule Sancie, que la comtesse a tenu à emmener malgré son jeune âge, afin de lui montrer que la violence et la lutte pour le prestige sont parties intégrantes du monde des seigneurs.

Le comte a choisi comme aire de combat un espace plat et dégagé au pied de la colline d'Antremons, sur laquelle les Salyens, un peuple venu de Gaule, ont fondé la première cité d'Aix. C'est une façon pour lui de s'approprier l'énergie de ce peuple de guerriers à la cruauté légendaire. La comtesse apprécie également le lieu pour une autre raison. Elle vient souvent prendre des bains aux sources d'eau chaude, réputées favorables à la fécondité.

Lorsque Béatrice y arrive avec ses filles et dame Carenza, Raimon Bérenger est déjà sur l'estrade hérissée des bannières aux armes de tous les participants. Il est entouré de ses proches, les Justas, Cotignac, Tarascon, Villeneuve. Tous les regards convergent vers ce dernier. Promu grand baile, il est désormais officiellement reconnu comme le principal conseiller du comte, l'homme par lequel passent toutes les décisions.

— Le pouvoir ne semble pas le rendre joyeux, remarque Carenza en remarquant la grise mine qu'il affiche.

— Ce n'est pas un guerrier, il désapprouve le tournoi.

Les trompettes des hérauts retentissent pour annoncer l'arrivée des combattants qui caracolent sur des chevaux richement harnachés, bannières multicolores au vent. Ils arborent heaumes, gantelets, écus qui scintillent au soleil et saluent le comte et la comtesse, assis en majesté.

Pendant le galop d'échauffement, un héraut annonce les noms de ceux qui vont s'affronter. Les premiers, à trois contre trois, se mettent aussitôt en place et Mort-du-Sommeil peut sonner le signal de l'assaut. Les six cavaliers abaissent leurs lances à l'horizontale et éperonnent leurs montures qui s'élancent dans un nuage de poussière. Les deux lignes se croisent dans le martèlement des galops, les cris rauques des combattants, les hurlements du public et le craquement sec des lances heurtant les écus. Un chevalier, violemment projeté à terre, se relève et dégaine son épée, encouragé par les clameurs d'encouragement, pendant que partenaires et adversaires reviennent à bride abattue. Au milieu du vacarme des applaudissements, des appels des hérauts, des cris d'horreur des femmes, les deux seuls hommes restés en selle s'affrontent maintenant à l'épée, pendant que les quatre autres se livrent au sol à de furieux duels. Plus ou moins blessés et couverts de sang, les uns chancellent, les autres s'effondrent, mais tous hésitent à s'arrêter quand le héraut déclare clos le combat et proclame vainqueurs ceux qui sont encore debout. A peine ont-ils évacué l'arène que commence le deuxième affrontement à deux contre deux, suivi d'un troisième à cinq contre cinq, qui tourne en une véritable bataille rangée, au point que le comte lui-même doit intervenir pour l'arrêter.

Pendant tout le tournoi, la comtesse a regardé le spectacle en silence, avec un détachement glacial. Sancie, horrifiée, a fermé les yeux et s'est bouché les oreilles en se blottissant contre sa mère, tandis qu'Eléonore, tout de même effrayée, n'en a pas perdu une miette. Le comte, impassible, un sourire ambigu aux lèvres, a observé avec attention chaque combattant, comme s'il devait leur donner une note.

— Nos champions l'ont emporté, conclut-il avec satisfaction.

— Cela n'empêchera pas les sires de Castellane, de Montsalier et de Caseneuve de pactiser avec Raimon de Toulouse, réplique Romée. Croyez-moi, mon seigneur, le jeu n'en vaut pas la chandelle. Le moment n'est pas opportun, mais permettez-moi de vous rappeler que nous aurons beaucoup de difficultés à verser la deuxième tranche de la dot de la reine de France...

Romée jette un regard vers Eléonore avant d'ajouter à mi-voix :

— Et bientôt, il faudra songer à celle de votre cadette.

— On a le temps, mon ami. Elle n'est pas encore nubile.

— Ça ne saurait tarder, intervient la comtesse, qui a entendu.

Béatrice ne se trompe pas. Peu de temps s'écoule avant qu'Eléonore lui annonce qu'elle a du sang sur les cuisses. Mais contrairement à Marguerite, la cadette sait ce que cela signifie et lance tout de go :

— Je vais bientôt me marier, mère ?

La comtesse éclate de rire.

— Tu es bien pressée. Occupe-toi plutôt de t'instruire. Ecoute bien frère Elias et le sire Bonafous.

— Ils sont ennuyeux, mère.

— Comme s'il fallait toujours s'amuser !

— Est-ce qu'un roi m'épousera aussi ?

— On peut l'espérer.

Cet espoir, la comtesse le cultive d'autant plus que Romée demande à la voir. Elle en devine la raison.

— Ma dame, je ne reviendrai pas sur la stratégie d'équilibre que nous devons appliquer pour préserver l'indépendance du comté. Après le mariage de votre fille aînée avec le roi de France, il conviendrait de choisir pour la cadette un époux assez puissant pour contrebalancer les ambitions françaises.

— Assez puissant... Un des fils de l'empereur Frédéric ?

— Il n'y faut pas songer. Non seulement l'empereur a des difficultés avec son fils aîné Henri, mais son conflit avec le pape est en passe de s'envenimer. Le comte doit éviter de choisir son suzerain contre son allié.

— Alors, à qui pensez-vous ?

— Au roi Henry d'Angleterre. Il est en quête d'une épouse.

Sans exprimer de satisfaction, la comtesse a une raison de ne pas s'y opposer. La famille de Savoie entretient depuis longtemps d'excellentes relations avec les Plantagenêt. Son frère Guillaume possède des bénéfices en Angleterre. Mais pour elle, l'Angleterre est un pays lointain noyé dans la brume et, surtout, le roi Henry a perdu tout prestige depuis la défaite infligée par le roi de France en 1230 lorsqu'il avait tenté de reconquérir les terres continentales des Plantagenêt perdues par son père Jean sans Terre. Et maintenant que sa fille est reine de France, elle craint que le Capétien ne prenne ombrage d'un tel mariage.

— Il y a un tel antagonisme entre ces deux dynasties ! Il ne faudrait pas que cela rejaillisse sur mes filles.

Romée réprime difficilement son agacement devant cette objection qu'il estime inepte au regard de la stratégie politique.

— Ma dame, le roi Louis redoute plutôt que le Plantagenêt n'épouse la fille d'un de ses barons pour reprendre pied dans son territoire. L'heure est à la conciliation. Il vient de renouveler la trêve conclue en 1231 avec le roi Henry. Le moment est donc favorable. Je m'adresse à vous parce que le comte Amédée de Savoie et Mgr Guillaume connaissent bien la cour d'Angleterre. Ils pourraient nous conseiller et se charger éventuellement des premières démarches.

Béatrice se laisse fléchir, estimant qu'une intervention de ses frères représente une garantie suffisante pour les intérêts de sa fille.

— Je suppose que vous en avez déjà parlé au comte.

— Je voulais avoir d'abord votre agrément et celui de vos frères.

Quelques semaines plus tard, un message secret du comte Amédée parvient à Béatrice pour lui exprimer sa joie d'aider au mariage de sa nièce.

Lorsque Romée annonce au comte son projet, Raimon Bérenger

ne manifeste pas plus d'enthousiasme pour le Plantagenêt qu'il n'en a montré pour le Capétien. Il est néanmoins réticent pour une raison particulière : la crainte d'une ingérence de sa belle-famille dans ses affaires.

Une dizaine d'années auparavant, il avait bien accepté l'arbitrage de feu le comte Thomas dans son conflit avec Marseille, mais par la suite, il s'est toujours efforcé de le tenir à l'écart et de recourir le moins possible aux services de ses beaux-frères dont il redoute les tendances tentaculaires.

Il en faut plus pour décourager Romée.

— Nul n'est mieux placé que Mgr Guillaume et le comte Amédée pour explorer la voie anglaise. Au demeurant, que craignez-vous d'eux ? Vos familles sont liées non seulement par le sang, mais aussi par un même objectif : se défendre contre les ambitions des grands royaumes. Plutôt que de chercher un affrontement perdu d'avance, la maison de Savoie a su y placer ses pions. Prenons-la pour exemple.

L'argument convainc le comte et Romée peut organiser une rencontre avec Guillaume et Amédée de Savoie. Elle est fixée avant la fin de l'année en Arles, où Raimon Bérenger et son conseiller doivent se rendre pour aplanir un conflit d'intérêts récurrent entre l'évêque et le patriciat urbain.

Au mois de décembre 1234, en apprenant que ses parents l'emmènent en voyage, Eléonore est au comble de l'excitation, persuadée que c'est pour la présenter à un futur époux.

— Je vais me marier, et avec un roi, comme Marguerite, annonce-t-elle avec assurance à Sancie.

— Allons, allons ! s'écrie Flamenque. On ne vend pas la peau de l'ours avant de l'avoir tué.

Eléonore n'a cure des proverbes de cette rabat-joie de gouvernante, qui n'est pas, Dieu merci, du voyage. Pendant le trajet, elle ne cesse d'imaginer ce roi dont elle rêve, un géant beau comme Delfin, vaillant comme son père, aussi bon guerrier que troubadour. Elle s'attend même à le voir déboucher d'une forêt sur un destrier pour l'enlever et la conduire en un château haut perché et peuplé de fées. Aussi est-elle quelque peu déçue en débarquant dans la cour du palais de la Trouille, qui ressemble fort à celui d'Aix sans avoir ni la sobre grandeur de Forcalquier, ni la chaleureuse familiarité de Brignoles. Au lieu d'un prince brillant comme un soleil, ce sont deux oncles, l'évêque de Valence Guillaume et le comte de

Savoie Amédée, qui viennent retrouver ses parents, une réunion familiale dont Eléonore ne soupçonne pas l'objectif.

Son père est d'ailleurs très affairé, et le château connaît une intense agitation avec des allées et venues continuelles de seigneurs et de clercs. Quant à sa mère, elle passe son temps en conciliabules avec ses frères. Si bien qu'Eléonore finit par demander pourquoi ses parents l'ont emmenée.

— Ton père tient à ce que tu connaisses mieux le comté. J'ai donc chargé dame Carenza de t'instruire sur la cité d'Arles. Elle y a vécu une partie de son enfance, parce que son père assistait un podestat.

Eléonore se réjouit d'être confiée à l'amie de sa mère, une femme joviale qui lui a conté nombre d'histoires de chevalerie et lui a en fait lire. Carenza est surtout la seule femme de l'entourage maternel à ne plus la considérer comme une petite fille.

— Puisque vous aimez les légendes, je vais vous emmener en un endroit magique, mais il ne faudra pas avoir peur.

Cette seule recommandation suffit à exciter la curiosité d'Eléonore qui promet d'être courageuse. Elle est pourtant saisie d'un frisson quand le char qui les conduit hors de la ville aborde une sorte d'immense ville morte sur laquelle flotte une vague odeur d'encens. Des nappes de brume propagées par les eaux d'un étang voisin voilent le soleil et y répandent une lumière glauque. Odonin lui-même, qui commande l'escorte, a dégainé son épée et se tient sur ses gardes, comme s'il craignait une embuscade.

— On dirait un cimetière, murmure Eléonore en prenant la main de Carenza.

— C'en est un, mais il est sacré. Saint Trophime y protège les âmes de ceux qui ont combattu les Infidèles.

— Saint Trophime ?

— C'était un disciple de saint Paul. Il a recueilli la tête de saint Etienne le martyr et il est parti avec elle évangéliser les Gaules. Un jour, il a débarqué ici et a converti les gens dont il est devenu l'évêque. Il a consacré ce cimetière chrétien en présence de sept autres prélats, mais des esprits malfaisants qui hantaient les eaux verdâtres de l'étang de Malcrozet entraînaient en enfer ou frappaient de maux incurables tous ceux qui passaient à proximité. Trophime pria avec tant de ferveur que Jésus lui apparut. Le Seigneur promit sa protection contre les maléfices, et les poissons affluèrent dans les eaux purifiées. La ville, assiégée par les Sarrasins, put ainsi échapper à la famine On surnomma Trophime le « Nourricier ». Depuis lors, il n'est nul chrétien qui ne souhaite être enseveli ici.

On dit que les défunts y sont si heureux que, la nuit, ils partent hanter les rêves de tous ceux qui viennent annoncer de bonnes nouvelles.

Le récit ne rassure pas Eléonore. Elle croit au contraire entendre des murmures sourdre de l'étang et voir des ombres se dessiner dans les vapeurs humides qui s'en dégagent.

— Vous souvenez-vous de l'histoire du preux Vivien ?

— Oh oui ! Elle est très triste.

— Eh bien, c'est ici, aux Alyscans, que Vivien est tombé. On dit que là où son sang a coulé poussent l'armoise qui protège les femmes et l'herbe de la Saint-Jean qui chasse les démons. Venez, nous allons en cueillir...

Eléonore suit Carenza jusqu'à la rive de l'étang de Malcrozet, malgré les gestes d'Odonin qui manifeste sa désapprobation. A peine sont-elles au bord de l'eau qu'un coup de vent brusque balaie la brume. En se dispersant, les nappes se muent en des nuées aux formes mouvantes qui enveloppent les visiteurs. Croyant voir le fantôme de Vivien, Eléonore, affolée, pousse un cri strident.

— Il est temps de rentrer, dit Carenza.

Cette nuit-là, Eléonore fait un songe merveilleux. Son père, en armes mais sans heaume, resplendissant dans sa cotte rouge et or, la conduit dans une cathédrale gigantesque illuminée de millions de bougies. Un roi ressemblant trait pour trait à Delfin émerge d'un lac d'argent en brandissant une épée étincelante, tandis qu'un Christ, majestueux, descend de sa croix et pose sur la tête d'Eléonore une couronne d'or si lourde qu'elle s'enfonce dans des eaux jaunâtres et s'y engloutit.

Dans l'*aula* du château de la Trouille, enfin désertée par les visiteurs et retournée à un apaisant silence après les disputes des derniers jours, le comte est affalé sur son siège. Il a les traits tirés. Après des heures de discours et de discussions, il a obtenu un compromis qui masque à peine l'hostilité persistante des seigneurs de la ville envers l'archevêque Jean Baussan. Il sait que le conflit ne tardera pas à resurgir. Les rancœurs à l'égard d'un haut clergé accusé de rapacité et d'excès d'autorité sont trop vives pour se calmer si vite. Aussi éprouve-t-il quelque peine à écouter le comte Amédée qui lui expose les arguments favorables au mariage anglais, déjà entendus dans la bouche de Romée. Il dresse toutefois l'oreille quand Mgr Guillaume précise :

— Le roi Henry n'a certainement pas apprécié le mariage du roi Louis de France avec dame Marguerite, ni celui du comte de

Poitiers avec Jeanne de Toulouse. C'est une menace pour son duché d'Aquitaine, la seule terre qu'il lui reste sur le continent. Je suis convaincu qu'il serait fort aise de damer le pion au roi de France.

— Il lui faut en tout cas une épouse et un héritier, reprend Amédée. Il a déjà vingt-six ans et un urgent besoin de renforcer sa position et celle de la dynastie. Il a été contraint par ses barons de se débarrasser de ses conseillers poitevins, Pierre des Roches et son neveu Pierre de Rivaux.

— Justement ! Croyez-vous que les barons accepteront son mariage avec une étrangère, de surcroît sœur de la reine de France ? objecte Raimon Bérenger.

— Ils sont surtout remontés contre le clan des Poitevins regroupé autour des Lusignan, les demi-frères du roi.

Ramon Bérenger esquisse un sourire ironique.

— Au fond, l'objectif serait de leur opposer un clan Savoie-Provence, n'est-ce pas, Monseigneur ?

— Pourquoi pas ?

Tous éclatent de rire.

— Il reste à savoir quelle sera la position de la cour de France, dit Raimon Bérenger. Nous savons que les vieux conseillers de la reine Blanche restent hostiles à toute implantation anglaise sur le continent.

— Dommage que la reine Marguerite soit trop jeune pour exercer une influence sur le roi Louis, soupire Amédée.

— Elle y parviendra, j'en suis sûre, intervient la comtesse. Mais la cour du Capétien est un bloc difficile à pénétrer, la régente en a fait un bastion.

— Ce n'est pas le cas de la cour du Plantagenêt, dit Mgr Guillaume.

— En attendant, le mariage de votre cadette avec le roi d'Angleterre serait un beau succès pour votre prestige, seigneur comte, déclare Romée, resté jusque-là silencieux.

Tous les regards se tournent vers Raimon Bérenger, guettant une réponse. Au bout d'un instant, il donne son agrément pour engager le processus.

— En ce cas, nous pourrions l'amorcer dès ce soir, propose Mgr Guillaume. John de Gatesden est arrivé. Il est venu à mon initiative. Il a en ce moment l'oreille du roi, il est donc le mieux placé pour lui parler du projet.

Le soir, veillant à la toilette et à la tenue de sa fille, la comtesse y met tant de méticulosité et l'abreuve de tant de recommandations qu'Eléonore demande si un roi est invité au souper.

— Non, il n'y aura pas de roi, mais des gens importants et tu dois faire honneur au comte et à moi-même.

Eléonore est déçue. Elle le sera davantage quand elle s'apercevra que le seul convive apparemment important est un clerc assez terne, au visage en forme de goutte d'huile, qui ne cesse de l'observer avec une insistance gênante. Il parle l'anglo-normand, une langue qu'elle ne comprend guère, mais surtout, son regard fouineur suffit à faire éclater comme une bulle le merveilleux songe qui avait suivi la visite aux Alyscans, dans les eaux glauques de l'étang du diable.

Durant tout l'hiver, Eléonore va baigner dans une sorte de nuage mélancolique qu'aucune nouvelle heureuse ne viendra troubler, sauf parfois un rêve, répétition de celui d'Arles, avec Vivien, Delfin, et la lumière étincelante d'un sacre royal si fugace qu'il rend la nuit encore plus ténébreuse.

Ses parents ne lui ont dit mot du projet en cours. Ils attendent une réponse du roi d'Angleterre. Au mois de février, le premier message de John de Gatesden à Mgr Guillaume a fait entrevoir une réponse favorable. Il aurait tant vanté la beauté de la jeune fille du comte de Provence que le souverain en aurait été tout émoustillé. La deuxième missive a été plutôt décourageante. Le roi avait engagé une démarche pour épouser Jeanne, héritière du comte de Ponthieu. La cérémonie d'engagement *verba de presenti* avait même déjà eu lieu au début du mois d'avril et le mariage était prévu pour le mois de mai, avant la Pentecôte.

— Il faut reconnaître que ce parti-là est avantageux pour lui, commente Mgr Guillaume, venu à Aix rendre comte de ses démarches. Avec ce fief situé entre Normandie et Flandre, le roi Henry est aux portes du domaine capétien.

Romée ne semble pas affecté par la nouvelle.

— L'affaire n'aboutira pas, affirme-t-il. Pas plus que pour la fille du duc de Bretagne, la reine Blanche et ses conseillers n'admettront que le Plantagenêt s'installe à leur porte, d'autant plus qu'il vient de marquer un point en mariant sa sœur Isabelle à l'empereur Frédéric. Nous pouvons jouer là-dessus. Une dispense papale lui est indispensable en raison du lien de parenté qui l'unit à Jeanne de Ponthieu...

Romée et Mgr Guillaume échangent un sourire de connivence.

— Le Capétien ne sera pas le seul à intervenir auprès de Sa Sainteté, assure le prélat. Je vais sans tarder me rendre à Rome.

*

De forte corpulence et apparemment pataud comme un ours, l'évêque de Valence est en réalité un homme très alerte qui n'hésite pas à se déplacer très vite et très loin, à cheval ou en chariot, au point qu'on ne sait jamais où il se trouve. Sa sœur, qui le connaît bien, n'est nullement surprise de recevoir des messages en provenance des divers lieux où il est passé. Ainsi apprend-elle que durant deux mois, de la mi-avril à la mi-juin de cette année 1234, il a été successivement à Rome, à Paris et à Londres.

Grâce à cette prodigieuse célérité, il est parvenu à faire retarder l'octroi de la dispense papale, que la reine Blanche avait d'ailleurs commencé de bloquer. A Londres, il a fait le siège du roi Henry entre deux parties de chasse. Le souverain était indécis, comme cela lui arrive souvent. Il considérait toujours son union avec Jeanne de Ponthieu comme une bonne opération à la fois sur le plan stratégique et sur le plan financier, la richesse du comte de Ponthieu autorisant l'espoir d'une meilleure dot. Par contre, le mariage provençal risquait de provoquer une réaction défavorable de l'empereur Frédéric et de Raimon de Toulouse, son allié contre la France. Guillaume s'est évertué à le rassurer et à lui souligner l'intérêt de s'ouvrir une porte en Provence, comme l'avait fait le Capétien.

Finalement, après avoir entretenu des contacts avec les deux familles pressenties, mais las d'attendre la dispense papale, le roi Henry se décide pour l'alliance provençale. Il est très curieux de connaître cette très jeune fille dont Gatesden et d'autres lui ont décrit la beauté, l'élégance et le caractère hors du commun. Au mois de juin 1235 il écrit au comte Amédée et à Mgr Guillaume pour leur exprimer son vœu d'épouser leur nièce. Il renonce en même temps à la dispense pour le mariage picard et envoie en Provence son prieur Richard de Hurle à deux reprises. Celui-ci y va la seconde fois accompagné de deux évêques et de frère Robert, maître de la milice du Temple, afin de présenter sa demande officielle de mariage.

En octobre, John de Gatesden et Richard le Gras s'y rendent à leur tour avec les notaires royaux John fitz Philip et Robert de Mucegros, chargés de discuter de la dot et du douaire.

Eleonore a enfin appris l'identité de son futur époux après avoir vécu les derniers mois dans une sorte de déception latente. Les chevauchées avec son père s'étant raréfiées en raison des préoccupations du pouvoir et sa mère paraissant se soucier moins d'elle,

elle avait fini par se croire délaissée. Toutes les pensées de la famille semblaient vouées à la seule Marguerite. La malheureuse était tyrannisée par sa belle-mère, disait-on, et l'on attendait anxieusement la nouvelle d'une grossesse qui l'en délivrerait peut-être. Et voilà que soudain le brouillard amer de la désillusion s'est dissipé pour donner au soleil de l'été l'éclat d'un merveilleux rêve : elle allait épouser elle aussi un roi !

Néanmoins au cours d'un interminable automne, Eléonore n'a cessé d'osciller entre impatience et prostration, dans l'attente quotidienne d'une visite d'émissaires du roi Henry ou d'une nouvelle décisive. Elle questionnait sa mère qui a fini par la rabrouer.

— Calme-toi, montre-toi un peu plus patiente, voyons ! Tu ferais mieux d'étudier et de réfléchir. Frère Elias et le sire Bonafous m'ont dit que tu étais trop distraite.

Etudier, réfléchir ? Eléonore préférait rêver, imaginer. Des rêves très confus où se mêlaient les images du songe des Alyscans. Son imagination lui faisait voir un roi Henry d'une stature impressionnante qui l'emportait dans ses bras vers une chambre nuptiale pourpre et or. Il la couvrait de baisers avant de s'endormir à son côté, chastement, comme dans les *cansos* célébrant la *fin'amor*.

Cette fois, la visite tant espérée de la délégation royale semble décisive. Eléonore a reconnu en Gatesden le lugubre visiteur d'un soir, au visage en goutte d'huile et au regard si désagréablement curieux. Les autres l'examinent comme si elle était un bibelot ou un animal à vendre. Elle, si arrogante parfois, si audacieuse souvent, en est tout intimidée. Ce n'est qu'en pensant à son épervier et en croisant le regard de sa mère qu'elle se redresse pour dévisager chacun des émissaires avec un air de défi. Gatesden y répond par un compliment en anglo-normand que Romée s'empresse de traduire :

— Mon seigneur Henry, roi d'Angleterre, vous présente ses hommages et ces honorables dignitaires leurs compliments pour votre beauté.

Rougissante, Eléonore remercie d'un sourire si étonnamment charmeur que Béatrice confie à Carenza :

— Elle sait déjà comment s'y prendre, mais c'est vraiment un beau cadeau qu'on fait à ce Plantagenêt.

Les messieurs de Londres sont aussi venus pour discuter dot et douaire. La première donne lieu à un marchandage serré. Le Plantagenêt exige quelque vingt mille marcs d'argent. Romée au nom du comte refuse et en propose trois mille. Après des échanges de messages, le roi, agacé, finit par accepter, non sans que Mgr Guillaume soit intervenu pour lui rappeler l'importance des avantages diplomatiques. Quant au douaire, il serait constitué d'une douzaine de villes, dont Gloucester et Cambridge. Le roi Henry réunit alors un conseil de barons laïcs et ecclésiastiques afin d'avoir leur assentiment. Sauf quelques objections sur le modeste rang du père, un comte sans grand prestige et aux possessions restreintes, l'auguste cénacle donne son approbation.

Le 23 novembre, Robert de Mucegros est de retour, cette fois en compagnie de son frère Philippe, pour représenter le roi à la cérémonie de fiançailles *verba de presenti*, qui a lieu au château de Tarascon. Le mariage est prévu pour le mois de janvier 1236.

Le moment est venu pour la comtesse d'expliquer à sa fille ce que signifie physiquement le mariage et de lui donner les dernières recommandations. La réaction d'Eléonore ne la surprend pas. Au lieu du silence effrayé de sa sœur, elle pose des questions, non sans effronterie.

— S'il vous fait mal, comment peut-on aimer son époux ?

— La douleur est moindre et finit par disparaître si tu te donnes vraiment à lui, comme c'est d'ailleurs ton devoir.

— Me donner ? Il faudra donc subir ce qu'il va me faire ? Mais vous m'avez dit, mère, qu'il fallait toujours s'imposer.

— On ne peut s'imposer sans accomplir son devoir.

— C'est aussi pour faire des enfants que des femmes comme la dame de Montmeyan se donnent à d'autres hommes qu'à leur mari ?

A cette évocation inattendue, la comtesse pâlit. La meurtrissure reste encore vive.

— Aucune femme ne doit accepter l'infidélité de son mari ! Et oublie donc cette histoire de luxure !

Le lendemain, tout étant dit, Eléonore est prête au départ. Romée doit la conduire avec sa suite et son escorte de quelque trois cents cavaliers de Tarascon à Vienne, pour la confier à l'oncle Guillaume, chargé une nouvelle fois d'accompagner la promise en Angleterre et de représenter les parents aux cérémonies.

Le comte, en faisant ses adieux à sa fille, lui remet un petit objet qu'il lui demande de garder précieusement, une cigale de cristal.

— Tu penseras à la Provence, et dans les brumes du Nord, si tu la regardes bien, tu y verras le soleil de chez nous, peut-être chantera-t-elle...

Eléonore, jusqu'alors d'une étonnante assurance, est secouée de sanglots. Elle se jette dans les bras paternels et lui jure en balbutiant de ne jamais oublier le pays. Puis elle se blottit longuement dans ceux de sa mère, qui lui glisse à l'oreille :

— N'oublie surtout pas ce que je t'ai dit : tu dois immédiatement t'imposer. Tu n'as pas encore treize ans, mais je sais que tu es très forte. Si tu as quelque doute, pense à l'épervier.

Sans doute y pense-t-elle déjà quand, recevant le salut de Carenza, de Flamenque et de tous les autres venus assister à son départ, elle adresse à chacun, malgré ses yeux rouges, un regard si direct, si dominateur, que la gouvernante ne peut s'empêcher de murmurer :

— Qu'est-ce que ce sera quand elle aura vingt ans ! Le roi Henry n'aura qu'à bien se tenir.

A Vienne, première étape, l'oncle Guillaume prend en charge le cortège auquel s'adjoignent les représentants du roi Henry, venus pour confirmer le contrat de mariage. La traversée de la Champagne s'effectue dans des conditions agréables grâce à l'hospitalité du comte Thibaud, qui est apparenté au roi Henry. Par contre, si le passage dans le domaine royal français bénéficie d'un sauf-conduit accordé par le roi Louis, Eléonore est très déçue de ne pas y être accueillie par la reine Marguerite, et vexée de l'être par des fonctionnaires locaux plutôt modestes.

— C'est sûrement cette ogresse de reine Blanche qui a empêché ma sœur de venir !

— C'est probable, mais c'est sans doute également un signe de mauvaise humeur du roi Louis et de la Curia, répond l'oncle Guillaume.

Eléonore ne se soucie guère de politique. Le froid, la neige, le ciel plombé, le brouillard du Nord suffisent à l'attrister et lui donnent un avant-goût du climat qui l'attend de l'autre côté de la Manche, en cette île perdue au bout du monde. Emmitouflée dans des vêtements fourrés, elle pense beaucoup à ses parents, ressasse leurs recommandations, mais à l'étonnement des dames de compagnie et des camérières, toutes choisies par la comtesse, elle ne paraît pas regretter l'atmosphère familiale des châteaux de Provence. Elle ne se laisse même pas emporter sur les ailes du songe des Alyscans. Toutes ses pensées vont vers cet autre monde où elle va vivre.

En attendant, elle s'apprête à affronter une pénible épreuve quand, à Wissant, où elle embarque pour la première fois sur une galée, elle est terrorisée à la vue de la mer grise dont les vagues se brisent sur le quai avec fracas. Elle fait rire le capitaine du navire quand elle lui demande d'attendre une accalmie.

— Les vents sont favorables, il faut en profiter, ma dame.

Dès la sortie du petit port, le vent gonfle la voile, fait grincer les mâts, et la houle fait tanguer le navire qui plonge dans les creux et grimpe sur la crête des vagues sous de violentes giclées d'eau. Nombreux sont les malades, Eléonore la première, qui a l'estomac retourné et tente en vain de résister à la peur qui l'envahit devant cette mer en furie. Elle en perd la notion du temps et c'est avec un immense soulagement qu'elle débarque à Douvres avec l'impression d'avoir vécu une éternité. La démarche incertaine et la tête tournant comme une toupie, elle répond à peine aux saluts et aux révérences des dignitaires qui l'accueillent, et doit être soutenue pour monter dans le char aux armes du roi qui lui est réservé.

Le cortège, escorté d'une centaine de lances, prend aussitôt la route de Londres pour atteindre Canterbury, où l'attend le roi. Eléonore retrouve peu à peu sa lucidité et elle se sent d'aplomb quand émergent d'une verte campagne les hautes flèches de la cathédrale qui percent le ciel bas.

Elle se souvient des explications de frère Elias sur cette ville, « véritable capitale de la chrétienté d'Angleterre ». Le grand saint Augustin en a été au VIIe siècle le premier archevêque. C'est en cette cathédrale que plus de soixante ans auparavant, en 1170, Mgr Thomas Becket a été odieusement assassiné. Depuis lors, des miracles se sont produits sur la tombe de ce martyr de la foi. Pour l'heure, les rues de la cité sont emplies d'une foule accourue pour voir passer le cortège de la future reine.

Le roi a eu le temps de s'installer sur un trône, sous un dais dressé devant le parvis de l'immense navire aux mâts pointus comme des flèches qu'a gouverné saint Augustin. Impressionnée, le cœur battant, Eléonore aperçoit sa silhouette entourée d'une cohorte de barons et de prélats. Au fur et à mesure qu'elle s'en approche, il lui apparaît ni beau, ni effrayant, simplement plus âgé qu'elle ne le croyait. Sa mère lui avait dit un jour qu'il avait seize ans de plus qu'elle, n'était pas un guerrier comme le comte, mais qu'il était généreux et gentil.

— Mieux vaut un époux capable d'entourer sa femme d'égards qu'un jeune homme négligent et brutal qui ne pense qu'à son plaisir.

Eléonore n'a voulu retenir que ces dernières paroles, mais Henry Plantagenêt est loin d'être le Vivien de son imagination et elle ressent une pointe d'envie à l'égard de sa sœur dont le mari est un roi de vingt ans et de belle prestance.

Le souverain vient de se lever et avec simplicité, s'avance vers elle. Vu de près, il est encore moins plaisant : des épaules étroites, un long visage encadré de cheveux blonds ondulés, prolongé au menton d'une courte barbe, et surtout affligé d'une paupière tombante, parfois agitée de tics. Pourtant, il rayonne d'une telle joie, son regard est si avenant et sa voix si chaleureuse qu'Eléonore en oublie sa déception.

— Vous êtes désormais ici chez vous, ma dame, dit-il en s'inclinant. Votre beauté apportera le soleil de votre Provence dans tous les palais de ce royaume.

Eléonore rougit au compliment prononcé en langue d'oïl. Elle serait rassurée si les yeux de l'innombrable suite royale n'étaient fixés sur elle. Assommée par les éclats de trompette qui lui déchirent les tympans, elle se sent soudain les jambes molles et chancelle. Le roi se précipite pour la soutenir, mais vexée par les sourires amusés ou indulgents des gens de Cour, elle se redresse fièrement. Sentant sous sa main la poigne ferme de Henry, elle marche la tête haute vers la noble compagnie qui se courbe devant elle.

Malgré un sentiment d'exil et d'isolement, que son maigre entourage provençal ne peut atténuer, elle n'a désormais aucun loisir à consacrer à la nostalgie, pour laquelle d'ailleurs elle n'a guère de penchant. Emportée dans un tourbillon de cérémonies et de rites, il lui faut surmonter sa fatigue, se surveiller, éviter toute maladresse, faire face aux défis de toutes sortes, bref se montrer digne d'accéder à la fonction de reine. Et elle se demande comment parvenir à s'imposer, ainsi que le lui conseillait sa mère.

*

La cérémonie nuptiale est célébrée le 14 janvier 1236 par le primat d'Angleterre Edmond Rich en la cathédrale de Canterbury.

Eléonore, qui n'a pourtant jamais manifesté une profonde dévotion, prie avec une ferveur que remarque l'oncle Guillaume, fier jusqu'à présent du comportement de sa nièce, dont il redoutait l'humeur turbulente. La fille de Béatrice cherche en fait dans la prière le courage d'affronter le moment où elle va se retrouver seule avec le roi pour cette union charnelle qu'elle redoute.

Certes, en peu de jours, elle a pu s'habituer au physique ingrat de Henry, dont l'empressement chaleureux et la délicatesse lui ont fait oublier la triste paupière et le visage chevalin. Mais elle n'a pu chasser l'appréhension de ce qu'elle imaginait comme une douloureuse atteinte à son intégrité physique et morale par un homme qu'elle ne connaissait pas quelques jours auparavant. Tendue comme un arc, elle serre dans sa main la cigale de cristal tel un talisman protecteur lorsque ses camérières la laissent seule dans la chambre nuptiale après l'avoir aidée à s'apprêter. Revêtue d'une légère chemise dans laquelle elle se sent nue, et allongée sur le lit, elle frissonne dans l'attente du royal époux. Ses pensées vont à sa sœur Marguerite, qui n'a pu lui raconter son expérience, et dont elle se demande si elle a souffert ou si elle a pu s'abandonner et connaître la *fin'amor* chantée par les troubadours. Elle sursaute en voyant la porte s'ouvrir. Le roi Henry apparaît, également vêtu d'une chemise.

— Comment vous sentez-vous, douce amie ? demande-t-il en langue d'oc.

En le voyant dans cet appareil et en l'entendant parler la langue du Sud avec son accent pointu, elle éclate de rire. Cette joie enfantine enchante Henry, mais il sent bien qu'elle ne favorise guère la montée du désir. Il s'approche alors d'Eléonore, lui saisit les deux mains qu'il effleure de ses lèvres comme s'il caressait une fleur.

— Savez-vous que nous devons prier trois nuits ensemble ? murmure-t-il.

— Mon oncle et le chapelain me l'ont dit.

— Alors, commençons, si vous le voulez bien.

Tous deux s'agenouillent devant une croix en pied posée devant une fenêtre, et Henry commence l'oraison sans lâcher les mains d'Eléonore. Elle les dégage pour prendre son livre d'heures, mais au lieu de lire, elle regarde par la fenêtre le croissant plein de la lune, dont l'éclat d'argent la transporte vers les Alyscans. A la fin d'un chant, Henry lui enlève le livre des mains et l'entraîne vers la couche nuptiale avec autant de douceur que de fermeté. Elle s'étonne qu'il ne respecte pas le prélude chaste des trois nuits, mais ne résiste pas.

Au contraire, elle éprouve un plaisir diffus sous les doigts qui la dénudent et lui caressent les seins et le ventre, mais quand ils descendent jusqu'au sexe, elle se contracte et les repousse, sans pouvoir les empêcher de lui écarter les cuisses. Soudain, elle voit Henry au-dessus d'elle et sent une lame de chair pénétrer en son être le plus intime et lui déchirer les entrailles. Elle pousse un cri à la fois de douleur et de colère et de toutes ses forces tente de rejeter ce corps dur qui pèse sur elle. En vain, car les mains de Henry lui maintiennent fermement les épaules sur le lit, jusqu'à ce qu'il se retire.

— Je vous ai fait mal... pardonnez-moi, murmure-t-il.

Elle se couvre de sa chemise et lui tourne le dos. Flottant entre des sentiments de colère et d'humiliation, elle reste un long moment avant que la fatigue et le sommeil aient raison de son désarroi.

Le lendemain, elle s'éveille avec l'impression d'avoir vécu un rêve étrange, mais les paroles de sa mère lui reviennent en mémoire et Henry l'entoure de tant de prévenances qu'elle finit par accepter cette évidence : elle a perdu sa virginité et elle est reine.

Le soir venu, après les oraisons, alors qu'elle s'était préparée à accepter docilement l'étreinte, elle prend peur et déclare avoir envie de dormir. Henry n'insiste pas. Il sait être patient. Il a senti qu'elle avait été d'abord troublée par ses caresses et il est sûr de pouvoir l'apprivoiser. Dormir côte à côte plusieurs nuits y aiderait. Dès la quatrième, alors qu'après les prières, elle reste allongée sur le dos, les yeux ouverts, il a le sentiment qu'elle attend de lui une nouvelle initiative.

Il ne se trompe pas. Eléonore a réfléchi depuis la défloration. Elle a vivement réagi moins sous l'empire de la douleur qu'à cause de la violence qui lui était imposée. Le plaisir qu'elle avait ressenti sous les doigts qui l'exploraient n'était pas le feu qui embrase le cœur et le corps qu'elle avait imaginé après avoir surpris des conciliabules de femmes. Elle a compris qu'en tout état de cause, il lui serait impossible de se dérober, et lorsque le soir, à nouveau, Henry la couvre de baisers et de caresses avant de l'étreindre, elle s'offre à lui en pensant à Delfin.

Durant le reste de la semaine de séjour à Canterbury, Henry se montre si amoureux que son entourage, à l'affût du moindre signe, se demande s'il a respecté les trois nuits de prières avant consommation. Peu importe, l'essentiel est que cela produise un jour ses fruits. Pour le moment, tous observent la jeune épouse qui affiche un visage impassible, mais rougit devant la curiosité indécente des regards. Aussi, est-ce un soulagement de se retrouver derrière les rideaux du char qui l'emmène à Londres, où elle doit être couronnée et recevoir l'onction divine La cérémonie est prévue pour le dimanche 20 janvier 1236 en la cathédrale de Westminster.

Les préparatifs ordonnés par le roi laissent augurer une fête grandiose à laquelle il a appelé à participer toute l'aristocratie du pays, le clergé, les bourgeois et le peuple. Son mariage quelque peu tardif lui offre l'occasion de célébrer l'unité du royaume, ébranlée par les vagues de révolte.

Dès le matin, malgré le froid, le peuple de Londres envahit les rues. Débarrassées des immondices, décorées de drapeaux et de guirlandes multicolores, éclairées d'une multitude de lampions et de torches en raison de la faible lumière et de la brièveté des journées hivernales, elles sont animées d'une cavalcade aussi bruyante que désordonnée de seigneurs et de riches bourgeois, vêtus de soie et de fourrures, qui finissent par former un cortège et se diriger vers Westminster.

Le roi et son épouse quittent le palais séparément, chacun accompagné d'une suite, pour se rendre à la cathédrale à pied. Selon la tradition, on a déroulé sur le sol une toile à rayures bleues. Les grands dignitaires ouvrent la marche avec les emblèmes royaux, le comte de Chester porte le glaive de saint Edouard, le comte de Pembroke la verge de commandement. Ils sont suivis du Trésorier et du Chancelier. Les barons des Cinq Ports soutiennent un dais orné de clochettes dorées et tendu sur des lances d'argent, sous lequel marche le souverain d'un pas lent et solennel. Eléonore suit avec un cortège composé de clercs, de chevaliers, de dames et de fonctionnaires composant sa maison. La tête couverte d'un voile de soie et le front ceint d'un cercle d'or, elle paraît toute frêle entre les deux évêques qui l'escortent sous un dais de soie.

La foule regarde avec un mélange de compassion et d'admiration cette fille à peine sortie de l'ombre de ses parents et venue d'un lointain pays. Compassion parce qu'elle est le jouet des manœuvres des puissants de ce monde qui l'ont jetée avec cynisme dans le lit d'un homme de vingt-huit ans et dans une arène de fauves sans scrupules. Admiration pour sa beauté rayonnante et surtout cet air d'autorité qui fait oublier sa si grande jeunesse.

Mgr Edmund Rich l'accueille sous le porche, assisté de l'évêque de Londres et entouré de plusieurs abbés. Il invoque les noms de Sarah, Rebecca, Rachel, mères des fils du roi David, et prie la Sainte Vierge Marie de bénir la jeune reine, qu'il invite à entrer dans l'église. Elle s'avance sous la longue et haute nef entre les rangées compactes de seigneurs, de prélats, de dames de cour somptueusement parées, entre dans le chœur et se prosterne devant les marches de l'autel, pendant que l'archevêque psalmodie une prière. D'une pression de main sur son bras, il l'invite à se lever pour le rite essentiel qui va lui conférer la royauté par la grâce de Dieu. Il lui ôte le cercle d'or qui enserre sa chevelure, dégage le voile et lui verse l'huile sainte sur la tête. Il bénit l'anneau qu'il lui glisse au doigt et recommence l'opération pour la couronne d'or ornée de fleurs de lys dont il la coiffe. Il lui remet ensuite le sceptre et la verge, symboles de souveraineté et d'autorité.

Eléonore se redresse, comme si elle venait de s'éveiller après un rêve étrange qui aurait commencé à son départ d'Aix. Elle perçoit le sens des prières qui s'élèvent maintenant sous la voûte, exprimant l'espoir qu'elle sera digne de tout cet apparat en donnant des descendants à la lignée royale. L'assemblée entonne alors le *Laudes*

Regiae, l'hymne des rois normands à la gloire du Christ triomphant, qui clôture la cérémonie.

Au sortir de la cathédrale, la reine est accueillie par une immense ovation. A son côté, Henry lui prend la main, un geste pour lui faire sentir qu'elle pourra désormais s'appuyer sur lui. Mais il reste encore une épreuve à supporter, celle des festivités qui concluent le double et rare événement du mariage royal et du couronnement.

Précédés de trompettes, les riches bourgeois qui avaient caracolé le matin dans la ville défilent alors dans les rues, portant trois cent soixante coupes d'or et d'argent prévues pour le festin des seigneurs. Ils remplissent en effet pour la circonstance la fonction d'échanson, dévolue selon la coutume au comte de Leicester. Ce n'est pas sans ostentation qu'ils s'en chargent à grands frais afin de montrer leur puissance financière. On peut être sûr qu'ils sauront arroser en abondance un festin copieux auquel barons et seigneurs participeront à s'en crever la panse. Dieu merci, les pauvres et les exclus du cercle magique des nantis et des puissants peuvent oublier pour un soir leur misère en s'enivrant de vin gratuit et en dansant toute la nuit à en perdre la tête.

Mgr Guillaume, pour sa part, est particulièrement satisfait du faste déployé par le roi Henry, qui n'a rien à envier à la brillante cérémonie de Sens. Comme en France, l'ensemble de l'aristocratie anglaise a su mettre ses revendications entre parenthèses pour la circonstance et montrer son attachement à la royauté.

L'évêque se promet d'en rendre compte à sa sœur Béatrice et à ses frères. Si Romée de Villeneuve peut se féliciter d'avoir réussi à marier les deux filles aînées aux souverains des deux plus importants royaumes de l'Extrême-Occident, la famille de Savoie doit savoir où sont placés ses pions sur l'échiquier du pouvoir.

Quant à Eléonore, devenue femme alors qu'elle n'a pas encore treize ans, elle est consciente que le plus important lui reste à faire : conquérir ce monde étranger en commençant par accomplir son premier devoir : donner des enfants au roi. Elle possède la détermination nécessaire, qu'elle puise dans le souvenir de sa mère et le regard de l'épervier dont elle n'a pas voulu se séparer, mais d'ores et déjà, les brumes du Nord ont brouillé le songe des Alyscans pour ne laisser que l'image de Delfin planer tel un archange au-dessus de la couche nuptiale.

6

La jeune reine

Marguerite exulte. Elle vient de recevoir la première lettre d'Eléonore, écrite en langue d'oc, et non en latin, ce qui signifie qu'elle est d'ordre intime. La reine d'Angleterre lui raconte son mariage sans trop de détails, mais en laissant transparaître des sentiments mitigés. À la satisfaction de l'accueil en grand apparat se mêle une réserve quant aux rapports avec l'époux royal, simplement qualifié d'« homme gentil ».

Marguerite aurait préféré voir sa sœur, lui parler, échanger sans retenue impressions et confidences comme autrefois, mais ce bon temps est bien révolu. Elle avait vivement regretté de n'avoir pu la rencontrer lors de son passage à Soissons, en terre française. Quand elle avait formulé son désir d'aller l'y retrouver, le roi Louis avait répondu assez sèchement que c'était inopportun.

— Son cortège va pourtant passer non loin d'ici...

— Ce n'est pas une question de distance, ma dame. Une reine de France ne peut se comporter comme une simple personne et se déplacer vers la future reine d'Angleterre, fût-elle sa sœur. C'est une affaire d'Etat. Vous n'ignorez pas que nos rapports avec le roi Henry restent délicats. Nous n'avons conclu avec lui qu'une trêve, non la paix. Je n'ai accordé un sauf-conduit au cortège que par égard pour votre père le comte et pour vous-même.

La « jeune reine », comme la Cour a pris l'habitude de l'appeler était assez consciente de ses devoirs pour accepter l'explication. Blanche, la « reine », n'a jamais perdu une occasion de les lui rappeler. Dès le lendemain de l'installation du couple royal au palais de la Cité, elle avait fait venir Marguerite dans sa chambre. Après avoir ordonné aux dames et aux servantes de sortir, elle lui avait tendu un livre richement illustré.

— Cette Bible m'a été offerte... J'aimerais que vous la lisiez et regardiez les images, afin que votre conscience s'imprègne du sens profond que doit revêtir la royauté.

Elle a pointé l'index sur une enluminure représentant le roi Louis et sa mère, assis sur leurs trônes. Revêtue de la mante bleue de Marie, la reine Blanche se penche vers son fils et dans un geste de prière lui offre la couronne.

— C'est clair ! commenta Iselda de Vauclaire. Elle veut vous faire comprendre que les liens entre elle et le roi sont sacrés, comparables à ceux de Jésus et de Marie. Quiconque oserait s'interposer encourrait la sanction divine.

— Vous croyez ?

— C'est une Castillane, élevée dans l'atmosphère d'une lutte sans merci contre les Maures au nom de Dieu.

Marguerite a trouvé l'interprétation exagérée, mais elle n'allait pas tarder à subir la loi de cette belle-mère, aussi radicale dans sa conception de la royauté que dans le respect des règles de chasteté imposées par l'Eglise.

Le roi s'est toujours montré très empressé auprès de sa jeune épouse. Dès les premières heures d'intimité, il avait révélé une sensualité qui avait failli lui faire transgresser la pieuse obligation des trois nuits de prière et de continence avant la consommation du mariage. Après avoir douloureusement subi sa brutale impatience, Marguerite a fini par connaître le plaisir dans les bras de cet époux de vingt ans pour lequel elle avait éprouvé dès leur première rencontre une irrésistible attirance. Bien que le chapelain Eudes, son nouveau confesseur, l'ait mise en garde contre le péché de luxure, elle apprécie les élans brusques et fougueux qui poussent Louis à surgir parfois en plein jour dans sa chambre pour l'entraîner sur la couche. Iselda lui affirme qu'on pouvait appeler cela l'amour, même sans l'ornementation lyrique des *coblas* de troubadours.

Louis n'en a pas moins toujours respecté les obligations de chasteté imposées par l'Eglise : pendant les règles car la femme est alors impure, la nuit de samedi et le dimanche, jour du Seigneur, les veilles et jours des grandes fêtes chrétiennes, l'Avent et le Carême. Marguerite le taquine lorsque, sentant le désir le submerger pendant ces périodes, il tourne en rond, pieds nus, pendant des heures dans sa chambre, ou s'immerge dans un bain d'eau froide. Il réplique en citant de pieux exemples comme celui du bon François d'Assise qui se jetait tout nu dans des buissons épineux pour apaiser le feu des sens. Le souci de veiller à l'accomplissement de ce qui doit assurer l'avenir de la lignée royale lui fait parfois oublier que l'excès, nuisible à la santé, est surtout un péché, du moins selon les docteurs de la Loi qui affirment que Dieu n'autorise l'union charnelle que pour procréer, non pour la jouissance.

Dès que la reine Blanche a constaté cette passion du roi pour sa femme, elle a aussitôt tenté d'en modérer les manifestations. Elle a d'abord décidé d'occuper la chambre verte réservée en principe au couple royal, qui a du se séparer et coucher dans des chambres situées à des étages différents. En obligeant le roi à circuler et à emprunter un escalier pour rejoindre sa femme, elle peut exercer un contrôle sur la fréquence de leurs rapports. Elle en charge des valets castillans à sa dévotion, comme Juan, un personnage cauteleux aussi laid qu'une grenouille, et des camérières comme Clara, une petite femme brune comme une châtaigne qui ne parle qu'à mi-voix. Ils ont l'ordre de l'informer scrupuleusement de toutes les visites du roi à la jeune reine.

Une nuit, avertie par Juan d'une « visite conjugale », la reine fait irruption dans la chambre de Marguerite pour intimer à Louis l'ordre de regagner la sienne. Levant haut son chandelier et les voyant tous deux nus sur le lit, elle s'écrie :

— Cela fait plus d'un quart d'heure que vous êtes ici, Louis ! Vous êtes-vous donc voué au diable ?

— Mère, je suis avec celle qui est mon épouse devant Dieu.

— Vous cherchez le plaisir. Même avec sa femme, cela revient à commettre un adultère ! Ne vous a-t-on pas répété cent fois que le mariage n'est pas fait pour satisfaire une ignoble concupiscence mais pour procréer ? Vous devrez en faire pénitence. Et oubliez-vous les affaires de l'Etat ? Comment pourrez-vous avoir demain la tête assez froide pour prendre des décisions ?

Afin de parer à ces intrusions, Louis charge les membres de sa garde personnelle de le prévenir de l'arrivée de sa mère par trois coups sur la porte. Marguerite, quant à elle, supporte de plus en plus mal le poids de ce contrôle et le regard noir qui la condamne chaque matin, comme si elle était une créature du diable vouée à entraîner le roi en enfer. Si elle attribue le comportement de sa belle-mère à un excès d'autoritarisme maternel et à une piété qu'elle juge immodérée, elle a l'impression d'être victime d'une animosité ou d'un ressentiment, voire d'une haine injustifiée, au point de s'imaginer que la reine Blanche regrette de l'avoir choisie comme épouse pour son fils. Elle se demande pourquoi cette Castillane, venue comme elle d'un pays du Sud, ne fait pas montre de compréhension à son égard.

— Je ne comprends pas la reine, dit-elle à Iselda. Elle est pourtant apparentée à mon père et elle a dû vivre une expérience semblable. N'a-t-elle pas été, elle aussi et au même âge que moi, arrachée à sa famille, et projetée dans cette Cour qui a dû la considérer comme une étrangère ?

— Votre parenté n'empêche pas les lignages de Castille et d'Aragon d'être rivaux. Je crois surtout qu'elle vous en veut de lui avoir « enlevé » son fils.

Marguerite éclate de rire.

— Vous plaisantez, Iselda ? Le roi est infiniment respectueux envers elle et s'incline devant toutes ses décisions.

— Je vous assure qu'elle est jalouse.

— Vous y allez un peu fort ! L'amour qui me lie au roi n'est pas de même nature que celui qu'il porte à sa mère.

— Pardonnez-moi, mais vous êtes encore bien jeune, ma dame, pour comprendre qu'avec votre jeunesse et votre beauté, vous êtes une rivale dans le cœur de son très cher Louis. Cette affection dont elle croyait détenir le monopole, elle doit la partager maintenant avec vous.

Le roi est contrarié par le comportement de sa mère à l'égard de sa femme, mais sa piété filiale l'empêche de lui en faire la moindre remontrance. Bien qu'il s'affirme de plus en plus sur le terrain du pouvoir, il subit encore l'ascendant maternel, comme Marguerite peut s'en rendre compte tous les jours. Alors qu'elle pleure à la suite d'une remarque intempestive de la reine sur la couleur jaune orangé jugée inconvenante de sa robe, il croit bon de la consoler en justifiant l'autoritarisme maternel par les épreuves subies après la mort de son père.

Il livre alors une longue confidence.

Au lendemain du décès du roi Louis le huitième, les grands barons tentèrent de l'enlever, lui l'héritier âgé de douze ans, et d'usurper le pouvoir. Furieux que la régence fût confiée à la reine au lieu de leur candidat, Philippe Hurepel, bâtard de Philippe le Conquérant et personnage sans envergure, ils répandirent d'odieuses calomnies sur Blanche, la reine étrangère. Non seulement elle était une femme, par conséquent inapte à gouverner un royaume, mais elle pillait les caisses royales au profit de ses chers Castillans et de l'Eglise. Pire, elle entretenait de coupables relations avec le légat pontifical, le cardinal de Saint-Ange Romain Frangipani.

— Que de combats ma mère a dû livrer pour remplir la mission qui lui avait été confiée ! Dieu merci, soutenue par les conseillers de mon père, elle a su réagir très vite en me faisant introniser une semaine à peine après les funérailles à Saint-Denis, le 15 novembre 1226.

Louis s'interrompt. Ses yeux clairs sont assombris par le souvenir de ces instants cruciaux, la solennité des obsèques sous les voûtes de la cathédrale de Saint-Denis, l'interminable liturgie, le départ pour Reims, le voyage sur une route boueuse. A Soissons eut lieu la cérémonie précipitée de son adoubement qui en avait fait un chevalier, avec la charge de devoirs que cela implique, l'honneur et la bravoure, la loyauté et la piété, la défense du royaume et la protection des faibles. Il y eut ensuite le sacre à Reims, dans une cathédrale encore en travaux, suivi des épreuves qui faillirent très mal se terminer.

— Les grands seigneurs avaient un plan pour m'enlever. Ils étaient menés par le comte de Bretagne Pierre Mauclerc, et le comte de la Marche, Hugues de Lusignan, qui avaient trahi mon père au siège d'Avignon. Ma mère a répliqué en appelant les seigneurs à respecter leur obligation de joindre l'ost[1] royal et en achetant des ralliements. Certains se soumirent, mais les irréductibles manquèrent de justesse de nous capturer à Montlhéry. Nous avons été sauvés par le peuple de Paris, accouru en armes. Le Seigneur l'avait appelé du ciel pour secourir son roi... Jamais, non jamais, je ne pourrai oublier que mon devoir est de mériter l'aide du Tout-Puissant et l'amour de ce peuple venu à mon secours ! s'écrie Louis avec exaltation.

Il se tait un instant, avant de poursuivre, les yeux embués :

— Je me rappelle qu'à ce moment crucial, je regardai ma mère. La voir si calme, si déterminée, me réconforta. Elle esquissa un imperceptible sourire pour me signifier qu'au-delà de toute solennité, je pouvais compter sur elle qui m'avait porté et enfanté par la grâce de Dieu...

Le regard de Louis se fixe sur Marguerite avec intensité.

— Vous comprenez pourquoi je respecte ma mère plus que tout au monde. Sans elle, je serais un otage des barons et de tous ces loups assoiffés de pouvoir. Il faut que vous le compreniez.

Marguerite lui presse la main pour le rassurer, mais elle ressent une pointe d'amertume. Elle qui a toujours fait preuve envers la reine mère de patience et de déférence, n'est-ce pas un sacrifice que le roi lui demande en exigeant cette compréhension ? N'est-ce pas

1. L'armée.

à la reine mère d'en faire également preuve à son égard, ne fût-ce que pour lui faciliter l'entrée dans sa nouvelle existence ?

Durant les premiers mois, l'acclimatement s'est avéré difficile pour la jeune reine, d'autant plus que le roi a dû s'absenter dès le lendemain des noces pour régler un conflit déclenché par une coalition d'évêques et négocier avec les incorrigibles barons de l'Ouest. Le climat, la grisaille, la pluie qui n'en finissait pas, l'atmosphère guindée du palais royal, les habitudes de la Cour, tout ici était si loin de la douceur et du soleil de Provence, de la familiarité qui a toujours régné dans les châteaux du comte, et plus encore à Saint-Maime, au castel des Encontres.

Au palais où elle séjournait, elle est restée longtemps confinée, ne sortant dans la ville qu'à l'occasion de cérémonies dans telle ou telle église. Les journées n'en finissaient pas, rythmées par le tintement des cloches appelant toutes les trois heures aux prières. En Provence aussi, le temps était marqué de la même façon, mais elle avait l'impression que le son en était différent. Dans les premiers temps, il lui arrivait parfois de se réveiller dès minuit avec les matines et, ne pouvant plus retrouver le sommeil, elle attendait les laudes et prime, avant que la sonnerie de la trompette n'annonçât, avec le lever du jour, la relève du guet. Le moment était alors venu de se laver et de s'habiller pour assister à la messe. En l'absence de Louis, les heures du jour s'étiraient dans une insidieuse mélancolie, distillée par le temps trop souvent maussade, le ciel plombé, le froid humide et la pluie, cette pluie fine dont l'accablante régularité n'était pas même troublée par l'un de ces bienfaisants orages du Midi qui rendent au ciel sa pureté limpide.

Le palais ne manque pourtant pas de vie. Planté sur l'île de la Cité, au centre de la capitale, il forme un ensemble imposant, entouré d'une muraille, et s'articule autour d'un jardin central et d'un donjon qui abrite la Chambre aux deniers, où l'Hôtel du roi administre les finances. Le souverain et sa famille logent sur deux étages dans l'une des ailes, qui comprend la Chambre aux plaids, l'oratoire du roi et le cabinet où il réunit ses conseillers. Les audiences publiques, les réceptions de visiteurs et les festins ont lieu dans une vaste aula située dans une autre aile avec la chapelle Saint-Nicolas. Les autres bâtiments sont occupés par l'habitation des clercs attachés à la maison royale, les services domestiques, les parties communes. Des jardins, un verger, une vigne et une chapelle réservée aux serviteurs complètent l'ensemble.

La famille royale est servie par une nombreuse domesticité, dont le va-et-vient continuel entretient une agitation que seules interrompent les pauses réservées aux prières rituelles et la nuit. Les réceptions officielles et les réunions de gouvernement y font plutôt passer le souffle froid du pouvoir et de son protocole. Par contre, dans une atmosphère bruissante de mille rumeurs circule à longueur de temps une foule de seigneurs laïcs ou religieux gravitant autour d'un cénacle de vieux dignitaires et de prélats qui composent ce qu'on appelle la Curia. Celle-ci n'a rien de commun, sinon ses fonctions de conseil de gouvernement, avec le cercle étroit des fidèles conseillers du comte de Provence. La Maison royale n'est en rien comparable non plus avec l'aimable cour d'Aix où la hiérarchie seigneuriale est battue en brèche par la simplicité des rapports.

Les membres de l'austère et cérémonieuse Curia n'ont guère manifesté de sympathie à la jeune reine. Certains d'entre eux, tels que Barthélemy de Roye, un vieillard aux yeux de loup, le rusé Nicolas de Hautvilliers ou le puissant évêque de Paris, Guillaume d'Auvergne, se sont même montrés désagréables jusqu'à l'hostilité. La famille royale ne lui a pas réservé non plus un accueil chaleureux.

Robert, le comte d'Artois, est un jeune prince de dix-huit ans qui se donne des airs de bravache. Passionné de tournois malgré la désapprobation fraternelle, il s'entoure de jeunes nobles dont les vantardises impressionnent les damoiselles. D'abord curieux de cette jeune et jolie belle-sœur venue du soleil, il la regarde avec condescendance et se permet des réflexions plutôt désagréables.

— Le comté de Provence, qu'est-ce que c'est, s'est-il écrié un jour à haute voix devant elle, sinon un marécage pour manants lombards ?

Et tous ses compagnons de rire aux éclats.

Sa femme, Mahaut de Brabant, n'est guère plus aimable. Sorte de grande adolescente mal fagotée, elle a un regard vide et un visage long comme une prière qui découvre des dents de carnassier quand il lui arrive de sourire. Encouragée par les réflexions de la reine Blanche, elle prend plaisir à persifler sur les tenues de la Provençale, trop colorées et trop exotiques au goût de cette cour du Nord. Car la comtesse Béatrice, qui avait préparé le trousseau, n'avait pas lésiné sur les bijoux et les toilettes, aussi nombreuses que luxueuses, confectionnées avec des tissus achetés aux marchands de Gênes ou de Venise qui les importaient de Byzance ou d'Orient.

Les autres frères, Alphonse et Charles se montrent indifférents. Le premier, âgé de quatorze ans au moment du mariage, est à la fois trop jeune et trop attaché au roi, frère aîné qu'il admire, pour se comporter avec l'arrogance de Robert. Le second, huit ans au moment du mariage, auquel il n'a pas assisté, n'a pas encore l'âge de lorgner sur une belle fille de treize ans. Il est plutôt porté à s'intéresser aux armes et aux tournois comme Robert.

Par contre, Isabelle, la jeune sœur du roi, a immédiatement adopté Marguerite. Moins âgée qu'elle de deux ans, elle se sent quelque peu en marge d'une famille dominée par sa mère et ses frères et cherche refuge dans la dévotion. L'arrivée de cette grande sœur, qui lui donne l'impression d'être aussi isolée qu'elle au milieu de l'omniprésente fratrie, ne peut que la réconforter. Sa douceur de caractère rappelle d'ailleurs à Marguerite la petite Sancie et à travers elle le temps insouciant de l'enfance.

En l'absence de Louis, le sentiment d'exil pèse donc lourdement sur la jeune reine malgré la présence affectueuse d'Iselda et de l'entourage réduit de Provençaux qui partagent avec elle une nostalgie aggravée par la différence de langage et de mentalité.

— Ces gens-là ne sont pas comme nous, ne cesse de ronchonner Gontran, qui ne supporte pas de recevoir d'ordres du chambellan du roi ou d'un quelconque officier de la suite française de la jeune reine.

— Ils ne sont pas drôles et me font peur, renchérit Fantine. Tristanou nous manque !

Certes, ici aussi on sait s'amuser, mais les exilés trouvent que le rire est quelque peu grinçant en cette cour du Nord trop compassée à leur goût. La nostalgie s'accompagnant souvent de mauvaise foi, ils condamnent les intrigues et les rumeurs malveillantes ou perverses, en oubliant que ces travers ne manquent pas sous le soleil d'Aix, où des commérages souvent corrosifs sont colportés de château en château par les troubadours et les jongleurs. Marguerite, que son jeune âge a préservée de ces jeux d'adultes, s'étonne de la virulence des ragots de la Cour qui lui parviennent surtout par la bouche de Fantine. La camérière a toujours une oreille qui traîne dans les couloirs du palais ou dans les communs. Croyant faire rire sa maîtresse, elle lui en raconte un sur la mère du roi.

— Vous savez ce qu'on dit, ma dame ? La reine a été la maîtresse du légat du pape, le cardinal de Saint-Ange. Il paraît même qu'elle a été enceinte de ses œuvres...

— Je ne le crois pas !

— On dit pourtant qu'elle se serait déshabillée en pleine Curia pour bien montrer qu'elle ne l'était pas.

— Ne répète pas de pareilles horreurs, Fantine !

La jeune reine n'aime pas sa belle-mère, mais la respecte et ce genre de calomnie répand une mauvaise odeur de lèse-majesté.

— Ne soyez pas étonnée, ma dame, lui dit Iselda. Les calomnies sont toujours inspirées par l'ambition et, ici, c'est plus violent que chez nous, parce que cette ambition est à l'échelle d'un grand royaume. Il faudra vous y habituer, car un jour, vous serez vous aussi la cible des vipères à la langue fourchue.

Depuis le retour du roi, sa présence auprès de Marguerite a plus ou moins modifié la situation. Sans doute, on n'ose plus se permettre un geste ou une parole désagréable à l'égard de la jeune reine, mais hormis la flagornerie de quelques dames de la Cour affectées à sa suite, une politesse distante demeure la règle et la reine mère ne se départit pas de son attitude rigoriste. Quant aux obligations royales, elles restent tout aussi pesantes, sinon davantage, surtout lorsqu'elles concernent les rites religieux.

Heureusement, la belle saison revenue, Marguerite peut échapper à cette atmosphère où la lourdeur des comportements le dispute à l'âpreté des sentiments. Elle accompagne le roi dans ses nombreux déplacements d'un château du domaine royal à l'autre, de Vincennes à Saint-Germain-en-Laye ou Compiègne, de Corbeil à Fontainebleau ou Senlis, de Montargis à Melun ou Pontoise, et même jusqu'à Ribemont ou Péronne. La campagne y est belle, encore que moins variée et accidentée que celle de Provence et les forêts sont plus denses, plus inquiétantes.

— Il y manque les pins et les cigales, regrette Marguerite.

— Vous préférez ces grincements d'insectes aux chants d'oiseaux ? s'étonne Louis.

— Je les entends mieux, parce qu'ils font un doux écho dans ma tête...

Elle lui montre la cigale de rubis et d'émeraude qu'elle porte toujours dans une petite aumônière accrochée à sa ceinture.

— Un talisman ? J'espère que vous ne croyez pas à ce genre de diablerie.

— Ce n'est pas un talisman, mon seigneur, c'est un présent de mon père, il m'est très précieux.

Le roi esquisse un sourire indulgent avant de prendre un ton sérieux :

— Je comprends votre sentiment, ma dame, mais il ne faudrait pas qu'il vous fasse oublier l'attachement indispensable au royaume, dont vous êtes depuis le sacre la souveraine par la grâce de Dieu. Souvenez-vous de Royaumont.

Marguerite s'en souvient très bien. Un peu plus d'un an après le mariage, au mois d'octobre 1235, la famille royale s'était en effet rendue au grand complet dans le diocèse de Beauvais pour assister à la consécration de l'abbaye cistercienne de Cuimont, désormais baptisée Royaumont. Elle avait été frappée par la majestueuse harmonie de l'édifice, qui se dressait entre bois et marais au bord d'une arabesque de ruisseaux. Dans ce lieu dénué d'apparat, voué à l'humilité et pourtant grandiose, elle avait compris la profondeur de la piété de Louis, qui en était le bâtisseur. N'était-il pas venu donner l'exemple en mettant lui-même la main aux travaux, comme un simple maçon ? Lorsque s'était élevé dans ce sanctuaire de pierre le chant puissant et grave des moines, la jeune reine avait fait à son époux le serment silencieux d'être digne de lui et de son royaume.

*

Le respect de ce serment passe par un devoir impératif, donner naissance à un héritier. Pour l'heure, elle n'a pu encore l'assumer et des voix commencent à mettre en doute sa capacité à procréer. Dans certaines cours seigneuriales encore animées de rancœur envers le pouvoir royal, on s'interroge sur la consommation du mariage, voire sur la virilité de ce roi sans doute trop respectueux des règles de chasteté. Dans le peuple on jase aussi, surtout à Paris, où l'on est à l'affût des rumeurs filtrant du Palais. L'affection qu'il éprouve pour le roi n'empêche pas les plaisanteries, surtout quand le vin délie les langues. Partout, des châteaux aux auberges, et des marchés aux tavernes, chacun professe une opinion sur la raison de cette absence d'héritier.

Uc le ménestrel le sait bien qui fréquente une gargote du marché Maubert, dans le quartier d'Outre-Petit-Pont. Les Provençaux peuvent y parler sans retenue la langue d'oc, jouer aux dés, chercher l'odeur de la femme ou s'oublier dans la bienfaisante ivresse. Le tenancier, Augustinou, est en effet un ancien arbalétrier originaire de Fréjus, arrivé sur les bords de Seine on ne sait par quels détours.

Un soir, Uc est en train de boire en compagnie de ses compagnons musiciens, quand il surprend des boutiquiers du quartier passablement éméchés en train de parler du roi.

— Qu'est-ce qu'il a, notre Louis ? Il n'arrive pas à faire d'enfant ? Pourtant, le Capétien a toujours été bien armé.

— L'épée qu'il a entre les jambes doit être ébréchée.

— Non ! C'est sa mère qui la lui a confisquée. Il paraît qu'il s'en sert trop.

— Alors, c'est la faute de la Provençale !

Uc, qui a déjà beaucoup bu lui aussi, lâche la fille qui se trémousse sur ses genoux et lance au boutiquier :

— Qu'est-ce que tu viens de dire ?

— Si notre roi n'a pas d'héritier, n'est-ce pas la faute à sa femme ?

Uc saisit l'homme par le collet et l'envoie s'écraser contre un mur. C'est aussitôt la bagarre générale, malgré les efforts du tenancier pour l'arrêter. On s'envoie à la tête tout ce qui tombe sous la main, godets ou cruches, tabourets ou chandelles, on s'agrippe par les surcots ou les cheveux, on s'assomme à coups de poing ou de pieds jusqu'à ce que surgisse soudain un trio de colosses armés de bâtons qu'Augustinou a l'habitude d'appeler à la rescousse en cas de désordre.

La reine Blanche, elle, sait bien que le mariage a été consommé. Dès le lendemain de la troisième nuit de noces, elle est venue constater sur la couche nuptiale la tache de sang révélatrice du dépucelage. De toute façon, elle a pu voir ensuite de ses yeux les jeunes époux accouplés. Pour elle, il ne fait aucun doute que la responsabilité incombe à la jeune reine. Elle déclare un jour au légat pontifical :

— Si elle est incapable de faire germer la graine de mon fils, ce sera l'annulation !

Le prélat croit bon de lui conseiller la patience.

— La jeune reine n'a que quinze ans, elle est saine, robuste, sa famille aussi. Mais pourquoi ne pas l'aider en l'accompagnant en pèlerinage au tombeau de saint Thibaut ?

Ce moine de l'ordre des Camaldules, mort deux siècles plus tôt, aurait le pouvoir de rendre les femmes fécondes. Les deux reines entreprennent donc le voyage à Provins, ville natale du thaumaturge. Marguerite, qui est lasse de percevoir dans les regards le reproche de stérilité et se demande si elle n'est pas victime de quelque maléfice, prie avec ferveur, allume grande quantité de cierges et fait un don à l'abbaye qui est en charge du tombeau. Mais le saint ne se montrera guère pressé d'y répondre.

L'espoir de Marguerite s'effrite au fil des mois, jusqu'au jour où elle constate l'interruption de ses règles. Après confirmation de la grossesse, c'est le soulagement dans toute la Cour. Uc et les Provençaux s'empressent de fêter joyeusement l'événement chez Augustinou. Leur allégresse est à la mesure de l'inquiétude qui finissait par grignoter leur indéracinable optimisme.

Le premier à se réjouir est évidemment le roi. Plus amoureux que jamais, il doit se faire violence pour réfréner le désir qui l'enflamme et se plier à la règle d'abstinence en période de couches. La reine mère exprime par contre une satisfaction mesurée et répète que la joie ne sera de mise qu'à la naissance de l'enfant. Les médecins, mobilisés pour veiller au bon déroulement de la grossesse, se plaignent de l'encombrante Fantine qui se mêle de tout en prétendant détenir le monopole des soins.

— Ma dame la comtesse Béatrice m'a confié sa fille, répète-t-elle à qui veut l'entendre. Je dois veiller à ce que la jeune reine ne manque de rien. Je sais ce qu'il faut faire, j'ai eu cinq enfants, qui sont en bonne santé. Il ne faut jamais refuser à une femme enceinte ce qu'elle veut, sinon le fœtus s'affaiblit et meurt. Il faut lui donner à manger de la viande tendre et lui éviter tout énervement.

D'Aix, la comtesse Béatrice envoie en effet de nombreux messages dans lesquels elle multiplie les recommandations. Faisant d'une pierre deux coups, elle associe sa fille aux prières et aux pieuses offrandes destinées à protéger le comte Raimon Bérenger, contraint de participer à la guerre entre la papauté et l'empire.

En Provence, le problème de la succession royale de France est très éloigné des préoccupations de tous, seigneurs, clergé, bourgeois ou manants, et même du comte Raimon Bérenger.

Depuis trois ans, le pays est agité de troubles. L'empereur Frédéric y mène une politique active pour affirmer son autorité sur l'ancien royaume d'Arles, dont la Provence est le joyau. Il y envoie ses vicaires et surtout ses agents italiens, des gibelins – du nom d'un fief des Hohenstaufen – qui remplissent une fonction d'arbitrage dans des conflits internes. Ces podestats soutiennent en fait ouvertement, ou en sous-main, les turbulentes communautés urbaines de Marseille, d'Arles et d'Avignon en révolte contre les évêques, et par voie de conséquence contre le comte, allié du haut clergé et du Saint-Siège. Grâce à une navigation fondée sur la souplesse diplomatique, Raimon Bérenger parvient d'abord à éviter l'écueil d'un engagement trop marqué ainsi que le recours à la force, mais la manœuvre s'avère de plus en plus difficile, car la confrontation entre l'empereur et le pape prend une tournure violente en Italie du Nord.

Le premier a en effet lancé une expédition pour soumettre les villes lombardes dites guelfes – du nom de la famille bavaroise Welf – restées fidèles au Saint-Siège. Face à la résistance de Milan et de Brescia, il bat le rappel de ses vassaux. Raimon Bérenger, qui a officiellement reconnu en 1235 la suzeraineté impériale, se doit donc de remplir un devoir qu'il a réussi jusque-là à esquiver. Pressé par l'empereur, il réunit ses conseillers à Aix au début du mois de mars 1238 pour leur annoncer qu'il a prévu de réunir son armée de chevaliers et d'hommes d'armes le 4 avril à Pâques afin de rejoindre l'armée impériale devant Brescia. Sont présents Romée de Villeneuve, Guillaume de Cotignac, Albeta de Tarascon et les archevêques d'Aix Raimon Audibert et d'Arles Jean Baussan.

— Je ne peux plus tergiverser, sous peine de perdre mon honneur.

Les conseillers qui l'ont toujours incité à repousser l'échéance acquiescent, sauf le plus entêté d'entre eux, Romée de Villeneuve.

— Je le regrette, mon seigneur. Que vous le vouliez ou non, cela s'appelle un retournement d'alliance.

— Je dois me conformer aux règles de vassalité, tu le sais bien. En l'occurrence, je ne suis pas le seul. Un seigneur aussi fidèle au pape qu'Amédée de Savoie s'y soumet aussi.

Romée s'incline de mauvaise grâce, mais il semble avoir un autre souci, dont il fait part au comte dès qu'il se retrouve seul avec lui.

— L'expédition est dangereuse, mon seigneur. Vous allez traverser des régions où fourmillent les guelfes avec le risque d'avoir à batailler avant même d'atteindre Brescia...

— Je le sais, coupe Raimon Bérenger, et je devine ce qui te préoccupe, le sort du comté au cas où il m'arriverait malheur.

— Les vautours guettent ce moment, y avez-vous pensé ?

— Bien sûr... depuis que mes filles ont épousé des rois qui sont les plus avides de ces vautours !

Romée affiche une mine consternée.

— Vous me reprochez de vous avoir conseillé ces mariages, n'est-ce pas ? Ne vous ai-je pas rappelé que vous restiez libre de définir les conditions de votre succession ?

— Si c'est à un testament que tu penses, j'y réfléchirai.

Romée n'ose insister. Alors que Pâques approche et que Raimon Bérenger ne semble guère décidé à dicter ses dernières volontés, Gontran le bâtard arrive de Paris pour annoncer une mauvaise nouvelle : une fausse couche a brisé le grand espoir de la jeune reine et du royaume tout entier.

— Comment la Cour a-t-elle réagi ? demande la comtesse, inquiète.

— La reine Blanche parle à nouveau de stérilité et d'annulation de mariage.

— On dirait qu'elle l'espère. Mais Dieu va la punir de ses pensées malsaines. Je suis sûre que Marguerite sera féconde.

Le comte, qui a tout écouté en silence, approuve.

— Ce n'est qu'un incident qui ne change en rien ce que j'ai décidé.

La comtesse lui lance un regard étonné,

— Qu'avez-vous donc décidé, mon seigneur ?

— Il sera toujours temps pour vous de le savoir, ma dame.

Raimon Bérenger a en effet longuement réfléchi à l'avenir du comté et, selon le vœu de Romée, a décidé de dicter son testament. Afin d'en préserver le secret, il a choisi un lieu discret pour en mettre au point les termes, Sisteron. Il compte en effet y faire une halte de prières avant de rejoindre son armée à Nice. C'est donc à l'ombre des pierres du couvent des Cordeliers qu'il le rédige le 20 juin 1238, avec l'assistance de frère Bonaventure d'Iseo.

L'idée majeure qui l'inspire est la préservation de l'indépendance si chèrement acquise de la « cara Proensa », la chère Provence. Il faut donc à tout prix éviter qu'elle ne tombe entre les mains du Capétien ou du Plantagenêt. Une loi coutumière de la famille catalane permet d'écarter de la succession les filles dotées, par conséquent leurs époux. Afin d'éviter tout litige, le comte prescrit de verser le solde des dots de Marguerite et d'Eléonore, restées en grande partie impayées. Sancie n'étant pas encore mariée, il fixe la sienne à cinq mille marcs d'argent. Les trois aînées étant ainsi exclues de la succession, les comtés de Provence et de Forcalquier devront donc revenir à la dernière-née des quatre filles, Béatrice. Au cas où elle n'aurait pas d'enfant mâle, ils reviendraient soit à l'éventuel fils de Sancie, moyennant une compensation financière à Béatrice, soit à la fille de cette dernière. Sinon l'héritier serait le cher cousin du comte, le roi Jacques d'Aragon, ou celui de ses deux fils qui serait sans couronne, moyennant également une compensation financière à Béatrice.

Ainsi, ces terres de Provence, qui ont toujours été considérées par les anciens comtes comme un apanage, devraient retourner à la lignée d'où est issu Raimon Bérenger, celle de la maison de Barcelone. D'autres clauses confirment le douaire de la comtesse Béatrice, désignent comme exécuteurs testamentaires Romée de Villeneuve et Guillaume de Cotignac, et prévoient un conseil de régence comprenant ces derniers, la comtesse et trois prélats, dont l'archevêque d'Aix Raimon Audibert.

Convaincu d'être resté fidèle à sa famille en écartant des gendres qu'il n'a acceptés qu'à son corps défendant, Raimon Bérenger peut partir en expédition la conscience en paix.

A son retour à Paris, Gontran retrouve la jeune reine encore effondrée par l'échec de sa grossesse. Assaillie de nouveau par les nuées de la malveillance, elle se sent surtout physiquement atteinte, diminuée, inutile. Sa seule consolation est l'attitude de la reine Blanche qui, à sa surprise, s'abstient de l'accabler. Mieux que personne, la Castillane sait, pour avoir perdu six enfants dont trois en bas âge, que seul Dieu décide de la vie et de la mort de tout être ici-bas.

Le véritable réconfort vient de Louis, qui lui dit avec assurance :

— Ne vous désespérez donc pas, ma dame. Ce n'est que partie remise.

Louis s'y emploie si bien que, quelques mois plus tard, la jeune reine est de nouveau enceinte. Mais la déception se renouvelle avec un nouvel échec. Une longue épreuve commence alors pour Marguerite, que hante le spectre de la stérilité. Elle en arrive à se crisper quand Louis sollicite l'étreinte. Compréhensif, il ne la brusque pas, et tente au contraire de la rassurer. Il s'informe auprès de plusieurs médecins qui expliquent savamment comment se forme l'embryon, en se référant à divers auteurs anciens, Galien, Hippocrate, Isidore de Séville.

— Les causes d'une difficulté de conception sont nombreuses. Elles peuvent être un excès d'humidité ou au contraire une sécheresse de la matrice. Elles dépendent soit de l'homme, soit de la femme. Le moment de la conception est également important, le plus propice est celui où la sphère de Saturne domine, car c'est elle qui préside à la formation de l'embryon.

— Pourquoi faut-il toujours en appeler aux astres ? grogne le roi. Je ne suis pas l'empereur Frédéric ! Revenez donc sur terre.

— En ce cas, voici des prescriptions résultant de ce qui a pu être observé par un grand savant, Albert de Gollstädt : l'acte doit s'accomplir lorsque chacun des époux est au meilleur de son tempérament, lorsque la nourriture bien digérée s'est convertie en force. Ensuite, la reine doit bien dormir pour mieux retenir la semence.

Louis prend évidemment l'avis de son chirurgien, maître Jean de Béthisy, qui le rassure en lui disant plus simplement que la reine est jeune, que des fausses couches ne sont pas étonnantes à son âge, et qu'elle conserve toutes les chances d'enfanter. Il s'empresse d'en faire part à sa mère en lui demandant de ne pas accabler sa femme.

— Elle est exemplaire, mère, et aussi aimable à son mari que Rachel, aussi sage que Rebecca, aussi fidèle que Sara. Nous devons nous en remettre au Seigneur, il exaucera nos prières.

Blanche promet son indulgence.

Pour Fantine, dont la piété est moins stricte, le Seigneur est beaucoup trop inaccessible. Elle prend l'initiative de consulter Philas, un magicien qui vit sur une barque amarrée à une berge de la Seine. A la fois devin, astrologue et apothicaire, il suit les cours de ce maître Albert de Bollstädt, un savant dominicain dont les élèves sont si nombreux qu'il donne ses leçons en plein air sur la place qu'on dénomme désormais Maubert.

— Si tu veux que ta maîtresse soit enceinte et accouche d'un bon et bel enfant, fais-lui boire cette potion, lui dit-il en lui tendant une fiole contenant un liquide jaunâtre. Elle est composée de miel et de la racine d'une plante cueillie sous l'influence de la planète Vénus. Son nom est pisterion, mais elle est aussi connue sous celui de verveine. Il conviendrait d'en faire boire à l'époux, car elle décuple l'énergie dans la copulation...

— Il n'a pas besoin de ça, murmure Fantine qui fait la moue. Ta potion est banale, Philas, je suis capable d'en faire moi aussi.

— Non, parce qu'il faut non seulement cueillir le pisterion entre le 23e et le 30e jour du cycle lunaire, et la drogue contient des ingrédients dont je garde le secret.

Fantine, après avoir hésité, se décide à lui acheter la fiole et retourne au palais. La jeune reine fait la grimace à la vue de l'étrange liquide.

— Où as-tu trouvé ça ? Je ne veux pas boire ça !

Au moment où elle tend la fiole à Fantine, la reine mère surgit dans la chambre et s'écrie, furieuse :

— Jette-moi cette drogue, Fantine ! On t'a vue avec ce Philas, un suppôt du diable. Le roi vient de le faire arrêter. Il sera puni et rejoindra son maître aux enfers. Quant à vous, ma dame, débarrassez-vous donc de cette vile camérière !

La reine mère sort en continuant de fulminer en castillan, laissant Fantine en pleurs et Marguerite effondrée.

En retrouvant sa femme le soir, le roi ne semble pas attribuer une grande importance à l'incident. Tout en donnant raison à sa mère concernant la « drogue du diable », il se laisse fléchir par Marguerite qui lui demande grâce pour Fantine. Il promet de calmer l'ire de sa mère. Mais que pèse cette dispute domestique devant la ferveur qui l'habite à la veille d'un aussi grand événement que la réception d'une sainte relique, la couronne d'épines du Christ ?

Deux ans plus tôt, en 1237, l'empereur latin de Constantinople, Jean de Brienne, était mort en laissant à son successeur un territoire réduit comme une peau de chagrin et des caisses vides. Le nouvel empereur, Baudouin, était contraint de vendre aussi vite que possible la couronne d'épines du Christ qui lui appartenait. Elle aurait été découverte avec la « vraie croix » par Hélène, mère de l'empereur Contantin, et apportée en 630 à Constantinople par l'empereur Héraclius.

Le roi Louis, avec l'approbation enthousiaste du clergé de France, décida de l'acquérir. Quelle magnifique preuve de sa piété et quelle gloire pour le royaume de garder une aussi précieuse relique ! Il envoya aussitôt des émissaires pour en vérifier l'authenticité, en négocier l'achat et aussi désintéresser Venise qui la détenait comme gage de ses prêts aux barons latins. Le marché fut conclu non sans difficultés et tous les obstacles surmontés malgré les nombreux risques, tempête en mer, piraterie, rétention par la Sérénissime République. Elle est arrivée enfin en terre française et, en cet été 1239, le roi, sa mère et ses frères s'apprêtent à partir pour la recevoir et la ramener au Palais de la Cité.

Marguerite n'est pas du voyage. Bien que les médecins royaux aient recommandé de ménager sa santé affaiblie par ses deux fausses couches, elle en éprouve une amertume aggravée par une nouvelle, pourtant heureuse : Eléonore vient d'accoucher d'un fils.

— Elle n'a que seize ans, et j'en ai dix-huit, se lamente la jeune reine.

Après une période de silence, les deux sœurs avaient repris leur correspondance, qui était en fait double, l'une officielle, en latin, écrite par un clerc, et transmise par des messagers royaux, l'autre officieuse, sinon secrète, écrite de leurs propres mains en langue d'oc. Même si le messager est Gontran le bâtard, le seul qu'elles estiment digne de confiance, elles évitent de se confier en toute liberté, car elles craignent une interception par les espions castillans. C'est entre les lignes que chacune peut deviner ce que l'autre a vraiment sur le cœur.

Dans ses missives, Marguerite n'a donc que louanges pour Louis, dont elle vante l'intégrité et la piété, mais elle est d'une extrême discrétion quant à ses rapports avec la reine Blanche. Eléonore, qui a la chance de ne pas avoir une telle belle-mère sur le dos, ne tarit pas non plus d'éloges sur le roi Henry, sa courtoisie et sa générosité, tout en se gardant d'avouer que son amour tient davantage de l'affection que de la passion. Quoi qu'il en soit, elle est la première à pouvoir annoncer sa maternité avec la naissance du prince Edouard le 17 juin 1239. C'est avec enthousiasme qu'elle raconte avec force détails la jubilation du roi Henry qui a gratifié la sage-femme d'une pension annuelle de dix livres, a fait dire une messe à la Vierge pour protéger la santé du prince, reçu au palais de Westminster les pauvres, si nombreux qu'il a fallu ouvrir plusieurs salles. Quelle émotion quand ont été successivement célébrés le baptême par le légat du pape, la confirmation en présence de tous les grands barons du royaume, et le rite de la Purification de la reine.

Cet éclatant bonheur d'Eléonore n'inspire à Marguerite aucune jalousie. Au contraire, elle s'en réjouit sincèrement, même si le sentiment de culpabilité instillé par ses grossesses avortées en est aggravé. Dans un cauchemar, une reine Blanche ressemblant fort à Marca la brune, la magicienne de la forêt de Saint-Maime, l'enferme dans un couvent où brûlent sur des bûchers des femmes éventrées aux entrailles semblables à des herbes mortes.

Elle fait alors appel à cet antidote au désespoir que sont les souvenirs des temps heureux sous le ciel de Provence. Elle revoit le visage altier de sa mère, si digne et si fière, et entend encore sa voix résonner à ses oreilles : « Jamais vous ne devrez céder ni accepter la défaite. » Après tout, n'est-elle pas la reine ? Le roi ne l'aime-t-il pas avec autant d'ardeur que les premiers jours ? Elle est déterminée à le montrer très vite. La première occasion qui se présente est la cérémonie de déposition de la Couronne du Christ au palais royal, dans la chapelle Saint-Nicolas.

Louis, revêtu pour la circonstance d'une robe de pénitent en toile écrue, porte lui-même la châsse d'or contenant la relique avec son frère Robert d'Artois, entouré d'une pléiade de prélats. Il est pieds nus. Les deux reines, habillées de noir, le suivent, précédant un imposant cortège de seigneurs et de clercs. Tous ceux qui assistent à cet acte d'offrande observent Marguerite, guettant une éventuelle faiblesse. Ils sont frappés de la voir marcher tête haute, sûre d'elle. Quand ils croisent son regard, ils peuvent même y lire une lueur de défi.

Quelques semaines plus tard, la jeune reine est de nouveau enceinte. Cette fois, écartant médecins et autres bons conseillers, elle assume elle-même la responsabilité des soins, ne suivant que les recommandations de sa mère, simples et naturelles. Emplie d'une énergie nouvelle qui la protège de l'angoisse et de la peur, elle affirme au roi, stupéfait, qu'elle est sûre de mener à terme sa grossesse.

— Que Dieu vous entende ! dit-il.

La délivrance est à la fois douleur et joie. Terrible douleur du premier accouchement, malgré le savoir-faire de la sage-femme et la science du maître chirurgien Béthisy qui officie avec l'assistance de médecins diplômés de l'université de Montpellier. Ceux-ci ont apporté avec eux un instrument d'apparence barbare qui permet de dilater le col et de faciliter l'accouchement. Mais ensuite, malgré l'épuisement, c'est le même bonheur qu'Eléonore a connu quand elle entend les vagissements de l'être sorti de ses entrailles ! Un bonheur que ne trouble nullement le fait que c'est une fille. L'important n'est-il pas d'avoir brisé ce qui commençait par être interprété comme le signe d'un maléfice ? Un seul nuage tempère cette joie, l'absence du roi, alors en tournée.

En tout cas, les dames de la suite et les dignitaires qui rendent visite à la jeune reine font assaut d'amabilités et de flatteries. Mgr Gautier Cornut proclame haut et fort que la couronne d'épines a chassé le diable et vaincu la stérilité. La reine mère, venue au chevet de sa belle-fille, approuve, mais si elle lui adresse un sourire, elle ne peut s'empêcher en sortant de la chambre de confier à damoiselle Eudeline et dame d'Amboise qui l'accompagnent :

— Décidément, cette famille de Provence ne sait enfanter que des filles ! Elle est même incapable de régler le reliquat de la dot. Nous aurions dû réfléchir davantage avant de conclure ce mariage.

Louis, à peine de retour, s'empresse de venir au chevet de sa femme pour lui exprimer sa tendresse et sa reconnaissance.

— N'êtes-vous pas fâché que ce soit une fille ? lui demande Marguerite.

— J'aurais évidemment préféré un garçon, mais ce fils, je sais que vous me le donnerez bientôt. Après tout, comme l'a si bien dit ce flagorneur de Mgr Guillaume d'Auvergne, en mariant notre fille à un roi, je pourrai gagner un royaume.

En attendant, la naissance de la petite princesse Blanche est interprétée par le peuple de France comme un signe de la reconnaissance du Seigneur pour l'acquisition de la couronne d'épines. Elle donne à Marguerite cette assurance que la fille du comte de Provence n'a jamais su ni pu gagner à la Cour. Louis lui octroie d'ailleurs des privilèges dignes d'une reine, notamment la constitution d'une chapelle personnelle. Il le fait d'autant plus volontiers que lui est parvenue une nouvelle réconfortante : après avoir rejoint l'empereur en Lombardie, le comte Raimon Bérenger s'est décidé à revenir dans le giron du pape qui a excommunié Frédéric, qualifié d'antéchrist.

Après les relevailles, le roi se fait un plaisir, lorsque les affaires du royaume le lui permettent, d'emmener la jeune reine hors de

Paris, dans des châteaux du domaine proches de la capitale, comme celui de Pontoise. Les médecins ont en effet déconseillé les déplacements lointains par crainte des séquelles d'un accouchement difficile.

Sans le dire explicitement, le roi veut en fait échapper au contrôle de sa mère et marquer sa volonté d'indépendance envers elle. Libre de s'abandonner à ses élans, il ne s'en prive pas. A la suite d'on ne sait quel conseil pour faire naître un garçon et sous prétexte de purifier le corps, il initie même Marguerite aux bains chauds pris en commun dans une étuve, une pratique dont les effets tendent à le faire sortir des austères limites imposées à l'amour conjugal par l'Eglise. Marguerite ne dissimule pas le plaisir qu'elle y trouve et bien qu'elle n'ait jamais rien lu de semblable dans un roman, elle a l'impression que c'est cela qu'on appelle la *fin'amor*, cette manière à la fois chevaleresque, sensuelle et raffinée de vivre l'amour.

La maternité a d'ailleurs eu pour effet l'épanouissement d'une féminité qu'elle sait mettre en valeur par des vêtements et des parures, d'autant plus que le roi l'a autorisée à s'en offrir sur les caisses de l'Hôtel du roi. Elle peut ainsi satisfaire ce goût des toilettes et des joyaux qu'elle partage avec sa mère et sa sœur Eléonore. Quand elle réside au palais royal de la Cité, elle sort fréquemment en compagnie d'Iselda et d'une poignée de dames de sa suite, moins pour se promener que pour visiter les ateliers d'orfèvres de la rue de la Barillerie ou les magasins de peaux et de fourrures proches de l'abbaye Saint-Eloi. Elle franchit parfois la Seine pour choisir des tissus ou des vêtements dans les boutiques qui prolifèrent dans le quartier d'Outre-Grand-Pont, en particulier autour de Saint-Germain-l'Auxerrois et de Saint-Eustache.

Elle est donc prête à aborder l'année 1241 avec une confiance en soi qui lui fait accepter facilement d'être absente des fêtes organisées à Saumur au mois de février par le roi pour l'adoubement d'Alphonse de Poitiers. Contrairement à la prise de chevalerie de son autre beau-frère Robert d'Artois, elle n'en éprouve aucun sentiment d'exclusion. D'ailleurs, le roi lui a bien précisé que le voyage à Saumur ne lui était pas conseillé par les médecins.

Beaucoup plus graves sont les nouvelles qui assombrissent l'horizon de la décennie qui débute.

La première inquiète particulièrement Marguerite. Elle concerne son père. A la suite de son ralliement à la « sainte alliance » pontificale contre l'empereur Frédéric, il a envoyé une force armée commandée par Romée au concile tenu en 1245 à Pâques. Elle vient d'échapper de peu à l'anéantissement en tentant de joindre Rome par la mer. La riposte de l'« antéchrist » à sa défection est la mise au ban de l'empire du comté de Provence et la confiscation des biens du comte au profit de Raimon de Toulouse. Le Raimondin en profite pour s'emparer de châtellenies de la basse vallée du Rhône et assiéger Arles.

Au même moment, un autre nuage assombrit l'horizon, encore lointain, mais beaucoup plus effrayant. Alors que le roi et la reine séjournent à Pontoise, la reine mère fait un jour irruption au château au moment où ils reçoivent une poignée de seigneurs venus en voisins. Elle est sous l'empire d'une forte émotion, et lance d'une voix grave :

— Les Tartares ont pris et saccagé la ville sainte de Kiev, ils ont massacré tous ceux qui n'avaient pas fui. Et maintenant, ils sont en marche vers l'Ouest !

Ceux qu'on appelle Tartares sont les tribus mongoles unifiées par le grand Khan Gengis. Parties des steppes de l'Asie centrale, elles avaient déferlé à la fois sur la Chine et l'Europe. En 1237, elles avaient atteint la Volga et, poursuivant leur progression, envahi la Moscovie, répandant partout une terreur dont les échos n'ont pas fini de faire trembler l'Occident.

Les seigneurs, bouleversés, parlent d'horreurs, de supplices, de ravages, rapportés par les rares fugitifs, mais le roi leur demande de se calmer.

— Nous savons tout cela, il ne faut pas en avoir peur !

— Comment pouvez-vous garder un tel sang-froid devant ce nouveau fléau de Dieu ? s'étonne la reine Blanche.

— Cette horde est envoyée par Dieu pour punir le peuple chrétien de ses péchés, non pour le faire périr. Alors le peuple chrétien doit démontrer sa foi en se dressant contre ces barbares.

— Qui va le rassembler, ce peuple chrétien ?

— Sa Sainteté Grégoire vient de lancer un appel à la croisade et l'empereur Frédéric a envoyé à tous les princes chrétiens un message qui les invite à s'unir.

La reine Blanche n'en est pas pour autant rassurée.

— Je doute que la chrétienté d'Occident en soit capable.

— Si les Tartares arrivent jusqu'à nous, de deux choses l'une, ou bien ils nous enverront tous au ciel, ou bien nous les rejetterons avec l'aide du Seigneur dans les demeures infernales d'où ils sont sortis. Je suis convaincu que la foi prévaudra.

— Comment pouvez-vous en être aussi sûr ?

— Pour ce qui est de notre royaume, il va bénéficier d'une divine protection. Les démarches que nous avons entreprises auprès de l'empereur Baudouin ont abouti. Il consent à nous céder d'autres saintes reliques, le fer de la lance qui a percé le flanc de Notre-Seigneur, l'éponge imprégnée du vinaigre que les ignobles bourreaux lui ont donné pour Le désaltérer, et un important fragment de la Croix.

Les seigneurs applaudissent et parlent tous d'aller au nom de la Croix tailler en pièces ces ignobles Tartares.

— Que Dieu vous bénisse, mon fils, murmure la reine.

Marguerite a tout écouté sans mot dire. Elle ne peut croire que ces Mongols venus de l'autre bout du monde soient capables de vaincre les valeureux chevaliers d'Occident. Néanmoins, surprise de voir la reine Blanche aussi bouleversée par un danger encore lointain, elle partage son scepticisme sur la capacité de la chrétienté à s'entendre pour endiguer l'invasion tant redoutée. Durant toute son enfance, elle a vu son père et le comte de Toulouse incapables de se réconcilier, et maintenant elle les sait contraints de s'engager dans l'inexpiable conflit qui oppose le pape et l'empereur. Comment, dans ces conditions, croire à la possibilité d'une entente entre tous ces princes d'Occident, vautours acharnés à s'entre-déchirer ?

Marguerite aimerait exprimer ses doutes, mais une irrépressible timidité dont la maternité n'a pu la débarrasser la paralyse. Elle n'osera même pas le faire quand elle se retrouvera seule avec le roi, car elle a le sentiment qu'il lui faudra franchir d'autres obstacles pour s'imposer aux yeux de tous comme une souveraine à part entière.

La guerre qui s'annonce entre le royaume de France et celui d'Angleterre dont sa sœur est la reine n'est-elle pas la première épreuve à soutenir ?

7

Crissements de cigales

Eléonore s'est installée plus rapidement que Marguerite dans ses fonctions de reine, à commencer par la plus importante, celle d'assurer la descendance de la dynastie. Afin de lui rappeler le lien sacré entre la lignée des Plantagenêt et celle du Christ, le roi a fait dresser dans la chambre nuptiale du château de Windsor, sa résidence favorite, un vitrail représentant l'Arbre de Jessé, symbole de l'ascendance royale du Seigneur. Au-dessus des rois de Juda trônent à son faîte la Vierge Marie et l'enfant Jésus. Le souverain se plaît à honorer son épouse devant ce symbole, non sans efficacité, puisque deux enfants, le prince Edouard et la princesse Margaret sont nés à un an d'intervalle.

Chez Eléonore, efficacité ne rime pas avec passion, encore moins avec plaisir. Contrairement à Marguerite, elle n'est pas amoureuse de cet époux ni beau, ni très jeune. Henry n'est pas un preux chevalier caracolant sur un destrier blanc, épée au poing, il n'a jamais participé à une croisade qui lui eût donné l'aura d'un héros pourfendeur d'Infidèles. Certes, il ne manque pas de cette qualité très chevaleresque qu'est la générosité, même si elle tourne parfois à l'ostentation.

Depuis les noces, il submerge Eléonore de présents de toutes sortes, bijoux, bagues, colliers ou broches serties de joyaux, soieries et broderies d'Orient, gobelets d'or ou plats d'argent. Il est si attentionné qu'ayant appris son goût pour les histoires de chevalerie, il l'a emmenée à Glastonbury, sur la tombe du roi Arthur.

Dans l'intimité, il est affectueux et a le souci attendrissant de ne pas heurter sa très jeune épouse dont la beauté délicate l'a ébloui dès leur première rencontre. Il semble d'ailleurs prendre autant de plaisir à la contempler qu'à l'étreindre. « Là où est l'amour est l'œil », selon le dicton. Il peut rester de longs moments à la regarder se mouvoir dans ses chemises de soie dont la légèreté laisse deviner les formes juvéniles, la pointe ferme des seins et la courbe encore peu marquée des hanches. Il est particulièrement fasciné par la petite bouche ourlée et rose dont les lèvres s'entrouvrent avec une sorte de candeur enfantine que contredit l'éclat farouche des yeux fixés sur lui.

Eléonore n'est pas insensible à la chaleur de ce regard qui la transforme en idole. Le trouble qu'elle ressent éveille un instinct de séduction encore enfoui dans une féminité prête à se révéler et c'est avec une langueur de chatte qu'elle s'allonge sur les draps blancs pour rendre le désir de Henry encore plus intense. Pourtant, aussi entreprenant qu'il puisse alors se montrer, il ne parvient pas à transformer le lit en un champ de voluptés. La durée des étreintes étant brève, Eléonore appelle à la rescousse l'image de Delfin, mais cela ne suffit pas à transformer son émoi en cette douleur suave et absolue qu'elle a entendu évoquer à demi-mot, ou devinée à travers les allusions de troubadours. Peu importe pour le destin de la Couronne, puisque selon de grands savants tels que le Grec Galien au IIe siècle et Maître Albert le dominicain, seul compte dans l'accouplement l'élément masculin, comparable au sceau qui imprime sa marque dans la cire. D'ailleurs, il en est déjà résulté non seulement deux naissances, mais aussi un attachement mutuel, renforcé à la suite d'un incident survenu deux ans après le mariage.

Un individu parvint à s'introduire une nuit dans le palais de Woodstock où séjournait le couple royal. Armé d'un coutelas, il s'est rué dans la chambre du roi, qui en était absent, parce qu'il dormait avec la reine. L'homme a cherché ailleurs jusqu'à ce que Margaret Biset, une demoiselle de compagnie, pût donner l'alarme. Il fut capturé et avoua sous la torture qu'il avait été envoyé par un bandit, William de Marisco, pour assassiner le roi. La veille, en audience publique, il s'était fait remarquer en demandant au souverain de lui céder le royaume, ni plus ni moins. Magnanime, le roi lui a évité l'arrestation. Cette fois, l'individu fut condamné et décapité.

— J'ai été sauvé par mon amour pour vous, ma dame bien-aimée, déclara Henry, bouleversé.

— Et par Margaret Biset, corrigea Eléonore.

— En nous protégeant alors que nous étions ensemble, Dieu a voulu dire qu'il préservera notre union toute notre vie.

A défaut d'envol vers des paradis inconnus ou imaginés, c'est tout de même par les sens qu'Eléonore peut se flatter de tenir le bon Henry sous son emprise. Elle pourrait la développer en influence sur d'autres terrains que l'intimité, si tant est qu'elle en ait la volonté. Pour le moment, elle n'y songe pas, malgré l'exemple que lui donnent ses oncles de Savoie.

Forts d'une incomparable expérience de toutes les cours européennes, habiles à jouer sur les rapports de force, experts dans l'art de l'intrigue, ils ont compris depuis longtemps que le roi Henry est une proie facile pour quiconque cherche à pénétrer le cercle du pouvoir. Après avoir réussi à placer leur nièce sur le trône, ils ont entrepris de tisser un puissant réseau d'influences sans avoir encore eu recours à l'atout majeur qu'elle représente.

Le premier des oncles à gagner les faveurs royales fut Mgr Guillaume. Après avoir amené la fiancée au roi, il avait réussi à séduire celui-ci, alors qu'en France il s'était heurté au donjon capétien défendu par Blanche de Castille. Impressionné par son autorité en matière de politique et par l'étendue de ses connaissances, le roi Henry l'avait intégré à son Conseil, un organisme constitué l'année même du mariage. Il l'aurait fait élire évêque de Winchester, sans l'opposition des prélats anglais qui jugèrent l'intervention royale contraire au principe canonique de la liberté des élections épiscopales. La personnalité de Mgr Guillaume suscitait en outre la crainte de le voir profiter de la position de sa nièce et de la faiblesse du souverain pour investir le gouvernement avec son entourage de Savoyards. Une campagne de dénigrement se déclencha contre le prélat qui jugea préférable de quitter le royaume.

Avant de partir, il rendit visite à la reine pour lui délivrer un avertissement.

— Cette péripétie malheureuse doit être pour vous une bonne leçon, chère nièce. La Cour est un nid d'intrigues, où il est difficile à un étranger de s'imposer. Pour y parvenir, il faut être aussi violent et cynique que Simon de Montfort, ce Français ambitieux et sans scrupules. Méfiez-vous de lui et aussi de ces diables de Poitevins, qui sont encore là, malgré leur disgrâce.

Le clan des Poitevins était groupé autour de Guy et d'Aymer de Lusignan. Fils d'Isabelle d'Angoulême, épouse de Jean sans Terre et mère du roi Henry, ils étaient nés du deuxième mariage de celle-ci avec le comte de la Marche, Hughes de Lusignan, l'un de ces barons français de l'Ouest en rébellion perpétuelle contre le Capétien. Ils suspectaient Eléonore d'être une créature du roi Louis et de la très honnie Blanche de Castille et lui avaient manifesté dès leur première rencontre une hostilité avérée.

— Ne vous laissez pas impressionner, ma nièce.

— Le roi admire ses demi-frères pour leurs prouesses dans les tournois.

— Peu importe ! Vous détenez la meilleure position possible auprès du roi. Il faudra vous en servir.

Sur ce dernier conseil, Guillaume quitta l'Angleterre pour la Flandre où son frère Thomas, devenu comte après avoir épousé la comtesse Jeanne, l'aida à se faire élire évêque de Liège. La mort allait couper court à ses pérégrinations en le surprenant en Italie, à Viterbo. Son impopularité en Angleterre n'a pas encore rejailli sur la reine, ni empêché ses frères de s'implanter solidement dans le royaume.

Peu après le départ de Guillaume, Eléonore vit arriver Thomas à Windsor, où elle résidait. Elle ne l'avait jamais vu en Provence, car il fréquentait plutôt les pays du Nord. Petit, râblé, nerveux, volubile, un visage chafouin et des yeux enfoncés dans les orbites, il ressemblait peu à sa mère et à l'oncle Guillaume. Très à l'aise, il parlait couramment l'anglo-normand. Ancien clerc devenu par son mariage vassal du roi Henry, il venait lui prêter hommage et surtout recevoir les cinq cents marcs alloués traditionnellement au comte de Flandre.

— Je vous félicite d'avoir su vous imposer ici, ma nièce, déclara-t-il d'emblée. Ce n'est pas le cas de votre sœur la reine de France.

— Il semble pourtant que le roi Louis l'aime beaucoup.

Thomas haussa les épaules.

— Je respecte le roi de France pour son intégrité morale, mais comme tout Capétien, il n'aime que Dieu et le pouvoir ! La malheureuse Marguerite a fort à faire avec la reine Blanche et cette cour de vieillards qui forment un bloc rigide...

Thomas s'est penché vers Eléonore pour ajouter à mi-voix :

— Aucune comparaison avec le bon roi Henry, n'est-ce pas ! Il est si compréhensif, si généreux... N'oubliez pas votre famille de Savoie dans vos requêtes, ma nièce.

— Vous savez bien, mon oncle, que je n'interviens pas dans les affaires du royaume.

Thomas esquissa un sourire empreint d'indulgence.

— Vous êtes jeune, mais vous comprendrez que négliger les atouts donnés par Dieu est une infirmité, voire un péché. Vous devez vous investir davantage dans votre fonction, prendre conscience de la puissance qu'elle recèle. Et puis, vous avez des arguments solides...

L'oncle désigna d'un geste le prince Edouard qui s'agitait dans son berceau et le ventre d'Eléonore qui s'apprêtait à donner naissance à son deuxième enfant.

Thomas revint en Angleterre quelque temps plus tard avec un objectif précis. Endetté, il voulait obtenir le règlement d'une créance qu'il détenait envers le comte de Leicester, Simon de Montfort. Il s'adressa au roi qui eut l'obligeance de lui consentir cinq cents marcs d'argent, mais fit saisir en garantie des terres appartenant à Simon, un acte qui déclencha l'ire de ce dernier et lui inspira une solide rancune. Peu importait à Thomas puisqu'il avait obtenu ce qu'il était venu chercher.

Si Thomas ne restait jamais longtemps en Angleterre, Pierre de Savoie s'y est installé. Arrivé sur les pas de ses frères à la fin de l'an 1240, il devint rapidement l'un des favoris du roi Henry. A cette époque, les deux fortes têtes de l'entourage royal, le frère aîné du souverain, Richard de Cornouailles, et Simon de Montfort étaient en croisade. Pierre profita de ces absences pour s'imposer. Il avait non seulement assez d'envergure pour les remplacer, mais cet ancien clerc leur était bien supérieur en matière d'astuce politique. Homme d'influence et de pouvoir, il avait comme son frère Thomas quitté l'habit ecclésiastique pour épouser la fille d'une grande famille française de Champagne, Agnès de Faucigny.

Contrairement à Thomas, il a immédiatement inspiré à Eléonore qui l'avait vu à plusieurs reprises au palais d'Aix une vive affection renforcée par sa ressemblance avec la comtesse Béatrice. Il a su gagner très vite la sympathie du roi Henry qui l'a fait chevalier et l'a intégré dans son cercle de conseillers avant de le gratifier des fiefs de Richmond et de Pevensey, de la châtellenie de Rochester, et de diverses charges, dont celle, très importante, de gouverneur des Cinq Ports.

Echaudé par l'expérience de feu Guillaume, qui avait manqué d'appuis, Pierre s'est aussitôt soucié de constituer un réseau clanique composé en majeure partie de compatriotes de Savoie. Il en fit nommer à des fonctions lucratives, sans oublier de les marier à des Anglaises issues de familles influentes ou richement dotées. Bernard de Savoie, bâtard de feu le comte Thomas, fut ainsi nommé conservateur du château de Windsor, résidence des enfants royaux, et Walter de Dya, un féal, au poste de *custodian* – gardien – du petit prince Edouard. Ebulo de Montibus, autre féal, entra dans la Maison de la reine, et se maria avec une riche veuve anglaise, Joan of Somery. Pierre fit venir de Champagne trois demi-frères de sa femme, les Joinville, dont l'un, Guillaume de Salines, devint secrétaire de la reine. Le clan compte en outre dans ses rangs d'éminentes personnalités, notamment Pierre d'Aigueblanche, évêque de Hereford, et Robert Grosseteste, un théologien de renom.

Pierre, conscient que sa rapide ascension dans les faveurs royales risquait de lui aliéner nombre de gens de Cour et de barons, s'est efforcé de calmer les envieux en rétrocédant au roi quelques châtellenies.

La reine Eléonore n'observe pas sans appréhension les activités tentaculaires de Pierre et des Savoyards. « Vils charognards » pour certains, ces « Aigles de Savoie » sont l'objet d'une hostilité fortement imprégnée de xénophobie qui ne se déclare pas encore franchement, mais ne va pas tarder à se manifester. Les Anglais sont particulièrement agacés par ces étrangers qui se croient tout permis parce qu'ils bénéficient d'une indépendance fondée sur des biens implantés à l'étranger, par conséquent à l'abri de saisies. L'expérience de Guillaume a eu le mérite de montrer que le roi ne pouvait assurer à ses favoris une absolue protection et la chute des Poitevins que sa versatilité pouvait transformer ses faveurs en disgrâce. Elle croit bon de faire part de ses inquiétudes à Pierre et à Thomas.

Le premier lui répond en souriant :

— Je suis fort heureux que vous vous inquiétiez de cela, ma nièce. Thomas et moi-même cherchons à resserrer les liens qui unissent notre famille au roi. Votre aide nous sera précieuse.

— Resserrer les liens ? De quelle façon ?

— J'ai rencontré l'été dernier votre père, le comte Raimon Bérenger, et ma sœur la comtesse, répond Thomas. Nous avons évoqué les perspectives de mariage pour Sancie.

— Ma petite sœur a déjà l'âge de se marier ? Elle est si douce, il faut lui trouver un bon époux !

— Il a été question du fils de Jacques d'Aragon, de Guigues, le dauphin de Vienne, et aussi du comte de Toulouse...

A ce nom Eléonore sursaute.

— Ah non, pas ce barbon ! N'est-il pas tout le temps en guerre contre mon père ? Et puis il est déjà marié !

— Votre père tient à se réconcilier avec lui. Je crois savoir qu'il y a déjà eu des fiançailles par procuration bien que ce précédent mariage ne soit pas encore annulé. Il faut encore une dispense puisqu'il y a parenté entre vos deux familles. Je ne crois pas que les démarches puissent aboutir. Alors, j'ai proposé le comte de Cornouailles, qui est veuf depuis l'an dernier. Qu'en pensez-vous ?

La reine hoche vigoureusement la tête.

— Celui-là non plus ! Il n'est plus très jeune, il a des enfants presque aussi âgés que Sancie, et il est vaniteux, léger, intéressé. Ce serait offrir une colombe à un vieux loup.

Aussi effaré que s'il venait d'entendre proférer un blasphème, Thomas lève les bras au ciel :

- Voilà bien un argument de femme ! Que vient faire l'âge ou le caractère d'un futur époux quand l'intérêt d'une famille, la nôtre, la vôtre, est en jeu ? Les troubadours vous ont donc troublé l'esprit avec leurs histoires de *fin'amor*, ma nièce ? N'avez-vous pas appris que le monde des seigneurs n'est pas une cour d'amour ?

Pierre intervient pour calmer son frère,

— Allons, Thomas, ne nous énervons pas...

Emue par la diatribe de son oncle, Eléonore pâlit, mais fait front :

— Je sais parfaitement que je vis au milieu de vautours, mon oncle. Ce qui m'importe est de savoir ce qu'en dit ma mère.

— Nous l'avons convaincue, ainsi que le baile Romée de Villeneuve.

— Evidemment, ils ne connaissent pas le comte de Cornouailles !

Pierre hoche la tête et c'est avec cette voix solennelle et un peu étouffée dont il sait user pour donner l'impression à celui qui l'écoute d'être mis dans une grave confidence qu'il s'adresse à Eléonore :

— Chère nièce, vous êtes la fille du comte de Provence. Alors songez qu'en renforçant ses liens avec la royauté anglaise, votre père consolidera son comté face aux visées du royaume de France. Notre sœur Béatrice l'a très bien compris. Pour le moment, Richard de Cornouailles est encore en croisade. En attendant son retour, réfléchissez bien.

Les deux oncles prennent congé, laissant la reine partagée. Aussi convaincant que soit l'argument de l'oncle Pierre, elle ne saurait modifier son opinion sur son beau-frère.

Richard avait chaleureusement accueilli Eléonore quand elle était arrivée en Angleterre, mais elle s'était vite aperçue qu'il s'agissait d'une démonstration artificielle de galanterie. À cette époque, il n'était pas encore veuf et il trompait sans vergogne sa femme. On disait qu'il ne comptait plus ses bâtards. Dès qu'il avait vu la fiancée de son frère, il avait été attiré par le parfum à la fois acide et sucré que dégageait ce fruit vert exotique et savoureux. Il ne s'est pas gêné pour déclarer sur un ton mi-plaisant, mi-sérieux qu'il prendrait volontiers la place du roi sur la couche conjugale. Henry avait pris le parti d'en sourire. Il pardonnait tout à son cadet qui assurait parfois la régence du royaume, payait ses dettes et l'abreuvait de nombreux dons et privilèges, mines d'étain, fiefs et chevaux de prix. Il ne lui en a même pas voulu de s'être joint à une révolte de barons.

Deux ans auparavant, le roi avait autorisé Simon de Montfort à épouser leur sœur, Eléonore Marshal, alors que, veuve, elle avait fait vœu de chasteté. L'archevêque de Canterbury Edmond Rich avait refusé de célébrer le mariage, qui le fut secrètement dans la chapelle royale du palais de Westminster. Les barons, furieux de n'avoir pas été consultés, protestèrent vigoureusement, estimant que le rang du comte de Leicester ne correspondait pas à celui d'une sœur du roi. Encore plus vexé, Richard prit la tête de la rébellion. Le roi jugea prudent de se réfugier avec la reine dans la Tour de Londres, mais connaissant bien son frère, il acheta son ralliement avec une allocation de six mille marcs pour les frais d'une croisade en préparation, et négocia le retour au calme avec les barons. Eléonore sait donc que Richard n'est guère fiable. Elle est tout aussi convaincue que ses propres réticences n'empêcheront nullement ses oncles de mettre en œuvre leur projet de mariage et de passer par-dessus sa tête pour obtenir l'agrément du roi Henry. Pour l'heure, un souci d'une tout autre importance retient les esprits, la menace d'une guerre contre la France sur le continent.

Le roi veut en effet profiter d'une nouvelle révolte de grands seigneurs français contre le pouvoir royal pour reconquérir les terres perdues en 1217 à la suite de la défaite de Jean sans Terre. On ne parle que de cela à la Cour et c'est de cela que l'oncle Pierre désire entretenir Eléonore.

— Je m'inquiète des intentions du roi, lui avoue-t-il. Ne vous en a-t-il rien dit ?

— Il m'a parlé plusieurs fois du Maine dont il espère obtenir un jour la restitution à cause de l'abbaye de Fontevrault où reposent ses grands parents, le roi Henri Plantagenêt et Aliénor d'Aquitaine, ainsi que son oncle Richard Cœur de Lion.

— Il voudrait aussi récupérer la Normandie, l'Anjou, la Touraine et le Poitou, dont il continue de porter les titres. C'est son grand dessein et il n'aura de cesse de le réaliser. Mais engager actuellement une expédition armée serait une grosse erreur. Outre le risque d'un échec, les barons pourront profiter de l'absence du roi pour reprendre leur agitation et exiger des réformes. Ne pourriez-vous user de votre influence pour l'incliner à choisir la négociation plutôt que la guerre ?

Eléonore hoche la tête d'un air dubitatif.

— Je crains que vous ne m'attribuiez une influence que je n'ai pas. Je n'ai aucune autorité politique.

— Ne vous sous-estimez pas... Il ne vous coûte rien d'essayer.

Eléonore soupire, mais acquiesce.

— Je ferai mon possible, mais ne comptez pas sur moi pour ce qui concerne le mariage de Sancie avec Richard de Cornouailles.

— Nous en reparlerons. En attendant, un conseil : dès à présent, redoublez de prudence dans votre correspondance avec la reine Marguerite. La menace de conflit fera sûrement peser sur vous et votre sœur un soupçon de complicité, voire de trahison.

De l'autre côté de la Manche, Marguerite est à nouveau enceinte. Tout entière préoccupée de son état, elle prie avec ferveur pour que ce soit un garçon. Si elle reçoit des nouvelles de Provence, elle se désole de ne plus en recevoir de sa sœur Eléonore, pas même une réponse à la lettre qu'elle lui a envoyée pour lui annoncer qu'elle attendait un enfant et aussi qu'enfin la reine Blanche résidait désormais en son hôtel de Nesle à Paris ou dans l'un de ses propres châteaux.

Libérée de l'insupportable inquisition journalière, elle n'en reste pas moins exclue du cercle du pouvoir. Le roi y veille d'ailleurs avec soin, comme s'il craignait de perdre l'indépendance qu'il a finalement acquise vis-à-vis de sa mère. Marguerite en a fait l'expérience quelques mois plus tôt quand elle avait osé s'étonner du brûlement du Talmud, le livre canonique du judaïsme, jugé blasphématoire au procès qui avait eu lieu au cours de l'été 1240. Bien que Bonafous, le comptable juif de sa mère, l'eût beaucoup ennuyée avec ses leçons, elle avait gardé de l'homme un souvenir affectueux et c'est en pensant à lui qu'elle s'était permise d'observer que les Juifs ne faisaient aucun mal.

— Sans eux et les Lombards, beaucoup de seigneurs et de gens du peuple ne pourraient emprunter et survivre à leurs difficultés. En Provence, mon père le comte...

— Votre père peut faire ce qu'il veut chez lui, je sais ce que j'ai à faire chez moi ! Ensuite, je respecte la volonté de Sa Sainteté Grégoire qui a demandé l'année dernière aux souverains chrétiens de saisir tous les exemplaires de cet ouvrage. Notre devoir est de défendre notre foi en Notre-Seigneur Jésus-Christ.

Le lendemain, Louis s'était excusé de la dureté de sa réplique, mais quand Marguerite lui avait annoncé quelque temps plus tard sa grossesse, il n'avait pas manqué de lui rappeler sa fonction exclusive : lui donner des enfants pour perpétuer la lignée des Capétiens.

Aussi s'abstient-elle de tout commentaire quand la reine mère, toujours attentive aux affaires de gouvernement, surgit un jour au milieu d'un repas pour lui communiquer une information reçue d'un bourgeois de La Rochelle : une révolte est en gestation dans l'Ouest, à l'instigation d'un incorrigible trublion, Hugues de Lusignan, le mari d'Isabelle d'Angoulême, mère du roi Henry.

— Je m'y attendais, dit Louis. Il est furieux que j'aie attribué le comté de Poitiers et d'Auvergne en apanage à mon frère Alphonse et d'avoir été contraint de lui céder l'Aunis et Saint-Jean-d'Angély.

— C'est Isabelle, cette folle, qui le pousse ! Elle se prend toujours pour une reine et n'admet pas que son mari s'abaisse à rendre hommage à un comte.

Louis hausse les épaules.

— Lusignan est un jongleur sans consistance.

— Un jongleur peut soulever l'enthousiasme de quelques barons imbéciles et Isabelle est capable d'appeler son fils Henry à la rescousse.

— Ce pauvre Plantagenêt n'est guère dangereux. Quant à Lusignan, je le ferai plier.

Une fois seule avec le roi, Marguerite, qui a écouté le dialogue sans intervenir, ne peut se retenir d'exprimer son inquiétude

– Vous pensez en arriver à la guerre, mon seigneur ?

— Ne vous en inquiétez donc pas, ma dame, faites-moi un garçon, c'est tout ce que je vous demande, et c'est bien plus important que cette agitation de guêpes.

La suite des événements ne va pas troubler l'assurance du roi. Alphonse de Poitiers ayant pris possession de son comté, Lusignan y provoque aussitôt des troubles et, à la Noël de l'an 1241, il dénonce publiquement son hommage. Louis réplique en soumet tant l'affaire à la Cour des pairs de France. Lusignan rameute bon nombre de seigneurs du Poitou et du Languedoc, toujours prêts à ferrailler contre le Capétien. Il obtient l'appui du sénéchal de Guyenne et la promesse de Raimon de Toulouse de se joindre à la coalition.

— Ça recommence, comme onze ans plus tôt, à la mort de mon père ! constate Louis, profondément navré.

En 1230, le roi Henry avait en effet cru bon de profiter de la coalition seigneuriale montée par le comte de Bretagne Pierre Mauclerc pour tenter la reconquête de ses terres continentales. Il avait échoué et une trêve fut conclue entre la France et l'Angleterre en 1231. Elle fut renouvelée en 1234 puis en 1235 pour une période de trois ans au moment même où se négociait le mariage d'Eléonore, puis en 1238 pour cinq ans. Mais le roi Henry a la mémoire courte. Sa déconvenue de 1230 ne l'empêche pas de reprendre le flambeau de sa *reconquista*.

A la cour de France, les rumeurs de guerre déclenchent une vague de colère contre le Plantagenêt. Il n'en faut pas davantage pour que des mauvaises langues dénoncent une complicité entre les deux reines, d'autant plus dangereuse qu'Eléonore passe pour être une femme de caractère capable d'influencer sa sœur aînée. Comment ne pas redouter une intrusion indirecte de la cour d'Angleterre dans les affaires de la France au moment où se dessine l'éventualité d'une guerre ? La reine Blanche elle-même fait part de cette crainte au roi.

— Vous ne croyez tout de même pas à la capacité des deux jeunes reines d'obtenir un renversement diplomatique entre la France et l'Angleterre, elles ne sont pas des Blanche de Castille ! répond-il sur un ton ironique.

— Votre Marguerite certainement pas, mais je ne jurerais de rien concernant sa sœur.

Dans la chambre de la reine, au château de Westminster, Henry et Eléonore jouent au tric-trac. La partie achevée, ils regardent avec attendrissement leurs deux enfants jouer sous le vitrail représentant l'Arbre de Jessé. La lumière qui en tombe est étrangement rougeoyante, répandant sur les peaux et le sol des reflets si évocateurs de saignements que la reine ordonne à un valet d'ouvrir la fenêtre, malgré le vent glacial qui s'engouffre dans la pièce.

— Je n'aime pas ces reflets, on dirait un avertissement de Dieu.

— Pourquoi une telle pensée, ma dame ?

— J'ai entendu des bruits de guerre, vous ne m'en avez rien dit, et ça me rend triste.

— Je ne voulais pas vous contrarier, répond-il, embarrassé, en désignant le ventre de sa femme, enceinte pour la troisième fois.

— Croyez-vous opportun d'aller guerroyer sur le continent, mon seigneur ?

— Il s'agit d'une reconquête pour rendre leur honneur aux Plantagenêt.

— Une telle entreprise exige beaucoup d'hommes et d'argent.

— De l'argent, on en trouve toujours, quant aux hommes, nous en avons. En France, des alliés nous attendent... Mais dites-moi, j'espère que vous n'évoquez pas cette affaire dans vos lettres.

— Je n'écris plus depuis que notre courrier a été intercepté par les sbires de la reine Blanche. Mais dans sa dernière missive, ma sœur m'a fait part de son inquiétude et affirmé que le roi Louis ne tient pas à combattre...

— Pensez donc ! Il s'y prépare, puisqu'il a convoqué son ost.

— Pourquoi ne pas négocier ?

— Il n'acceptera jamais de me rendre mes terres.

— Croyez-vous pouvoir le faire céder par la force ? Et n'est-ce pas dangereux de laisser pendant ce temps votre royaume exposé aux troubles, aux usurpations, aux attaques des Gallois ? Vous aussi avez vos barons...

Le roi ne cache pas son étonnement d'entendre de tels propos dans la bouche de la reine.

— Je vois que vous prenez intérêt aux affaires du royaume.

Imperturbable, Eléonore poursuit :

— Chaque année, nous célébrons ensemble le souvenir du roi Edouard le Confesseur. Vous m'avez dit qu'il était vénéré parce qu'il pratiquait la justice et la paix et qu'il détestait la violence. Pourquoi ne pas choisir de marcher sur cette voie ?

Le roi sourit avec une sorte d'indulgence et saisit la main d'Eléonore sans prononcer une seule parole. C'est sa façon de dire qu'il a pris sa décision et qu'il n'y reviendra pas.

Pourtant les objections de nombre de ses conseillers n'ont pas manqué. Le chancelier de l'Echiquier lui a rappelé que la situation financière était catastrophique. « Qu'à cela ne tienne, a-t-il répondu. Effectuons des levées exceptionnelles, empruntons aux Juifs. La reconquête de mes terres permettra de les rembourser. » Le Justicier Hubert de Burgh a fait valoir l'opposition des barons à une entreprise qui leur vaudrait de nouvelles taxes. Pierre de Savoie a également exprimé son désaccord.

— Les seigneurs français sont versatiles, trop indépendants. Ils n'apprécieront guère ce qu'ils vont considérer comme un simple changement de suzerain et exigeront de lourdes conditions. Dans un deuxième temps, ils pourraient fort bien se retourner contre nous.

Le roi a repoussé tous ces arguments. Un matin d'avril 1242, il annonce à la reine qu'il a signé une ordonnance prévoyant qu'au cas où il décéderait, elle serait en charge de la garde des châteaux situés sur la frontière galloise et des forteresses importantes telles que Douvres. En cas d'empêchement, elle serait remplacée par l'un de ses oncles. Le roi a préparé en outre une charte lui promettant un douaire comprenant pratiquement tous ses propres biens, châteaux, terres, rentes et tenures.

Eléonore est à la fois très émue de cette manifestation de

confiance et saisie d'angoisse à l'idée que Henry pourrait mourir. Balayant toute convention, elle se jette dans ses bras, non sans lui réitérer sa désapprobation de la guerre.

— Cette expédition sur le continent ne nous apportera que des malheurs !

— Je comprends qu'une guerre avec la France dont votre sœur est la reine vous déplaise, mais les intérêts de la Couronne ne sauraient être mis en balance avec des sentiments personnels, n'est-ce pas, ma dame ?

Vexée, Eléonore se touche le ventre qu'elle a volumineux et feint de se trouver mal. Le roi, affolé, se précipite, la prend dans ses bras et lui tapote les joues avec délicatesse pour la ranimer en répétant :

— Ooooh, my God... ma douce amie... ooooh, my God... oooh, my God...

Eléonore rouvre les yeux et lâche dans un soupir :

— J'ai peur pour vous, mon seigneur... Cette nuit, j'ai fait un cauchemar... un très mauvais cauchemar... Des nuées de cavaliers volants obscurcissaient le ciel et nous tentions, vous et moi, de leur échapper. Nous tombions alors dans un gouffre où la boue nous engloutissait.

Le front de Henry se plisse et sa paupière tombante est agitée de tics, mais il se ressaisit.

— Un rêve n'est rien d'autre que fumée. Ne vous inquiétez donc pas. Je compte m'embarquer dans la première semaine de mai, mais auparavant, je vous aurai moi-même conduite, avec les deux enfants, à Windsor où vous pourrez attendre vos couches dans le calme...

Eléonore se redresse brusquement :

— Ah non ! Je n'irai pas à Windsor ! Si vous partez en guerre, j'irai avec vous, je veux rester à vos côtés !

— Ce ne serait pas raisonnable dans votre état...

— Ça ne l'est pas moins que cette campagne.

Le roi ne semble pas avoir entendu. Il a déjà donné l'ordre d'engager les préparatifs de l'expédition.

Pierre de Savoie considère comme un échec personnel la décision du roi. Néanmoins, il ne perd pas de vue les intérêts du clan savoyard, dont la consolidation passe par le projet de mariage de Sancie avec le frère du roi. Aussi s'empresse-t-il d'aller à Douvres accueillir le principal intéressé à son retour de croisade.

Le comte se montre dans les meilleures dispositions. Et pour cause. Avant de s'embarquer à Marseille pour l'Orient, il avait été si bien reçu à Aix par Raimon Bérenger qu'il s'y était également arrêté au retour, après avoir été l'hôte de l'empereur Frédéric dans les Pouilles.

— On peut dire que Dieu a béni le comte de Provence en lui accordant une épouse et des filles aussi belles que des diamants... J'ai été ébloui par la comtesse Béatrice bien sûr, mais aussi par votre nièce Sancie. Quelle grâce naturelle et quel talent de musicienne !

Pierre sourit d'aise. La partie lui semble presque gagnée du côté des Plantagenêt, car il pense avoir déjà convaincu le souverain. Il craint toutefois que la reine ne contrarie le projet.

En fait, Eléonore s'est abstenue d'en parler à Henry, sachant que Pierre et Thomas ne s'en sont pas privés. Elle est consciente qu'un renforcement des liens entre sa famille et celle du roi ne pourrait être qu'avantageux pour elle et sa parenté savoyarde, mais elle ne peut se défaire de l'antipathie qu'elle éprouve pour Richard. Le roi ne la rassure pas en lui confiant un soir le souci que lui cause son frère.

— Depuis qu'il a été reçu par l'empereur Frédéric dans le château de Castel Monte à Foggia, il ne rêve que de gloire et de fêtes. Ce diable de Hohenstaufen l'a ébloui par son faste et l'opulence qu'il déploie dans son palais. Il paraît que c'est une étrange forteresse octogonale où vivent des astrologues sarrasins. L'empereur y élève des faucons et une ménagerie d'animaux féroces. Il y offre de somptueuses réceptions à ses nombreux hôtes, avec des jongleurs, des bateleurs, et de splendides femmes orientales qui dansent en équilibre sur de grandes sphères qu'elles font rouler au rythme de cymbales, de castagnettes et d'instruments joués par des musiciens vêtus de pourpre. Richard m'a dit qu'il a reçu des soins extraordinaires, des bains parfumés de rose, des médecines et des drogues fortifiantes qui auraient décuplé sa puissance virile.

Disant cela, les yeux de Henry brillent d'un tel éclat et sa voix est si vibrante qu'Eléonore éclate de rire.

— On dirait que vous enviez Richard d'avoir connu ce paradis, mon bon seigneur !

— Pas du tout ! s'écrie Henry. Comme il est très sensible à tout ce qui brille, je crains qu'il ne nourrisse de dangereuses ambitions. Il passe son temps avec un tas de seigneurs dont la seule occupation est de contester mon autorité. Et puis il n'est pas bon qu'un veuf de son âge courre par monts et par vaux. Un jour, il va tomber sur une femme présomptueuse qui saura le flatter et le pousser à des actions inconsidérées...

Eléonore, qui était allongée sur le lit, se redresse et regarde Henry droit dans les yeux.

— Voilà pourquoi vous êtes prêt à accepter la proposition de mes oncles de le marier à ma sœur Sancie, n'est-ce pas ?

Le roi se gratte le nez d'un air embarrassé.

— Je voulais justement vous en parler. Il paraît que vous y êtes opposée. Pourquoi ?

— Ma sœur Sancie est une fille très douce, innocente... et le comte Richard est d'un tempérament inconstant, volage. Elle sera très malheureuse.

— C'est vrai, mais je suis convaincu que le mariage l'assagira. Au demeurant, il a été ébloui par votre sœur et il lui voue déjà un grand amour.

— Je n'en crois rien !

Henry semble un instant déconcerté, mais comme pour la décision de lancer une expédition, il a déjà pris celle d'accepter le projet des frères de Savoie. Avant de partir, il envoie en Provence Mgr Pierre d'Aigueblanche, l'évêque de Heresford, pour une démarche préliminaire auprès du comte Raimon Bérenger.

Le 9 mai 1242, les souverains, accompagnés de Richard de Cornouailles, comte de Poitou en titre et chargé de l'administration des terres d'Aquitaine, s'embarquent à Portsmouth à destination de Royan, où ils arrivent quatre jours plus tard.

Le roi fait transporter la reine à La Réole, où elle doit rester quelque temps avant de gagner Bordeaux pour accoucher. L'entrée dans la cité fortifiée aux vingt-deux portes et aux rues étroites et sales n'est guère encourageante. Le palais ducal a été hâtivement préparé, comme pour faire sentir aux Anglais qu'ils ne sont pas les bienvenus. Malgré de généreuses distributions d'argent, l'accueil des gens du cru n'est pas de nature à la rassurer. Ils manifestent une hostilité qui en dit long sur les sentiments des seigneurs et de la population d'Aquitaine envers le roi d'Angleterre.

Entre l'attente de la délivrance et celle des nouvelles de la campagne de Henry, la reine va vivre une très mauvaise période, même si elle peut compter sur son entourage, en particulier sur deux dames amies, Christiana de Marisco et Maud de Lacy. Aussi, en ces heures sombres, elle accueille avec joie sa tante, la joviale et opulente Gersende de Moncada, venue du Béarn pour lui tenir compagnie. C'est d'elle qu'elle apprend la décision du comte Raimon Bérenger d'approuver le projet de mariage de Sancie.

— Quand je pense que tout le monde m'attribue de l'influence sur le roi, se lamente-t-elle. Il ne m'a écoutée ni sur cette question ni sur cette guerre.

— Ne te tracasse pas, conseille Gersende. Tu as le temps de te faire les griffes. Je pense d'ailleurs comme toi et je suis sûre que les événements nous donneront raison.

Richard le Harpiste, que la reine a recruté pour distraire les enfants pendant le séjour sur le continent, est chargé d'animer les longues soirées. Il s'en acquitte très bien, encore qu'il chante avec un horrible accent les *coblas* provençales qu'elle lui impose. Un autre rayon de soleil serait une lettre de Marguerite, mais Gontran, qui avait réussi à franchir le barrage d'espions installé par la reine Blanche, a été arrêté à son retour. Elle doit donc se résigner à attendre l'accouchement dans l'anxiété des nouvelles qui lui parviennent sporadiquement du conflit.

A Pontoise, Marguerite mène également une vie au ralenti. Les médecins lui ont prescrit d'éviter les efforts physiques et les émotions, mais le moment n'est guère favorable à la sérénité.

Avant de partir dans l'Ouest, Louis lui a fait ses adieux en lui recommandant de se montrer digne de la couronne de France.

— La dignité d'une reine ne peut empêcher l'épouse de s'inquiéter pour son seigneur, a-t-elle répondu.

Ces paroles n'ont pas attendri Louis.

— Vos soucis doivent avant tout concerner l'enfant de la lignée royale que vous portez. Faites en sorte qu'il naisse dans les meilleures conditions et priez Dieu pour qu'Il le protège.

— Je ferai de mon mieux, mon seigneur, mais la guerre va-t-elle durer longtemps ?

— Je ne le pense pas. Les adversaires sont de piètres stratèges. Lusignan est un agité sans consistance. Quant au Plantagenêt, je ne sais s'il est capable de tenir une épée...

Louis s'interrompt et, regardant Marguerite droit dans les yeux, ajoute :

— Au cas où il m'arriverait malheur, écoutez la reine ma mère. Elle seule peut vous guider et vous soutenir dans l'épreuve.

Marguerite n'ose lui demander s'il n'a prévu pour elle dans cette triste éventualité que la tutelle de la reine Blanche. Que pourrait-elle faire d'autre que d'accepter la décision ? Elle se refuse à penser au pire et malgré son inquiétude et sa haine de la violence, elle ne peut s'empêcher, en regardant Louis s'éloigner sur son destrier au son des trompettes et au milieu des bannières qui claquent au vent, d'éprouver de la fierté devant cet époux dont l'allure martiale lui rappelle à ce moment-là son père le comte. Elle s'agenouille aussitôt pour prier le Seigneur de le protéger et de le lui ramener sain et sauf.

Le roi rejoint son ost, qu'il a convoqué à Chinon pour le 28 avril. Six jours plus tard, après l'avoir inspecté et donné les consignes, il ordonne l'ordre de marche vers le fief de Lusignan qu'il investit.

De son côté, l'armée du Plantagenêt vient de débarquer à Royan et se dirige vers la ville de Pons devant laquelle elle campe. Telle qu'elle est, forte de trois cents chevaliers, elle n'est guère de taille à affronter seule l'armée de Louis et doit attendre la jonction avec Lusignan. Le roi Henry, sûr de lui, fête joyeusement avec Richard la nouvelle du ralliement à la coalition de Raimon de Toulouse et d'un certain nombre d'importants seigneurs méridionaux. Parmi ces derniers, il y a surtout le jeune comte de Foix et le vicomte de Béziers Raimon Trancavel, deux barons qui ont subi autrefois des revers et perdu des territoires en résistant à la croisade des Albigeois.

Brûlant d'impatience de combattre, Richard reproche à son frère de se complaire dans une sorte d'attentisme injustifié.

— Il faudrait nous engager davantage, avancer dans les terres, aller à la rencontre des Français !

— Inutile de se hâter, laissons la coalition regrouper toutes ses forces, répond Henry sans rien perdre d'une assurance qui a la couleur de l'inconscience.

Car les Français, eux, poursuivent leur progression. Ils s'emparent de plusieurs châtellenies rebelles et soumettent une bonne partie des barons poitevins, si bien qu'ils sont déjà maîtres du Poitou quand Henry lance enfin, le 16 juin, son défi au roi de France. Il entreprend quelques chevauchées sans conséquences et stationne près de Taillebourg. Il y apprend que la reine Eléonore a accouché le 25 juin d'une fille. C'est de nouveau la fête dans son camp, où l'on ne se soucie guère de l'adversaire.

Or, l'ost de Louis est parvenu dès le 21 juillet devant cette ville. Le seigneur des lieux, Geoffroy de Rancogne, un ennemi personnel de Lusignan, l'accueille chaleureusement. Le seul obstacle entre les deux armées est la Charente. Alignés sur la rive gauche, les chevaliers français ne résistent pas à la vue des bannières rouges frappées des trois lions jaunes superposés et franchissent le fleuve. Au premier assaut, ils culbutent les Anglais. Richard de Cornouailles, comprenant que la défaite est inévitable, se rend de son propre chef dans le camp français pour demander une trêve. Le roi Louis l'accorde, ce qui permet aux Anglais de faire retraite et de se replier plus au sud sur Saintes.

Henry félicite son frère de son initiative et en remerciement lui promet l'Aquitaine. Ce n'est pourtant pas une victoire. Le pire est à venir. Alors qu'il compte sur les lances de Lusignan, son principal allié, il apprend que celui-ci s'est soumis le 1er août au roi Louis dans des conditions humiliantes. Il a dû demander pardon agenouillé, à haute voix, s'engager à restituer les châtellenies prises au comte Alphonse de Poitiers et accepter de lever une armée en association avec le comte de Bretagne afin de combattre Raimon de Toulouse. L'orgueilleuse Isabelle d'Angoulême est contrainte de faire retraite au couvent de Fontevrault.

La bataille décisive a lieu à Saintes. Elle va s'achever assez rapidement. L'armée anglaise se débande, le roi Henry se réfugie à Barbezieux, où il échappe de justesse à la capture en abandonnant tentes, chapelle, bagages, voitures et chevaux. Laissant en outre un grand nombre de prisonniers aux mains des Français, il fait mine d'entreprendre le blocus de La Rochelle et se replie sur Blaye, où vient enfin le trouver trop tardivement Raimon de Toulouse. A nouveau contraint de fuir devant l'ost du roi Louis, il traverse la Gironde le 4 août pour gagner Bordeaux.

Pendant ce temps, du côté capétien, la reine Marguerite a décidé de quitter Pontoise, où elle avait de plus en plus l'impression d'être tenue éloignée du centre du pouvoir et dans l'ignorance de la guerre. Si elle recevait des messages de Louis, affectueux et brefs, n'évoquant nullement la campagne, on lui en communiquait des nouvelles de façon fragmentaire, au point qu'elle a fini par se fâcher et s'en plaindre dans une lettre à la reine Blanche. « Mais c'est pour vous ménager, ma dame, n'attendez-vous pas un enfant ? » lui a répondu sa belle-mère.

Alors, passant outre aux objections de cette dernière et aux recommandations des médecins, elle est revenue au palais royal de Paris. La majorité des membres de la Curia et une partie de la Maison du roi lui ont réservé un accueil glacial et ont entretenu autour d'elle une atmosphère de suspicion, voire d'hostilité.

— C'est honteux de soupçonner la reine de trahir son pays parce que sa sœur est reine d'Angleterre ! s'écrie Fantine sans se gêner.

Plus soucieuse des formes, Iselda de Vauclaire répète à qui veut l'entendre que la jeune reine est injustement privée de nouvelles de sa sœur depuis plusieurs mois et qu'elle a le droit de s'inquiéter de son sort. Quant à Gontran, après avoir croupi enchaîné durant plusieurs semaines dans un cul-de-basse-fosse, il a été relâché à l'insistance de Marguerite et à condition de ne pas tenter de joindre l'armée anglaise ou de se rendre à Bordeaux où séjourne la reine Eléonore.

— Pourquoi vous soucier tant de votre sœur ? dit un jour la reine Blanche. Nous savons qu'elle a donné naissance à une fille et se porte bien. Priez plutôt pour la santé du roi, votre époux.

Marguerite sursaute.

— La santé du roi ? Pourquoi ? Que lui est-il arrivé ?

— Il a vaincu l'Anglais, mais la victoire a un prix. Une épidémie de fièvres et de maux de ventre a frappé l'armée. Le roi a été contaminé. Dieu merci, la défaite du Plantagenêt et de Lusignan permet d'envisager son retour. En attendant, la Curia et moi-même avons décidé de prendre certaines mesures...

Blanche fixe Marguerite de son regard noir pour guetter sa réaction,

— Il conviendrait que vous veniez avec moi en l'église abbatiale de Saint-Germain-des-Prés.

— Pour quelle raison ?

— Il conviendrait que vous prêtiez serment de ne pas vous opposer aux dispositions que le roi pourrait prendre dans son testament...

— Son mal est-il donc si grave ? s'inquiète Marguerite.

— J'espère que non, mais la continuité est une condition vitale pour la bonne marche d'un royaume.

Le sens de la démarche est clair. La reine et la Curia veulent empêcher la jeune reine d'intervenir dans les affaires de gouvernement en cas de décès du roi. Marguerite n'est pas en mesure de refuser. Accompagnée de Blanche, elle se rend donc à l'abbatiale, où les attendent les témoins, les évêques de Paris et de Senlis, et les abbés de Saint-Denis et de Sainte-Victoire. Devant Dieu, elle jure d'accepter toutes les clauses du testament royal.

Peu de temps plus tard, elle vient à peine d'apprendre le prochain retour du roi, dont la santé s'est améliorée, qu'elle donne naissance pour la deuxième fois à une fille. L'accouchement a été difficile et il a fallu comme précédemment la délivrer au forceps. Elle en est sortie si épuisée qu'elle ne réagit pas aux inévitables remarques de Blanche sur son incapacité à engendrer des garçons. C'est dans l'anxiété qu'elle attend la visite de Louis. Quand il apparaît dans sa tenue de guerre, pâle et amaigri, mais le regard plein de tendresse et le visage éclairé d'un large sourire, elle ne peut retenir ses pleurs.

Il jette un regard à l'enfant tout emmailloté et vient s'agenouiller au chevet de sa femme dont il prend la main, lorsque soudain la voix de sa mère retentit dans la chambre.

— Que faites-vous donc ici, Louis ? Vous n'avez rien à y faire, laissez donc les dames s'occuper de la jeune reine !

Louis se relève, déconcerté. Marguerite s'adresse alors à sa belle-mère d'une voix faible, mais distincte.

— Ma dame, morte ou vive, vous ne me laisserez donc pas voir mon seigneur ?

A peine vient-elle de prononcer le dernier mot qu'elle s'évanouit. Louis appelle aussitôt à l'aide la sage-femme et les servantes, qui accourent, suivies de maître Jean de Béthisy le chirurgien et d'un médecin italien venu de Crémone, Pietro Lombardi. Leurs soins s'avérant infructueux, Louis s'agenouille pour prier sous le regard glacial de sa mère qui reste debout, figée telle une statue de pierre.

Au bout d'un long moment, Marguerite rouvre enfin les yeux. Son premier regard se porte sur Louis.

— Dieu, merci, Vous avez exaucé ma prière, murmure le roi.

*

A Bordeaux, Eléonore est restée longtemps elle aussi dans l'incertitude du sort des armes. Henry s'est bien gardé de lui envoyer des messages alarmants. Il n'y évoquait qu'éclatantes chevauchées, combats glorieux, prouesses de chevaliers anglais, contradictoires avec les rumeurs insidieusement colportées par le personnel du cru qui ne se gênait pas pour rire de la déconfiture du Plantagenêt. Eléonore fut donc soulagée et heureuse de le voir arriver sain et sauf. Il était quelque peu amaigri et surtout infiniment triste, après avoir manifesté sa joie de la retrouver et de voir leur dernière-née. Entre deux sourires, il restait de longs moments silencieux, prostré, le regard vide. Eléonore, ne pouvant imaginer les conditions déshonorantes d'une défaite finalement avouée, ne tint pas à accabler davantage Henry en lui rappelant qu'elle avait désapprouvé l'expédition. Au contraire, elle essaya de le réconforter.

— Un chevalier battu en tournoi ne doit pas avoir honte s'il s'est comporté avec honneur. L'essentiel maintenant est de faire la paix. Je ne crois pas que le roi Louis tienne à continuer le combat.

Henry savait bien qu'il n'y avait pas d'autre issue que de négocier l'arrêt des hostilités, les forces françaises poursuivant leur progression vers le sud pour mettre à la raison Raimon de Toulouse. Après avoir fait savoir à l'empereur Frédéric qu'il renonçait à reconquérir ses fiefs perdus et sollicitait une trêve, il engage des négociations.

La paix revenue, c'est le mariage de Sancie et de Richard qui devient la principale préoccupation d'Eléonore avant le retour en Angleterre.

8

Le chant de Saint-Maime

A quatorze ans, svelte et mince, Sancie est une fleur de printemps délicate qui donne l'impression de devoir plier au moindre souffle de vent. Son visage aux traits finement dessinés est auréolé d'une chevelure de jais, dont les mèches, échappées du bonnet, lui chatouillent les joues et la nuque, faisant ressortir la pâleur mate d'une peau lisse comme de l'ivoire. Son attitude est si effacée qu'au milieu de jeunes filles de son rang et de son âge, on ne la remarquerait pas sans ses yeux, des yeux noirs immenses, ornés de longs cils. Les paupières mi-closes filtrent un regard traversé par éclairs d'une brûlante lumière intérieure, mais parfois chargé de mélancolie, comme si elle était accablée par l'attente anxieuse d'on ne sait quel malheur.

Timide à l'extrême et peu bavarde, elle s'exprime par le chant et la musique. Dans le pays de Forcalquier, où sa voix légère s'élève du château pour rebondir en échos sur les collines, on la surnomme le « chardonneret de Saint-Maime », mais les sons qu'elle tire de la harpe ou de la cithare, ses instruments préférés, sont souvent si étranges qu'ils plongent les ménestrels dans une perplexité partagée par sa mère.

— Je me demande à quoi elle peut rêver en jouant de la sorte.

— Sûrement à des choses bizarres, à tout ce qu'on ne voit jamais, en tout cas à rien de banal, affirme Flamenque. Vous savez ce qu'elle m'a dit ? « Quand je joue, je sais comment Dieu a organisé l'univers, comment il a réuni tout ce qu'il a créé pour composer cette musique que les nuages répandent dans le ciel. »

La gouvernante a trop souvent couru dans les bois après la petite pour ne pas deviner le goût qu'elle a pour ce qui est obscur, fantastique, voire effrayant. Lors d'une excursion estivale dans les environs de Saint-Maime, elle l'a surprise une fois non loin de la ferme des Encontres en compagnie de Marca la brune. Sancie, âgée de huit ans, lui avoua que ce n'était pas la première fois qu'elle rencontrait la devineresse pour écouter des histoires extraordinaires, comme celle du fantôme en armure qui hante la nuit le village de Dauphin, celle d'un monstrueux serpent qui mange les petites filles de Draguignan, ou celle de la tarasque des rives du Rhône qui noie les bateliers. La comtesse s'empressa de dénoncer Marca au comte.

— Il faudrait chasser cette sorcière du pays.

Le comte a haussé les épaules.

— Quel mal y a-t-il à raconter des légendes que tout le monde connaît ? Il n'y a rien à craindre de cette pauvresse, elle est inoffensive.

— Inoffensive ? Elle se vend au premier venu et lui fait connaître des plaisirs diaboliques.

Le comte a éclaté de rire.

— Ragots de vieille fille !

Béatrice n'a pas insisté, mais s'est beaucoup plus émue d'un autre incident. Flamenque avait vu un étrange individu vêtu d'un surcot noir et coiffé d'un capuchon s'approcher de Sancie et lui offrir un cyclamen sauvage rose. Quand elle s'en est approchée, elle a cru reconnaître Delfin. Inquiète de cette présence signalée de temps en temps, la comtesse a chargé Odonin de chasser définitivement l'écuyer, mais le muet n'a jamais pu le trouver.

La personnalité de Sancie intriguait tant ses parents et leur entourage que, lorsqu'elle atteignit onze ans, le chapelain Raynier conseilla de l'envoyer au couvent pour lui éviter de prendre le chemin de l'enfer. La comtesse s'y opposa fermement. Si elle se reconnaît en Eléonore, elle éprouve une tendresse particulière pour sa petite Sancie, qui a failli mourir quelques mois après sa naissance et dont la santé est restée fragile.

Elle réagit donc vivement quand le comte lui annonce sa décision d'accepter la proposition de mariage de Raimon de Toulouse.

— Il s'est déclaré disposé à en finir avec nos disputes et veut sceller ainsi notre réconciliation.

— Autant ouvrir les portes du palais aux loups et envoyer Sancie au couvent !

Le comte fait la sourde oreille. Depuis son ralliement au pape, il est devenu très pieux et aspire à la paix. Il peut être fier de son comté, un apanage qu'il a transformé en un véritable Etat indépendant. Son pouvoir y est désormais solide avec une organisation en sept vastes circonscriptions administrées par des grands bailes aussi dévoués que compétents. Mais rien ni personne n'est éternel et il pense de plus en plus à la mort depuis qu'à son retour de Lombardie, il se sent parfois accablé par une fatigue incompréhensible qu'il s'efforce de dissimuler à son entourage et soigne avec une potion concoctée en secret par Marca la brune.

Ce spectre de la grande faucheuse le fait de plus en plus songer à sa succession, pourtant fixée dans le testament rédigé à Sisteron. Dieu ne lui ayant pas accordé d'héritier mâle, il avait pris la précaution d'en écarter ses deux gendres, qu'il savait prêts à bondir sur leur proie. Avec deux autres filles à marier, dont Béatrice l'héritière, l'équilibre des puissances qui fondait la stratégie matrimoniale de Romée de Villeneuve ne lui paraissait plus aussi nécessaire. Estimant que priorité devait être donnée à son lignage, il avait donc désigné son très cher cousin Jacques d'Aragon et ses fils comme héritiers en troisième rang.

Une réconciliation avec le Raimondin assortie d'un mariage avec Sancie participait de cette même volonté. Les deux familles catalanes de Barcelone et de Toulouse-Saint-Gilles, issues du roi de Provence Boson, l'ancêtre du IXe siècle, seraient ainsi à nouveau réunies. Les compagnons catalans du comte, Romée de Villeneuve, Guillaume de Cotignac et Albeta de Tarascon l'ont d'ailleurs recommandée. Le comte a donc accepté un engagement de fiançailles par procuration et envoyé Romée de Villeneuve à Rome afin d'obtenir la dispense pontificale indispensable en raison du lien de parenté entre les deux comtes.

La comtesse Béatrice, qui n'avait pas été avertie, fut très en colère. Elle fulmina contre son mari et accusa ses conseillers de servilité. Aussi se réjouit-elle que le pape n'ait pu signer la dispense avant sa mort.

— Un signe de Dieu !

Elle n'éleva aucune objection à une candidature éphémère, celle du dauphin du Viennois Guigues, mais il devait épouser la fille de son frère Pierre de Savoie. Elle manifesta par contre quelque réticence à celle de Richard de Cornouailles, qu'Eléonore lui avait dépeint dans une lettre sous un jour défavorable.

— Avez-vous l'intention de transformer l'Angleterre en fief savoyard ? demanda-t-elle au bouillant Thomas qui sautilla comme un cabri piqué par une guêpe.

— Ne plaisantez pas sur une question aussi importante. Ce fief savoyard comme vous dites est plein de promesses pour le comte et vous-même.

Raimon Bérenger partageait l'opinion de sa femme, mais devant ses proches conseillers, il se déclara très agacé par ses beaux-frères.

— Ces Savoyards sont des gens insupportables ! Ils ne pensent qu'à l'argent et se servent de mes filles pour en soutirer au Plantagenêt qui, paraît-il, le distribue à la pelle.

Les Catalans applaudirent bruyamment, sauf Romée, trop réaliste pour partager ce sentiment sans nuances et quelque peu marqué d'envie.

— Ils sont envahissants, c'est vrai. En l'occurrence, leurs intérêts coïncident avec les vôtres, seigneur comte. Leur influence en Angleterre, dont la reine est votre fille ne peut que nous être utile.

— Dans quel sens ?

— Ne serait-ce que pour faire pièce aux Franchimands et sur le plan financier. Je vous rappelle que nous n'avons pu encore payer le reliquat des dots des deux reines. Nos difficultés pourraient se résoudre grâce à la générosité du roi Henry, puisqu'il ne faut pas compter sur le Capétien.

Raimon Bérenger se donna comme toujours le temps de la réflexion. Lorsque le comte Richard de Cornouailles s'arrêta à Aix, d'abord avant de s'embarquer à Marseille pour la Terre sainte, puis à son retour de croisade, il lui offrit une réception si chaleureuse que Romée l'interpréta comme un agrément au mariage.

Quant à la comtesse, Thomas réussit à la convaincre. Elle exigea seulement d'accompagner la promise en Angleterre.

— Je suis sûr que vous saurez en tirer profit, lui dit malicieusement son frère.

Comme toutes les filles de famille noble, Sancie sait qu'on la mariera sans lui demander son avis. Résignée, peu lui importe que le promis soit d'un rang inférieur à celui de ses beaux-frères. Quand il lui arrive d'y penser, ses vœux se portent plutôt sur quelque jeune seigneur friand de chant et de musique qui lui laisserait le temps de rêver, de lire, et de jouer de la harpe ou de la cithare. Malheureusement, elle se sait exposée au danger de tomber sur une brute ou un trousseur de cotte.

Elle n'a aucune peine à deviner qu'une nouvelle tentative de fiançailles est en cours quand la comtesse lui annonce au début du mois de juin 1242 qu'elle doit rencontrer son frère Pierre de Savoie à Tarascon et qu'elle l'emmènera avec elle. Il représente en l'occurrence le roi d'Angleterre Henry et le comte de Cornouailles pour l'engagement de fiançailles *verba de presenti*. Il faut croire que le roi Henry tient à ce mariage pour envoyer son plus proche conseiller alors qu'il est en pleine campagne militaire.

La perspective n'enchante guère Sancie. Elle se souvient de ce seigneur anglais quand il était venu deux ans auparavant au château d'Aix. Elle avait trouvé vieux cet homme de trente ans, et avait été surtout choquée de la façon dont il l'avait regardée. C'était si appuyé, si indiscret qu'elle s'était sentie déshabillée. Plus tard, elle avait entendu sa mère lire à Carenza une lettre d'Eléonore, dans laquelle il était fait une allusion peu flatteuse à ce « paon friand d'or et d'argent ».

En arrivant à Tarascon, Béatrice cherche à la rassurer.

— Ne fais donc pas cette tête de sacrifice. Le comte de Cornouailles n'est pas mal fait de sa personne. Et puis là-bas, en Angleterre, tu ne seras pas seule. Il y a ta sœur Eléonore, l'oncle Pierre, l'oncle Thomas.

Sancie ne dit mot, mais le regard qu'elle lance à sa mère ne peut tromper. La petite est consciente que les mots de consolation sont devenus inutiles.

Les tractations, menées par Romée de Villeneuve et Mgr d'Aigueblanche, nanti d'un mandat de Richard, avaient mal commencé. Sous des dehors affables, l'évêque de Heresford, sorte de héron avec une petite tête perchée sur un long cou et un faciès de rongeur, était un négociateur aussi coriace que son interlocuteur provençal. Il exigea une dot de dix mille marcs d'argent, comme celles des aînées, alors que Romée en proposait deux mille, somme déjà trop lourde pour le comte.

— Puis-je rappeler que le comte n'a pas encore versé le complément de la dot de la reine ?

— Il honorera sa dette, soyez sans crainte, mon seigneur. Les conflits locaux et la guerre entre le Saint-Siège et l'empereur nous ont beaucoup coûté.

On en serait resté là sans l'intervention pressante du roi Henry. L'expédition avait entre-temps mal tourné. Battu sur le terrain des armes, le Plantagenêt tenait à obtenir au moins un succès sur celui de la stratégie matrimoniale. Il était convaincu que ce mariage porterait un coup au Capétien en lui faisant craindre une pénétration anglaise en Provence. Les tractations reprirent et, au terme de plusieurs jours de discussion, Mgr d'Aigueblanche et Romée convinrent d'une dot de trois mille marcs. L'accord est confirmé et le contrat signé le 17 juillet 1242. La comtesse et son frère Philippe de Savoie peuvent enfin conduire Sancie à Bordeaux pour y rencontrer le futur époux et les souverains anglais.

Palais ducal de Bordeaux, août 1242.

— N'oublie pas ce que je t'ai dit, répète une nouvelle fois la comtesse Béatrice à sa fille. Tu vas entrer dans le cercle royal, et plus que quiconque tu dois t'y affirmer, car tu es la sœur de la reine. Quant à Richard, tu n'as rien à craindre de lui, il ne cesse de faire des compliments sur toi.

— Il me fait peur, avoue Sancie. Quand il me regarde, on dirait un loup.

Eléonore éclate de rire.

— Un loup, Richard ? Ah oui, il s'en donne l'air, mais c'est un loup sans crocs.

Le regard que la comtesse pose sur la reine est plein de fierté. Il ne lui pas fallu longtemps pour se rendre compte de l'ascendant qu'Eléonore exerce sur le roi. Quelle différence avec Marguerite qui subit les avanies de la Castillane, et avec cette cour de France, aussi fermée qu'une forteresse !

— Puisses-tu suivre l'exemple de ta sœur, Sancie. Ce soir, le roi offre un festin. Les seigneurs anglais et ceux des fiefs d'Aquitaine et de Béarn sont invités. Ne fais pas honte à la reine d'Angleterre.

La défaite, les difficultés financières et les nouvelles alarmantes d'Angleterre, où l'échec cinglant de l'expédition suscite des remous chez les barons, n'ont en rien entamé le goût du roi Henry pour les fastueuses réceptions. Comme à son habitude, il n'a pas lésiné sur la qualité des divertissements ni sur l'abondance des mets. Richard, très à l'aise, joue au maître de cérémonie et déploie toute sa séduction pour apprivoiser l'oiseau effarouché qu'on lui livre. Il parvient à la faire parler et sourire, si bien que la comtesse Béatrice, se penchant vers Eléonore, lui murmure :

— L'ogre sait se faire ange.

— Un ange peut cacher le diable.

Si brillante soit-elle, la fête qui se prolonge quelques jours ne peut étouffer le bruit des disputes familiales.

C'est d'abord la reine qui reproche vivement au roi de l'avoir tenue à l'écart des démarches matrimoniales. Henry ayant laissé malencontreusement échapper, à propos du marchandage de la dot, une remarque désobligeante sur l'avarice du comte Raimon Bérenger, elle réplique vertement et accuse Richard d'être cupide et vil. Surpris, car c'est la première fois qu'il voit sa femme aussi furieuse, il tente d'excuser les exigences de Richard en faisant état de son comportement exemplaire au combat.

— Je lui ai d'ailleurs promis en récompense le duché.

— Quel duché ?

— Celui-ci, l'Aquitaine.

Eléonore ne cache pas sa stupeur. Quoi ? Ce joyau de la Couronne, riche de puissants fiefs et du commerce florissant de Bayonne et de Bordeaux donné à Richard ?

— C'est insensé ! Vous voulez soustraire un tel territoire de l'apanage du prince Edouard, notre fils aîné !

— Mon frère a sauvé nos chevaliers à Taillebourg...

— Il a peut-être sauvé des chevaliers, mais n'a pu éviter la défaite, que je sache ! Je croyais qu'on ne récompensait que la victoire...

Henry pâlit, mais il est incapable d'arrêter la diatribe de la reine.

— Ne possédez-vous pas assez de terres pour en donner à votre frère sans porter préjudice à votre fils ?

— Je ne peux revenir sur ma promesse, ma dame.

— Une promesse peut être retirée si elle viole l'intégrité du royaume !

Henry est pétrifié. Seule s'agite sa paupière folle. Affreux dilemme, il doit choisir entre l'épouse qui défend les intérêts de leur fils, et le frère qu'il affectionne et admire. Après avoir tourné en rond dans la pièce ornée d'unc immense tapisserie représentant le dieu Mars chassant le cerf et d'un grand Christ de bois, il choisit de céder à sa femme et d'annoncer à Richard qu'il est contraint de retirer sa promesse.

L'entrevue des deux frères est explosive. Richard s'emporte violemment et brise tout ce qu'il trouve sous la main en hurlant des imprécations que l'on entend aux quatre coins du château. Il annonce qu'il rentre en Angleterre en menaçant de se joindre aux barons en révolte et quitte aussitôt les lieux sans même aller saluer la reine, ni sa fiancée, ni la comtesse Béatrice, sa future belle-mère.

Pour Eléonore, la victoire est incontestable et conforte le surcroît d'autorité que lui a procuré la naissance de son troisième enfant. Elle le met sans tarder à profit en faisant ajouter à l'apanage du prince Edouard le comté de Chester et le bénéfice de l'abbaye de Rocester. Engagée en si bonne voie, elle intervient auprès de son cousin le vicomte Gaston de Béarn pour qu'il accepte de venir prêter hommage au roi Henry à Bordeaux au lieu de le faire chez lui à Saint-Sever. Elle ne peut toutefois empêcher le roi d'octroyer à Richard une belle compensation pour le retrait de sa promesse avec les fiefs de Wallingford et d'Eye et des terres dotées de fructueux revenus. Peu importe ! Elle n'a plus qu'une hâte, rentrer en Angleterre retrouver ses deux autres enfants et préparer le mariage de Sancie, qui est repartie en Provence avec sa mère.

Le roi Henry n'est pas encore disposé à quitter le continent. Il avance pour prétexte la nécessité de faire aboutir les négociations engagées avec le Capétien dont l'armée a poursuivi sa progression victorieuse vers le Midi. Après les seigneurs poitevins, ceux du Languedoc et le comte de Toulouse sont contraints de céder devant la poussée. Après s'être emparé de Narbonne et d'Albi, le Raimondin a dû demander grâce. Contraint de restituer ces deux villes et de raser quelques châteaux, il promet de combattre les hérétiques et d'accomplir son vœu de croisade. Tout cela doit être consigné dans un traité qui sera signé à Lorris au mois de janvier 1243. Quant au roi d'Angleterre, il n'obtient une nouvelle trêve de cinq ans qu'en avril 1243. A peine l'accord est-il conclu que la reine Eléonore croit bon de se préparer au retour, mais Henry ne veut toujours pas rentrer chez lui.

— Il serait dangereux de débarquer avant de calmer les tensions, d'apaiser les mécontentements, avoue-t-il.

— J'espère que ceux qui en sont chargés vous sont fidèles.

— J'ai confiance en eux... Richard aussi s'en occupe. Il est revenu à la raison et ne manque pas d'habileté diplomatique.

Eléonore s'abstient de tout commentaire. Elle devine que le roi doit payer cher cette campagne d'apaisement et la loyauté de son frère, et elle ne tient pas à l'accabler davantage.

Au cours de l'été, tout semble enfin prêt lorsqu'elle est saisie d'une fièvre si violente qu'on craint pour sa vie. Malgré les soins, les potions et la belle saison, elle ne s'en remet que lentement. Elle est même si épuisée par les saignées que le roi décide de renoncer au départ. Ce n'est qu'au mois d'octobre 1243 que le couple royal quitte enfin Bordeaux.

Le retour du souverain en son royaume n'est pas glorieux. C'est un vaincu qui débarque dans un pays troublé par la défaite, ruiné par les prélèvements intempestifs pour financer la triste expédition. La noblesse et la population sont agitées de sentiments xénophobes qui attribuent au clan poitevin la responsabilité de la guerre et l'échec de la reconquête. Le clan savoyard aurait pu être épargné, si les rancœurs et les jalousies qu'il suscite n'étaient attisées par l'annonce du mariage du frère du roi avec une sœur de la reine. Pour le camp poitevin, nombreux sont ceux qui pensent que le royaume est entre les mains de ces rapaces de Savoie. Il y a néanmoins un point positif. Le flot de subsides, de privilèges et de dons lâchés par les agents royaux a réussi à étouffer les velléités de révolte et le roi peut reprendre ses habitudes. Il offre de somptueux festins destinés à resserrer les liens avec les féaux fidèles et à amadouer les autres, en attendant les noces de son frère.

— Ce mariage, nous devrons le célébrer avec le plus grand éclat, proclame-t-il. Il doit être le symbole de la réconciliation générale et de l'unité du royaume autour de son souverain par la grâce de Dieu.

Sancie est revenue en Provence secouée par les bruyantes disputes familiales de Bordeaux. Elle en tremble encore quand elle y pense et se rassure de savoir que sa mère va l'accompagner en Angleterre.

À l'instant des adieux, le comte lui donne une cigale comme à ses aînées. Celle-ci est en or. Il y ajoute une harpe gravée de ses armoiries, afin que puissent « retentir dans les brumes du Nord les chants de la chère Provence ». Tous ceux qui assistent à la scène sont surpris de la profonde tristesse de son visage, un sentiment qu'il semblait ignorer.

— Faites pour le mieux et revenez vite, murmure-t-il à l'oreille de la comtesse, d'une voix marquée par une émotion si difficilement contenue qu'elle en a les larmes aux yeux.

Depuis quelque temps, il est de plus en plus fréquemment atteint par ces accès de fatigue qui vont parfois jusqu'à l'évanouissement. Saisie d'un sinistre pressentiment, la comtesse lui recommande de se soigner. Avant de monter dans le char, elle demande à Flamenque de veiller sur lui.

— Usez de toute votre autorité et pressez maître de Faïence de lui imposer les soins nécessaires s'il les refuse, je compte sur vous.

Au moment où le cortège, composé d'une quinzaine de chars et d'une escorte de quinze chevaliers sort de la ville, un corbeau vient s'écraser sur le véhicule de la comtesse.

— Je n'aime pas ça ! dit-elle en se signant.

Sancie saisit sa harpe et, malgré les cahots, en tire des accords si vibrants qu'une volée de tourterelles y répond en roucoulant.

— C'est le chant de Saint-Maime. Je l'ai appris dans la forêt, il conjure le mauvais sort.

Au cours du long parcours pour atteindre Calais, la comtesse et Sancie vont connaître une nouvelle émotion, très ensoleillée celle-là.

Thomas de Savoie, qui a rejoint le cortège à Lyon pour l'accompagner jusqu'en Angleterre, a en effet réservé une surprise à sa sœur et à sa nièce. En sollicitant au nom du comte de Provence l'autorisation de traverser le royaume, il a obtenu l'agrément du roi Louis à une rencontre de Béatrice et de Sancie avec la reine Marguerite pendant l'étape de Soissons.

— Cela signifie que le Capétien a accepté le mariage anglais de Sancie, c'est pour lui un moindre mal, explique Thomas qui aime à se vanter de sa perspicacité politique.

— Qu'entendez-vous par là ? demande Béatrice.

— Sa victoire lui permet de l'accepter, puisqu'il a relégué les barons les plus dangereux et le roi Henry à la condition d'épouvantails à moineaux.

— Peut-être aussi veut-il être agréable à Marguerite qui est accablée de chagrin par la mort de Blanche, sa fille aînée.

L'émotion des trois femmes, reçues au château du comte Thibaut, est d'autant plus intense que l'ombre de ce deuil plane sur leurs retrouvailles. Pleurant et riant nerveusement tout à la fois, elles restent longtemps embrassées et devant une Sancie silencieuse, la comtesse et la reine n'en finissent pas de se raconter ce qui s'est passé pendant leur longue séparation. Leurs deux confidentes Carenza et Iselda leur font écho. Nouvelles du pays et impressions d'exil, rumeurs et confidences s'entrecroisent tout un après-midi et une partie de la nuit. Agrémentées par moments de « chants de Saint-Maime » aux accents nostalgiques, elles se prolongent dans la chambre préparée pour la reine que toutes les cinq transforment en un bruyant gynécée.

Ce bonheur mêlé de tristesse sera bref. Le cortège doit repartir dès le lendemain à l'appel de Thomas, mais le souvenir permettra de supporter le reste du voyage sous la pluie et une traversé de la Manche mouvementée.

Il est accueilli à Douvres en grande pompe. Le clan de Savoie est presque au complet, Pierre en tête, pour bien marquer ce qui peut être considéré comme son triomphe et celui de son frère. Les Lusignan sont également là, mais à en juger par leur mine renfrognée, il est manifeste qu'ils sont venus sur injonction du roi Henry,

— De vraies têtes de vaincus, commente en ricanant Thomas, qui les déteste cordialement.

Bon nombre de seigneurs anglais qui n'apprécient pas ce mariage sont également venus, sachant que les absents ont toujours tort.

Tout le long de l'itinéraire qui conduit à Londres, la population s'aligne sur les bords de la route pour voir passer le cortège. Quelques « God bless the King » fusent de temps en temps mais manquent de chaleur. A Londres, cité turbulente toujours prête à se rebeller, et nettoyée pour la circonstance, l'atmosphère est lourde sous le ciel gris, malgré le son éclatant des trompettes et la gaieté des bannières aux vives couleurs qui décorent les fenêtres et les balcons des maisons.

Alors que la comtesse est déçue, voire inquiète, Sancie est effrayée par la foule qui encombre les rues. Toutes deux et leur suite sont tout de même impressionnées par la magnificence du palais de Westminster, sorte d'immense navire hérissé d'épines qui semble s'être échoué au cœur de l'agglomération par on ne sait quel prodige.

Le roi avec Richard à son côté, la reine et toute la Cour les attendent dans la gigantesque salle de réception. Brisant l'étiquette, Eléonore se précipite vers sa mère et sa sœur qu'elle serre dans ses bras sous les yeux d'un Henry tout attendri et de Richard qui s'exclame en se tournant vers l'assemblée de prélats, de seigneurs et de dames :

— *Welcome to the beautiful stars coming in !*

Eléonore fait les honneurs du palais à la comtesse et à sa sœur, pour lesquelles ont été réservées des chambres magnifiquement décorées de vitraux, de tapisseries et d'objets de toutes sortes en provenance de Venise, de Rome, de Byzance.

— Le roi est grand amateur d'art, explique Eléonore. Il en est si féru qu'il ferait transporter ici tout l'Orient et toute l'Italie.

Cet accueil ravit la comtesse et met un peu de baume au cœur de Sancie, dont le principal souci est maintenant de se préparer aux cérémonies.

23 novembre, an 1243.

La célébration du mariage a lieu en grande pompe, en l'abbaye royale de Westminster. Contrairement à ce que craignaient sa mère et sa sœur, Sancie y fait montre d'une aisance si étonnante qu'Eléonore se demande si elle n'a pas bu quelque drogue. La comtesse est moins surprise, car elle lui connaît une extraordinaire capacité à s'abstraire du réel et à vagabonder en pensée sur les nuées de l'imaginaire. C'est sans doute sur ce nuage que reste la jeune mariée lorsque le cortège nuptial se rend au palais au milieu des clameurs de la population dont la curiosité et l'envie de profiter de la fête finissent toujours par surmonter les rancœurs.

Les mariés ont d'ailleurs tous deux belle allure. Si Richard est connu pour sa superbe et la flamboyance de ses tenues, le visage enfantin de Sancie et son air effarouché, contrastant avec l'élégance de son maintien, attendrissent les femmes et forcent la sympathie des hommes.

— On dit que les gens de Londres ne pensent qu'à se révolter, je trouve plutôt qu'ils ont un grand respect de la royauté, observe la comtesse.

— Ici, on aime surtout l'apparat, ça fait oublier la grisaille, corrige Eléonore. Le roi Henry le sait bien.

Le roi n'a en effet rien négligé pour donner aux cérémonies le plus grand lustre. Son frère n'est pas en reste. Barons, bourgeois et leurs dames invités au festin qu'il donne en sa résidence exhibent leurs plus brillants atours, surcots et manteaux en étoffes et fourrures précieuses, ceintures serties de pierres précieuses et parures scintillant de mille feux. Les meilleurs ménestrels et jongleurs ont été recrutés pour divertir les nombreux invités du banquet nuptial donné au palais de Westminster.

L'attention se porte davantage sur la reine que sur sa sœur, car sa longue absence a généré un flot de rumeurs en général malveillantes. Le sachant, elle s'y est préparée et c'est avec étonnement que la Cour la découvre embellie, plus mûre, plus sûre d'elle. Elle est même si rayonnante malgré les fièvres qui ont suivi l'accouchement que certains mauvais esprits mettent en doute sa maladie. Des murmures courent dans l'assistance sur les bains de jouvence qu'elle aurait pris en Aquitaine. Sa mère et sa sœur lui sont toutefois associées dans les compliments. En ce jour de liesse, leur beauté brune aux reflets ensoleillés fait oublier les reproches adressés au clan des Savoyards et plus généralement aux parasites étrangers entourant le souverain.

— A-t-on jamais vu en ce palais un tel bouquet de fleurs ainsi réunies ! s'exclame le remuant comte de Gloucester, assez haut pour que le roi l'entende.

Le roi Henry est aux anges. Sensible à la flagornerie, il sait que les compliments adressés à sa trinité féminine rejaillissent favorablement sur lui, maître d'œuvre de la fête, et lui composent une aura de nature à voiler au moins pour un soir la honte de la défaite. Galant, il se répand en amabilités auprès d'une belle-mère qui ne porte pas son âge et exerce autant de séduction que ses deux filles. Le succès de la comtesse est tel qu'Eléonore le fait remarquer à Sancie :

— Notre mère est vraiment étonnante, incomparable. Prends-en de la graine, petite sœur.

Pour l'heure, la petite sœur revient parfois de ses rêveries pour observer son époux à la dérobée. Malgré la désinvolture qu'il affiche en virevoltant d'un groupe de seigneurs à l'autre, il lui paraît soudain plus âgé que lors de leur première rencontre. Elle le trouve tel qu'Eléonore l'a décrit, un paon, au demeurant beaucoup moins prévenant à son égard qu'il ne l'a été à Bordeaux. Il courtise même la comtesse avec un tel empressement que Sancie se demande s'il ne lui préfère pas sa mère. Il lui vient alors à l'esprit l'idée fort irrespectueuse qu'elle lui cèderait volontiers sa place sur la couche nuptiale.

Sancie se trompe. Richard est un personnage du théâtre de Cour dont les virevoltes spectaculaires masquent la vraie nature. Dès qu'il quitte la scène où il s'évertue à justifier son surnom « Coup d'épée », se révèle un autre visage, celui d'un homme à la fois calculateur et brutal, pressé d'assouvir ses convoitises. Durant les cérémonies et le festin il a joué la comédie cynique du séducteur invétéré qui cherche à parader et à plaire alors qu'il est sûr de retrouver quelques heures plus tard sur son lit une jeune fille innocente, dont la timidité et les grands yeux mélancoliques attisaient son désir et lui promettaient l'incomparable plaisir de l'initier à la volupté des sens.

Pour elle, le moment redouté approche où elle va lui être livrée. Elle s'accroche au sursis des trois nuits réservées en principe aux prières, mais dès le premier soir, les intentions de Richard sont claires. Après une oraison rapidement prononcée pour apaiser sa conscience, il se dévêt sans aucune pudeur et prend Sancie dans ses bras pour la déposer sur le lit. Le regard enflammé par l'alcool, il la déshabille sans ménagement, mais comme elle se recroqueville, effrayée, il éclate de rire.

— N'ayez donc pas peur, petite comtesse, je suis votre époux, il faut bien accomplir le devoir exigé par Dieu.

Elle se couvre le visage de ses mains, comme si elle pouvait se protéger de l'haleine aigre qui lui envahit les narines. Il les écarte et se penche sur la cerise des lèvres qu'elle serre. Sancie tente maladroitement de le repousser et ne peut résister à la force qui l'étreint. La douleur la fait crier jusqu'à ce qu'il s'écarte enfin d'elle, la laissant inerte sur le lit, recroquevillée sur sa meurtrissure.

*

— Le monstre n'a même pas attendu les trois jours rituels de prières ! Il l'a forcée !

Dès que Sancie s'est confiée à elle, la comtesse, furieuse, s'est précipitée chez la reine.

— Calmez-vous, mère. Nous avons toutes souffert les premières nuits de noces, n'est-ce pas ? Ensuite, nous nous sommes habituées... Certaines ont même fini par aimer, paraît-il.

Ces paroles n'apaisent pas la colère d'une mère qui se sent désarmée devant le profond désarroi de sa fille. Elle sait pourtant que ses deux aînées ont subi la même épreuve, mais elle les a toujours crues plus fortes que sa petite Sancie. Quand elle songe à sa propre expérience, elle se rend compte de la chance qu'elle a eue d'éprouver de l'amour pour l'homme qu'on lui avait destiné et en aurait presque honte aujourd'hui.

Sancie est en fait d'un caractère moins fragile que sa mère l'imagine. Résignée à subir les assauts de Richard, elle ne se plaint pas, encore que ses réponses évasives aux questions maternelles donnent à penser qu'elle ne baigne pas dans le bonheur. Elle fait en tout cas bonne figure aux grandioses réceptions qu'il offre successivement pour fêter la Nativité et la Saint-Edouard en sa résidence de Londres et en son château de Wallingford, une magnifique demeure qu'il ne cesse d'agrandir et d'orner comme s'il voulait lui donner un lustre royal. Les époux y passent la Noël en compagnie des enfants de Richard.

Il en a quatre. L'aîné se prénomme Henry, fils d'Isabelle Marshall, décédée en couches en 1240. Les trois autres, Richard, Walter et Isabelle, sont illégitimes.

— Pour moi, il n'y a pas de différence, précise Richard en priant Sancie de veiller strictement à leur éducation. Ils sont tous un peu frustes, je compte sur vous pour leur inculquer la finesse des gens du Sud.

Après les fêtes, il emmène sa femme en Cornouailles afin de lui faire connaître le comté. Si elle a été dépaysée par la traversée du nord de la France et l'arrivée en Angleterre, elle a cette fois l'impression d'avoir atteint le bout du monde. L'hiver y semble moins rigoureux mais la contrée est presque déserte. Sous un ciel de plomb brouillé par des voiles de brume s'étendent des landes sauvages et des forêts compactes d'où l'imagination fait aisément surgir des ombres porteuses de maléfices et de terreurs.

Le comte y possède près de l'abbaye de Hailes un manoir dont les murailles grises se dressent dans un écrin de verdure. Il est à l'image du pays, à la fois sinistre et fécond en rêves pour ceux qui savent voir au-delà des apparences et disposent de moyens spirituels pour en franchir le rideau. Au moment d'en passer le pont-levis, Sancie serre instinctivement entre ses doigts la cigale d'or de son père et pose une main sur l'étui de bois qui contient sa harpe, ses planches de salut pour exorciser les sentiments troubles qu'inspirent ces lieux, une sorte de charme indéfinissable non dénué d'une angoisse diffuse. Elle se surprend à avouer :

— C'est ici que j'aimerais résider, mon seigneur.

Richard est éberlué.

— Parfois, pourquoi pas... surtout l'été et quand vos obligations vous le permettront.

A Londres, la comtesse est plus ou moins rassurée de laisser sa fille à la merci de Richard « Coup d'épée », et surtout chargée de tâches aussi difficiles pour son jeune âge que l'éducation de quatre enfants.

— Quelle audace de vouloir faire de la fille du comte de Provence une gouvernante ! dit-elle à Eléonore.

— Pourquoi pas ? Elle fera son apprentissage de mère, dit la reine.

— J'aimerais la rejoindre pour l'aider, la soutenir.

— Je crois que vous avez tort, mère. Accompagner Sancie ne l'aidera pas à sortir de sa coquille. Un oisillon qui reste dans le nid comme un œuf ne saura jamais voler.

La comtesse finit par se rallier à l'opinion de la reine. Elle a d'ailleurs une mission à remplir, solliciter du roi un emprunt pour le compte de Raimon Bérenger. Elle en informe Eléonore, qui l'invite, avec l'accord de Henry, à prolonger son séjour au château de Westminster. Avec son charme, elle ne tarde pas à faire de la Cour son propre verger.

Le plus séduit est le roi, qui se montre très compréhensif quand elle évoque les ennuis financiers de son époux, le comte de Provence, et ses difficultés à payer les dots de ses filles. Après tout, ne connaît-il pas lui aussi les mêmes difficultés ? Il a l'élégance de ne pas les évoquer. Il est vrai que son irrépressible prodigalité les lui fait oublier, un penchant qu'il n'hésite pas à satisfaire par tous les moyens, instauration de taxes, prélèvements abusifs, confiscations arbitraires, un vrai pillage du pays qui soulève une tempête de récriminations, sans parler de la récente guerre ruineuse et inutile. Il accepte d'abord qu'Eléonore puise dans le Trésor royal pour allouer à sa mère une rente annuelle de quatre cents livres pendant six ans.

— Pour vous remercier de la beauté de vos deux filles, ma dame !

Ce n'est qu'une invitation courtoise à une carole d'argent. La comtesse obtient ce qu'elle est venue chercher, un emprunt de quatre mille marcs. Le roi n'est tout de même pas assez stupide pour oublier l'intérêt politique d'un tel prêt. Il demande et reçoit en garantie cinq châteaux de Provence, un gage qui lui permet de s'incruster dans la région et de faire pièce au Capétien. Il juge d'ailleurs l'affaire assez importante pour charger Guy de Roussillon, un clerc d'origine savoyarde, de prendre possession des châteaux. Sur le conseil de Béatrice, il en confiera la garde à deux autres Savoyards, l'archevêque d'Embrun et Henry de Suse, homme de confiance de la comtesse.

Celle-ci n'est pas femme à s'arrêter en si bon chemin. Après avoir décroché l'essentiel, elle se permet d'intervenir en faveur de Simon de Montfort. Il avait quitté l'Angleterre à la suite de la révolte des barons hostiles à son mariage avec la sœur du roi et reprochait à Henry de n'avoir donné aucune dot à cette dernière. Elle entreprend de lui obtenir, en compensation de cet « oubli », une rente de cinq cents marcs annuels.

Elle ne doit pas seulement ces succès à son pouvoir de séduction, mais aussi à l'influence croissante de sa fille et à la puissance du clan réuni autour de son frère Pierre. A des positions déjà bien ancrées, s'ajoute désormais le siège archiépiscopal de Canterbury, assorti du titre de primat d'Angleterre. Il échoit à l'un des « oncles », Boniface de Savoie.

— C'est pour vous, en reconnaissance du bonheur que vous me donnez, ma dame, que je suis intervenu en faveur de cette élection, déclare galamment le roi à Eléonore.

Comme elle le remercie en soulignant qu'il a pris le risque de provoquer des remous, ainsi qu'il est advenu pour l'oncle Guillaume, il répond en souriant :

— Un souverain ne peut-il pas faire ce qui lui plaît ?

Après plus de deux mois d'un séjour bien rempli, la comtesse Béatrice quitte l'Angleterre. Le roi, la reine et Sancie l'accompagnent à Douvres en grand cortège. Au moment des adieux, une autre émotion les saisit. Un courrier en provenance d'Aix-en-Provence vient de débarquer, porteur d'un message. Signé de Cotignac, il annonce que la santé du comte Raimon Bérenger s'est sérieusement dégradée et demande à la comtesse de rentrer le plus vite possible.

Elle s'embarque pour un retour assombri par l'inquiétude.

Au mois de janvier, maître Raimon de Faïence a vivement pressé le comte d'aller se reposer en altitude, afin de pouvoir retrouver santé et vigueur.

— C'est le seul remède, avec la prière, qui puisse vous guérir du mal dont vous souffrez.

— Pourquoi ne pas me dire quel est ce mal ?

— Vous avez en vous un ver qui vous ronge. Seul le froid peut le tuer.

Le comte a choisi Forcalquier, le lieu béni où il est toujours venu puiser son énergie parce que « nulle part ailleurs, on ne s'y sent plus près de Dieu ». Il n'y a éprouvé qu'une seule déception, celle de n'avoir pas vu y naître un héritier mâle.

Un matin de février, après une nuit agitée par une tempête de neige qui a recouvert le pays d'un manteau blanc, il fait seller son cheval, de la race du vieux Carn-et-Ongle, et passant outre aux objurgations du médecin, le lance vers la vallée. Il se dirige vers le castel des Encontres, mais ne s'y arrête pas et engage sa monture dans la forêt de Saint-Maime, muée en une cathédrale silencieuse et glacée. En cette solitude d'outre-monde balayée par la cisampe hivernale, un filet de fumée s'échappant d'une cabane ensevelie sous l'hermine neigeuse trahit une présence humaine.

Raimon Bérenger met pied à terre et pousse la porte de bois. A l'intérieur, un feu de pignes brûlant dans l'âtre creusé à même le sol répand une douce chaleur et une lumière incertaine qui fait danser des ombres. Du fond s'élève une voix de femme un peu rauque.

— Holà, comte ! Tu viens par un temps pareil pour moi, ou pour me faire interroger les astres ?

— Je n'ai que faire des astres. Un mal mystérieux me ronge, Marca.

Marca se lève de sa couche. Elle n'est vêtue que d'une chemise qui s'ouvre largement sur sa lourde poitrine, la dévoilant presque entièrement.

— Tu as beaucoup maigri, dit-elle en dévisageant le visiteur.

— La potion que tu m'as donnée n'agit plus.

— Tes charlatans n'ont pas su te soigner. Je crains de ne pouvoir faire mieux.

— Je ne te demande que le moyen de prolonger mon existence quelque temps encore.

Elle réfléchit un instant et saisit sur une table une fiole pleine d'un liquide vert qu'elle lui montre,

— Ceci peut te rendre un peu de force, mais l'illusion ne durera pas. Pour une véritable guérison, et puisque Dieu n'a pas daigné écouter tes prières, il n'y a qu'une seule voie, tu le sais bien...

Elle guette la réaction de Raimon Bérenger et, percevant une hésitation, tente de l'attirer vers les promesses d'un abîme de voluptés.

— Reviens cette nuit, tu pourras satisfaire ce désir obscur que tu éprouves pour moi et qui te fait si peur, je t'emmènerai dans ma chevauchée des Ténèbres qui te rendra la puissance de tes vingt ans.

Le comte prend la fiole, donne une bourse à Marca et sort précipitamment de la cabane, comme s'il craignait de succomber.

— Dommage, lui hurle-t-elle. Tu n'as jamais rien compris. Tu vas mourir, mais tu n'as toujours pas de fils et ce fief dont tu te glorifies va échoir à un étranger. Tu auras vécu pour rien !

Le comte enfourche son cheval et l'éperonne furieusement pour fuir cette voix de malheur, dont il entend résonner l'écho jusqu'aux murailles du château.

Un magnifique soleil rayonne sur le pays lorsque les trompettes annoncent le retour de la comtesse. A peine descendue du char, elle se précipite vers Raimon Bérenger qui l'attend sur le seuil du donjon. Pour la première fois depuis de très longues années, elle se jette dans ses bras sous le regard de toute la maison réunie, des chevaliers aux palefreniers. Le temps n'est plus aux vaines convenances. En l'examinant, elle est agréablement surprise de le trouver en meilleur état qu'elle ne s'y attendait.

— Ça va un peu mieux, confirme-t-il, mais ce n'est qu'un répit.

— Ne dites pas cela.

Il l'entraîne à l'intérieur et baissant la voix :

— Je me connais bien, très douce amie. J'ai l'impression que mon sang est devenu de l'eau et que ma carcasse s'est vidée... Peu importe, puisque vous êtes ici. Nous avons des décisions à prendre et le temps presse. Dans l'après-midi, mes conseillers vont arriver et demain, nous préparerons l'avenir de notre chère Provence.

— Sans notre quatrième fille ?

— Romée l'amène d'Aix avec lui. Ce soir, nous fêterons votre retour.

Mieux qu'une fête, c'est une chaleureuse soirée de retrouvailles qui réunit le comte, les deux Béatrice, mère et fille, les plus fidèles compagnons catalans encore en vie, les bailes Albeta de Tarascon et Romée de Villeneuve, Rodrigue Justas qui a succédé à son père dans l'administration comtale, une poignée de vassaux les plus proches, et des troubadours dont le comte apprécie les *cansos* et les *sirventès*, et avec lesquels il aime depuis quelques années à dialoguer dans des *tensons* et des *partimens*.

Mais celle qui attire ce soir tous les regards est la jeune Béatrice. Elle a treize ans et sa beauté n'a rien à envier à celle de ses sœurs. Elle s'en différencie tout en leur ressemblant. Plus proche d'Eléonore par le caractère, de Marguerite par le physique, elle a tendance à la rêverie comme Sancie. Elle a peu connu ses deux aînées, mais s'est beaucoup attachée à cette dernière, de trois ans seulement plus âgée qu'elle. Le « chardonneret de Saint-Maime » l'a bercée toute son enfance de ses chants et de sa musique.

Trop jeune pour avoir été touchée par le départ de Marguerite et d'Eléonore, celui de Sancie lui a donné le sentiment d'avoir perdu une seconde mère. Elle s'est trouvée dans la situation d'une enfant unique, très choyée, mais aussi trop isolée au milieu d'adultes. Elle eut bien quelques compagnes de jeux, des enfants de seigneurs ou de dames de l'entourage de ses parents, mais les circonstances et les déplacements l'en séparaient souvent. Les meilleures camarades étaient les filles du castel des Encontres qu'elle voyait l'été. Elle se promenait avec elles en forêt sous la garde d'Odonin, mais sans Flamenque, décédée peu après le départ de Sancie. Avec l'autorisation de la comtesse, un garçon à peine plus âgé pouvait s'y joindre pour les surveiller, un chien de berger en quelque sorte. Il s'appelait Gaucher, enfant trouvé dont on chuchotait que c'était un bastardon du comte comme Gontran. Béatrice l'appréciait parce qu'il la regardait avec des yeux si admiratifs qu'il s'attirait plaisanteries et quolibets des gens du castel. Avec cruauté, elle prenait plaisir à lui donner des ordres absurdes et à en faire un souffre-douleur.

— Pourquoi me suis-tu toujours ? Tu es sale ! Tu as une voix de grenouille... tu n'es qu'un misérable vilain conçu par le diable... Je ne veux plus te voir.

Et puis brusquement, ces promenades à Saint-Maime lui furent interdites dès qu'elle fut nubile. La comtesse craignait des rencontres avec les étranges vagabonds en noir qui rôdaient dans la forêt et avec cette sorcière de Marca la brune qui avait tenté d'attirer Sancie dans ses diableries.

Béatrice a sauté de joie d'apprendre qu'elle participerait au festin. Sortir de son enfermement lui fait même oublier l'état de santé de son père et les sombres nuages qui planent sur cette soirée. L'entrain du comte, les pitreries de l'indispensable Tristanou, l'abondance des mets et les flots de vin les chassent d'ailleurs très vite.

Les entremets sont particulièrement animés. Un jongleur à la langue bien pendue s'y distingue, Gui de Cabannes. L'écuyer Blachon l'a fait venir du pays d'Orgon, dont ils sont tous deux originaires. Raimon Bérenger, amusé par la causticité de cet ancien sergent d'armes, héraut de tournois, lui accorda aussitôt sa protection agrémentée de rentes et de terres, au grand dam de Tristanou. Craignant d'être évincé, le bouffon lui a fait maintes vilenies, bastonnades et pièges divers, et espère ce soir le voir ridiculisé par des troubadours qu'il ne considère pas comme des rivaux. Sont en effet invités un familier du comte, Blacasset, seigneur d'Aups, l'ineffable Peire Bremon Ricas Novas, dont l'excessive coquetterie est célèbre en Aragon et en Castille, Arnau Catalan qui a composé une *canso* célébrant la grâce divine de la comtesse Béatrice, et Sordello di Goito, un Mantouan à l'existence agitée qui a déployé son talent dans les cours d'Este et de Vérone avant de venir en Provence se faire apprécier du comte.

Ivre et agacé par la concurrence et le succès de Cabannes, Tristanou se fait provocateur en moquant son maître avec sa voix de crécelle :

L'oiseau est trop petit
Qui court hors de son nid
Que le diable lui coupe les ailes
Que Dieu lui rende son écuelle...

Quelques rires éclatent, mais compte tenu de l'état de santé du comte, nombreux sont les convives qui échangent des regards embarrassés.

Raimon Bérenger s'écrie en levant son verre :

— Allons donc ! Pourquoi ces mines ? Buvez plutôt, je ne suis pas encore mort !

Et d'improviser aussitôt un couplet accompagné à la vielle, à la flûte et au tambour par ses ménestrels

Douce Dame aux yeux de saphir
Et au corps si précieux,
Votre fleur incarnat me tant fait languir
Que je voudrais la cueillir avant... d'être vieux...

— Hooooh, messire comte, par le diable, le feu te dévore ! s'écrie Tristanou.

— Le crois-tu vraiment, bouffon ? lance le comte, dont le visage se crispe.

Ces mots, « vieux, diable, feu » viennent de faire resurgir l'ombre de la mort qui le guette. Il se lève, salue d'un geste ses invités, et d'un pas incertain se retire dans le silence, accompagné de sa femme et de sa fille.

*

Le comte trône au centre de l'aula sur le fauteuil comtal marqué de ses armes, face à ses proches, la comtesse, l'archevêque d'Aix Raimon Audibert, Romée et Albeta. Il est calme et semble reposé, mais l'éclat de son regard, souligné par les cernes, est trop fiévreux pour faire oublier le mal qui le dévore. Sa voix est néanmoins ferme quand il énonce les termes essentiels de son testament établi à Sisteron sept ans auparavant, le 20 juin 1238 : Béatrice est l'héritière désignée. Si elle n'a pas d'enfant mâle, le comté reviendra au futur fils de Sancie, sinon au cousin Jacques d'Aragon, ou à celui de ses fils qui n'aura pas de couronne.

— Je ne veux en aucun cas que ma Provence soit absorbée par un grand royaume, précise-t-il en martelant les mots.

Il vient à peine de les prononcer qu'un courrier demande à être reçu pour lui remettre un message provenant de la reine Marguerite. Il en prend aussitôt connaissance et le transmet à la comtesse en annonçant que sa fille vient de donner naissance à son troisième enfant et que c'est un garçon. Alors que Béatrice exulte, il dit d'un ton mesuré :

— Je m'en réjouis pour elle... Mais cela ne change rien à notre affaire, bien au contraire. Le futur roi de France ne saurait devenir le maître de la Provence. Alors je compte sur vous, qui constituerez le Conseil de régence, pour faire respecter mes volontés.

Tous acquiescent, nullement surpris des décisions du comte, qu'ils approuvent entièrement. Ils sont néanmoins conscients que l'application soulèvera des objections, sinon des tempêtes du côté de Paris et de Londres, comme le rappelle Albeta.

— Le Capétien le contestera en faisant valoir que c'est l'aînée, la reine Marguerite, qui doit hériter. Le Plantagenêt, lui, va exiger des compensations, d'autant plus qu'il détient en gage cinq châtellenies.

Romée est du même avis.

— Il faudra leur expliquer que ce testament respecte une règle coutumière en vigueur dans la maison de Barcelone : les filles bénéficiaires de dots sont écartées de la succession. Il est donc important de prévoir le versement du solde des dots.

— C'est à toi, Romée, de faire le nécessaire.

— Ce sera difficile, mon seigneur.

Le comte soupire, partagé entre agacement et accablement.

— Mets en branle tous les bailes pour des prélèvements de taxes. En ce qui concerne le mariage de Béatrice, nous devrons éviter de faire un faux pas, elle est désormais l'héritière en titre du comté.

— Les prétendants ne manquent pas... le premier qui s'est manifesté est l'empereur Frédéric, il a avancé le nom de son fils Conrad.

— Ne jetons pas la jeune Béatrice dans les pattes de l'antéchrist ! s'écrie aussitôt l'archevêque. Un tel mariage constituerait un nouveau retournement d'alliance que Sa Sainteté Innocent n'apprécierait pas. Il ferait en tout cas passer le comte pour un autre Raimondin.

— Et ce serait encourager les activités en Provence des gibelins qui ne cherchent qu'à saper l'autorité du comte, ajoute Albeta.

Romée cite ensuite l'infant Pierre, fils cadet du roi Jacques d'Aragon.

— Vous savez que j'ai beaucoup d'affection pour mon cousin Jacques. Nous avons vécu de pénibles épreuves ensemble. Afin que le comté reste dans la famille, j'ai placé sa descendance masculine au troisième rang dans l'ordre éventuel de la succession, évidemment au cas où Dieu ne permettrait pas à mes filles cadettes d'assumer l'héritage. Cela dit, je ne tiens nullement à un retour aussi prématuré du comté dans le giron aragonais.

Romée approuve vigoureusement avant de lancer le nom de Raimon de Toulouse. Consulté du regard, le comte ne dit mot, un silence semblant indiquer qu'il tient encore à la réunion des deux familles rivales issues de la lignée de Boson. La comtesse manifeste aussitôt son désaccord.

— Encore lui ! Il est beaucoup trop vieux pour Béatrice. Il sera bien incapable de lui faire un enfant. Selon les termes de votre testament, qui deviendrait alors comte de Provence ? Le fils de Sancie, un Plantagenêt !

En entendant prononcer le nom de la dynastie anglaise, le visage de Raimon Bérenger se crispe. Il se tourne vers Romée.

— Toi, as-tu une autre idée ?

— La meilleure solution est du côté du Capétien.

A cet autre nom qu'il n'a jamais accepté qu'à son corps défendant, le comte bondit de son fauteuil et retrouve toute son énergie pour hurler sa désapprobation.

— Quoi ? Avec toutes les précautions que j'ai prises pour barrer la route aux Franchimands, voilà que tu oses proposer un deuxième Capétien ?

Le baile ne bronche pas sous la tempête.

— Un cadet sans couronne saura sûrement préserver l'indépendance du comté vis-à-vis du royaume de France, d'autant plus que le roi Louis a maintenant un héritier, explique-t-il.

Le comte est un instant décontenancé. Mgr Audibert prend alors la parole pour donner raison à Romée.

— Cette solution serait conforme à la stratégie du contrepoids adoptée jusqu'ici avec bonheur. N'oubliez pas que l'empereur Frédéric est déterminé à assurer sa domination dans la région, ses vicaires et ses partisans sont actifs et arrogants. Quel que soit votre sentiment à l'égard des Capétiens, comte, n'est-ce pas l'existence du comté en tant que tel qui importe ? Le roi Louis est dans le même camp que vous.

Les arguments du baile et de l'archevêque ne parviennent pas à convaincre le comte. La passion a toujours prévalu chez lui sur la raison et, s'il a accepté de jouer le jeu de l'équilibre des alliances, il ne l'a fait qu'en regard des enjeux politiques. Trop las pour continuer la discussion, il se retire.

*

Le printemps n'apportera aucune amélioration à l'état de santé de Raimon Bérenger, qui retourne à Aix avec la comtesse et la jeune Béatrice.

Il trouve néanmoins assez de force pour se rendre au concile de Lyon et rencontrer le pape. Le successeur de Grégoire IX, Innocent IV, dans un geste de paix, prend l'initiative de le réconcilier officiellement avec Raimon de Toulouse. Devant l'assemblée de prélats et les représentants des grands princes chrétiens, à l'exception de l'empereur, les deux vieux rivaux tombent dans les bras l'un de l'autre. Le Raimondin y va même d'une larme à l'œil.

— Quel jongleur ! s'exclame la comtesse en l'apprenant. Ne vous fiez donc pas à ces larmes de renard sénile.

Le comte n'ose lui révéler qu'il a accepté la proposition de mariage du comte de Toulouse afin de sceller la réconciliation. En fait, il a déjà franchi la frontière du monde régi par le souci des intérêts matériels pour accéder à celui où l'on n'aspire qu'à la paix intérieure. A l'issue du concile, il décide de prendre l'habit monacal de l'ordre de l'Hôpital.

Avant d'aller vers Dieu, il fait appeler Béatrice et lui révèle qu'elle est son héritière.

— Je te confie le comté, ma fille. Quand tu es née, je désirais tant un garçon que je t'ai presque refusée, puis négligée. J'ai ensuite compris que c'était contraire à la volonté du Seigneur. Alors, je t'ai aimée plus qu'aucune autre de tes sœurs. Mais si je te lègue ce que j'ai reconquis et bâti avec la force de l'esprit et des mains, c'est pour qu'aucun étranger ne s'en empare. Jure-moi de le garder pour tes fils et de le maintenir dans notre lignée, quel que soit ton époux.

Béatrice éclate en sanglots et se jette à genoux pour baiser les mains de son père, mais il la relève et elle lui fait le serment de respecter ses volontés. Il lui donne alors une petite cigale assez grossièrement taillée.

— J'en ai donné une à chacune de tes sœurs. Ce sont de véritables joyaux, mais celle-ci est bien plus précieuse. Je l'ai moi-même sculptée dans du bois d'olivier, un arbre de chez nous. Ne t'en sépare jamais.

9

La loi de l'épervier

Nommé depuis peu à la tête de la baillie d'Outre-Siagne, Romée est à Nice. L'administration de cette nouvelle grande circonscription le préoccupe moins que les deux problèmes à résoudre le plus rapidement possible compte tenu de l'état de santé du comte, celui du paiement des dots et celui du choix d'un époux pour la jeune Béatrice. Le premier exige d'effectuer des prélèvements fiscaux exceptionnels, une opération qui se heurtera certainement à de fortes résistances. Albeta de Tarascon en est chargé. Quant au mariage de son héritière, le comte est formel :

— Pas de Capétien ici sur mes terres, ni de Plantagenêt ! Je n'ai pas lutté toute ma vie pour donner mes terres à ces rapaces du Nord !

En fait, au concile de Lyon, il avait promis devant le pape de donner sa fille à Raimon de Toulouse. Pour Romée, cela reviendrait à livrer le comté à celui que le comte et lui-même n'ont cessé de combattre pour l'empêcher de s'en emparer.

— Le comte de Toulouse est âgé. Il y a des chances qu'il n'ait plus d'enfant et que ses terres reviennent à sa fille Jeanne et à son gendre, le Capétien Alphonse de Poitiers. Il y a donc grand risque qu'elles échoient en définitive à cette dynastie qui possèdera alors tout le Midi.

Le comte a été ébranlé par cette argumentation, mais il a refusé de revenir sur sa promesse et répété que Raimon de Toulouse était du même lignage que lui.

— Je crains que notre cher seigneur n'ait plus une vue claire des choses, confie Romée à Albeta. En ce cas, puisque l'enjeu est l'indépendance de la Provence, la meilleure chance est de choisir un cadet qui la défendra au nom de sa femme.

— C'est en tout cas la moins mauvaise solution, admet Albeta. A quel cadet penses-tu ?

— Tu le sais bien, à celui qui permettra de renforcer l'alliance avec le royaume de France, la seule puissance capable de défendre le comté contre les ambitions de l'empereur et celles de l'Aragonais ou de l'Anglais.

— Un Capétien ! C'est contraire à la volonté du comte.

— Je crois en toute conscience que c'est l'intérêt du comté.

Joignant l'acte à la parole, Romée se rend donc à Paris dans le plus grand secret. Afin de ne pas alerter l'entourage provençal de la reine Marguerite, il loge dans un couvent des Cordeliers situé dans le quartier universitaire de l'Outre-Petit-Pont, non loin de la montagne Sainte-Geneviève. Il y rencontre des clercs proches de la Curia, mais n'en tire guère d'informations. Un seul sujet les préoccupe, la maladie du roi.

Au mois de décembre 1244, la dysenterie contractée lors de l'expédition dans l'Ouest a frappé de nouveau le souverain, cette fois plus gravement.

— Qui peut se soucier en ce moment du mariage d'un de ses frères ? s'exclame un clerc. Il a perdu connaissance durant plusieurs jours et on l'a cru mort. Tout le monde prie pour qu'il recouvre la santé. On dit qu'il a rencontré le Seigneur, et le Seigneur lui aurait dit d'aller délivrer Jérusalem tombée aux mains des Turcs.

— Il a donc fait vœu de croisade.

Romée hésite à repartir quand un de ses agents lui apprend la mort du comte, survenue le 19 août de cette année 1245.

Il reprend aussitôt le chemin de la Provence.

Les funérailles se déroulent à Aix dans une accablante chaleur sous un ciel d'argent en fusion prêt à éclater en orage. Une foule innombrable est accourue pour y assister. Dans l'église Saint-Jean, où le comte a exprimé le souhait d'avoir sa tombe, les deux Béatrice et Gersende de Moncada sont figées dans la douleur. Derrière elles, les conseillers du défunt, ses vassaux, ses clercs, tous sentent bien qu'ils viennent de perdre en même temps que leur seigneur un frère et un protecteur. Peu importe qu'après l'avoir adoré comme un sauveur, certains aient fini par le craindre et même l'abhorrer. Amis et ennemis, ils sont tous là, les fidèles bailes comme Villeneuve et Tarascon, le haut clergé ami et les évêques réfractaires, les beaux-frères de Savoie et de Béarn et les féaux hostiles comme les Castellane et Barral des Baux. Le plus abattu est sans doute le trompette Mort-du-Sommeil, qui entonne à la sortie de l'église sa dernière sonnerie. Nombreux sont les troubadours et les jongleurs qui ont composé des *plantz* en l'honneur du défunt, « le meilleur seigneur que l'on pût choisir au monde, dont la bravoure et la bonté ont permis aux gens de Provence de vivre en paix, que son âme repose en paix ».

— Ils ont oublié qu'après l'avoir encensé, ils n'ont pas cessé de le critiquer et de faire du Raimondin une pauvre victime, ne peut s'empêcher de murmurer Romée à l'oreille d'Albeta.

Les regards se fixent sur la jeune Béatrice, l'héritière. Elle est certainement la plus bouleversée. La veille, quand elle a vu le corps inerte de son père, étendu sur le lit dans un vêtement d'apparat, avec ce visage creux, cette bouche semblable à une fente et ces narines pincées, la terre s'est soudain dérobée sous ses pieds et un tourbillon l'a emportée dans une spirale obscure. Lorsqu'elle a repris connaissance, elle a été saisie d'une peur irraisonnée comme si un souffle glacé la projetait en un monde lointain, traversé de fantômes. Reconnaissant sa mère, elle s'est accrochée à elle comme une naufragée à une planche de salut.

Aujourd'hui, sous la nef en ogives qui résonne du chant des moines louant Dieu d'avoir rappelé à Lui le comte, elle jette un regard sur la foule qui emplit l'église et n'y reconnaît guère d'amis. Tous ceux qui partagent sa vie quotidienne sont relégués aux derniers rangs, derrière une masse compacte de seigneurs. Alors, comme si elle sentait menacée, elle se serre contre sa mère et referme ses doigts sur la petite cigale en bois d'olivier, avec la sensation qu'elle est encore imprégnée de la chaleur de son père.

Cette menace que son intuition lui fait percevoir, sa mère l'appréhende de façon plus précise. Se penchant à son oreille, elle lui murmure :

— N'aie pas peur, Béatrice, je suis là.

Ces paroles de réconfort n'ont rien de gratuit. Les convoitises et les ambitions que la mort de Raimon Bérenger a réveillées sont encouragées par le fait qu'il laisse son fief, joyau du royaume d'Arles, à deux femmes. Si la force de caractère de la comtesse mère est connue, on sait que la fille, âgée de quatorze ans, est en âge de se marier.

La veuve de Raimon Bérenger n'ignore rien des combats que sa belle-mère, la comtesse Gersende, a dû livrer afin que son fils, mineur à la mort de son père, puisse reconquérir un héritage qu'on lui avait confisqué. C'est à une situation similaire qu'elle est confrontée, mais avec des adversaires bien plus puissants. Instruite par son père, le comte de Savoie, et par son expérience, elle sait qu'elle doit réagir très vite.

Avant même les funérailles, en accord avec les deux exécuteurs testamentaires, Romée de Villeneuve et Albeta de Tarascon, qui remplace Guillaume de Cotignac, décédé en 1244, elle avait chargé un autre fidèle, le baile Périssol, d'assurer la sécurité de sa fille en renforçant la défense du palais d'Aix avec l'assistance des chevaliers et des prud'hommes de la ville.

Quelques jours après les funérailles, elle réunit dès le 13 septembre le Conseil de régence. Il comprend, outre Villeneuve et Tarascon, trois prélats, l'archevêque d'Aix Raimon Audibert, l'évêque de Riez Rostaing de Sabran et celui de Fréjus Raimon Bérenger. Elle en obtient l'engagement de ne pas marier la jeune Béatrice sans son consentement et de faire respecter les clauses du testament, en particulier les droits de la jeune héritière et les siens propres. Afin de s'assurer le soutien de la ville d'Aix, où siège le pouvoir comtal, elle lui fait octroyer par le Conseil des privilèges spéciaux. Nice, qui fait partie de la bailie d'Outre-Siagne, administrée par Romée de Villeneuve, bénéficie également d'avantages pour prix de sa loyauté.

Ces précautions prises, la comtesse et le Conseil accélèrent le processus de la prise de succession, à commencer par la prestation du serment d'allégeance des seigneurs, des prélats et des communautés urbaines à la jeune comtesse. Personne ne manque à l'appel, pas même la plupart de ceux qui n'ont cessé de se rebeller contre le pouvoir comtal. Quelles que soient les plaintes ou les revendications que chacun pourrait formuler à son encontre, les liens de suzeraineté et de vassalité restent indéfectibles. Les dénoncer est un acte d'une extrême gravité que l'on se garde de prendre à la légère.

De toute façon, l'heure est à l'observation attentive des décisions du Conseil de régence. L'autorité de la comtesse mère, entourée d'hommes forts tels que Villeneuve et Tarascon, tuteurs de l'héritière, et de prélats prestigieux, suffit à calmer les impatiences de ceux qui auraient des velléités de profiter de la situation pour tenter un coup de force.

La situation intérieure ainsi maîtrisée, il faut appréhender les menaces de l'extérieur. Le pape et l'empereur étant engagés dans une lutte sans merci, la Provence, comme l'Italie, se partage entre gibelins impériaux et guelfes papistes. Au milieu de ce rapport de forces qui rend la navigation difficile, la comtesse dispose d'un atout, sa famille de Savoie. Du moins en est-elle convaincue, car ses frères savent habilement jouer des antagonismes. Tandis que le comte Amédée reste au côté de l'empereur dans sa campagne militaire, ses frères Boniface, archevêque de Canterbury, et Philippe, nouvel archevêque de Lyon, assurent avec leurs milices la protection du pape Innocent, réfugié en cette dernière ville pour échapper aux forces impériales. Le Saint-Père ne peut donc faire moins qu'assurer de sa bienveillance la sœur de ses protecteurs.

Par contre, l'empereur tient beaucoup trop au royaume d'Arles pour se contenter de condoléances. Y exercer une influence sporadique ou fragmentaire par ses vicaires ou ses agents faisant fonction de podestats ne lui suffit pas. Il envisage de marier son fils, le roi de Germanie Conrad, à l'héritière et fait intervenir Amédée de Savoie auprès de sa sœur. La comtesse Béatrice accueille favorablement la proposition. Elle ajouterait volontiers à la liste de ses gendres un troisième roi, de surcroît fils et héritier d'empereur. Elle doit néanmoins tenir compte du Conseil de régence, à la fois par loyauté et réalisme. Si elle se considère comme la garante du testament, elle n'a en effet aucune prise sur l'administration du comté.

Sans hésiter, le Conseil exprime son opposition à la candidature de Conrad. Ce serait livrer le comté à son père, excommunié et déchu depuis le mois de juillet de tous ses droits impériaux et royaux par le concile de Lyon, bref l'antéchrist ! Furieux d'apprendre ce rejet, Frédéric choisit l'intimidation. Sur son ordre, une flotte d'une vingtaine de galées commandée par le Génois Andreoli di Mare croise au large des côtes de Provence. C'est une maladresse. La démonstration de force provoque la colère du Conseil. La comtesse elle-même est trop orgueilleuse pour accepter qu'on lui force ainsi la main. Une protestation est aussitôt envoyée à l'empereur qui n'insiste pas. Il nourrit d'ailleurs pour son fils d'autres ambitions, orientées vers cette péninsule italienne qui lui tient beaucoup plus à cœur que ce comté.

Un autre prétendant se manifeste, l'inévitable comte de Toulouse. Fort de la promesse faite par son « frère » Raimon Bérenger, il avait déjà envoyé un émissaire à Aix avant même la mort de ce dernier. Un serment étant un serment, les régents Romée et Albeta jugent convenable de le recevoir en personne, à condition qu'il vienne sans force armée. De connivence avec la comtesse, ils cherchent en fait à gagner du temps, sachant que le Toulousain doit obtenir, comme pour Sancie, non seulement une dispense mais aussi l'annulation de son mariage avec Marguerite de la Marche.

La comtesse déteste le personnage. Elle compte donc faire échouer les démarches engagées par le Raimondin auprès du pape en faisant intervenir son frère Boniface. Malheureusement l'annulation de mariage est déjà signée. Il reste la dispense. Le pape rechigne à la rejeter, sous prétexte qu'il doit ménager le comte de Toulouse devenu un chasseur d'hérétiques. Boniface n'en croit rien. Comme il insiste, Sa Sainteté dévoile son véritable objectif : désireuse de s'assurer la protection du roi de France contre les attaques de l'empereur, elle aimerait marier la jeune héritière de Provence à Charles, le dernier frère de Louis.

Boniface vient à Aix en informer sa sœur.

— Un Capétien ? Mais ce serait contraire à la volonté du comte ! s'écrie-t-elle.

— Vraiment ? Alors pourquoi, avant même son décès, son fidèle Romée de Villeneuve est-il allé à Paris s'informer sur cette possibilité ? Il est d'ailleurs fort mal tombé, car le roi Louis était gravement malade.

La comtesse ne cache pas sa stupeur.

— Je l'ignorais... Je suis sûre que Romée l'a fait de sa propre initiative.

— Ce n'est pas un crime de se renseigner, ma sœur. Au demeurant, il faut avouer que son idée était bonne. Si l'important est de maintenir l'indépendance du comté, je crois moi aussi que Charles, le benjamin des frères du roi Louis, par conséquent sans guère de chance d'accéder à la couronne, saura la préserver. Il pourra en outre s'appuyer sur la puissance du royaume de France. Je crois qu'il en aura besoin pour empêcher le comté de retourner au morcellement et à l'anarchie.

La comtesse hoche la tête. Sans partager l'aversion de son défunt époux pour les Franchimands et la Curia, elle n'aime pas cette cour de France qui n'a guère manifesté d'empressement à l'accueillir et a mis tant de temps à accepter sa fille Marguerite.

— Je doute de l'indépendance du jeune frère, objecte-t-elle. Les Capétiens sont très solidaires et un tel mariage signifie l'intégration du comté au royaume de France !

— Il me semble que le testament impose à la jeune comtesse de ne léguer le précieux héritage qu'à son fils.

— C'est vrai, mais elle est encore bien jeune. Comment pourra-t-elle faire respecter cette clause, alors que son mari s'empressera d'assumer le pouvoir en son nom ?

— Je demanderai au pape de s'en porter garant.

La comtesse exprime son scepticisme et ne démord pas de son refus. Elle se tourne alors vers le Conseil de régence. Quelle déception ! L'archevêque d'Aix Audibert approuve d'emblée l'idée du mariage capétien béni par le Saint-Père.

— C'est la seule façon de bloquer de nouvelles entreprises de l'empereur Frédéric sur ce pays et d'éviter le chaos ! clame-t-il. Autre avantage, le roi Louis ne contestera pas le testament au nom d'un prétendu droit d'aînesse de la reine Marguerite.

— Le testament respecte la coutume qui écarte les aînées si elles sont dotées, rappelle la comtesse.

— Malheureusement, réplique Albeta, nous n'avons pu et ne pouvons payer celles des reines Marguerite et Eléonore. Elles pourraient en faire état pour refuser les clauses du testament.

Les deux autres prélats approuvent et Romée ajoute un autre argument :

— En nous liant au Capétien, on aurait au moins son appui pour neutraliser le Plantagenêt...

— C'est tomber de Charybde en Scylla.

— J'en conviens, ma dame. Mais quand il n'y a pas d'héritier mâle, on est bien obligé de naviguer au milieu des écueils.

Tous les regards se tournent vers la comtesse pour attendre sa réponse.

— Par respect pour la volonté du comte, je n'approuve pas votre choix.

La jeune Béatrice s'est difficilement remise de la mort de son père. Quand elle a deviné qu'on se souciait de la marier, ne serait-ce que par les allusions insistantes de sa mère ou celles, plus discrètes, des dames de la Cour et des camérières, elle s'est refusée à y penser. Pour elle, le seul homme qu'elle aurait pu aimer était son père.

Au fil des jours pourtant, elle a pris conscience de sa position d'héritière convoitée et elle en ressent une certaine fierté. Quand elle est seule, elle se joue une comédie devant une vitre, enroule une mèche de cheveux, se lisse les lèvres de l'index, prend des poses majestueuses, sourit afin d'admirer les petites perles qui brillent entre ses lèvres cerise Elle a souvent entendu vanter la beauté de ses sœurs, le corps et le visage harmonieux de Marguerite, l'élégance et la démarche altière d'Eléonore, le visage de madone et le regard d'ange de Sancie, mais elle, Béatrice, n'a-t-elle pas un peu de tout cela à la fois ? Alors pourquoi ne lui trouverait-on pas un roi comme à ses deux aînées, sinon quelque prince en passe d'être couronné ?

N'étant jamais sortie du comté, elle le croit d'ailleurs aussi vaste et important qu'un royaume. Elle aime ce pays ensoleillé où elle est née, ces gens chaleureux qui l'entourent et la comblent d'attentions, elle la petite benjamine, fille préférée de son père. Mais une épine est fichée en son cœur, une épine dont le poison lui trouble parfois l'esprit, la jalousie. Se sentant quelque peu gavote, comme on dit des filles de la montagne, elle envie ses sœurs aînées qu'elle imagine régnant en de grands palais, dans le faste et la munificence, avec une foule de courtisans et de serviteurs à leurs pieds.

Alors, quand elle a entendu avant la mort de son père qu'elle avait été promise au comte de Toulouse, un homme de près de cinquante ans, elle a été effrayée. Certes, Eléonore et Sancie avaient été mariées à des hommes plus âgés qu'elles, mais l'un était roi et, si l'autre n'était que comte, il était frère de roi. A la pensée d'être déflorée par ce vieux barbon de Toulousain et d'avoir à le subir toute une vie, elle en eut des angoisses et des cauchemars jusqu'à ce que sa mère la rassure. Pourquoi l'héritière du comté de Provence ne pourrait-elle viser au moins aussi haut ?

Elle pose un jour la question à sa mère.

— Je comprends ce que tu ressens, ma fille, mais sache que les sentiments d'une jeune princesse ne comptent pas dans la partie que se livrent entre eux les princes. C'est la loi de l'épervier. Il faudra que tu t'accommodes de celui qu'on te choisira. Néanmoins, je peux te dire qu'il ne sera pas d'un rang inférieur aux époux de tes sœurs, ni vieux comme le comte de Toulouse, puisqu'il a dix-neuf ans. Quant à son caractère, ce sera à toi de le charmer ou de le dompter.

La reine Marguerite a appris le décès de son père au château de Pontoise. Elle a été d'autant plus bouleversée qu'elle ne s'y attendait pas et qu'il survenait peu après un autre drame, la maladie de Louis. Soit par ignorance, soit par discrétion, personne ne lui avait parlé du mal dont le comte était atteint. De toute façon, jusqu'aux dernières semaines, peu de gens l'imaginaient fatal.

Dans son émotion, elle mêla à son chagrin le souvenir de cette aube glacée de décembre où la mort avait tenté de lui enlever Louis. Dans la lumière glauque qui répandait un voile gris sur les traits émaciés du roi, l'immobilité persistante du corps avait fait croire qu'il était passé de vie à trépas. Ceux qui le veillaient avaient même tiré le drap pour lui couvrir le visage, mais le chapelain les en avait empêchés.

— Que faites-vous là ? Le roi est encore parmi nous !

Comme s'il avait entendu, Louis avait ouvert les yeux, et en balbutiant, demandé une croix que le chapelain lui avait tendue. Aussitôt accourue, Marguerite s'était jetée sur lui pour lui baiser la bouche, lui communiquer son souffle, son énergie. Elle avait remercié Dieu d'avoir épargné son époux, mais aujourd'hui que la mort venait d'emporter son père, que demander au Seigneur sinon de lui donner la paix ?

Le roi, qui sortait à peine de convalescence, se montra très compatissant. Il fit dire des offices pour l'âme du défunt. La reine Blanche ne fut pas en reste. Pour la première fois, elle parla longuement à sa bru, la questionnant sur son enfance, sur ses parents, sur ce pays de Provence si convoité. Marguerite en fut surprise. Certes, elle mesurait l'enjeu que représentait la Provence pour les puissances de la région, mais elle ignorait encore les dispositions testamentaires du défunt.

Le roi les apprit pour sa part au cours d'une réunion de la Curia. Il ne s'en étonna nullement.

— C'est très honorable, dit-il. Comme tous les princes du Sud, le comte a craint notre mainmise. En écartant la reine Marguerite de la succession, il a voulu préserver son fief.

Les membres de la Curia réagirent plus vivement. Malgré la lutte sourde opposant les vieux conseillers de la reine mère et un cercle de jeunes fonctionnaires ambitieux, ils furent unanimes à exprimer leur indignation.

— Comment a-t-il osé invoquer la dot de ses deux filles aînées alors qu'elles n'ont jamais été entièrement versées ? s'écria l'évêque de Paris Guillaume d'Auvergne.

— Paix à son âme. Tout de même, quel étrange comportement pour un allié, dont la fille est notre reine ! dit l'archevêque de Sens Gautier Cornut.

Une voix aiguë couvrit les propos des conseillers. La reine Blanche venait d'entrer dans la salle de délibération.

— C'est une escroquerie ! Comment ce petit seigneur a-t-il osé déshériter sa fille aînée, une reine de France ? Nous ne pouvons l'accepter sans réagir !

L'assemblée émit une sorte de brouhaha d'où ressortaient des commentaires conventionnels sur ces seigneurs méridionaux qui se prenaient pour de grands souverains parce qu'ils étaient plus ou moins cajolés par le pape et l'empereur. Silencieux, Louis écoutait avec amusement ces doctes conseillers défendre tout à coup les intérêts de la reine Marguerite, qu'ils s'évertuaient avec l'appui de sa mère à tenir à l'écart de tout pouvoir.

Une discussion s'engagea sur la valeur du testament. N'était-il pas apocryphe, ou fabriqué par ces remuants bailes de Provence, comme ce Romée de Villeneuve, venu récemment rôder dans les environs du palais pour grappiller on ne sait quels renseignements à l'insu de la jeune reine et de son entourage provençal ?

Le roi coupa court à ces élucubrations.

— Pourquoi vous énerver ? Vous savez bien que nous ne disposons ni du personnel ni des forces nécessaires à l'administration et au contrôle d'un tel fief. N'est-ce pas pour cette raison que j'ai renoncé à exercer mon autorité sur le Hainaut ?

— Pourquoi ne pas contester le testament ? suggéra la reine Blanche. Nous aurions un bon prétexte avec la plus grande part de la dot de la reine restée impayée.

— Non ! trancha le roi. Si je tentais de faire annuler le testament à cause de ce manquement, je provoquerais sûrement l'intervention de l'empereur Frédéric et celle du pape. Je n'y tiens pas, ce serait mettre le feu aux poudres dans le Sud, alors que je m'efforce à la conciliation. Je dois protéger Sa Sainteté, mais j'ai aussi assuré l'empereur de mon amitié...

— C'est juste, intervint la reine Blanche. Il n'empêche que ce comté risque de passer en des mains ennemies. Nous devons absolument trouver une parade, il y va de l'intérêt du royaume ! La meilleure est de marier Charles à la jeune héritière. La Provence tomberait sous notre aile, et avec elle la Méditerranée s'ouvrirait plus largement au roi de France...

— La grande porte vers l'Orient, murmura le roi.

— Je suis convaincu que Sa Sainteté donnera sa bénédiction, clama Mgr Cornut, la voix vibrante d'émotion.

La perspective était trop belle pour reporter la décision qui s'imposait : engager les négociations avec le Conseil de régence de Provence.

— Allez-vous en informer immédiatement la jeune reine ? s'enquit Blanche.

— Je me réserve d'en déterminer le moment favorable.

Marguerite est assise devant une fenêtre de sa chambre quand le roi y entre sans prévenir. Tout de noir vêtue, elle a le regard perdu dans les nuages qui masquent le ciel. Depuis la mort de son père, elle garde le silence et partage son temps entre les prières et une sorte de prostration méditative, entrecoupée de sanglots. Louis invite les dames de compagnie à sortir et s'approche d'elle.

La reine lève les yeux et lui tend les mains. Il les saisit et s'agenouille devant elle, mais en voyant ses joues sillonnées de larmes, il renonce à lui dire ce qu'il avait l'intention de lui révéler.

— Il semble que vous ayez quelque souci, mon seigneur.

Il hoche la tête :

— Rien qui presse...

La reine n'insiste pas, mais le soir, après les prières, elle l'attire à l'écart.

— Vous devez me dire ce qui se passe... surtout s'il s'agit de ma famille.

— Eh bien, ma dame, il s'agit du comté de Provence. Par testament, le comte vous a écarté de la succession. Il a institué pour héritière votre sœur Béatrice, alléguant que vous avez déjà reçu votre part d'héritage avec la dot.

Marguerite tombe des nues. Elle ne trouve aucun mot pour exprimer sa tristesse. Elle se refuse à attribuer cette décision à son père.

— Peut-être était-il trop faible... et a-t-il été abusé par certains conseillers.

— Il a respecté une règle coutumière en vigueur dans son lignage.

— Je ne veux rien savoir de cette règle. Je ne comprends qu'une chose : moi, la fille aînée élevée dans le culte de la terre de Provence et destinée à en devenir la comtesse, je suis écartée. C'est une injustice, une marque de défiance à mon égard, et le pire, un rejet de mes propres enfants ! Mon père ne peut avoir écrit ce testament !

Le roi, qui ne l'avait jamais vue aussi furieuse, tenta de la calmer.

— Vous vous méprenez sur les intentions du comte. Il n'a eu pour but que de m'écarter, moi et mes descendants. Croyez-vous que j'ignore les sentiments des gens de l'ancien royaume d'Arles à l'égard de mon père le roi Louis et de moi-même depuis la croisade contre les hérétiques ? L'ordre successoral dans le cas où la première héritière n'aurait pas d'enfant montre bien sa hantise de voir son comté absorbé par un grand royaume.

— Il faut contester l'authenticité de testament ! Je suis sûre que ma sœur Eléonore se joindrait à moi.

Louis hoche la tête. Il ne tient nullement à s'associer avec le Plantagenêt dans une telle manœuvre.

— Non. Une telle attaque serait maladroite. On s'exposerait à une intervention de l'empereur.

— Comptez-vous tout de même réagir, mon seigneur ?

Le roi hésite à lui dire qu'il est question de marier son frère Charles à la jeune Béatrice. Si l'opération est une riposte du royaume au coup du testament, elle est aussi une manière d'accepter les termes de ce dernier en confortant la position de l'héritière désignée. En croisant le regard à la fois triste et anxieux de Marguerite, il n'ose l'accabler davantage.

— J'en déciderai après avoir rencontré Sa Sainteté Innocent à Cluny où je dois le recevoir bientôt.

Marguerite comprend bien que pour Louis le problème de la succession de Provence est secondaire, et que seul lui importe désormais la croisade. Il en avait fait le vœu après avoir frôlé la mort. La chute de Jérusalem tombée aux mains des Turcs Khwarismiens et le désastre chrétien de Gaza l'avaient profondément affecté et il estimait de son devoir de répondre à l'appel du patriarche de la ville sainte, Mgr Robert, et de l'évêque de Beyrouth, Mgr Galéran, venus alerter les princes d'Occident de la situation dramatique de la Syrie franque.

Marguerite se fait donc une raison en attendant de connaître les conclusions que le roi tirera de son entrevue avec le pape.

Cluny, novembre 1245.

Le choix de l'abbaye cistercienne de Cluny pour une rencontre avec le Saint-Père revêt aux yeux du roi Louis une grande importance. Fondée en septembre 910 sous le règne de Charles le Simple, berceau de la règle de Saint-Benoît, elle se dresse à la frontière de la Francie et de l'Empire romain germanique, au carrefour des grandes migrations de l'Occident. Elle ne peut donc mieux symboliser la volonté du Capétien de réunir les royaumes chrétiens d'Occident pour reconquérir Jérusalem et de rapprocher, sinon réconcilier, le pape et l'empereur.

Louis est venu accueillir son hôte accompagné de sa mère, de son frère Robert d'Artois et d'un imposant cortège dans lequel figurent notamment l'empereur latin d'Orient Baudouin de Courtenay, le duc de Bourgogne et l'infant Pierre d'Aragon. Le Saint-Père arrive avec une suite non moins imposante. Les décisions à prendre sont si importantes que le roi, sa mère et le pape s'enferment dans le secret d'une salle du cloître pour en débattre. L'accord se réalise sur la croisade envisagée par le roi, mais la tentative de réconciliation de l'empereur et du pape échoue. Quant au mariage de la jeune comtesse de Provence, la reine Blanche avance le nom de son fils Charles. L'empressement de Sa Sainteté à manifester son approbation laisse deviner qu'il y a déjà pensé. Il se déclare prêt à le faciliter en accordant la dispense nécessaire comme pour le mariage de Marguerite, puisqu'il y a parenté entre la lignée de Castille et celle de Barcelone. Il bloquera donc la demande de Raimon de Toulouse.

Les réponses que le roi rapporte de Cluny à Marguerite sont à l'image des derniers jours de l'automne parisien, sinistres, accablantes de désespérance.

Elle avait gardé l'espoir irraisonné de voir abandonner le projet de croisade, et voilà qu'elle ne peut plus y compter. Elle avait cru à une contestation royale de l'authenticité du testament, et voilà que Louis et le pape envisagent de marier Charles à la jeune Béatrice ! Un immense sentiment d'amertume l'envahit. A la crainte de perdre son mari dans une expédition lointaine et hasardeuse s'ajoute ce qu'elle ressent comme une humiliation, cette union qui confirme en quelque sorte le testament et la perte de ses propres droits sur un héritage légitime. Le pire est que cette spoliation est le fait de son mari et de sa mère.

Pourtant, elle ne pleure pas et se borne à annoncer sa volonté de se retirer quelque temps dans un couvent.

— Je veux me recueillir et prier pour l'âme de mon père.

Le roi, étonné qu'elle ne l'ait pas consulté au préalable, ne formule aucune objection.

La comtesse Béatrice s'est retirée à Forcalquier. Isolée dans son refus, elle n'a qu'unc alternative, se résigner au mariage capétien ou se joindre à ceux qui y sont hostiles. Mais ces derniers n'étaient-ils pas aussi les gibelins, les seigneurs rebelles, les consuls urbains de Marseille, d'Avignon et d'Arles, enfin tous ces trublions qui n'ont cessé de chercher à détruire l'œuvre d'unification de Raimon Bérenger ? Sa conscience lui interdit cette trahison. En dernier recours, elle cherche conseil auprès de son frère le comte Amédée, qui vient discrètement lui rendre visite.

— Il faut reconnaître que la situation est délicate. Jamais le comté n'a été soumis à de telles pressions. L'Aragonais, le Toulousain et le Plantagenêt seraient incapables de résister à une expédition française...

— Croyez-vous le Capétien déterminé à imposer son frère ?

— Cela ne fait aucun doute. C'est son intérêt et il ne lâchera jamais le morceau.

— Pourquoi l'empereur n'a-t-il pas insisté ?

Le comte Amédée esquisse un sourire ambigu.

— Dieu merci, tant mieux, sinon quels ravages ! Les intérêts de la Savoie m'obligent à rester à son côté, mais il faut reconnaître que les activités de ses vicaires et des podestats tendent à détruire l'unité de la Provence. L'empereur a trop à faire ailleurs. Il ne s'opposera certainement pas au Capétien, avec lequel il est dans les meilleurs termes, je peux vous l'assurer.

La comtesse ne demande même plus conseil. Elle sait qu'il ne lui reste qu'à accepter l'inéluctable. Elle va se garder de participer aux négociations matrimoniales qui s'engagent avec son frère Philippe, l'archevêque de Lyon, pour intermédiaire Et c'est raide et digne, sans exprimer une quelconque objection, qu'elle apprend par la bouche d'Albeta de Tarascon que la dot est fixée à dix mille marcs d'argent et qu'il a été convenu de respecter le testament du comte.

L'essentiel est maintenant pour le Conseil de régence de garder le contrôle du terrain. Il craint l'éventualité de réactions hostiles non seulement de la part des prétendants évincés, mais aussi des seigneurs provençaux hostiles aux Franchimands. Il décide donc de préparer la venue en Provence de Charles par une véritable campagne conduite par les grands bailes afin d'expliquer l'intérêt pour le pays d'une alliance avec le royaume de France. Le pape charge son légat d'engager les évêques à favoriser la venue du prétendant en menaçant les réfractaires d'excommunication.

Au mois de janvier 1246, Charles part pour la Provence. Il est accompagné de Philippe de Savoie et d'une escorte assez puissante pour décourager une intervention étrangère.

La précaution n'est pas inutile. Jacques d'Aragon a surgi devant Aix avec une force armée. Son intention, révélée par un espion de Romée, est d'enlever la jeune héritière afin de la marier à son fils Pierre, déjà pressenti pour Sancie.

— Décidément, on aime ce procédé dans la famille, mais cette fois, il n'y aura pas un nouveau Monzon ! clame Albeta.

Le château d'Aix avec ses hauts remparts et ses trois tours est trop bien gardé par les chevaliers et les hommes d'armes de Périssol pour que le cher cousin Jacques, ancien compagnon d'enfance de Raimon Bérenger dans la forteresse aragonaise, réussisse son coup. A l'annonce de l'arrivée prochaine de l'ost royal de France, il juge préférable de se replier chez lui.

C'est au tour de Raimon de Toulouse de se manifester. Il n'a pas apprécié d'être définitivement écarté alors qu'il avait finalement obtenu l'annulation de son mariage. Il est d'autant plus mortifié qu'ayant pris la route de Paris pour demander le soutien du roi Louis, il croise l'ost royal. Il rebrousse aussitôt chemin et menace d'attaquer Aix, mais finalement estime plus prudent d'y renoncer.

La nouvelle de l'apparition des Franchimands dans la vallée du Rhône affole la population provençale qui a gardé en mémoire la sanglante croisade contre les hérétiques et provoque des remous aussi bien dans les villes que dans les châteaux. Mais ce souvenir et celui des victoires plus récentes remportées par l'ost du roi Louis contre le roi d'Angleterre, les barons de l'Ouest et le comte de Toulouse ne les encouragent pas à la résistance. Soit qu'ils aient été convaincus par la bonne parole des grands bailes, soit qu'ils aient reçu des évêques ou du légat pontifical une aide financière assortie d'une menace d'excommunication, ils ont promis pour la plupart de ne pas s'opposer à la marche de Charles.

*

En Angleterre, la nouvelle de la mort du comte était tombée alors que le roi Henry guerroyait au pays de Galles. Il avait eu la délicatesse d'attendre son retour à Windsor où résidait la reine pour la lui apprendre de vive voix.

Eléonore s'y attendait depuis le message reçu par sa mère au moment d'embarquer à Douvres. Elle avait beaucoup prié et fait dire des messes pour la guérison du comte, en regrettant de l'avoir si peu vu depuis son mariage. Pour elle comme pour Marguerite, il était resté un héros, mais une ombre obscurcissait parfois l'affection qu'elle lui portait, celle de l'image obscène surprise un certain jour dans une pinède.

L'annonce de la mort balaya cette ombre. Elle ressentit un profond chagrin mais ne pleura qu'une fois, lors d'un des nombreux offices funèbres commandés par le roi. Lorsqu'elle prit connaissance du testament par une lettre de sa mère, elle se figea dans une colère froide et silencieuse qui déconcerta son époux.

Le souverain anglais avait bien perçu le danger que représentait la disparition du comte pour l'équilibre du Midi et par voie de conséquence pour la sécurité de son Aquitaine. Il s'inquiéta surtout de savoir qui épouserait l'héritière. Considérant un Capétien comme le candidat le plus dangereux, il écrivit au pape pour lui exprimer ses inquiétudes. Aussi, lorsque lui est parvenue la nouvelle que c'était Charles, devenu comte d'Anjou par la grâce de son frère, il s'est précipité chez la reine pour le lui annoncer comme une catastrophe.

— Savez-vous ce que cela signifie ? Le Capétien obtient ainsi, sans coup férir, l'accès à la Méditerranée et peut espérer ajouter tout le Midi à son royaume.

— C'était à prévoir, se borne à dire Eléonore.

— Sans doute, mais c'est un véritable abandon de la part du Conseil de régence et de la comtesse. Qu'adviendra-t-il des cinq châtellenies que je détiens en gage pour le prêt de quatre mille marcs au comte ?

— Ne venez-vous pas d'y envoyer Guy de Roussillon avec une force armée pour les garder ?

— Cela ne suffira pas à leur défense si le Capétien décide de les attaquer. La comtesse Béatrice votre mère m'avait pourtant promis d'en assurer la sécurité ! Comment se fait-il qu'elle ait cédé au roi Louis, comme Mgr Boniface de Savoie d'ailleurs ?

— Je sais par les lettres que j'ai reçues que tout a été organisé avec la bénédiction de Sa Sainteté Innocent.

— L'alliance du pape et de Louis de France commence sérieusement à m'indisposer. Nous n'allons pas nous laisser gruger de la sorte. Avec votre accord, ma dame, je vais écrire à Sa Sainteté pour dénoncer le testament et exiger réparation à votre profit.

— Vous avez mon agrément, mon seigneur.

— Mon frère Richard signera également la dénonciation au nom de votre sœur Sancie, qui est également spoliée.

Eléonore approuve, non sans s'inquiéter de la rancune que Henry semble éprouver pour sa mère et pour l'oncle Boniface, surtout après réception de la réponse du pape confirmant la validité du testament et de la dispense matrimoniale. L'atmosphère de xénophobie croissante qui règne à la Cour et dans les milieux seigneuriaux anglais la pousse à s'en ouvrir à son oncle Pierre.

— Que craignez vous donc ? Le roi éprouve un grand amour pour vous, et vous lui avez donné quatre enfants bien portants.

— On reproche tant de choses à notre famille.

— Au diable les ragots ! L'essentiel est de tenir les bons cordons. D'ailleurs, nous avons trouvé une compensation pour le roi. J'ai préparé avec Mgr Pierre d'Aigueblanche un arrangement avec le comte Amédée de Savoie.

— Un arrangement ?

Le mot fait tiquer Eléonore. Dans son esprit, il résonne avec le son inquiétant du compromis et l'observation du monde qui l'entoure lui a enseigné que, dans tout compromis, il y a des victimes. Aussi ne pressent-elle rien de bon derrière l'explication de l'oncle Pierre.

— Le comte Amédée prêtera serment de vassalité au roi Henry pour les châtellenies de Suse et d'Aviglania dans les Alpes, plus celles de Bard et de Saint-Maurice-en-Valais. Elles sont d'une grande importance stratégique, car elles commandent le col du Grand-Saint-Bernard et le passage du Mont-Cenis, et permettent au roi de contrôler ce carrefour de commerce. Le roi est si satisfait qu'il a décidé d'accorder au comte Amédée une allocation de mille marcs et une pension annuelle de deux cents marcs. Pour sceller l'accord, une petite-fille du comte épousera un riche héritier d'Angleterre. Vous voyez que tout va bien pour notre grande famille. J'ajoute que le roi Louis de France est au courant de tout cela et qu'il a donné chaleureusement son approbation, confirmée par le renouvellement de la trêve de 1243. Il est vrai que le roi Henry a menacé de soutenir militairement le comte de Toulouse...

— J'ai bien compris. Pour prix de son silence sur le testament, les deux rois se sont bien entendus sur notre dos. Par cet « arrangement », ils ont pratiquement donné leur aval au testament qui nous a spoliées, ma sœur Marguerite et moi-même, au nom d'une seule loi, celle de l'épervier.

Pierre affecte un air désolé.

— Ne pensez donc plus à la Provence, ma nièce. Vous êtes reine d'Angleterre, ne l'oubliez pas.

Au palais d'Aix, la jeune comtesse Béatrice s'est apprêtée depuis l'aube. Sa mère ne pouvait l'abandonner à son sort. Elle a donc quitté son refuge de Forcalquier pour la soutenir dans l'épreuve de la noce. Parmi ses recommandations, la principale est de ne jamais oublier l'œuvre du comte et de la défendre contre toute tentative de la détruire. Mais la comtesse sait bien que sa fille n'est pas une nouvelle Eléonore. Elle la juge d'abord trop jeune pour parvenir à s'imposer, trop sentimentale et fragile pour triompher des obstacles qui l'attendent.

Pour l'heure, la jeune Béatrice attend avec fébrilité l'arrivée de son fiancé.

Sans avoir été mêlée à l'agitation suscitée par la ronde des prétendants, elle en a suffisamment observé les remous et entendu les commentaires pour se rendre compte de l'enjeu représenté par son mariage. Son amour-propre a été particulièrement flatté quand elle a su qu'il y avait parmi les candidats un roi, fils d'empereur. D'abord quelque peu déçue d'apprendre que ce n'était plus lui le fiancé désigné, mais le frère du roi de France, les réactions que ce choix a provoquées autour d'elle l'ont convaincue de son importance et elle s'est consolée en imaginant le personnage comme un jeune chevalier auréolé du prestige d'un royaume de France dont la puissance était à la mesure de la crainte qu'il suscitait. Brûlant maintenant d'impatience, dès l'annonce de l'imminente entrée en ville du cortège, elle échappe à sa mère et au Conseil de régence réunis dans l'aula du palais et grimpe jusqu'en haut de la tour du nord pour le guetter.

A l'apparition de Charles, chevauchant un palefroi harnaché de rouge à la tête d'une troupe de cavaliers brandissant ses couleurs et les bannières bleues à fleurs de lys du royaume de France, elle est saisie d'une intense émotion qui lui donne la chair de poule. Sans même prêter attention à son oncle Philippe, elle n'a d'yeux que pour son futur époux. Vu de loin, il a fort belle allure et un air dominateur quand il parcourt du regard la ville et les gens qui se pressent sur son passage sans l'acclamer, la physionomie empreinte de méfiance et de crainte.

Béatrice redescend aussi vite qu'elle était montée et se fait sermonner par sa mère, qui lui murmure en lui ajustant sa coiffe :

— Que signifie cette fièvre ? Un peu de retenue, voyons, vous êtes comtesse !

Elle s'efforce de prendre une attitude conforme à sa dignité, mais elle est si intimidée quand Mgr Audibert la présente qu'elle en a les mains moites et les jambes flageolantes. Levant les yeux sur le prince, elle le découvre différent de ce qu'elle s'était imaginée et même de sa première impression. Moins grand qu'il n'en avait l'air sur son cheval, il a un corps ramassé et robuste. Un nez fort, un menton volontaire et une bouche aux lèvres minces composent un visage aux traits vigoureusement taillés plutôt que finement ciselés. Il a surtout des yeux d'un bleu foncé qui se fixent sur elle avec moins de curiosité que d'autorité. Ce regard et la froideur un peu rugueuse de l'abord la font frémir, encore qu'il s'efforce de les adoucir par un compliment prononcé d'une voix grave et sur un ton quelque peu convenu sur « la beauté de la jeune comtesse ».

Durant la semaine qui précède la cérémonie nuptiale, Charles se montre réservé, presque sur ses gardes. Ses amis, Amaury de Thury, Philippe de Nemours, Humbert de Beaujeu et quelques autres forment cercle autour de lui, comme s'il avait besoin d'être protégé. Quand il ne passe pas avec eux le plus clair de ses journées à chevaucher dans la campagne, il interroge l'archevêque Audibert sur le pays et l'administration du comté, évitant soigneusement Romée, Albeta et Périssol, dont il semble se défier. Il n'est donc guère étonnant que le petit monde du palais d'Aix et les seigneurs provençaux de l'entourage de Raimon Bérenger soient ulcérés par un comportement aussi opposé à la chaleur familière des gens du Sud.

Certes, la comtesse mère ne cache pas ses sentiments d'antipathie et les rapports avec son futur gendre restent dans les limites d'une politesse formaliste. Quant à la fiancée, il s'intéresse si peu à elle qu'à l'approche du mariage, elle est partagée entre une naturelle appréhension virginale des nuits de noces et un attrait dont elle ne peut se défendre pour la force qui se dégage de ce chevalier taciturne, si sûr de lui.

La cérémonie du mariage se déroule à Aix, en la cathédrale Saint-Sauveur avec la solennité d'usage, mais le souvenir du comte disparu hante les esprits, comme pour marquer l'inéluctable rupture entre le temps de son règne et celui qui s'annonce. La comtesse mère le ressent plus intensément que quiconque. En regardant sa fille, si menue au côté du robuste prince capétien, elle a l'impression de voir une proie dans les serres de son épervier. Et quand elle croise le regard de Romée ou d'Albeta, elle lit dans leurs yeux un désarroi qu'ils ont de la peine à cacher.

Au sortir de l'église, il y a pourtant foule, mais elle est muette et sur nombre de visages coulent des larmes, comme pour les funérailles d'une époque révolue. Elles ne sèchent qu'à l'écoute des rumeurs qui circulent sur les troubles qui agitent Marseille et Arles, où les gibelins sont en force et s'appuient sur les irréductibles rebelles au pouvoir comtal.

La jeune Béatrice, elle, ne pense qu'à ses prochaines heures en tête à tête avec l'homme qui est devenu son époux devant Dieu. Elle y a été préparée par sa mère, comme ses sœurs l'ont été avant elle. Dans l'ignorance de ce qu'elles ont ressenti avant l'union charnelle, elle se demande si elles ont été également partagées entre la peur et le désir. Elle pense du moins aux deux aînées, car elle se souvient des affres de Sancie, partie en Angleterre entièrement dominée par la pensée d'aller subir un sacrifice. Ne connaissant guère Marguerite et Eléonore, elle a tendance à les imaginer plus heureuses, voire amoureuses de leurs royaux époux. Quand elle a interrogé sa mère à ce sujet, elle n'en a obtenu que des réponses vagues. Alors, elle se dit que les trois nuits de prières rituelles sont les bienvenues, puisqu'elles lui permettront de connaître un peu mieux ce fiancé resté si étrangement distant.

Dès les premiers instants d'intimité dans la chambre nuptiale, Béatrice sent fondre toute appréhension, tant Charles ne montre aucune hâte à l'approcher. Peut-être par pudeur, il garde sur sa chemise un surcot, même après les prières dites en commun, et se garde de tout contact. Curieusement, il évite de croiser son regard et semble hésiter à rester dans la chambre. Après quelques pas en rond, il décide enfin de venir s'allonger sur le lit, en prenant soin de laisser entre elle et lui un large espace.

Béatrice, perplexe, ne sait que faire et, la fatigue aidant, finit par céder au sommeil. Lorsqu'elle se réveille, elle constate qu'il n'est plus là. On lui apprendra quelques instants plus tard qu'il est parti chevaucher avec ses amis. Au terme des nuits de chasteté imposée, alors qu'elle attend l'étreinte le cœur battant, il ne tente même pas de l'embrasser et s'endort en lui tournant le dos.

— Il est peut-être plus timide qu'il n'en a l'air... A moins qu'il n'ait le sang froid, dit la comtesse quand sa fille lui révèle ce comportement.

Que cette étrange réserve soit due à la timidité ou à une froideur des sens, elle n'est pas sans aiguiser le désir de Béatrice au fil des nuits de glace. Débarrassée de toute crainte, et souhaitant au contraire ardemment le moment où il la prendra dans ses bras, lui baisera la bouche, la caressera, et l'étreindra, elle décide de prendre l'initiative. Elle lui prend la main, qu'il retire aussitôt, et s'allonge tout contre lui. Il se retourne, mais c'est pour la repousser, avec douceur, mais fermeté.

— Ma dame, ne nous pressons pas trop. Nous avons tout le temps.

Vexée, Béatrice bondit hors du lit et va s'asseoir sur une chaise. Elle y reste longtemps à ruminer sa déception, se demandant si cette froideur ne cache pas quelque impuissance. Au milieu de la nuit, alors qu'elle est revenue sur la couche, elle est soudain réveillée par des mains qui lui relèvent la chemise et lui écartent les cuisses. Elle soupire et, sans ouvrir les yeux, ouvre ses bras à Charles, qui, sans caresse ni baiser, accomplit enfin son devoir. Elle pousse un cri de douleur, mais elle attendait ce moment depuis si longtemps qu'elle éprouve en même temps un plaisir inconnu, une sorte de flux chaud qui l'envahit tout entière. Elle serre plus fort encore le corps épais qui la couvre lorsque, soudain, il se dégage et se retire d'elle alors qu'elle baigne encore dans la voluptueuse marée, brusque retrait qui la laisse entre deux eaux, non loin du rivage enchanté qu'elle s'apprêtait à aborder.

Le lendemain, à sa mère qui l'interroge du regard en voyant son visage défait, elle répond précipitamment :

— C'est comme s'il ne s'était rien passé.

A Carenza, sa confidente, la comtesse ne peut s'empêcher de confier avant de repartir à Forcalquier :

— Je crains que ma petite Béatrice ne puisse user de l'arme dont nous disposons, nous femmes, pour exercer une emprise sur un homme.

Si Charles n'anime guère la couche nuptiale, sa présence déclenche au contraire des turbulences dans le comté.

Son hérédité politique est lourde. Il est le dernier-né et fils posthume du roi Louis, l'envahisseur venu vingt-cinq ans auparavant pourfendre les hérétiques. Sa personnalité et son comportement ne sont pas de nature à en alléger le poids. Il n'a pas l'aura de son frère aîné, le roi Louis, mais bénéficie de son appui entier. Adoubé quelques mois après le mariage, il reçoit en apanage le Maine et l'Anjou. Benjamin, qu'on dit choyé par sa mère la reine Blanche, il est tout à la fois hautain et pieux, mais d'une piété formaliste qui ne s'accompagne guère de bienveillance envers les autres. Il rudoie le petit monde des serviteurs du palais d'Aix, qui ne tardent pas à le détester.

Beaucoup plus graves sont ses initiatives politiques. Il a bien préparé sa venue en Provence avec l'aide de son frère, de sa mère et de la Curia. Outre la force armée qui l'accompagne, il a été suivi par une cohorte de fonctionnaires du Domaine royal placés sous la direction du sénéchal Amaury de Thiry et destinés à prendre en charge l'administration du comté selon les principes en vigueur dans le royaume.

Le transfert des fonctions commence avec l'élimination des hommes de confiance du défunt comte. Le premier sur la liste est évidemment Romée de Villeneuve. Sa popularité oblige à trouver un prétexte plausible. Ce sera une accusation fabriquée à partir d'une rumeur : il aurait dissimulé une réserve d'or provenant de profits obtenus par des ventes de fiefs. Charles convoque le Conseil de régence auquel il reproche la prétention à exercer un droit de regard sur le gouvernement dont il est investi par son mariage. La séance devient houleuse lorsqu'il menace Romée d'arrestation. La rupture est inévitable entre les exécuteurs testamentaires de feu Raimon Bérenger et le nouveau maître. Romée et Albeta démissionnent de leurs fonctions, suivis par la plupart des autres grands bailes qui se déclarent solidaires. Débarrassés d'eux, Charles peut placer tous ses hommes aux postes clés de l'administration.

Dans tout le comté, les voix des troubadours s'élèvent alors pour fustiger l'usurpateur et regretter le mariage de la jeune comtesse avec ce vautour venu des brumes du Nord. Bertrand de Lamanon clame que « ceux qui firent le mariage se sauveront d'ici la tête basse ». Guilhem de Montanhagol accuse le nouveau comte d'avoir perdu son honneur en faisant d'une noble et loyale seigneurie le fief du diable.

Après quelques semaines de flottement, les troubles commencent. Les gibelins n'ont pas digéré le retrait de la candidature de Conrad dans laquelle ils avaient mis beaucoup d'espoir. Ils raniment le mécontentement récurrent contre le clergé à Marseille et Arles, et accusent le pape d'avoir imposé le Capétien Avignon se joint aux consuls de ces deux cités pour constituer une ligue de défense avec, à sa tête, le seigneur Barral de Baux, podestat d'Avignon. L'ensemble des seigneurs, rendu prudent par la présence de l'ost royal, reste néanmoins sur ses gardes. Quant à la population, elle ne craint qu'une chose, une guerre entre les factions avec l'intervention massive des Franchimands.

Les perspectives s'annoncent bien sombres pour la chère Provence de Raimon Bérenger.

A Forcalquier, la comtesse Béatrice est surprise quand on lui annonce la visite de Romée de Villeneuve. Elle le croyait retiré en son domaine familial de Llobregat avec sa famille et le voilà qui apparaît revêtu de la cotte et du surcot de bure, portant la besace et le bourdon du pèlerin.

— Je viens du prieuré de Carluc où j'ai fait retraite. Je tenais à vous saluer, ma dame, avant de partir sur le chemin de Compostelle.

— N'avez-vous pas déjà fait ce pèlerinage ?

— Je tiens à le recommencer. Cette fois, j'emprunterai les chemins les plus difficiles, ce sera ma pénitence pour n'avoir pas respecté les dernières volontés du comte. Je m'y étais engagé. Je l'ai trahi et j'ai fait preuve d'aveuglement dans le choix de Charles d'Anjou.

— Je vous l'avais dit, messire le baile. On ne peut faire confiance aux Capétiens, mais ne vous fustigez pas. J'ai cédé moi aussi, et par lâcheté ai fait retraite. Pourtant ici, j'ai pu réfléchir. Mon frère Boniface avait sans doute raison de dire qu'il fallait choisir entre une mauvaise solution et le chaos. Le Capétien est odieux, mais sans lui, les gibelins et les partisans du pape s'entretueraient, et le comté retournerait au morcellement. Il ne reste plus pour moi qu'à tenter de défendre ce qui peut encore être défendu : les droits de ma fille et les miens, ainsi que ceux de ses enfants.

Romée s'agenouille alors et baise la main de la comtesse.

— Vos paroles me sont une consolation, ma dame, mais elles ne pourront dissiper le sentiment qui m'accompagnera le restant de mes jours, celui d'avoir trahi l'homme auquel je dois tout.

La comtesse le relève et, après les adieux, elle le regarde s'éloigner dans la brume. Elle ne le reverra plus.

Plus personne ne le reverra d'ailleurs, pas même sa famille.

PARTIE II

MAIN DE DIEU
et
GRIFFE DU DIABLE

10

Le quaternaire de Marca

En mettant pied à terre dans la cour du palais d'Aix, Gontran, chargé d'apporter un message de la reine Marguerite à la comtesse douairière, est surpris par la froideur de l'accueil. La dernière fois qu'il y est venu, au lendemain du mariage de l'héritière, il y régnait une grande nervosité, due à l'arrivée des Franchimands et à l'incertitude des lendemains. Elle a fait place à une sorte d'accablement résigné.

Seul, Bertran Pachon, le vieil écuyer du comte, l'accueille avec joie et lui donne une chaleureuse accolade.

— Enfin une bonne tête qui nous vient du Nord ! s'écrie-t-il devant les sergents d'armes du comte Charles qui affichent des mines farouches.

— Quel drôle de brouillard est tombé sur le pays ! C'est pire que ce que je croyais.

— Ah oui ! Tu peux le dire, un brouillard empoisonné !

En accompagnant le bâtard jusqu'à l'aile où réside maintenant la comtesse mère, Bertran se fait volubile.

— La comtesse n'apparaît presque plus depuis le mariage de sa fille. Elle veut montrer qu'elle ne l'a pas approuvé. Elle ne sort de ses appartements que pour assister aux offices à la chapelle.

— Sa fille va tout de même la voir, j'espère.

— Ça oui, tous les jours. La pôvre...

— Pourquoi, la pôvre ?

— Il n'est pas drôle, le Franchimand. Jamais vu plus sinistre et brutal. Et là-bas, comment se porte notre petite reine Marguerite ? Il paraît qu'elle est furieuse de n'avoir pas hérité.

Gontran se fait plus réservé.

— Ces affaires ne nous regardent pas, Bertran.

— C'est toi qui le dis. Avec le Capétien, tout a changé ici. Il n'a pas confiance en nous. Il a chassé tous nos grands bailes et les a remplacés par des fonctionnaires de son frère. Personne ne l'aime. Il a réussi à dresser contre lui les gibelins, les consuls des villes et les seigneurs. Marseille, Avignon, Arles ont formé une alliance avec Barral des Baux...

— Ceux-là étaient déjà contre notre comte !

— Et le pauvre *lou Roumieu*, sais-tu qu'il a disparu ? On dit qu'il serait parti en pèlerinage à Saint-Jacques de Compostelle pour se faire pardonner d'avoir livré le comté au Capétien. Va voir si celui-ci, au lieu de le récompenser, ne l'a pas fait tuer pour se débarrasser d'un gêneur. A moins que des seigneurs ne l'aient assassiné pour se venger de lui. Peut-être même s'est-il suicidé. En tout cas, le malheureux paie lourdement sa faute.

— Il n'est pas le seul à s'être trompé...

— Tu penses à qui ?

— Erreur ou faute, notre comte a été trahi, se borne à répondre Gontran en s'éloignant pour aller remettre le message.

La comtesse le reçoit dans sa chambre. Vêtue de noir, elle est assise devant une fenêtre. Elle est seule. Sa confidente Carenza est entrée au couvent après le décès de son mari et les autres dames de compagnie l'agacent. Elle les trouve toutes trop obséquieuses à l'égard de sa fille et du Capétien. En regardant Gontran, elle sourit et dit spontanément :

— Vous lui ressemblez décidément beaucoup.

Interloqué, le bâtard n'ose lui demander à qui. Il lui tend la lettre enroulée et cachetée. Tout en répondant machinalement aux questions sur la santé de la reine Marguerite et de ses enfants, il observe la comtesse. Elle n'a guère vieilli. Son visage est resté harmonieux, mais avec deux rides creusées des ailes du nez à la bouche, celles qu'on dit d'amertume. Son teint est éclatant et surtout ses yeux ont gardé leur éclat. Elle ne déroule le parchemin qu'après la sortie de l'écuyer, et non sans appréhension. Elle se demande si la brève retraite de Marguerite, dont elle a eu vent, lui a permis d'accepter ce qu'elle a qualifié dans une précédente lettre de détournement d'héritage. Mais à la lecture de la longue missive, ses yeux s'emplissent de larmes. Sa fille regrette toujours d'avoir été dépossédée du comté, mais n'incrimine pas son père, encore moins sa mère, à laquelle elle exprime ses sentiments d'indéfectible affection. Elle rejette la responsabilité de l'affaire sur un Conseil de régence trop dévoué au pape, en particulier sur Romée de Villeneuve, qu'elle soupçonne d'avoir été circonvenu par la reine Blanche. Une autre personne trouve grâce à ses yeux, le roi Louis, son époux, auquel elle reproche seulement de s'en être désintéressé à cause de son projet de croisade. Enfin, elle annonce qu'elle est enceinte à nouveau, mais que sa joie est assombrie par le prochain départ du roi qui l'afflige profondément.

Ces mots apportent à la comtesse un immense réconfort au moment où elle ne cesse de ressasser le souvenir des discussions sur le mariage de Béatrice et se repent d'avoir cédé trop vite aux arguments de son frère Boniface et de Romée. Le sentiment d'avoir trahi la volonté du comte s'aggrave de jour en jour devant le comportement de son gendre Charles, non seulement dans le gouvernement du comté, mais aussi dans ses rapports avec sa jeune épouse.

A travers le peu que lui en dit Béatrice, très pudique et discrète sur ce qu'elle éprouve et sur ses relations intimes avec son mari, elle est trop perspicace pour ne pas deviner que la tendresse n'est pas le fort de Charles. Pourtant, s'il est moins empressé auprès de sa jeune et jolie épouse qu'auprès de ses destriers, il semble exercer sur elle une étrange fascination. Poussée par la curiosité, la comtesse a questionné un jour sa fille.

— Est-il aussi froid et aussi rude avec toi qu'il en a l'air ?

— Il est poli... et surtout très pieux...

— Comme tous les fils de la reine Blanche.

— Il respecte toutes les règles, il est très occupé avec ses chasses, ses chevauchées... et il dort beaucoup, précise Béatrice avec une certaine gêne.

— Que veux-tu dire par là ? Remplit-il son devoir d'époux, au moins ?

— Rassurez-vous, mère, répond en rougissant Béatrice, le mariage est consommé si c'est ce que vous voulez savoir... Charles est un homme, il est vigoureux... Oh oui ! Mais il ne vient pas souvent me voir.

La comtesse n'en demande pas davantage. Quelques semaines plus tard, elle peut se réjouir d'apprendre que sa fille est enceinte. Elle est néanmoins chagrinée que Charles se conduise envers sa femme de manière toujours aussi fruste. Aussi est-elle étonnée de constater que Béatrice manifeste de l'attachement, sinon de l'amour pour cet homme qui ne se préoccupe que de pouvoir et de l'apparat qui s'y attache.

Charles s'affirme en effet comme un véritable autocrate. Il s'est constitué une cour, très masculine, autour d'un noyau composé de ses proches amis, seigneurs du Nord amoureux de parades viriles et ne portant d'intérêt aux femmes que pour satisfaire leurs besoins charnels. Les troubadours, auteurs de *sirventès* ou chantres de la *fin'amor*, ne sont d'ailleurs plus en faveur au palais d'Aix. Tristanou a été battu comme plâtre pour avoir osé brocarder le nouveau maître, avant de disparaître soudainement, faisant planer sur les sergents d'armes du comte le soupçon de meurtre. Seuls certains jongleurs peuvent être admis au palais à condition de glorifier le comte. Par contre, partout ailleurs, nombreux sont ceux qui donnent de la voix pour dénoncer son autoritarisme et son manque de générosité, comme Granet :

Vous êtes du plus haut lignage qui ait jamais existé
Et seriez accompli en tout si vous étiez généreux...
Gardez les Provençaux de la violence de vos bailes
Qui donnent à tort beaucoup d'ordres graves...

En tout cas, l'antipathie qu'éprouve la comtesse pour son gendre tourne bientôt à l'hostilité ouverte lorsqu'il feint d'ignorer son droit d'usufruit et omet de lui reverser les revenus de son douaire, qui se compose entre autres de Brignoles et de châtellenies dans le comté de Forcalquier et la baillie de Gap. Ses protestations restent lettre morte. Elle s'inquiète même pour sa sécurité quand Odonin le muet lui fait comprendre avec force gestes qu'il y a un peu trop de gardes armés autour de l'aile qu'elle habite. Se sentant à tort ou à raison menacée, elle décide de quitter Aix et se replie d'abord sur Forcalquier, puis sur Sisteron où elle bénéficie de la protection de Henri de Suse qui en est l'évêque. Elle demande à Gontran de l'y accompagner.

— J'écrirai là-bas. Au moins, tu ne seras pas intercepté.

Dans ses missives à Marguerite et au roi Louis, la comtesse leur demande d'intervenir auprès de Charles. Le moment est opportun. En pleine préparation de la croisade, le roi ne tient pas à laisser derrière lui se développer un conflit familial en Provence. Il en appelle donc au pape qui charge le cardinal d'Alban, son légat, et le dominicain Hughes de Saint-Cher de trouver un arrangement.

La négociation avec Henri de Suse, le conseiller de la comtesse douairière, a lieu au château de Pontoise. Contre la cession de ses droits sur Aix, cette dernière obtient l'usufruit d'un tiers sur les revenus des comtés de Provence et de Forcalquier. Cela ne l'empêche pas de soutenir les revendications de seigneurs alpins de Haute-Provence déterminés à entrer en lutte contre son gendre. Charles, qui s'apprête à partir avec son frère en Orient, confie le gouvernement du comté pendant son absence à Alain de Lusarches, un clerc originaire de Paris, qu'il fait élire évêque de Sisteron.

La croisade, premier souci du roi de France, est un cauchemar pour la reine Marguerite. Elle appréhende l'éloignement de Louis avec ce qu'il signifie, les risques de la campagne guerrière et la perspective d'une séparation pour une durée indéterminée. Elle a déjà connu les affres d'une épouse de guerrier quand il a combattu les Poitevins et les Anglais, mais une expédition en terre sarrasine lui semble autrement plus dangereuse.

Le seul mot de croisade l'a d'ailleurs toujours remplie de terreur. Les deux syllabes sont associées dans son esprit à des images de fureur, de violence, de souffrance et de sang. Comme elle avait vu nombre de croisés se glorifier de leurs exploits, du nombre d'Infidèles massacrés, et revenir avec des trophées et du butin, elle s'est souvent demandé si le goût de la violence et du lucre n'était pas la véritable motivation qui les avait poussés à abandonner familles, châteaux et domaines pour s'en aller guerroyer en un lointain pays.

Ce n'est certainement pas le cas de Louis, mais elle estime qu'avec une charge telle que le gouvernement du royaume, cet acte de piété est quelque peu irresponsable. Le comte Raimon Bérenger était pieux, respectueux des rites, généreux envers l'Eglise, et pourtant, il ne s'était jamais croisé parce que son absence aurait été lourde de conséquences pour le comté. Sa mère lui a affirmé qu'il jugeait ce genre d'expédition d'un autre temps. Selon Frère Elias, le comte approuvait la condamnation des croisades par les cathares et les disciples de Valdès, sans pour autant soutenir ces diables d'hérétiques. Des voix chrétiennes aussi pures que celle de François, le *poverello* d'Assise, ne se sont-elles pas élevées pour recommander de convertir les Infidèles plutôt que de leur trancher la gorge ?

Marguerite se demande donc comment un homme aussi épris de justice et de paix que Louis peut s'apprêter avec tant de ferveur à faire couler le sang et à tuer ou mourir pour le Christ. Ses innombrables actes pieux devraient lui suffire pour mériter le salut. Outre son très scrupuleux respect des rites et ses innombrables aumônes et dons, n'a-t-il pas acquis de coûteuses reliques ? Après la couronne d'épines, il a réussi à obtenir une partie de la vraie croix, l'éponge qui avait été donnée imbibée de vinaigre au Christ pour étancher sa soif, le fer de lance qui lui avait percé le flanc. Et pour donner à ces divins joyaux un abri digne d'eux, il a ordonné la construction à l'intérieur du palais de ce merveilleux reliquaire illuminé de vitraux qu'on appelle la Sainte-Chapelle. Pour purifier la Maison de Dieu, il a poursuivi la lutte contre les traîtres hérétiques. En l'an 1244, après un siège d'un an, la forteresse de Montségur, dernier bastion de l'hérésie cathare, est tombée, et quelque deux cents Parfaits et Parfaites ont été condamnés à périr sur le bûcher du sacrifice. Au mois de mars de la même année ont été également, et pour la deuxième fois, jetés dans les flammes purificatrices les exemplaires du Talmud, le livre saint des juifs, considérés comme coupables d'avoir livré le Christ aux bourreaux.

Un soir, Marguerite profite d'un moment d'intimité pour lui exprimer ses sentiments et tenter de le faire revenir sur son vœu. Elle lui dit qu'après tant de preuves de foi, Dieu pardonnerait certainement son renoncement. Louis réplique sur un ton exalté, presque violent :

— Comment osez-vous tenir un tel discours d'apothicaire ? Le Christ a souffert et a péri sous la torture pour nous sauver. Mon devoir comme celui de tout chrétien est de reprendre son tombeau des mains impies et profanatrices d'infidèles !

Marguerite tient tête.

— Faut-il pour cela faire encore couler du sang ? Les chevaliers revenus d'Orient ne parlent que de batailles sans merci, de Sarrasins barbares et cruels, de milliers de morts...

Louis lui coupe brutalement la parole.

— Comment pouvez-vous réduire à une histoire de massacre un acte aussi sacré ? Est-ce pour éviter de faire couler le sang que le comte votre père ne s'est pas croisé ?

Marguerite se vexe de la remarque.

— Mon père n'a cessé toute sa vie de se battre pour reconquérir son fief et ensuite le garder. Il l'aurait perdu s'il s'était absenté !

— Il y a une hiérarchie dans les devoirs, ma dame. Comme le chante le comte Thibaut de Champagne, « sont aveugles ceux qui ont peur de secourir Dieu et qui pour éviter le mal mettent en danger la gloire du monde... ».

Sur ces dernières paroles, il se lève et sort en chemise et pieds nus de la chambre. Un moment plus tard, il revient penaud et, comme cela lui arrive souvent, regrette sa violence verbale. Il demande pardon à Marguerite d'avoir offensé la mémoire de son père.

— Comprenez bien, ma dame bien-aimée, l'importance de mon engagement. Comme mes aïeux, je veux toucher, fouler le sol sur lequel Notre-Seigneur a marché, c'est si important pour moi, pour ma famille, pour mes sujets...

Marguerite succombe toujours devant ces accès de tendresse et de repentir, mais cette fois, elle garde l'esprit clair.

— Votre famille, mon seigneur ? Mais vous allez la laisser longtemps se morfondre d'inquiétude... Je mourrais de ne plus vous voir durant des mois. Et si vous disparaissiez, que deviendrions-nous tous ?

— Je pars pour vaincre, ma dame, et reviendrai aussi vite que possible. Mais moi aussi, je me languirai de vous, croyez-le bien.

— Alors, pourquoi ne pas m'emmener ?

— Qui vous dit que je n'ai pas cette intention ?

Marguerite est stupéfaite. Elle a lancé la proposition en s'attendant à un refus, mais la réplique de Louis a été si rapide qu'il semble avoir déjà pris sa décision.

— N'est-il pas rare que les croisés se fassent accompagner de leurs épouses ? demande-t-elle sans encore trop y croire.

— Je suis le roi, je suis seul à en décider.

Oubliant subitement angoisse, reproche ou amertume, elle se jette dans les bras de Louis. Sa joie est à peine tempérée quand il ajoute :

— Mes frères partiront avec moi. Je devrai les autoriser à emmener aussi leurs épouses. Celle de Robert d'Artois ne viendra pas, puisqu'elle est enceinte. Mais votre sœur, la petite comtesse Béatrice, sera sans doute du voyage. Puisse la raison et le souffle des Lieux saints dissiper les rancœurs.

La reine Blanche, pourtant si pieuse, avait également désapprouvé le vœu du roi. Elle en avait reçu l'annonce comme un coup de poignard et avait failli se trouver mal. Elle connaissait trop les tragédies que la *Reconquista*, cette autre croisade, provoquait en son pays de Castille. Elle craignait non seulement les risques auxquels Louis serait exposé en Orient, mais aussi les conséquences politiques de son absence.

— Vous connaissez ma piété, Louis. Eh bien, je trouve parfaitement insensé pour le souverain du royaume de France de partir guerroyer en terre lointaine. Son premier devoir est de gouverner chez lui, où il y a fort à faire !

La réplique fut aussi abrupte.

— Mon royaume se portera mieux si j'accomplis ce devoir sacré Et puis j'ai fait vœu devant Dieu.

La reine Blanche n'est pas femme à se contenter de paroles. Elle revient à la charge peu de temps après, alors que Louis sort d'une audience.

— Je me suis entretenue avec Mgr Guillaume d'Auvergne devant lequel vous avez prononcé votre vœu. Il est prêt à vous en délier.

Louis lance à sa mère un regard de reproche.

— Pourquoi cette démarche, mère ? J'ai pris ma décision. Seul Dieu pourrait me dispenser de porter la croix.

— Votre entêtement m'afflige. Je regrette d'ailleurs que vous n'écoutiez plus mes recommandations, ni celles de vos conseillers les plus expérimentés. Vous oubliez que vous êtes l'un des plus grands princes d'Occident.

— Je ne serai vraiment l'égal des plus grands qu'en accomplissant l'acte souverain le plus digne de respect, rendre les Lieux saints à la chrétienté.

— Les temps ont changé, mon fils. Autrefois, les royaumes chrétiens n'étaient pas menacés par tous ces barbares, Tartares et Coumans, et la croix parvenait à rassembler la chrétienté tout entière.

— Si la chrétienté d'Occident n'est pas capable de faire taire divergences et inimitiés, elle sera vaincue !

— Cette croisade sera ruineuse et risque de réveiller des ambitions féodales, que vous avez cru annihiler.

— Je crois qu'il n'est meilleur remède aux agitations qu'une expédition à l'étranger. Les barons pourront guerroyer à leur aise, avec en sus la bonne conscience de le faire contre l'Infidèle.

La reine Blanche s'incline, mais quand Louis lui annonce qu'il a invité ses frères à l'accompagner, elle est bouleversée.

— Pourquoi faut-il que vous les emmeniez ? Mon angoisse de vous savoir en Orient en sera encore plus vive !

— La famille capétienne se doit de donner l'exemple, mère. J'ai toujours associé mes frères à mes actes, sur votre recommandation d'ailleurs.

— Charles est en train de mettre de l'ordre chez lui, en Provence, où il est en butte à une hostilité générale. Son absence risque de tout remettre en question.

— Ne vous inquiétez donc pas. Vous savez bien qu'il a placé ses hommes aux fonctions importantes. Les Provençaux protestent, mais ils sont plus forts en paroles qu'en actes.

— Dieu vous entende !

La reine mère, elle, n'a pas encore tout entendu. Elle est figée de stupeur quand Louis lui annonce qu'il a pris aussi la décision d'emmener la reine Marguerite en Orient et que les épouses de ses frères seront aussi du voyage, sauf évidemment Mathilde de Brabant, qui attend un enfant.

— Je ne vous comprends pas, mon fils ! Vous allez combattre l'Infidèle ou danser la carole ? Avez-vous prévenu la jeune reine ?

— Elle est enchantée de partir.

Blanche se mord furtivement les lèvres.

— Ne peut-elle dormir seule, se priver de vous quelque temps ? Quelle bête est-elle ? Vous allez avoir de la distraction avec les disputes entre elle et sa sœur.

— Je n'en crois rien, mère. Les épreuves les rapprocheront.

Blanche hausse les épaules et pince ses lèvres d'une façon qui la vieillit et l'enlaidit.

— Je suppose que ces dames voudront partir avec leurs suites.

— Elles se contenteront chacune d'une camérière et de béguines. Elles apprendront ainsi à vivre modestement.

Blanche soupire.

— Dire qu'il fut un temps où il était indigne d'un chevalier de ne pouvoir se passer de femme alors qu'il allait combattre pour Notre-Seigneur Jésus... Le duc Guillaume d'Aquitaine, qui a osé emmener la sienne, a été vaincu et les Sarrasins ont fait cent mille captifs. Ce fut le châtiment de Dieu ! Je préfère ne pas parler d'Aliénor d'Aquitaine que le roi Louis le septième a emmenée à Jérusalem pour la surveiller...

— Comment Dieu me punirait-il de vouloir continuer à vivre en famille sur la terre d'Orient ?

Blanche hausse les épaules et se retire dans ses appartements en ruminant sa rage. Elle connaît assez son fils pour savoir que les feux de la nature brûlent en lui et qu'il a besoin de sa femme pour les apaiser. Mais elle se demande aussi si ce n'est pas Marguerite qui a sollicité de l'accompagner par crainte de rester seule face à face avec elle.

Elle se console en pensant qu'après tout, elle sera débarrassée de cette belle-fille qui l'agace avec ses jérémiades sur l'héritage paternel, et surtout qu'elle va probablement assumer à nouveau les responsabilités du pouvoir en l'absence du roi. En attendant, comme elle ne partage pas l'assurance de Louis concernant le comté de Provence, elle estime nécessaire de prendre des précautions en cas de révolte contre son fils Charles, et réunit les deux hommes de la Curia en lesquels elle a particulièrement confiance, Nicolas de Hautvillers et l'évêque de Paris, Mgr Guillaume d'Auvergne.

— Nous avons bien trouvé une parade aux dernières volontés de feu le comte de Provence en mariant l'héritière à mon fils Charles, n'est-ce pas ? leur dit-elle. Néanmoins, ce testament reste dangereux. Si la jeune Béatrice est stérile, ou si Charles disparaît en

Orient, le comté ira à un Plantagenêt ou à un Aragonais. Nous ne pouvons prendre ce risque.

— La dot restée impayée pourrait servir à contester le testament ? propose l'évêque.

— Le roi refuse d'engager toute procédure en ce sens, encore moins d'exercer une pression militaire. Il a raison, ce serait maladroit. Voyez-vous une autre solution ?

Les deux conseillers restent silencieux. Au bout d'un instant, c'est Hauvillers, gros homme au visage matois, qui répond.

— Les testaments sont souvent assortis d'un codicille qui en modifie les termes.

— Je le sais bien, mais ce testament date de 1238. Du temps a coulé depuis lors et s'il y avait un codicille, on le saurait.

Hautvillers sort alors un rouleau de parchemin qu'il a placé entre sa cotte et son surcot, et il le tend à la reine.

— J'en ai préparé un avec Pierre d'Ernencourt, ma dame.

— Comment cela se fait-il ? s'étonne Blanche.

— Nous y avons pensé au moment des négociations, au cas où il y aurait eu des oppositions en Provence.

La reine lit le texte et, après avoir pris connaissance des premières lignes, elle fait remarquer que Béatrice restait l'héritière, ainsi que son fils aîné.

— Il aurait été difficile de faire accepter un changement de cette nature, mais la suite...

La suite précise qu'au cas où la jeune comtesse Béatrice n'aurait pas de fils, le comté reviendrait aux enfants du roi et de la reine de France. C'est si simple que la reine en est déconcertée. Elle tend le parchemin à l'évêque qui s'empresse d'en prendre connaissance.

— C'est trop suspect, ça sent la fabrication, dit ce dernier.

— Vous avez raison, cela ne correspond nullement à la volonté du comte. Ne faudrait-il pas ajouter d'autres clauses pour lui donner un air d'authenticité ?

— C'est inutile, affirme Hautvillers. Tout dépend de la façon dont le codicille sera découvert, en cas de besoin évidement. Le mieux serait qu'il le soit à Aix même, où réside le comte Charles.

— Le risque est grand qu'on le découvre...

— Ne vous en inquiétez pas, ma dame. Nous y avons des hommes sûrs.

— Il ne faudrait pas que le roi l'apprenne, ni même Charles, dit Mgr Guillaume.

— N'ayez crainte, Monseigneur, nous garantissons le secret... jusqu'au jour où il faudra le révéler.

Hautvillers consulte la reine du regard, qui donne son aval et ajoute :

— Espérons qu'on n'ait pas à le faire.

Ce n'est pas de gaieté de cœur que la reine Blanche observe les préparatifs de la croisade, engagés depuis l'annonce officielle faite en 1247. Le départ est prévu pour l'année suivante. La seule satisfaction qu'elle éprouve est de savoir que la jeune reine est enceinte, et ne pourra donc suivre son mari.

Le roi est pour l'heure très occupé à organiser l'expédition. Elle est fortement soutenue par le pape Innocent IV qui a autorisé la levée du décime – un dixième des revenus du clergé – et désigné un légat pour diriger la prédication, le cardinal Eudes de Châteauroux. Rémission pour leurs péchés est accordée aux croisés, qui doivent partir purifiés. Ils bénéficient également de privilèges spéciaux, immunité, exemptions d'impôts, suspension des dettes privées. Une tenue modeste et une sobre nourriture sont recommandées. Les tournois, déjà prohibés, mais toujours pratiqués, sont interdits pour trois ans, les guerres pour quatre.

Prêtres et moines sillonnent les diverses régions du royaume pour exhorter au départ et demander dons et prières. En France, la réponse à l'appel est encourageante. De grands barons prennent la croix. Tous se préparent à leurs frais, recrutent des bannerets, c'est-à-dire des chevaliers capables de réunir des hommes d'armes sous leur bannière. Pour le transport, ils paient individuellement leur place sur un des navires en partance ou se groupent pour en affréter collectivement.

Pourtant, passé ce premier élan, un certain nombre de seigneurs se font relever de leurs vœux sous divers prétextes. Ils versent de l'argent en compensation, une pratique admise par l'Eglise pour les pénitences. La grande déception pour le roi, qui a volontiers imaginé l'Occident tout entier se joindre à lui, est le peu d'empressement, voire le silence de l'étranger. L'empereur Frédéric fait un geste en ordonnant à ses officiers de Sicile de fournir à un prix raisonnable armes, chevaux et vivres aux Français. Mais hormis des chevaliers anglais et quelques seigneurs allemands et norvégiens, les princes d'Europe ne répondent pas à son appel, malgré ses missives personnelles.

— Une honte ! fulmine-t-il, interprétant ces défections comme les signes d'un manque de courage, d'un déclin de la foi, d'un attachement coupable aux plaisirs et aux biens matériels, et pour les Français d'un manque de loyauté à son égard.

— Peut-être vos vassaux ne veulent-ils pas tout simplement se séparer de leurs familles, se permet de suggérer Marguerite.

— Et moi ! s'exclame le roi. Est-ce que je me dédis ? Pourtant, nul n'est plus attaché à sa famille que moi.

Cette affirmation n'attendrit guère Marguerite. Louis se soucie si peu d'elle, alors qu'elle ne va pas tarder à accoucher.

Il se consacre entièrement aux préparatifs de l'expédition, veillant à maintenir ordre et équilibre dans le royaume. Sa piété ne l'empêche pas de prendre le parti des seigneurs qui ont constitué une ligue pour lutter contre les prélèvements financiers et les abus en matière judiciaire du haut clergé. N'admettant ni les empiètements de l'Eglise sur le pouvoir laïc, ni le cumul des bénéfices, ni l'absentéisme des titulaires, il envoie des émissaires protester auprès du pape Innocent IV, auquel il reproche son népotisme et un train de vie luxueux, alors que lui-même confie à des dominicains et à des franciscains une enquête sur les abus de l'administration royale.

Les fonctionnaires royaux s'activent pour réunir les matériels, les fournitures et l'approvisionnement en blé, orge, viande et vin, qu'ils expédient à Chypre. Pour le transport maritime, ils signent des contrats avec les Génois et les Vénitiens. Un agrément est conclu avec les syndics de Marseille pour la fourniture d'une vingtaine de navires avec leurs équipages. Tout cela requiert d'importants moyens financiers. Dons et emprunts forcés sont imposés aux villes. Des accords sont passés avec les banquiers florentins, génois, siennois et avec l'ordre du Temple pour bénéficier en Orient de prêts garantis sur le Trésor royal et les fonds rassemblés au titre de l'aide à la croisade.

Au milieu de ces préparatifs, et alors que va s'achever l'an 1247, la jeune reine donne naissance à un garçon, qui sera prénommé Jean. C'est son quatrième enfant, mais sa joie est quelque peu ternie par la faible constitution du nouveau-né, et le peu d'intérêt que Louis lui manifeste. A peine jette-t-il un rapide coup d'œil sur le berceau en rendant visite à sa femme. Le plus décevant est la réponse abrupte qu'il lui fait quand elle évoque la possibilité de l'accompagner alors qu'elle relève de ses couches.

— Ne serait-il pas plus sage que vous vous occupiez de l'enfant ?

Marguerite n'insiste pas. Elle est d'ailleurs très préoccupée par l'état de santé du petit Jean, qui refuse le lait de la nourrice. Aucun des médecins affectés au palais n'est capable d'en expliquer la cause. Plusieurs changements de nourrice n'y font rien. L'enfant dépérit de jour en jour et sa mère le garde toujours auprès d'elle, serrée contre elle afin de lui communiquer sa chaleur et sa force, jusqu'à cette nuit d'hiver glacée où elle est réveillée par le froid du petit corps recroquevillé contre son flanc. Elle pousse un cri déchirant qui réveille tout le palais et lorsque tout le monde accourt, Iselda de Vauclaire et Fantine les premières, elle refuse de lâcher son enfant, qu'elle met elle-même dans un linceul.

Le matin de l'enterrement, la neige tombe en abondance. Le roi, raide, le visage impénétrable, a le regard perdu. A son côté, Marguerite, transie de froid, enveloppée dans un mantel fourré, prie pour l'âme de Jean et demande à Dieu s'il l'a punie et pourquoi.

Quelques jours plus tard, après avoir assisté à la solennelle consécration de la Sainte-Chapelle, le roi lui rend visite. Il s'agenouille à son chevet, la regarde longuement et lui prend les mains qu'il presse dans les siennes, mais il reste chaste et lui glisse à l'oreille :

— Mon aimée, la volonté de Dieu s'est manifestée de bien triste façon en nous enlevant notre fils Jean. C'est peut-être le prix à payer pour que nous puissions partir ensemble délivrer le tombeau du Christ.

Au château comtal de Sisteron, on est très loin de cette fièvre. C'est la solitude qui pèse sur la comtesse Béatrice. Bien que le pays lui rappelle quelque peu sa Savoie natale, elle s'est trop accoutumée à la chaleureuse atmosphère de la Basse-Provence pour ne pas éprouver un sentiment d'isolement, surtout dans le confinement de l'hiver.

Les entretiens avec son conseiller et protecteur, Mgr Henri de Suse et les visites, d'ailleurs rares, de ses frères, n'en allègent guère le poids. Elle ne résiste pas à la nostalgie des temps heureux et pense à ses filles perdues dans les brumes du Septentrion. Elle en reçoit des nouvelles fragmentaires par des missives aussi peu fréquentes que succinctes, et de vive voix par les envoyés de son frère, le comte Amédée, de passage à Sisteron. Cela ne lui suffit pas, surtout depuis qu'au cours d'une chasse à l'épervier au pied de la montagne de la Baume, elle a fait une rencontre qui l'a bouleversée et l'inquiétée tout à la fois.

Le rapace ayant planté ses serres sur un renard et l'écuyer Gui galopant pour saisir le gibier, la comtesse attend leur retour sur un terre-plein. Sa jument, soudain, hennit et se cabre. Une femme vient d'émerger d'un sentier broussailleux. Elle a un beau visage brun où brillent de larges yeux noirs, une chevelure de jais serrée dans un turban oriental aux rayures roses et vertes comme le long surcot entrouvert sur la naissance de seins plantureux. Elle regarde fixement la comtesse en souriant.

— Je te connais bien et tu as dû entendre parler de moi, comtesse...

— Marca la sorcière ! Ecarte-toi de mon chemin !

— Ne sois pas si arrogante. Sais-tu que ton défunt époux venait me consulter ?

— Quoi ? Le comte te consultait ?

— Il s'inquiétait de tout, d'avoir un héritier, de pouvoir guérir, il ne pouvait se résoudre à n'avoir que des filles...

— Et il a cru que tu avais le pouvoir de faire naître un garçon ? Si c'est tout ce que tu as à me dire, disparais !

— Tu as tort de le prendre ainsi. Tu seras intéressée de savoir ce que j'ai appris d'un voyage sur le fleuve du temps...

La comtesse éclate de rire.

— Je ne cherche qu'à t'aider. Je sais que tu te tourmentes maintenant pour ce mariage de ta fille Béatrice et que tu t'inquiètes pour Sancie. Eh bien, sache que l'une et l'autre seront reines.

— Qu'est-ce que tu racontes ? Retourne à tes sorcelleries, sinon je te fais arrêter !

— Je te croyais plus intelligente, comtesse. Il n'y a aucune sorcellerie dans mes dires. J'ai appris à lire la Table d'émeraude d'Hermès Trimégiste, le trois fois grand, et j'ai pu ainsi pénétrer dans le secret de la Chose unique d'où procède l'éternité...

— Tu te prétends donc alchimiste ? Ne me dis pas que tu sais changer la fiente des oiseaux en or.

— Ne ris pas de ce que tu ne comprends pas. Je suis entrée dans le tourbillon du fleuve d'éternité qui charrie des paillettes d'or. Au quatrième temps, j'ai vu la croix du quaternaire et la rose qui y fleurit. A l'extrémité des quatre branches étaient accrochés des pétales de cette fleur de lumière qui pousse sur le lit noir de la souffrance. Il y était inscrit en latin quatre verbes signifiant savoir, vouloir, oser, se taire...

— Où veux-tu en venir ? demande la comtesse, intriguée.

— Sur chaque verbe, j'ai vu apparaître le visage d'une de tes filles et sur chacune une couronne d'or...

— Sur chacune des quatre ?

— Je te le dis ! Tes deux gendres Anjou et Cornouailles sont dévorés d'ambition et ne rêvent que de couronnes. Ils finiront par les gagner, mais je crains que, pour tes filles, elles ne soient garnies d'épines, car tout est ainsi dans la vie, comtesse, le Bien ne va pas sans le Mal, ni le Mal sans le Bien.

A cet instant, l'épervier est de retour, mais au lieu de se poser, il tournoie en battant furieusement des ailes au-dessus de la tête de Marca qui le fixe de ses yeux noirs. Comme s'il venait de recevoir un ordre ou d'être piqué par une flèche, il interrompt brusquement sa ronde et rejoint sagement le poing ganté de sa maîtresse. Marca disparaît alors comme elle est venue.

— Une folle ! marmonne la comtesse, pourtant troublée par cette étrange femme qui prédit des couronnes à ses deux filles cadettes.

Une folle dont elle ne parvient pas à oublier les paroles, aussi riches de réconfort que de malédiction. Elle ne peut s'empêcher d'y réfléchir et s'interroge sur le sens des quatre verbes. Faut-il vraiment lier chacun d'eux à l'une de ses filles, et à laquelle peut-il être attribué ? Au-delà de sa prédiction, Marca vient de lui faire prendre conscience de ce que l'aveuglement et l'orgueil lui masquaient, la coexistence du bien et du mal en toute chose humaine et terrestre.

Cette évidence, nul mieux qu'Eléonore ne l'éprouve, qui commence à sentir le poids d'une couronne forgée de succès et de défaites.

Les déplacements et les réceptions dont le roi Henry est prodigue agrémentent une bonne partie de son temps. Elle ne cesse de voyager d'une résidence royale à l'autre, du château de Windsor où sont élevés ses enfants à ceux de Winchester, de Clarendon ou de Woodstock, des résidences de Havering, de Guildford ou de Marlborough aux pavillons des Midlands, où elle se rend pour chasser à l'épervier. Mais c'est évidemment au grand palais de Westminter et incidemment dans la Tour de Londres, où le roi lui a fait aménager une chambre rose et blanche, qu'elle assume avec le plus de faste sa fonction de reine.

Elle peut se targuer d'avoir donné au roi trois enfants, dont deux garçons, une satisfaction assombrie par l'état de santé défaillant du prince héritier Edouard. Le roi a multiplié les prières et les cierges devant l'autel de Thomas Becket en la cathédrale de Canterbury et en l'église de Saint-Augustin à la fois pour la guérison de son fils et la naissance d'un second. Le double vœu a été exaucé, puisque Edouard s'est rétabli et que la reine, à nouveau enceinte, a donné naissance en janvier 1245 à un garçon, qui reçut le prénom d'Edmond. Les manifestations de son bonheur, festivités et innombrables présents de prix, ont relégué dans l'ombre les ennuis et les soucis, qui n'ont cessé de s'accumuler sur le royaume depuis la défaite sur le continent.

La malheureuse campagne avait été suivie d'une expédition en Ecosse pour laquelle il avait fallu appeler et entretenir à grands frais un contingent flamand dirigé par Thomas de Savoie. Puis des troubles ont agité la frontière de Galles, et le roi ayant dû faire appel au Parlement pour obtenir des subsides, les seigneurs se plaignirent de l'accroissement des taxes royales et des dépenses inconsidérées pour ces vaines entreprises militaires. Quant au clergé, accablé par les ponctions du Saint-Siège, il fulmine contre les interventions du souverain dans les élections épiscopales. A toutes les initiatives royales est opposée la Grande Charte de 1215, accordée par Jean sans Terre aux barons. Un comité de douze membres est chargé de veiller au respect de ce texte sacro-saint et de superviser les dépenses et les allocations royales, mais le refus du roi de se soumettre à son contrôle laisse présager un durcissement du mouvement de réforme de l'Eglise et de l'Etat.

Les reproches adressés à Henry sont étendus à Eléonore. On lui prête en effet une influence excessive sur un souverain qui n'a besoin de personne pour se complaire dans les contradictions. C'est à elle que l'évêque de Lincoln Robert Grosseteste demande d'intervenir afin que le roi allège les charges pesant sur le clergé et le peuple d'Angleterre. Eléonore n'ose encore s'impliquer dans un jeu politique, dont elle ne peut mesurer ni la complexité, ni les arrière-plans de la lutte menée par le clergé et les barons contre le pouvoir royal. Ses oncles et mentors, Pierre et Boniface, ne manquent pas de l'y inciter.

L'oncle Boniface était arrivé en Angleterre au printemps de 1244. Il rappelait beaucoup son frère Guillaume par le physique, l'habileté diplomatique et l'esprit d'initiative. Réputé pour sa haute spiritualité, il avait été successivement prieur à Nantua, évêque de Belley, enfin archevêque de Canterbury et primat de l'Eglise d'Angleterre, une prestigieuse fonction. Avec son ami, l'évêque de Hereford Pierre d'Aigueblanche, négociateur du mariage de Sancie, il fut la cheville ouvrière du traité anglo-savoyard qui régla en 1246 le contentieux provoqué par le mariage de Charles d'Anjou avec Béatrice. Il représenta ainsi le roi Henry pour recevoir l'hommage convenu de son frère, le comte Amédée de Savoie. Il est en tout cas trop engagé dans les luttes d'influence autour du pouvoir pour négliger l'avantage d'avoir sa nièce sur le trône.

— La reine n'a pas seulement pour fonction de fabriquer des héritiers, elle a un devoir d'intercession entre le pouvoir royal et les sujets, ma nièce. Souvenez-vous donc de la liturgie du sacre. C'est une transposition ici-bas du rôle de Notre Sainte Vierge Marie qui reçoit des mains de Notre-Seigneur Jésus-Christ la capacité d'intercéder entre le pouvoir et les sujets. Vous êtes mieux placée que quiconque pour faire comprendre certaines choses au roi.

— Mon seigneur le roi Henry connaît fort bien la situation, avance-t-elle.

— Sans doute, mais il est trop partial. Il protège ces êtres malfaisants pour la Couronne que sont les Lusignan.

— Ils sont ses frères et il les aime bien.

— Vous devez insister pour qu'il les éloigne du pouvoir. Les barons anglais et le peuple de Londres les détestent.

— Ne nourrissent-ils pas les mêmes sentiments à notre égard ?

Boniface agite ses longues manches pour balayer l'objection :

— Peu importe ! Il faut faire comprendre au roi que nous sommes plus aptes par notre expérience à servir les intérêts du royaume que ces stupides va-t-en guerre !

Il n'est pas facile à Eléonore d'évoluer entre les pièges qui parsèment ce champ d'intrigues livré à la férocité des ambitions. Certes, elle dispose d'un appui de taille avec ses oncles et le clan de Savoie qui s'est forgé une place influente au milieu d'une arène où évoluent un grand nombre d'étrangers, Allemands, Romains, Poitevins, nobles et hommes d'Eglise venus des fiefs anglais du continent. On dénombre déjà à la fin de la décennie 1240 près de deux cents Savoyards pourvus de fonctions importantes. Moins de la moitié d'entre eux résident en Angleterre et les trois quarts sont des clercs, pour la plupart membres des maisons de Mgr Boniface ou de Mgr d'Aigueblanche. Un groupe occupe des fonctions dans l'entourage des souverains. La plupart ont été adoubés par le roi ou en ont reçu des terres ou des revenus, et plusieurs d'entre eux se sont mariés avec des héritières anglaises pour obéir à la stratégie matrimoniale de Pierre de Savoie. Au clan se rattachent quelques personnalités appelées à jouer des rôles occasionnels d'ambassadeurs à l'étranger, notamment auprès du Saint-Siège.

Le clan doit compter avec l'hostilité des Poitevins, ces autres continentaux, groupés autour des Lusignan. Ils tiennent une solide position dans l'entourage du roi et malgré l'échec sur le continent de la révolte de leur père Hughes dit le Brun, ils y conservent des fiefs d'une grande importance stratégique entre l'Aquitaine et le Poitou.

Au milieu de cette fosse à vipères, sur lequel règne sa sœur et où son mari Richard exécute avec grâce et autorité ses ronds de jambe,

Sancie fait figure de blanche colombe quelque peu égarée loin de son nid.

Femme de devoir, elle consacre beaucoup de temps à élever les quatre enfants du comte, Henry le fils aîné, et les trois bâtards, Richard, Walter et Isabelle. Elle en surveille l'instruction, une occupation qui n'allège guère une tristesse chronique et les frustrations d'une sensibilité à fleur de peau.

Dans la première année du mariage, le comte a fait venir son épouse à la Cour à l'occasion de cérémonies officielles, ou à la demande de la reine Eléonore, désireuse de faire sortir sa sœur de son isolement. Malgré une attitude réservée et modeste, Sancie a été remarquée à la fois pour l'élégance de ses gestes et le raffinement de ses tenues. La pertinence de ses rares propos lui a valu, par assimilation phonétique, le surnom de Scientia. Elle ne s'est pourtant jamais sentie à l'aise dans ce milieu qu'elle juge vain et frelaté, où Richard sait si bien briller, à la fois par goût et par intérêt politique.

Le comte est un ambitieux. Depuis sa rencontre en Apulie avec l'empereur Frédéric, il est de plus en plus tenté de jouer un rôle sur le continent. Le Souabe de Sicile lui a instillé l'envie d'un pouvoir et d'un titre qui étendrait son prestige au-delà des frontières marines de l'île. Il pourrait de la sorte échapper à ces conflits internes qui l'obligent trop souvent à des choix dangereux entre la fidélité à son frère et ses propres intérêts. Alors qu'il est irrésistiblement attiré par le miroitement de la puissance, Sancie l'est plutôt par la lumière mystérieuse qu'elle devine derrière la brume de Cornouailles.

Après avoir été profondément meurtrie et humiliée la nuit de ses noces, elle s'est abandonnée aux étreintes conjugales en espérant atteindre à cette volupté que tant de femmes ont l'air de connaître et qu'évoquent les mots fleuris des troubadours. Elle n'y a guère réussi et s'est résignée à se soumettre à ce qui ne représente pour elle qu'un devoir, non sans se demander comment cet homme qu'elle n'aime ni ne hait peut plaire à un si grand nombre de dames.

Le seul bonheur qu'il ait pu lui donner a été, un an après le mariage, la naissance d'un fils, bonheur si vite englouti par la mort de l'enfant. Elle a mis de longs mois avant de se remettre du drame et ne cesse de rechercher l'étoile qui la fuit dans les accords qu'elle tire de sa harpe.

Nul lieu n'est plus propice à cette quête que le manoir de Hailes. Dès qu'elle parvient à échapper à ses obligations, elle s'y rend avec l'agrément de Richard, la plupart du temps en y emmenant les enfants. Parfois accompagnée de sa belle-fille Isabelle, elle se lance dans de folles chevauchées en forêt, à travers des landes désertiques ou dans de sombres vallées, et quand elle est seule, de préférence entre chien et loup, dans la lueur incertaine du crépuscule qui permet l'envol de l'imaginaire.

Elle apprécie cet étrange pays de Cornwall situé sur la frontière du monde, terre chrétienne aux mille clochers où l'on écrit le latin et parle le cornique, où les bardes sont si bien considérés qu'il est plus grave d'en tuer un qu'un médecin et que les plus éminents d'entre eux sont exonérés d'impôts !

Virgilius en est un. Petit homme trapu, il a un visage sans nez, un bandit l'ayant coupé pour le punir d'avoir ignoré une vieille chanson. Dieu merci, il lui a laissé intacts ses doigts de fée.

— Chez nous, dit-il à Sancie, on joue de la harpe depuis l'aube des temps. Avec une épouse vertueuse et un coussin pour s'asseoir, elle est l'une des trois choses indispensables à un gentilhomme. Une antique loi en interdit d'ailleurs la saisie. La noblesse et le roi lui-même savaient en jouer.

— Je doute que ce soit le cas du roi Henry.

— Les choses ont bien changé en Angleterre... sauf ici.

Il initie Sancie à la harpe de Cornwall mais elle reste fidèle à l'instrument à vingt-deux cordes des troubadours, précieux cadeau de noces de son père. Elle en obtient des accords plus subtils et plus doux pour chanter les lais d'Armorique qui racontent les aventures guerrières et amoureuses de nobles seigneurs. C'est Eléonore, toujours férue de lecture, de poésie et d'histoires légendaires qui lui a fait connaître les lais de Marie de France, une poétesse de l'époque d'Aliénor d'Aquitaine.

Pour la jeune comtesse, la musique est un moyen de dépasser la réalité, et d'accéder à travers un voile de brouillard au monde de l'impalpable où elle peut atteindre à une infinie liberté. Voilà pourquoi elle se plaît en cette terre des druides dont elle découvre l'écriture secrète, codée, musicale.

Un soir, alors que la nuit va tomber, elle perd son chemin. Entendant une sorte de chant lugubre accompagné de tambours et du son aigrelet d'une flûte, elle en cherche la source et découvre une assemblée d'une trentaine de personnes. Martelant le sol et lâchant des grognements menaçants, elles dansent en cercle autour d'un garçon vêtu d'une peau de loup et grimé comme un diable, qui tente de leur échapper. Comme si personne ne la voyait, ronde et musique continuent en un tour si violent qu'elle prend peur et éperonne sa monture. Le cheval bondit et retrouve le chemin du château.

— C'est un *mystery go round,* lui dit Virgilius.

— Pourquoi ne m'en avoir jamais parlé ?

Le barde hésite avant d'expliquer :

— Les villageois dansent en rond, prient, se recueillent, et tentent d'envoûter le démon. Heureusement qu'on ne vous a pas fait de mal. C'est un exorcisme et les gens qui y participent n'aiment pas qu'on trouble le spectacle. Il vaut mieux ne pas vous en mêler, dame comtesse.

Sancie suit d'abord le conseil, mais une irrésistible curiosité la pousse à pénétrer dans la forêt qui entoure le château. Elle sillonne ces étroits sentiers qui ne conduisent nulle part, sinon vers des ténèbres hantées par des Esprits plus ou moins sataniques. Un après-midi, elle est attirée par un murmure indéfinissable et une odeur d'ail émanant d'une épaisse futaie. Sa monture étant rétive, elle donne des éperons. Après un bref galop, une voix de femme perce le brouillard sonore, prononçant des mots incompréhensibles. Puis soudain tombe le silence. Une autre musique le rompt, rude celle-là, si sauvage même que le cheval pousse un long hennissement et se cabre. Il se refuse à faire un seul pas. Sancie découvre alors que, devant elle, la végétation dresse un véritable mur vert. Elle est contrainte de rebrousser chemin dans la lumière blafarde du crépuscule.

À son retour, elle est accueillie par une maisonnée inquiète de son absence.

— Je me suis égarée, répond-elle, en lisant dans les regards une certaine incrédulité.

Ne se serait-elle pas égarée pour rencontrer quelque chevalier ? Ces filles du Sud n'ont-elles pas la réputation d'apprécier ce qu'ils appellent sur le continent la *fin'amor* ?

Helen, la fille d'un baron voisin, ne se gêne pas pour lui exprimer les sentiments des gens du château. Elle a dix-sept ans, des yeux verts coquins, une frimousse mutine, et une abondante chevelure rousse et frisée. Elle semble en savoir beaucoup plus sur les garçons qu'il n'est autorisé à une vierge de famille noble.

— N'est-ce pas un beau seigneur qui vous a retardée ? demande-t-elle avec effronterie.

— Comment osez-vous ? s'écrie Sancie.

— Je veux surtout vous mettre en garde, ma dame, contre les griffes des *tyffins* et des chats noirs aux reflets mauves. Le royaume de Kernow, la terre des Cornovii, appartient au diable. Il ne faut pas vous attarder seule dans ses forêts.

Au même moment, loin de là, à Sisteron, la comtesse Béatrice s'apprête à se rendre à Aix puis à Aigues-Mortes pour voir ses deux filles, Béatrice et Marguerite, avant qu'elles ne s'embarquent pour l'Orient. Elle doit ensuite aller en Angleterre afin de rencontrer Eléonore et Sancie.

L'occasion lui est ainsi offerte de chercher à déceler en chacune de ses quatre filles un caractère qui correspondrait aux termes du quaternaire de l'alchimiste. Elle pourrait alors croire à la prédiction de Marca.

11

La lune de Chypre

12 juin 1248.

Ce vendredi après la Pentecôte, le roi se lève dès matines pour prier et assister à la messe. Il s'est habillé de vêtements simples, selon les prescriptions du concile de Lyon de 1245 : sur la cotte de mailles un surcot bleu en camelot, sans aucun ornement et marqué d'une croix rouge sur l'épaule, signe du don à Dieu.

Il prend la tête du cortège qui se rend en l'église abbatiale de Saint-Denis. Le légat pontifical Eudes de Châteauroux l'y attend pour lui remettre la besace et le bourdon, symboles de la marche vers les Lieux saints et du combat contre le diable. Le roi saisit l'oriflamme portant son emblème, associant ainsi le royaume à la geste sacrée. Il se rend ensuite pieds nus, accompagné par une foule en procession, à l'abbaye royale de Saint-Antoine-des-Champs, où il se recommande aux prières des religieux, puis monte à cheval pour gagner le palais de Corbeil où il passe quelques jours en compagnie de la reine et de ses enfants. Au cours d'une brève cérémonie devant la Curia, il investit la reine Blanche de la régence.

Avant de prendre la route, Marguerite reste de longs moments auprès de ses deux enfants, Isabelle qui a maintenant six ans et Louis qui en a quatre. Après avoir désiré intensément accompagner le roi, elle a failli se raviser, mais quand elle lui en a parlé, il s'est écrié :

— Il n'en est pas question ! J'aurai besoin de vous.

Comme elle a esquissé un sourire, imaginant la nature de ce besoin, il a froncé le sourcil et précisé :

— Quand je serai en campagne, vous serez la seule personne à laquelle je pourrai me fier pour que les nouvelles du royaume ne me parviennent pas tronquées ou déformées.

A la fois heureuse et flattée, et la fermeté du roi empêchant de toute façon une reculade, elle s'est donc résignée à se priver de ses enfants. Même si elle était rassurée de les savoir sous la tutelle protectrice de leur grand-mère, elle chargea Fantine et son mari Arnaut de veiller sur eux.

En faisant ses adieux à la reine Blanche, elle lui avoue avec émotion qu'elle part sans souci, puisqu'elle lui confie ce qu'elle a de plus cher au monde avec son époux. Sans un mot, sa belle-mère lui saisit brusquement la main et la garde un instant entre les siennes. Les yeux humectés de larmes, elle lui demande de veiller sur le roi.

— Je compte sur vous pour qu'il se garde de toute imprudence. Il n'a aucune expérience des Sarrasins. Qu'il ne s'aventure pas dans des poursuites inconsidérées et se méfie de tout, l'Orient est un immense piège.

— Vous pouvez compter sur moi, ma dame, mais vous savez que le roi ne m'écoute guère.

— Je suis sûre que vous saurez vous faire entendre.

Louis, qui a surpris le conciliabule, exprime par un large sourire la satisfaction de voir sa mère et sa femme donner enfin, et pour la première fois, une impression d'entente.

La reine Blanche étreint longuement ses trois fils avant de les abreuver en castillan de multiples conseils, et de formuler avec solennité des vœux de victoire. Elle les regardera s'éloigner avec un serrement de cœur et lâchera dans un murmure que personne n'entendra :

— Pourvu qu'ils me reviennent tous vivants.

Le 12 juin, le roi fait son apparition. Sur son ordre, tous les croisés portent comme lui des habits simples et le harnachement des chevaux a été débarrassé de toute garniture dorée ou argentée. L'ensemble est imposant. Il est pourtant loin d'être complet puisque nombreux sont ceux qui s'y joindront en cours de route. On compte quelque mille cinq cents chevaliers, plus de la moitié de l'effectif attendu, accompagnés de leurs écuyers et de leurs valets, dix mille hommes d'armes à pied, cinq mille arbalétriers, sept mille chevaux. Après avoir jeté un regard sur cette masse au-dessus de laquelle flottent une multitude de bannières, celles du roi, bleues à fleurs de lys, et celles multicolores des seigneurs et chevaliers, il donne l'ordre de départ.

Dans le chariot qui l'emporte, Marguerite pleure dans les bras d'Iselda de Vauclaire. La confidente doit l'accompagner jusque dans le Midi, avant de gagner Aix où un seigneur de la région l'attend pour l'épouser. Seule, la camérière Maria, une cousine de Fantine, suivra la reine jusqu'en Orient, comme l'a ordonné le roi.

— J'ai un mauvais pressentiment, Iselda, murmure Marguerite.

— Il faut chasser une telle pensée, ma dame.

— Vous allez me manquer, mon amie.

— Vous ne serez pas seule. Votre sœur Béatrice et votre belle-sœur Jeanne de Toulouse vous rejoindront, n'est-ce pas...

Ces paroles ne suffisent pas à rassurer Marguerite. Le bruit sourd des tambours et les chants des croisés qui rythment la progression du cortège instillent en elle un irrépressible sentiment d'angoisse. Iselda le perçoit bien qui trouve le mot juste pour la réconforter :

— Gardez votre énergie, vous aurez fort à faire à soutenir le roi dans le combat qui l'attend.

Pour l'heure, le roi transforme la marche vers le Midi en pèlerinage. A Sens, il consacre la halte à la prière et se rend à pied au chapitre général des franciscains. Frère Jean de Parme, qui en est le ministre général, lui promet de faire célébrer quatre messes quotidiennes dans les couvents français de l'ordre. Le respect n'excluant pas le sens capétien du formalisme et le souci souverain de laisser une trace, le roi lui demande un engagement écrit, signé et marqué de son sceau.

Durant la traversée du royaume, le cortège reçoit de la population un accueil si chaleureux que la détermination du roi en est renforcée, si tant est qu'il en éprouve le besoin.

— Vous voyez, dit-il à la reine Marguerite qu'il a rejointe au cours d'une halte, mes sujets me confirment par la voix et le geste que j'ai choisi la voie juste en prenant la croix. N'est-ce pas aussi pour leur salut que je vais combattre ?

La ferveur populaire ne faiblit pas hors des limites du royaume. Elle atteint un paroxysme à Vézelay, lieu mythique où un siècle plus tôt, en l'an 1146, la foi de saint Bernard avait allumé la flamme de la deuxième croisade. En faisant vibrer la nef de la basilique de Sainte-Marie-Madeleine, le chant des nouveaux combattants du Christ fait naître chez nombre d'entre eux la vision du Seigneur crucifié. La croix ne fait pas oublier au roi le sceptre. A Lyon, il rend visite au pape qui y réside toujours. Il en obtient l'absolution pour ses péchés et la promesse de protéger le royaume contre les éventuelles entreprises du roi Henry d'Angleterre.

Marguerite ne partage guère l'émotion de son époux. A la sourde angoisse qui ne la quitte pas, s'ajoute l'anxiété de revoir sa Provence. Comment ne percevrait-elle pas un changement dans l'état d'esprit de la population qui se précipite sur le passage du cortège tout au long de la vallée du Rhône ? L'impression de puissance qui se dégage de cette armée aux oriflammes bleus à fleurs de lys et le son lugubre des tambours rythmant ses pas raniment les sombres souvenirs des envahisseurs du Nord en route pour châtier les hérétiques. Ils réveillent la peur récurrente, quasi viscérale, des chevauchées meurtrières et ravageuses de seigneurs en quête de proies et de butin. Par respect ou crainte, les bons manants s'agenouillent en priant Dieu de protéger les croisés, mais aussi de tenir éloignés de leurs villages les prédateurs en armure.

L'un de ces vautours locaux, le sire Roger de Clérieux, connu pour imposer un droit de péage à tout voyageur traversant ses terres, et pour les tuer en cas de refus, a d'ailleurs l'audace de vouloir l'exiger du roi. Comme celui-ci refuse avec hauteur, il s'empare d'otages. Le roi met le siège devant son château de La Roche-de-Glun et s'en empare, puis donne l'ordre de le détruire. Cet acte d'autorité illustre sa réputation de souverain épris de justice et le fait précéder dans le Midi d'une aura de nature à y atténuer l'impopularité des Capétiens fortement accrue depuis l'arrivée de Charles d'Anjou.

Le Midi ! Les appréhensions de Marguerite fondent au soleil. Pour elle, c'est un enchantement après quatorze ans d'absence. A partir d'Avignon, elle commence à humer les senteurs de la terre de Provence dont elle ne parvient pas à croire qu'elle n'y sera plus jamais chez elle. Le parfum des pinèdes et le chant des cigales, les effluves de thym et d'anis, le ciel sans tache de l'été et la brise de mer la libèrent de son amertume. Elle se laisse bercer, caresser, envahir par cette symphonie qui lui fait chevaucher les nuées d'une douce mémoire, le verger de sa mère, les promenades dans le bois de Saint-Maime, les chevauchées dans le val de la Laye, la chasse à l'épervier, les excursions sur la colline d'Antremons près d'Aix et les bains dans les sources d'eaux chaudes, et tant d'autres plaisirs encore.

Elle regrette un moment que le cortège, qui se dirige plus à l'ouest vers le port d'embarquement d'Aigues-Mortes, ne passe ni par Aix, encore moins par Brignoles et Forcalquier, mais elle s'en réjouit très vite, préférant éviter le spectacle d'un palais comtal occupé par une sœur qui y a pris sa place et par un intrus, fût-il doublement son beau-frère.

De toute façon, Gontran et Uc, surexcités de se retrouver au pays, ne cessent de courir la campagne et de ramener auprès de son char nombre de Provençaux, seigneurs, citadins et manants, tous désireux de lui rendre hommage. Ils sont à un moment si nombreux que l'attelage ne peut plus avancer. Stupéfaite d'un tel afflux, Marguerite est gagnée par une intense émotion lorsque ces voix chantantes la saluent familièrement, comme si elle était encore une enfant, et la comblent de vœux en évoquant la mémoire du comte Raimon Bérenger.

Certains n'hésitent pas à exprimer leurs griefs à l'encontre de Charles. Elle les écoute, mais ne sait que répondre quand on lui demande d'intervenir auprès du roi de France, qu'on dit si bon et si compatissant, afin qu'il fasse cesser les injustices commises par son frère. L'arrivée d'une escouade de sergents d'armes envoyés par le roi pour disperser le rassemblement et permettre au char et au cortège de reprendre leur marche, interrompt ce qui commençait à prendre des airs d'audience.

La reine en sort bouleversée. Bien qu'après la crise de la succession elle se soit calmée, elle ne s'est pas désintéressée du sort du comté. Lors du conflit d'intérêts qui avait opposé sa mère à Charles d'Anjou, elle avait suivi attentivement les tractations conduites par Henri de Suse au nom de la comtesse. Après avoir cru que celle-ci avait contribué à introniser Charles d'Anjou, elle avait été heureuse d'apprendre qu'elle s'y était au contraire opposée et n'avait cédé que par crainte de livrer le pays au chaos. Elle s'était en tout cas réjouie de voir l'affaire aboutir à un compromis, mais après avoir entendu le concert de doléances, elle est maintenant convaincue que la mémoire de son père a été odieusement trahie. Elle en est si obsédée qu'elle s'en ouvre à Iselda et aussi à Gontran.

— Ne vous tourmentez pas pour cela, c'est passé et vous ne pouvez plus rien y faire, conseille la confidente.

L'écuyer, en général très discret sur ces délicates questions de famille dont il est exclu de naissance, répond sans hésiter :

— Cela ne fait aucun doute, mais dame Iselda a raison. Il est des choses en ce monde sur lesquelles certaines personnes ne disposent d'aucun pouvoir.

— Certaines personnes ?

— Les serfs, les bâtards... et les femmes.

*

Au bout d'une route qui traverse les larges étendues aquatiques de la grande baie des Eaux-Mortes se dressent les remparts du port que le roi a fait construire quelques années plus tôt sur cette partie de la côte attenante à ses sénéchaussées de Beaucaire et de Carcassonne, et qu'il avait acquise. Il voulait y disposer d'un lieu de transit sûr dans la perspective du départ en Orient.

La muraille s'appuie sur des poternes et des tours dont la plus haute, celle de Constance, abrite la garnison. Avant d'y pénétrer par la porte de la Gardette, le roi s'arrête pour regarder l'ouvrage.

— La porte de l'Orient ! s'écrie-t-il avec emphase.

A ses proches, il ajoutera plus bas :

— Et aussi de toute la Méditerranée. Génois et Pisans y sont les bienvenus, mais pour le commerce, il faudra améliorer et agrandir le port. Il faudra également renforcer les défenses, nous n'avons pas que des amis tout autour.

Que le roi ait des ennemis dans le Midi, Marguerite le sait mieux que personne. Malgré le raisin, les figues, les pignons, la fougasse et le cédrat confit que lui offrent les moines de l'abbaye de Psalmodi, elle ne se fait aucune illusion sur les sentiments d'une grande partie des Provençaux à l'égard les Franchimands en général, et des Capétiens, ces suppôts du pape, en particulier. Sans doute le roi ne risque-t-il rien sous la protection de la croix et de son imposante armée, mais ce qu'elle a entendu en cours de route est assez édifiant sur l'hostilité que Charles a soulevée ou aggravée pour qu'elle lui en fasse part.

Après l'avoir écoutée, Louis hausse les épaules.

— Je connais les gens que Charles a chargés de gouverner. Ils sont fiables, solides et compétents. En cas de révolte, ils sauront faire face. Outre la troupe dont ils disposent, ils pourront compter sur ma mère, qui pourra envoyer le renfort nécessaire.

— Vous en parlez, mon seigneur, comme si c'était un pays ennemi à dompter.

— Il le sera s'il se rebelle contre l'autorité. Croyez bien, ma dame, que le comté de votre père est en de bonnes mains. Après tout, à travers moi, vous n'en êtes pas dépossédée.

Le visage de Marguerite exprime une vive désapprobation, mais le roi ne le remarque même pas, car il a déjà tourné les talons pour rejoindre ses barons. Quelques instants plus tard, il revient sur ses pas.

— Mon frère Charles et votre sœur Béatrice vont arriver incessamment. La comtesse Béatrice de Savoie, votre mère, également pour vous faire ses adieux. Je suis sûr qu'en cette circonstance votre cœur dont je sais la générosité et la dévotion à la sainte croix accueillera Charles et son épouse aussi fraternellement que moi.

— Vous me mésestimez, mon seigneur, il était inutile de me le rappeler, réplique Marguerite profondément vexée.

Le roi est surpris de la réaction.

— Pardonnez mon ton un peu abrupt, ma dame. Vous connaissez mon principal souci en ce moment, dit-il avant de s'éloigner.

Si Marguerite se réjouit surtout de revoir sa mère, qu'elle n'a pas rencontrée depuis cinq ans, elle n'a jamais eu l'intention de manifester son ressentiment envers sa sœur et son beau-frère. Alors qu'elle les reçoit, le comportement chaleureux de Béatrice la déconcerte. Tout attendrie, elle en aurait presque les larmes aux yeux si son regard ne croisait celui, glacial, de Charles. Après avoir murmuré quelques mots affectueux à l'oreille de sa jeune sœur, elle redresse le buste et c'est en souveraine sûre d'elle qu'elle répond au salut du comte. A l'évidence, le temps d'une franche réconciliation n'est pas encore venu.

L'arrivée de la comtesse Béatrice n'est pas de nature à réchauffer des relations que Charles ne s'efforce guère d'améliorer. A peine a-t-il salué sa belle-mère avec une froide courtoisie qu'il s'éclipse sous prétexte d'une réunion d'ordre militaire, laissant les trois femmes à leurs retrouvailles.

L'émotion, qu'une prochaine séparation et l'incertitude des semaines à venir rendent plus intense, étreint la comtesse et ses deux filles en cette chambre de donjon, où elles ne se sentent pas chez elles. Entre sourires et larmes, les reproches et les rancœurs n'ont plus cours. Les pensées s'envolent vers l'Angleterre, terre de gloire pour la cigale de cristal d'Eléonore, d'exil pour celle en or de Sancie.

Durant trois jours, on se raconte tout, ou presque. Peu importe à la comtesse que ses filles aient leurs secrets. Elle n'a nul besoin de leurs confidences pour deviner leurs sentiments. Le cordon ombilical virtuel et sensuel ne s'est jamais rompu malgré la distance et le temps. En bonne mère soucieuse de leur confort, elle est venue accompagnée de cinq béguines, ces sortes de pénitentes vouées à toutes sortes d'œuvres charitables.

— Puisque le roi ne veut pas une troupe de camérières, il acceptera sûrement des béguines pour vous servir. Elles viennent d'Aix et de Hyères. Vous pourrez au moins parler du pays.

Au matin du quatrième jour, la comtesse douairière leur fait ses adieux et leur annonce son départ pour l'Angleterre.

— Je vais voir vos sœurs pour resserrer le lien familial que votre père tenait tant à maintenir envers et contre tout. Sur ce point au moins, il ne sera pas trahi...

Elle ajoute à l'adresse de Béatrice :

— Ne t'inquiète pas pour ton fils, que tu laisses ici. Je veillerai à ce qu'il soit bien protégé.

La piété du roi Louis ne lui fait jamais oublier qu'il est un homme de pouvoir et un chef de guerre. Quand il réunit ses principaux vassaux pour fixer les objectifs stratégiques de l'expédition, c'est en guerrier qu'il parle, mais en guerrier trop pressé de combattre pour être un bon stratège.

Il est néanmoins conscient des difficultés que présenterait un débarquement en Syrie ou en Palestine. Il y a près de dix ans, en 1239, l'expédition du comte Thibaut de Champagne s'était ensablée sur le plateau de Judée sans pouvoir atteindre la résistance des Infidèles en son cœur, c'est-à-dire en Egypte. Le sultan al-Salih Aiyub qui y règne a infligé quatre ans auparavant aux chrétiens la terrible défaite de Gaza.

— C'est lui qu'il faut abattre ! affirme le roi. La maîtrise de l'Egypte et de ses entrepôts gorgés de richesses nous fournira un gage de taille pour négocier la rétrocession du royaume de Jérusalem.

Comme un baron fait observer qu'en 1219 le roi Jean de Brienne a échoué dans la conquête de l'Egypte, le roi réplique :

— Il aurait réussi sans la faute grave commise par le légat Pélage, qui s'est lancé inconsidérément contre Le Caire. Rien de pire que la précipitation et la désobéissance ! Cette fois, j'exigerai une discipline absolue. Et puis nous disposons de forces importantes, vingt-cinq mille hommes.

— Comptez-vous aller directement en Egypte, sire ? demande un vieux chevalier qui connaît bien l'Orient.

— Je crois qu'il serait bon de nous emparer immédiatement de Damiette.

— Les armées du sultan Aiyub sont aguerries, leurs effectifs importants, sire. Il nous faudra les affronter dans les meilleures conditions. Or, nous partons d'ici en ordre dispersé. Il serait préférable de faire escale à Chypre pour regrouper nos forces.

La perspective de retarder le débarquement en Egypte ne plaît guère au roi.

— A Damiette, on pourra installer une base solide, y attendre le reste de notre armée et recevoir le ravitaillement avant de marcher sur Le Caire.

— Ce ne sera pas si facile, sire. Il y a beaucoup d'éléments impondérables, une tempête qui retarderait les renforts, une résistance populaire, une crue du Nil, les fièvres, que sais-je encore.

La plupart des barons se rallient à cet avis, même Charles d'Anjou. Seuls, Robert d'Artois et quelques chevaliers sont partisans d'un débarquement et d'une offensive immédiate pour jouer de l'effet de surprise.

— Quel effet de surprise, messeigneurs ? s'écrie le vieux chevalier. Croyez-vous que les Sarrasins puissent ignorer notre croisade après tous les appels lancés et notre rassemblement ici ? Ils ont des espions partout, sans parler des Génois, Pisans et autres Vénitiens à la langue bien pendue qui font commerce avec eux !

Le roi réfléchit un bon moment avant de prendre sa décision :

— Nous ferons escale à Chypre juste le temps de regrouper nos forces, déclare-t-il enfin.

Il lance aussitôt l'ordre de charger vivres, tonneaux de vin et matériels sur les grosses nefs de transport, d'embarquer les huit mille chevaux sur des huissiers, vaisseaux dotés d'une porte s'ouvrant à la poupe, spécialement conçus pour leur transport. Certains barons s'étonnent de voir parmi les marchandises divers instruments aratoires tels que des charrues et des herses. Questionné, le roi répond qu'il a l'intention de fonder un établissement stable en terre égyptienne.

— C'est la meilleure façon d'assurer une présence permanente en Orient, assure-t-il sur un ton si déterminé que personne n'ose formuler d'objection.

Le 24 août, après avoir modifié l'organisation de la Chapelle royale pour le voyage, il donne instruction de se tenir prêts au départ pour le lendemain.

La flotte, forte de trente-huit navires, est composée de diverses sortes de bâtiments. Outre les nefs pouvant transporter plusieurs centaines de passagers, il y a des galées de combat actionnées à la rame et des embarcations plus petites, pour six, douze ou quinze chevaux, destinées à débarquer sur des rives non aménagées.

A l'aube du 25 août 1248, le roi monte avec la reine sur la nef *Montjoie*. Les huit seigneurs qui composent son proche entourage les accompagnent. Sans Iselda, qui est restée avec elle jusqu'à la dernière minute et vient de lui faire ses adieux, Marguerite se sent soudain très seule. Elle regrette que Béatrice ne soit pas sur le même navire qu'elle, car les frères du roi se sont embarqués sur deux autres nefs, la *Damoiselle* et la *Reine*.

— Nous nous retrouverons bientôt, j'en suis sûre, lui crie Iselda, le visage en pleurs.

Le *Montjoie* est un bâtiment de forme ronde et massive, long d'environ trente mètres, et gouverné par deux lourdes rames. Doté de trois ponts, il dispose de quatre voiles latines triangulaires dressées sur deux mâts inégaux, l'artimon et le mestre, le plus grand atteignant plus de vingt mètres. Sa contenance est de l'ordre de 450 à 500 tonneaux. L'équipage, les hommes d'armes et les chevaux occupent le premier entrepont. Sur le deuxième, à l'air libre, des logements ont été aménagés sur les gaillards d'avant et d'arrière. Au troisième se trouve ce que les mariniers appellent le « paradis », une pièce comprenant plusieurs cabines et au-dessus de laquelle est érigé le « château », la chambre du roi et de la reine.

Réunis sur le pont, les clercs et les prêtres entonnent le *Veni creator spiritus*. Puis retentit l'ordre qui se répercute d'une nef à l'autre :

— Mettez la voile !

Au moment où le *Montjoie* se détache du quai, Marguerite a le cœur serré. Elle se tourne vers le roi, debout auprès d'elle. Ils échangent un regard sans mot dire, comme s'ils cherchaient à se communiquer mutuellement l'ardeur nécessaire pour affronter la grande aventure. Elle remarque que les lèvres de Louis frémissent. Sans doute marmonne-t-il une prière, mais avec un étrange sourire de bonheur dans lequel elle croit percevoir un sentiment inavoué qu'elle partage, et qu'exalte le souffle du large, celui de la liberté.

N'est-ce pas la première fois qu'ils échappent tous deux à l'emprise de la reine Blanche ?

Tandis qu'il descend du « château » pour rejoindre son entourage, Marguerite reste longtemps sur le gaillard arrière d'où elle regarde s'éloigner le rivage de la Provence écrasé par le soleil d'août. Dans la brume de chaleur qui s'élève de l'intérieur des terres, se dessine la silhouette de la haute région. Devinant Forcalquier et Saint-Maime, elle presse entre ses doigts le joyau en forme de cigale donné par son père.

Sur la *Reine*, Béatrice aussi tient dans sa paume sa cigale. Elle croit en sentir la chaleur remonter jusqu'à son cœur pour le piquer de regret. Regret de quitter la terre natale pour un voyage incertain, regret de laisser son fils si petit encore à Aix, regret surtout de se sentir si seule. Marguerite au moins a la chance d'être aimée, alors qu'elle... Son regard se pose sur son mari Charles qui déambule sur le pont avec ses chers compagnons chevaliers, discutant avec véhémence sur la qualité de leurs épées. Mais elle rêve à Saint-Maime. Elle pense à Gaucher, son souffre-douleur, regrettant tout à la fois de l'avoir maltraité et de ne pouvoir le faire aujourd'hui. Elle pense aussi à cette sorcière aux vêtements rayés, la Marca à l'odeur d'épices qui évoque si fortement cette ivresse des sens dont elle est privée. Envahie par un violent parfum de nostalgie, elle ne pleure pourtant pas. En regardant la mer jusqu'à l'horizon voilé de brume, elle ne peut se défendre de ce sentiment d'irrépressible optimisme qui lui fait rêver d'on ne sait quel espoir de bonheur.

La traversée semble interminable à ces croisés qui n'ont pas l'habitude de la mer et de ses caprices. Peu de temps après le départ, l'inconstante Méditerranée s'est agitée et la nausée a fait des ravages. Le roi et la reine, dont c'est pourtant la première navigation, ont bien résisté. Il n'en va pas de même de Béatrice qui a vomi tout ce qu'elle a pu sous le regard sans indulgence de Charles et devant un Robert d'Artois moqueur qui se bouchait ostensiblement le nez.

Lorsqu'un matin le marin de vigie signale une côte, une clameur de joie s'élève sur tous les navires. Uc se met à improviser un hymne à la terre ferme, mais la perspective de la retrouver s'accompagne très vite d'angoisse quand le bruit se répand que c'est déjà la Barbarie, le pays des Sarrasins.

Seul, le roi, debout à la proue, le regard fixe, garde son calme.

— Vous croyez que Dieu nous aurait fait la grâce de rétrécir la mer pour nous pousser si vite vers l'Infidèle ? lance-t-il sur un ton ironique.

— La Sicilia, la Sicilia ! annoncent les matelots génois.

Le roi saisit l'occasion pour rappeler le motif du voyage en ordonnant une procession. Barons, chevaliers, écuyers, mariniers y participent tous, chantant et priant avec une grande ferveur derrière le légat Eudes de Châteauroux, les évêques, le souverain et la reine. Que Dieu ait entendu ces voix ou non, le voyage se poursuit sur une mer devenue plus clémente. Le 17 septembre, la flotte arrive enfin sur la côte méridionale de Chypre et accoste au port de Limassol.

Peuplée de Grecs, d'Arméniens et de Syriens, l'île aurait été habitée autrefois par le fils de Noé, Japhet. Célèbre pour sa fertilité et sa richesse, elle est au centre d'un cercle géographique constitué par les principaux ports d'Egypte, de Syrie, d'Arménie, de Turquie et de Grèce. Elle a été dans la dépendance de l'empire de Byzance, d'où les grandes familles et les ordres monastiques sont venus pour s'y constituer des domaines. Elle est ensuite passée successivement aux mains de Richard Cœur de Lion, de l'ordre du Temple, et de la famille de Lusignan, venue s'y installer après avoir perdu le royaume de Jérusalem. Ces seigneurs francs y instituèrent une royauté de type féodal. Après une guerre civile, le pouvoir échut au jeune roi Henri, que le pape Innocent protège et vient de délier de sa vassalité à l'égard de l'empereur. Pour les marchands de Gênes, de Pise et de Venise, Chypre est ainsi devenue une escale obligée sur la route d'Alexandrie, où ils ont établi des comptoirs. C'est donc sur une terre chrétienne en paix que débarquent le roi Louis et ses croisés.

Henri de Lusignan leur réserve un accueil si amical qu'ils ont l'impression de se retrouver en pays de France. Il s'empresse d'envoyer des dames de sa Cour tenir compagnie à la reine et à sa sœur. Ce sont des personnes enjouées et volubiles qui s'expriment dans une langue plus proche du provençal que de la langue d'oïl, avec des accents chantants et des « r » bien roulés.

— On se croirait presque chez nous, murmure Marguerite à l'oreille de Béatrice. Ces dames sont aussi bavardes que nos béguines... Et regarde ces collines couvertes de vignes, d'oliviers, de figuiers, de cyprès.

Elle n'ose avouer la pensée très intime, et impie, que sans l'ombre pesante de la croix Chypre pourrait être un paradis d'amour pour elle et Louis. Elle a surpris un marin génois raconter que les Chypriotes étaient particulièrement enclins à la volupté. Une légende ne dit-elle pas qu'en saupoudrant le lit d'un homme ou d'une femme d'une terre prélevée sur le site de l'antique temple de Vénus à Paphos, on l'incite à la luxure ?

— Combien de temps resterons-nous ici ? demande-t-elle à Louis.

— Le temps d'attendre mon frère Alphonse et sa femme Jeanne, et les groupes partis de Marseille, de Toulon, d'Agde et de Sète. Je ne tiens pas à traîner ici.

Cette impatience n'empêche pas le roi de céder au charme enveloppant de la nuit d'été, lorsque des senteurs chaleureuses montent des jardins. Ses visites à la reine se font plus fréquentes et il éprouve quelque peine à respecter les heures de prière. Même s'il reste sobre, il suffit de quelques gorgées du capiteux vin du vignoble d'Engadi, célébré dans le Cantique des Cantiques, pour ranimer la braise.

Marguerite peut lire dans son regard la flamme de cette ardeur intime qu'elle connaît bien, et qu'exaltent le doux mugissement de la mer, l'éclat de la lune, la moiteur de l'air, le parfum des roses. Quand il la prend dans ses bras, elle subit avec délice sa fougue, car jamais il ne s'est montré aussi ardent dans l'étreinte. Jamais aussi Marguerite n'y a répondu avec autant de passion. Pour la première fois, elle a le sentiment de comprendre et de vivre le sens caché des chants de troubadours, ce bouleversement sensuel, cette volupté poussée jusqu'à l'inconscience qu'ils savent couvrir de leurs jolis mots, comme le fait le malicieux Uc lorsqu'il vient jouer le soir sous leur fenêtre.

La lune de Chypre semble d'ailleurs influencer les tempéraments les plus froids. Un matin d'automne, la reine voit surgir dans sa chambre Béatrice avec une mine réjouie.

— Qu'y a-t-il de beau pour que ton visage porte un tel soleil, petite sœur ?

La comtesse lui souffle à l'oreille :

— Je crois que j'attends un enfant.

— La lune de Chypre !

Depuis quelque temps, la reine a remarqué que Béatrice s'était épanouie. Elle sait par une indiscrétion de Maria qu'elle prend soin d'elle en appliquant les préceptes de sa mère, prend des bains fréquents dans de l'eau parfumée à l'essence de rose, oint son corps d'un onguent oriental pour rendre la peau douce. Bref, la jeune comtesse s'efforce d'être séduisante pour tenter d'enlever Charles à ses amis.

Si elle ne réussit pas vraiment à le détourner des cavalcades et des jeux guerriers, elle parvient à l'attirer auprès d'elle comme jamais elle n'y était encore parvenue. Marguerite s'en réjouit car elle a souvent vu sa sœur en compagnie de jeunes dames de Chypre de réputation frivole, ce qui lui fait craindre qu'elle ne soit tentée de les imiter. A Limassol, il y a tant de jeunes chevaliers désœuvrés, à l'affût de la moindre occasion d'épancher leurs sentiments ! Un jour, elle l'a même surprise en train de converser avec l'un d'eux dans le jardin du palais.

— Gare à la tentation, petite sœur, lui a-t-elle dit.

Dieu merci, Béatrice y succombe, mais dans les bras légitimes.

Le roi de Chypre Henri déconseille vivement à Louis d'entreprendre en automne la traversée vers l'Egypte, en raison des redoutables tempêtes de la Méditerranée

— Sommes-nous partis pour jouir d'une villégiature de plaisance ou pour délivrer la Terre sainte ? s'écrie Louis en se tournant vers son entourage.

— Les Sarrasins sont au courant de l'expédition et se préparent à une chaude réception, sire. Et votre effectif n'est pas complet.

Le roi réserve sa décision. Il est assez embarrassé pour éprouver le besoin d'en parler à Marguerite, qu'il retrouve le soir dans sa chambre. Revêtue d'une longue chemise, elle est allongée sur le lit. Maria qui l'évente avec un linge humide s'éclipse aussitôt.

— Il fait encore plus chaud que chez nous, à Aix, dit la reine, sans dissimuler son plaisir de recevoir la visite de Louis.

— Tout le monde me conseille d'hiverner ici, déclare-t-il sans ambages. Cela ne me plaît guère.

— Pourquoi êtes-vous si pressé de repartir, mon doux seigneur ? J'ai toujours entendu dire par mon père et par tous ceux qui connaissent la Méditerranée qu'elle est très dangereuse, surtout en automne et en hiver. Calme et plate un matin, elle peut en quelques heures tourner à la furie.

Louis marche de long en large dans la chambre, puis vient s'allonger près d'elle.

— Nous repartirons au prochain printemps, annonce-t-il dans un murmure.

La prolongation du séjour chypriote impose certaines précautions. Les fournitures, les vivres et les matériels sont mis à terre afin d'éviter leur pourrissement dans l'humidité des cales. Les tonneaux de vin sont empilés les uns sur les autres sur la rive et dans les champs sont entassés le froment et l'orge. Le climat de l'île, si favorable aux amours en été, se dégrade avec les miasmes de l'humidité d'automne et d'hiver. Les fièvres font de nombreuses victimes parmi les croisés. L'évêque de Beauvais Robert, les comtes de Montfort, de Vendôme, de Dreux, plusieurs seigneurs et chevaliers succombent.

Le séjour dans l'île apporte néanmoins au roi d'autres bonheurs que l'amour. La prise de croix du roi de Chypre Henri de Lusignan et de la plupart des seigneurs du petit royaume est pour lui une récompense, une réponse à sa propre ferveur. Une surprise flatteuse survient à l'Avent de Noël : deux ambassadeurs d'Aljigidaï, le représentant en Asie occidentale de Güyük, le Grand Khan des Mongols, débarquent pour lui demander audience.

Il l'annonce à Marguerite et lui demande d'être présente à son côté pour les recevoir. Elle ne cache pas son étonnement d'être invitée à participer à une rencontre diplomatique officielle, un rôle dévolu dans le royaume à la reine Blanche.

— Il est indispensable de montrer que je ne suis pas un chef de guerre en expédition qui les reçoit, mais le souverain d'un grand royaume accompagné de la reine et de ses principaux barons.

Marguerite en conçoit une grande satisfaction, non sans se demander si Louis ne l'a pas emmenée en croisade non seulement pour l'avoir sur sa couche, mais aussi pour affirmer la permanence d'une souveraineté étendue à l'Orient, comme le prouve d'ailleurs son intention d'y fonder un établissement.

Quoi qu'il en soit, il ne prend pas à la légère la réception des ambassadeurs du Grand Khan. Il l'organise de façon à lui donner un caractère formaliste, en faisant aménager dans le château de Limassol une salle du trône pour la circonstance. Il convie à y assister le légat Eudes de Châteauroux, les évêques, les grands barons, et pour faire office d'interprète frère André de Longjumeau, un dominicain qui a voyagé chez les Tartares et parle le mongol.

L'arrivée au palais des émissaires, richement vêtus de longues pelisses de fourrure et coiffés d'un bonnet fourré surmonté d'une pointe, provoque une vive curiosité, sinon un émoi dans la ville. On s'étonne de leur type physique, banal en Orient. Avec leur teint basané, leur nez fort et leur barbe dense, ils ressemblent à des Turcs. La vingtaine d'hommes de leur escorte, qui restent hors du palais sous la surveillance des gens d'armes du roi, ne leur ressemblent pas. Leur faciès plat aux pommettes saillantes s'orne de moustaches tombantes et de barbes en pointe, et leurs lourdes paupières laissent filtrer des regards vifs et méfiants. Ils portent une armure de cuir et de maille et sont coiffés d'un chapeau d'où des mèches noires et huileuses s'échappent en désordre. Montés sur de petits chevaux, ils sont armés d'arcs et de larges sabres.

— Les ambassadeurs ne sont pas de race tartare. Ils viennent de Mossoul, précise frère André, lorsque les deux émissaires font leur entrée.

Ils marchent vers le trône en baissant respectueusement la tête et s'inclinent profondément devant Louis, qui les fixe des yeux. L'un d'eux apporte le salut et les vœux du Grand Khan au grand souverain d'Occident. Le roi les remercie avec courtoisie et prononce des paroles de bienvenue.

Tandis que la reine Marguerite, imbue de son rôle et pleine de majesté sur son trône, les observe avec curiosité, et que les barons et les prélats présents affichent des mines plutôt hostiles, frère André échange avec eux force paroles et sourires.

— Nous nous sommes rencontrés à la cour du Grand Khan, explique le dominicain, ils s'appellent David et Marc...

— Tiens donc !

— Ils sont nestoriens, sire. Le Grand Khan Güyük en compte un certain nombre dans son entourage. Son ancien précepteur Qadaq et le chancelier Chinqaï le sont, de même que les épouses de certains de ses petits-fils.

Le roi connaissait cette présence de chrétiens nestoriens dans l'entourage du Grand Khan et le choix d'avoir envoyé deux d'entre eux est destiné à le mettre dans de bonnes dispositions. Le regard qu'il échange avec la reine en dit long sur ce que son esprit peut alors forger de projets. Ainsi que l'a conseillé frère André, il invite les ambassadeurs à le suivre dans une salle attenante afin de poursuivre l'entretien sur un mode plus confidentiel.

— Le message que les honorables ambassadeurs apportent au roi de France est le suivant, traduit frère André : le Grand Khan se déclare prêt à aider le roi de France à délivrer Jérusalem des Sarrasins et à venger les hontes et les dommages perpétrés par les Turcs Khwarismiens contre la chrétienté d'Orient. Il propose de s'associer à lui pour conquérir la terre.

Le roi est quelque peu surpris de l'ampleur de la dernière proposition, mais n'est pas insensible à l'offre d'alliance contre les Infidèles. L'ambassadeur rappelle que, dans l'empire mongol, les religions chrétiennes sont toutes traitées sur pied d'égalité, et que son glorieux fondateur, Gengis Khan, a exempté d'impôts les prêtres chrétiens en échange de leurs prières. Il affirme même que le Grand Khan Güyük s'est converti à la religion du Christ le jour de l'Epiphanie.

Le roi répond qu'il va réfléchir à la proposition. En fait, il est enchanté de la visite. Il en retire le sentiment que le Tartare s'adresse à lui comme à un souverain représentant toute la chrétienté d'Occident. N'est-ce pas une forme de reconnaissance de nature à rendre jaloux l'empereur Frédéric qui prétend l'être ? Il confie à Marguerite l'espoir que cela suscite.

— Dire que je voyais ces cavaliers barbares venus de la lointaine steppe d'Asie comme une réincarnation des peuples de Gog et de Magog envoyés par Satan pour accabler l'humanité et annoncer la fin du monde ! Ne dit-on pas aussi qu'Alexandre le Grand a expédié ces exterminateurs à l'extrême pointe de l'Asie orientale et les a enfermés dans de hautes murailles dont ils ne sont sortis que pour punir les chrétiens de leurs péchés ? Et les voilà qui viennent maintenant à moi pour proposer une alliance !

Marguerite est ravie que Louis lui fasse ainsi part, et pour la première fois, d'une remarque d'ordre politique. Elle n'en reste pas moins clairvoyante.

— Méfiez-vous-en tout de même, mon seigneur. Je ne crois pas à la sincérité de ces gens. Ils ont des airs de renard. Croyez-vous vraiment que le Grand Khan se soit converti ?

— Il est vrai que c'est surprenant.

Interrogé, frère André avoue son scepticisme.

— Rien n'est moins sûr, sire. De toute façon, les nestoriens sont des schismatiques.

— Parlez-moi un peu de la religion des Tartares.

— Ils croient en une divinité qu'ils appellent Dieu, mais ne lui font aucune prière, n'en reçoivent aucune pénitence, ne lui vouent ni bonnes actions, ni jeûnes. La luxure n'est pas un péché, et ils peuvent avoir plusieurs femmes. A la mort d'un père ou d'un frère, un Tartare doit prendre la femme de l'un ou de l'autre pour épouse. Tuer un homme n'est pas pour eux un péché mortel, mais laisser le mors à un cheval en train de paître en est un ! En tout cas, ils sont très hospitaliers.

— Au fond, que veulent-ils, qu'attendent-ils de moi ?

— Une alliance qui leur permettrait de se débarrasser de l'obstacle musulman et de conquérir le reste de l'Asie. Güyük veut profiter d'une victoire chrétienne en Egypte. Il est prêt à lancer une offensive contre Bagdad au moment où vous attaquerez l'Egypte. Alors, ensuite, pourquoi pas un partage de territoires sur le dos des Sarrasins ?

La proposition est tentante, mais le souvenir de ce qui s'était passé deux ans plus tôt rend le roi méfiant. Au printemps de 1245, le pape Innocent, inquiet de la progression des Mongols dans les sultanats musulmans, avait envoyé le franciscain Plan de Carpin sonder le Grand khan sur ses intentions. La réponse, rapportée en juillet 1246, avait choqué la chrétienté : Güyük demandait qu'au préalable le pape et tous les souverains d'Occident lui prêtent hommage !

— Hormis les quelques nestoriens, ces Tartares sont des païens. Ils n'ont pas une religion aussi solidement ancrée que l'est l'islam. Pourquoi ne pas chercher à les convertir ?

Le dominicain hoche la tête :

— Si vous me permettez de donner mon avis, sire, l'alliance est envisageable sous certaines conditions, mais pour la conversion, je crains qu'elle ne soit difficile à envisager pour le moment. Il y faudra beaucoup de temps et d'efforts.

— Oui, le temps... le temps... Pourquoi pas, si nous avons l'aide de Dieu ?

En recevant à nouveau les émissaires tartares, le roi leur fait savoir qu'il enverra prochainement une ambassade porter sa réponse au Grand Khan.

Si improbable qu'elle paraisse, l'idée de la conversion des Mongols ne quitte plus le roi. Un Frédéric n'a-t-il pas réussi à obtenir la restitution de Jérusalem et du tombeau du Christ sans verser de sang ? Lui, Louis, roi de France, devra faire mieux, non seulement se consacrer à la reconquête des terres saintes perdues et au redressement de l'ancien royaume de Jérusalem, mais aller au-delà, amener au Christ les âmes égarées de cet Orient immense, dont les limites sont celles de la terre.

Pour commencer, il estime ne pas devoir refuser la main tendue du Mongol et décide de lui envoyer des présents qu'il charge d'intentions. Il commande à un atelier de Chypre une immense tente de drap fin écarlate en forme de chapelle et y fait broder les images de l'Annonciation, de la Nativité, du baptême, de la Passion, de l'Ascension, et de la venue du Saint-Esprit.

— Une représentation de l'Annonciation ? s'étonne la reine. Croyez-vous que ces Tartares en comprendront le sens ?

— Il ne s'agit pas de comprendre, mais de croire, ma dame. Les livres, les calices, et le nécessaire pour chanter la messe que j'envoie au Grand Khan l'y aideront.

— J'en doute fort, ces gens-là sont si éloignés de nous.

Le roi a un geste d'agacement.

— Je pense qu'il est plus facile de convertir un païen qu'un Sarrasin déjà animé de la foi en son prophète, répond-il d'un ton sec.

Marguerite le connaît trop pour tenter de discuter. Quand il plane ainsi tel un oiseau au milieu des nuées, il est impossible de le rappeler sur terre. Il envoie donc frère André de Longjumeau en Tartarie, avec pour mission d'apporter les cadeaux au Grand Khan, et pour instruction de chanter la messe devant lui et de lui faire connaître les paroles essentielles de l'Evangile.

Le 27 janvier 1249, le dominicain s'embarque, accompagné de son frère Guillaume qui parle l'arabe et de quatre autres moines.

— Dans combien de temps reviendront-ils ? s'enquiert Marguerite.

— Au moins un an, si Dieu le veut.

— S'ils réussissent, vous allez rendre jaloux Frédéric Hohenstaufen, mon frère, commente Charles d'Anjou.

— Loin de moi cette pensée ! Ce qui m'importe est la gloire de Dieu, pas la mienne !

Que sa propre gloire lui importe ou non, le roi se pose d'ores et déjà en chef des chrétiens. Il envoie six cents archers au prince d'Antioche Bohémond, dont le territoire est ravagé par des rezzous de Turcomans. Il reçoit l'impératrice de Constantinople Marie, fille de Jean de Brienne, le roi déchu de Jérusalem. Venue à Chypre pour le rencontrer et lui demander secours, elle avait perdu son navire qui avait rompu les amarres et s'était retrouvée sans rien que son manteau et un surcot. Le roi a envoyé le sire de Joinville la chercher pour l'amener à Limassol.

La reine Marguerite se charge de prendre soin d'elle, de lui offrir maintes gracieusetés. Elle et Béatrice l'écoutent avec ravissement raconter son existence dans les merveilleux palais de Byzance, dont elles ont entendu évoquer la splendeur par des voyageurs. Les propos de l'impératrice qui parle une langue d'oïl aux consonances latines, curieusement mâtinée de vénitien et de grec, sont assez compréhensibles pour évoquer les coffres pleins de joyaux, la profusion des objets d'or et d'argent, les costumes en tissus de soie et de brocart tissés en Inde et en Chine, les brillantes réceptions mêlant souverains de tous pays, dignitaires impériaux et ambassadeurs de toutes les principautés du monde. Si les paroles de l'impératrice suscitent chez la reine et la comtesse des rêves de grandeur, sa voix suave ne parvient pas à lui faire obtenir l'aide en hommes et en finances qu'elle est venue sollicitée. Le réalisme du roi Louis le retient de prodiguer un tel soutien à une cause qu'il juge perdue et au moment où il lui faut concentrer tous ses moyens pour l'expédition d'Egypte.

La célébration de la Nativité voile l'apaisante lumière de la lune de Chypre en rappelant cruellement à Marguerite et à Béatrice qu'elles sont séparées de leurs enfants depuis plus de six mois. Elles savent par les messages qu'ils sont en bonne santé, mais leur absence pèse de plus en plus à leurs mères. Elles commencent à s'impatienter d'un séjour qui prend la couleur moins plaisante de l'hiver, mais n'en appréhendent pas moins le départ pour l'Egypte lorsque, à l'approche du printemps, elles voient l'armée des croisés se préparer.

Le long séjour dans l'inaction a quelque peu amolli l'ardeur guerrière de ces hommes partis de chez eux avec l'enthousiasme de la foi. Ils ont transformé l'île en une petite France et une nouvelle Capoue, où les bordels et les estaminets ont poussé comme champignons, absorbant leur argent, leur énergie et leur santé. Le roi est contraint d'imposer des règles de discipline et la reprise d'un entraînement militaire.

La question des transports se heurte à une difficulté inattendue. Un violent conflit allant jusqu'à des combats de rues oppose à Acre les Génois aux Pisans. Il empêche les premiers d'envoyer les vaisseaux de transport prévus, jusqu'à ce qu'une trêve soit conclue grâce à la médiation de Jean d'Ibelin, seigneur d'Arsûf. Ensuite, ce sont les Vénitiens qui tentent de décourager le roi de débarquer en Egypte. Ils craignent une guerre qui ruinerait leur négoce, provoquerait la fermeture de leur comptoir d'Alexandrie, et mettrait en question les traités de commerce qui les lient au sultan.

Plus graves sont les réticences des Francs de Syrie et de Chypre, ceux qu'on appelle les Poulains. Ces descendants des anciens croisés implantés en Palestine et les chevaliers du Temple ont fini par assimiler les pratiques orientales et réprouvent l'usage systématique de la force. Ils interviennent auprès du roi pour le persuader de tenter au préalable une manœuvre diplomatique. Guillaume de Sonnac et Renaut de Vichiers, respectivement grand maître et maréchal du Temple, l'informent qu'un émir d'Egypte est prêt à négocier secrètement avec lui.

Consultés, les barons conseillent le refus. Ils n'ont que mépris pour ces « Poulains devenus des Orientaux toujours prêts à l'intrigue ».

— Une tractation secrète ? C'est un piège ! clame Robert d'Artois. Les Sarrasins veulent gagner du temps, parce qu'ils ont peur de nous.

— Ils ne comprennent que la force. Si nous négocions, ils vont l'interpréter comme un aveu de faiblesse, renchérit Charles d'Anjou.

Le roi partage cette opinion. Les dignitaires du Temple et de l'Hôpital croient pouvoir lui en faire changer, en lui rapportant les querelles qui divisent les Infidèles, notamment la guerre interne à la famille aiyubide qui exerce une suprématie sur la région. Ils ont d'ailleurs engagé de leur propre initiative une négociation avec le sultan d'Egypte Aiyub. En l'apprenant, le roi entre dans une violente colère et leur intime l'ordre d'y mettre fin.

— Je ne peux admettre que vous agissiez dans mon dos ! Ne vous fourvoyez donc pas dans des manœuvres douteuses !

Marguerite, qui a eu vent de l'incident, s'étonne de la colère du roi.

— Vous si pacifique, mon seigneur, pourquoi rejeter toute possibilité d'arrangement et choisir la voie de l'épée ?

— Comment avez-vous su ? s'écrie le roi.

— Tout le monde en parle au palais. On a entendu vos éclats de voix.

— Eh bien, sachez qu'une négociation sérieuse, surtout avec les

Sarrasins, ne peut être soutenue avec succès qu'avec des gages. Nous n'avons aucune prise sur eux.

— Sans doute avez-vous raison... comme toujours. Mais l'empereur Frédéric n'a-t-il pas obtenu la restitution de Jérusalem et du tombeau du Christ en négociant ?

Ce rappel met le roi hors de lui.

— Ne parlez donc pas de ce que vous ignorez ! Le père d'Aiyub, le sultan Kamil, était un prince intelligent. L'empereur Frédéric aurait même pu tenter de le convertir. Aiyub, lui, est une bête féroce, un mulâtre sans foi ni loi. Savez-vous qu'il a fait tuer ou noyer nombre d'émirs, et son propre frère ? Non ! On ne peut discuter avec un tel démon ! Il ne comprend que le langage du glaive.

Marguerite ne trouve rien à répondre. Elle assiste aux préparatifs de l'expédition sans mot dire, avec angoisse.

A la fin du mois de mars 1249, les navires affrétés à Acre aux Génois sont conduits à Chypre par le patriarche de Jérusalem Robert, le comte Jean d'Ibelin-Jaffa, et Geoffroi de Sargines. On y charge les approvisionnements, victuailles, viandes et vin.

Est-ce l'appréhension, l'énervement, ou une cause plus physiologique, Béatrice accouche avant terme et l'enfant ne peut vivre qu'une semaine. Elle est si désespérée qu'elle demande à retourner en Provence. Charles, plus profondément touché qu'il ne le montre, se borne à lui dire ces simples mots : « Faites selon votre désir, ma dame », mais sur un ton empreint d'une telle tristesse, qu'elle lui répond :

— Je reste avec vous

Le 13 mai, la flotte est rassemblée à Limassol.

Le vendredi précédant la Pentecôte, le roi lance l'ordre de départ. Le lendemain samedi, dès l'aube, retentissent les ordres des chefs mariniers. Toutes les nefs se rangent alors derrière la royale qui a quitté le port et prend la direction du sud.

Debout à la poupe du *Montjoie*, le roi montre à la reine d'un geste large les cent vingt vaisseaux, nefs, huissiers, galées d'escorte, auxquels s'ajoute une multitude de navires de moindre tonnage ou à fond plat qui couvrent la mer de leurs voiles déployées, gonflées par le vent.

— N'est-ce pas un magnifique spectacle, ma dame ! s'écrie-t-il. Ne sentez-vous pas le souffle de Dieu animer tous ces preux et pousser leurs nefs vers la terre des Infidèles ?

Pour toute réponse, Marguerite saisit la main de Louis et la serre très fort, à la fois pour lui exprimer son soutien et son appréhension. Derrière elle se tient Béatrice, qui a obtenu de voyager avec sa sœur. Elle est pensive, seule, Charles étant ailleurs, en compagnie de ses amis chevaliers.

Le jour de la Pentecôte, alors que la flotte longe encore la côte de Chypre, le roi fait jeter l'ancre devant la pointe de Limassol. Il débarque pour entendre la messe. Jamais sans doute les croisés n'ont prié avec autant de foi, en pensant à tous ceux qui les avaient précédés pour délivrer la Terre sainte. Leur ferveur est d'autant plus intense qu'elle est le meilleur moyen de refouler l'angoisse que suscite en leur cœur ce départ vers l'inconnu, un inconnu que les récits ont enveloppé d'une aura de gloire, mais aussi de sacrifice.

12

Les épines de lumière

Le vent qui semblait si favorable au petit matin devient plus violent et tourne à la tempête. Malgré les efforts des mariniers, une partie des navires s'écartent de la trajectoire tracée par le vaisseau royal, et se dispersent. En découvrant que la flotte s'est réduite, quelques seigneurs donnent des signes de nervosité. Le roi leur fait honte et les incite à garder leur dignité. Heureusement, le vent faiblit dès le lendemain. Le 4 juin, un jeudi après la Pentecôte, le *Montjoie* et un groupe de nefs arrivent en vue de Damiette. Ils jettent l'ancre au large d'une plage, à l'ouest de la ville.

En faisant le compte des effectifs sur les vaisseaux présents, le roi s'aperçoit que sept cents seulement des deux mille huit cents chevaliers partis de France ont pu le suivre. Il s'y ajoute les croisés de Chypre et les contingents venus de Syrie et de Morée durant l'hiver.

A ceux qui s'inquiètent, il répond avec calme :

— Les égarés nous rejoindront bien un jour.

Sur le haut pont, la reine Marguerite et la comtesse Béatrice ne sont guère rassurées en voyant se dresser le long du rivage un mur de cavaliers. Les glaives, les lances et les arcs de cette multitude en armure scintillent au soleil, sous les bannières qui claquent au vent.

— L'armée du sultan Aiyub, dit le roi de Chypre. A droite, ce sont ses couleurs portées par sa garde, à gauche celles du sultan d'Alep, au milieu celles de l'émir turc Fakhr al-Din, qui est sans doute au commandement et doit avoir avec lui les Banu Kinana, une tribu de guerriers arabes particulièrement farouches.

— Que Dieu me damne si je me trompe, s'écrie le roi, j'aperçois les armes de l'empereur Frédéric sur les bannières de cet émir.

— Vous ne vous trompez pas, sire. L'empereur, qui est lié amitié avec le sultan Aiyub, a fait chevalier Fakhr al-Din.

Le roi Louis s'abstient de tout commentaire. Il sait qu'aussitôt débarqué il devra livrer bataille. D'ailleurs, il a déjà, selon les règles en vigueur, lancé son défi au sultan dans un message l'avertissant qu'il allait attaquer son territoire avec des armées « aussi nombreuses que les cailloux de la terre ». Aiyub a répliqué : « Insensé celui qui a oublié les défaites subies par les chrétiens ! Je t'en promets une sévère. » Au spectacle de l'armée d'Egypte en ligne, prête au combat avec sa musique lugubre mêlant rugissement des cors et grondement lancinant des cymbales, une irrépressible angoisse s'empare des croisés.

Les béguines et Maria, pétrifiées, se serrent les unes contre les autres. Béatrice ne cache pas sa frayeur.

— Tu crois donc que je n'ai pas peur, moi aussi ? lui dit Marguerite. Si les nôtres débarquent maintenant, ce sera terrible.

La reine a envoyé Gontran s'informer des décisions du roi.

— Le roi a dit qu'il fallait prendre Damiette, lui rapporte l'écuyer. Il a demandé aux barons leur avis sur un débarquement immédiat, sans chevaux et sans notre armée au complet. Le comte d'Artois a dit qu'il ne fallait pas se dérober, sinon les Sarrasins nous prendraient pour des couards. Des barons ont proposé d'attendre que les navires égarés nous rejoignent et d'aller débarquer plus loin afin de pouvoir livrer combat avec les chevaux et tout l'effectif. Le maréchal du Temple Renaut de Vichiers a observé que les grands navires ne peuvent s'approcher du rivage sans risquer de s'ensabler et qu'il faudra prendre de petites galées pour gagner la plage. Les Sarrasins nous arroseraient de flèches et nous serions noyés.

— Qu'a finalement décidé le roi ?

— De débarquer. Il ne veut pas s'exposer au risque d'un nouveau coup de vent qui disperserait nos nefs. « Nous foulerons le sol des Infidèles ce vendredi avant la Trinité ! » a-t-il déclaré.

— Le sort en est donc jeté, murmure Marguerite.

Pendant que les hommes s'apprêtent, le roi vient la saluer.

— Priez pour nous, ma dame. Nous vaincrons pour l'amour de Dieu.

Charles, qui vient de le rejoindre, répète : « Priez pour nous, ma dame », en s'adressant à Béatrice, qui répond : « Gardez-vous bien, mon seigneur. »

Alors que le roi s'éloigne, Marguerite fait signe à Gontran de s'approcher.

— Ne quitte pas le roi d'un pas. Protège-le. Et dès que tu le pourras, viens me donner des nouvelles.

L'opération de transbordement ne s'effectue pas sans dommages. Le nombre de petits bateaux est insuffisant, et certains, surchargés, sombrent avec leurs équipages. Beaucoup d'hommes se noient, entraînés par le poids de leurs armes, ou faute de savoir nager. Comme les mariniers refusent de quitter les nefs, les chevaliers sont obligés de ramer pour la première fois de leur vie. Maladroits, certains font chavirer leurs embarcations. Par contre, quelques galées, bien équipées, foncent vers le rivage. Ainsi, celle du comte de Jaffa qui, juché à la proue, encourage sa centaine de rameurs dans le bruit assourdissant et cadencé de tambours, de cymbales, de pennons et de cors.

Des chevaliers et des hommes d'armes ont déjà quitté les barques et avancent en désordre, avec de l'eau jusqu'aux aisselles. Les Sarrasins, en ligne, les attendent sans broncher, sans tirer une seule flèche. Seul, un cavalier pousse un hurlement et fonce sur les assaillants. Son cheval trébuche dans le sable et, avant qu'il ait pu se relever, il est cloué au sol par un faisceau de lances.

Marguerite, agenouillée sur le pont du *Montjoie*, prie sans perdre des yeux l'enseigne de Saint-Denis, sous laquelle elle peut encore apercevoir le roi, reconnaissable à son heaume couronné. Entouré de ses chevaliers et flanqué de Gontran, il vient d'atteindre la rive, sa grande épée au poing, lorsque soudain une puissante clameur s'élève des lignes ennemies. Eperonnant furieusement leurs chevaux, les cavaliers turcs de Fakhr al-Din lancent une charge impressionnante en faisant tournoyer leurs glaives au-dessus de leurs têtes.

Béatrice, n'y tenant plus, court se réfugier à l'intérieur de la nef pour ne pas voir la bataille. Marguerite reste sur le pont, le cœur battant à se rompre. Elle n'aperçoit plus le roi au milieu des croisés qui ont formé autour de lui un rempart de lances. Les combats qui s'engagent sont violents mais brefs, car les Sarrasins tournent brusquement bride et refluent vers le Nil. Ils incendient au passage un marché qui regorge de vivres et traversent un pont pour gagner la rive orientale, omettant dans leur hâte de le détruire derrière eux. Cette retraite précipitée et inattendue provoque l'étonnement des envahisseurs et la panique dans la population de Damiette qui s'enfuit en désordre vers l'intérieur des terres.

La nuit est maintenant tombée. Les croisés ont pu dresser tranquillement leurs tentes et leurs pavillons devant la ville. De retour sur la nef, Gontran rassure la reine et la comtesse Béatrice.

— Le roi est sain et sauf. Il n'a pas eu l'occasion de ferrailler. Le comte d'Anjou a terrassé pour sa part quelques ennemis. On leur a infligé des pertes et fait des prisonniers, mais ce n'était qu'une escarmouche. Si le comte d'Artois parle déjà de victoire, le Maître de l'ordre du Temple a rappelé que les Sarrasins ont surtout cherché à faire tomber notre vigilance. Ils veulent nous attirer dans un traquenard.

— Cette nuit promet d'être longue, dit la reine à sa sœur, venue la rejoindre dans la chambre royale pour ne pas rester seule.

Avant de se coucher, elle tente en vain d'apercevoir la tente rouge de Louis à la faveur des torches plantées autour du camp. Levant les yeux au ciel comme pour interroger les desseins de Dieu, elle ne trouve aucune réponse dans la somptueuse tapisserie bleu nuit que composent la lune et les étoiles.

La retraite en forme de fuite de la cavalerie d'Egypte a été effectivement trop rapide pour ne pas susciter la méfiance des croisés, d'autant plus que les Sarrasins ne se manifestent pas durant plusieurs jours d'affilée. Pendant que le roi et son entourage s'interrogent sur la stratégie de l'émir Fakhr al-Din et du sultan Aiyub, les Templiers recueillent des informations intéressantes de leurs espions. Recrutés parmi les renégats chrétiens et des Bédouins victimes des Turcs à la solde du sultan, ils sont infiltrés jusque dans l'entourage des émirs et interceptent leurs pigeons voyageurs. Ils affirment que le sultan Aiyub est très malade. Il a envoyé à Damiette Fakhr al-Din, faute de pouvoir diriger son armée. Le roi dépêche donc un émissaire au Caire pour en avoir le cœur net. A son retour, l'envoyé révèle qu'il n'a pu rencontrer le sultan et a trouvé le palais en grand deuil. Aiyub serait donc mort. Et comme pour le confirmer, voilà que les forces de Fakhr al-Din quittent les faubourgs de Damiette.

— Une victoire sans combat ! Dieu a exaucé nos prières, s'exclame la reine en l'apprenant.

Les croisés pénètrent dans la cité désertée par ses défenseurs et par la grande majorité de ses habitants. La reine Marguerite, la comtesse Béatrice et leur petite suite peuvent donc débarquer et s'installer avec le roi et ses frères dans la luxueuse résidence d'un émir. Indifférent aux magnifiques mosaïques qui ornent les murs et à la gracieuse disposition de l'édifice autour d'une cour arrosée d'un jet d'eau, le roi y fait aussitôt remplacer les épais tapis, les immenses litières et les coussins de soie par de hauts lits étroits, des chaises et des tables.

— Nous ne sommes pas venus pour nous vautrer dans la luxure !

Marguerite obtient de Louis, non sans difficulté, que tapis et orfèvrerie d'émail ne soient pas enlevés de son appartement.

— Croisade ou non, un souverain doit en toute circonstance préserver les marques de son rang, mon seigneur.

— Comment pouvez-vous être sensible à cette ornementation barbare ? réplique le roi en haussant les épaules avec mépris.

La prise de Damiette a été beaucoup trop facile pour croire que le sultan, dont la mort n'a pas été confirmée, et son chef de guerre Fakhr al-Din ont renoncé à combattre. Ce dernier a en effet établi une ligne de défense plus au sud. Quoi qu'il en soit, le roi est décidé à marcher sur Le Caire dès qu'arrivera Alphonse de Poitiers avec sa troupe, partis de France un an après lui. L'imminence de la crue d'été du Nil empêche d'ailleurs toute offensive jusqu'au retrait des eaux, prévu pour octobre.

En attendant, il entreprend de christianiser Damiette, où résident des chrétiens coptes. Il fait convertir la grande mosquée en église. Vouée à la Vierge et consacrée par le patriarche Robert, elle est confiée à Mgr Giles, archevêque de Tyr.

— Il faut me trouver des effigies divines pour cacher les signes et les citations de Mahomet.

Dans le même temps, il fait renforcer les ouvrages de défense. Ces travaux n'empêchent pas les tensions au sein de l'armée des croisés. La question du butin pris à Damiette, pourtant décevant, suscite des remous. En raison d'un litige sur le partage, il est bloqué et reste entreposé chez le légat, ce qui déclenche une vague de mécontentement. Des seigneurs se permettent même de proférer des paroles déplaisantes sur le souverain et avouent à haute voix leur regret d'être venus.

Ces propos n'échappent pas à Marguerite qui s'en émeut, surtout lorsque Béatrice les lui rapporte avec une singulière insistance.

— Pourquoi me dire ces choses affreuses ? Toi et ton mari regrettez peut-être vous aussi cette croisade !

Béatrice ne nie pas.

— Dieu exige-t-il vraiment qu'un seigneur abandonne ses terres et ses gens pour aller livrer un combat incertain contre l'Infidèle ?

— C'est bien ce que je pensais ! Tu oublies qu'un prince ou un seigneur tient son pouvoir de Dieu. Et n'est-ce pas pour Dieu que nous sommes ici ?

— Le comte Charles a laissé derrière lui un pays en proie à la révolte, ma sœur. Lorsqu'il y retournera, qui sait s'il ne sera pas trop tard pour y rétablir l'ordre.

Marguerite considère tellement sa benjamine comme une adolescente sans caractère qu'elle réplique sur un ton de semonce :

— Notre père avait laissé un comté en ordre. Qu'est-ce que le comte Charles en a fait ? Il a chassé les meilleurs bailes, humilié les gens. Tout ce qu'avait réalisé notre père a été piétiné ! Et toi, tu regardes ça sans rien dire, sans rien faire ?

— Que veux-tu que je dise ou fasse ? Charles s'en moquerait bien. Et toi, ma sœur, est-ce que le roi Louis t'écoute davantage ?

Déconcertée par la réponse, prononcée avec calme et autorité, Marguerite regrette ses paroles et change de ton.

— Pardonne-moi, petite Béatrice, tu as raison... mais je me fais tant de soucis.

— Et moi, crois-tu que je ne m'en fais pas ?

Marguerite ouvre ses bras à sa sœur qui vient s'y blottir.

— Oublie ce que j'ai dit, nous devons nous serrer les coudes. Quand on traverse une rivière, surtout quand il y a tant de tourbillons, il ne faut plus discuter, sinon on risque de s'y noyer ensemble.

L'inactivité ne vaut rien à une armée en campagne. A Damiette, elle s'avère pire qu'à Chypre. Les barons sont les premiers à donner le mauvais exemple. Ils gaspillent les vivres en offrant de fastueux banquets. Parmi les gens du roi, certains, ayant grand sens du profit, louent des étals aux commerçants, pour la plupart chypriotes ou palestiniens, puisque les Egyptiens ont fui la ville. L'activité commerciale a repris en effet si vite que la reine Marguerite exprime le désir d'aller au marché acheter du tissu. Le roi approuve, considérant que la vie quotidienne ne doit pas s'interrompre en un pays où il a l'intention de fonder un établissement permanent.

Maria et les béguines applaudissent à l'idée, surtout Azalaïs, la plus jeune des cinq. Par contre, Gontran émet des réserves. Il estime dangereuse une telle promenade, les Sarrasins étant encore nombreux en ville. S'ils s'habillent comme des Chypriotes, il est difficile de les distinguer physiquement. Il y a aussi des lieux peu recommandables autour du marché. Mais les chevaliers du roi jugent l'écuyer trop timoré. Le connétable Humbert de Beaujeu déclare qu'une bonne escorte suffira.

— Qui oserait attenter à la vie de la reine de France au milieu de notre armée et si près de la tente du roi ?

Gontran rassemble donc une cinquantaine d'hommes d'armes. Une escouade est chargée de frayer un chemin au milieu de la foule qui fréquente le marché et ses abords, un quartier où soldats croisés, marins génois, pisans et vénitiens se mêlent aux marchands qui hèlent le chaland. Tout excitées, les béguines s'amusent de tout, sauf deux d'entre elles qui baissent les yeux et prennent des mines compassées. Azalaïs est la plus déchaînée. Elle entre dans les boutiques, furète dans les étalages, palpe les vêtements, tripote les objets, s'extasie sur les brocarts.

— Oh ! Qu'est ce donc que ces bêtes-là avec une grosse bosse ? demande-t-elle en montrant des animaux de bât que l'on charge de sacs et de paquets.

— Des dromadaires, répond Gontran. Ce sont les chevaux des Bédouins. Ils peuvent aller très loin et rester très longtemps sans boire. Leur bosse, c'est leur citerne.

— Qu'est-ce que des Bédouins ?

— Des Infidèles qui voyagent tout le temps avec femmes et enfants, couchent dans des tentes.

La voix de la reine s'élève pour rappeler Azalaïs à l'ordre, car le cortège traverse le quartier des tavernes et des bordels, longeant des maisons où résonnent des cris, des rires et des chants obscènes.

— Je crois reconnaître des membres du personnel de la Maison royale, dit la reine en voyant des hommes en sortir.

— Vous ne vous trompez pas, ma dame, dit Gontran. Ils exploitent ces lieux de débauche.

Alors que les sergents d'armes dégagent pour la reine un passage vers une boutique de tissus en distribuant force coups de bâton, une rixe éclate à proximité. L'escorte disperse rudement les combattants et découvre un homme gisant sur la chaussée.

— C'est un moine, il a tenté de s'interposer, explique un badaud.

Le blessé porte la robe à rayures brunes et blanches de l'ordre mendiant des Carmes, dont le siège est sur le mont Carmel, en Palestine. Les yeux bleus et la barbe blonde, il a une blessure à la tête. En relevant la capuche pour l'examiner, Gontran sursaute, frappé de stupeur devant le visage qu'il croit reconnaître.

— Est-ce bien toi... Delfin ?

— Tu peux me laisser, je n'ai qu'une estafilade, va rejoindre la reine, répond le moine.

Marguerite, qui s'est approchée, croise le regard bleu et reconnaît à son tour l'écuyer.

— Delfin ! Mais que faites-vous ici ?

— Je suis frère Gaucelm, ma dame.

— Qu'on l'emmène à la résidence et qu'on le soigne, ordonne Marguerite, émue par cette étonnante rencontre.

Le moine refuse avec humilité, mais comme la reine insiste, il s'incline en la priant instamment de ne plus évoquer le passé.

— Je ne suis qu'un moine, ma dame, et j'appartiens tout entier à Dieu, ma mémoire comprise.

— Je vous promets de vous considérer comme tel. Mon chapelain est malade, acceptez de le remplacer...

— C'est un grand honneur, ma dame.

— Je vais vous soigner, dit Azalaïs, qui dévore Gaucelm des yeux.

— Certainement pas ! dit la reine. Laissez cela à un médecin.

Alors que la fin de la crue approche, on apprend que le sultan Aiyub n'est pas mort. Il a fait pendre des dizaines d'émirs rendus responsables de la fuite des guerriers Kinana devant les croisés. Installé dans la forteresse de Mansourah, il enrôle des recrues pour la guerre sainte des Sarrasins, le Jihad.

— Qu'attend-on pour aller le déloger ? demande Robert d'Artois.

Le roi ne veut lancer aucune offensive avant l'arrivée de son frère Alphonse de Poitiers, qui devrait être déjà là. L'inquiétude grandit d'ailleurs après la violente tempête qui a fait sombrer quelque cent quarante navires. Grâce à Dieu, le 24 octobre 1249, Alphonse et son épouse Jeanne débarquent enfin à Damiette, après avoir échappé de justesse à la colère du ciel.

— La Sainte Vierge Marie a entendu nos prières, affirme le légat.

Le roi approuve. Il est si heureux de retrouver son frère que, pour la première fois depuis leur arrivée en Egypte, il se sent l'humeur joyeuse et tendre. Le soir venu, il rejoint la reine dans sa chambre. Une surprise l'y attend. Marguerite le repousse doucement.

— J'attends un enfant, mon seigneur.

Le visage de Louis s'illumine. Il s'agenouille et prie la mère de Dieu de lui accorder la faveur d'avoir un fils né sur la terre des Infidèles.

Le lendemain, il donne l'ordre de se tenir prêts à lancer l'offensive contre Le Caire aussitôt que la décrue du Nil le permettra. Il a décidé de quitter la langue de terre où s'élève Damiette, car l'armée et surtout la cavalerie y sont trop à l'étroit. Laissant les femmes et les impotents à l'abri des murs de la cité, il veut installer la majeure partie de ses forces de l'autre côté du Nil, à la pointe nord-est de la grande île deltaïque de Mehalla.

— Le lieu est humide et infesté de mouches et de moustiques, objectent les Poulains.

Le roi préfère céder aux avis de ses frères et de la plupart des chevaliers, tous impatients de prendre Le Caire et d'en finir avec Aiyub.

— Plaise à Dieu que votre décision soit la bonne, dit Marguerite quand Louis lui fait ses adieux.

— J'en suis convaincu, ma dame. Ne vous inquiétez donc pas. Damiette est très bien fortifiée et j'y laisserai de bons chevaliers et un contingent solide...

— C'est pour vous que je m'inquiète, mon bon seigneur. Ce climat n'est pas sain, surtout pour vous qui êtes sensible aux fièvres, et vous allez patauger dans des eaux saumâtres.

— Je prendrai garde de ne pas en boire... L'important pour moi est que Damiette reste un bastion solide sur lequel on puisse compter pour le ravitaillement et les renforts, et où l'on pourrait éventuellement se replier. C'est une condition primordiale. Il me faut ici quelqu'un en qui je puisse avoir une entière confiance, quelqu'un qui soit mon œil, ma voix, mon cœur...

— A qui songez-vous ?

— Mais à vous, ma dame.

Marguerite ne cache pas sa stupéfaction.

— Je ne comprends pas bien.

Le roi sourit de sa confusion.

— En langage clair, je compte sur vous pour me représenter ici, à Damiette.

— Comment vous représenter ?

— Il ne s'agit pas d'ordonner une manœuvre militaire, mais de veiller à ce que mes ordres soient respectés. Je tiens à ce qu'aucune imprudence ne soit commise, que toutes les gardes soient maintenues avec rigueur, que personne ne se livre à des actes de nature à compromettre notre position et à dresser la population contre nous. Vous pourrez prendre des sanctions, éventuellement des dispositions en cas d'urgence.

Marguerite pose sur Louis un regard chargé à la fois de tendresse et de reconnaissance.

— Je serai digne de votre confiance, mon seigneur. En échange, acceptez que Gontran vous accompagne et revienne ici me donner de vos nouvelles.

Louis l'embrasse, et cette nuit-là, ils ne résistent pas au désir qui s'empare d'eux. Oubliant les prescriptions de continence en période de grossesse, ils s'étreignent longuement.

Lorsque Gontran revient une semaine plus tard à Damiette, il apporte des nouvelles peu rassurantes. Certes, le roi et ses frères résistent pour le moment aux fièvres et aux insectes, mais sans la protection de remparts, le camp des croisés offre une belle cible aux Sarrasins qui le harcèlent par des raids de cavaliers. Ils y pénètrent la nuit à la faveur des relèves de la garde, égorgent les hommes endormis dans leurs tentes, les décapitent et emportent les têtes. Le sultan octroie en effet une récompense d'un besant d'or pour chacune d'elles. Le roi double les sentinelles et fait creuser de larges fossés autour du camp pour y poster des arbalétriers. Sur l'expresse recommandation des Poulains, il interdit toute poursuite ou sortie intempestive. Certains chevaliers, pressés de jouer du glaive, désobéissent et tombent sous les coups des Sarrasins. Mais les hautes eaux du Nil empêchent toujours le moindre mouvement et les vivres frais commencent à manquer. Le légat fait alors appel à Dieu en organisant des processions trois samedis de suite dans le camp.

Le sultan Aiyub connaît cette situation. Rusé, il cherche toutefois à éviter l'affrontement et propose au roi de restituer Damiette en échange des cités d'Ascalon, de Jérusalem et de Tibériade.

— N'en faites rien, sire ! conseille le patriarche Robert. Quand nous aurons restitué Damiette, il feindra d'abandonner Jérusalem, mais nous y trouverons des Turcs armés jusqu'aux dents.

Entre les nouvelles et les rumeurs, Marguerite, Béatrice et Jeanne se demandent combien de temps va durer ce supplice de l'attente. Elles mènent une existence de recluses. Solidaires dans l'angoisse, encore que Béatrice soit la moins tendue des trois, elles le sont aussi par leur origine commune. Parler le même langage et évoquer leurs souvenirs sont pour elles un singulier réconfort. Béatrice se permet même de plaisanter :

— Dire que j'ai failli être votre belle-mère, Jeanne.

Et toutes trois de rire. Un rire vite étouffé par le poids du présent et le souvenir de leurs pères, les comtes de Toulouse et de Provence, si longtemps rivaux. Le seul moment où l'inquiétude relâche son emprise est le soir quand Uc vient jouer de la vièle. Parfois, frère Gaucelm se joint à lui pour chanter une *canso* évidemment très chaste et guerrière, à la grande joie d'Azalaïs.

— Ce moine a vraiment une voix d'or, s'écrie-t-elle, émoustillée.

L'annonce que le roi a pris la décision de marcher sur Le Caire met fin à la longue attente.

— Prions pour que tout se passe bien, dit Marguerite.

— Ils vaincront, ma sœur ! affirme avec conviction Béatrice.

— Je le crois aussi, dit Jeanne la Toulousaine.

— J'espère plutôt une négociation.

En attendant, la reine demande à frère Gaucelm, qui connaît bien l'Egypte, de lui parler de ce pays que le roi s'apprête à conquérir et qu'elle se représente comme un immense bourbier.

— L'eau des fleuves, c'est à la fois la fertilité et le danger de mort. Elle est trouble en permanence. Pour la rendre potable, les Sarrasins la recueillent le soir et y écrasent trois ou quatre amandes. Ils y plongent aussi leurs filets. Le lendemain, ils peuvent la boire et en retirant leurs filets, ils y trouvent du gingembre, de la cannelle, de la rhubarbe, du bois d'aloès. Voilà pourquoi on dit que cette eau-là vient du paradis terrestre. Autrefois, un sultan du Caire, voulant savoir où en était la source, a envoyé des émissaires qui ne devaient se nourrir que de pains cuits tant qu'ils ne rapporteraient pas une réponse.

— En ont-ils obtenu une ?

— Certains ont dit qu'ils avaient vu une grande muraille de rocs taillés, d'où tombait l'eau du fleuve. Bien que le sommet en fût inaccessible, ils y auraient aperçu des merveilles, des forêts denses et verdoyantes où vivraient des bêtes aussi sauvages que pacifiques, lions, serpents, éléphants.

— Un paradis en somme, murmure Jeanne, fascinée.

Frère Gaucelm soupire.

— Bienheureux le temps où nous tous, enfants de Dieu, ne connaissions pas de différences, le temps où Dieu a fait don à la terre d'Egypte du Nil, le grand fleuve aux sept branches.

— Prions plutôt pour que ce grand fleuve ne soit pas néfaste à ceux qui combattent pour Dieu, conclut Marguerite.

Au commencement de l'Avent, le 20 novembre 1249, c'est sur ce Nil qu'une flotte de nefs emmène l'armée des croisés, avec chevaux, armes et bagages.

Pendant quelque temps, les femmes sont sans nouvelles de l'expédition. Seules leur parviennent des rumeurs insidieuses que les Sarrasins savent si bien inventer afin de démoraliser les chrétiens. L'émir Fakhr al-Din se serait ainsi juré de dîner le jour de la Saint-Sébastien dans le pavillon du roi de France. Il n'en faut pas plus pour rendre poignante la fête de la Nativité. Jamais Marguerite ne s'est sentie aussi proche de sa sœur dans le souvenir commun des Noëls d'Aix, avivé par la présence de frère Gaucelm, sous la barbe duquel elle ne peut s'empêcher de voir le beau Delfin. Jamais surtout les deux sœurs n'ont autant pensé à leurs enfants restés en France. Sans doute les messages et les lettres de la reine Blanche et de la comtesse douairière les rassurent, mais il leur manque de les toucher, de les entendre respirer et rire. En ces instants, toutes deux souhaiteraient que le roi décide de renoncer à une entreprise pour laquelle elles ne peuvent s'empêcher de nourrir de sombres pressentiments.

Au lendemain de ce triste Noël, un Gontran marqué par la fatigue vient raconter les difficultés de l'expédition. Elle a dû surmonter les obstacles dressés par le fleuve et la multitude des canaux et des rivières qui en dépendent. Après une lente progression sur la rive orientale, par le chenal de Damiette, elle était enfin parvenue le 21 décembre aux approches de la forteresse de Mansourah qui défend Le Caire et se dresse de l'autre côté de la branche fluviale d'Ashmun-Tannah.

En installant leur camp sur une portion de terre entourée d'eau, le roi a pu apercevoir sur la rive occidentale le camp de l'armée d'Egypte. Il a fait aménager une chaussée, détourner le cours de l'Ashmun-Tannah, construire des beffrois, appelés chats-châteaux, afin de protéger les hommes chargés des travaux, et installer des catapultes pour contrer celles de l'ennemi.

— C'est épuisant, décourageant, un tonneau des Danaïdes à l'envers. Chaque fois qu'on bouchait un bras ou bâtissait une chaussée pour passer, les Sarrasins creusaient des tranchées où les eaux s'engouffraient, les transformant en grandes fosses. Tout ce qu'on faisait en trois semaines était réduit à néant en un seul jour. Le roi a toutefois ordonné des travaux de défense, fossés, tourelles, palissades de bois qui font du camp un solide bastion insulaire. On peut y amarrer les navires de ravitaillement qui ont suivi l'expédition. Le roi se réserve le commandement des forces du côté du sud avec son frère Charles d'Anjou. Le comte d'Artois est chargé des chats-châteaux et des engins placés au nord-est, et le comte de Poitiers avec le sénéchal de Joinville commande les forces du côté nord.

— Comment avez-vous fêté la Nativité ?

— Avec ferveur, mais simplement, dignement, ma dame. Le jour même de Noël, le roi était en train de manger en compagnie de ses barons quand des cavaliers turcs ont fait irruption dans le camp. La contre-attaque a été vive, mais il a fallu livrer un violent combat pour ramener Pierre d'Avallon tombé de cheval en poursuivant les assaillants. Des templiers ont dû batailler ferme pour dégager le sénéchal de Joinville.

— Mon Dieu ! soupire Marguerite, tandis que Béatrice et Jeanne sont figées.

Emporté par le feu de ses paroles, Gontran poursuit :

— Les Sarrasins sont vraiment rusés. Un de nos hommes, en voyant flotter un melon sur le fleuve, a voulu l'attraper, mais sous le melon il y avait un Infidèle.

— Et alors ?

— Eh bien, notre croisé a été capturé !

Gontran s'en amuse, mais les dames n'ont guère le cœur à rire. Comprenant qu'elles en ont assez entendu, il se retire.

A la fin du mois de janvier, les messages que Gontran apporte à la reine et aux deux comtesses laissent deviner, à travers les lignes brèves et rassurantes, une évidente fatigue, voire de la part d'Alphonse de Poitiers une certaine désillusion, ce que confirme le récit du messager.

Au vingtième jour de janvier, Fakhr al-Din a en effet lancé une attaque surprise, repoussée avec brio par le comte d'Anjou, le comte de Poitiers et les chevaliers du Temple et de l'Hôpital. Seule, Béatrice se réjouit d'avoir pour mari un héros.

— Ne penses-tu qu'à la gloire ? lui demande Marguerite d'un ton sévère.

Béatrice, la mine soudain renfrognée, hausse les épaules.

— Ne puis-je être fière de mon époux ?

Mais Gontran ne raconte pas tout. Craignant d'alarmer les dames, il se garde de parler des trébuchets égyptiens qui envoient des pierres et des projectiles contenant un liquide brûlant composé de naphte, de poix et de soufre qu'on appelle feu grégeois. Les croisés sont épouvantés par cette foudre qui tombe du ciel de jour et de nuit « comme un dragon volant », les brûle vifs, incendie les tentes et les navires. L'écuyer a vu des chevaliers affolés se jeter à genoux et sur les coudes pour se protéger et prier en même temps. Il a aussi vu le roi se dresser sur son lit et implorer Dieu de secourir ses hommes. Une nuit, il a fallu rameuter toute la troupe pour arrêter les flammes qui dévoraient les chats-châteaux et avaient failli brûler vif le comte d'Anjou. Les ouvrages ont dû être reconstruits avec du bois des navires.

Le roi ne pouvait se résigner à faire subir passivement ces tirs à son armée. Il décide de traverser le fleuve et d'assiéger Mansourah. Le 8 février, jour de mardi gras, il donne l'ordre de départ en insistant sur l'obligation de ne pas s'aventurer à l'intérieur de la ville avant l'arrivée de tous les renforts.

L'avant-garde, forte de quelque trois cents Templiers et confiée au comte d'Artois, traverse le gué, non sans difficultés. A peine a-t-elle atteint l'autre rive que le frère du roi pique des éperons, suivi de quelques chevaliers qui hurlent avec lui « Saint-Denis ! ». Les Templiers se lancent derrière eux pour rappeler l'interdiction formelle d'engager une action isolée, mais ils sont brutalement rabroués et contraints de les accompagner dans leur folle équipée vers le camp ennemi. Les Sarrasins sont totalement surpris. L'émir Fakhr al-Din saute sur un cheval sans revêtir d'armure et rameute ses mamelouks. Le combat tourne à son désavantage et il est tué.

Sourd aux exhortations des Templiers, Robert d'Artois s'apprête à poursuivre sa cavalcade quand Gontran survient, envoyé par le roi pour transmettre à son frère l'ordre formel de l'attendre.

— Le roi ignore que nous avons décapité l'armée des mécréants ! clame le comte. Nous devons achever leur déconfiture ! Finissons-en !

Ces paroles à peine prononcées, le comte éperonne sa monture et la lance vers la forteresse, suivi par Gontran et les Templiers, qui s'estimeraient déshonorés de le laisser seul avec une poignée de ses chevaliers. Ils n'ont pas encore atteint les remparts qu'ils se heurtent à un groupe de cavaliers turcs. Le comte se fraie un chemin sanglant à coups d'estoc et de taille, et sans plus se préoccuper de ses compagnons, entre dans la forteresse dont la porte est restée ouverte. Après un instant d'hésitation, Gontran le suit. Les deux hommes s'enfoncent dans le dédale des rues, un véritable piège. Harcelés par les projectiles lancés de toutes part, empêtrés dans les poutres et les palissades jetées des maisons, ils sont bientôt séparés. Au prix d'un furieux combat, Gontran parvient à se dégager et il tente de rejoindre Robert d'Artois qu'il aperçoit désarçonné, encerclé par une meute de Turcs qui le transpercent de leurs lances avant de lui ôter son heaume et sa cotte de maille pour en faire des trophées. Il fonce à bride abattue sur eux, les taillant à merci, et il charge le corps mutilé du comte sur son destrier pour le ramener au roi.

La bataille est dès lors engagée entre les premiers contingents croisés et la cavalerie de l'Egypte, commandée par un guerrier célèbre, le mamelouk Baïbars, surnommé Bundukdari, l'Arbalétrier. Elle tourne à la défaite des chrétiens. Quelque mille cinq cents d'entre eux sont tués avant même que le gros de l'armée royale puisse franchir la branche du fleuve d'Ashmun-Tannah.

A la tête de ses chevaliers, sous le gonfanon de Saint-Denis et les bannières bleues à fleurs de lys, le roi chevauche, son heaume doré étincelant au soleil, mais il est assailli par la cavalerie mamelouk qui tournoie tel un cyclone, avec ses arbalétriers tirant au galop. Le roi ordonne la charge et il s'ensuit une gigantesque mêlée qui dure du matin jusqu'à la neuvième heure – trois heures de l'après-midi – dans une chaleur d'enfer. En passe d'être submergé, le groupe royal se replie afin d'avoir le soutien de l'infanterie et des arbalétriers, mais Baïbars lui coupe la route et isole les hommes d'Alphonse de Poitiers et du comte de Flandre.

C'est à ce moment-là que Gontran, émergeant de la mêlée par on ne sait quel prodige, fait son apparition devant le carré du roi. Tête nue, le visage en sang, le surcot en lambeaux, il met pied à terre et remet le corps ensanglanté et à demi nu de Robert d'Artois au souverain. Pâle, raide, le roi prend son cadet dans ses bras et le serre contre lui, puis il le dépose sur une toile étalée sur le sol, s'agenouille et prie, pendant que ses chevaliers ferraillent pour le protéger. En se relevant, il embrasse Gontran et, lui ordonnant de mettre un genou à terre, le fait chevalier.

Gontran est si fier qu'il en oublie sa blessure et aussi sa chance : il est l'un des vingt survivants de l'avant-garde de trois cents chevaliers, tous du Temple, tués dans la malheureuse équipée de Robert d'Artois.

Cependant, la bataille continue, tout aussi acharnée jusqu'à la nuit. Elle reprend de plus belle le lendemain matin. Les contingents croisés, cette fois soutenus par les arbalétriers, tiennent le choc jusqu'à ce que l'armée du sultan cesse enfin ses attaques. Elle a subi elle aussi de lourdes pertes et a besoin de recomposer ses effectifs.

Le répit dure plusieurs semaines. A Damiette, la nouvelle de la bataille avec son attirail de rumeurs et d'exagérations à l'orientale est parvenue à la reine, aux comtesses et aux autres épouses de croisés. On ne sait ce qu'il y a de vrai ou de faux dans la mort du sultan Aiyub, dans l'arrivée au Caire de son fils et héritier Turan Shah, ou des vantardises de Baïbars qui aurait exhibé la cotte de maille du comte d'Artois en clamant que c'était celle du roi de France.

Quoi qu'il en soit, les récits de Gontran, pleins d'exploits guerriers, d'honneur et de sang, bouleversent les dames de diverses manières. Si Béatrice ne dissimule pas sa fierté d'être l'épouse d'un vaillant guerrier, Marguerite et Jeanne sont horrifiées par tous ces massacres.

— Tu devrais cesser de leur donner ces terribles détails de combats, conseille frère Gaucelm à Gontran. Il faut les ménager, surtout la reine. N'oublie pas qu'elle attend un enfant. L'émotion n'est guère favorable au bon déroulement de sa grossesse.

— C'est elle qui me demande de tout lui dire.

— Eh bien ! Ne l'écoute pas. Il y a des circonstances où la désobéissance est un acte de charité. D'ailleurs, il y a beaucoup trop de sang versé au nom de Dieu. Notre-Seigneur le condamnerait.

Gontran regarde frère Gaucelm avec effarement.

— Tu n'approuves donc pas la croisade ?

— Je me suis croisé, moi aussi. Mais j'ai compris que la mission d'un prêtre comme celle d'un souverain par la grâce de Dieu doit être de chercher à convertir l'Infidèle, plutôt qu'à le tuer. D'ailleurs, l'empereur Frédéric n'a-t-il pas réussi à obtenir la restitution des Lieux saints sans combattre ?

Gontran ne répond pas. Il est à la fois étonné et fortement ébranlé par le discours du moine.

— N'est-ce pas pour te croiser que tu as brusquement disparu ? lui demande-t-il.

— Non... J'avais à me punir d'une faute.

— Quelle faute ?

— Je m'en suis confessé. Je n'ai plus à le dire.

— As-tu fait part de tes idées à la reine ?

— Evidemment.

— Alors, plaise à Dieu que le roi n'en ait vent.

Le roi ne se pose évidemment aucune question sur le bien-fondé de la croisade. Il est déterminé à atteindre son objectif, prendre Le Caire. Convaincu d'avoir découragé les mamelouks de Baïbars et du sultan, il reste devant Mansourah et se prépare à livrer la bataille décisive pour la victoire. C'est sans compter avec d'autres ennemis, encore plus redoutables, qui commencent à faire des ravages dans les rangs des croisés : le climat et les maladies, typhus, malaria, scorbut, dysenterie, propagées par les eaux dans lesquelles pourrissent les cadavres. Les hommes y sont d'autant plus exposés qu'ils sont affaiblis, assoiffés, et bientôt affamés. L'adversaire dispose en effet de navires qui interceptent et détruisent leurs bateaux de ravitaillement remontant de Damiette. Quatre-vingts vont ainsi par le fond. Dans l'incapacité d'envisager la moindre offensive, le roi se résout, la mort dans l'âme, à ordonner la retraite.

La jonction du gros de l'armée stationné devant Mansourah avec les forces restées en arrière-garde ne peut s'effectuer sans livrer de nouveaux combats, alors qu'elle est décimée par les pertes, les maladies, la famine, l'épuisement. Le roi ne voit d'autre issue que la négociation. Il propose l'échange qu'avait envisagé le sultan Aiyub, Damiette contre Jérusalem. Mais les conditions sont différentes et l'adversaire, connaissant l'état de l'armée chrétienne, tergiverse. Le

5 avril, le roi décide de hâter le repli général par les voies de terre et d'eau.

Terrible retraite. Les mamelouks ne cessent de harceler et de lancer des charges furieuses, la transformant en un long calvaire. Le 6 avril, ils attaquent en force à Fariskur et font prisonniers plus de trois mille chevaliers et hommes à pied. Quant au roi lui-même, affaibli par la dysenterie, il peut à peine se tenir sur son cheval. Il refuse d'être évacué seul, car il veut partager le sort de son armée. Afin d'éviter une capture par les virevoltants cavaliers turcs, Geoffroy de Sargines prend l'initiative de le cacher dans une petite bourgade sous la protection du sire Gaucher de Châtillon et de Gontran, mais il est vite découvert et fait prisonnier. Il a juste eu le temps de charger ce dernier d'un message oral à la reine : « Priez pour le royaume, gardez-vous et protégez nos enfants, je vais rejoindre Notre-Seigneur sur le chemin de la Joie Suprême. »

Ce n'est pas sans ruse que Gontran, déguisé en Egyptien, parvient à s'échapper et à engager une longue marche à pied vers Damiette.

En voyant un mamelouk tenir la bride du cheval royal avec la croupière ensanglantée, les barons de Syrie comprennent que le roi est captif. Ils tentent de négocier la fin des combats dans des conditions honorables. Philippe de Montfort, seigneur de Tyr et du Toron, ne réussit qu'à obtenir une trêve contre la reddition de Damiette.

Survient alors un incident étrange. Un sergent nommé Marcel vient déclarer aux barons français que le roi l'a envoyé pour les inviter à se rendre sans conditions. Sachant le souverain captif, ils renoncent à se défendre et se livrent. Un sort plus grave attend les malades et les blessés transportés par voie d'eau. Les mamelouks interceptent les navires, se débarrassent des plus mal en point en les noyant. Les captifs sont d'ailleurs si nombreux que le sultan ordonne d'en décapiter chaque nuit trois à quatre cents. Le désastre est total.

A Damiette, la reine, les comtesses et les dames ont entendu les échos de la retraite de la bouche des premiers croisés revenus en ville. Encore dans l'ignorance du sort de leurs époux, elles ont vécu les derniers jours dans une terrible angoisse.

Marguerite s'est efforcée de faire front avec autant de dignité et de courage que le lui permettait son état, puisqu'elle était près d'accoucher. Un horrible cauchemar hantait ses nuits de façon récurrente. Elle voyait sa chambre envahie par des Infidèles aux visages de diable et aux mains pleines de sang. Le réconfort de sa sœur, singulièrement vaillante en la circonstance, et de frère Gaucelm ne suffisant pas à la rassurer, elle a demandé à un vieux chevalier de quatre-vingts ans de dormir dans sa chambre en lui faisant promettre de lui couper la tête si les Sarrasins prenaient la ville.

— Je préfère mourir que d'être esclave et enfermée dans un harem comme tant d'autres femmes chrétiennes. Je ne veux pas voir mon enfant à naître élevé dans la religion musulmane.

Elle s'est refusée à croire les premières rumeurs concernant la capture du roi jusqu'au jour où Gontran réapparaît. A bout de forces, ensanglanté, il la lui confirme et délivre le message de Louis. A peine l'a-t-elle écouté qu'elle ressent les premières douleurs. Trois jours plus tard, elle accouche d'un fils, auquel sera donné le prénom prévu de Jean.

— Je veux qu'on l'appelle aussi Tristan, afin qu'on se souvienne de ces heures d'infinie tristesse, confie-t-elle à frère Gaucelm.

Elle est encore alitée quand on lui annonce que les Génois, les Pisans et les autres gens d'Occident encore à Damiette projettent de quitter la ville. Consciente des responsabilités confiées par Louis avant l'expédition, elle mande leurs délégués au pied de son lit.

— Il paraît que vous voulez partir d'ici avec vos nefs. Est-ce vrai ?

— Nous n'avons plus de vivres, ni d'argent, et nous crèverions de faim si nous restions, ma dame, répond un Pisan.

— Je comprends, mais si Damiette était ainsi abandonnée, comment pourrions-nous négocier la libération du souverain et des autres prisonniers. Si vous partez avec vos navires, comment rapatrier tous ces hommes ?

— Pardonnez-moi, ma dame, intervient un Génois. Je rappelle que nous avions déconseillé cette expédition. Les temps ont changé depuis la première croisade. Nous entretenons des relations suivies avec les Sarrasins...

— N'êtes-vous pas chrétiens ? Alors soyez compatissants et attendez au moins que je sois relevée de mes couches...

Le discours semble émouvoir les délégués, surtout le Pisan, visiblement bouleversé. C'est à lui que la reine s'adresse alors :

— Je prends l'engagement de faire acheter des vivres pour vous et vos marins et de vous dédommager si vous restez.

— Nous comprenons la situation, ma dame, nous ne partirons pas avant le règlement final, répondent les délégués d'une seule voix.

Au milieu de l'épreuve qu'elle subit, Marguerite éprouve davantage qu'une satisfaction. Au-delà de l'émotion qu'elle a pu susciter chez ces marchands pisans et génois, elle vient de prouver sa capacité à assumer sa charge de responsabilités, une véritable victoire.

Il lui faut maintenant s'attacher à réunir la rançon afin d'obtenir l'essentiel, la libération du roi et des autres captifs.

Le roi lui-même engage la première négociation avec ses geôliers, dans la pire des positions de faiblesse. Conduit enchaîné à Mansourah, il y est placé sous la surveillance de l'eunuque Sabî al-Muazzami, une humiliation qu'il ne subit qu'en priant et en imaginant le supplice du Christ.

Le sultan est en mesure d'exiger plus que la restitution de Damiette. Il revendique ce qui reste de l'ancien royaume de Jérusalem. Le roi répond qu'il ne peut disposer de ces fiefs, puisqu'ils appartiennent à l'empereur Frédéric et que la reddition de Damiette dépend d'une décision de la reine Marguerite. Les émissaires du sultan, stupéfaits, croient qu'il cherche à se jouer d'eux et le menacent de torture. Louis affiche une telle sérénité qu'ils y renoncent, mais ils exigent une rançon contre sa liberté. Le roi propose un million de besants d'or, soit environ cinq cent mille livres.

Les tractations en sont là quand un changement de pouvoir survient au Caire. Le sultan Turan Shah n'a rien trouvé de mieux que de déposséder les mamelouks de leurs fiefs. Ces derniers, furieux de son ingratitude, répliquent en l'assassinant. Ils enterrent ainsi la dynastie aiyubide d'Egypte dont ils ont été les esclaves, avant d'en devenir les serviteurs dévoués. Afin de se donner une légitimité, leur chef, l'émir Izz al-Din Aibeg épouse la veuve du sultan Aiyub à laquelle il attribue le titre royal.

Ce coup d'Etat peut faire craindre un massacre des prisonniers chrétiens. Les tractations ne s'en poursuivent pas moins avec les nouveaux maîtres et se concluent par un accord : une trêve, la restitution de Damiette comme rançon pour le roi de France, le versement de huit cent mille besants, ou quatre cent mille livres tournois comme rançon pour l'armée, dont les effectifs sont évalués après toutes les pertes à douze mille hommes. Le roi serait libéré dès la reddition de Damiette et le paiement de deux cent mille livres, le reste devant être versé après son départ d'Egypte et à son arrivée sur terre franque, précisément à Saint-Jean-d'Acre.

Il revient donc à la reine d'accepter ces clauses et de les faire appliquer, du moins pour la partie financière. Elle envoie le patriarche de Jérusalem, nanti d'un sauf-conduit pour traverser les lignes égyptiennes, annoncer au roi qu'il a eu un fils, et qu'elle se préoccupe de réunir la somme exigée pour la rançon. Le malheureux patriarche, un vieillard de quelque quatre-vingts ans, remplit sa mission non sans subir des mamelouks la douloureuse humiliation d'être attaché à une perche avant d'être libéré sous les sarcasmes. La reine peut dès lors quitter Damiette avant la reddition. Elle s'embarque pour Saint-Jean-d'Acre, le port de la Syrie phénicienne devenu la véritable capitale du royaume latin depuis la chute de Jérusalem.

5 mai 1250, jour de l'Ascension.

Le roi, un groupe de barons et une partie des chevaliers, arrivent à Damiette à bord de quatre nefs. Le souverain en débarque. Toujours captif, il attend dans un pavillon que Geoffroy de Sargines effectue la reddition de la cité. En apprenant que les mamelouks se débarrassent des chrétiens malades en les brûlant, il charge le frère prêcheur Raoul de protester auprès des émirs contre cette honteuse rupture de la trêve et des engagements pris. Il lui est répondu qu'il peut s'estimer heureux d'être vivant.

La pesée de la première tranche de la rançon – deux cent mille livres – et son versement s'effectuent le samedi 7 mai 1250. Il y manque dix mille livres, dérobés par des chrétiens au cours de la livraison, ce qui déclenche la fureur du roi. Il est néanmoins libéré, ainsi que son frère Charles et les principaux de ses barons. Par contre, Alphonse de Poitiers reste détenu en otage jusqu'à la complémentation de la somme. Le roi refuse de partir sans son frère, mais il ne retient ni le comte de Bretagne, blessé et très malade, ni le comte de Soissons, de retourner en France. Il demande au Temple de lui consentir une avance.

Joinville, chargé de se faire remettre l'argent, se rend donc auprès du commandeur du Temple par intérim Etienne d'Otricourt, nommé à la suite de la mort de Guillaume de Sonnac devant Mansourah. En présence de Renaut de Vichiers, maréchal de l'Ordre, Otricourt refuse au motif que la règle du Temple interdit d'effectuer des prêts sans garantie, l'argent n'étant pas propriété de l'Ordre. En fait, il veut se mettre à couvert et déclare qu'il ne peut céder que par la force. Joinville feint de vouloir briser les serrures du coffre avec une hache. Renaud de Vichiers arrête alors son geste et lui tend les clés, non sans préciser que de toute façon, l'ordre détient à Saint-Jean-d'Acre un dépôt royal pouvant servir de garantie.

Le roi, qui n'a d'autre vêtement que celui offert par le sultan, une robe de soie noire, fourrée de vair et de petit gris, avec des boutons d'or, peut dès lors s'embarquer sur une nef génoise pour rejoindre la reine et son fils.

13

Rêves de brume et de sable

Londres. 15 avril 1250.

Non loin de la ville de Salisbury, le palais de Clarendon brille des mille feux de ses chandelles. De la dizaine de châteaux où réside la reine Eléonore, passant de l'un à l'autre selon les exigences du calendrier royal ou tout simplement selon son gré, il est le préféré, avec celui de Westminster, à Londres, et celui de Windsor où grandissent ses enfants.

Dans l'immense salle de réception, toute la gentry anglaise est réunie. Amis et ennemis se côtoient dans une atmosphère apparemment cordiale sous le regard du roi Henry, toujours ravi quand ses féaux ne l'entourent pas pour formuler des plaintes ou des exigences. A son côté, Eléonore est resplendissante, dans toute la beauté de ses vingt-sept ans. Sûre d'elle, elle trône en majesté, entourée de ses amies, la jolie Joan de Somery, la cancanière Christiana de Maresco, la discrète Maud de Lacy, sa confidente. Sa fonction lui impose de faire bonne figure en toute circonstance, mais elle s'inquiète beaucoup pour sa sœur Marguerite, qu'elle imagine dans la détresse. La nouvelle de la défaite et de la captivité du roi Louis a secoué l'Angleterre comme toute la chrétienté et, faute de détails, on imagine le pire. Hormis quelques irréductibles ennemis des Capétiens, personne ne se réjouit du retentissant succès des Infidèles. Néanmoins, personne non plus, parmi les barons et leurs dames, les seigneurs et les prélats rassemblés ici pour festoyer, ne semble agité de quelque mauvaise conscience.

Le sort du roi des croisés suscitant plus de curiosité que d'inquiétude, le comte de Cornouailles Richard est assailli de questions sur son expérience de l'Orient et la gloire qu'il a gagnée dans le combat contre les Sarrasins. Il pérore et ne peut s'empêcher de revenir à son séjour à Castel del Monte, l'étrange château de l'empereur Frédéric, dont il garde un souvenir ébloui. A ceux qui objectent que cet antéchrist pactisait avec l'Infidèle, il répond avec superbe que seuls les grands hommes sont calomniés.

A l'écart des groupes qui entourent les barons les plus influents, les oncles de la reine, l'archevêque de Canterbury Boniface et le conseiller du roi Pierre de Savoie, ont un entretien plus discret avec quelques compatriotes savoyards. Ils ont un autre souci, l'hostilité croissante à l'égard de leur clan, surtout depuis le passage, deux années auparavant, de leur sœur, la comtesse douairière Béatrice.

Elle était venue avec une suite bruyante qui comptait une poignée de dames bavardes comme des pies et un troubadour, Sordello di Goïto, dont le rôle était de dispenser à ses filles Eléonore et Sancie les sonorités ensoleillées de Provence. Après avoir ébloui la Cour par sa beauté et son élégance, elle l'avait agacée par les faveurs obtenues du roi. Les sourires empreints d'une ironie quelque peu méprisante pour ces gens du Sud étaient devenus des rictus quand on avait appris que le roi lui avait accordé un prêt important en échange d'une promesse jugée dérisoire, celle de ne pas céder à Charles d'Anjou les droits sur les cinq châtellenies provençales, gage de l'emprunt autrefois contracté par le comte de Provence.

Contrairement à ses oncles, la reine fait fi des médisances, calomnies et critiques que sa parenté savoyarde a fait naître et qu'elle-même provoque par une prodigalité que partage d'ailleurs le roi. Bien installée dans sa fonction de souveraine, elle est consciente d'exercer un réel ascendant sur Henry qui lui a octroyé des privilèges exceptionnels : au cas où il décéderait, elle serait investie de la garde de châteaux situés sur la frontière galloise et de forteresses importantes telles que celle de Douvres. Une charte lui promet en outre un agrandissement considérable de son douaire, déjà conséquent. Sa Maison compte une centaine de personnes, dames et damoiselles de compagnie, chevaliers, chapelain, maître de cérémonie, intendant, chambellan, médecin, clercs chargés de l'administration, écuyers et le personnel de service. Sa Garde-Robe, l'organisme chargé de ses finances, dépend de l'Echiquier, le ministère des Finances du royaume, mais jouit d'une grande tolérance.

Eléonore sait aussi que sa beauté excite le désir des hommes et la jalousie des femmes. Bonne élève de sa mère qui lui a enseigné comment soigner son corps et son paraître, elle ne se refuse rien en vêtements, fourrures et bijoux, que lui fournissent des marchands florentins. Entre ses grossesses, elle continue de pratiquer la chasse à l'épervier, mais n'en consacre pas moins de temps et d'argent aux établissements religieux, abbayes et monastères, qu'elle fonde ou patronne, encouragée en cela par le roi.

Ce train de vie royal serait bien accepté par la population du royaume s'il ne versait dans l'excès, entraînant des dépenses extravagantes, payées par une très lourde fiscalité. Barons, clergé et manants grincent des dents. Le peuple de Londres, réputé pour sa turbulence, ne se gêne plus pour protester ouvertement. Quand une camérière ou une des dames de son entourage lui rapporte des propos dirigés contre elle-même et l'entourage savoyard du roi, accusés de ruiner le pays, elle se borne à hausser les épaules.

— Laissez hurler les envieux qui n'ont qu'amertume au cœur et venin sur la langue.

Si elle est peu consciente du danger de rébellion, elle est très attentive à toute menace pesant sur la position qu'elle a su se créer. Lorsque son oncle Pierre, juriste chevronné, lui fait observer que l'engagement de fiançailles pris autrefois par Henry envers Jeanne de Ponthieu peut mettre en question la validité de son mariage, par conséquent la légitimité de ses enfants, elle se précipite aussitôt chez le roi pour lui demander, toutes affaires cessantes, de clarifier la situation. Henry charge aussitôt Mgr Pierre d'Aigueblanche, évêque de Hereford, d'aller convaincre le pape de déclarer formellement caduc l'engagement de Henry.

Son sentiment de sécurité ne s'appuie pas seulement sur l'amour que lui témoigne le roi, mais sur ses oncles et sur ce clan de Savoie qui occupe des fonctions importantes dans les principaux rouages de la monarchie et dans sa Maison. Sa solidarité envers les compatriotes de sa mère va jusqu'à se manifester dans des affaires sordides, comme celle du meurtre d'un prieur savoyard, Etienne de Charron. Un moine gallois avait égorgé celui-ci au nom de Dieu, après l'avoir surpris en pleine orgie. La reine n'a pas hésité à demander un châtiment exemplaire pour ce pieux justicier qui a eu les yeux crevés avant d'être jeté au cachot.

Aussi sûre qu'elle soit de son ascendant sur Henry, elle n'apprécie guère les faveurs qu'il prodigue à ses quatre demi-frères. Les Lusignan font ouvertement pièce à l'influence des Savoyards. Ils ont fait venir du continent des Poitevins, accompagnés de leurs hommes d'armes, de leurs clercs et de leurs serviteurs. Ces nouveaux venus ont très vite intégré le service royal où ils occupent des fonctions importantes. Cette rivalité n'est pas encore de nature à déstabiliser le pouvoir royal, mais elle est une source latente de malentendus susceptibles de déboucher sur des désaccords et des tensions, surtout lorsque des tiers viennent jeter de l'huile sur le feu, tels que Simon de Montfort.

Le fils du chef de la croisade des Albigeois, devenu comte de Leicester par héritage, est un personnage turbulent, intéressé, ambitieux. Des troubles ayant éclaté en Aquitaine, domaine réservé à l'apanage du prince Edouard et objet d'une vigilante attention de la reine, il y avait été envoyé pour rétablir l'ordre. Ajoutées à son nom, sa brutalité et sa rapacité réveillaient fâcheusement la sinistre mémoire de la guerre paternelle menée contre les hérétiques. Les Gascons n'étaient pas disposés à se soumettre. Montfort fit emprisonner le plus récalcitrant d'entre eux, Gaston de Béarn. Eléonore pressa le roi d'accorder pardon et liberté à son cousin germain, mais celui-ci en profita pour reprendre les armes et lancer un appel à Alphonse de Castille. L'affaire prenait mauvaise tournure. Les Lusignan en imputèrent évidemment la responsabilité à la reine, suscitant ainsi le premier nuage dans les rapports entre Eléonore et Henry.

— Voilà comment votre cousin me remercie de ma clémence ! s'écria le roi en faisant irruption dans les appartements de la reine.

— Calmez plutôt votre lieutenant, répondit-elle sans se démonter. Montfort n'a réussi qu'à étendre l'incendie dans le duché. Permettez-moi de vous dire que c'était une erreur de l'y envoyer.

Le roi ne pouvait que l'admettre. Comme il n'aime pas discuter, surtout s'il se sent en faute, il n'a pas insisté. L'incident étant clos, la concorde s'est réinstallée dans le couple, qui tient à le montrer en ce soir de fêtes au palais de Clarendon.

Alors que la belle compagnie prend place aux tables du festin, il est une absence que personne ne remarque, celle de la comtesse de Cornouailles. Curieusement, Eléonore, si soucieuse de sa famille et de ses compatriotes, la néglige quelque peu. Elle la voit de temps à autre à la Cour à l'occasion de fêtes, mais les deux sœurs ne se parlent guère. Elles ont si peu de choses à échanger. Certes, lorsque Sancie avait mis au monde son premier enfant, un garçon né avant terme, Eléonore avait dépêché ses médecins auprès d'elle. Ils n'avaient pu le maintenir en vie. Depuis lors, n'ayant reçu aucun appel du château de Berckhamstead ou du manoir de Hailes, où Sancie réside en général, elle a tendance à oublier sa cadette.

Sancie adore Hailes, le manoir de pierre grise enfoui dans la verdure et devenu son refuge. Elle aime ce climat qu'adoucissent les effluves d'un océan assez proche, dont les eaux froides du septentrion sont traversées par des ondes moins rigoureuses. Elle y est venue cette fois sans les enfants de Richard qui sont en villégiature à Windsor, chez leurs cousins. Même si elle s'est attachée à eux, elle se réjouit de la liberté que leur absence lui autorise et que protège la petite suite qui l'accompagne. Ses deux camérières, l'écuyer Geoffrey, l'escouade d'hommes d'armes, se sont pris d'affection pour elle et savent être discrets.

Pourtant, elle éprouve le besoin de leur échapper en usant de ruses parfois enfantines, néanmoins efficaces. La seule qu'elle ne peut tromper et met dans la confidence est Helen, devenue la complice de ses escapades crépusculaires pour assister à quelque *mystery go round*, où tout simplement aller faire retentir les sonorités de la harpe sur les collines.

Ce jour-là, elle a eu des échos de la croisade française et a beaucoup pensé à sa sœur Marguerite, mais tout cela lui semble si loin lorsqu'elle galope, cette fois seule, à la lisière d'une forêt telle qu'il ne doit sans doute pas en exister en Orient. Elle y pénètre, comme toujours attirée par le mystère qui s'en dégage, le danger impalpable qu'elle y ressent. Elle espère y trouver l'accès au secret de l'amour absolu, que les clercs identifient à Dieu. Ce que les prières ne lui apportent pas, elle croit pouvoir le découvrir par la musique comme aux temps immémoriaux où il n'y avait ni Bien, ni Mal.

Alors qu'elle vient de mettre pied à terre, elle entend le son d'une flûte. Elle y répond et voit apparaître un jeune homme qu'elle reconnaît. Elle l'avait vu dans un village accompagner au tambourin un *mystery*, et l'avait remarqué pour ses yeux verts de chat et sa longue chevelure blonde.

— Je m'appelle Morgan, mais que faites-vous ici toute seule ? N'avez-vous pas peur de vous égarer ? demande-t-il d'une voix à la fois grave et douce, singulièrement troublante.

— J'aime la forêt et le murmure des arbres.

— Regardez le ciel tout sombre, écoutez la mer mugir. L'orage menace, la tempête gronde. Vous n'aurez pas le temps de rentrer au château. J'habite Daffodil Manor, à deux pas d'ici. Venez vous y réfugier.

Que ce soit à cause de l'orage, ou de l'envie qui la saisit de se trouver seule avec lui, elle suit le flûtiste dans ce manoir de la Jonquille, qui ressemble en plus petit à Hailes.

A peine sont-ils arrivés que le ciel, le vent et la pluie se déchaînent. Sancie ne s'étonne même pas de l'étrangeté du lieu, sans âme qui vive, presque sans meubles, comme déserté, irréel. Morgan l'invite à monter dans une tour dont une fenêtre s'ouvre sur l'océan. Ils se regardent sans mot dire. Sancie a l'impression de le connaître depuis longtemps, et lorsqu'il se met à jouer de la flûte, elle lui répond sur sa harpe. Leur dialogue devient un chant d'amour, indifférent au tumulte de la nature, hors du temps. Quand il l'enlace avec des gestes caressants, elle soupire comme si elle attendait ce moment depuis l'éternité et c'est sans conscience qu'elle s'abandonne aux flots qui l'emportent vers ce nid de roses dont elle a tant de fois rêvé...

Saint-Jean-d'Acre, le 13 mai 1250.

La reine Marguerite, sa sœur Béatrice et sa belle-sœur Jeanne, suivies d'un cortège d'évêques, de chevaliers, de dames et de damoiselles se rendent en procession au port, où la population afflue pour accueillir le roi et son entourage. La reine a emmené avec elle son enfant Jean Tristan, âgé de quelques semaines à peine. En voyant la nef royale s'approcher du quai, Béatrice et Jeanne se serrent instinctivement contre elle, comme pour préserver le lien de solidarité tissé par les épreuves et l'angoisse partagée.

Au moment où le roi apparaît en haut de l'échelle dans le vêtement noir qui fait ressortir sa pâleur, la chevelure serrée dans un chapel bleu décoré de fleurs de lys comme la première fois qu'elle l'avait rencontré à Sens, la reine éclate en sanglots, entraînant Béatrice et Jeanne dans ses pleurs. Louis est si fatigué, si amaigri qu'il marche lentement, donnant parfois l'impression de chanceler. Quand il s'approche d'elle, elle est surprise par le regard étrange, illuminé, qui ne semble pas la voir, et malgré le sourire qu'il lui adresse, elle ressent une sorte de malaise. Elle comprend qu'il a été profondément bouleversé par sa captivité et qu'il ne sera plus jamais comme avant.

Comme elle s'incline, il lui tend les mains pour la relever, mais jette à peine un regard à l'enfant qu'elle lui présente.

— Je l'ai appelé Jean, comme vous le désiriez, et je me suis permise de lui donner le surnom de Tristan, en mémoire des durs moments que nous avons subis.

— On m'a rapporté votre conduite admirable, ma dame, et je vous en fais compliment. J'étais sûr de pouvoir compter sur vous.

— Il n'y a rien d'admirable dans le devoir accompli.

Arrivé au palais réservé à la famille royale, et situé au nord de la ville à l'intérieur de puissantes murailles, il exprime aussitôt le désir d'un bain :

— Je veux me laver de l'ordure rapportée de ces jours infâmes passés dans les chaînes.

Si les retrouvailles de Jeanne et d'Alphonse sont chaleureuses et pudiques, celles de Béatrice et de Charles sont à l'image de leurs relations, conventionnelles et froides. La lune de Chypre n'a pas eu de suite, et la captivité ne semble guère avoir attendri le comte d'Anjou.

— Ces démons malfaisants paieront très cher ce qu'ils ont fait à mon frère d'Artois et ce qu'ils m'ont fait endurer ! répond-il à sa femme quand elle s'enquiert de son état de santé et des souffrances subies. Ils ont cherché à me faire parjurer et ont menacé de me décapiter en rappelant que le roi d'Angleterre Richard avait fait couper la tête de plus de deux mille prisonniers. Je les ai traités de lâches. L'interprète n'a pas dû traduire parce qu'ils ont éclaté de rire.

Charles se garde d'évoquer l'incident survenu lors de la traversée de Damiette à Saint-Jean-d'Acre. Au cours des six jours qu'elle a duré, le roi n'a cessé de réunir ses chevaliers pour parler des Infidèles, de leur comportement, de leur foi en leur prophète, des ouvrages pieux qu'il a remarqués chez les émirs et le sultan. Il a regretté que trop de chrétiens ne fussent plus animés de la même foi qu'eux et déclaré que l'épreuve de la captivité avait été une punition infligée par Dieu pour ses propres erreurs commises dans la conduite des opérations et l'incapacité de nombre de croisés à se consacrer totalement à la mission assignée. Un jour, étonné de l'absence de son frère Charles à sa conférence, et apprenant qu'il était en train de jouer aux tables avec le sire Gauthier de Nemours, il l'avait rejoint et jeté par-dessus bord échiquier, pions et dés.

Charles a attribué la colère de son frère à l'amertume de l'échec. Il s'est inquiété auprès d'Alphonse de Poitiers, resté plus proche que lui du roi, de savoir si ce dernier comptait reprendre le combat.

— Notre frère est un obstiné. Il ne s'en ira pas d'Orient sans chercher une revanche ou une compensation.

— Une revanche ? Pour le moment, c'est impossible. La majeure partie des croisés est encore captive et comment en faire venir d'autres ? Alors, quelle compensation ?

— La terre d'Orient en offre beaucoup. Elle n'a pour limite que celle du monde des hommes.

— Il ne peut tout de même pas songer à y étendre la croisade.

— Louis regarde souvent vers le levant, là où se lève le soleil...

A l'instar de Charles d'Anjou, tout le monde s'interroge sur les projets du souverain. Marguerite est persuadée quant à elle qu'il prendra vite la décision de retourner en France, ne serait-ce qu'en raison de son état de santé. Sa faiblesse est telle qu'il lui arrive de tomber en syncope. Il a un urgent besoin de repos et de soins. Malheureusement, le seul remède administré par les médecins est la saignée, qui l'épuise encore davantage, au point que la reine prend l'initiative de s'y opposer. Au fil des semaines, bien qu'il recouvre peu à peu des forces, il se montre instable, passant de longues périodes de méditation et de prières à des crises de colère brusques. Il ne parle pourtant pas de retour. Quand Marguerite lui dit : « Vous avez besoin de changer de climat », il feint de ne pas entendre.

Il n'ignore pas que nombre de barons et de seigneurs, soucieux du sort de leurs familles et de la situation dans leurs fiefs, expriment plus ou moins ouvertement leur désir de les retrouver. Rester signifie aussi pour eux la nécessité de recruter des chevaliers et des bannerets, c'est-à-dire des vassaux capables de réunir trois contingents d'hommes d'armes sous bannières, alors qu'ils n'ont plus d'argent pour le faire. Qu'à cela ne tienne, malgré les difficultés financières, le roi emprunte afin de pouvoir allouer des subsides à certains d'entre eux, notamment au sénéchal de Joinville, devenu l'un de ses proches. Béatrice confie pour sa part à sa sœur que Charles s'inquiète de la situation en Provence, où la révolte gronde. Marguerite se permet de le rappeler à Louis et lui demande s'il a fixé une date de retour.

Il lui lance un regard si tranchant qu'elle sent son sang se figer.

— Croyez-vous que je puisse songer à me reposer alors que les Lieux saints sont toujours aux mains des Infidèles et que douze mille croisés sont encore prisonniers et exposés à un massacre ? Vous savez bien qu'ils ne doivent être libérés qu'une fois payée la totalité de la rançon.

— Vous n'êtes pas en état de combattre, mon seigneur, et bientôt vous pourrez payer cette rançon.

— Dieu me donnera l'énergie nécessaire à la poursuite de mon dessein. D'ailleurs, il y a d'autres moyens que l'épée pour le réaliser... Mais vous, ma dame, rentrez, si vous le désirez.

— Je ne rentrerai pas sans vous, mon seigneur !

— Alors, sachez que ma présence ici reste, malgré la défaite, le seul gage contre une éventuelle offensive des mamelouks contre les Etats francs. L'empereur Frédéric est retenu en Europe par ses démêlés avec le pape, le roi d'Angleterre est un incapable, je suis donc le seul souverain d'Occident capable de rameuter la chrétienté pour garder l'espoir de reprendre les Lieux saints. Croyez-vous que je sois insensible aux sentiments de ceux qu'on appelle les Poulains ?

Les chants qui ont résonné dans les rues d'Acre lors de l'arrivée du roi n'ont pu masquer les sentiments de chagrin et d'angoisse de la population des Etats chrétiens d'Orient. Elle pleure ceux qui sont tombés en Egypte et s'interroge sur un avenir désormais bien plus sombre qu'à l'époque de Salah al-Din, le sultan qui avait pris Jérusalem. Combien de temps encore ces principautés franques pourront-elles résister aux attaques des Infidèles et peut-être à un assaut des Mongols ? A Antioche, les Turcomans ravagent les terres, Tripoli est en danger, Sidon menacée par le sultan de Damas. Ceux qu'on craint le plus sont les nouveaux maîtres de l'Egypte, vainqueurs du roi de France, ces mamelouks turcs, dont la sauvagerie fait regretter le grand Salah al-Din et les souverains aiyubides, avec lesquels il était possible de négocier.

Malgré cette épée de Damoclès sur sa tête, le peuple chrétien de l'ancien royaume de Jérusalem ne montre guère d'unité. Les rivalités entre les principautés, qui ont débouché sur de véritables guerres civiles, ne sont pas plus éteintes que l'irréductible inimitié opposant Pisans et Génois. Si aucun conflit n'a encore éclaté entre les barons de France et les Poulains, ils ne parviennent pas à se comprendre. Sans parler de l'empereur Frédéric, qui n'a cessé d'entretenir des relations amicales avec les sultans sarrasins. Une rumeur de plus en plus persistante court même sur des messages qu'il aurait envoyés au sultan du Caire Aiyub pour le prévenir de la croisade du roi de France.

Quoi qu'il en soit, Louis ne parle toujours pas de retour jusqu'au jour où lui parvient une missive de la reine Blanche. Il la déroule et la lit sous le regard anxieux de Marguerite.

— Y a-t-il quelque chose de grave ? s'enquiert-elle.

— La reine me demande instamment de retourner en notre royaume.

— Ce serait une sage décision, mon seigneur.

Louis ne répond pas, mais le soir, il rejoint la reine, une visite qu'elle attribue au réveil d'un désir mis en sommeil par son mal et sa fatigue. Il lui déclare ne vouloir que se reposer auprès d'elle, sentir contre lui ce corps au sang brûlant dont il voudrait capter l'énergie. Il éprouve aussi le besoin de se confier :

— Les mamelouks ne respectent pas notre accord. Ils massacrent les malades et font abjurer nos jeunes guerriers prisonniers en les menaçant de torture et de mort s'ils refusent. Je ne peux abandonner ces malheureux. J'ai consulté les seigneurs d'Orient, ainsi que les maîtres du Temple, de l'Hôpital, de l'ordre Teutonique. Tous estiment que la situation ici est critique. Si je m'en vais, le désastre sera inévitable.

— Grande sera la déception de vos sujets de France, mon seigneur !

— Mes sujets doivent comprendre que je ne peux faillir à ma mission sans me déshonorer.

Les nouvelles du royaume le préoccupent toutefois assez pour qu'il décide le 26 juin 1250 de réunir son conseil.

Par la voix de Guy de Mauvoisin, les barons, soutenus par les frères du roi, affirment que le retour s'impose. Ils invoquent les conséquences de leur absence prolongée sur l'administration de leurs terres. Et puis le roi ne dispose plus en Syrie que d'une centaine de chevaliers, au lieu des mille huit cents arrivés avec lui. Comment pourrait-il défendre les positions chrétiennes avec aussi peu d'effectifs ? Il n'a guère d'autre solution que d'aller chercher des renforts et de l'argent, voire appeler à une nouvelle croisade.

Les discussions sont si vives que la reine en perçoit les échos. Le comte de Jaffa, dont le fief, situé sur la zone frontière, est le plus menacé, plaide ardemment pour que le roi accepte de rester un an de plus. Le sénéchal de Joinville l'appuie avec véhémence.

— Accepterez-vous de laisser les prisonniers aux mains des Infidèles ? Autant les livrer au bourreau. Et puisqu'on parle d'argent, il n'a été dépensé pour l'instant que celui du clergé. Le royaume est loin d'être ruiné. Le roi dispose encore de moyens, notamment de la contribution des villes de France. Il pourrait y prélever assez de fonds pour payer les soldes des chevaliers de Morée et d'outremer. Cela encouragerait d'autres engagements. Je suis convaincu que, d'ici un an, la situation s'améliorera.

Le discours du sénéchal, surtout l'argument des prisonniers, fait mouche. Parmi les assistants, nombreux sont ceux qui ont un frère, un cousin, un parent, un ami parmi les captifs. Pourtant, en approuvant chaleureusement Joinville, le maréchal Guillaume de Beaumont s'attire les foudres de son oncle Jean, qui tient à retourner au plus vite chez lui et l'insulte grossièrement. Devant la tournure prise par la discussion, le roi demande à chacun de garder son sang-froid et met fin à la réunion... sans délivrer sa réponse.

Peu après, Joinville, qui soupe avec le roi et la reine, raconte que nombre de barons le traitent de « Poulain » parce qu'il conseille au souverain de rester :

— Eh bien, sire, j'aime mieux être Poulain que vieux roussin fourbu !

Le roi éclate de rire, ce qui ne lui est pas arrivé depuis longtemps.

Le soir venu, il annonce à Marguerite qu'il a écrit une lettre à ses sujets de France.

— Je leur raconte ce qui s'est passé... tout ce qui s'est passé. Ils ont le droit de savoir. Je leur dis que j'avais l'intention de retourner auprès d'eux, mais que j'y ai renoncé en voyant les Infidèles violer les conventions et s'en prendre aux prisonniers. Le royaume ne risque rien, car madame la reine, ma mère, le tient bien et dispose d'hommes qualifiés pour le défendre. Alors, en accord avec les barons de France et du royaume de Jérusalem, avec les chevaliers des ordres militaires, j'ai décidé de rester en attendant que quelque chose de bon arrive pour la chrétienté, la libération des captifs et le maintien du royaume de Jérusalem. Je les appelle à se croiser et à venir me rejoindre...

Marguerite est effondrée. Elle l'entend à peine ajouter que la lettre sera emportée par ses deux frères dont il autorise le retour avec leurs épouses. Le comte de Toulouse, beau-père d'Alphonse, étant décédé l'année précédente, il faut bien que ce dernier prenne possession du comté échu à Jeanne. Le roi le charge également d'assister la reine Blanche dans le gouvernement du royaume. Quant à Charles, il lui faut restaurer son autorité sur la Provence.

Marguerite rumine sa déception. Elle pense à ses deux enfants, qui grandissent sans elle, rêve aussi à sa Provence, aux parfums de ses vergers, de ses vignes et de ses pinèdes, à la lumière de son ciel pur. Pour elle, c'est un véritable exil qui commence.

Au même moment, au palais de Westminster, la reine Eléonore est occupée à montrer à ses enfants un nouveau livre de psaumes enluminé qu'elle vient de recevoir quand le roi fait son entrée dans la pièce. Il annonce d'un ton solennel qu'il a décidé de se croiser.

— Pour répondre aux vœux de Sa Sainteté le pape et de mon peuple ! ajoute-t-il avec quelque emphase.

Surprise, Eléonore se réjouit de la décision qui donne enfin au roi une dimension chevaleresque. Elle a gardé le goût des récits de chevalerie et vient justement de lire la « Chanson d'Antioche », qu'un Maître du Temple lui a offerte. On y raconte le siège de cette cité lors de la première croisade. Elle s'en est délectée, les exploits qui y sont décrits ont fait resurgir le souvenir de la légende de Vivien le Preux qu'elle avait assimilé autrefois au bel écuyer Delfin. Elle incite le roi Henry à faire décorer les chambres royales du château de Winchester et des palais de Westminster et de Clarendon de tapisseries et d'enluminures représentant des épisodes de l'histoire d'Antioche. Elle charge également l'un de ses clercs les plus habiles en écriture, John de Hewden, de composer un poème à la gloire des vaillants croisés.

Malgré ces manifestations ostentatoires, nombreux sont ceux qui doutent de la sincérité du souverain. Les plus cyniques le soupçonnent d'une manœuvre pour en tirer un bénéfice financier, les mieux disposés y voient un geste pour montrer qu'il a autant de courage et de piété que le Capétien. Il prend en tout cas la croix lors d'une cérémonie conduite par l'oncle Boniface devant un groupe de barons et des membres de la Maison royale.

— Je pars sur les traces de mon grand-oncle le roi Richard, déclare Henry avec emphase. Je ne saurais faire moins que mon frère le comte de Cornouailles, qui s'est comporté brillamment. Il a arbitré avec succès les querelles entre les Hospitaliers et les Templiers, participé à la construction de la forteresse d'Ascalon, facilité la paix entre le sultan Aiyub d'Egypte et le comte Thibaut de Champagne.

Peu convaincue de la véracité des prouesses prêtées à Richard, Eléonore esquisse un sourire ironique.

— Ne serait-ce pas plutôt l'exemple de Louis de France qui vous inspire, my lord ?

— Pas du tout ! se récrie Henry, vexé. Comment pourrais-je m'inspirer de l'exemple d'un vaincu ? Le Capétien a été incapable de reprendre la Terre sainte, il a été humilié par les mamelouks, de vulgaires esclaves !

— Est-ce que vous m'emmènerez en Orient, comme le roi Louis a emmené ma sœur ?

Henry fronce les sourcils, embarrassé.

— Je n'ai pas la chance comme le Capétien d'avoir une mère capable de gouverner en mon absence.

— Vous avez votre frère...

— Vous savez bien que Richard est fougueux. Il a de grandes ambitions qu'il s'attache à satisfaire, peut-être hors d'Angleterre. Certes, je pourrai lui confier la régence, mais il faut lui associer quelqu'un pour le calmer... Je crois que vous seule en êtes capable.

*

Alors que le Plantagenêt envisage un départ en Orient, le roi Louis est agité par des songes encore plus grandioses. Il est déjà sur cette terre lointaine et après y avoir vécu une si dure épreuve, il s'imagine maintenant en nouveau croisé de la Paix, avec pour mission non seulement de protéger les Etats chrétiens de l'invasion des Infidèles, mais de tirer des ténèbres de la barbarie les peuples des immenses plaines du continent asiatique, et de les conduire sur le chemin de la vraie foi.

Il est cependant très vite rappelé aux réalités immédiates et pressantes de la chrétienté d'Orient. Les conflits au sein des communautés latines ne manquent pas. Le roi se charge de les résoudre. Il parvient à régler celui qui oppose les clans génois et pisans pour le contrôle de la ville même d'Acre, dans laquelle ils occupent, ainsi que les Vénitiens, des quartiers voués au commerce. Il s'efforce d'aplanir l'antagonisme entre les barons de France et les Poulains.

Tout aussi indispensable que la réconciliation et le rétablissement de l'union est le renforcement de la défense, insuffisante en cas d'attaque générale des Sarrasins réconciliés. Il décide donc d'engager des travaux en commençant par Saint-Jean-d'Acre, qui est pourtant une véritable forteresse, protégée à l'est et au nord par une double muraille bordée d'un large fossé, et le long de la mer à l'ouest et au sud par de puissantes fortifications. Le renforcement de Caïffa et de Césarée, une cité quasi détruite et située à un jour de marche d'Acre, est également envisagé.

La reine est bien obligée de prendre ses dispositions pour un séjour dont elle ignore la durée, d'autant plus qu'elle porte à nouveau un enfant royal. Elle se préoccupe de constituer une cour avec des femmes de seigneurs francs, car si le roi a décidé de vivre et de se vêtir le plus modestement possible, il se doit de respecter un minimum d'apparat digne de son rang de souverain, protecteur des chrétientés. La reine ne manque pas de le lui rappeler.

— A Damiette, je me suis rendu compte que c'est très important en Orient. Les habits que le sultan vous a offerts à votre libération le prouvent. La soie, le vair, le petit-gris, les boutons d'or montrent bien la considération dans laquelle il tient le roi des Francs. N'est-ce pas ainsi qu'on vous appelle maintenant ?

Louis acquiesce, non sans fierté. Sa défaite, sans être oubliée, ne l'a pas empêché de gagner un certain prestige auprès des Infidèles par sa dignité et son courage. Il croit en voir le signe dans la demande d'audience formulée par l'émissaire d'un chef arabe dénommé par les chrétiens le Vieux de la Montagne.

Ce surnom a été celui de Hassan ben Sabah, fondateur d'une secte musulmane d'obédience ismaïlienne. On a pris l'habitude de le donner à ses successeurs. Quant aux membres de la secte, ils sont appelés Haschischins, nom dérivé de haschisch, une herbe que les adeptes ont l'habitude de mâcher ou de fumer. L'envoyé du chef en exercice est un émir d'une quarantaine d'années au visage émacié et au regard brûlant. Il est accompagné de deux jeunes hommes. L'un d'eux tient dans sa main trois couteaux s'emboîtant par le manche, l'autre porte un tissu fin ensanglanté enroulé autour de son bras. Frère Yves le Breton, interprète du roi, en explique le sens :

— Couteaux et tissu signifient à la fois un défi et un avertissement. En cas de réponse négative aux demandes du Vieux de la Montagne, l'exécution s'accomplit.

L'émir exhibe une lettre de créance, tout en s'étonnant que le roi de France n'ait pas eu la courtoisie d'envoyer à son maître le sheik al-Jabal un présent d'amitié, comme l'ont fait l'empereur d'Allemagne, le roi de Hongrie et le sultan du Caire.

Le roi esquisse un geste d'humeur en entendant évoquer une fois de plus le nom de l'empereur Frédéric. Décédé en Sicile en décembre 1250, voilà que son spectre se dresse à nouveau devant lui. Louis se jure de ne pas renouveler l'erreur commise par le Souabe de s'être davantage soucié de sa propre gloire et de philosophie arabe que de répandre la foi chrétienne, même si ce diable avait réussi à récupérer les Lieux saints sans coup férir.

L'émir, voyant le roi courroucé, adopte un ton moins agressif pour présenter une requête : relever le cheik, son maître, du tribut qu'il verse aux ordres du Temple et de l'Hôpital. Le roi est déçu. Est-ce donc pour une sordide affaire de sous que ces gens l'ont dérangé ? Il déclare s'en remettre au Grand Commandeur du Temple Renaut de Vichiers.

— En Orient, il ne faut jamais céder à ce genre de provocation, affirme celui-ci, devenu son conseiller pour tout ce qui concerne l'Orient. Ces Haschischins sont venus se réfugier en territoire franc pour bénéficier de notre protection parce qu'ils ont commis des tueries contre les autres Infidèles. Tuer des chrétiens les intéresse en effet moins que de massacrer des coreligionnaires.

Le roi, étonné, n'en est guère convaincu. Méfiant, il interroge frère Gaucelm, qui lui a révélé avoir pénétré dans le repaire du Vieux de la Montagne.

— Pourquoi commettent-ils ces meurtres ?

— Pour punir les sultans, les émirs ou les cheiks qui ne partagent pas leurs convictions. Ils livrent d'ailleurs volontiers aux barons latins des renseignements sur ces ennemis, en particulier sur les Turcs qu'ils détestent. On dit que le premier Vieux de la Montagne résidait dans une forteresse perchée sur les monts Elbrouz, non loin de la mer Caspienne. Il y préparait les attentats commis contre les ennemis de la Perse. Il recrutait de très jeunes gens, les instruisait et leur faisait mâcher ou fumer du haschisch qui leur faisait voir un merveilleux paradis. Ils acceptaient aveuglément de mourir ou de subir la torture quand le Maître l'ordonnait.

— C'est épouvantable ! En est-il toujours ainsi maintenant ?

— Ce n'est pas différent, sire. Lorsqu'un homme tue et meurt pour le Maître, il croit que Dieu seul décide du jour de sa mort et que son âme va rejoindre un corps plus heureux.

— Envoyer ses fidèles mourir en tuant des gens qui ne partagent pas sa foi est préjuger de la décision divine.

— Le Maître estime agir au nom de Dieu, sire.

— Quelle outrecuidance ! Que sait-il de notre foi ?

— J'ai trouvé chez le Vieux un livre contenant les paroles de Notre-Seigneur Jésus à saint Pierre. Quand nous en avons parlé, il m'a dit avoir une grande affection pour l'apôtre et expliqué : « Au commencement du monde, quand Abel fut tué, son âme vint dans le corps de Noé. Quand Noé mourut, son âme vint dans le corps d'Abraham, et lorsque Dieu arriva sur terre, elle passa du corps d'Abraham dans celui de saint Pierre. » Je lui ai dit son erreur, mais il ne m'a pas cru.

Lorsque le roi raconte l'entrevue à Marguerite en proclamant sa conviction qu'un jour il parviendra à convertir tout ce monde-là, elle hoche doucement la tête.

— Il vous faudra naviguer entre l'eau et le sable. Alors, gare aux mirages, mon seigneur.

*

Ce ne sont pas des mirages qu'ont vus Alphonse de Poitiers et Charles d'Anjou à leur retour d'Orient. Le premier a été frappé d'une congestion qui l'a en partie paralysé et dont il se remet avec difficulté. Le second a trouvé le comté en plein désordre. Avignon, Marseille et Arles se sont soulevées ainsi que Barral des Baux, le rebelle impénitent qui n'avait cessé de créer des troubles au temps de Raimon Bérenger. En Arles, les clercs sont victimes de violences, les biens ecclésiastiques pillés ou saisis, notamment ceux de l'archevêque Baussan. Menacé dans sa personne et contraint de quitter la ville, le prélat excommunie Barral des Baux et les Arlésiens révoltés avant de renoncer à ses droits en Arles au bénéfice du comte Charles d'Anjou, qui entre dans la ville avec son armée et brise le mouvement communal.

La régente Blanche est confrontée pour sa part à des difficultés encore plus graves. Certes, afin de trouver les fonds que le roi lui réclame, elle parvient à obtenir du pape Innocent IV l'autorisation de lever de nouvelles taxes sur le clergé, mais elle doit surtout faire face à une véritable insurrection.

La défaite d'Egypte a en effet suscité de surprenantes vocations. Le jour de Pâques 1251, un homme barbu, maigre et pâle, réputé capable d'une exceptionnelle abstinence, déclare avoir reçu de la Vierge l'ordre de venger le roi et la chrétienté en faisant appel aux gens les plus humbles. Le menu peuple est subjugué par l'ardeur de ses sermons. Des centaines, puis des milliers de manants et de bergers, de jeunes gens et de jeunes filles se rallient à son étendard sur lequel est peint un agneau portant une croix, d'où leur surnom de Pastoureaux. La rumeur de cette étrange croisade se répand et les adeptes se multiplient. Blanche de Castille, pourtant si avisée, croit bon d'encourager ce saint mouvement qui revendique son attachement au roi, non sans l'arrière-pensée d'utiliser cette force contre d'éventuelles révoltes seigneuriales.

Mais les feux de camp se muent bientôt en incendies, et la pieuse ardeur du pasteur en folle ivresse révolutionnaire, notamment en Picardie et en Flandre. Quelque trente mille Pastoureaux investissent Amiens, rameutant des adeptes au passage, si bien qu'ils sont une cinquantaine de milliers à marcher sur Paris. Le chef, qui se fait appeler on ne sait trop pourquoi le Maître de Hongrie, se permet de célébrer ou de rompre les mariages. Il confesse, absout, bénit. A Paris, en l'église Saint-Eustache, le Maître de Hongrie, portant robe et tiare d'évêque, monte en chaire pour y délivrer un sermon et distribue l'eau bénite. Surexcités, de gentils Pastoureaux se jettent sur des prêtres et les massacrent. La panique s'empare du clergé de la capitale. Le Maître, par crainte d'une réaction des forces royales, juge alors prudent de porter sa « croisade » ailleurs. La multitude, nourrie de haine par la misère, se répand en plusieurs régions, commettant pillages et violences. Face à l'invraisemblable tolérance ou à l'incapacité des autorités, des voyous se mêlent au cortège des fanatiques qui entrent dans Orléans, puis dans Bourges. La horde saccage les synagogues et déchire les livres. Le Maître promet des miracles et fait courir la rumeur qu'il est en fait l'envoyé du sultan d'Egypte. La confusion des esprits et le désordre matériel deviennent tels que la reine Blanche se décide à condamner le mouvement et à considérer les Pastoureaux comme des excommuniés. Les officiers royaux de Bourges, aidés par des habitants, réagissent enfin. Ils se lancent à la poursuite de la meute, qu'ils rattrapent, mettent à mort le Maître et ses compagnons, tandis qu'à Marseille, à Bordeaux, ses adeptes sont pourchassés et exterminés.

Très éprouvée, la reine écrit à son fils pour lui demander une nouvelle fois de rentrer, mais Louis fait la sourde oreille. A la reine Marguerite qui s'inquiète de ses intentions, il répond simplement qu'il n'envisagera de retour qu'après avoir accompli en Orient l'ouvrage commencé.

L'an 1251. Royaume d'Angleterre.

Pendant qu'en France la régente Blanche est aux prises avec les Pastoureaux, ce n'est pas sans émotion qu'Eléonore se consacre aux préparatifs du mariage de sa fille Margaret avec Alexandre d'Ecosse.

Elle se remémore les conseils de sa mère avant ses propres noces et tente de rassurer la princesse, qui est à peine âgée de onze ans. Elle lui demande pardon de ne pouvoir retarder une union aussi prématurée. Sa mère, la comtesse Béatrice, ne l'avait pu en son temps.

— Tu dois savoir qu'une fille de roi est soumise à la volonté de son père et aux intérêts du royaume. Cela fait plusieurs années qu'un accord a été conclu avec le père de ton futur époux, le roi Alexandre le deuxième. Il faut que tu apprennes la patience, et surtout, tu dois essayer, ce qui est difficile à ton âge en une telle circonstance, de rester libre en pensée...

— Libre en pensée ? Je ne comprends pas, mère.

— Cela veut dire que tu dois chercher un refuge dans le rêve. Laisse s'envoler ton imagination, c'est le meilleur moyen de pouvoir surmonter les moments difficiles. En tout cas, ne te laisse jamais dominer en esprit par ton époux. Ce sera ta revanche... à moins que Dieu t'ouvre les portes de l'amour partagé.

Eléonore devine bien que Margaret ne saisit pas toute la portée de ces conseils, mais elle est convaincue que ces paroles resteront gravées dans la mémoire de sa fille. Elle est déterminée en tout cas, en accord avec le roi, à donner à ce mariage de leur fille aînée un faste sans précédent.

Les cérémonies doivent se dérouler durant plusieurs jours au mois de décembre 1251, en la ville d'York, vieille cité qui s'ordonne autour et à l'ombre de l'imposant palais de l'archevêque, Walter de Gray. Le prélat est en l'occurrence l'hôte des nombreux invités qui affluent d'Angleterre, d'Ecosse et de France, dignitaires laïcs et ecclésiastiques, seigneurs et dames dont les habits de brocart ou de soie, brodés d'or et fourrés d'hermine et de léopard, éblouissent la foule accourue assister à ce déploiement de lumières, de spectacles, de réjouissances populaires.

Tout serait pour le mieux, si la fête, bien commencée, n'était malheureusement troublée par des bousculades et des bagarres sanglantes entre les escortes étrangères dans les rues de la ville. Le roi est contraint, par prudence, de faire célébrer la cérémonie dans la discrétion du petit matin.

Ailleurs dans le pays, les échos de la splendeur déployée aggravent le mécontentement suscité par les ponctions d'argent destinées à une croisade qui ne soulève guère d'enthousiasme. De mauvais esprits répandent le bruit que la noce a été payée sur ces fonds, un détournement dont la reine est accusée d'être responsable. Indifférente, Eléonore ne se doute pas encore que ces nuages qui assombrissent sa joie annoncent de fâcheux orages.

L'an 1251. Terre d'Orient.

Dans la lumière dorée du soleil levant, Louis, roi des Francs, est assez lucide pour ne pas se laisser aveugler par le premier mirage qui apparaît dans la plaine de Syrie. Le malik de Damas et d'Alep Yusuf vient de lui proposer son alliance pour combattre les mamelouks, devenus maîtres de l'Egypte après avoir chassé du Caire le sultan ayubide. La proposition est assortie d'une promesse alléchante : la restitution aux chrétiens de Jérusalem. Louis refuse pour une bonne raison, une telle alliance mettrait en péril les douze mille croisés encore aux mains des mamelouks.

Il en est d'autant plus préoccupé que nombre de ces captifs ont fini par renier leur foi. Les uns auraient cédé sous le supplice ou devant la menace de mort, mais d'autres l'auraient fait de plein gré. L'existence en cette Egypte au climat agréable et riche de sa chatoyante vallée du Nil leur aurait paru plus enviable qu'un retour dans un Occident aussi peu enchanteur que possible avec ses violences, ses injustices, ses hiérarchies. Comment le roi Louis, hanté par l'ambition de convertir le monde, laisserait-il des chrétiens se donner ainsi à l'Islam ? Son objectif prioritaire est de les sauver du joug et de la tentation du reniement. Il ordonne d'ailleurs de ne pas appeler « renégats » ceux qui y succombent. Installé depuis le mois de mars 1251 à Césarée, où il a entrepris des travaux de fortification, il négocie les conditions de leur libération avec le nouveau sultan d'Egypte, le mamelouk Aibeg.

Tandis que les tractations s'étirent en longueur, un autre mirage, grandiose celui-là, réapparaît à l'horizon des plaines de l'Asie centrale, avec le retour d'André de Longjumeau de sa mission chez le Grand Khan tartare.

C'est avec un intérêt passionné qu'en présence de la reine et des barons le roi écoute le récit de son périple et de sa réception à la cour de Güyük. Du port d'Antioche, frère André et ses compagnons ont dû marcher dix lieues par jour et passer une année avant de la trouver. Ils ont traversé de vastes contrées sans arbres, visité des cités ravagées par les Tartares. Arrivés à destination, ils apprirent que le Grand Khan était mort. Sa veuve, Oghul Qaïmish, qui détenait la régence, les accueillit très mal. Elle leur répéta l'exigence conforme à la politique traditionnelle des souverains mongols et exprimée par son défunt époux : soumission du roi des Francs préalable à toute entente. « La paix est une bonne chose, car elle permet à ceux qui vont sur quatre pieds de paître et à ceux qui vont sur deux pieds de travailler la terre, a-t-elle dit. Tu ne peux avoir de paix qu'avec nous, puisque nous avons vaincu l'empereur de Perse et le prêtre Jean, ce souverain chrétien sur lequel circulent tant d'histoires. Nous t'invitons donc à nous envoyer, chaque année, assez de ton or et de ton argent sans quoi nous détruirons ton royaume, comme nous l'avons fait pour les autres. »

Le roi, qui n'a cessé à chaque phrase de s'agiter et de frapper du poing sur l'accotoir de son siège, laisse exploser sa colère :

— Ces animaux de païens sont décidément stupides, prétentieux ! Je regrette vraiment d'avoir répondu à leurs appels !

— Je vous l'avais dit, mon seigneur, lui murmure Marguerite à l'oreille. Il ne faut pas se fier à ces barbares.

Mais le roi est attentif aux propos de frère André sur cette population chrétienne de l'empire des Tartares qui obéit à la règle du patriarche de Constantinople Nestorius. En l'an 431, le concile d'Ephèse avait condamné pour hérésie ce prélat qui prétendait que la sainte Vierge Marie ne pouvait être la mère de Dieu, n'étant que mère d'un homme.

— Ces nestoriens sont devenus des païens idolâtres et dépravés, affirme le dominicain. Le Grand Khan les tolère parce qu'ils lui sont utiles. Il les envoie combattre les Sarrasins, et comme ils sont instruits, il les emploie dans l'administration des terres conquises.

— N'en parlons plus. On dit les Tartares excellents guerriers.

— Excellents et farouches, sire. Les femmes sans enfants combattent aussi. Ils ne mangent pas de pain et vivent de viande de cheval et de lait de jument, préparé avec des herbes. Ils font tremper la viande dans une marinade, et la coupent une fois sèche en tranches, comme du pain. Ils la placent sous leur selle et, quand le sang en est sorti, la mangent crue. Elle est souvent pourrie. Un jour, l'un d'eux a ouvert son sac qui contenait de la viande. C'était si épouvantable que j'ai cru en mourir.

Le roi esquisse un vague sourire.

— Ces Tartares ne paraissent pas dénués de vertus, frère André. Ne croyez-vous pas que nous réussirons un jour à leur faire partager notre foi ?

La reine ne peut retenir un soupir. En lisant dans les yeux des barons qu'ils partagent ses sentiments, elle se tourne vers Louis :

— Permettez-moi de vous dire ma pensée, mon seigneur. Cette conversion me semble un rêve dangereux...

— Quoi ? Mais je ne rêve pas, ma dame. J'ai l'ambition de reprendre à des mains impies la terre du Christ et de m'adresser aux Infidèles, à tous les Infidèles. Et aucune ambition n'est dangereuse si elle soutenue par Dieu. Pensez aux épîtres de saint Paul, ou relisez-les. Le Fils de Dieu n'est pas venu pour sauver le seul peuple d'Israël, mais pour sauver l'humanité entière. La mission de Paul était aussi de s'adresser aux brebis égarées, les Gentils, les étrangers, les païens ! Je la considère comme mienne...

Il se tourne vers les barons pour ajouter :

— Comprenez-vous maintenant pourquoi j'ai décidé de rester ici ?

La phrase tombe dans un silence embarrassé. Les barons échangent des regards sceptiques, sinon désapprobateurs. Le roi n'en a cure. Il s'éloigne sans plus leur adresser la parole.

En le retrouvant le soir, Marguerite ne peut s'empêcher de murmurer :

— Combien de temps encore allons-nous vivre entre l'eau et le sable ?

Soudain, elle devient très pâle et semble si près de s'évanouir que le roi se précipite pour la soutenir.

— Que vous arrive-t-il ? Etes-vous malade ?

— J'attends un enfant.

— Celui-là aussi naîtra sur la terre du Christ, murmure le roi.

Une semaine plus tard, la reine donne naissance à un garçon dans la forteresse de Château-Pèlerin, où elle séjourne quelque temps. L'accouchement s'est déroulé sans incident, comme il en a été pour Jean Tristan.

— Vous voyez que le climat d'Orient vous convient ! s'écrie le roi en riant...

Il choisit pour prénom Pierre et demande à Renaut de Vichiers, nouvellement élu Grand Maître du Temple, d'en être le parrain.

La petite Cour de la reine fête l'événement par un festin plutôt frugal, sur ordre du roi, mais animé par Uc et frère Gaucelm, qui se révèle un excellent ménestrel. L'atmosphère en devient d'ailleurs si conviviale que le bon carme laisse entrevoir la personnalité encore vivante de Delfin sous la robe brune et blanche. Les œillades qu'Azalaïs ne cesse, depuis Chypre, de lui envoyer à chaque occasion ont fini par l'émouvoir. Il y répond par des sourires si équivoques qu'Uc ne peut s'empêcher d'y faire allusion dans une chanson. La reine croit bon de rappeler sévèrement à l'ordre la béguine.

— Cessez vos manigances, Azalaïs, sinon je vous expédie immédiatement en Provence. N'est-ce pas honteux de vous comporter ainsi ? Et avec un moine !

— C'est à cause du climat, dit Gontran, un sourire malicieux au coin des lèvres.

Il en sait quelque chose. La fièvre des sens s'est souvent emparée de lui et, comme tous les chevaliers de l'entourage du roi, il ne lui pas été toujours facile d'y remédier. A Césarée, l'un d'eux, surpris dans un bordel, a été obligé en application des coutumes du pays de choisir l'une des deux sanctions : perdre son cheval et ses armes et être expulsé du camp, ou se faire promener en chemise par la fille avec une corde liée à son sexe. Il a préféré la première solution.

Gontran, lui, a trouvé beaucoup mieux. Depuis plusieurs semaines, il prend très discrètement du bon temps avec une belle jeune femme grecque, Esclarmonde de Nicée, veuve d'un petit seigneur de Césarée tué dans une escarmouche avec des mamelouks. Pour lui au moins, la croisade a pris la couleur et la saveur du miel.

14

Entre levant et couchant

— Ne vous mêlez pas de ça !

La rebuffade du roi meurtrit la reine Marguerite. Bien que depuis Chypre et surtout Damiette, il la tienne au courant de ses projets et des affaires d'Orient, il n'aime guère qu'elle intervienne dans ses décisions. Est-ce le souffle sec qu'exhale la terre de Palestine qui lui tend les nerfs ou l'impatience de ne pouvoir atteindre ses objectifs, son humeur est de plus en plus changeante. Il peut se montrer affectueux et l'instant d'après brutal, lui parler avec douceur avant de la rabrouer sèchement. Cette fois, elle intervient en faveur du parrain de son dernier-né Pierre, le Grand Maître du Temple Vichiers, auquel il vient de faire subir une sévère humiliation.

Il a en effet appris que le templier avait négocié dans son dos avec le malik de Damas pendant que lui-même était engagé dans des tractations avec le sultan d'Egypte.

— Aibeg va me soupçonner de double jeu ! Je ne peux l'admettre !

Le Grand Maître a beau justifier sa démarche par l'intérêt de l'ordre, il est obligé, ainsi que frère Hughes, le négociateur, de venir pieds nus, de s'agenouiller devant le roi pour demander pardon en public, et suprême honte, en présence de l'ambassadeur égyptien.

Frère Gaucelm qui ne cesse d'observer ce dernier, se penche à l'oreille de Gontran :

— Je suis sûr que le mamelouk croit à une ruse du roi.

— Quelle ruse ?

— Faire croire qu'il a conclu une entente avec le malik de Damas.

— Le roi n'est pas cynique à ce point !

— En tout cas, le spectacle va faire mouche.

Frère Gaucelm ne se trompe pas. Trois semaines plus tard, le sultan Aibeg, craignant sans doute un rapprochement entre son ennemi juré le malik syrien et le roi des Francs, propose à celui-ci la libération totale des captifs contre une renonciation à toute alliance avec un Aiyubide. Il promet même de lâcher la sainte Terre de Jérusalem, les cités de Bethléem et de Naplouse, les terres d'Abraham – Hébron – et de Galilée, ainsi que les rives du Jourdain. Dans un geste tout oriental, il fait parvenir au roi deux présents aussi exceptionnels qu'encombrants, un éléphant et un zèbre, que Marguerite, ses dames de compagnie et ses béguines s'empressent d'aller observer.

Azalaïs trépigne de joie, pendant que Gaucelm explique doctement que le zèbre résulte d'un croisement entre un tigre et une jument et que l'éléphant est une catégorie d'âne qui a grandi dans des eaux effervescentes. A Gontran, surpris, qui lui demande où il a pu apprendre qu'un tel prodige ait pu se produire, il répond :

— Je le tiens d'un ermite des sables.

Gontran sourit. Il sait que le succès de Delfin auprès des dames tenait autrefois autant à sa beauté qu'à son art de raconter des histoires. Il est maintenant persuadé que frère Gaucelm n'en a rien perdu. Quoi qu'il en soit, le carme avait bien deviné la réaction du mamelouk.

Ruse ou non du roi, le Grand Maître Vichiers et frère Hughes paient le prix de l'affaire. Le premier n'a d'autre issue que de donner sa démission, le second est désormais interdit de séjour en terre latine et renvoyé en France. La reine Marguerite en est bouleversée, mais elle fait le vœu que le succès diplomatique du roi l'incite au retour en France.

Elle ignore que l'accord a un prolongement militaire inquiétant : des contingents chrétiens doivent se joindre à Gaza à une armée égyptienne pour une attaque conjointe contre la Syrie. Le roi se rend donc à la tête d'une force de mille quatre cents hommes à Jaffa pour y attendre celle des mamelouks du Caire. Il ne se doute pas que le calife de Bagdad, devant la menace d'un affrontement entre musulmans et la perspective de voir les chrétiens tirer les marrons du feu, parvient à réconcilier les frères ennemis. La bataille prévue n'aura donc pas lieu. Pire, en se retirant sur leurs bases de Syrie, les troupes du malik Yusuf, quelque vingt-quatre mille hommes, et dix-huit mille Bédouins, attaquent au passage les défenses de Jaffa et d'Acre. Repoussées, elles mettent à sac Sidon, emmènent des milliers de prisonniers, hommes, femmes et enfants, et emportent un important butin.

— Vous n'êtes pas assez rusé pour ces damnés Sarrasins, se permet de commenter la reine. Et vous n'aurez jamais assez d'hommes pour protéger les principautés chrétiennes, ni assez d'argent pour y construire des fortifications.

Le roi s'emporte.

— Ils ne me feront pas plier ! Je vais lancer une expédition punitive !

— Vous n'en finirez jamais, mon seigneur. Vous êtes pris dans les sables. Partons avant que vous n'y soyez englouti.

Le roi hausse les épaules. Il écoute néanmoins ses barons qui le pressent de ne pas diriger lui-même l'expédition. Les Sarrasins, habiles dans la tactique de l'esquive, éviteront d'ailleurs la « punition ».

Au lieu de le décourager, l'échec conforte le roi dans sa détermination à renforcer toutes les villes chrétiennes de la côte, quel que soit le coût de l'entreprise, alors que les besoins de fonds se font pressants. Outre le reste de la rançon, il lui faut en effet couvrir la construction des fortifications, le recrutement et la solde des armées, les dons aux établissements chrétiens. Continuant d'emprunter aux banquiers génois, il peut engager des travaux à Sidon et aussi à Jaffa, le fief de son cousin, le comte Jean d'Ibelin, où il s'établit avec la reine au mois de mai 1252.

Au royaume d'Angleterre, la reine Eléonore commence à être sérieusement impliquée dans l'imbroglio des luttes d'ambition et d'intérêts qui font de la cour royale une arène de fauves. Son principal souci étant de défendre l'apanage de son fils Edouard, elle s'inquiète de l'Aquitaine qui en est le joyau continental et où le lieutenant du roi Simon de Montfort poursuit une politique désastreuse.

Les plaintes n'ont cessé de se multiplier contre lui. Le roi Henry lui en avait fait remontrance lorsqu'il était venu à York assister au mariage de la princesse. Il avait surtout refusé de lui régler les importantes sommes qu'il demandait pour les frais de garde des châteaux aquitains saisis aux récalcitrants. Furieux, Montfort avait quitté York en menaçant de les vendre.

La reine Eléonore connaissait trop le personnage pour ne pas s'inquiéter d'une vente éventuelle qui amputerait l'apanage d'Edouard.

— Il faut l'en empêcher, mon seigneur ! dit-elle au roi.

— Il n'osera pas aller jusque-là.

Irritée par cette incorrigible mollesse, elle prit l'initiative d'engager des tractations à l'insu de Henry avec le bouillant comte de Leicester. Elle en chargea son conseiller et guide spirituel, le franciscain Adam Marsh, qui entretenait de bonnes relations avec ce dernier. En février et en mars 1252, au terme de deux mois de palabres, Simon a accepté de reconnaître formellement que l'Aquitaine était dans l'apanage d'Edouard, à condition que lui fût payé ce qu'il demandait. La reine mit en œuvre tout son pouvoir de persuasion pour l'obtenir du roi. Henry rechigna, lui reprocha d'avoir omis de le tenir au courant de son initiative, et finalement céda. Eléonore gagna ainsi la première manche.

Montfort n'a pas fini de perturber le couple royal. Aux mois de mai et de juin, il comparaît au Parlement devant les barons anglais afin de se défendre des accusations portées contre lui en Aquitaine. A la surprise du roi, il y est soutenu par Pierre de Savoie.

— Un complot des ruffians de Savoyards ! s'empresse de déclarer Aymer de Lusignan à qui veut l'entendre.

Le roi, convaincu de la complicité entre la reine et l'oncle Pierre, fait irruption dans la chambre d'Eléonore, qui est en train d'essayer un onguent oriental pour la peau de ses mains.

— Comment osez-vous, vous et votre oncle, soutenir ouvertement ce brigand ? Vous avez abusé de ma bonne foi, ma dame ! hurle-t-il, la paupière frénétiquement agitée.

Sans même lever les yeux, Eléonore réplique avec calme :

— Pourquoi vous mettre dans cet état, mon seigneur ? N'est-ce pas vous-même qui avez envoyé Montfort en Aquitaine ? J'ai dû réparer les conséquences de cette erreur et cela dans un seul but, protéger l'apanage de votre fils Edouard. Quant à mon oncle Pierre, il n'a nul besoin de moi pour prendre position.

Henry bégaie une phrase inintelligible et ressort aussi vite qu'il est entré. Il évite la reine durant une semaine avant de venir lui demander pardon pour son éclat. La crise se calme quand Montfort renonce à s'impliquer en Aquitaine moyennant une allocation de sept mille marcs pour couvrir ses dettes.

Les rapports entre les deux époux restent toutefois marqués par l'incident. Henry boude la couche royale, ce qui ne préoccupe guère Eléonore. Il était d'ailleurs depuis quelque temps assez souvent défaillant, une incompréhensible fatigue, que les médecins s'acharnent sans succès à guérir. Une dispute plus aiguë l'oppose de nouveau à la reine à propos de la nomination d'un rector à l'église de Flamstead, située dans un fief dont la reine est responsable. Chacun des deux a son candidat. Eléonore fait désigner son chapelain, William of London. Le roi en a un autre en la personne d'un membre de sa Garde-Robe, Arnaut de Saint-Romain. Quand il apprend que le poste est déjà occupé par le clerc de la reine, il démet ce dernier de ses fonctions et ordonne au sheriff de Hertford de l'expulser. A la stupéfaction de la Cour, il va jusqu'à déclarer haut et fort :

— A quelle hauteur l'arrogance d'une femme peut-elle donc atteindre si on ne la contient pas !

Le mot vient aux oreilles d'Eléonore qui explose :

— Comment ose-t-il parler de moi ainsi ? Je ne vais pas me laisser faire ! déclare-t-elle à ses confidentes Maud de Lacy et Christiania de Marisco.

Elle lance une contre-offensive en portant l'affaire en justice. Le jugement confirme la nomination de son chapelain au rectorat de Flamstead. Vexé, le roi réplique en faisant emprisonner pour corruption un clerc de la reine, mais il n'ose aller jusqu'à la rupture. Il le fait relâcher et l'absout au lendemain de la fête de la Nativité.

Si Eléonore l'emporte une fois de plus, la perspective d'une réconciliation est compromise par le violent conflit qui éclate entre les Poitevins et les Savoyards.

Les protagonistes en sont Aymer de Lusignan, évêque élu de Winchester, et Eustace de Lenn, représentant de l'archevêque de Canterbury Boniface de Savoie, alors absent. La désignation d'un titulaire au poste de prieur de l'hôpital de Saint-Thomas à Southwark en est le motif. Aymer nomme un candidat et refuse de le faire confirmer par le représentant de Boniface. Celui-ci excommunie le nouveau prieur et le fait emprisonner. Aymer riposte en envoyant une bande armée libérer le captif. Les sbires s'emparent de la personne d'Eustace de Lenn, l'attachent à un cheval lancé au galop, et incendient le manoir de l'archevêque à Maidstone.

Le roi, à Windsor avec la Cour, se refuse à punir Aymer et s'en prend à Boniface. Il enlève à la reine le contrôle de ses terres et suspend le droit qu'elle a de disposer de son or. Il lui fait enfin savoir qu'elle devra résider à Guilford jusqu'à nouvel ordre. Eléonore n'ose se rebeller, car elle craint de provoquer la rupture au moment où le conflit entre les deux familles et leurs factions prend un tour si grave que Pierre de Savoie quitte aussitôt la Cour.

La riposte de Boniface ne se fait pas attendre. De retour du continent, il prononce l'excommunication contre tous ceux qui ont effectué le raid sur Maidstone et malmené son représentant. Le roi, effrayé par la dimension que prend le conflit, se calfeutre au château de Lambeth. De là, il tente de le circonscrire en intimant par lettre aux grands barons de ne pas intervenir dans une affaire qu'il estime purement ecclésiastique.

A Guilford, Eléonore ronge son frein. Elle reçoit la visite d'Adam Marsh, qui est accompagné d'un autre franciscain au regard doux et au maintien modeste, frère William Batale.

— Il ne faut pas envenimer le conflit, ma dame, vous avez tout à y perdre, conseille frère Adam.

— Faut-il donc que j'accepte ces camouflets sans réagir ?

— Si l'on vous gifle, tendez l'autre joue, a dit le Seigneur, intervient frère William.

— C'est difficile à accepter.

Frère Adam sait sur quelle corde sensible il convient de jouer avec la reine.

— Je le comprends, dit-il, mais ce n'est pas seulement une question d'amour-propre. Une reine se doit d'être responsable. Songez aux conséquences d'une rupture, non seulement pour vous, mais pour vos oncles et vos fils.

Après avoir bien réfléchi, Eléonore prend l'initiative de calmer le jeu. Connaissant suffisamment son époux pour deviner qu'il regrette son geste et s'en afflige, elle décide de le rejoindre à Clarendon où il réside avec sa cour.

Elle n'est pas déçue. Henry l'accueille à bras ouverts. Confus, il lui rend le contrôle de ses terres et de son or, et les souverains réconciliés se rendent à Winchester afin d'y passer la Noël avec leurs enfants. Signe d'apaisement, ce château est situé sur le territoire d'Aymer de Lusignan, qui accepte de faire acte de contrition. Devant une assemblée épiscopale, l'évêque de Winchester jure qu'il n'a pas participé au raid contre Maidstone. Lorsque l'oncle Boniface en informe Eléonore, elle ne peut s'empêcher de sourire.

— Je devine votre pensée, ma nièce. Rassurez-vous, nous ne sommes pas dupes. Il faut bien quelques concessions de forme, cela fait partie du jeu. J'ai moi-même accordé le pardon à Aymer et lui ai donné le baiser de paix. Le roi s'en est réjoui. Sachez qu'il a invité ses frères Lusignan afin que la réunion de famille soit complète.

Eléonore fronce les sourcils.

— Je ne leur donnerai pas le baiser de paix.

— Soit ! Mais c'est la Nativité. Ne leur faites pas mauvaise figure.

Le comte et la comtesse de Cornouailles sont évidemment de la fête. Leur présence ne signifie pas qu'ils y participent avec enthousiasme. Richard a une autre préoccupation en tête. Le pape Innocent IV l'a pressenti pour le trône de Sicile, pour en écarter Conrad, fils de feu l'empereur Frédéric, mais il a décliné l'offre parce qu'il nourrit une autre ambition, la couronne de Germanie et le titre de roi des Romains, qui lui ouvriraient les portes de l'empire.

Quant à Sancie, son regard et son visage rayonnent d'une lumière si singulière qu'Eléonore lui dit :

— C'est la première fois que ton sourire a la couleur du printemps.

Sancie ne répond pas, mais elle n'a qu'une hâte, retourner à Hailes.

En Orient, pendant que le roi Louis est à Sidon pour y faire relever les fortifications détruites par le raid des Sarrasins, la reine Marguerite, restée à Jaffa, donne naissance à une fille, prénommée Blanche, comme la première, prématurément disparue. Toujours solide, elle se relève vite de ses couches et part avec ses enfants en bateau rejoindre son royal époux.

En contemplant la mer en compagnie d'Esclarmonde, devenue officiellement l'épouse de Gontran, elle soupire.

— Ah ! Si cette traversée pouvait se prolonger avec le roi jusqu'à la côte de ma Provence...

Lorsqu'elle débarque, empressée de montrer la dernière-née à son père, elle est étonnée de ne trouver sur le quai que Joinville et une petite escorte.

— Le roi est très occupé, lui explique le sénéchal, embarrassé.

Il se garde de lui avouer qu'il a pris lui-même l'initiative de venir l'accueillir, car le roi, entre ses dévotions et l'inspection des travaux, ne s'en souciait guère.

— Je croyais qu'il serait heureux de voir sa fille née elle aussi sur la terre de Notre-Seigneur, dit la reine sur un ton désabusé. Il s'intéresse davantage à des murs qu'à ses enfants. J'ai l'impression que le retour n'est pas pour demain, n'est-ce pas, sénéchal ?

Joinville est bien obligé d'en convenir. Il sait que le roi ne partira pas avant de remettre en état Sidon et ses fortifications. La reine s'en doute et, le soir, elle s'abstient de lui en parler quand il vient enfin la saluer, voir les enfants et... passer la nuit avec elle.

D'ailleurs, dès le lendemain, il repart en campagne. Elle ne le verra pas de plusieurs semaines. Elle suit ses itinéraires par les échos qu'elle en reçoit, « le roi est à Tyr, il est dans les montagnes du Liban, il s'empare d'un château, il a mis en fuite un émir, il est à Tripoli... ».

A son retour à Sidon, il ne parle toujours pas de départ mais de l'avancée des travaux, quand le légat Eudes de Châteauroux lui apporte une triste nouvelle : la reine Blanche est décédée le 27 novembre 1252, dans l'abbaye cistercienne de Maubuisson, proche de son château de Pontoise. Par humilité, elle avait exigé de reposer sur un lit de cendres.

Louis, effondré, s'enferme seul pendant deux jours dans sa chambre, sans manger ni boire.

Marguerite est très émue. Elle a pourtant nourri une grande rancœur à l'égard de cette belle-mère qui avait tant fait pour perturber ses relations avec Louis. Mais sans oublier les moments pénibles qu'elle lui a fait subir, elle lui reconnaît des qualités de mère et de grand-mère, et c'est bien à elle qu'elle a confié ses enfants. Elle pense surtout au roi et c'est en songeant à son chagrin qu'elle ne peut retenir ses larmes.

— Combien grande est votre peine, ma dame ! s'étonne le sénéchal de Joinville. Je croyais pourtant que Madame la Régente était la femme que vous haïssiez le plus au monde.

Marguerite est choquée.

— Mon Dieu, sénéchal, vous employez de ces mots ! Haïr ! Sachez que j'ai toujours respecté la reine et, aujourd'hui, comment ne serais-je pas affligée de la tristesse que doit éprouver mon roi ? Croyez bien que je regrette de n'être pas auprès de lui en cet instant... Je prie Dieu de lui accorder en cette épreuve sa miséricorde...

Elle hoche la tête et ajoute en regardant fixement Joinville :

— Croyez-vous franchement, vous qui avez sa confiance, que la pensée du royaume désormais sans la reine Blanche le décidera au retour ?

— Hélas, c'est une question à laquelle je ne saurais répondre, ma dame.

La prudence de Joinville va se justifier. Même la mort de sa mère ne presse pas le roi de rentrer en son royaume. La reine Marguerite craint même qu'il ne songe à reprendre les armes lorsqu'il refuse l'invitation d'al-Nasir Yusuf, roi d'Alep et malik de Damas, à faire un pèlerinage à Jérusalem.

— N'est-ce pas un geste de paix, mon seigneur ?

Le roi, encore marqué par la mort de sa mère, ne s'emporte pas.

— Vous m'avez souvent reproché de manquer de méfiance. Eh bien, figurez-vous que je vois dans ce geste un piège. Me rendre à Jérusalem dans ces conditions serait donner ma caution à l'occupation de la Terre sainte par les Infidèles... D'autre part, je ne tiens pas à ruiner les bonnes relations que j'entretiens avec le sultan d'Egypte Turan Shah, qui est l'adversaire du malik.

— Pourtant, vous n'avez pas obtenu de celui-ci la restitution de la Terre sainte... J'espère que vous ne songez pas à une nouvelle guerre, mon seigneur.

Cette fois, le roi manifeste quelque irritation.

— Je négocie avec des fourbes, et je sais très bien ce que je fais, ma dame !

Au fil des jours qui passent, Marguerite est de plus en plus persuadée que le roi ne s'en ira pas avant d'avoir obtenu la restitution des Lieux saints, ce qui signifie une prolongation indéfinie du séjour en Orient. Et puis le voilà qui agite à nouveau le projet d'alliance mongole.

Il a en effet appris que le prince Sartaq, fils du khan de la Russie méridionale Batu, est si bien disposé envers le christianisme qu'il s'est converti.

— C'est un premier pas ! Il faut aider les Tartares à en faire d'autres sur le chemin de Dieu.

Il charge donc deux franciscains, le Flamand Guillaume de Rubrouck et l'Italien Barthélemy de Crémone, d'une mission chez les Mongols. Leur départ est prévu au début de l'an 1253. Jouant son rôle de souveraine, Marguerite offre un psautier à Rubrouck.

— Qu'en pensez-vous ? demande-t-elle à frère Gaucelm.

— La conversion du Tartare est un leurre, ma dame.

— Comment en convaincre le roi ?

— Il est difficile de détourner une âme de l'étoile qu'elle a cru voir dans le ciel.

*

Cornouailles. Avril 1253.

C'est une autre étoile qui brille pour Sancie. Elle illumine d'un éclat chaleureux Daffodil Manor, le nid de ses amours avec Morgan, le chevalier musicien qui lui a donné le goût de vivre. Depuis cette nuit où est survenu ce prodige, elle ne vit plus que pour les moments où ils sont réunis.

Elle réside désormais le plus souvent à Hailes, avec l'assentiment de Richard. Il est trop occupé à se frayer un chemin vers la couronne impériale pour se soucier d'elle, d'autant plus que, ses enfants ayant grandi, il les a confiés à un précepteur. Sancie jouit donc d'une liberté qui a toutefois une limite, celle que lui impose une discrétion indispensable pour la préserver, ainsi que Morgan, d'une réaction du comte. La jalousie ne prend pas forcément racine dans l'amour, elle est même le plus souvent inspirée par l'orgueil bafoué.

Sancie cultive l'illusion que le personnel du château de Hailes ne soupçonne rien de la destination de ses escapades quasi quotidiennes. Mais elle a su si bien se l'attacher par son humanité, sa gentillesse, son désintéressement que chacun affecte de croire qu'elle va jouer de la harpe ou participer à quelque *mystery go around*.

En cette dernière nuit d'avril vouée à l'ivresse du printemps naissant, elle est saisie d'un désir qu'elle n'a jamais ressenti avec autant d'intensité. Pour la première fois aussi, elle éprouve dans les bras de Morgan le sentiment bouleversant de partager avec lui, au-delà du plaisir, le même sang, le même esprit. Dans son cri d'amour, elle lui dit : « J'aurai un enfant et il sera le tien. »

— Viens, lui dit-il, nous allons le vouer à l'éternité dans le royaume des ténèbres.

Elle le suit sans le questionner, aveuglément confiante. Ils enfourchent leurs montures et galopent dans la lumière argentée de la lune jusqu'à la lisière de la forêt, d'où surgit à leur approche un cortège de silhouettes noires encapuchonnées qui dansent en martelant le sol, au rythme d'éructations rauques. Ils mettent pied à terre et sont aussitôt entraînés dans cette étrange ronde. L'une des ombres ne cesse d'agiter ses bras et de pointer vers le ciel un index orné d'une bague énorme à l'éclat mauve. Elle lance une invocation à sainte Walpurge, et entonne une litanie lancinante et incompréhensible, reprise en chœur par les danseurs. Saisissant la main de Morgan et celle de Sancie qui se raidit à ce contact glacé, et les joignant, elle déclare : « Vous êtes unis devant le Maître des Ténèbres. » Après quoi, les apparitions se retirent et se fondent dans l'obscurité. Morgan dit :

— Nous voilà liés pour le meilleur...

Il n'a pas le temps de poursuivre. Une voix d'homme couvre la sienne :

— Plutôt pour le pire !

Un cavalier vient de s'arrêter près d'eux. Sancie le reconnaît, c'est un sergent d'armes de Hailes.

— Que voulez-vous ? lui dit-elle.

Il descend de cheval, dégaine son épée et, d'un geste rapide comme l'éclair, l'enfonce dans la poitrine de Morgan, qui s'écroule. Frappée de stupeur, Sancie se précipite sur le corps étendu, l'embrasse, le secoue en criant son nom.

— Il ne se réveillera pas, dit le sergent, il paie sa félonie. Il était un féal du comte Richard qui l'a élevé, nourri, adoubé. Quant à vous, comtesse, je vous épargne parce que vous avez aidé ma femme et mes enfants pendant que j'étais en Aquitaine. Je ne dirai mot au comte. Je l'ai vengé. Cela me suffit. Allez, venez avec moi, je vais ramener son corps à Hailes. Je dirai qu'il a essayé de vous violer... Mais ne revenez plus vous mêler à l'infâme sabbat des sorcières. Saviez-vous que Morgan était le fils de l'une d'elles ?

Sancie, hébétée, en larmes, ne sait plus si elle est toujours dans un monde gouverné par Dieu ou si elle a vécu un songe merveilleux que le diable a mué en un cauchemar.

En son palais de Clarendon, Eléonore ne peut se douter du drame que vient de vivre sa sœur. La crise qui a secoué le couple royal et son entourage a été trop virulente pour ne pas laisser de traces. Dès le lendemain de la réconciliation, certains, du côté savoyard comme du côté poitevin, étaient déjà prêts à rallumer les braises de la rivalité. Le pouvoir, à travers l'influence qu'il est possible d'exercer sur un roi aussi versatile que généreux, est avec les privilèges matériels qui s'y attachent un enjeu trop important pour y mettre fin.

Les Lusignan jouissent d'une évidente emprise sur le roi Henry qui leur pardonne tout, violences ou écarts de conduite. Ils bénéficient également de l'indulgence de leur autre demi-frère, Richard de Cornouailles, qui les soutiendrait vigoureusement s'il n'était essentiellement préoccupé de jouer ses propres cartes. Des barons importants comme le comte de Gloucester Richard de Clare, personnage inconstant et imprévisible, et Simon de Montfort, penchent plutôt de leur côté, mais dans la mesure où ils peuvent en tirer bénéfice.

Face à eux, si les Savoyards n'éblouissent pas le roi par des exploits guerriers, ils sont plus efficaces. Forts de leur solidarité, ils excellent dans l'intrigue et la diplomatie, deux armes redoutables dans ce nid de vipères qu'est la Cour. L'archevêque de Canterbury Boniface et les deux Pierre, Savoie et Aigueblanche, sont experts en la matière. Quant à la reine Eléonore, elle ne se fait pas faute de renforcer l'implantation de la faction dans la haute société.

Le plus retors de ses oncles est sans aucun doute Thomas. Depuis la disparition de l'empereur Frédéric, il s'est empressé de glisser du parti impérial au camp pontifical. En 1251, il a épousé Béatrice de Fieschi, une nièce du pape Innocent IV.

— Une véritable araignée ! dit de lui Richard de Cornouailles.

Il intrigue au Saint-Siège en faveur d'une candidature anglaise au trône de Sicile. Cornouailles ayant refusé, le pape qui a besoin de soutien dans sa lutte contre les Staufen l'offre au roi Henry, soit pour lui-même, soit pour Edmond, le cadet des princes. Il lui promet même, s'il le souhaite, de le délier de son vœu de croisade.

Le roi n'ose se risquer dans une telle aventure qui réveillerait les oppositions, mais il est favorable à la candidature d'Edmond. Eléonore adopte l'idée avec enthousiasme. L'âge d'Edmond, huit ans, ne lui semble pas rédhibitoire.

— Une telle offre ne se refuse pas ! déclare-t-elle, chaleureusement approuvée par ses oncles, qu'enchante la perspective d'étendre leur toile d'araignée en Italie méridionale.

The sicilian business, comme on le dit à la Cour, ne fait que commencer. Eléonore déploie tout son charme pour se faire un allié du légat pontifical Albert de Parma, évêque de Bologne. Elle affiche une piété ostentatoire et lui offre de magnifiques gobelets d'or. Puisqu'elle et ses oncles sont si chaleureux, le roi les charge de négocier l'affaire. Les tractations sont conduites par Pierre lui-même et ses frères Philippe et Thomas, avec l'assistance du diplomate attitré du roi, Pierre d'Aigueblanche. Elles durent plusieurs mois, car Henry tergiverse. Et pour cause, le pape exige qu'il lui paie ses dettes, d'un montant considérable, puis il change d'idée.

Edmond étant beaucoup trop jeune pour s'imposer dans un royaume qui garde un fort attachement aux Hohenstaufen, Innocent IV se tourne vers Charles d'Anjou. Le roi Louis étant réticent, le pape revient vers les Anglais, alors que les événements en Aquitaine obligent le roi Henry à y partir.

La situation dans le grand fief s'est en effet aggravée avec l'intervention du roi Alphonse de Castille. Il a fait valoir des droits sur l'Aquitaine qu'il prétend détenir d'Eléonore, fille du roi d'Angleterre Henry le deuxième et épouse de son grand-père. Gaston de Béarn et ses vassaux gascons se rallient à sa bannière et lui prêtent hommage. Henry tente alors de neutraliser la menace en proposant au Castillan une alliance contre les Maures, scellée par le mariage de son fils aîné Edouard avec Isabelle, la demi-sœur d'Alphonse. Eléonore, qui a donné son accord, reste attentive aux tractations.

Pendant qu'elles se déroulent, la rébellion s'étend. Plusieurs cités importantes se rallient à Gaston de Béarn, ainsi que la majorité de la noblesse gasconne. Eléonore lui envoie un message pour tenter de le calmer, mais il ne répond même pas. La solution militaire, espérée par les Lusignan et quelques seigneurs assoiffés de combats et de butin, devient inévitable.

Au mois de mai 1253, le roi Henry réunit le Parlement pour en décider. Les grands barons ne sont pas plus enthousiastes pour aller guerroyer en Aquitaine qu'en Orient. Comme ils ne peuvent refuser le service armé à leur suzerain, ils ne consentent sur le plan financier que la levée d'une aide féodale pour la chevalerie d'Édouard, sous condition de respecter la Grande Charte. Le roi n'aura aucun scrupule à utiliser ces fonds pour couvrir les frais de l'expédition continentale.

La reine, quelque peu déçue dans son rêve chevaleresque de croisade, trouve une compensation dans cette nouvelle entreprise guerrière. Comme s'il s'agissait d'un tournoi, elle stimule le roi, flatte son orgueil en le comparant au grand Edouard le Confesseur, pourtant souverain éminemment pacifique, et aux preux chevaliers de légende.

— Soyez mon roi Arthur, lui murmure-t-elle.

Très sensible à la flagornerie, Henry retrouve soudain sa virilité et sa passion amoureuse. Avant de s'embarquer à Douvres, il rédige un testament dans lequel il affirme sa confiance en la reine. En cas de décès, elle recevrait la garde de l'héritier du trône et des autres enfants, ainsi que celle du royaume tout entier, plus précisément des terres du roi en Galles, en Irlande, en Aquitaine, et en Angleterre jusqu'à la majorité d'Edouard. Il lui accorde la capacité de rédiger un testament de trois mille marcs au-delà de la valeur de ses propres biens. Mieux encore, il ordonne en sa faveur un transfert de terres qui ajoute au douaire de 1243 un important ensemble de manoirs, de châtellenies et de fiefs. Par la même occasion, Pierre de Savoie, qui devait accompagner le roi en croisade, reçoit cinq mille cinq cents marcs. Enfin et surtout, pendant l'absence du roi, la reine et Richard de Cornouailles sont conjointement chargés de la régence du royaume.

Eléonore est évidemment flattée de cette confiance, preuve qu'elle a retrouvé son ascendant sensuel et psychologique sur le bon Henry. Elle découvre d'ailleurs qu'elle attend un enfant. Il y avait huit ans que cela ne lui était pas arrivé. Elle avait subi deux fausses couches, puis les dissensions avaient tenu les deux époux éloignés l'un de l'autre. Aussi, la naissance le 25 novembre 1253 de la princesse Katharine consacre leur réconciliation aux yeux de la Cour et de tout le royaume. En janvier 1254, le jour de la Saint-Edouard, la reine célèbre à Westminster la purification de l'enfant et offre un grand banquet tel que Henry l'aurait commandé.

Plus sûre d'elle qu'elle ne l'a jamais été, elle reste toutefois lucide et ne manque pas de s'interroger sur la capacité de Henry à pacifier le fief promis à son fils. Sa mémoire est encore trop marquée par le souvenir du cuisant échec de la précédente expédition pour ne pas craindre un débordement sur les terres des Capétiens, qui tournerait de nouveau à la déconfiture.

— Ne vous inquiétez donc pas sur ce point, la rassure l'oncle Boniface. En l'absence du roi Louis, le royaume de France n'est pas en mesure de faire la guerre.

Même s'il ne prend pas au sérieux les entreprises guerrières du Plantagenêt, le roi Louis est conscient que le royaume ne pourra éviter des troubles si son absence se prolonge.

A Sidon, où les travaux de fortification sont pratiquement achevés, il ordonne des processions dans le camp. A cette occasion, le légat demande de prier pour le roi, afin que Dieu guide ses actions et l'aide à prendre la décision que tous attendent de lui.

Un événement de nature à l'inciter au retour intervient avec la conclusion, au terme de longues tractations, d'une trêve de dix ans avec le malik de Damas. Ajoutée aux bonnes relations entretenues avec le sultan d'Egypte, c'est au moins un répit qui est accordé aux principautés chrétiennes. Les conditions sont désormais réunies pour qu'il puisse annoncer officiellement son départ d'Orient, prévu à la prochaine Pâque, celle de l'an 1254.

A la fin du mois du mois de février, il quitte Sidon, salué avec émotion par le patriarche et les barons latins. Il se rend à Tyr où résident Marguerite et les trois enfants et les ramène à Acre.

Le 25 avril, la famille royale embarque sur le *Montjoie* avec son proche entourage, aussi heureux que la reine de partir. Gontran est aux anges, promettant à Esclarmonde monts et merveilles. Azalaïs est évidemment surexcitée à l'idée de faire le voyage avec frère Gaucelm. Le carme a accepté la proposition de la reine de rester dans sa suite, non sans une longue hésitation. Il a craint de quitter une existence somme toute assez libre sur terre où souffle un vent de liberté pour retrouver des lieux qu'il a tant cherché à fuir et à oublier. Il a finalement estimé qu'il serait lâche de refuser l'épreuve et qu'il se devait d'affronter la mémoire pour être digne du pardon de Dieu.

Sur le « château », Marguerite respire à pleins poumons l'air de la mer. Elle en avait assez du sable et de la lumière ocre, du vent sec et de la menace constante des Sarrasins, Turcs ou Bédouins, des travaux de fortifications et des campagnes du roi, des vraies et des fausses négociations, du qui-vive continuel par peur d'un attentat. Elle aurait donné tout l'Orient pour se retrouver dans le bois de Saint-Maime ou la pinède de Brignoles.

— Cette fois, nous sommes sur le bon chemin, murmure-t-elle en serrant entre ses doigts la cigale de rubis et d'émeraude.

Car ce n'est pas à Pontoise qu'elle pense, ni au palais de la Cité, mais à la Provence, comme si l'Orient avait été la vraie terre d'exil et ses années de reine une sorte de séjour intermédiaire.

— Attendez qu'on arrive à bon port, ma dame, dit Esclarmonde.

La reine la foudroie du regard. Quelle impertinence de vouloir lui gâcher son bonheur !

A l'approche de la côte de Chypre se produit un premier incident. La nef royale heurte un banc de sable. La quille est endommagée et l'on craint un naufrage, mais l'avarie est réparée et le *Montjoie* peut reprendre la mer.

Le convoi aborde le rivage de l'île de Lampedusa, où il jette l'ancre. Des chevaliers y débarquent pour chasser. Ils en ramènent une profusion de lapins. Quant au roi et à la reine, ils font une excursion, accompagnés de leur entourage. Ils découvrent un ermitage abandonné, entouré d'un vignoble desséché et d'un verger traversé par un ruisseau, mais dont les oliviers et les figuiers ont été dépouillés de leurs fruits.

— C'est dommage, regrette la reine. Les enfants en auraient volontiers mangé.

Ils traversent une première salle voûtée, blanchie à la chaux et pourvue d'une croix de terre vermeille, sans doute l'oratoire. Poursuivant leur visite, ils sont saisis sous une deuxième voûte par une odeur pestilentielle. Deux cadavres en partie décomposés y gisent, curieusement tournés vers l'Orient, les mains croisées sur la poitrine.

— Qui étaient-ils donc ? s'interroge le roi en disant une prière.

— Pour être ainsi abandonnés, sans doute pas grand-chose, des bandits peut-être, dit un seigneur.

— Ne dites pas cela ! Personne ne mérite le mépris ! Ceux-là ont été des créatures de Dieu. Qu'on creuse deux tombes pour les ensevelir dignement.

Au moment de remonter à bord, le maître marinier constate l'absence d'un de ses hommes.

— Que lui est-il arrivé ? demande le roi.

— Je n'en sais rien, sire. Peut-être a-t-il trouvé les lieux à son goût et décidé d'y rester.

— C'est ce que j'aurais décidé si je n'avais pas charge d'âmes, murmure le roi. Qu'on lui laisse des vivres sur la plage.

Au moment où la compagnie s'apprête à s'embarquer, Gontran remarque l'absence de frère Gaucelm.

— Il faut l'attendre, dit la reine.

— Allez le chercher, ordonne le roi.

Gontran et un groupe d'hommes d'armes et de mariniers parcourent l'île en l'appelant à grands cris. On sonne du cor et on frappe du tambour sans que le moine donne signe de vie. Un marinier le découvre en train de prier devant les tombes des deux inconnus.

— Que fais-tu ici ? Le roi et tout le monde t'attendent pour repartir.

Frère Gaucelm se lève et suit le marinier.

— Qu'est-ce qui t'est arrivé ? lui demande Gontran quand ils sont remontés sur la nef.

— J'ai pensé un moment à rester ici... j'ai peur de retourner là-bas... mais je crois que je dois en avoir le courage.

— Le courage ? Quel courage faut-il pour retourner chez soi ?

— Tu ne peux comprendre.

Le voyage se poursuit, émaillé d'incidents. Un groupe de jeunes croisés, descendus dans une île pour y acheter des fruits à la demande de la reine, s'y attarde plusieurs jours. Apprenant qu'ils en avaient volé et avaient même maltraité des gens du cru, le roi leur inflige une sévère punition.

— Qu'ils continuent le voyage dans une petite chaloupe !

— C'est trop sévère, mon seigneur, objecte la reine. Ces garçons sont descendus pour que nos enfants puissent manger des fruits. Tout ça est ma faute.

— Ces garçons sont jeunes. Leur gloutonnerie nous a fait perdre presque une semaine. Les punir est un service qu'on leur rend.

La reine, troublée par cette sévérité, n'en est pas convaincue, mais rien ne fait revenir le roi sur sa décision, pas même le risque encouru par les punis. Un jour de grosse mer, la chaloupe est ballottée comme un fétu de paille, au point que les mariniers doivent l'attacher avec un filin pour ne pas la perdre. Il faudra une tempête pour qu'enfin le roi suspende la sanction.

Autre incident, le feu provoqué dans la chambre de la reine par la maladresse d'une béguine chargée de veiller sur les enfants royaux. En manipulant une bougie trop près de sa coiffe, elle y met le feu qui se répand aussitôt dans des linges. Réveillée par la chaleur, Marguerite sort du lit en chemise et saisit le paquet enflammé qu'elle parvient à jeter à la mer, avant de revenir éteindre les flammèches qui léchaient déjà la couchette des enfants.

Du sang-froid, elle en montre également lors d'une violente tempête qui fait envisager le pire.

— Faut-il réveiller les enfants, ma dame ? demandent les nourrices.

— A quoi cela servirait ? Nous sommes entre les mains de Dieu. Si ça tourne mal, ne vaut-il pas mieux les laisser aller à Dieu en dormant ?

Au terme de dix semaines de cette traversée mouvementée, lorsque enfin apparaissent les côtes de Provence, Marguerite laisse éclater sans retenue sa joie.

— Ne sentez-vous pas le parfum de notre Provence ? crie-t-elle à Gontran, à Uc, à Maria la camérière et aux béguines.

— Où va-t-on débarquer, mon seigneur ? demande-t-elle au roi. Il paraît que nous sommes encore assez loin d'Aigues-Mortes. Alors pourquoi pas à Hyères, qui est juste en face de nous ? Cela me permettrait de voir ma mère, de lui présenter nos trois derniers enfants, et de me recueillir sur la tombe de mon père à Aix.

Le roi, sensible à ce désir, se montre néanmoins embarrassé.

— Je préférerais remettre le pied en mon royaume, sur ma terre, à Aigues-Mortes... Hyères est sur une terre d'empire.

Marguerite est interloquée.

— La Provence est terre d'empire, mais c'est ma sœur, épouse de votre frère Charles, qui en est la comtesse !

— Pardonnez-moi, mais je tiens à Aigues-Mortes, et je ferai en sorte de satisfaire vos vœux.

Marguerite, cette fois, n'est pas prête à se résigner. Elle sollicite l'avis de tous, des chevaliers aux mariniers, de la camérière Maria aux sergents d'armes, de frère Gaucelm à Joinville. Il en ressort que presque tout le monde, lassé d'un si long voyage, n'en apprécie guère le prolongement. Les mariniers affirment qu'aller à Aigues-Mortes est un risque inutile.

— Il serait ennuyeux qu'il vous arrive la même mésaventure que dame de Bourbon, glisse Joinville, non sans malice, au roi.

— Que lui est-il arrivé ?

— Elle avait refusé de débarquer à Hyères, mais les caprices de la mer rallongèrent son voyage de sept semaines !

Le roi reste impassible. Marguerite trouve alors un autre argument que lui a suggéré frère Gaucelm.

— Savez-vous qu'à Hyères il y a un couvent de franciscains, vous pourriez y rencontrer frère Hughes de Digne, mon seigneur.

Le roi hausse les sourcils. Il a entendu parler de ce moine considéré comme l'un des grands esprits de l'Eglise. Il se tourne vers son chapelain, Guillaume de Chartres, comme pour avoir confirmation de ce qu'avance la reine.

— C'est exact, sire. Mais puis-je vous mettre en garde contre certaines idées de frère Hughes ?

— Quelle sorte d'idées ?

— Frère Hughes apprécie la pensée de Joachim de Flore.

— Le cistercien dominicain, l'auteur du commentaire sur l'Apocalypse ? Celui qui a parlé d'une Eglise d'Amour et prône une voie rigoureuse et pure. Je ne crois pas que ce soit condamnable. Quel mal peut-on y voir ? En tout cas, j'aimerais rencontrer frère Hughes pour en discuter.

Marguerite ne peut retenir un sourire de triomphe, non sans relever que Louis place cette rencontre avec le franciscain avant sa propre réunion de famille.

15

Les Cigales et les Aigles

3 juillet 1254.

Le roi et la reine de France débarquent au port d'Hyères sous un soleil de plomb. Est-ce à cause de l'accablante chaleur de cette journée de juillet et de la menace d'orage, ou de l'angoisse de retrouver bientôt son royaume, le souverain fait montre d'une extrême nervosité.

Déjà, au cours des dernières heures de mer, il a eu quelques sautes d'humeur. Il s'est souvent isolé pour méditer sur le pont, assis sur un tabouret, le regard perdu vers l'horizon. La reine lui a demandé ce qui le tracassait.

— Quand je pense à tout ce que je n'ai pu réaliser en Orient... J'en suis parti en laissant la Terre sainte aux mains des Infidèles ! Quelle honte !

— Ne parlez pas de honte. Vous avez assez souffert pour que Dieu vous pardonne.

Avant de descendre à terre, Marguerite s'est étonnée que le roi reste vêtu comme en Orient.

— J'ai décidé de renoncer à tout ce brillant et à ces couleurs qui sont des signes d'immodestie et d'orgueil, explique-t-il.

— Mais vous êtes le roi, mon seigneur, et devez tenir votre rang...

— Je tiendrai mon rang par mes actes, non par la parure !

Maintenant à terre, il annonce qu'il ne compte pas remonter immédiatement vers le nord.

— Je dois rencontrer frère Hughes et faire quelques pèlerinages, cela vous donnera le temps de rencontrer la comtesse votre mère et d'accomplir vos pieuses dévotions.

Reçu par le seigneur des Fos, l'évêque, le Maître du Temple, l'abbé des franciscains, le viguier du comte et d'autres dignitaires, il salue la foule accourue de la petite ville et des environs pour le voir et l'acclamer. Marguerite est agréablement surprise de l'accueil, qu'elle s'attendait à trouver plus froid de la part d'une population de Provence réputée hostile aux Capétiens.

— Le roi Louis est sûrement épargné par le ressentiment dirigé contre son frère, explique Gontran.

Tandis que le roi enfourche son cheval et, guidé par le sire des Fos, se dirige vers le château seigneurial perché au sommet d'une colline escarpée, la reine prend le chemin d'Aix avec sa petite suite et son escorte. Alertés par la nouvelle du débarquement du roi de France, les gens affluent sur son passage que signalent les bannières, et lui lancent de joyeux vivats. Des voix font entendre le nom de Raimon Bérenger, le « bon comte », par opposition à l'autre, le Franchimand. Les rideaux de son chariot relevés, Marguerite salue de la main et se laisse submerger par les odeurs de foin, les fragrances de lavande et de thym, les bouffées qu'exhale la terre de Provence sous le soleil de l'été.

A l'approche d'Aix, elle sent son cœur se serrer, et une intense émotion la saisit quand son char passe devant l'église de l'Hôpital, où repose son père. Elle se signe mais ne s'arrête pas, car elle y reviendra, et le cortège, suivi par une foule enthousiaste, désordonnée, difficilement contenue par l'escorte, franchit la lourde porte du palais comtal, dominé par son trio de tours. Toute la Maison s'est rassemblée dans la cour pour une réception si chaleureuse que Marguerite a l'impression d'être revenue aux temps heureux de son enfance. Ce sentiment se renforce quand elle voit apparaître sa mère.

La comtesse n'a guère vieilli. Elle est encore belle et élégante, dans une robe rose et mauve, ses couleurs préférées, la lourde chevelure sous une coiffe blanche et verte tissée d'or. Les deux femmes restent un moment embrassées en silence, une familiarité qu'elles ne pourraient se permettre aux Cours du Capétien et du Plantagenêt.

— Dommage que ma sœur Béatrice ne soit pas là, déplore Marguerite.

— Elle est à Digne avec ses deux filles, Blanche et Béatrice. Elle se remet de ses couches, car elle a eu enfin un garçon, Charles.

— Dieu soit loué ! Est-ce que cela a rendu le comte moins rustre ?

— Je ne sais... Elle ne m'en dit rien. Pour l'instant il est dans le Hainaut. Au lieu de s'occuper du comté, il est parti guerroyer en Flandre où il espère gagner un fief. Mais assez parlé de lui !

Le visage de la comtesse s'illumine d'un large sourire en voyant ses trois petits-enfants nés en Orient. Elle les embrasse, les palpe, prend dans ses bras la plus petite, observe longuement chacun d'eux pour essayer de leur trouver une ressemblance avec elle ou leur grand-père le comte.

— Ils ont pris du côté des Capétiens, marmonne-t-elle, dépitée.

La mère et la fille échangent le récit de ce qu'elles ont vécu, mais en évitant pourtant le sujet délicat de la succession.

Marguerite tient à rencontrer tous les parents, amis et serviteurs qu'elle a connus. Si elle en a revu certains avant de partir en Orient, nombreux sont ceux qui ont disparu.

— Dieu merci ! Gontran est encore là, remarque la comtesse.

— Il a été fait chevalier par le roi sur le champ de bataille. Uc est également revenu, mais il est parti rejoindre sa famille en Avignon. Il y en a un autre que vous avez bien connu, mère, et que j'ai rencontré par hasard à Damiette. C'est le moine qui est là-bas avec la robe brune à rayures.

— Je l'aurais pris pour un Infidèle. Qui est-il ?

— Frère Gaucelm est carme. Autrefois il s'appelait Delfin

La comtesse pâlit et les traits de son visage se durcissent

— Pourquoi est-il avec vous ?

— Le roi a tenu à amener en France plusieurs carmes pour faire connaître l'Ordre en France. Votre ancien écuyer était parti en croisade, puis il est resté en Orient où il est entré dans les ordres.

Frère Gaucelm devine que la comtesse n'apprécie pas sa présence, car lorsque Marguerite annonce qu'elle va se rendre avec sa mère et les enfants à Forcalquier et à Saint-Maime, il prétexte une obligation pieuse pour ne pas les accompagner. Une autre raison l'incite à s'éloigner, il a remarqué des conciliabules entre Odonin le Muet et des palefreniers lui donnant à penser qu'ils l'ont reconnu. La comtesse est en tout cas soulagée de le voir disparaître. Elle ne peut toutefois empêcher Marguerite d'ouvrir le redoutable coffre à souvenirs.

— Marca la Brune vit-elle toujours dans le bois de Saint-Maime ?

— Pourquoi penser à cette sorcière ? Les souvenirs, c'est comme la braise. Il suffit d'un souffle pour en faire du feu, et le feu, ça brûle.

Marguerite le sait, mais elle ne peut empêcher sa mémoire de la tourmenter pendant son sommeil. Fatiguée par le voyage, elle dort profondément quand un rêve mouvementé l'agite : son père, à la tête d'une horde de cavaliers à demi nus, livre une sanglante bataille à de gigantesques hommes en noir, coiffés de capuchons comme des moines. Il survole les combattants, mais les mains griffues d'une femme aux vêtements rayés ressemblant à Marca le happent et le précipitent dans un gouffre, avant qu'il n'émerge des ténèbres et reparaisse vêtu d'une cotte de maille et d'un heaume en or pour lui recommander de veiller sur sa Provence et d'en chasser les corbeaux.

Elle se réveille en sursaut, inondée de sueur, mais glacée. A sa mère qui est accourue, inquiète, elle dit vouloir interroger les témoins de ce qui s'est passé ici après la mort du comte.

— Je veux savoir la vérité, mère.

— La vérité ! Une belle illusion ! Elle appartient à Dieu. Nous ne pouvons en agripper que des lambeaux. Et puis, tu trouveras peu de gens pour t'en parler.

Le seul qui soit disposé à remuer le passé est Martin de Brignoles, un écuyer de Raimon Bérenger. L'homme est vieux, racorni comme un ceps de vigne, mais le regard brille et la parole est mordante. Il semble n'avoir rien à perdre. Volubile, il raconte la disgrâce, le bannissement, l'humiliation de Romée de Villeneuve, et sa disparition mystérieuse. Quant aux autres, écartés avec brutalité par Charles d'Anjou, ils avaient regagné pour la plupart leurs domaines où ils ruminaient leur rancœur et leur amertume. Certains étaient partis en Catalogne, et d'autres s'étaient lancés sur les routes de pèlerinage ou en Orient.

— C'est pour cela que l'Angevin est détesté. Pour nous, c'est un étranger.

— Et cette administration à la capétienne ?

— Ah ça ! Il sait y faire ! A son retour de croisade, il a ordonné une enquête sur l'état des biens et des droits du comte. Cela lui a permis de récupérer des droits oubliés ou usurpés. Il a également agrandi le domaine en confisquant les terres des rebelles. Ses viguiers contrôlent toutes les salines de la région, à Hyères, Berre, Istres, Vitrolles, Toulon. Et la gabelle, l'impôt sur le sel, ça rapporte ! Il sait utiliser le bâton et la carotte. S'il a mis au pas les villes comme Arles, Avignon, même Marseille, il a accordé de l'autonomie aux consuls, et réussi à calmer les seigneurs. Barral des Baux lui-même a fini par se rallier.

— Bon ! dit la comtesse. Maintenant que tu connais l'histoire, que comptes-tu faire ? En parler au roi, ou bien oublier ?

— Oublier est impossible. Peu importe qu'il ait rétabli la paix et administre bien le comté. Il reste un usurpateur. Je ne le laisserai pas tranquille.

— Tu peux compter sur moi pour t'y aider.

Après cette déclaration de guerre, la reine et la comtesse quittent le palais pour se rendre à la chapelle des Hospitaliers de Saint-Jean-de-Jérusalem et s'y recueillir sur la tombe de Raimon Bérenger. Outre leur proche entourage et leur escorte, une centaine de personnes de la Maison comtale les suivent en cortège et c'est dans une atmosphère d'intense émotion que la veuve et la fille aînée du comte assistent à l'office des morts dit par l'archevêque d'Aix, assisté de Gontran le bâtard.

*

Sur le chemin de ronde du château d'Hyères, d'où le regard embrasse la région, riche de ses vignobles et de ses salines, le roi Louis écoute d'une oreille distraite le seigneur des Fos, gros homme affable, lui parler du commerce florissant pratiqué avec les Génois. Il ne semble même pas l'entendre évoquer avec regret l'époque du comte Raimon Bérenger, une façon pour le seigneur provençal d'amorcer une conversation sur Charles d'Anjou. Son esprit est plutôt préoccupé par sa rencontre avec Hughes de Digne que Guillaume de Chartres est allé chercher au couvent des Cordeliers. Le moine tardant à venir, il a l'œil fixé sur les escaliers d'accès assez abrupts et en partie cachés par les arbres.

— Il a dû être retenu par les nombreux fidèles qui viennent le consulter, explique le sire des Fos.

Effectivement, lorsque frère Hughes apparaît, il est suivi d'une centaine de personnes, une véritable procession qui serpente depuis la ville jusqu'à l'enceinte fortifiée. Les deux hommes descendent dans la cour du château, où ils retrouvent Joinville et l'entourage du roi déjà prêts à l'accueillir.

Le prédicateur marche sans hâte. De petite taille, il est maigre et un peu voûté. Son visage long et maigre d'ascète est éclairé par un regard mobile et perçant. Il s'incline respectueusement devant le souverain avant de le fixer d'un œil scrutateur. La noble compagnie entre dans l'aula, où une table en demi carré a été dressée pour un festin. Frère Hughes s'arrête, surpris.

— Vouliez-vous m'inviter à manger, sire, ou parler de la foi ?

— L'un n'empêche pas l'autre. N'ayez crainte, mon frère, j'ai demandé à notre hôte, messire des Fos, de nous faire servir un repas frugal.

— Nous le partagerons avec les fidèles qui vous accompagnent, précise l'hôte.

Alors que le roi et la noble compagnie prennent place, les fidèles du prédicateur s'assoient par terre. Le repas, composé de viande, de pois et de choux, arrosé de vin clairet de la région, est simple, mais rien moins que frugal. Commencé dans le silence, il devient vite animé lorsque la conversation s'engage sur la croisade, dont les participants évoquent les souvenirs.

— Un terrible échec, reconnaît le roi.

Frère Hughes hoche tristement la tête.

— Vous étiez trop seul, sire. Sans une union de la chrétienté tout entière, il n'y a aucune chance d'inverser le rapport des forces. Mais vous-même, n'en avez-vous pas retiré une réflexion ?

— Le séjour en Egypte, la captivité, les rencontres que j'y ai faites, tout cela m'a permis de mesurer le chemin à parcourir pour atteindre à la lumière de Dieu. Je crois que vous pouvez m'y aider.

Frère Hughes ne répond pas, mais à la fin du repas, il accepte de délivrer un sermon.

— Mes frères, nous sommes encore loin de l'heure où aura lieu la grande Révélation, où chaque homme comprendra l'Evangile éternel ! déclare-t-il d'une belle voix d'airain, profonde et prenante. Nous allons devoir affronter d'abord le déchaînement des puissances du Mal qui tenteront d'empêcher la volonté divine de s'accomplir. C'est alors que vous, Louis, roi de France, devrez veiller sur votre royaume pour le protéger. Pour l'heure, je vois autour de votre personne trop de clercs... moi le premier...

Indifférent aux regards surpris des barons, frère Hughes poursuit en détachant chaque mot pour lui donner plus de poids :

— Que nous disent les Saintes Ecritures ? Pas plus que le poisson ne peut vivre sans eau, le moine ne peut vivre hors de son cloître sans péchés mortels ! Si les religieux du roi prétendent qu'ils peuvent mener la vie humble et âpre qui conduit à la salvation, alors je dis qu'ils mentent, car avec eux, j'ai mangé grande quantité de viandes diverses et bu de bons vins... Le roi est généreux avec ses hôtes, mais il doit avant tout se montrer juste avec son peuple, à la fois compatissant et sévère... Car ainsi que le dit la Bible, aucun royaume ne fut jamais perdu ou passé en d'autres mains que par manque de justice. Que le roi prenne donc garde quand il sera de retour sur sa terre de France ! Il devra veiller à y instaurer cette justice de façon à gagner l'amour de Dieu.

Un grand silence s'ensuit, chacun ressentant le poids de la culpabilité que le prédicateur a instillée en leur conscience. Lorsqu'il se lève pour prendre congé, le roi lui demande de l'accompagner à Paris.

— Pardonnez-moi, sire, mais ce n'est pas dans une cour royale que je pourrais me faire aimer de Dieu. D'ailleurs, pourquoi auriez-vous encore besoin de moi ? L'essentiel pour vous est de ne jamais oublier ce qu'a écrit saint Augustin : « La vraie justice ne règne que dans un Etat dont le Christ est le fondateur et le guide ! »

— Croyez bien que mes efforts tendront à créer cet Etat, assure le roi.

Frère Hughes le regarde fixement et s'éloigne sans mot dire. Quelques jours plus tard, le roi est surpris de le voir revenir.

— J'aimerais vous entretenir de Joachim de Flore, sire. Avez-vous lu ses écrits ?

— Je n'en ai pas eu le privilège.

— Il pense qu'il y a trois âges dans l'histoire de l'homme, celui du Père, celui du Fils et celui du Saint-Esprit. Pour lui, les temps présents sont ceux des calamités qu'ont prédites les textes sacrés pour chaque passage d'un âge à un autre.

— Est-ce à dire que nous connaîtrons bientôt l'ouverture du Septième Sceau et l'avènement de l'antéchrist, c'est-à-dire la fin du monde ?

— Je crois surtout que nous devons plus que jamais prier, lire et relire les Evangiles, afin de comprendre le message de Notre-Seigneur Jésus-Christ et de préparer son retour sur terre. Je tenais à vous le dire afin que vous y pensiez au moment où vous allez reprendre en mains votre royaume.

Le roi saisit les mains de frère Hughes et les presse entre les siennes :

— Frère Hughes, je vous remercie car vous venez de me donner la lumière dont j'avais besoin dans les ténèbres de l'incertitude où je me suis égaré.

Le lendemain, le roi lui dépêche Joinville pour le prier de demeurer auprès de lui au moins durant le voyage jusqu'à Paris. Le moine refuse, et sur un ton si tranchant que le sénéchal croit préférable de ne pas en faire état au souverain.

Le roi est vexé. Son entourage doit subir des humeurs et des colères que les plus indulgents attribuent à une extrême fatigue et les plus sévères à un sentiment d'échec encore plus fortement éprouvé depuis qu'il a quitté la terre d'Orient. Joinville intervient même pour le calmer quand il s'emporte avec virulence contre le vieil écuyer Ponce qui a tardé à lui avancer son cheval.

— Le pauvre est tout secoué, sire, il a servi si fidèlement votre grand-père et votre père avant vous-même...

— C'est nous qui l'avons servi en le supportant malgré tous ses défauts ! rétorque le roi devant les seigneurs médusés par cet éclat. Mon grand-père Philippe le Conquérant m'a dit autrefois qu'on ne doit récompenser ou punir ses gens que selon la façon dont ils nous servent ! Nul ne peut bien gouverner s'il est incapable de savoir refuser aussi hardiment et durement que de savoir donner !

Avant de quitter Hyères, le roi fait un don au monastère d'Hughes de Digne et un autre au couvent de béguines fondé par Douceline, la sœur du prédicateur. Puis il effectue un pèlerinage à la Sainte-Baume, où sainte Marie-Madeleine aurait vécu dix-sept ans en ermite dans une grotte. Il y reste agenouillé près de trois heures à prier, comme en pénitence. Il rejoint ensuite la reine à Aix.

Elle le trouve rasséréné, souriant même.

— Comment s'est passée votre rencontre avec frère Hughes ? lui demande-t-elle.

— C'est une grande âme. Il a su m'indiquer la Voie, se borne-t-il à répondre. Et vous, avez-vous pu accomplir ce que vous désiriez ?

Sur la réponse affirmative de la reine, il décide de prendre le chemin de Paris dès le lendemain, en passant par sa sénéchaussée de Beaucaire-Béziers.

Au moment de se quitter, la comtesse douairière et la reine, oubliant soudain leur rancœur à l'égard de Charles d'Anjou, se promettent d'organiser une grande réunion familiale. La mère se penche à l'oreille de sa fille pour lui donner un dernier conseil :

— Par ta conduite en croisade, tu as gagné en autorité. A Paris, tu trouveras un grand vide laissé par la reine Blanche, j'espère que tu sauras le combler !

— Je m'y efforcerai, mère, mais j'aurai à composer avec la main de Dieu.

En Angleterre, la reine Eléonore est loin de penser à une réunion familiale.

Elle a fort à faire avec le pouvoir dont elle a été investie officiellement par le roi quand il lui a confié la corégence du royaume et lui a remis le Grand Sceau. Si elle doit encore donner des réceptions, elle n'a plus le temps de pratiquer la chasse à l'épervier, ni même de lire, et ne réussit à n'en consacrer que fort peu à ses enfants. C'est avec une évidente satisfaction qu'elle assume pleinement ses responsabilités. Quelle victoire pour elle, comme pour le clan des Savoyards dont elle s'affirme maintenant la véritable figure de proue !

En l'absence de l'oncle Pierre et de ses deux proches conseillers, Pierre d'Aigueblanche et John Mansel, tous trois en Aquitaine avec le roi, elle est assistée d'un conseil assermenté nommé par le roi, et surtout, elle peut compter sur l'oncle Boniface et sur une poignée d'hommes sûrs. Elle règle avec autorité des affaires délicates comme l'indemnité exigée par Alphonse de Poitiers pour les dommages causés par les forces anglaises à ses vassaux. En raison des difficultés du Trésor royal et soucieuse de garder de bonnes relations avec les Capétiens, elle la prélève sur ses propres fonds. Elle veille à collecter les diverses taxes, mais en ordonnant de ne pas les extorquer par la force. Malgré quelques succès remportés et le ralliement de quelques seigneurs, le roi a en effet grand besoin d'argent, de matériels et d'effectifs supplémentaires.

Les corégents réunissent le Parlement le 27 janvier 1254 et parviennent à lui arracher un soutien conditionnel. Le haut clergé ne consent une aide financière qu'en cas d'attaque directe d'Alphonse de Castille, et le bas clergé impose un allègement des prélèvements pour la croisade. Qu'à cela ne tienne, on augmente en compensation les taxes sur les activités des Juifs. Les barons promettent en tout cas de partir sur le continent rejoindre le roi.

Pendant ce temps, les négociations avec le roi de Castille se poursuivent, et en ce début de l'an 1254, la reine ne reçoit d'Aquitaine que de bonnes nouvelles. Le roi Henry se déclare prêt à augmenter l'apanage de son fils Edouard. Dans une charte promulguée en février 1254, il ajoute au fief aquitain l'Irlande, les îles du Channel, le comté de Chester avec des châtellenies en Galles, et quelques autres biens. Il s'en réserve évidemment la suzeraineté et, comme il se doit, l'ensemble ne doit pas être dissocié des biens de la Couronne.

La reine ne cache pas sa joie de voir ainsi doté son cher fils Edouard. Prudente, elle contrôle le transfert de ces biens en faisant désigner pour l'exécution des hommes qui lui sont dévoués. Mais il y a une ombre au tableau. Soucieux de ne pas défavoriser ses demi-frères, Henry a octroyé des terres du domaine royal à Geoffroi de Lusignan, et ce, sans le dire à Eléonore qui l'apprend lorsqu'il excepte ces biens de la dotation en faveur d'Edouard. Elle lui envoie aussitôt un message pour le lui reprocher, observant en outre que la concession comprend un manoir faisant partie de son douaire. Le roi prend alors une demi-mesure en ordonnant l'octroi d'autres terres aux Lusignan.

— Toujours cette maudite incapacité à trancher ! s'écrie la reine, affligée.

Par contre, elle est soulagée d'apprendre au mois de mars qu'Alphonse de Castille accepte de renoncer à l'Aquitaine et de conclure la paix, en échange d'une participation anglaise à l'expédition projetée contre les Maures en Afrique. Eléonore n'est pas dupe. Elle est convaincue que Henry n'en fera rien. Elle soupçonne même l'oncle Pierre de lui avoir inspiré cette rouerie. Peu importe ! Elle tient surtout à voir se réaliser l'adoubement et le mariage d'Edouard, âgé de quinze ans, avec une princesse de Castille.

Elle a une autre satisfaction. La perspective de voir Edmond couronné roi de Sicile se précise le 14 mai lorsque le pape Innocent confirme son aval. Sans doute a-t-il fallu en payer le prix : la promesse de l'aider militairement contre Manfred et de régler ses dettes, d'un montant évalué à plus de cent trente mille marcs d'argent, de quoi creuser davantage le gouffre financier.

Précisément, les seigneurs et les évêques manifestent un vif ressentiment à l'égard des représentants du roi, baillis et sheriffs, acharnés à percevoir les taxes, et ils exigent le respect de la Grande Charte. Malgré cette résistance latente, la reine peut se targuer avec Richard de Cornouailles d'obtenir du Parlement réuni à Pâques 1254 que soit reconnue la primauté de la défense du roi et du royaume. Sans être une garantie absolue de tranquillité, elle peut se préparer à partir rejoindre le roi sur le continent.

Laissant Richard en charge du gouvernement, elle gagne Portsmouth avec ses filles et Edouard, qui doit se rendre en Castille pour s'y marier. Elle ne tient surtout pas à se séparer de la plus jeune, Katharine, qui n'a qu'un an et dont elle vient de découvrir qu'elle est sourde, et probablement muette. L'oncle Boniface et une nombreuse suite l'accompagnent, ce qui a nécessité l'affrètement de quelque trois cents nefs et galées. A la dernière minute, un message du roi lui demande de rester en Angleterre. Elle hausse les épaules.

— Je me demande ce que ça signifie, glisse-t-elle à l'oreille de l'oncle Boniface. Il sait bien que je lui apporte des fonds importants, dont il a un urgent besoin.

— Je crains qu'il n'y ait du Lusignan dans l'affaire.

*

France Eté 1254.

Le retour tant attendu du roi Louis en son royaume est triomphal. Sur tout le trajet, à chaque entrée dans une ville, que ce soit Le Puy ou Brioude, où il visite les sanctuaires voués à la Vierge Marie et à saint Julien, que ce soit à Clermont-Ferrand, Bourges ou Saint-Benoît-sur-Loire, la population accourt pour l'acclamer, lui exprimer son affection et sa fidélité par des cris, des chants, des cors ou des tambourins.

Pourtant, le roi ne se départit pas d'une attitude réservée envers tous ceux, seigneurs ou manants, clercs ou fonctionnaires royaux, qui se pressent pour l'accueillir et lui offrir des présents. Il y répond d'un signe de tête, d'un sourire ou d'un geste de la main, lâchant quelques mots – « Que Dieu vous bénisse », ou « Dieu vous protégera... » – en affichant un visage empreint d'une si profonde tristesse que son chapelain Guillaume, chevauchant à son côté, ne peut s'empêcher de lui en faire la remarque.

— Pourquoi si peu de joie, sire ? Ce dégoût de la vie que vous montrez pourrait bouleverser l'âme de ce peuple qui vous chérit.

— Je le sais, mais comment pourrais-je oublier qu'à cause de moi, de mon incapacité à rendre les Lieux saints à la chrétienté, l'Eglise tout entière et ses fidèles subissent le fardeau de cette défaite ?

— Votre piété devrait vous inspirer une joie spirituelle. C'est donc un péché de montrer une telle tristesse. Pensez à la patience de Job, à la souffrance d'Eustache. Votre vie n'est pas finie et vous avez devant vous une grande tâche à accomplir au nom de Dieu. Il faut vous y consacrer avec toute l'énergie possible, et ce n'est pas avec cet état d'esprit que vous y parviendrez.

Ces paroles n'incitent pas le roi à changer d'attitude. Il semble même ne pouvoir supporter ses chevaliers, ni ceux qui sont devenus ses proches en Orient comme le sénéchal de Joinville. A chaque arrêt, il recherche la solitude et se replie dans sa tente ou sa chambre, selon qu'il couche en campement ou dans un château. Depuis le départ d'Aix, il n'a revu la reine qu'une fois, au Puy, et si brièvement, qu'elle s'est demandé s'il ne lui en voulait pas d'être encore enceinte. Marguerite, ne pouvant l'apercevoir de son chariot, imagine, à entendre les clameurs et ce que lui rapportent les écuyers, qu'il a enfin la conscience apaisée. Aussi s'étonne-t-elle quand Gontran lui révèle qu'il n'en est rien. De toute façon, elle ne l'attend plus le soir à l'étape.

A Bourges, elle ne parvient pas à trouver le sommeil dans la chambre du palais comtal où elle est reçue. Elle entend sonner les heures et la nuit est assez avancée quand Louis vient la rejoindre. Il s'approche du lit et s'allonge à son côté. Frémissante, elle aimerait tant se donner à lui, lui rendre le goût de la vie qui semble l'avoir déserté, si sa grossesse n'imposait la continence. Mais dans le silence, elle l'entend haleter d'un souffle court et saccadé.

— Mon Dieu ! Heureusement que vous êtes revenu, mon seigneur. Je ne crois pas que votre santé aurait résisté longtemps au climat de l'Orient.

— Non ! dit-il sur un ton vif en se redressant. Croyez que je regrette de ne pas y être resté. J'aurais certainement vaincu le mal avec l'aide de Dieu.

— Vous auriez abandonné votre royaume, vos sujets qui vous démontrent leur affection ?

— J'ai des frères... et bientôt notre fils aîné, alors que là-bas, j'ai renoncé à la mission confiée par Notre-Seigneur lors d'une nuit de prière en captivité, convertir les Infidèles.

— Convertir l'Orient ! C'est insensé ! Vous avez pourtant mesuré le gouffre qui nous sépare des Sarrasins...

— Un gouffre ? Plutôt un voile que la bonne parole et l'exemple dictés par Dieu auraient pu me permettre de dissiper.

— Est-ce pour cela que vous vous imposez tant de pénitences, comme si vous aviez commis un péché ?

Louis ne répond pas. Marguerite le regarde avec inquiétude.

— Vous ne songez tout de même pas à entrer dans un couvent !

Louis se lève sans répondre et va à la fenêtre. Il contemple longuement le ciel étincelant d'étoiles et tout d'un coup se retourne et la rejoint sur le lit.

— Je continuerai de porter ce fardeau qui pèse sur ma conscience, mais je crois aussi que Dieu m'impose d'assumer les devoirs de ma charge... et puis, je ne tiens pas à me séparer de vous.

Marguerite, attendrie, sait qu'il n'a pas encore renoncé à l'amour.

5 septembre 1254.

Le cortège royal arrive à Vincennes. Dès le lendemain, le roi, accompagné de sa femme et de ses trois derniers enfants, se rend à Saint-Denis pour y accomplir offrandes et dévotions.

Le 7, il fait son entrée à Paris. La famille royale est accueillie par le clergé en procession et par la population de la capitale, qui a revêtu ses plus beaux habits. Marguerite, elle, n'a qu'une hâte, revoir ses trois aînés qui attendent au palais. Dès qu'elle les aperçoit, un souffle de fierté l'envahit à la vue d'Isabelle, déjà si belle à douze ans, Louis, l'héritier, qui ressemble tant à son père, et Philippe, solide garçon de neuf ans. Derrière eux se tiennent Fantine et son mari, le visage épanoui. Dès lors plus rien ne compte pour la reine, ni les grands feux qui le soir illuminent la cité, ni le joyeux vacarme de la rue, où les gens dansent et chantent à perdre haleine, font ripaille, s'enivrent en applaudissant aux spectacles de bateleurs et de jongleurs. La fête se poursuit le lendemain et se prolongerait plus longtemps encore sans la décision du roi de l'interrompre en se retirant à Vincennes.

— Quel dommage ! s'écrie Marguerite, qui n'est pas insensible à une gaieté dont elle avait oublié la saveur en Orient. Pourquoi mettre fin à une telle liesse, mon seigneur ?

— Il ne faut pas que ça tombe dans l'excès. Cet enthousiasme populaire me fait chaud au cœur, mais il tend à flatter ma vanité et celle de notre famille. Et puis, cela coûte fort cher à notre bon peuple, qui dépense sans compter. Demain, comment pourra-t-il se nourrir ?

Ce bon peuple n'accueille pas tous les gens du cortège royal avec le même enthousiasme. A Vincennes, Marguerite est en train de réorganiser sa Maison lorsqu'on lui annonce frère Gaucelm. Le moine se présente en boitillant, le visage tuméfié, une plaie à la tête, et sa robe brune rayée de quatre bandes blanches en lambeaux.

— Que vous est-il arrivé ? s'enquiert-elle.

— Je marchais dans le quartier de l'université avec des carmes venus comme moi d'Orient par la grâce du roi, quand un groupe de personnes nous a insultés en nous traitant d'espions musulmans, d'hérétiques, de félons, de suppôts du diable et de l'antéchrist, que sais-je encore ! Tout autour, la foule s'est excitée. Elle nous a cernés et après nous avoir abreuvés de moqueries, d'injures, d'accusations de luxure, s'est ruée sur nous pour nous battre comme plâtre. Certains se sont acharnés et j'ai cru à un moment qu'ils me tueraient, si des sergents d'armes du roi n'étaient intervenus.

— C'est étrange, pourquoi cette fureur ?

— Ils nous ont pris pour des Infidèles, à causes des rayures de notre habit. Déjà, on avait entendu des quolibets à la sortie d'Aix.

Fantine, qui vient d'apparaître pour demander des instructions, a un mouvement de recul en voyant le moine. Elle lance à la reine un regard à la fois étonné et offusqué. Gaucelm croit qu'elle l'a reconnu et détourne la tête. Mais c'est apparemment la robe rayée qui a provoqué sa réaction, car elle lui jette des coups d'œil horrifiés.

— Tu n'as jamais vu un frère de l'ordre de Notre-Dame-du-Mont-Carmel, Fantine ? s'écrie la reine. Frère Gaucelm est venu avec nous de Palestine et des imbéciles l'ont frappé à cause de sa robe, c'est insensé ! Qu'on s'occupe de lui et qu'on soigne ses blessures ! Emmène-le chez le médecin du roi.

Fantine hésite et ne se résout à obéir que sur une injonction plus vive de la reine.

— Allons ! Qu'est-ce que tu attends ? Frère Gaucelm est un homme de Dieu.

Quelques instants plus tard, la camérière est de retour.

— Je vous demande pardon, ma dame, mais l'habit de ce moine est bizarre... et il porte malheur. Il n'y a que les courtisanes, les sorcières et les bouffons qui ont des vêtements rayés.

— C'est une ineptie. Sache que cette robe des carmes est comme le mantel tout blanc du prophète Elie, mais quand il a été emporté vers le ciel sur un char de feu et l'a jeté à son disciple Elisée, le mantel était rayé de traces brunes faites par les flammes. Regarde la robe, les quatre bandes blanches symbolisent les vertus cardinales, la force, la justice, la prudence et la tempérance, les trois bandes brunes représentent les vertus théologales, la foi, l'espérance, la charité.

Fantine ne semble pas entièrement convaincue.

— Ce frère Gaucelm est aussi bizarre que sa robe... On dirait qu'il a peur de moi. Pourtant, je l'ai regardé parce que j'ai cru le reconnaître... Il ressemble à l'écuyer Delfin.

Marguerite sourit et répond simplement :

— C'est bien lui, ou plutôt, c'était lui. Fais comme si tu ne le savais pas. Il a rompu avec le passé. Il faut respecter sa volonté.

Quelques jours plus tard, Fantine lui annonce, l'air gêné, que le carme a disparu.

— Qu'est-ce que ça veut dire, disparu ? Il va sûrement revenir.

— Je ne crois pas, ma dame. Il est parti avec Azalaïs, une des béguines de Provence.

— Eh bien, décidément, il est difficile de rompre avec le passé.

*

Depuis près de six ans que la reine a été absente, rien n'a apparemment changé dans les habitudes de la Cour et des gens de la Maison royale. Une seule différence de taille, l'absence de la reine mère. Marguerite n'en éprouve évidemment aucun regret, mais elle constate que Blanche a laissé un vide considérable. Se souvenant du conseil de sa mère, elle est déterminée à le combler et à s'affirmer comme la vraie reine. D'ailleurs, hormis quelques vieux dignitaires, plus personne n'ose l'appeler « jeune reine ».

Elle se réjouit aussi de voir le roi perdre sa morosité et se réinvestir totalement dans sa fonction royale. Il se soucie pour la première fois de l'éducation de ses enfants, du moins les trois aînés qui apprennent à le connaître.

— Ma mère leur a bien inculqué la foi et l'esprit de la royauté. Louis doit être bien préparé à me succéder et aussi Philippe. Je sais que vous leur donnez le sens de la famille... A propos de famille, vous retrouverez bientôt votre sœur. Charles ne restera pas longtemps en Flandre, où il a pris des initiatives contestables en mon absence. Son ambition l'entraîne parfois trop loin.

— Quelles nouvelles avez-vous d'Angleterre ? Je n'en ai reçu aucune de mes sœurs depuis notre retour.

— Elles sont actuellement en Aquitaine. Votre cousin Gaston de Béarn et les barons gascons se sont révoltés contre le Plantagenêt et le roi Alphonse de Castille a voulu s'en mêler. Le roi Henry a dû monter une expédition, mais il négocie la paix.

— Ne devait-il pas partir en croisade ?

— Il est trop timoré. Je crois qu'il a demandé au pape de le relever de son vœu. Il vient d'en obtenir le trône de Sicile pour son fils Edmond. En tout cas, il a toute confiance en votre sœur, la reine Eléonore.

— Je sais. En Orient, j'ai reçu une lettre dans laquelle elle m'annonçait être chargée de la régence du royaume. On peut dire qu'elle jouit en ce moment de la faveur de Dieu...

— Vous voulez dire de son époux.

— En tout cas, j'aimerais tant la revoir.

Le roi réfléchit un instant et dit soudain, comme s'il venait d'en avoir l'idée :

— Pourquoi ne pas inviter ici les Plantagenêt ? Ce serait une belle réunion de famille. Vous pourriez enfin voir vos sœurs plus longuement qu'entre deux voyages.

Marguerite est interloquée. Elle sait que Louis n'est pas homme à prendre une décision improvisée et le soupçonne de nourrir une arrière-pensée politique. En tout cas, elle approuve chaleureusement.

— Peut-être faudrait-il en finir avec les disputes entre Capétiens et Plantagenêt, n'est-ce pas, mon seigneur ?

— Vous n'avez pas tort, ma dame. Nous avons tous deux, lui et moi, de bonnes raisons de nous montrer conciliants. Votre famille n'est-elle pas un lien entre nous ?

Marguerite acquiesce. Comme elle exprime le souhait que sa mère soit également invitée, le roi approuve.

— Ce serait aussi une bonne occasion de la réconcilier avec mon frère Charles.

En arrivant au palais ducal de Bordeaux avant la fin du mois de mai, la reine Eléonore est surprise de voir le roi Henry afficher son visage des mauvais jours.

La raison en est qu'il n'est pas encore parvenu à mettre fin à la résistance de la place forte de La Réole, ni à une interminable dispute de succession pour la seigneurie de Bergerac. Pour elle, ce ne sont que problèmes mineurs. Elle s'inquiète plutôt de la présence quasi constante des Lusignan dans le proche entourage du roi. Avec plus d'une centaine de seigneurs poitevins, accompagnés de leurs bannerets et de leurs troupes, ils sont les piliers de l'ost royal, et apportent l'appui de leurs relations continentales et du prestige de leur famille. La reine supporte mal de les voir accaparer Henry, rire, boire, se vanter de leurs exploits martiaux ou amoureux.

— Ils vont finir par vous étouffer, mon seigneur, lui dit-elle.

— M'étouffer ? Oubliez-vous qu'ils sont mes frères ?

— Je sais surtout qu'ils me détestent.

— Détrompez-vous, ma chère. Ils ne disent que du bien de vous et sont impressionnés par votre activité de régente.

Eléonore n'en croit rien. Elle masque si peu son antipathie que l'oncle Boniface tente de la raisonner :

— Il ne faut jamais s'obstiner contre un obstacle trop dur, mais le contourner. C'était le conseil donné par mon père le comte Thomas, votre grand-père. Comprenez que les Lusignan sont très loyaux envers le roi, contrairement à nombre de barons anglais qui ne cessent de le critiquer et de comploter contre lui.

L'arrivée à Bordeaux d'Edouard et de sa jeune femme, qui porte aussi le prénom d'Eléonore, fait oublier à la reine pour quelque temps les damnés Lusignan. N'ayant pas assisté à l'adoubement de son fils par le roi de Castille, ni à la noce, célébrée le 1er novembre 1254 en l'église abbatiale de Las Huelgas, elle inonde les nouveaux mariés de questions sur le déroulement des cérémonies et s'émerveille de l'harmonie physique de ces deux adolescents visiblement tombés amoureux l'un de l'autre. Elle fait surtout montre d'une grande sollicitude envers cette petite Eléonore aux yeux immenses et au visage d'ange, à peine âgée de treize ans.

— J'ai l'impression de me voir quand je suis arrivée en Angleterre, confie-t-elle à Maud de Lacy.

La reine s'apprête à jouir d'un autre bonheur, celui que lui promet l'intronisation en Sicile de son cadet Edmond. Au mois d'octobre, le pape a paru confirmer son choix en faisant de l'oncle Thomas un prince de Capoue. Malheureusement, il revient subitement sur sa décision.

— Conrad vient de mourir, et Sa Sainteté estime que son demi-frère Manfred serait un roi de Sicile convenable, explique l'oncle Boniface.

— Quoi ? C'est un bâtard !

— Un bâtard qui connaît bien le pays et qui est très apprécié des Napolitains et des Siciliens.

Eléonore, furieuse, voue Innocent aux gémonies.

— C'est une trahison de ce vieillard cacochyme !

— Calmez-vous, ma nièce. Votre esprit s'égare sur les sentiers du diable.

La *sicilian business* n'a cependant pas fini de dérouler ses méandres. Comme si Eléonore avait été justement entendue de Satan, voilà que Manfred, personnage turbulent, fantasque, peu disposé à la soumission, déjoue le calcul pontifical. Le pape Innocent n'a pourtant pas le temps de revenir à Edmond, car la mort le surprend. Treize jours après son décès, le 20 décembre 1254, un nouveau pape est élu et intronisé sous le nom d'Alexandre.

A peine l'apprend-elle qu'Eléonore rameute ses oncles pour qu'ils fassent accepter par le nouveau pontife la candidature de son fils.

— Il ne faut pas lui laisser le temps de changer d'idée, insiste-t-elle.

Les oncles déploient tout leur talent, font entrer en jeu leurs relations, multiplient les émissaires. Les Lusignan observent ce remue-ménage en ricanant. Ils ne se privent pas de dénoncer la mégalomanie de la reine et l'inconscience du roi, toujours prêt à s'embarquer dans des projets absurdes ou illusoires. Comment peut-on raisonnablement croire que l'enfant Edmond puisse régner dans un pays qui lui est si étranger et qui est resté fidèle à la mémoire de l'empereur Frédéric ?

Quoi qu'il en soit, la paix étant faite en Aquitaine, l'heure est venue pour le roi et la reine de rentrer en Angleterre. Eléonore, qui vient de recevoir une lettre de Marguerite, propose un détour par l'Anjou.

— Ne pourrions-nous en profiter, my lord, pour nous recueillir sur les tombeaux de vos ancêtres et de votre mère ?

Le roi fronce d'abord les sourcils et sa paupière s'agite, puis son visage s'éclaire d'un large sourire.

— C'est une excellente idée. J'y ai d'ailleurs pensé. Un rapprochement avec Louis de France serait une bonne chose pour obtenir de Sa Sainteté la confirmation d'Edmond au trône sicilien et aussi pour renforcer la paix en Aquitaine. Nous devrons avoir son agrément pour traverser ses terres. Pourquoi nous le refuserait-il ? Après tout, la trêve a été renouvelée l'année dernière.

— Il l'accordera, assure la reine. Ma sœur Marguerite me l'a affirmé dans une missive. Il a même l'intention d'inviter ma mère, car Marguerite souhaite organiser une réunion familiale.

Cette perspective enchante Henry qui envisage de fêter la paix et les retrouvailles de la famille de Provence avec toute l'ampleur que cela mérite. Il lui faut d'abord se rendre à l'abbaye de Fontevrault, où reposent les Plantagenêt et sa mère, Isabelle d'Angoulême. Il aimerait aller à Pontigny se recueillir devant le tombeau de Mgr Edmond Rich d'Abingdon, l'archevêque de Canterbury qui avait célébré son mariage. Les reliques du saint homme, canonisé en 1246, pourraient le guérir de son mal.

— Je voudrais également visiter Chartres, ajoute-t-il. On m'a tant vanté la beauté de la cathédrale. Je tiens à voir ces vitraux qui diffusent, paraît-il, la lumière divine...

Le roi Henry envoie sans tarder un émissaire au roi Louis.

*

Bordeaux. Octobre 1254.

En ce matin pluvieux, le palais ducal connaît l'agitation habituelle des préparatifs de départ. Le roi de France a en effet répondu chaleureusement à la lettre du roi d'Angleterre.

Dans la cour, devant les écuries et aux alentours, le vacarme est assourdissant entre les hennissements des chevaux qu'on assemble ou qu'on attelle, les grincements des chariots qu'on charge, les cris des valets et des écuyers qui s'interpellent, les hurlements des sergents d'armes lançant leurs ordres. Une foule occupée à de multiples tâches s'active en un ballet désordonné et fébrile.

— Tu n'as pas oublié ta harpe, dit Eléonore en remarquant l'instrument sur le lit de Sancie.

— Sans elle, je me sens infirme, répond Sancie de sa voix douce, à peine audible.

— Tu n'as pas l'air si joyeuse de venir avec nous en France. Cela ne te fait pas plaisir de revoir notre mère, nos sœurs ?

— Oh mais si, voyons ! Je pense seulement que ce sera trop court. J'aurais préféré nous revoir chez nous, à Saint-Maime, à Brignoles, ou à Aix.

L'évocation du pays natal fait passer dans les yeux d'Eléonore un nuage de nostalgie. Elle observe sa sœur avec perplexité. Non seulement elle est différente d'elle par le caractère et même le physique, hormis cette élégance naturelle qu'elles tiennent de leur mère, mais elle a gardé un profond attachement à la Provence.

— Ne suis-je pas devenue trop anglaise ? demande la reine.

— Non, tu ne l'es pas devenue. Tu as simplement compris ce qu'il fallait faire pour faire de l'Angleterre ton royaume.

— Disons que je suis peut-être plus savoyarde que provençale.

D'un geste brusque, Eléonore saisit les mains de Sancie,

— Pardonne-moi, petite sœur. Je ne me suis pas souciée de toi durant ces années. Chaque fois que nous nous sommes vues, à Westminster, ou à Windsor, on a échangé si peu de mots... Comment se comporte Richard avec toi ?

Le visage de Sancie se crispe et elle retire ses mains.

— Il n'existe pas pour moi.

Eléonore est surprise par cette dureté de ton qu'elle ne lui connaissait pas. En l'observant, elle lui trouve quelque chose de changé.

— Il paraît que tu vas dans les villages jouer des Mystères... Prends garde de ne pas t'égarer sur des chemins ténébreux.

Sancie ne répond pas. Elle laisse courir ses doigts sur la harpe, égrène quelques notes avant que les cors ne sonnent le rassemblement pour le départ.

Une heure plus tard, le cortège royal, bannières en tête, s'ébranle au son des trompes et des tambours.

Partout où passe le long convoi, avec un millier de chevaliers, une troupe d'hommes à pied qui escortent le roi, et la longue colonne de chariots, il reçoit un accueil mitigé, surtout marqué par la curiosité. On entend quelques quolibets. Certains, se souvenant des expéditions continentales, raillent les « fastrouilleurs » et le Plantagenêt, qui prétendaient conquérir la France entière et ont fui comme des lapins devant les lances du Capétien.

Mais le roi Louis a le sens de l'hospitalité. Il a ordonné aux villes traversées de faire sonner les cloches, de nettoyer les rues, d'orner les façades des maisons et des églises de tapisseries et de fleurs, de revêtir des habits de fête et d'aller à la rencontre des souverains anglais. Il se charge d'ailleurs de toutes les dépenses.

Après cinq jours d'une marche entrecoupée de plusieurs arrêts, le cortège arrive à Fontevrault. Après avoir pris séparément leurs quartiers, le roi et la reine se rejoignent pour l'office dit par l'abbé, puis ils vont se recueillir sur les tombes du roi Henry le deuxième et de la reine Aliénor, placées côte à côte, et sur celle de Richard Cœur de Lion. Henry prie longuement, le regard fixé sur le gisant de ce dernier, son héros avec Edouard le Confesseur. N'a-t-il pas tant rêvé de lui ressembler par l'énergie et la bravoure ? Les méchantes langues diraient qu'il en a hérité la versatilité et mériterait le même surnom donné par le troubadour Bertran de Born, « Oc et No », « Oui et Non ».

Tout aussi recueillie, Eléonore se penche, elle, sur le corps de pierre d'Aliénor. Elle en connaît l'existence mouvementée et la réputation de légèreté, mais si elle l'admire, c'est pour sa rayonnante autorité, sa culture, son audace dans le défi. Elle est néanmoins trop sûre d'elle et de sa personnalité pour penser à l'imiter, et s'imaginer en copie ou en doublure.

En retrait, en quelque sorte dans l'ombre de la reine, se tient modestement sa sœur, mais celui qui pourrait voir le visage de Sancie serait étonné de l'intensité de son regard lorsqu'elle fixe les tombes, comme si elle voulait y pénétrer.

Quant à Richard de Cornouailles, debout derrière le roi, il semble aussi fasciné que son frère par l'effigie de son homonyme, brillant chevalier dont il aimerait posséder l'aura et les qualités guerrières. Mais étant sûr de lui comme Eléonore, il est convaincu que ce manque ne l'empêchera pas de se construire avec ses propres moyens un grand destin.

Après s'être recueilli au cimetière voisin sur une autre tombe, celle de sa mère Isabelle d'Angoulême, le roi en demande le transfert dans l'église abbatiale, afin qu'elle repose au milieu des Plantagenêt. Cet acte pieux accompli, il donne l'ordre de repartir en direction de Pontivy, où il ira seul se prosterner devant la châsse d'Edmond Rich. Quant à Eléonore et Sancie, le chariot où elles ont pris place s'achemine vers Chartres où sont prévues la rencontre des rois et les retrouvailles des reines.

16

Le cercle de famille

— Une merveille d'harmonie ! s'écrie avec enthousiasme le roi Henry.

Il a devancé son cortège pour avoir le loisir de visiter la cathédrale de Chartres. Accueilli et accompagné de l'évêque, Mgr Mathieu des Champs, il est suivi d'une petite compagnie de seigneurs anglais plus ou moins intéressés.

A l'intérieur de l'édifice, il est tenu au silence imposé par le lieu, mais ses yeux en disent long sur ses sensations quand ils naviguent sur les jeux de couleurs des vitraux, semblables à des soleils de l'âme. Il tombe d'ailleurs à genoux, comme s'il était frappé par la lumière qui en descend. Croyant à un malaise, l'évêque et plusieurs chevaliers se précipitent pour le relever. Il les écarte et, joignant les mains, marmonne une prière.

Au sortir de l'église, saluant la foule qui commence à affluer pour assister à la rencontre royale, il confie à Richard de Cornouailles :

— J'ai eu la grâce de l'Illumination divine, mon frère. Le Seigneur m'a envoyé un message de paix.

L'évêque lui annonce l'arrivée imminente des deux cortèges royaux et lui propose de les attendre au palais épiscopal. Il a bien fait les choses, aidé par l'Hôtel du roi qui a envoyé hommes et matériels afin que la réception soit à la hauteur de l'événement. Mais qui aurait pu prévoir l'exceptionnelle chaleur avec laquelle le roi Louis, arrivé à cheval en brillante escorte, souhaite la bienvenue en son royaume à son « frère » Henry d'Angleterre ? Par contre, personne ne s'étonne de l'émotion qui étreint les reines et leurs sœurs quand, oubliant malentendus, frictions et rancœurs, elles se précipitent les unes vers les autres pour s'embrasser.

Négligeant l'étiquette et la rencontre des rois, les quatre filles de

Raimon Bérenger et de Béatrice de Savoie se tiennent à l'écart. Elles ont tant à se dire que leur conversation est chaotique, passant d'un sujet à l'autre, du séjour de Marguerite à Chypre – « un paradis s'il n'y avait eu l'enfer ensuite » – aux frasques de quelques coquettes de la cour d'Angleterre, de la santé de leurs enfants aux enluminures des ouvrages religieux, de la décoration du palais de Westminster aux curieuses coutumes des Tartares, des malheurs de l'impératrice de Byzance aux rencontres fortuites comme celle de Delfin mué en moine.

En fait, ce sont surtout les deux aînées qui pérorent. Béatrice tente parfois de placer un mot, mais submergée par le flot de paroles que déversent ses intarissables sœurs, elle finit par y renoncer. Quant à Sancie, elle semble ailleurs, n'ouvrant guère la bouche que pour répondre à une question. Encore le fait-elle de façon si laconique que Marguerite le lui reproche gentiment :

— Tout de même, la Cornouailles ne se limite pas à une forêt sous la pluie et plongée dans le brouillard. Je comprends que tu sois fatiguée, mais à Paris, je suppose que ta langue se déliera, petite sœur.

— Crois-tu vraiment que c'est par la parole qu'elle s'exprime ? plaisante Eléonore.

Après un parcours retardé par une route couverte de neige et parsemée de fondrières, le double cortège royal fait une entrée triomphale dans la capitale, pavoisée pour la circonstance aux couleurs du roi d'Angleterre, rouge avec trois lions d'or allongés, qui se mêlent à celles du roi de France.

Toute la ville est accourue des différents quartiers pour accueillir les hôtes, et voir les deux souverains et leur suite. Le Français, qui connaît l'Anglais depuis longtemps pour l'avoir maintes fois affronté les armes à la main, aime à se moquer de lui, de ses bruyantes beuveries, de sa manière de parler « le français de Marlborough », mais en ces jours de liesse sous le signe de la paix, les plaisanteries restent dans une limite acceptable, sauf dans des bouges où d'anciens hommes d'armes cultivent dans l'ivresse la nostalgie des combats contre les envahisseurs de l'Ouest.

Le roi Louis ayant offert à son hôte le choix du séjour entre son propre palais et la demeure des Templiers, située hors les murs de Philippe le Conquérant[1], le roi Henry opte pour cette dernière, car les bâtiments y sont assez vastes pour abriter sa nombreuse suite et ses équipages.

1 Philippe Auguste.

Dans la journée, les quatre sœurs ne se séparent plus. En attendant l'arrivée de leur mère, Marguerite assume son rôle d'aînée en rappelant ce que leur père le comte leur a enseigné d'essentiel : rester solidaires et ne jamais oublier la terre natale, si durement conquise et à laquelle il a consacré son existence. Elle sort de son aumônière sa cigale, imitée par les trois autres. Toutes supputent les raisons des différences de matière et de valeur matérielle de ces petits joyaux aux airs de talisman.

— Notre père n'a pas choisi chacune d'elles sans avoir voulu lui donner un sens, dit Marguerite. Avec la mienne, il a voulu signifier que j'avais le devoir de maintenir la flamme de la famille par l'esprit, que symbolise la verte émeraude, et par le cœur, représenté par le rubis rouge.

— Pour ma part, dit Eléonore, il a expliqué que le cristal me rappellerait l'éclat du soleil de Provence quand je serais plongée dans le brouillard de Londres.

— Alors pourquoi celle de Sancie est-elle en or et la mienne en bois d'olivier ? demande Béatrice avec un soupçon d'envie dans la voix.

— Notre père me l'a donnée avec une harpe, dit Sancie. Comme la musique relève de l'âme et de l'esprit, l'or représentait un vœu de richesse.

— Ce vœu s'est-il accompli ?

— Matériellement, ce que j'ai me suffit... Quant à la richesse du cœur, je l'ai trouvée, mais on me l'a enlevée.

Les trois sœurs de Sancie se regardent sans comprendre cet aveu plutôt sibyllin, mais sans oser en demander davantage, honteuses d'avoir plus ou moins oublié la musicienne dans son exil, Béatrice en particulier qui lui était si attachée, Eléonore surtout, pourtant la plus proche par la distance, mais si éloignée d'elle par l'esprit.

Marguerite s'adresse alors brusquement à Béatrice :

— Pour notre père, la cigale la plus précieuse était la tienne, parce qu'elle est sculptée dans du bois d'olivier, un arbre de chez nous. D'ailleurs, n'est-ce pas toi dont il a fait son héritière ?

Un silence plus embarrassé que le précédent suit ces paroles. Les joues rouges, Béatrice le rompt pour répliquer avec vivacité :

— Notre chère sœur Marguerite a raison. Et notre père doit se réjouir parce que je suis fermement résolue à préserver l'intégrité du comté, vous pouvez le croire !

— Heureuse de te l'entendre dire. Tu devrais alors conseiller à ton époux de ne pas accabler le bon peuple de Provence comme il le fait.

— Tout ce qu'il accomplit plairait à notre père ! Il en préserve l'héritage avec soin. N'écoutez pas ce qu'on raconte, ces seigneurs et ces troubadours envieux qui lui reprochent la rigueur de son administration, comme ils l'ont d'ailleurs reproché à notre père. Il a une main de fer, heureusement ! Sinon il ne resterait du comté de Provence que des lambeaux de terre aux mains de gens qui n'ont qu'une idée en tête, le détruire.

Les deux aînées échangent un regard, stupéfaites de la réaction de Béatrice. Marguerite surtout ne reconnaît pas la jeune femme craintive et timorée qui avait partagé avec elle les épreuves de l'expédition d'Egypte.

— Petite Béatrice, ne t'énerve pas, croit bon de dire Eléonore Il est louable que tu défendes ton époux, mais tu devrais lui faire comprendre qu'en ligotant les ailes d'une cigale, on l'empêche de chanter.

Afin de ne pas jeter une ombre fâcheuse sur des retrouvailles qui avaient si bien commencé, Marguerite propose à ses sœurs d'emmener leurs enfants en promenade dans les bois voisins. Sous l'autorité des deux filles aînées, Isabelle la Française qui a seize ans et Margaret l'Anglaise qui en a quatorze, les jeux et les cris de la marmaille princière créent une diversion bénéfique. Elle va se prolonger heureusement dans le tourbillon de festivités, de réceptions et de banquets dans lequel tous et toutes sont entraînés durant les jours suivants.

Henry gagne la sympathie des Parisiens en faisant distribuer des victuailles à une foule de pauvres, et celle des seigneurs français en leur offrant une multitude de présents, coupes en argent, fermoirs en or, ceintures de soie et autres objets précieux. Sa prodigalité coutumière répond ainsi à la générosité du roi Louis, qui étonne les clercs et les barons de France, habitués à une rigueur financière accentuée jusqu'à l'austérité depuis le retour de croisade.

Sa bonhomie ne manque pas de surprendre. Ce souverain d'un important royaume s'émerveille de tout, de l'architecture des édifices religieux dont la Sainte Chapelle est le fleuron, des œuvres d'art et des enluminures qu'on lui présente, et comme il ne cache pas son plaisir, il est applaudi partout où il passe en compagnie du roi Louis qui lui fait visiter sa capitale. Le comte de Cornouailles prend sa part de ce succès. Il s'efforce de marcher presque à la hauteur de son frère, et comme il l'éclipse par son avantageuse stature et ses resplendissants habits, nombre de bourgeois et des manants peu avertis le prennent pour le roi d'Angleterre lui-même.

Henry est particulièrement touché et fier de l'accueil de la célèbre Université de Paris, rivale de celle d'Oxford. De grands maîtres y ont enseigné, tels que le dominicain Albert de Bollstädt – Albert le Grand –, dont un élève, également dominicain, vient y dispenser son savoir depuis trois ans, Thomas d'Aquin. Les cours sont suspendus et une joyeuse procession organisée en l'honneur du roi. Brandissant couronnes, branches d'arbres et gerbes de fleurs, les étudiants défilent en chantant et en dansant dans les rues de Paris illuminées, et prolongent la fête dans la nuit en faisant ripaille.

Les reines et leurs sœurs ne suivent pas leurs époux dans ces manifestations. Elles sont fort occupées avec les dames des deux Cours qui se pressent autour d'elles et font assaut de flagorneries, dont les plus excessives n'ont pour but que de cacher les rumeurs perverses ou calomnieuses. Leur réunion ranime les remous causés par la succession de Raimon Bérenger. L'entourage de feu la reine Blanche a en effet repris à son compte l'indignation suscitée par l'odieux testament. Non sans contradiction, les fidèles de la Castillane, qui se sentent mis à l'écart par celle qu'ils continuent d'appeler la jeune reine, soutiennent la revendication de celle-ci tout en fustigeant en bloc la famille de Provence.

Eléonore est l'objet de la plus grande curiosité. Colportée par les Lusignan, sa réputation de femme ambitieuse, sans scrupules, avide de gloire et de splendeur a franchi la Manche, suscitant des sentiments contradictoires chez les dames de la cour de France qui ne perdent rien de ses gestes. Si la plupart admirent son allure élégante et majestueuse, certaines vieilles pies n'y voient que vanité et ostentation. Les épouses de barons, qui accompagnent les deux reines pour des achats ou des commandes chez les joailliers de la rue de la Barillerie, proche du palais, ou chez les enlumineurs de la rue Neuve-Notre-Dame, ne tarissent pas de commentaires sur la prodigalité de la reine d'Angleterre.

— Elle a de la chance d'avoir un tel époux, chuchote l'une.

— C'est un faible. Il n'a même pas osé partir en croisade, dit une autre.

— Moi, je plains la pauvre comtesse de Cornouailles. Elle a l'air d'un ange. Regardez donc son mari, le comte Richard. Il passe son temps à faire le joli cœur auprès des dames.

Rumeurs et papotages s'amplifient à l'arrivée de la comtesse douairière. Les commentaires vont bon train sur la préférence qu'on lui prête pour la cour d'Angleterre et son hostilité à l'égard de son gendre Charles. Malgré le devoir d'hospitalité expressément rappelé par le roi Louis, l'accueil qui lui est réservé au palais s'en ressent. La mère des reines y est indifférente. Elle est protégée du venin de l'envie par un bonheur qui lui a été refusé durant tant d'années, celui de revoir ses quatre filles. Elle en est si rajeunie qu'elle attire tous les regards au banquet offert par le roi Henry dans la salle royale du Temple.

Entre les murs couverts d'écus et de boucliers, sont réunis les barons et les prélats les plus prestigieux des deux royaumes. Vingt-cinq ducs et une vingtaine d'évêques sont à la table du trio de souverains, le roi de Navarre Thibaut s'étant joints aux deux autres. Les convives remarquent avec amusement le petit ballet de préséance auquel se livrent Louis et Henry pour la place d'honneur.

— Elle te revient, dit le premier.

— Non, sire Louis, tu dois être au milieu, car tu es et seras toujours mon seigneur.

Le Capétien hésite, surpris de cette reconnaissance de vassalité, dont il se demande si elle est un aveu, une maladresse ou une forme de courtoisie. Sachant réfléchir vite, il accepte. Devant une telle assemblée, ne vaut-il pas mieux choisir le symbole d'une prérogative que de céder à l'humilité ?

— Plaise à Dieu que chacun obtienne son droit sans être lésé, murmure-t-il à l'oreille de Henry.

A la table des dames, présidée par la comtesse douairière Béatrice, mère des deux reines, on compte quelque dix-huit comtesses, parmi lesquelles les deux autres sœurs, Sancie et Béatrice. L'heure n'est plus aux médisances et les plus méchantes langues se font de miel. On admire la culture d'Eléonore qui semble avoir lu tout ce qui s'écrit en France, de la *Chanson de Guillaume* avec la légende du preux Vivien au *Roman de Renart*, des poésies de Thibaut de Champagne à l'histoire de Robert le Diable, du *Roman de la rose* au conte encore peu connu intitulé *La Châtelaine de Vergy*. La reine d'Angleterre fait acclamer Sancie en révélant que sa sœur joue merveilleusement de la harpe et qu'elle a notamment chanté des lais de Marie de France. La comtesse douairière est aux anges. Elle frissonne de fierté en voyant Eléonore subjuguer l'auditoire, Marguerite en imposer par sa majesté, et ses deux autres filles attirer les regards par leur beauté. Ce sont vraiment quatre joyaux dont Raimon Bérenger pourrait s'enorgueillir d'avoir conçus et ciselés avec elle. Mais que dirait-il des époux qui leur ont été donnés ? Sans doute serait-il étonné de constater à quel point ils sont loin de lui par le caractère et la mentalité.

Quel étrange personnage que ce roi Louis, à la fois ascétique et rusé, pieux et autoritaire. Il touche peu aux mets, nombreux et abondants, évite de prendre de la viande, servie bien que ce soit jour maigre, goûte à peine aux vins, les plus renommés et délicieux de France.

— Notre roi est devenu trop austère, marmonne Joinville.

A la fin du banquet, animé de jongleurs et d'acrobates, Louis propose à Henry d'aller dormir en son palais de la Cité. Il lui dit en plaisantant :

— Puisque je suis ton seigneur, tu dois cette fois m'obéir. Ne faut-il pas laisser faire et accomplir justice et facétie comme il est écrit dans l'Evangile de Matthieu ?

Henry, qui a beaucoup bu et affiche un faciès aussi rouge qu'une pivoine, accepte en éclatant d'un rire sonore, qui déclenche l'hilarité générale.

— Le Plantagenêt, lui, sait au moins prendre du bon temps ! constate Joinville.

L'invitation n'est pas une facétie. Elle entre dans un projet de discussion d'ordre politique envisagé par Louis. Marguerite, qui le connaît bien, ne s'étonne donc pas de voir de sa fenêtre les deux souverains en conversation dans les jardins du palais. Rien de tel qu'un tête-à-tête discret pour régler des problèmes soulevés par un long antagonisme. Elle devine qu'il s'agit des fiefs perdus des Plantagenêt, Normandie, Maine, Anjou, Touraine et Poitou, qu'Henry voudrait reconquérir. Elle ne sait ce qui se dit, Louis la tenant à l'écart des affaires de gouvernement, mais Eléonore lui en apprend un peu plus tard l'essentiel.

— Le roi Louis a déclaré qu'il tenait à la paix. Que nous sommes une grande famille, et que nos enfants doivent être comme nous frères et sœurs, unis par une même affection. Il aimerait bien rendre les territoires continentaux, mais les barons de France ne l'accepteraient pas. Il a donc proposé d'attendre un moment favorable, de laisser faire le temps... Il a également évoqué la croisade et l'indignité de son échec...

— Pourquoi donc s'en attribue-t-il la faute devant un autre roi ? déplore Marguerite.

— C'est tout à son honneur. Sais-tu ce qu'il a encore dit ? Les épreuves, la prière et la méditation lui ont appris que la paix et la concorde valent bien plus que la possession des biens de ce monde et la domination sur les autres. Henry a été si ému qu'il l'a embrassé en disant qu'il était le plus digne d'entre tous les princes de la chrétienté.

Marguerite est alors gagnée par l'émotion. Mais ce n'est pas le même chant fraternel qui va être entonné du côté des cigales. Les premiers regards échangés entre la comtesse Béatrice et Charles d'Anjou ont en effet annoncé de fortes dissonances.

Après les effusions, quelques paroles peu amènes adressées à la jeune Béatrice avaient montré que l'animosité des deux sœurs aînées à propos de la Provence n'avait pas disparu. Celle de Marguerite, quelque peu dissipée dans les épreuves vécues ensemble en Egypte, s'était ravivée au retour d'Orient, lors du passage dans le comté. Quant à Eléonore, il suffit pour connaître ses sentiments de regarder son visage quand elle observe Charles d'Anjou et Béatrice, la benjamine, la *cacoio*, comme on dit en Provence. Elle considère sa jeune sœur comme une fille insignifiante trop soumise à son mari, un gaillard de belle prestance mais sans charme. Elle a d'ailleurs perçu dans le regard de celui-ci un éclat glacial et tranchant qui lui rappelle son épervier.

— Si j'avais à choisir entre ce rapace et le paon de Cornouailles, j'opterais pour ce dernier. L'Angevin est trop sinistre. Richard au moins est bon vivant, confie-t-elle à Maud de Lacy.

— Je ne sais si c'est l'avis de votre sœur Sancie.

Quoi qu'il en soit, dans cette atmosphère de réconciliation et de concorde entretenue par les deux souverains, ni Marguerite ni Eléonore n'osent rappeler leurs griefs ou évoquer les droits qu'elles estiment détenir sur le comté malgré le testament paternel. La comtesse douairière, elle, n'a pas ce scrupule.

— Je ne plierai jamais le genou devant quiconque ! Charles n'aura ni Forcalquier ni Gap tant qu'il continuera de retenir les revenus de mon douaire. Peu m'importe que cela déplaise au roi.

Elle compte sur le soutien de Henry. Ne souhaite-t-il pas que les cinq châtellenies provençales, détenues en gage de la dot d'Eléonore non versée, lui reviennent définitivement ? Lors de son dernier séjour en Angleterre, elle s'était d'ailleurs engagée à ne pas céder à Charles les droits d'usufruit qu'elle détient sur ces châteaux comme sur le reste du comté. Elle sera déçue. Au cours d'une discrète entrevue, Henry lui avoue sa volonté d'éviter toute friction avec son « frère » Louis. Il lui conseille d'engager une négociation directe avec l'Angevin. Après avoir longuement hésité, elle s'y décide, et charge Béatrice, tout heureuse de servir d'intermédiaire, de proposer à ce dernier une rencontre.

Commencée sous le signe de la bienséance et en présence de la jeune Béatrice, l'entrevue tourne vite à la dispute. Charles venait de subir une déception en Flandre, où il avait cru pouvoir profiter de la lutte opposant la famille Dampierre à celle des Avesnes pour s'y implanter. Il y était allé avec une armée, mais son frère Louis lui avait fait renoncer à des prétentions jugées nuisibles aux intérêts du royaume. Charles n'est donc guère disposé à la conciliation. Il ne cède rien à sa belle-mère, qui rompt le dialogue en criant :

— Vous n'êtes qu'un rustre sans foi ni loi !

Attiré par les éclats de voix, le roi Louis intervient pour calmer sa belle-mère et lui promettre d'étudier soigneusement le litige et de l'arbitrer.

— Il serait triste de gâcher cette réunion de famille pour une question d'intérêts.

Dans le même esprit d'apaisement, le roi Henry décide pour sa part de mettre une sourdine à sa revendication. Eléonore l'approuve, convaincue que le rapprochement des deux souverains est favorable à la candidature d'Edmond au trône de Sicile.

A Marguerite, qui s'étonne de ce renoncement, elle explique :

— Tu dois le comprendre, grande sœur, toi qui as plusieurs enfants. Je préfère favoriser la gloire de mon fils que courir après des droits dont je n'ai que faire. Que pèsent-ils à côté d'un trône en Sicile ?

La pieuse ferveur que suscite la Nativité consacre une réconciliation à laquelle une surprise concoctée par la comtesse douairière apporte une touche de nostalgie ensoleillée, fort bien venue en ce temps de frimas septentrional. A l'issue de la messe de minuit, elle annonce à ses filles qu'elle a fait préparer pour le réveillon un souper à la façon du *calèndo* provençal, la traditionnelle réunion familiale de Noël.

— C'est ce qu'aurait souhaité le comte Raimon Bérenger, Dieu ait son âme.

Elle s'était gardée de dire qu'elle était venue de Forcalquier avec des cuisiniers, déguisés en hommes d'escorte, et une cargaison de victuailles du pays. Outre ses quatre filles, les rois applaudissent l'initiative. Henry manifeste un enthousiasme inspiré par sa curiosité pour tout ce qui est nouveau, tandis que Louis félicite personnellement sa belle-mère de renforcer ainsi l'esprit de famille auquel il tient tant. Il aura un autre sujet de satisfaction, le repas, bien que copieux, est non seulement maigre, mais pieusement apprêté et composé.

La table a été recouverte de trois nappes, pour le Père, le Fils et le Saint-Esprit. On y a placé trois candélabres à trois bougies que la reine Marguerite allume avec une petite branche de fenouil soufrée. Douze petits pains représentent les apôtres. Les plats, confectionnés avec l'indispensable huile d'olive des Baux, sont au nombre de sept, « comme autant de plaies du Christ ». Il y a treize desserts – Jésus et ses douze disciples –, avec des figues, des raisins secs, des amandes et des noix, appelés les « quatre mendiants », car ils rappellent par leurs couleurs les robes des quatre ordres mendiants, Augustins, Carmes, Dominicains, Franciscains. Les fruits et les friandises sont nombreux, prunes de Brignoles et poires d'hiver, melons et sorbes, cédrat confit et nougat. Est ajoutée en guise de pain une fougasse d'Aubagne qui doit être rompue et non coupée sous peine de malheur dans l'année.

La comtesse s'excuse de quelques manques. Ainsi, faute de bois d'olivier, il a fallu renoncer au feu de bûche qui symbolise la rédemption et doit se consumer toute la nuit. A en juger par les mines réjouies de la plupart des convives, elle peut s'estimer satisfaite. Le souper est généralement apprécié, surtout par les gendres anglais, qui font honneur au vin cuit de Palette et au gigondas.

Même Charles fait montre d'un entrain peu habituel, peut-être pour ne pas être étouffé par un Richard de Cornouailles particulièrement en verve.

— Je vois que vous aimez notre cuisine, glisse Eléonore au roi Henry. J'ai mis plus de temps pour m'habituer à vos harengs.

Les Anglais peuvent partir le cœur en paix dès le lendemain, au terme d'une semaine de séjour bien remplie. L'heure de la séparation venue, les adieux des quatre cigales sont toutefois moins émouvants que leurs retrouvailles. On se promet de se revoir le plus tôt possible, du moins de correspondre plus souvent. Tandis que Charles et Béatrice ont l'intention de rester encore quelque temps à Paris, Richard et Sancie se dirigent vers l'Aquitaine, le roi Henry et la reine Eléonore vers Boulogne pour retourner en Angleterre. Louis et Marguerite les accompagnent jusqu'à leur embarquement, après les avoir chargés de cadeaux. L'un est particulièrement encombrant et exotique, c'est l'éléphant offert à Louis par le sultan d'Egypte.

— Ce sera la première fois que j'en verrai un ! s'écrie Henry.

Quant à la comtesse douairière, qui s'apprête à retourner en Provence, elle ne peut se défaire d'un sentiment d'amertume mêlé d'inquiétude.

— Le cercle de famille est brisé, dit-elle à Iselda de Vauclaire.

— Brisé ? Cette semaine n'a-t-elle pas été sous le signe de la concorde ?

— Oui, pour les deux rois. Mes filles, elles, sont engagées sur des chemins si divergents. A votre avis, Iselda, si vous deviez attribuer à chacune ces quatre verbes, savoir, vouloir, oser, se taire, quel serait votre choix ?

Iselda réfléchit un instant et répond sans hésitation :

— J'attribuerai savoir à Marguerite, vouloir à Eléonore, oser à Sancie, se taire à Béatrice.

La comtesse s'étonne.

— J'approuve pour mes aînées, mais pour les deux autres, j'inverserais plutôt les termes. N'est-ce pas Sancie qui se tait ?

— Sancie se tait devant vous, devant nous. Mais ce silence est trompeur. Son âme est en plein tumulte, je ne sais trop pourquoi. Je me demande si elle n'a pas vécu un drame que nous ignorons. Regardez ces nuages dans son regard... Elle cherche peut-être un secret en elle-même, et je suis sûre que, dans cette quête, elle osera aller au-delà de ce que nous imaginons...

— Vous pensez à la musique ?

— Ne faut-il pas être audacieux pour explorer les voies de l'insondable mystère que la musique porte en elle ? Tandis que Béatrice, l'entendez-vous s'insurger contre son sort ? Peut-être un jour sortira-t-elle de ce vrai silence, mais pour le moment...

La comtesse est attristée par ce qu'elle vient d'entendre. Elle regrette de s'être éloignée de sa benjamine en l'associant à l'antipathie qu'elle éprouve pour son mari. Avant de partir, elle se décide à lui dire que la dispute avec Charles n'affecte en rien son amour maternel. Mais Béatrice, au lieu d'en être émue, entreprend de défendre son époux avec une telle vigueur que sa mère, furieuse, s'en va en lui lançant :

— J'ai honte que ma fille soit devenue l'esclave de ce rustre et je m'en veux d'avoir accepté de livrer la Provence de Raimon Bérenger aux Capétiens !

Sur le chemin du retour en Provence, la jeune comtesse Béatrice ne cesse de se remémorer tous les instants de ces retrouvailles familiales. L'incompréhension de sa mère, exprimée par son dernier éclat, l'attriste encore plus profondément que celle de ses sœurs Marguerite et Eléonore qui semblent également lui tenir rigueur du comportement de Charles. Comme si elle en était responsable ! Elle leur en veut de ce qu'elle considère comme une injustice, alors qu'elle est la première à souffrir de la morgue de son mari et de l'impopularité qu'elle lui vaut. Injustice aussi parce qu'elle estime sincèrement que celui-ci est fidèle à la politique du comte Raimon

Bérenger. N'a-t-il pas réussi à rétablir l'ordre comme son père lui-même l'avait fait ? Son administration ne fonctionne-t-elle pas efficacement ?

Le pire, c'est qu'elle se sent très isolée. Les gens de la Maison comtale fidèles à la mémoire de son père sont loin de penser comme elle et n'osent se plaindre de l'Angevin, dont les espions sont omniprésents. Il en est de même de la poignée de dames et de demoiselles qui l'entourent, épouses des seigneurs franchimands ou Provençales tombées en pamoison devant les rodomontades viriles des amis de Charles. Elle n'entend donc guère les récriminations et les critiques qui s'élèvent dans tout le comté, sinon par des échos fragmentaires.

Les troubadours ne s'en privent pas dans des *sirventès* plus ou moins violents. Pour Guilhem de Montanhagol, le comte a transformé la *Proensa*, noble et loyale seigneurie où se cultivaient les vertus chevaleresques, en une *Falhensa*, pays de la trahison. Il en appelle au roi Jacques d'Aragon, qui a vaincu les Infidèles lui, contrairement à ces Capétiens tournés en ridicule en Egypte. Le jongleur Granet fustige la mesquinerie de Charles et si Bertran de Lamanon l'épargne, c'est pour mieux condamner les pratiques de son administration. Le pire est peut-être Peire Bremon Ricas Novas quand il évoque le déshonneur des fils de la Provence qui ont tout perdu, la joie, le rire et la liberté, au point de leur souhaiter la mort. Béatrice, qui a entendu fortuitement ce *sirventès* chez la dame d'un seigneur, en a été si révoltée qu'elle a quitté la réception à la grande joie du troubadour et sous les regards ironiques des invités.

Elle préfère écouter un Sordello di Goïto qui chante la *fin'amor* plutôt que de dénoncer les vices du pouvoir. Il y a longtemps qu'elle connaît ce Mantouan aussi alerte de jambes que de langue pour l'avoir vu et entendu à la cour de son père. A l'époque, il était amusant et chaleureux, particulièrement avec les enfants comme elle, et se mêlait beaucoup aux gens du peuple. Sans cesse sur les routes, grand colporteur de rumeurs, il était revenu à Aix après de nombreuses pérégrinations. Le comte Charles l'a pris sous son aile, une bienveillance qui a surpris Béatrice jusqu'au jour où elle a surpris Sordello en train de donner une leçon de lombard et de génois à son mari. Elle a compris par la même occasion que ce dernier avait des visées sur la péninsule italienne, comme d'ailleurs Raimon Bérenger, qui avait cherché avant sa mort à étendre son domaine dans le haut Piémont.

Pour le moment, l'agitation a recommencé dans le comté. Au

lendemain de la réunion du séjour à Paris, Charles est reparti en campagne. Béatrice ne le voit pas souvent. Fidèle à lui-même, il est tout aussi autoritaire que distant, ce qui ne l'empêche pas d'honorer la couche conjugale, surtout depuis la naissance de son fils, prénommé Charles comme lui. En tout cas, à l'instar de son frère, il tient sa femme soigneusement à l'écart des affaires de gouvernement. Il s'abstient même de la tenir au courant de ses démêlés avec la comtesse douairière, qui s'allie à des seigneurs rebelles, tels que le turbulent Boniface, sire de Castellane.

Héritier d'un fief important dans le haut Var et le haut Verdon, ce vassal qui jouit d'une grand indépendance en son fief du haut Var ne supporte pas l'ingérence des viguiers du comte. Il se fait un plaisir de soutenir les revendications de la comtesse douairière qui rameute plusieurs seigneurs des Basses-Alpes contre son gendre. L'agitation gagne Marseille, qui a pourtant reconnu en 1252 la suzeraineté de Charles, mais qui est toujours prête à s'enflammer. Alors qu'un conflit y éclate entre les consuls et Barral des Baux, le comte y envoie un viguier qui s'empare par la force du pouvoir municipal. L'une après l'autre, Arles, Avignon, Tarascon se soumettent.

La comtesse douairière n'est pas découragée pour autant par les succès de son gendre. Il faut que le roi Louis intervienne en arbitre comme il l'avait promis pour qu'elle accepte un compromis : moyennant un dédommagement financier important, elle consent à céder à sa fille Béatrice tous ses droits d'usufruit sur le comté.

La jeune comtesse en éprouve un profond soulagement. Elle se rend à Forcalquier avec ses trois enfants pour sceller la réconciliation avec sa mère en y accouchant de son quatrième.

— J'y suis toujours venue pour la même raison, lui dit la comtesse douairière en prenant dans ses bras le nouveau-né. Ton père croyait que l'air y favoriserait la naissance d'un garçon. Tu as plus de chance que moi. Maintenant, prions Dieu qu'il n'y ait plus jamais de ces tristes dissonances qui nous ont empêchées de nous comprendre... mais plaise au Ciel que tu fasses enfin entendre ta voix auprès de ton époux.

A l'automne, Béatrice et ses enfants regagnent Aix comme chaque année pour y passer l'hiver. A hauteur de Carluc, le petit convoi est arrêté par une bande de hors-la-loi hirsutes et dépenaillés. Succombant sous le nombre, la faible escorte est vite maîtrisée. Le chef des *maufatans* – les malfaisants – n'est autre que Gaucher, le garçon de la ferme des Encontres.

Quand Béatrice était revenue d'Orient, on lui avait raconté comment il avait pris ce mauvais chemin. Il avait tué un soudard franchimand qui tentait de violer sa sœur. Dénoncé, il avait été emprisonné et torturé, puis s'était évadé et avait intégré une bande qui écumait la région.

— Quoi, c'est toi Gaucher ? Qu'est-ce qui te prend de m'attaquer ? s'écrie Béatrice.

Gaucher est devenu un bel homme. De belle carrure, il a le visage hâlé, le regard volontaire, une longue chevelure noire. Il lui répond d'une voix claire, habituée au commandement :

— N'ayez pas peur, dame Béatrice. On ne vous fera aucun mal. Je veux simplement que le comte m'accorde la justice. J'ai été puni pour avoir défendu la vertu de ma sœur. Etait-ce une faute ? Est-ce que vous me croyez ? Vous me connaissez bien. Je vous demande d'intervenir en ma faveur.

Béatrice est touchée par le ton de sincérité et le regard franc de son ancien souffre-douleur.

— Je ferai mon possible, je te le promets.

En le regardant s'éloigner au galop vers la forêt qui couvre les pentes du Luberon, elle se dit que la divine Providence lui a envoyé ce messager pour répondre au vœu de sa mère : faire entendre sa voix auprès de Charles. Quelle meilleure occasion pourrait-elle avoir que celle de la présentation du nouveau-né ?

Devant l'enfant, emmailloté dans ses langes comme un saucisson, le visage renfrogné du comte s'éclaire d'un sourire.

— Nous l'appellerons Philippe, comme mon grand-père, décide-t-il.

— En ce jour de bonheur, m'accorderiez-vous une grâce en réparation d'une injustice, mon seigneur ? demande Béatrice.

— De quoi s'agit-il ?

Béatrice raconte l'histoire. Charles fronce les sourcils et lance une diatribe contre ces va-nu-pieds qui osent braver son autorité, mais quelques jours plus tard, il annonce à sa femme qu'après avoir pris des renseignements sur ce qui s'était passé, il relève Gaucher de sa peine, « à condition qu'il abandonne les sentiers de l'infamie ». Agréablement surprise, Béatrice se demande les raisons d'une telle mansuétude, et se plaît à s'en attribuer le mérite.

Elle tombe de haut quand Charles lui déclare :

— Mon frère le roi Louis m'a recommandé de me montrer loyal, juste et bon. Je ne peux faire moins que de le satisfaire, ma dame.

La reine Marguerite éprouve aussi de son côté un certain désenchantement. Elle a cru qu'après la réunion de famille, le roi Louis garderait le même état d'esprit avenant et jovial qu'il y avait manifesté. Il n'en est rien. Il s'est empressé de retourner à l'humble et austère défroque de pénitent adoptée depuis son retour d'Orient. Il revêt le même surcot noir ou bleu, sans parement, ni broderie d'or ou d'argent. Il a définitivement renoncé aux fourrures coûteuses telles que le vair ou le gris, et n'accepte pour les manteaux fourrés que l'écureuil ou le lapin. Sur la tête, il se contente d'un chapeau orné parfois de plumes de paon blanches. Chevaux et chariots de la Maison du roi sont désormais débarrassés de tout ornement.

Lorsqu'un jour Marguerite lui rappelle une fois de plus qu'un roi ne doit pas se vêtir trop humblement, Louis qui est alors de bonne humeur lui répond sur un ton plaisant :

— Vous me l'avez déjà dit, ma dame. Si vous désirez que je m'habille plus richement, je respecterai la règle selon laquelle un époux doit complaire à sa femme, mais alors pourquoi pas la réciproque et vous demander de mettre moins de luxe dans vos atours ? Et pourquoi ne pourrais-je porter vos vêtements, et vous porter les miens ?

La plaisanterie n'amuse pas Marguerite, qui y perçoit un reproche.

— Jugez-vous ma façon de m'habiller incorrecte, mon seigneur ?

— Ce qui importe est que chacun se vête proprement, correctement. Un époux ne doit-il pas plaire à son épouse et un chevalier susciter l'estime de ses gens ?

Il impose ainsi des règles strictes à la Cour, où chacun doit se comporter avec réserve, et où il est demandé aux dames de ne pas porter de vêtements susceptibles d'aguicher les hommes. L'une d'elles, assez âgée mais jouant encore les coquettes, s'entend réprimander :

— Recherchez donc, ma dame, la beauté de l'âme plutôt que celle, fugace, du corps...

Les courtisans peuvent observer que le roi évite beaucoup plus qu'auparavant les conversations privées avec des femmes, encore qu'il n'en ait jamais abusé ni montré une tendance à les prolonger dans l'intimité. Marguerite n'a jamais eu à craindre la moindre infidélité.

Si rigoriste qu'il soit, Louis ne perd jamais de vue que la royauté doit être assumée dans toutes ses manifestations. La reine peut s'en rendre compte à l'occasion du mariage à Melun de leur fille Isabelle, âgée de treize ans, avec Thibaut, âgé de quinze ans, fils de Thibaut IV, comte de Champagne et roi de Navarre. L'événement qui a lieu quelques mois après la réunion de famille consacre l'accroissement de l'aire d'influence du royaume, et le roi ne se fait nullement tirer l'oreille pour donner à la cérémonie un éclat digne d'une princesse de France : achats de cendals, d'orfrois, et d'autres étoffes de luxe, fourrures et draps de laine et d'or, une couronne d'or et une de pierreries, joyaux de prix, calices d'or et candélabres, vingt-quatre palefrois, un char, des tapis, du linge à foison, rien n'est trop beau pour la fille aînée du roi et de la reine de France.

Quoi qu'il en soit, sans fuir aucune de ses responsabilités, Louis mène une vie de plus en plus ascétique, dans laquelle la prière, la contemplation et les bonnes œuvres occupent une part majeure.

Son entourage est d'ailleurs dominé par les clercs. Ses conseillers, les fonctionnaires de sa chancellerie, les grands officiers sont en grande majorité des membres de ses chers ordres mendiants, dominicains et franciscains. Il se fie tellement à ces derniers qu'il leur confie des missions importantes telles que la longue enquête sur l'administration et les fonctionnaires. Certes, on compte quelques laïcs parmi ses familiers, tels que le comte Thibaut de Champagne et le sire de Joinville, mais ils font presque tache dans le cercle des proches où les dominicains sont nombreux, tels que son confesseur Geoffroy de Beaulieu, Vincent de Beauvais, auteur d'un ouvrage encyclopédique, *Le Grand Miroir*, Thomas d'Aquin, un théologien qui enseigne à l'Université de Paris. On y compte aussi le franciscain Bonaventure, le chanoine Robert de Sorbon, l'abbé de Saint-Denis Mathieu de Vendôme, le prédicateur de la croisade Eudes de Châteauroux. Le roi aime à converser avec eux non seulement pour traiter des affaires de l'Eglise et du royaume, mais aussi pour échanger des idées, et les sujets ne manquent pas en ce temps de renouveau doctrinal au sein de l'Eglise et de conflits entre clercs et laïcs. Une vive querelle ayant éclaté entre les docteurs de l'Université de Paris et les Frères prêcheurs et mineurs qui exigent des chaires magistrales, il n'est guère étonnant que le roi l'arbitre en faveur de ces derniers.

Marguerite, qui prend parfois ombrage de l'omniprésence des clercs, ne peut s'empêcher un jour de lui faire remarquer qu'il consacre davantage de temps à ces hommes en noir qu'à ses baillis et ses sénéchaux. Elle est surprise de l'entendre avouer qu'il a le sentiment de traverser une sorte de nuit obscure peuplée de doutes, dont le premier résulte de sa confrontation avec le devoir de gouverner.

— Je suis roi de France par la grâce de Dieu. Le seul moyen de combattre l'incertitude est de prier, car c'est en priant que je trouve la force d'assumer ma fonction de berger et de conduire mon peuple vers le Tout-Puissant.

Il reste d'ailleurs le plus grand ami du Saint-Siège. En avril 1255, le pape Alexandre IV lui accorde ainsi qu'à la reine le privilège d'être préservé de toute excommunication prononcée par un évêque. Le 20 mars 1256, le même pape les autorise à communiquer avec les hérétiques sans encourir de condamnation, un avantage de taille sur le plan politique, car ils peuvent assister aux offices religieux dans les églises interdites de messe par leurs évêques.

Marguerite ne peut toutefois lui reprocher de négliger l'éducation de ses enfants. Le roi la surveille de près et ne se fait pas faute de leur raconter ou de leur lire de ces récits édifiants, qu'on appelle « exempla ». Il leur interdit les blasphèmes et les actes, même futiles, indignes de leur rang.

Quant à sa femme, Louis continue de l'honorer régulièrement, en respectant les périodes de continence habituelle, la nuit du jeudi au vendredi et les jours de carême. Elle s'abstient de provoquer une sensualité restée exigeante, mais ne fait rien non plus pour étouffer un désir réciproque. Dès l'an 1256, elle donne naissance à son dixième enfant, un garçon nommé Robert.

Elle s'émeut quelque temps plus tard lorsque lui parvient la rumeur que le roi songerait à se retirer dans un monastère. Si elle n'en croit rien, la piété de Louis est devenue telle qu'un doute s'insinue dans son esprit.

— Est-il vrai, mon seigneur, que vous pensez à entrer dans les ordres ? lui demande-t-elle

— Qui a dit ça ?

— Un bruit à la Cour.

Le roi hausse les épaules.

— Quelle ineptie ! Comment pouvez-vous imaginer que j'abandonne le gouvernement du royaume ? Tous ceux qui n'attendent qu'une occasion de porter des coups à la dynastie, et ils sont encore nombreux, en profiteraient. A l'heure où l'Eglise est en pleine tempête, attaquée par les hérésies et par les pouvoirs laïcs, qui d'autre que moi peut mieux la servir et la défendre ?

Le visage de la reine s'illumine d'un large sourire.

— Je retrouve là le roi que j'ai toujours connu.

— Avez-vous donc douté de moi ?

— Parfois, en vous voyant en prière, j'ai peur de vous perdre.

— Si vous le craignez tant, accompagnez-moi quand je vais vers le Seigneur.

Aussi pieuse qu'elle soit, Marguerite ne se sent pas capable de le suivre sur cette voie de l'humilité et de l'ascétisme qui le conduit à manger dans l'écuelle des mendiants ou à découper la viande pour les lépreux.

Par contre, elle regrette d'être tenue à l'écart des affaires de gouvernement. Louis semble avoir oublié l'épisode de Damiette et le séjour en Orient, quand il la consultait sur ses décisions. Peut-être, sous le coup de la défaite, n'était-il pas sûr de lui. Ce temps-là est révolu. Bien qu'elle en soit profondément affligée, Marguerite ne cherche pas à s'immiscer dans le monde qu'il s'est forgé depuis le retour. L'éducation de ses enfants l'occupe d'ailleurs assez pour lui éviter une frustration. Elle ne prête plus guère d'attention aux mesures administratives qu'il prend, sauf quand des tiers les évoquent devant elle. Elle approuve évidemment la décision de rendre leurs biens aux seigneurs injustement spoliés du Midi, ainsi que le refus de condamner la prostitution et la constitution de quartiers réservés à cette activité. Aux clercs qui sont choqués par cette tolérance, elle déclare que le roi fait ainsi montre de ses sentiments d'humanité. Elle rappelle le pèlerinage de Louis à la Sainte-Baume pour prier Marie-Madeleine.

Elle choque aussi les barons quand elle donne raison au roi de punir sévèrement un grand seigneur tel qu'Enguerrand de Coucy pour avoir fait pendre trois jeunes nobles qui avaient chassé sur ses terres sans autorisation.

— La justice du roi ne doit-elle pas prévaloir sur le droit féodal ?

Par contre, devant Louis, elle n'ose plus émettre la moindre observation depuis le soir où elle s'est permis de lui faire reproche des cruels supplices ordonnés contre les blasphémateurs et de la recommandation donnée aux baillis d'éventrer les Juifs coupables de provocations. Elle s'est attirée une réponse cinglante.

— Il ne vous appartient pas de juger du bien-fondé de mes décisions, ma dame !

Cette sévérité glaçante du ton rappelle fâcheusement à Marguerite le temps de la reine Blanche. Elle se résigne à se taire au moment où, de l'autre côté de la Manche, sa sœur Eléonore est de plus en plus appelée à s'intéresser aux affaires de gouvernement.

Octobre 1255. Westminster.

Sous la nef de la cathédrale, qui résonne des voix chantant les louanges au Seigneur, la reine Eléonore est bouleversée. Sur son visage coulent des larmes de joie et ses doigts tremblent sur le livre d'heures qu'elle tient sur son cœur. A quelques pas devant elle, le légat Albert de Parma passe au doigt du prince Edmond, un garçon âgé de dix ans, l'anneau qui symbolise son intronisation. Elle ne peut s'empêcher de murmurer « Mon fils est roi de Sicile », et de le répéter. Un moment ineffable pour la fille du comte Raimon Bérenger, devenue reine et maintenant mère de roi, un moment longuement attendu.

Les rebondissements n'ont pas manqué durant les interminables pourparlers, les incertitudes du pape sur le choix du candidat, les intrigues des fils de l'empereur Frédéric. En avril 1255, le pape Alexandre IV a confirmé l'accord conclu plus d'un an auparavant entre son prédécesseur Innocent IV et le roi Henry. C'est un succès des oncles de Savoie, qui rêvaient d'étendre l'influence de la famille au sud de la péninsule, en particulier Thomas, le plus coriace.

Il leur a été facile d'en convaincre leur nièce Eléonore en flattant son orgueil maternel. Quant au roi Henry, il n'est jamais difficile de réveiller en lui une ambition continentale exaltée par l'insularité et toute prête à s'étendre aux rives méditerranéennes. Malgré ses ennuis financiers, il en a payé le prix en s'engageant à régler les énormes dettes du pape, quelque cent trente-cinq mille marcs d'argent.

A l'issue de la cérémonie, Eléonore est rappelée aux réalités par Richard de Cornouailles. Bien qu'il ait largement puisé dans les coffres du royaume pour soutenir sa propre candidature au titre de roi de Germanie, il est jaloux d'un tel déploiement de diplomatie et d'argent pour donner la Sicile à son neveu. Il se penche vers sa belle-sœur pour lui dire sur un ton persifleur et quelque peu ironique :

— Il ne reste plus qu'à livrer au roi son royaume.

Eléonore sait bien que l'opération est problématique. D'abord, compte tenu de l'hostilité probable des Hohenstaufen, il faudrait une véritable expédition pour installer Edmond en Sicile, et elle est difficile à envisager en l'état des finances du royaume. Ensuite, barons et prélats se plaignent de n'avoir pas été consultés et le Parlement refuse le moindre fonds pour l'aventure.

Devant le flot d'objections et de critiques, Eléonore fait la sourde oreille, mais le sort s'acharne sur l'entreprise. L'oncle Thomas, qui guerroyait contre la ville d'Asti en révolte, est capturé et emprisonné à Turin. Toute la famille de Savoie se mobilise pour payer sa rançon, Eléonore la première. Elle se rend compte que le trône d'Edmond est déjà menacé alors qu'il n'est même pas une réalité. Elle s'active pour réunir l'argent, contracte un important emprunt à ses prêteurs florentins habituels, obtient une contribution du roi Henry et même de Richard de Cornouailles. La mésaventure de l'oncle Thomas les entraîne, elle et le roi, dans l'engrenage d'un endettement catastrophique, et compromet de façon décisive l'entreprise sicilienne.

Pour Eléonore et Henry s'annoncent des jours mouvementés.

Château de Wallingford.

Sancie se prépare elle aussi à vivre une période agitée. Richard de Cornouailles a surgi quelques jours auparavant au château pour lui annoncer qu'il a été élu roi de Germanie le 13 janvier 1257 et qu'il a aussitôt accepté la couronne, mais qu'il devait se rendre de toute urgence en Allemagne, car son rival, le roi de Castille Alphonse le Sage, venait également d'être choisi par un groupe d'autres électeurs.

Sancie savait qu'après avoir été pressenti pour la couronne de Sicile avant le prince Edmond, il briguait le titre de roi de Germanie et des Romains, prélude à l'empire. Mais elle ne l'avait jamais pris au sérieux. Elle se doutait qu'il avait contribué à vider les coffres du royaume pour gagner la majorité du groupe des sept véritables électeurs, trois prélats et quatre laïcs, dont le choix est généralement entériné par la diète des barons allemands. La mort en juillet 1256 de Guillaume de Hollande avait ouvert une campagne électorale pour laquelle les candidats déployèrent beaucoup d'efforts et dépensèrent beaucoup d'argent.

— Vous devez m'accompagner pour le couronnement à Aix-la-Chapelle, a dit Richard sur un ton qui n'admettait aucune réplique. Il faudra vous préparer et emporter ce que vous possédez de plus brillant en vêtements et en joyaux. Si cela ne suffit pas, nous achèterons ce qu'il faut.

Il l'a regardée, guettant un signe de joie, mais elle lui a paru singulièrement désintéressée.

— Je suppose qu'on emmène notre fils Edmond.

— Evidemment !

— Pourrais-je emporter ma harpe ?

— Pourquoi pas ? Vous pourrez charmer les barons allemands avec votre musique de troubadour. Ils vont être étonnés. Mais avez-vous bien compris que vous allez être reine, comme vos deux sœurs ?

— Puisque vous me le dites, répond Sancie en souriant. Ne vous inquiétez pas, je saurai tenir mon rang.

— Je l'espère.

Richard est déconcerté. Il ne peut comprendre que porter une couronne signifie pour Sancie la fin d'une existence qu'elle a réussi à se construire loin du tumulte du pouvoir et de la Cour. Elle a difficilement surmonté la traversée des ténèbres qui a suivi le meurtre de Morgan. Si la naissance de son deuxième enfant lui a apporté une consolation et l'a réconciliée avec une vie qu'elle a eu parfois la tentation de quitter en y mettant fin, elle se sent étrangère à l'agitation du monde. Elle s'est créé un univers personnel, secret, sans bruit, sans révolte, qu'elle a appris à dissocier de celui des autres grâce à la musique. L'indifférence de Richard, dont elle a souffert au début du mariage, a fini par l'y aider en lui laissant une précieuse liberté. C'est ce que ses sœurs, ni tous ceux qui la surnomment la « comtesse aux yeux tristes », ne semblent pas avoir compris.

Elle craint maintenant que ce départ en Allemagne ne brise la fragile bulle où elle a trouvé une sorte d'équilibre. Ce n'est donc pas de gaieté de cœur qu'elle part s'embarquer à Yarmouth avec Richard, Henry d'Allemagne et une suite si nombreuse que le transport nécessite la mobilisation d'une cinquantaine de bateaux.

Après une traversée pénible sur une mer démontée, ils débarquent cinq jours plus tard à Dordrecht. Le cortège se dirige aussitôt sur Cologne, où le nouveau roi, qui met pour la première fois les pieds sur le sol de Germanie, est accueilli par ceux qui l'ont élu, le comte palatin du Rhin, l'archevêque Conrad de Cologne, l'archevêque de Trèves, le duc de Saxe, le margrave de Brandebourg et le roi de Bohême Ottokar.

Ces grands princes ne connaissaient de Richard que ses négociateurs et la couleur de son argent. Leur curiosité est vive, surtout pour la comtesse, cette Provençale dont les sœurs sont reines des deux plus importants royaumes d'Occident. A en juger par leurs regards, ils ne sont guère impressionnés par cette beauté sans doute trop fragile à leur goût.

Sancie, elle, remarque surtout la langue qu'ils parlent. Elle la trouve rugueuse, comme sculptée dans de la pierre. Pour le reste, elle se sent si loin de sa Provence et de la Cornouailles qu'elle reste repliée sur elle-même, avec d'ailleurs le pressentiment qu'elle ne va pas demeurer longtemps sur cette terre si étrangère.

Tout va d'ailleurs aller très vite. Le voyage jusqu'à Aix-la-Chapelle s'effectue à grandes guides et la cérémonie du couronnement, le 17 mai, jour de l'Ascension, est presque expédiée en la cathédrale de cette ville par l'officiant traditionnel, l'archevêque de Cologne.

Lorsqu'il a posé la lourde couronne impériale sur sa tête, Sancie a eu l'impression d'être coiffée d'une couronne de nuages.

17

Des couronnes sans lauriers

Un cavalier vêtu d'un élégant mantel noir doublé de vair met pied à terre dans la cour du château royal de Woodstock. Sans la désinvolture dans le geste et la démarche, il pourrait passer pour un clerc. Il est florentin et son nom est Deutatus Wilhelmi, adaptation anglaise de Guglielmi. Il est fourbu car il est venu en toute hâte de Londres, mandé par la reine Eléonore, et il affiche une mine soucieuse. Après tous les emprunts qu'elle a contractés, il craint qu'elle n'en sollicite d'autres. Le couple royal est très endetté avec toutes les folies des derniers temps, l'expédition continentale, le mariage du prince Edouard, la couronne de Sicile du prince Edmond, celle de Germanie du comte de Cornouailles, les dons et allocations pour faire taire ou calmer les mécontents, et ce train de vie ordinaire qui serait exceptionnel en d'autres royaumes. Deutatus ne voit pas comment les créanciers, notamment l'importante firme « Maynettus Spine and Rustikellus cambiii » – des Florentins comme lui – pourront être payés, sinon par de nouvelles ponctions fiscales de nature à provoquer de sérieux troubles.

Il sait que la reine a la passion de ce qui est beau et rare et n'a de cesse de le posséder, que ce soit une pierre précieuse ou une soie d'Orient, un objet de prix ou une enluminure de maître. Il y a des années que Deutatus a réussi à devenir son fournisseur attitré, pratiquement exclusif. Sa position est trop avantageuse pour qu'il ait jamais osé lui refuser un crédit. Il n'a d'ailleurs jamais eu à se plaindre de jouer les banquiers ou les intermédiaires pour faire obtenir des prêts à sa cliente.

Le chambellan le conduit au pavillon d'Everswell qui se dresse non loin du château, au milieu d'un vaste parc agrémenté de magnifiques jardins entretenus par un chef jardinier venu de Provence.

On dirait une mosaïque de champs d'herbe et de fleurs, de vergers et de potagers, entre lesquels miroitent des étangs et des bassins sur lesquels des nénuphars mettent une touche de sereine poésie. Deutatus s'arrête un instant devant l'éléphant, don du roi de France, et ne peut s'empêcher de rire devant cet étrange monstre couleur de pierre en le voyant agiter sa trompe.

— N'est-ce pas indécent ? lance-t-il au chambellan qui n'a aucune envie de plaisanter.

Les deux hommes arrivent dans un beau verger que la reine est en train de faire admirer à ses deux amies, Maud de Lacy et Christiana de Marisco.

— Les cent poiriers plantés à l'initiative du roi ! N'est-ce pas beau, Deutatus ?

— Merveilleux, ma dame !

— Je vous ai fait venir parce que ma sœur la reine Marguerite m'a parlé d'un magnifique brocart d'or rapporté du pays des Tartares par un voyageur. Le motif est un cavalier qui chasse au faucon, vous comprenez pourquoi j'y tiens. La sœur de dame Wilhelma votre épouse pourrait-elle m'en procurer une coupe à Paris ? En même temps, j'aimerais qu'elle m'achète des ceintures et des aumônières pour des cadeaux.

Deutatus est rassuré. Le crédit qu'il devra accorder ne sera qu'une goutte d'eau dans l'océan des dettes. Le Florentin n'en est pas moins stupéfait que la reine l'ait fait venir pour cette simple commande alors que la fièvre monte dans tout le pays. Après lui avoir donné congé, superbement indifférente, elle est partie chasser à l'épervier.

A son retour au château, elle reçoit un message du roi lui demandant de le rejoindre de toute urgence à Londres.

Dès que la reine fait son entrée dans la salle du trône, le roi l'interpelle d'une voix vibrante de colère.

— Ah, vous voilà enfin, ma dame !

— Qu'y a-t-il donc de si urgent et de si grave, mon seigneur, que vous m'ayez fait accourir ainsi ?

— Votre oncle Mgr Boniface complote contre moi ! C'est inadmissible ! Je vous demande de le rencontrer au plus tôt pour calmer ses ardeurs.

Eléonore hoche la tête en souriant.

— Comment cela se pourrait-il ?

— Il a réuni un conseil épiscopal pour formuler les plaintes du haut clergé et établir un programme de réformes ! Un comble, tous ces prélats ont osé me refuser la prolongation de la levée du décime pour la sainte croisade, alors que Sa Sainteté me l'a accordée !

La reine réplique sèchement :

— Je ne suis pas la tutrice de Mgr Boniface, my lord. Puis-je vous faire observer qu'il est difficile à l'archevêque de Canterbury de s'opposer aux plaintes de tous les prélats du royaume ?

— Ces plaintes s'adressent également à vous, ma dame.

Eléonore le sait. Elle est consciente qu'elle ne pourra guère éviter d'être entraînée dans les tourbillons qui se préparent. Elle promet de rencontrer Mgr Boniface.

Henry se calme et la reine se rend à Canterbury pour exprimer à son oncle les doléances du roi. Après les avoir écoutées, l'archevêque hausse les épaules.

— Un complot ! Il faudrait peut-être qu'il regarde la réalité en face. Il ne cesse de prélever de l'argent, il a augmenté la capitation, les impôts fonciers et mobiliers, il impose de nouvelles taxes, pressure les Juifs, les marchands, et il continue d'emprunter aux banquiers florentins, aux bourgeois de Bordeaux. Il viole les règles en employant sa Garde-Robe à des opérations que l'Echiquier ne consent pas à effectuer. Mais vous-même êtes responsable de ces excès.

— Vous n'allez pas vous aussi me reprocher les affaires d'Aquitaine et de Sicile où j'ai agi dans l'intérêt de mes fils, Monseigneur !

— Non, mais vous n'incitez guère le roi à l'économie.

Par respect pour l'oncle, la reine évite de discuter, mais elle sent bien qu'après l'accalmie qui a succédé à la crise de 1252, la lutte des clans va reprendre à la faveur du mécontentement général. Pour l'heure, c'est à un autre souci qu'elle est confrontée lorsque, à son retour à Westminster, elle est appelée au chevet de sa fille Katherine.

Sa dernière-née, âgée de quatre ans, est d'autant plus chérie de ses parents qu'elle est sourde et muette. Depuis plusieurs mois, elle est malade et le roi a fait placer une effigie en argent de la Vierge dans la chapelle de Saint-Edouard afin de la protéger. Son état vient brusquement de s'aggraver. Elle a de la peine à respirer et ne peut plus ni boire ni manger. Maître Peter de Alpibus et maître Reginald de Bath, les médecins du roi, avouent leur impuissance devant le mal. Après une terrible nuit de veille, Eléonore voit s'éteindre Katherine dans un dernier soubresaut. Elle la prend dans ses bras et la berce longuement comme si elle était encore en vie. Alerté, le roi arrive en toute hâte et s'effondre en pleurs en les découvrant ainsi. Il ne lui reste qu'à s'agenouiller pour prier.

Comme si ce drame ne suffisait pas à l'accabler, Eléonore connaît en tant que mère une grave déception. Le prince Edouard en est la cause. Depuis son retour d'Aquitaine, il supporte difficilement la tutelle de ses parents.

Outre la reine qui veille jalousement sur ses intérêts, son père contrôle ses affaires, notamment en limitant sa capacité à exercer l'importante prérogative qu'est le patronage princier. Il est de surcroît étroitement entouré de Savoyards, comme son principal conseiller, son premier chancelier et le conservateur de sa Garde-Robe. A dix-huit ans, il manifeste une forte tendance à la turbulence et un goût prononcé pour les jeux guerriers comme le tournoi. La révolte de Llewelyn ap Griffith au pays de Galles, une terre de son apanage, lui donne l'occasion de les satisfaire. Il s'engage personnellement dans l'expédition dite « Marche galloise », avec des amis tels que Roger Clifford et Roger Leybourne, jeunes hommes toujours prêts à tirer l'épée.

Malheureusement, il manque d'argent et de troupes pour réussir. La famille de Savoie, sa mère la première, et Richard de Cornouailless, lui fournissent des fonds, qui s'avèrent insuffisants. Son inexpérience aidant, il subit une sévère défaite et le roi est obligé de lancer une expédition pour lui éviter un désastre.

Le prince, humilié et attribuant son échec au manque de moyens, éprouve un grand ressentiment de voir tant d'argent dépensé pour la couronne de Sicile de son cadet Edmond et pour la rançon de son oncle Thomas de Savoie. Il se tourne ostensiblement vers ses autres oncles, les Lusignan, qui le flattent et s'empressent de lui accorder des prêts. Il s'affiche avec eux à la Cour de façon si provocatrice que la reine le convoque à Windsor, hors de tout protocole, là où il a vécu son enfance.

— Vous choisissez bien mal vos amis, mon fils ! Vous ont-ils permis de vaincre en Galles ?

— Je vais chercher les moyens là où on me les offre.

— Que dites-vous là ? N'ai-je pas fait tout mon possible pour vous aider ?

Edouard, que ses amis surnomment *long shranks* – « longs jarrets » –, se dresse de toute sa taille et fixant sa mère avec insolence réplique :

— Il me semble, mère, que vous préférez plutôt faire couronner mon frère Edmond roi de Sicile que me permettre de défendre mes terres.

— Comment osez-vous dire cela ? Comment pouvez-vous avoir

aussi peu de respect pour moi ? Retournez donc chez vos amis. Vous aurez à vous en repentir.

Eléonore est encore accablée par la crise familiale lorsque le royaume tout entier est secoué par une violente fièvre.

Les barons sont les premiers à s'agiter. Se plaignant des méthodes oppressives de la justice et des extorsions pratiquées par l'Echiquier, ils demandent au Parlement la nomination d'un justicier, d'un chancelier et d'un trésorier, afin de remédier aux abus et de veiller au respect de la Grande Charte. La tension monte brusquement au mois d'avril de 1258, lorsque, avec cet art qu'ont les Lusignan de lancer la goutte d'eau qui fait déborder le vase, l'un d'eux, Aymer, évêque de Winchester, envoie une bande armée attaquer le manoir de Shere appartenant à John fitz Geoffrey, proche de Pierre de Savoie et de la reine.

Une fois de plus, le roi s'abstient de sanctionner une faute de l'un de ses demi-frères. L'agression émeut le monde seigneurial. Au Parlement, sept barons parmi lesquels le comte de Gloucester, Simon de Montfort, Pierre de Savoie, forment une alliance dirigée contre les Lusignan. A une demande de subsides du roi, l'ensemble des grands seigneurs répond trois jours plus tard par la menace d'employer la force contre ses demi-frères.

La reine Eléonore, qui suit de Windsor le déroulement du conflit, estime que le roi est en danger et revient à Londres en toute hâte pour le soutenir. Elle a l'intention de le pousser à battre le rappel de tous les chevaliers fidèles. A peine arrivée au palais de Westminster, elle tente de le rencontrer. En vain. Le roi est introuvable. Et partout où elle passe, les regards en disent long sur l'état d'esprit défaitiste qui règne à la Cour.

— Il me fuit ! Il va sûrement céder, confie-t-elle à son oncle Pierre, en se résignant à attendre dans une extrême anxiété une initiative des barons.

Le jour venu, le comte de Norfolk et maréchal d'Angleterre Roger Bigod arrive au palais avec un groupe de seigneurs et une troupe de chevaliers armés de pied en cap.

— Ils veulent la guerre, murmure la reine en les voyant de sa fenêtre.

On n'en est pas encore là. Les visiteurs laissent leurs armes à l'entrée, mais présentent un véritable ultimatum. Ils exigent du roi l'expulsion des Lusignan et de tous les étrangers, le serment de se soumettre aux avis d'un comité de vingt-quatre personnalités, choisies pour une moitié par le roi, pour l'autre par les barons et les évêques, ce qui signifie un grave amoindrissement de son autorité souveraine.

La possibilité de désigner douze des vingt-quatre membres du comité lui permet à la fois de riposter à l'ultimatum des barons et d'affirmer son soutien à ses demi-frères. Il choisit deux d'entre eux, Aymer de Lusignan et William de Valence, qui devraient pourtant être expulsés, et son neveu Henry d'Allemagne. Par contre, il s'abstient de nommer l'archevêque Boniface et Pierre de Savoie.

— C'est une insulte à ma famille ! s'écrie la reine en l'apprenant.

Sa colère est d'autant plus vive que le comité a la capacité de faire échouer l'affaire de Sicile, puisqu'il est habilité à donner son accord à l'attribution des subsides promis au pape.

— Je ne laisserai pas les barons et les Lusignan détruire ainsi le pouvoir royal ! clame-t-elle haut et fort.

Elle est encouragée par son entourage savoyard, notamment par les dames dont les époux sont menacés d'expulsion ou de perdre leurs fonctions. Christiana de Marisco, dont le mari, Ebulo de Genève, est en charge du château de Hadley, est la plus excitée. Maud de Lacy, la femme de Geoffroi de Joinville, n'est pas en reste. Toutes deux rameutent les épouses de tous ceux qui sont liés au clan de Savoie, mais l'agitation qu'elles suscitent n'a pour effet que de faire ricaner les Lusignan et de s'attirer le mépris des barons anglais.

D'ailleurs, après son coup de colère, Eléonore se ressaisit. Son chapelain, le franciscain Thomas of Hales, lui rappelle qu'un combat ne peut être mené avec succès qu'avec sang-froid, dignité et l'aide de Dieu. Elle prie donc beaucoup et prend conseil auprès du fidèle Adam Marsh.

Le sage franciscain avait su ramener à la raison un Richard de Cornouailles très en colère contre son frère à son retour d'Aquitaine. Attaché à l'autorité royale, il soutient la reine dans sa détermination à inverser le rapport de forces et à faire rendre au roi autorité et prestige.

— Vous devez d'abord vous adresser à votre époux, ma dame. Je le crois désemparé. Il a certainement besoin de vous.

Eléonore se décide à faire le premier pas vers Henry. La partie n'est pas gagnée, car les rapports intimes des deux époux se sont dégradés. Le mal de Henry, une fatigue récurrente, les éloigne l'un de l'autre, et elle n'exerce plus sur lui d'emprise sensuelle. Elle en est même arrivée à se demander si elle n'était pas responsable de cette froideur et s'est évertuée à s'appliquer les recettes de beauté de sa mère, auxquelles elle ajoute des onguents et des baumes procurés par l'indispensable Deutatus. Elle se refuse toutefois à user de ces charmes ou autres aphrodisiaques dont les dames de la Cour se transmettent en cachette les recettes.

L'entrevue avec Henry commence mal. Sur la défensive, il s'en prend d'emblée aux oncles, qu'il accuse de ne pas l'avoir défendu devant les évêques ni devant les barons. Eléonore évite soigneusement de lui renvoyer la balle en attaquant les Lusignan.

— Ne pensez donc plus à ce qui est secondaire, mon seigneur. Les prétendues inimitiés entre mes oncles et vos frères comptent peu au regard de la menace qui pèse sur votre autorité. Ce n'est pas en choisissant de plaire aux uns ou aux autres que vous la sauverez, mais en vous plaçant au-dessus, quitte à sacrifier ce qui l'affaiblit.

Elle lit aussitôt dans les yeux de Henry qu'elle a touché juste. Tout ému, il se lève de son trône et, venant à elle, lui prend la main, un geste qu'il n'a pas fait depuis longtemps.

— Pardonnez-moi, ma dame, si je vous ai fait mal... Je sais qu'en ce moment où l'on cherche à m'abattre, vous êtes la seule qui se soucie de ce qui importe, la souveraineté du roi. Croyez bien que je la défendrai envers et contre tous.

Oxford. Juin 1258.

La ville est en émoi. Le Parlement doit y débattre des réformes. Les barons proposent une nouvelle forme de gouvernement : un Conseil de quinze membres élus serait chargé de contrôler les décisions du roi. Les trois principaux ministres d'Etat, le justicier, le chancelier et le trésorier, seraient responsables devant cet organisme dont l'approbation serait nécessaire pour les ordonnances de la chancellerie et pour les subventions importantes. Le mode d'élection des quinze membres donne cette fois la plus belle part aux barons.

Le roi est contraint d'accepter ce texte qu'on appelle les Provisions d'Oxford. Avec son entourage, il prête serment de les respecter au cours d'une cérémonie conduite en l'église dominicaine de la ville par l'archevêque Boniface qui prononce l'excommunication contre tous ceux qui s'opposeraient aux Provisions.

La reine considère cette réforme comme une défaite personnelle. Henry n'a pas vraiment lutté et n'a pas su s'élever au-dessus des factions. Profondément affligée, elle s'enferme dans ses appartements de la Tour de Londres en compagnie de Maud et de Christiana qui tentent de la réconforter.

— Qu'est-ce qu'un roi qui doit rendre compte de ses actes à ses barons ? Qu'est-ce qu'une couronne rognée par des rats ? gémit-elle.

— En tout cas, les Lusignan sont exclus du Conseil, rappelle Maud pour la consoler.

— Et vos oncles en font partie, renchérit Christiana.

— Je me suis assez dépensée pour ça, murmure Eléonore en pensant à ses efforts pour obtenir de certains barons qu'ils défendent Pierre et Mgr Boniface.

Car la réforme est accompagnée de mesures dirigées contre tous les étrangers sans exception. La garde et la gestion des châteaux royaux sont désormais confiées à des Anglais, et tous les domaines et terres vendus ou aliénés par le roi sont restitués à la Couronne. Des membres des deux clans rivaux sont démis de leurs fonctions, tandis qu'une virulente campagne est déclenchée contre les étrangers au sein du clergé. Les principaux perdants sont toutefois les Lusignan, qui sont expulsés. Les quatre frères refusent de se soumettre, mais après une tentative de compromis, ils partent en exil.

Eléonore peut soupirer d'aise d'être débarrassée de ces démons et se réjouir de la solidarité familiale, car une lettre de Marguerite lui apprend que le roi Louis leur a refusé l'asile sur ses terres au motif qu'ils avaient outragé et calomnié la sœur de la reine de France.

Quoi qu'il en soit, elle ne reste pas longtemps prostrée.

— Tout n'est donc pas perdu, lâche-t-elle à ses confidentes quand le roi lui octroie la garde de propriétés confisquées, dotées d'importants revenus.

Il gratifie même l'oncle Thomas, enfin libéré, de mille marcs pour lui permettre de payer les arrérages de sa dette.

Ses proches savent bien qu'elle ne peut se contenter de ce qu'elle appelle des « justes compensations ». D'ailleurs personne, que ce soit à la Cour ou dans la population, ne doute d'une réaction des souverains, qui ont encore des alliés parmi les barons, des moyens malgré les dettes, et des soutiens extérieurs.

La volonté de revanche de la reine est d'ailleurs particulièrement stimulée lorsque, deux ans après avoir pleuré de joie à l'intronisation d'Edmond à Westminster, elle apprend que la présentation devant le Parlement du prince Edmond en costume sicilien a provoqué une réaction humiliante de nombreux barons. Ils l'ont jugée grotesque et ont qualifié de parodie de croisade l'expédition projetée en Sicile et financée par le décime destiné à la guerre sainte.

Eléonore en est d'autant plus meurtrie que, pendant ce temps,

Richard est en train de se forger une vraie couronne. Du moins le croit-elle.

Le nouveau roi de Germanie n'a pas la partie facile. Il découvre sur le terrain le chaos qui sévit depuis la mort de Frédéric. Après son couronnement il a entrepris de remonter la vallée du Rhin et s'est heurté à l'hostilité déclarée de l'archevêque de Mayence et des cités épiscopales de Worms et de Spire. Il a été contraint de passer l'hiver de l'an 1257 dans les plaines du Bas-Rhin et de la Meuse, et a séjourné jusqu'au printemps 1258 à Aix-la-Chapelle et à Liège, avant de reprendre au cours de l'été la route du sud. La randonnée lui a permis d'obtenir la soumission de Worms, puis de Speyer, un demi-succès plutôt fragile.

Des difficultés et des efforts de Richard, Sancie n'a cure. Pendant les pérégrinations de son époux, elle réside à Aix-la-Chapelle dans le palais impérial. Contrairement à Richard et à son fils Henry, elle est parfaitement insensible aux ombres des empereurs qui le hantent, celle du grand Charlemagne et celle, plus proche, de Frédéric le Souabe, qui ne l'a pourtant guère habité. Elle oublie la froideur des murs de pierre en se baignant dans le seul vrai trésor qu'cllc y a découvert, la source d'au chaude qui avait valu à la ville le nom romain d'Aquae Granni.

En dehors de ces moments délicieux, elle se sent très isolée, malgré la présence de quelques dames anglaises de son entourage. Elle ne supporte plus leurs conciliabules sur les événements d'Angleterre et les soupçonnent de partager la xénophobie des réformistes. Avec les seigneurs du cru et leurs épouses, elle est mal à l'aise. Sans doute parce qu'elle n'en comprend ni la langue ni la mentalité, elle les trouve imbus d'eux-mêmes, renfermés, méfiants. L'épaisseur physique des hommes lui inspire une telle crainte qu'à côté d'eux Richard fait figure d'adolescent inoffensif. La plupart la regardent avec autant de concupiscence que s'ils étaient privés de femme depuis des mois, des regards qui lui font éprouver le sentiment d'être un gibier sur lequel ils seraient prêts à fondre à la moindre occasion.

Elle se souvient d'avoir eu la même impression lors de ses premières semaines en Angleterre, ne voyant dans les hommes que d'autres Richard. Curieusement, elle ne s'était rassurée qu'en Cornouailles, où les gens ont des manières frustes, souvent brusques, mais sont d'une touchante naïveté et portés aux rêves. Elle ne décèle qu'un seul point commun entre le Cornwall et le pays rhénan, surtout en hiver, les forêts sur lesquelles le brouillard répand une aura de mystère. Malgré ses appréhensions, elle ne peut résister à l'envie de plonger dans leurs profondeurs, comme si elle pouvait y retrouver l'ombre de Morgan.

Un jour, elle trompe son escorte et lance son cheval au galop a travers une campagne figée dans l'hiver. Elle ne tarde pas à s'éloigner du ruban argenté du Rhin qui semble immobilisé pour l'éternité et elle s'enfonce dans un mur d'ouate blafarde. Dans cette solitude quelque peu effrayante, le hurlement d'un loup auquel répond le croassement d'un corbeau juste au-dessus d'elle la fait frissonner. Sa monture se refuse à avancer et elle met pied à terre. Seuls ses pas, crissant sur la neige, et la morsure du froid sur son visage la rattachent encore à la réalité. Elle se demande si elle n'a pas franchi une frontière interdite quand lui parvient le son d'une flûte, à la fois perçant et à peine audible, comme en un songe. Soudain, le voile impalpable qui l'enveloppe se déchire. Une silhouette enveloppée dans un long manteau noir et coiffée d'une capuche se dresse devant elle.

— Que faites-vous là, ma dame, dans ce froid et sans escorte ?

Elle est aussi surprise de l'apparition que d'entendre la voix s'exprimer dans la langue de Provence. De son visage, elle ne voit que des yeux bleus qui posent sur elle un regard d'une extrême douceur.

— Qui êtes-vous ? demande-t-elle.

— Je vous ai vue sortir du château et vous ai suivie. Je vais vous ramener...

— A condition de me dire qui vous êtes.

— Il serait trop long de vous raconter mon histoire. Sachez seulement que je viens de Provence et que j'ai beaucoup vagabondé ces dernières années. Je me suis retrouvé ici comme jongleur. Je vais de Cour en Cour jouer et chanter. Je vous ai reconnue au couronnement.

— Reconnue ?

— Nous allons geler ici, suivez-moi.

En cheminant derrière lui, Sancie ne se demande même pas comment il peut s'y retrouver et pourquoi elle le suit aussi docilement dans la curieuse maison de pierre enfouie sous la neige où il l'invite à entrer.

— Je l'ai construite sur le seul vestige d'un ancien manoir détruit par je ne sais quelle guerre, explique-t-il.

L'intérieur de la petite bâtisse est presque vide. Une table, des tabourets, un crucifix, une litière, un foyer creusé dans le sol et sur lequel brûle une bûche, quelques ustensiles de cuisine, une harpe, des flûtes et dans un coin des victuailles. Sans un mot, l'inconnu fait chauffer du vin et coupe des tranches de pain. Sans un mot, Sancie, qui s'est assise sur la litière, accepte de boire dans le gobelet qu'il lui tend. Une sensation de bien-être l'envahit et, en regardant l'inconnu dont elle n'a même pas demandé le nom, elle voit Morgan pour lequel elle a éprouvé un amour indicible, si passionné, si bref, tragiquement interrompu par la lame d'une épée. Elle ne s'étonne pas de l'entendre chanter :

Dame, la plus douce fleur
qui jamais reçût de Dieu tant de beauté,
A mains jointes et à genoux
Je vous supplie d'écouter ma prière d'amour.

Elle ne résiste pas à l'engourdissement qui s'empare de son corps et, fermant les yeux, s'abandonne à un merveilleux rêve qui l'emporte sur les mêmes vagues de volupté qu'avec Morgan jusqu'aux rives de cette île magique où l'on meurt de bonheur.

Lorsqu'elle s'éveille de cet étrange voyage, il fait jour. Sancie s'étonne de ne pas voir Morgan mais le cavalier noir aux yeux bleus qui se tient debout devant elle et lui propose de la raccompagner.

— Que m'est-il arrivé ?

— Vous étiez si épuisée que vous vous êtes endormie.

Comme elle semble soudain inquiète de ce qui a pu se passer, il la rassure :

— Vous n'aviez rien à craindre de moi, ma dame. Au contraire.

Dehors, le brouillard s'est dissipé. A l'entrée de la ville, le cavalier s'arrête.

— Vous connaissez le chemin, ma dame, lui dit-il en la saluant.

— Vous ne m'avez pas dit votre nom.

— Delfin.

Sancie sursaute. Le nom lui est connu. Elle veut en savoir plus et le questionner, mais il est déjà loin. Dès le lendemain, elle cherche à le revoir, mais ne retrouve pas le chemin de la maison de pierre. Elle ne cesse d'y penser jusqu'au jour où elle entend une des dames de sa suite parler d'un étrange jongleur venu d'on ne sait quelle région du Sud et qui a enchanté les cours des seigneurs rhénans.

— Faites-le donc venir ici, ordonne Sancie.

— Il a disparu, ma dame. D'ailleurs, il est partout et nulle part, jamais là où on le cherche. Il paraît qu'il a été moine. On dirait qu'il fuit on ne sait quelle malédiction.

Personne ne comprend pourquoi Sancie s'effondre soudain en

larmes, comme si elle avait perdu le fil d'un secret. Quelques jours plus tard, elle est frappée par une forte fièvre, qui se manifeste de manière sporadique, sans qu'aucune médecine ne parvienne à l'arrêter définitivement.

Depuis lors, elle est dolente, bien qu'elle tire de sa harpe une musique pleine d'allégresse.

Lorsque Richard, après avoir réussi à établir son autorité sur les régions rhénanes, annonce qu'il lui faut retourner en toute hâte en Angleterre où le conflit entre son frère et les barons s'aggrave, elle n'exprime aucun sentiment, que ce soit de joie ou de tristesse. Comme si elle avait déjà quitté ce monde trop tumultueux pour elle.

Le roi et la reine de Germanie quittent Aix-la-Chapelle et s'acheminent vers la côte de la Manche. Arrivés à Saint-Omer, ils ont la surprise d'y être attendus par une délégation de seigneurs réformistes anglais. Ils déclarent à Richard qu'ils ne le laisseront retourner en Angleterre qu'à la condition qu'il promette de respecter les Provisions d'Oxford. Richard accepte et le couple royal, accompagné de leur fils Edouard, débarque à Douvres le 29 janvier 1259. A la cathédrale de Canterbury, le roi de Germanie prête le serment promis et gagne aussitôt la capitale. Il y découvre une situation trouble.

Après le cinglant échec infligé au roi, les réformistes poursuivent leur avantage. Au mois d'octobre 1259, les délibérations du Parlement donnent naissance aux Provisions de Westminster, qui touchent aux prérogatives d'Eléonore. Un comité de cinq membres comprenant le justicier et le trésorier est chargé entre autres tâches de déterminer les domaines dans lesquels pourra être utilisé l'or de la reine, qui représente une part importante de ses revenus. Défiant le texte, elle confie à son intendant Mathias Bezill un droit de garde d'une valeur annuelle de quelque quarante à soixante livres sans en référer au comité.

Mais ce qui l'afflige le plus est le soutien que son fils Edouard apporte au mouvement de réformes. Elle le lui fait vertement savoir.

— Je ne vous comprends pas ! Non seulement vous vous êtes dressé contre le roi, votre père, avec vos amis, mais vous vous rangez du côté de ceux qui méprisent la Couronne, celle que vous allez porter ! C'est parfaitement insensé.

Edouard a vingt ans. Il est doté d'une aussi belle prestance que son oncle Richard, avec même plus d'arrogance dans le maintien et le regard. Bien qu'il soit respectueux envers sa mère, il est maintenant un homme et tient à le montrer.

— Pardonnez-moi si je vous ai offensé, mère, mais j'ai agi selon ma conscience.

— Votre conscience ? J'ai plutôt l'impression que vous en manquez.

Edouard se raidit. Ses mains se crispent, mais il parvient à se maîtriser.

— Je ne crois pas, mère, qu'on puisse gouverner sans les barons. Ce n'est pas l'Eglise qui a fait le roi, ce sont les seigneurs, ceux qui lui ont construit le trône avec leur épée.

Eléonore regarde son fils. Elle lit dans ses yeux une détermination égale à la sienne et ne peut s'empêcher d'en éprouver un sentiment de fierté. Richard lui ressemble non seulement par le physique, mais aussi par le caractère. Elle ajoute sur un ton moins véhément :

— Vous ferez ce que vous voudrez quand vous régnerez. Pour le moment, ne prenez pas le parti des ennemis de votre père et de votre mère.

Edouard s'agenouille devant sa mère et se penche sur sa main comme pour se faire pardonner, mais il prend congé sans dire un mot.

Il se gardera de suivre les recommandations maternelles. Après s'être rapproché de ses oncles Lusignan, il se fait l'émule de Simon de Montfort, dont les relations avec la reine et les Savoyards se dégradent à la suite de plusieurs accrochages concernant des intérêts financiers et surtout de tortueuses intrigues dirigées contre l'oncle Pierre. Alors que le roi et la reine s'apprêtent à se rendre en France pour conclure la paix, signée depuis plus d'un an, le 28 mai 1258, au terme de laborieuses négociations, le prince lance une offensive contre les hommes de l'entourage royal. Il démet deux fidèles du roi, John Mansel et Robert Walerand, de leur fonction de gardes sur ses terres, et surtout il enlève à son grand-oncle Pierre la baillie de Hastings.

La reine s'en plaint aussitôt au roi :

— Je ne sais quelle rancune notre fils nourrit contre nous. Il ne s'entoure que de petits brigands. Je déteste ce Roger Leybourne qu'il a pris comme intendant, et ces Warenne, Clifford, et autres Lestrange. Et voilà que le fils de Richard s'y met lui aussi. Dieu sait ce qu'ils feront en notre absence.

Le roi lève les bras au ciel. Encore choqué par sa défaite, il est aussi meurtri que la reine par le comportement de son fils, mais déconcerté, il plaide l'indulgence.

— Inutile de lui faire de nouvelles remontrances. Tout cela est la faute de ces maudits barons.

— Voilà pourquoi vous devez vous attacher à préparer votre revanche, mon seigneur.

— A quelle sorte de revanche songez-vous, et sur quel terrain ?

— Je crains qu'avec des gens comme Montfort, il ne faille en venir aux armes.

— Je souhaite ne pas en arriver là.

— Hélas ! Vous ne pourrez vous y dérober. Notre voyage en France nous permettra d'y réfléchir... et de prendre des dispositions en conséquence.

Eléonore se garde de lui révéler qu'elle en a déjà pris discrètement l'initiative en faisant distribuer des présents à des seigneurs flamands susceptibles d'être engagés dans une force armée.

Quelques jours plus tard, le 23 novembre 1259, le roi et la reine s'embarquent pour la France avec une nombreuse suite, dans laquelle figurent des barons rebelles, notamment Simon de Montfort.

4 décembre 1259. Paris.

Dans le jardin du palais royal, devant une assemblée de dignitaires des deux pays, prélats et barons, et d'une foule de gens du peuple, le roi d'Angleterre Henry, troisième du nom, met un genou en terre devant le roi Louis pour lui prêter hommage.

Il a renoncé aux fiefs continentaux des Plantagenêt et à son rêve de les reconquérir. Par la reconnaissance de la suzeraineté du Capétien pour l'Aquitaine, il devient donc le vassal du roi de France. Il a obtenu en échange quelques compensations, des terres dans trois diocèses, Limoges, Cahors et Périgueux, et une somme nécessaire à l'entretien de cinq cents chevaliers.

La reine Eléonore évite de regarder Marguerite, comme si elle craignait de percevoir une lueur de triomphe dans les yeux de sa sœur. Malgré l'accueil fraternel et l'hospitalité offerte en son palais par Louis, le traité reste une épine en son cœur. La vive affection qu'elle éprouve pour sa sœur ne l'empêche pas d'être blessée dans son orgueil de reine autant que le sont la plupart des sujets de Henry dans leur fierté d'Anglais.

Marguerite est trop fine mouche pour ne pas s'en être aperçue et elle redouble de témoignages d'affection pour ramener Eléonore à l'esprit de solidarité familiale inculquée par leurs parents. N'est-elle pas elle-même en butte à une sourde hostilité de quelques conseillers de la Curia qui attribuent le rapprochement avec l'Angleterre à la complicité des deux sœurs ? Quelques barons, pour lesquels l'Anglais reste le principal ennemi du royaume, les rejoignent en prenant également pour cible Eléonore, qui traîne la réputation d'aimer le pouvoir et l'argent et d'exercer sur le roi Henry une déplorable influence. Ils sont convaincus que les deux Provençales ont réussi à arracher au roi Louis des concessions qu'ils considèrent comme inadmissibles.

Informée par Marguerite de cet état d'esprit, Eléonore ne se gêne pas pour en rire.

— C'est pire en Angleterre, comme tu le sais. Au moins le roi Louis est maître chez lui. Les Provisions d'Oxford sont une limitation intolérable au pouvoir du roi. Il ne peut être question d'en rester là.

— Que veux-tu dire ?

— Qu'il est indispensable de contre-attaquer, s'il le faut par les armes.

— Tu parles de faire la guerre alors qu'on vient de signer la paix ?

— C'est une question de vie ou de mort pour la royauté.

Marguerite n'est pas entièrement convaincue, mais pour l'heure, c'est la Noël que les deux familles royales s'apprêtent à célébrer.

Après les fêtes passées ensemble, hors des soucis politiques, le prochain mariage de la princesse Béatrice d'Angleterre et de Jean de Bretagne anime toutes les conversations. Le roi Henry et la reine Eléonore se rendent ensuite à l'abbaye de Saint-Denis pour prier et y séjourner quelque temps avant les noces et le retour en Angleterre.

Ils s'apprêtent à prendre la route quand leur parvient la nouvelle de la mort brutale du prince héritier de France Louis, âgé de seize ans. Ils reviennent aussitôt à Paris où ils trouvent Marguerite effondrée et Louis profondément affecté.

— Je n'ai pas mérité mon salut, confie ce dernier à Henry.

— Dieu ne saurait être aussi sévère avec un homme aussi pieux que toi.

— Dieu est juste. C'est à moi de comprendre son avertissement.

Les funérailles ont lieu à Royaumont. Le roi Henry a tenu à porter le cercueil, un geste qui touche beaucoup Louis, Marguerite et tous ceux qui y assistent.

Aucun autre événement n'aurait pu autant unir les deux familles.

Le couple royal français le montre une semaine plus tard en assistant, malgré leur deuil, au mariage de la princesse Béatrice. Après le chagrin, la jeunesse et la vie reprennent leurs droits, et pour Eléonore et Henry la volonté de reconquérir le pouvoir. Afin de s'y préparer, ils choisissent comme base Saint-Omer.

En Angleterre, les réformistes fourbissent leurs armes, Simon de Montfort le premier. Il s'est comporté d'une façon désagréable à Paris. La cession de l'Anjou ne pouvant être réalisée qu'avec l'aval des princes anglais et de sa femme, sœur du roi Henry, il a donné son accord à une condition, que le roi Louis retienne les fonds destinés au roi Henry en vertu du traité, et ce, jusqu'au règlement des litiges l'opposant à ce dernier. Au lendemain de Noël, il a quitté inopinément la suite royale et la France, et retrouvé en Angleterre Edouard et ses amis, impatients de ferrailler. Il se permet de conseiller au justicier Hugh Bigod, avec une fermeté comminatoire, de prendre deux mesures graves, arrêter l'envoi d'argent au roi et lui interdire de revenir avec une force étrangère. Il sait bénéficier du mécontentement général suscité par le traité de Paris.

— C'est la première fois qu'un Plantagenêt met un genou en terre devant un Capétien ! ne cesse-t-il de déclarer.

Il est si bien entendu que des chevaliers furieux massacrent l'éléphant du roi de France.

De son côté, Henry n'est pas inactif. Rompant avec la solidarité fraternelle, il demande au pape d'interdire à Aymer de Lusignan de retourner en son évêché de Winchester, puis il annonce son intention de réunir un parlement à Londres, au mois d'avril. Il décide enfin de recruter une force armée.

Afin de réunir les sommes nécessaires, la reine Eléonore fait appel à sa sœur et au roi Louis, qui accepte d'avancer à Henry une partie de celles prévues par le traité. Elle emprunte à tout-va, envoie des émissaires pour rassembler des chevaliers flamands et français disposés à s'engager dans une expédition, ainsi que des mercenaires. Un certain nombre de ces hommes se rendent discrètement en Angleterre, individuellement ou par petits groupes. Jugeant ces préparatifs suffisants, le roi et la reine, après cinq mois d'absence, considèrent alors le moment venu de retourner en Angleterre.

Le roi engage aussitôt le fer en déposant une plainte devant le Parlement contre Montfort. Une attaque des Gallois met le conflit entre parenthèses jusqu'à la signature d'une trêve, puis les intrigues reprennent de plus belle, activées par Montfort qui entraîne Edouard dans son sillage. Après avoir refusé de voir son fils, le roi cède aux instances de Richard et de l'oncle Boniface et accepte de lui pardonner.

— Palinodies ! s'écrie Eléonore, écœurée par le comportement du prince et convaincue que la faiblesse de Henry ne peut qu'encourager l'adversaire.

La tension monte et la menace d'une guerre civile devient si évidente que Richard de Cornouailles est revenu en toute hâte d'un nouveau séjour en Allemagne, où il s'est démené pour élargir sa base territoriale rhénane et progresser sur la voie de la couronne impériale. Son retour conforte le roi et la reine.

— Peut-on vraiment compter sur sa loyauté ? se demande Eléonore.

— J'en suis sûr, affirme Henry. Les épreuves et une vraie responsabilité l'ont rendu plus sérieux.

— Il serait temps.

Richard est en fait partisan de la négociation, mais il sait qu'un gage est indispensable. Secondé par un groupe de dignitaires et avec le soutien de la population de Londres restée fidèle au roi, il prend l'initiative d'occuper la capitale avec une troupe afin de devancer Edouard et Simon.

Le prince, quelque peu ébranlé, semble alors hésiter à entrer en conflit ouvert avec ses parents. Toutefois, impatient de guerroyer, il prend brusquement la décision de partir sur le continent avec ses amis pour s'y livrer à sa passion, le tournoi. Il y retrouve les Lusignan, et dans un autre défi lancé à sa mère, fait de Guy son lieutenant en Aquitaine.

— Il dépasse les bornes et nous nargue, s'écrie Eléonore.

Le roi est profondément blessé, mais au-delà de l'amertume que lui inspire les agissements de son héritier, il est conscient que les querelles familiales sont dépassées. Le véritable enjeu est pour lui la reconquête de sa souveraineté pleine et entière.

La campagne royale débute dès les premières semaines de l'an 1261.

Le roi prend ses quartiers dans la Tour de Londres. Il peut compter sur son entourage, qui s'est reconstitué. Richard a dû renoncer définitivement à son ambition impériale, car le nouveau pape, Urbain IV, s'est déclaré en faveur de son rival Alphonse de Castille. Il est donc revenu, ainsi que Pierre de Savoie. A ces deux loyaux piliers s'ajoute un groupe de fidèles conseillers tels que John Mansel, Robert Walerand et les Savoyards Ebulo de Montibus et Imbert de Montferrand.

Eléonore, qui n'a cessé de réfléchir aux moyens de la contre-offensive, propose de faire condamner les Provisions d'Oxford par le pape. Un émissaire est envoyé à Rome pour demander au Saint-Père de délier le roi Henry de son serment, au motif qu'il a été extorqué par la force. Le roi tente de son côté de mettre fin à tous ses litiges en les faisant arbitrer, mais l'échec de ces deux démarches a vite fait d'amollir sa détermination. S'il rend le Conseil responsable du comportement de son fils, il accepte le retour des Lusignan, qui ne sont d'ailleurs plus que trois, Aymer étant décédé.

— Il m'a trahie une nouvelle fois ! se plaint la reine auprès de l'oncle Pierre.

— Pas d'énervement, ma nièce. Il conviendrait d'imposer une condition au retour des Lusignan : qu'ils s'engagent devant la reine Marguerite à cesser leurs intrigues contre vous. De toute façon, il faut ramener lord Edouard dans le giron du roi en lui accordant le pardon. La clémence royale fera taire vos ennemis et ralliera les neutres.

Eléonore fait la moue. Elle ne croit pas au repentir chez des gens qui ont perdu leur conscience, mais ses sentiments maternels finissent par reprendre le dessus et elle acquiesce.

Au mois d'avril, Edouard, de retour du continent, est reçu par la reine. Elle s'abstient de tout reproche et, sachant qu'il est à court d'argent, lui conseille de faire sa soumission. Que ce soit parce qu'il manque de moyens, ou qu'il n'ose aller jusqu'au bout de sa volonté de rébellion, il accepte. Reçu par son père avec William de Valence, il déclare solennellement se soumettre. Il prend quelque distance avec ses anciens compagnons et compte désormais parmi ses proches de jeunes chevaliers français et flamands, une façon de prendre le contre-pied de la xénophobie des réformistes.

La réconciliation familiale enlève désormais toute ambiguïté à la revanche que les souverains préparent. Le roi se rend à Douvres, dont il confie la défense à un homme sûr, Robert Walerand, afin de permettre le débarquement de la troupe engagée par la reine sur le continent.

— Vous ne craignez pas d'être accusée de faire appel à des étrangers pour rétablir l'autorité royale ? a pourtant objecté Mgr Boniface.

— On m'accuse déjà de tout, mon oncle, et on veut détruire le roi et la dignité royale. Je n'ai donc pas le choix des moyens pour les défendre.

Conduits par un homme de guerre expérimenté, le comte de Saint-Pol, les chevaliers de France et des Flandres arrivent au mois de mai et prennent la direction de Winchester où les attend le roi. La reine, accourue à leur devant pour les recevoir, gratifie chacun d'eux d'un anneau, symbole de leur engagement mutuel.

La guerre est effectivement bien déclarée. Le roi, qui a enfin obtenu du pape d'être relevé de son serment de fidélité aux Provisions d'Oxford, nomme immédiatement aux postes essentiels de justicier et de chancelier deux hommes de sa mouvance à la place des titulaires installés par les réformistes.

Ces derniers ripostent en appelant les barons à se rassembler en armes à Winchester. Les souverains se replient prudemment sur la Tour de Londres, d'où le roi destitue les hommes de la réforme et les remplace par les siens dans un certain nombre de châtellenies. Les réformistes répliquent. L'échange tourne parfois à la violence et le risque d'un affrontement armé se précise quand Montfort et ses alliés provoquent une réunion des barons en septembre. De son côté, le roi convoque à Londres ses fermiers avec armes et chevaux et lance un appel à l'aide au pape et aux souverains étrangers.

L'archevêque Boniface se rend alors auprès de sa nièce pour tenter d'empêcher l'irréparable.

— Vous rendez-vous compte que la moindre étincelle pourrait mettre le feu au pays ? Tout le monde va y perdre, ma nièce. Il faut calmer le jeu, j'en appelle à votre responsabilité.

Eléonore, qui se laisse souvent emporter par la passion, sait écouter un conseil quand il correspond à son intuition. Elle se rend compte que, malgré la présence de la force venue du continent, l'affrontement armé est incertain. Elle sait aussi que la partie peut se jouer et se gagner sur un autre terrain.

— Vous avez raison, mon oncle, dit-elle simplement.

*

John Mansel est un homme solide chez lequel le physique et le moral sont en parfaite symbiose. Les épaules larges, le faciès carré, le regard droit sous des sourcils broussailleux, il est d'une loyauté sans faille. Prêtre, il est l'un de ces clercs funambules capables de concilier la foi et le réalisme politique, la rigueur dogmatique et la souplesse diplomatique. Bien qu'il n'apprécie pas les extravagances financières des souverains et connaisse leurs travers, il leur est dévoué parce qu'il estime de son devoir de défendre à travers eux la fonction royale, et aussi parce qu'il éprouve une sorte d'affection quasi paternelle pour le roi et la reine. Ces derniers ne s'y sont pas trompés en le chargeant de missions importantes requérant confiance et habileté. Il se doute bien en répondant à la convocation de la reine qu'en l'état du conflit avec les barons, elle va lui en confier une particulièrement délicate.

— Que pensez-vous de la situation ? lui demande-t-elle.

— Je crains le pire, ma dame. La partie est loin d'être gagnée.

— Je le pense aussi. Mais en face, la coalition a ses faiblesses. Vous connaissez comme moi la mentalité de ces féaux, toujours prêts à la révolte, mais jamais sûrs d'eux. Un certain nombre supportent de moins en moins l'autoritarisme de Montfort...

— Je le sais, ma dame. Une altercation l'a déjà opposé à Richard de Clare, le comte de Gloucester, et vous connaissez l'influence de celui-ci.

— Eh bien, il faut leur représenter que leur devoir est de se soumettre au roi et surtout qu'ils y gagneront. Allez donc les rencontrer avec un sac plein de promesses et de faveurs, et le pardon du roi. Je mets des fonds à votre disposition.

Mansel entre immédiatement en campagne. Il remporte sans difficulté un premier succès en obtenant le ralliement au roi du comte de Gloucester, un personnage que le moindre courant d'air peut faire changer de route. Comme il l'a prévu, la détermination des barons est fortement ébranlée par cette défection. La coalition réformiste se désagrège au point que Montfort est impuissant à l'en empêcher. Déçu, il abandonne brusquement la partie et quitte l'Angleterre. Son départ permet au roi d'engager des négociations avec ses adversaires.

La reine les suit de très près, en accord avec Richard qui les conduit, lorsqu'elle est appelée au chevet de Sancie dont l'état s'est subitement aggravé depuis quelques jours. Elle arrive au château de Berkhamstead, où la reine de Germanie et des Romains a vécu ses dernières semaines, juste à temps pour la tenir dans ses bras et recueillir de ses mains la cigale en or du comte Raimon Bérenger.

— Garde-la, lui dit Sancie dans un dernier souffle, mais que ma harpe... reste avec moi... Je veux en jouer là-bas... pour mon père.

Le cœur d'Eléonore se serre, elle pleure doucement. Elle ne voit même pas Richard qui est entré dans la chambre et qui s'agenouille au pied du lit. Il prend la main glacée de sa femme sur laquelle il dépose ses lèvres. Eléonore l'entend murmurer « je vous demande pardon ».

Ce soir-là, chacun frémit en entendant le cri de l'orfraie.

— Il annonce l'entrée dans le monde des ténèbres de la reine des Nuées, dit dame Helen.

Les funérailles ont lieu dans l'abbaye de Hailes en présence de son mari, de sa sœur et de ses oncles. Mgr Boniface célèbre l'office. L'assistance est nombreuse. Si l'on y remarque peu de seigneurs, il y a une foule d'humbles villageois et de musiciens venus avec leurs instruments de tout le Cornwall pour saluer l'une des leurs et jouer des ballades qu'elle aimait.

De retour à Londres, Eléonore écrit à ses sœurs pour leur annoncer le décès : « On n'entendra plus chanter le chardonneret de Saint-Maime, nous ne sommes plus que trois. »

*

Les tractations engagées avec les réformistes aboutissent le 21 novembre 1261 à Kingston à la signature d'une convention qui décide de confier l'arbitrage des litiges à Richard de Cornouailles.

Eléonore peut être fière d'avoir été la cheville ouvrière de ce qui peut être considéré comme une victoire du roi. Bonne joueuse, elle en concède une part à son beau-frère, mais elle n'est pas d'humeur à triompher. Non seulement l'ombre de Sancie plane pour lui instiller le remords de l'avoir trop négligée, mais son rêve de couronne pour Edmond s'est définitivement envolé avec la décision du pape Urbain, quatrième du nom, de proposer la Sicile à Charles d'Anjou.

18

Les couleurs du sceptre

La mort de Sancie a bouleversé sa mère. Au chagrin s'est ajouté, comme chez Eléonore, un sentiment de contrition. Elle a conscience d'avoir sacrifié cette fille pour laquelle, paradoxalement, elle éprouvait une tendresse particulière. Après s'être indignée du comportement de Richard de Cornouailles lors de la première nuit de noces, elle l'avait abandonnée à son sort pour se préoccuper d'affaires d'argent et ne s'en était pas davantage souciée ensuite. Elle n'en avait d'ailleurs reçu aucune nouvelle depuis qu'elle résidait, après l'accord conclu avec son gendre, au château familial de Menuet, dans l'Embrunais.

Elle lit et relit la longue lettre d'Eléonore sans y trouver un motif de consolation. Elle juge dérisoire le chagrin tardif de Richard, et devine que la couronne n'a pas apporté le bonheur à Sancie. Elle se demande surtout si la musique et les randonnées dans les forêts et les landes de Cornouailles lui ont permis d'entrevoir le secret de cette paix qu'elle espérait trouver.

La comtesse en est si tourmentée qu'elle s'en ouvre à son conseiller et ami Henri de Suse.

— La seule paix est celle que Dieu octroie à ceux qui le méritent, lui dit le prélat. Je crains que Sancie ne l'ait pas compris. Peut-être n'a-t-elle pas assez prié... à moins qu'elle ait été tentée par quelque fausse lumière distillée par le diable.

La comtesse ne se satisfait pas de cette réponse. Sancie méritait la paix de Dieu, ne fût-ce que par son innocence. Après une longue hésitation, elle décide d'interroger Marca et charge Odonin le muet d'aller la quérir en son repaire. Afin de n'effaroucher personne, la rencontre a lieu à quelque distance du château.

— Pourquoi veux-tu me voir, comtesse, toi qui prétends ne pas croire à mes prédictions ? Ne t'avais-je pas dit que Sancie serait reine ?

— Peux-tu me dire si les astres ont permis à ma fille de connaître la paix de l'âme et si elle a cédé à quelque tentation du démon.

— Je vois que tu n'as pas reçu de réponse de Dieu... Eh bien, je peux te dire sur quelle pétale de la fleur du Quaternaire d'Hermès Trismégiste Sancie s'est embarquée, celle où est inscrit « oser ».

— Qu'est-ce que cela signifie ?

— Elle a osé sortir du lit de souffrance qu'on lui a imposé.

— Précise !

— Elle a connu l'amour.

La comtesse est partagée entre la stupéfaction et l'incrédulité.

— Comme ce ne peut être avec son époux, elle aurait été infidèle ? Impossible !

— Tu l'ignores donc ! Les nouvelles circulent mieux dans le monde des alchimistes et des astrologues que dans celui des seigneurs. A vrai dire, infidélité n'est pas le mot. Sancie n'a trompé personne. La conjonction des astres, qui s'est exprimée à travers la musique, a simplement rendu justice à son innocence bafouée en lui révélant le seul amour qui puisse apporter la paix, celui que seuls les êtres dotés de pure candeur peuvent connaître.

La comtesse est troublée par ces paroles qui résonnent si justement en son cœur. Elle tend une bourse à Marca, qui la refuse.

— Pourquoi crois-tu devoir payer ce que je t'offre ? Essaie plutôt de comprendre que je ne suis pas le diable. J'ignore seulement ce qui sépare le Bien du Mal. Voilà pourquoi je vois clair dans le cœur des hommes.

Marca ponctue sa phrase d'un éclat de rire, et ajoute en s'éloignant :

— Sache que Béatrice sera bientôt reine à son tour !

Charles d'Anjou se voue de plus en plus à l'exercice du pouvoir. A l'instar de son frère Louis, il tient sa femme à l'écart des affaires politiques. Béatrice n'en souffre pas, mais commence à porter quelque intérêt aux activités et aux projets de son époux en pensant à l'avenir de ses enfants, d'autant plus qu'elle en attend un quatrième.

Un jour, au palais d'Aix, elle le surprend en train de parler italien avec des visiteurs.

— Les leçons de Sordello ont porté leurs fruits, remarque-t-elle un peu plus tard.

— Il me faudra encore progresser... mais vous-même connaissez cette langue, n'est-ce pas ?

— Comme beaucoup de gens en Provence.

— Ce sera utile. Vous n'allez pas tarder à en avoir besoin. Nous devrons sans doute partir bientôt à Rome.

Les va-et-vient de Lombards et de Ligures se sont multipliés les derniers mois au palais. Depuis quelques années déjà, le comte avait manifesté ses ambitions territoriales en étendant ses possessions vers le nord, le comtat Venaisssin et Gap, et vers l'est. En intervenant comme arbitre dans les luttes de factions et en jouant sur la rivalité des guelfes et des gibelins, il a réussi à étendre son emprise sur tout le Piémont méridional. Le faucon donnait ainsi ses premiers coups d'aile, mais il vise désormais plus grand et plus haut.

— Vous n'ignorez pas que la mort de l'empereur Frédéric a déclenché une lutte pour sa succession. Il a des fils, mais l'héritage est lourd, et l'empire en pleine confusion. Pourquoi ne pas en profiter ?

Charles hésite avant d'ajouter :

— Je compte étendre mon autorité au-delà des Alpes, mais pour le moment, je n'envisage pas d'expédition militaire. La lutte entre les guelfes et les gibelins m'autorise un jeu plus subtil, une sorte de jeu d'échecs. Cela coûte beaucoup d'argent, mais une couronne ne vaut-elle pas qu'on y mette le prix ?

Béatrice sursaute imperceptiblement, alertée par le mot « couronne ». Lorsque Sancie est devenue reine, elle a ressenti une pointe d'envie, mais sans en être obsédée pour autant. La mort de sa sœur lui a même enlevé cette épine et elle n'y pensait plus avant que cette parole de Charles ne fasse renaître l'idée de royauté.

— De quelle couronne s'agit-il ? demande-t-elle.

— Celle de Sicile, ma dame.

Quand Charles avait été pressenti une première fois en 1251 pour le trône sicilien par le pape Innocent IV, il n'avait pas bondi sur l'offre, car à peine revenu de croisade, il avait dû consacrer son énergie à réorganiser un comté soumis à de fortes turbulences. Mais la couronne de Sicile restait un rêve partagé avec bien d'autres princes, à commencer par les fils de Frédéric.

Dès la mort de l'empereur, ils avaient fait valoir leurs droits. Après le décès du fils aîné, Conrad, des fièvres dirent les uns, empoisonné par son frère Manfred selon d'autres, celui-ci, âgé d'à peine dix neuf ans, avait repris le flambeau. Soutenu par le clan de sa mère, la Lombarde Bianca Lancia, il avait négocié avec Innocent IV qui l'avait nommé vicaire du Saint-Siège dans le royaume, mais ses actes dictés par un tempérament fougueux avaient effrayé le pape qui avait préféré se tourner vers l'Angleterre et désigner un candidat moins dangereux, en l'occurrence le prince Edmond.

Après la mort d'Innocent en 1254, Manfred tenta de renouer le dialogue avec le pape Alexandre IV. Il échoua et bien qu'excommunié se fit élire et sacrer roi à Palerme devant une grande assemblée de prélats et de seigneurs de Sicile et d'Italie du Sud. Il rendit au royaume le lustre du temps de Frédéric, attirant des philosophes orientaux et occidentaux, multipliant les réceptions et les fêtes, partagées avec le peuple et animées par les meilleurs ménestrels. On célébrait la beauté de ce jeune monarque de vingt ans, sa culture, son art de la vénerie. On disait qu'il possédait un anneau magique lui permettant de conjurer les démons. Le royaume ne lui suffisant pas, il s'agita sur le continent, s'allia à Gênes, intervint en Piémont, en Sardaigne, en Lombardie, en Toscane, dans le duché de Spolète et la marche d'Ancône, ranimant la lutte entre guelfes et gibelins. Bref, rien ne semblait pouvoir arrêter Manfred, lorsqu'un nouveau pape fut élu en 1261.

Urbain IV est français. Homme à poigne, il est résolu à barrer la route au Hohenstaufen. Les guelfes reprennent du terrain, les partisans de Manfred cèdent le pas dans les grandes cités telles que Florence, Sienne, Lucques. Le bâtard perd toute influence à Rome. Plus grave pour lui, des révoltes éclatent chez lui, en Sicile. Le pape Urbain est décidé à l'en écarter définitivement. Il lui faut un homme fort, et ami. En 1262, il répudie les accords antérieurs conclus avec les Plantegenêt, empêtrés dans les conflits internes, et se tourne vers Charles d'Anjou. Son légat, Simon de Brie, cardinal de Sainte-Cécile, est chargé de la négociation.

Malheureusement, le roi Louis est réticent. Il craint les ambitions de son frère qui pourraient être préjudiciables au royaume. La Sicile est un des points sensibles de l'empire et un guêpier. Charles n'ayant pas réussi à gagner la sympathie des Provençaux, qu'en sera-t-il dans cette île où les passions sont souvent exacerbées et violentes, et où les Sarrasins, après les Normands, ont laissé leurs marques ? En cas de difficultés, Louis ne devra-t-il pas porter secours à son frère et être entraîné dans un imprévisible conflit ?

La reine Marguerite ne cache pas qu'elle se réjouit de cette hésitation. Elle espère même la voir se muer en ferme opposition. Charles a encore refusé de verser le reste de sa dot et Louis, sans l'approuver ouvertement, a déclaré qu'il était las d'entendre encore parler de la succession du comte Raimon Bérenger. Elle en est restée si fâchée qu'elle veut mettre en garde son fils Philippe, devenu héritier du trône au décès de Louis, contre celui qu'elle continue de considérer comme un usurpateur.

— Votre oncle est un danger pour le royaume. Son ambition lui enlève tout scrupule.

— Il est mon oncle et le roi mon père l'aime bien, remarque Philippe.

Marguerite hausse les épaules. A dix-huit ans, le prince héritier est d'une naïveté qui l'agace et l'inquiète. Il est prêt à écouter n'importe quel beau parleur, et la Cour n'en manque pas, ni la Curia où certains conseillers la tiennent encore en défiance, surtout depuis le rapprochement avec l'Angleterre. Elle estime qu'il est temps de réaliser le projet qu'elle tourne et retourne dans son esprit depuis plusieurs mois.

— Je vais vous demander quelque chose qui devra rester entre nous, entre mère et fils. Venez avec moi à la chapelle.

Philippe n'est guère méfiant. Pourquoi d'ailleurs le serait-il à l'égard de sa mère pour laquelle il éprouve affection et respect. Il ne s'étonne pas non plus quand, arrivés devant l'autel de la Vierge, elle lui demande de prêter un serment qui les lierait pour la vie :

— Veuillez jurer devant Dieu, mon fils, que vous accepterez ma tutelle jusqu'à l'âge de trente ans, que vous ne prendrez aucun conseiller sans mon accord, que vous refuserez toute alliance avec votre oncle Charles, que vous me rapporterez toute rumeur qui me serait hostile, que vous ne direz mot à quiconque de ce serment.

Philippe a vaguement froncé les sourcils en entendant parler de tutelle jusqu'à trente ans, mais sous le regard de sa mère, il n'ose émettre la moindre objection et répète les termes du serment en jurant de les respecter.

A Aix-en-Provence, Charles ne décolère pas, sans toutefois oser s'élever ouvertement contre son frère. Ce sont les Provençaux qui écopent, à commencer par les Marseillais qui se sont à nouveau insurgés et le sire de Castellane Boniface qui a pris les armes pour les soutenir. Après s'être assuré que le roi Jacques d'Aragon n'interviendra pas et avoir demandé à Gênes de soumettre Marseille à un blocus naval, l'Angevin met fin à la rébellion.

Béatrice est pour sa part très déçue. Depuis que Charles a parlé de couronne, l'idée d'être reine lui fait imaginer monts et merveilles. Elle n'a cessé de questionner Sordello le ménestrel sur Rome, Naples, la Sicile. Les réticences de Louis ont brutalement coupé les ailes de ses rêves. Après avoir donné naissance à son quatrième enfant, Robert, elle fait le voyage d'Embrun par besoin de s'épancher auprès de sa mère.

La comtesse douairière la rassure.

— Charles est assez obstiné pour convaincre son frère. Le roi Louis veut simplement prendre des précautions avant de s'engager. Je suis convaincue que tu seras reine de Sicile un jour prochain... Je vais prier Dieu qu'il te protège, car que signifie être reine pour qui n'a pas le cœur en paix ? Puisque tu espères un sceptre, n'oublie jamais qu'il peut avoir la couleur de l'espoir, celle de la gloire, mais aussi celle de l'amertume. Ta sœur Eléonore en a fait l'expérience.

*

La reine Eléonore n'a pas vu la couronne de Sicile s'éloigner de la tête de son fils sans éprouver à l'égard du pape une rancœur d'autant plus vive que c'est Charles d'Anjou qui va s'en coiffer. Heureusement, la restauration de l'autorité du roi Henry et de sa propre influence, un accroissement notable de la provision fondée sur son douaire, le retour en force des Savoyards dans l'entourage royal, sont des satisfactions de nature à la consoler de cet échec. Elle peut donner libre cours à son péché mignon, agrandir, aménager et décorer les palais, en particulier ceux de Clarendon et de Windsor qu'elle dote de nouveaux appartements. Elle n'oublie pas de faire obtenir à son fils Edouard des moyens financiers dignes d'un prince héritier, l'aidant à emprunter et lui faisant octroyer pour trois ans les revenus des taxes perçues sur la communauté juive.

Il n'en reste pas moins que les nuages ne se sont pas totalement dissipés. Les réformes restent toujours en vigueur en attendant des tractations menées par Richard de Cornouailles et les souverains ont toujours en face d'eux d'irréductibles ennemis, prêts à rebondir. Si Montfort est toujours en France, les anciens compagnons d'Edouard, évincés depuis la réconciliation familiale, nourrissent une solide rancune envers la famille royale. Il leur est interdit de circuler en armes et d'organiser des tournois, une décision inspirée par la reine. Une enquête sur leur gestion passée en tant que baillis d'Edouard vient de révéler des dettes et des malversations. L'un d'eux, Roger Leybourne, entre d'ailleurs en rébellion ouverte au cours de l'an 1262.

Contrairement au roi Henry qui s'est endormi quelque peu sur une victoire aussi mitigée que fallacieuse, Eléonore s'attend à une reprise de la lutte, mais elle penche pour la négociation.

— Je crois qu'il faut se réconcilier avec Simon de Montfort, suggère-t-elle au roi.

— Et avec mes frères Lusignan, ajoute Henry.

— Si vous voulez, mon seigneur. Comme ils sont tous en France, pourquoi ne pas user des bons offices du roi Louis et de la reine Marguerite ?

Henry approuve avec enthousiasme. Eléonore écrit aussitôt à sa sœur. Marguerite se fait un plaisir de servir d'intermédiaire et, avec l'accord de Louis, saisit cette occasion de renforcer les liens entre les deux royaumes. Elle obtient d'abord de Geoffrey de Lusignan les assurances demandées par Henry pour son retour en Angleterre, puis fait accepter son arbitrage par Simon de Montfort et sa femme. Au mois de juillet 1262, le roi et la reine d'Angleterre peuvent se rendre en France pour la négociation décisive.

Leur voyage se déroule pourtant dans une atmosphère morose. L'ombre de Sancie plane sur la rencontre des deux sœurs et Eléonore ne peut retenir une réflexion lugubre :

— Avec sa disparition, c'est la mort qui se rappelle à nous.

Elle ne croit pas si bien dire. Une épidémie s'abat sur le roi, le prince Edmond et leur nombreuse suite. Si elle épargne la reine, elle frappe mortellement une soixantaine de personnes, et le roi va s'en remettre avec difficulté. Alors qu'il entre en convalescence, il apprend que les négociations avec Montfort ont échoué. Fort d'avoir obtenu du pape une bulle prescrivant le respect des Provisions d'Oxford, le comte de Leicester s'empresse de la publier en Angleterre, où les réformistes relèvent évidemment la tête, tandis que les Gallois se préparent à lancer une nouvelle offensive à la frontière.

Au mois de décembre, ce n'est pas sans un sentiment d'inquiétude qu'Eléonore et Henry prennent le chemin du retour. En leur faisant ses adieux, Marguerite murmure à l'oreille de sa sœur :

— Tu peux compter sur moi. Je ferai tout pour t'aider.

Noël 1262.

La célébration de la Nativité est sans doute la plus sombre que Henry et Eléonore aient vécue. La situation qu'ils ont trouvée en débarquant ne les incite guère à l'optimisme. La population penche du côté des réformistes dont elle espère plus de justice et un allégement des charges qui l'accablent. Malgré les réticences de la reine, toujours encline à la fermeté, le roi décide au mois de janvier de confirmer les Provisions de Westminster.

— A force de vouloir aller dans le sens du vent, on finit par être emporté, commente Eléonore.

Elle espère au moins une victoire du prince Edouard à la frontière galloise. Malheureusement, il n'est soutenu ni par ses anciens compagnons, ni par les seigneurs des marches galloises et il est à nouveau incapable de mater la révolte.

La fièvre monte dans tout le pays et, en dépit des efforts de médiation de Richard de Cornouailles, les réformistes se regroupent. Ils sont animés plus que jamais d'une violente hostilité contre les étrangers, plus précisément les Savoyards, qu'ils accusent d'avoir pris le roi en otage. La reine est évidemment leur cible favorite. Outre le pillage du Trésor royal, la protection des Juifs, la corruption, on lui reproche l'usage de charmes pour influencer le roi, voire de pratiquer la sorcellerie. Le mouvement est orchestré par le propre fils de Richard, Henry d'Allemagne, et le comte de Surrey John de Warenne, qui demandent à Montfort de revenir pour en prendre la tête.

De retour en avril, ce dernier réunit les barons à Oxford. Il refuse de négocier avec Richard et envoie un ultimatum au roi, exigeant le respect des Provisions et la proscription de tous ceux qui y sont opposés. Aussi disposé à traiter que soit le roi, il ne peut accepter cette exigence. Montfort réplique par un véritable appel aux armes et à la haine des étrangers, de tous les étrangers.

La guerre est déclenchée au début de juin 1263 par les anciens compagnons d'Edouard. Ils capturent Mgr Pierre d'Aigueblanche et ravagent les domaines de plusieurs seigneurs savoyards, puis ils s'emparent de la personne de Mathias Bezill, l'intendant de la reine, dont le domaine est ravagé, ainsi que les terres des Savoyards. Les Gallois, qui se sont alliés à Montfort, ont attaqué de leur côté celles du prince Edouard.

Eléonore presse le roi de rameuter tous ses partisans et de lancer une contre-offensive. Mais Henry, très abattu, lui répond d'une voix faible.

— Nous n'en avons plus le temps. Pour le moment, il n'y a qu'une chose à faire, nous replier sur la Tour de Londres.

La reine se résigne à se réfugier dans la forteresse.

Le lendemain, 24 juin, une délégation de notabilités de la capitale demande audience au roi. Il la reçoit, entouré de la reine, du prince Edouard, de Richard de Cornouailles et de Robert Walerand, l'un de ses principaux conseillers. Dans une atmosphère extrêmement tendue, les émissaires présentent une lettre portant le sceau de Montfort. Le chef des réformistes demande solennellement au souverain et à son entourage de respecter leur serment de se soumettre aux Provisions d'Oxford. Le plus âgé des Londoniens déclare qu'à leurs yeux les dispositions qu'elles contiennent leur semblent dans l'intérêt de Dieu et du roi, et que le royaume ne peut qu'en bénéficier.

— Nous sommes nous-mêmes prêts à jurer de les respecter, ajoute-t-il avec un tel accent de sincérité que le roi autorise ces bons citoyens de Londres à accepter les exigences des réformistes.

Après leur départ, Eléonore exprime son indignation.

— Vous n'allez pas vous laisser faire, mon seigneur ! Autant jeter votre couronne dans la Tamise.

Le prince Edouard et Robert Walerand lui donnent raison. Seul Richard prône la négociation, faisant valoir le manque crucial de fonds. Eléonore réplique sur un ton enflammé :

— Négocier comme un lapin coincé dans son terrier par une meute de loups ? Je m'y refuse ! Votre arbitrage a d'ailleurs échoué et vous savez mieux que personne que Montfort est un âne incapable d'entendre raison. Au point où nous en sommes, il n'y a qu'une riposte armée qui peut l'amener à négocier.

Edouard et Walerand approuvent vivement, si bien que le roi déclare ne pas s'opposer à une action en force. A la nuit tombée, les deux hommes sortent de la Tour et rameutent tous les chevaliers étrangers qui sont restés dans la capitale et aux alentours. Le 29 juin, ils attaquent l'établissement de l'ordre du Temple. L'opération est fructueuse puisqu'ils y trouvent un butin considérable qu'ils emportent au château de Windsor, où le prince se retranche.

— Je savais qu'Edouard nous sauverait, s'écrie Eléonore avec fierté.

Revigoré par l'audace de son fils, Henry envoie Edmond à Douvres, pendant que John Mansel est chargé de convoyer jusqu'en France un groupe de dames étrangères terrorisées, notamment la fille de Thomas de Savoie. Averti par ses espions, Henry d'Allemagne tente d'intercepter le convoi à son arrivée sur le continent, mais à sa surprise, c'est lui qui est fait prisonnier. La reine Eléonore, informée par l'un des barons de ce projet, avait dépêché un émissaire à Ingram de Finnes, l'un de ses fidèles alliés. C'est cet Anglais d'origine flamande qui capture le fils de Richard et le fait emprisonner à Boulogne.

Les barons prennent la mesure de la capacité de la reine à réagir. C'est à elle qu'ils demandent la libération de Henry d'Allemagne en même temps qu'au roi. Une fois de plus, Henry cède à la requête et envoie un message à Finnes mais celui-ci demande confirmation à la reine par un écrit marqué de son sceau.

Henry, vexé, s'en prend à Eléonore. Il lui reproche des initiatives qui ne font qu'aggraver les accusations des barons.

— C'est la guerre, mon seigneur, répond-elle. La royauté a été attaquée. Répondre aux provocations par de la générosité est un suicide.

— Le roi se doit d'être juste.

— Est-il juste et chevaleresque d'intercepter un convoi de dames terrorisées qui cherchent refuge ? Nous avons affaire à des brigands sans foi ni loi, mon seigneur.

Le roi coupe court à la discussion en se retirant. Eléonore sent bien que leur opposition est plus grave que lors de la crise précédente, mais elle s'en voudrait de céder. Elle décide de quitter la Tour de Londres où elle ne supporte plus l'enfermement et de rejoindre Edouard à Windsor.

Le 13 juillet, elle en sort avec une petite escorte, mais la rumeur de son départ s'est répandue dans la cité. Au moment où elle s'apprête à s'embarquer sur un bateau près du pont de Londres, une foule déchaînée se précipite sur la berge en hurlant les pires injures : « Putain ! Adultère ! Sorcière ! » Ils jettent sur elle et son escorte des pierres, des œufs et divers objets. Livide, la reine ne tremble pas et fait front, défiant les assaillants avec mépris.

Le tumulte est tel que le maire, Thomas fitz Thomas, accourt pour voir ce qui se passe. Bien que réformiste convaincu, il respecte la couronne et le spectacle l'offusque. Il craint même pour la vie de la reine et appelle ses gardes pour la protéger et la ramener à la Tour. Les sergents d'armes se fraient difficilement un chemin au milieu de la multitude et parviennent à la porte de la Tour. Malgré leurs appels, elle reste close.

— Le roi est-il parti ? s'étonne le maire. Allons à la résidence épiscopale.

Eléonore, confiante, s'y laisse emmener, sachant qu'elle y sera en sécurité, sous la protection de Dieu. Une fois chez l'évêque, elle remercie le maire, mais son visage et ses yeux expriment un immense désarroi. Elle sait que Henry était à l'intérieur de la Tour...

Deux jours plus tard, elle apprend que Montfort et les barons sont entrés dans la capitale. Le surlendemain, le roi accepte formellement les conditions de paix qu'ils lui imposent. Il quitte la Tour pour résider à Westminster. La reine l'y rejoint peu après. Elle ne lui dit mot. Comment aurait-elle envie de lui parler après ce qui s'est passé ?

Eléonore est encore sous le choc de l'agression du pont de Londres. Elle savait que la population de la capitale était frondeuse, brutale, violente, mais l'éprouver de cette façon a été abominable, pire que la peur de perdre la vie. Les injures résonnent encore à ses oreilles, et les faciès grimaçants de la foule hantent ses nuits. Elle peut mesurer le degré d'aversion qu'elle a suscité non seulement auprès des barons, mais également auprès du peuple.

Devant son silence, Henry ne sait que dire, que faire. Révolté par l'agression, il a honte d'avoir ordonné la fermeture de la porte dans la crainte d'une intrusion de la foule. Quand Eléonore accepte enfin de l'écouter, il lui demande humblement pardon en expliquant qu'il ne pouvait imaginer que c'était elle qui demandait refuge.

— On m'a dit que Thomas fitz Thomas vous avait protégée et mise en sécurité.

Eléonore fait un geste vague pour lui signifier que cela n'a plus d'importance. La défaite est évidente. A Douvres, Edmond rend les armes. A Windsor, après s'y être refusé, Edouard cède sous la menace d'un assaut. Les quelque cinquante chevaliers étrangers qui l'accompagnent sont autorisés à quitter le pays sous escorte. Par loyauté envers ces guerriers, et malgré l'humiliation qu'elle vient de connaître, la reine tient à être présente à Windsor le 1er août 1263, jour de la reddition du château. Elle veut leur dire adieu, les remercier en leur offrant à chacun un anneau, et aussi réconforter son fils Edouard qu'elle imagine très abattu.

Pour le rencontrer dans une chambre du château situé à l'étage, elle doit traverser la salle de réception et de longs couloirs au milieu des seigneurs et des hommes d'armes qui les occupent. Majestueuse, mais le cœur serré, elle soutient leurs regards où se mêlent la curiosité et l'ironie, et chez certains la haine. Une surprise l'attend. Edouard, loin d'être déprimé, est singulièrement remonté. Il vient en effet d'apprendre ce qui s'est passé à Londres.

— Je jure de vous venger, mère, dit-il d'une voix si vibrante d'émotion qu'elle en a les larmes aux yeux.

— Nous vaincrons, mon fils. Vous devez cependant comprendre que l'ivresse des jeux d'épée et des tournois n'est plus de mise quand le pouvoir est en question. C'est un combat qui exige de la patience et de la ruse.

La victoire des réformistes a pour premières conséquences la nomination des partisans de Montfort à toutes les fonctions clés de l'Etat, l'épuration de tous les étrangers des maisons royales. En août 1263, Montfort se proclame Intendant d'Angleterre, mais son autoritarisme indispose plus d'un de ses amis ou alliés, qui désertent son camp. Au lieu de jouer sur ce mécontentement, le roi accorde le 18 septembre son pardon à tous les opposants.

Eléonore est amère, mais nullement découragée. Le 23 septembre, elle s'embarque pour le continent afin d'y chercher le soutien de princes amis, surtout ceux du roi Louis et du pape, et de réunir les fonds nécessaires au recrutement d'une force armée.

A son appel, la reine Marguerite la retrouve à Boulogne. Elle a été bouleversée et offusquée, tout comme le roi Louis, par l'émeute du pont de Londres, une insulte à la dignité de la fonction royale.

— Nous sommes prêts à t'aider et à aider le roi Henry à rendre son lustre à la couronne. As-tu un plan ?

— J'en ai un. Il est simple : mettre Montfort hors d'état de nuire. Mais il me faut du temps pour en trouver les moyens. Afin d'en gagner, un arbitrage du roi Louis dans le conflit entre le roi et les barons réformistes serait bienvenu.

— Je pense qu'il acceptera.

— En ce cas, il pourrait inviter Henry et mes deux fils ici, à Boulogne en vue d'une rencontre avec Montfort.

Marguerite n'a aucune peine à convaincre Louis. Les démarches sont entreprises et les barons donnent leur accord, à la condition que les souverains et les princes jurent de retourner en Angleterre dans un délai à fixer. Ces derniers acceptent et viennent à Boulogne rejoindre la reine.

Celle-ci leur tient un discours très ferme.

— Quels que soient les résultats de la négociation, nous ne retournerons pas en Angleterre sans les moyens de restaurer l'autorité royale, c'est-à-dire d'abattre Simon.

Edouard approuve chaleureusement, imité, mais timidement, par Edmond. Quant au roi Henry, il hésite. Pourtant, la nouvelle parvient que Mgr Boniface, usant de son autorité d'archevêque de Canterbury, a condamné les violences commises par les révoltés et prononcé l'excommunication des coupables, notamment Montfort et ses fils.

— Mon seigneur, vous ne pouvez plus reculer maintenant ! dit Eléonore. Que craignez-vous donc ?

— Si Montfort apprend que nous préparons une expédition, il va rameuter les barons et...

— Cette fois, il échouera, j'en suis sûre. Il a commis trop d'excès, il n'a plus la même autorité sur eux.

Devant la détermination de la reine et de ses fils, le roi consent enfin à donner son agrément au projet.

— Essayez d'être discrète, recommande-t-il.

Eléonore ne perd pas de temps. Elle engage aussitôt ses démarches, mais éprouve un premier désappointement avec les réticences exprimées du côté des Français. Alphonse de Poitiers l'avertit qu'il refusera la fourniture de navires si la négociation sous arbitrage de Louis échoue. Il refuse même de relâcher la pression qu'il exerce sur Gaston de Béarn et qui empêche ce dernier d'apporter son aide au roi Henry. La plus grande déception vient du roi Louis, qui récuse soudain sa médiation et déclare que le litige doit être soumis à une cour anglaise.

Eléonore s'en plaint à Marguerite, qui avoue son impuissance.

— Les amis français de Montfort ont circonvenu des conseillers de la Curia hostiles aux Plantagenêt et réussi à convaincre Louis de ne pas se mêler de l'affaire. Et puis...

Marguerite hésite avant d'avouer l'humiliation que vient de lui infliger son époux.

— Il a demandé au souverain pontife de relever mon fils Philippe d'un serment que je lui avais fait prêter.

— Quel serment ?

— Il m'avait juré de rester sous ma tutelle jusqu'à trente ans... Et aussi de ne jamais s'allier à Charles d'Anjou.

— Pourquoi avoir fait ça ?

— Parce que Philippe est un garçon assez naïf. C'est lui-même qui a dû le dire à son père qu'il vénère.

— En somme, cela signifie que le roi te refuse une éventuelle régence. Est-ce qu'il ne t'empêchera pas de me soutenir ?

— Je ne crois pas, à condition que tes projets correspondent à ses vues et que les intérêts du royaume ne soient pas menacés...

— Je me demande si c'est lui qui inspire les refus d'Alphonse.

— Peut-être. En tout cas, je le sais partagé entre l'amitié traditionnelle des Capétiens pour les Montfort et la volonté de préserver la fonction royale.

— Il sera déçu par Montfort, dit Eléonore en soupirant.

Elle se rend compte des limites du soutien français et du pouvoir d'intervention de Marguerite en sa faveur. Peu importe ! Entêtée, elle refuse malgré son serment de rentrer en Angleterre avec Henry et Edouard, qui veulent assister au parlement d'octobre à Westminster. Elle demeure donc à Boulogne avec Edmond, plus que jamais persuadée qu'il n'y a aucune autre perspective que l'affrontement armé.

Le roi semble en avoir pris lui aussi son parti, surtout depuis que ses demandes ont été repoussées par les réformistes et qu'un groupe de seigneurs, parmi lesquels son neveu Henry d'Allemagne, s'est rallié à sa bannière. Il rejoint Edouard qui s'est à nouveau retranché au château de Windsor.

Si les deux partis se préparent à l'affrontement, ils sont si peu sûrs d'eux qu'ils concluent une trêve le 1er novembre, et lancent un nouvel appel à l'arbitrage du roi de France.

Pendant ce temps, à Boulogne, Eléonore poursuit son entreprise. Elle reste en étroite relation avec des fidèles restés en Angleterre, tels que Mansel, Kilkenny, Wingham, tous gardiens du Grand Sceau royal, ainsi qu'avec des officiers de la chancellerie, de l'Echiquier, et de la justice, piliers du pouvoir royal.

De leur côté, l'oncle Pierre et Mgr Pierre d'Aigueblanche s'activent pour réunir les moyens financiers. Ils collectent l'argent français prévu par le traité de Paris et non encore versé, mettent en gage les joyaux du roi, empruntent par le truchement de la reine Marguerite et même de la comtesse douairière Béatrice. L'oncle Pierre fait secrètement transférer en faveur de la reine des fonds disponibles en Irlande, territoire qui dépend d'Edouard. Par malchance, à la suite de l'interception d'un émissaire, Montfort le découvre en même temps que des messages révélateurs.

— Qu'il le sache importe peu ! affirme la reine, sûre de la victoire.

Elle invite les seigneurs disposés à s'engager à se rassembler à Saint-Omer au mois de décembre. De son côté, Marguerite se démène. Elle insiste auprès d'Alphonse de Poitiers afin qu'il favorise l'affrètement de navires à La Rochelle, mais se heurte à un nouveau refus. Elle écrit au pape Urbain pour le prier d'envoyer un légat en Angleterre afin d'y mettre fin au chaos.

Le Saint-Père répond favorablement. Il y dépêche un prélat français, Gui Foulquoi, avec pour mission de punir les délits et crimes commis contre l'Eglise, de prêcher la croisade contre les ennemis du roi, de rendre à la Couronne ses propriétés, et de délier du serment sur les Provisions d'Oxford quiconque le désire. Le coup est rude pour Simon et ses partisans, mais les deux partis attendent surtout l'arbitrage du roi de France, prévu à la fin du mois de janvier 1264 à Amiens.

Dès qu'elle l'apprend, Eléonore charge Marguerite de lui obtenir une audience secrète de Louis. Déguisée en béguine, elle le rencontre à Pontoise. L'entrevue est brève. Sachant ce qui peut le plus émouvoir son beau-frère, elle lui raconte en détail l'agression du pont de Londres, les injures dont elle a été victime, les humiliations infligées au roi Henry. Elle se garde évidemment d'attaquer directement Montfort, qui bénéficie encore d'un préjugé favorable auprès de Louis. Après avoir écouté attentivement, celui-ci ne promet rien de précis, sinon de tenir compte des avanies subies par Henry et Eléonore. Il est trop imbu des droits essentiels et de la dignité d'un souverain pour accepter ces agressions, les déprédations commises contre les biens de la famille royale des Plantagenêt.

A Amiens, en la présence du roi Henry mais en l'absence de Montfort qui a fait une malencontreuse chute de cheval, le roi de France condamne les procédés dégradants du comte de Leicester, notamment en cherchant à dresser le prince héritier Edouard contre son père. Il demande donc l'annulation pure et simple des Provisions et la restauration complète de l'autorité du roi, ainsi que des réparations pour les dégâts causés. Tel est le « Dit d'Amiens » prononcé le 23 janvier 1264.

Ce verdict, en totale contradiction avec le précédent arbitrage, soulève un tollé chez les barons réformistes. Ils en attribuent évidemment la responsabilité à la reine, une diablesse à jeter aux Enfers qu'ils accusent de complicité avec sa sœur, de ruse et de mensonge pour tromper le roi Louis. Ils ne peuvent donc l'accepter. C'est désormais aux armes de régler la question.

Le premier acte d'hostilité contre le roi Henry se produit à son retour en Angleterre, le 14 février. Les réformistes lui interdisent l'entrée à Douvres. Il se rend à Oxford où il décide d'établir sa base.

Durant les mois de mars et d'avril, le parti de Montfort est à l'offensive. Il s'appuie sur la population des Cinque Ports, des Midlands, et de la capitale. En mars et avril, les Londoniens lancent des opérations violentes, ravagent les biens des partisans du roi et des étrangers, massacrent des Juifs. Les domaines de Richard de Cornouailles, pourtant en retrait depuis quelque temps, de Pierre de Savoie, de William de Valence, sont pillés.

Le roi peut compter sur les barons et les seigneurs revenus vers lui à cause des excès de Montfort. La versatilité étant un défaut répandu dans le monde seigneurial, il obtient par des faveurs et des promesses le ralliement des anciens compagnons d'Edouard, dits les « Marchers » en référence aux combats menés dans les Marches galloises. Pour la première fois depuis longtemps, il fait montre d'une volonté qui étonnerait la reine.

Eléonore est encore en France, où elle cherche des appuis en

Aquitaine. Elle sollicite encore Alphonse de Poitiers pour qu'il saisisse les navires anglais au mouillage dans ses ports. Le besoin de transports se fait d'autant plus sentir que Gaston de Béarn, ayant répondu à son appel, arrive le 19 avril à Saint-Omer avec sa troupe.

Elle peut croire la victoire en vue lorsque lui parvient la nouvelle que le roi vient de remporter un éclatant succès à Northampton. Sur sa lancée, il se permet de s'enfoncer dans les Midlands en s'infiltrant entre les positions adverses, contraignant Montfort à se replier sur Londres. Mais il a besoin de renforts pour concrétiser son avantage.

Alors qu'Alphonse de Poitiers oppose un nouveau refus à sa demande, Eléonore reçoit une très mauvaise nouvelle. Le 14 mai, Montfort, meilleur stratège que le roi et disposant d'une armée plus expérimentée, lui a infligé une sévère défaite à Lewes. Le prince Edouard aurait commis une erreur fatale en cédant à sa rancune contre les Londoniens. Il les a en effet poursuivis avec une hargne vengeresse, inspirée par l'outrage infligé à l'honneur de sa mère et à la dignité royale qu'elle incarnait. Quand il en est revenu, il était trop tard.

Le roi, capturé par Montfort, doit accepter de signer un traité consacrant sa défaite, la « Mise de Lewes ». Il est contraint de renouveler son serment de respecter les Provisions et promet de chasser les « traîtres » de son Conseil. Edouard et Henry d'Allemagne sont retenus en otages contre la liberté des Marchers, qui vont aussitôt rejoindre la reine en France.

En écoutant avec attention le récit que ces derniers lui font de la bataille, Eléonore ne peut s'empêcher de penser que rien n'est perdu et qu'elle dispose avec ces hommes aguerris du noyau d'une future armée de reconquête.

Les préoccupations et les démarches accomplies durant les mois passés sur le continent ont évidemment empêché Eléonore de suivre les péripéties de l'affaire sicilienne, qui ne l'intéressent d'ailleurs plus depuis l'éviction d'Edmond. Avec la défaite, elle ne saurait y prêter d'avantage attention. Pourtant, quand Marguerite lui a appris que les négociations conduites pour la désignation de Charles d'Anjou ont abouti, elle a senti se réveiller une pointe de jalousie.

Les tractations ont traîné de longs mois en raison des conditions exigées par le pape : la renonciation du candidat à la couronne impériale et à toute domination sur le sud de l'Italie, la reconnaissance formelle de la suzeraineté du Saint-Siège, et la réconciliation avec la reine Marguerite. Si sur ce dernier point Charles se fait toujours tirer l'oreille, il n'est pas resté inactif dans la péninsule. Les réseaux de soutien qu'il s'y est tissés l'ont fait élire au mois d'août 1263 sénateur à vie par le peuple de Rome.

Pris de court, le pape tenta en vain de lui arracher la promesse d'abandonner cette charge aussitôt la Sicile conquise. Charles attendait surtout l'accord de son frère. Le légat négociateur, Simon de Brie, reçut le renfort de Gui Foulquoi, archevêque de Narbonne, qui connaissait bien la famille royale. Après quelques péripéties liées à la résistance de Manfred et à l'activité de ses agents, le roi Louis a finalement donné son accord. Le pape Urbain IV peut donc investir Charles de la couronne de Sicile le 15 août 1264, et déclarer avec emphase :

— C'est à un nouveau Charles qu'il reviendra, à l'exemple du fils de Pépin le Bref, d'accourir par-delà les monts pour aviser au salut de l'Eglise !

Béatrice n'a cure du salut de l'Eglise, qu'elle estime bien assuré. Elle ne tente même pas de réconcilier son mari et sa sœur, aussi entêtés l'un que l'autre. Elle est reine, encore sans couronne, et pense surtout au voyage à Rome, puis à Naples et en Sicile, qu'elle fera avec Charles et les enfants. Elle en est si fébrile qu'elle va rendre visite à sa mère pour lui demander conseil.

La comtesse douairière est évidemment heureuse et fière de l'événement. Elle met toutefois sa fille en garde contre un excès d'enthousiasme et de confiance.

— Tu ne connais pas plus que le comte les gens de là-bas. Ce sont des experts en intrigue, habiles à exploiter la moindre faiblesse, et la naïveté en est une.

— Charles n'est pas naïf, mère.

— Ce n'est pas à lui que je pense, mais à toi. Sache que tu dois apprendre à te protéger sans avoir à te mettre à l'ombre de ton mari. Es-tu au courant de ce qui se passe en Angleterre ?

— Les révoltes de barons contre le roi, l'horrible agression contre Eléonore.

— Ta sœur me disait qu'il ne fallait pas s'inquiéter des protestations de mécontentements, « de l'écume », disait-elle. L'écume est devenue une vague, puis la vague s'est développée en tempête.

— Je serai vigilante, mère. J'ai hâte d'être en Sicile.

— Ne sois pas si pressée. Pour le moment, le comte ne détient pas encore le sceptre. Il faut qu'il aille le chercher et, sur le chemin, il va trouver Manfred, le bâtard de l'empereur.

Charles se prépare activement à prendre possession de son royaume. Il ordonne à ses bailes de collecter par tous les moyens les fonds nécessaires. Béatrice, enthousiaste, offre ses bijoux, ce qui déchaîne les rumeurs, mais incite des dames du comté à l'imiter. Le comte recrute des chevaliers et des hommes d'armes, surtout de bons arbalétriers. Il sait que les mentalités guerrières ont évolué et que l'ost tend à devenir une armée organisée avec des hiérarchies et une autorité concentrée entre les mains d'un chef. Il est sûr de lui, ayant suffisamment démontré ses capacités en ce domaine.

D'autre part, les perspectives de butin à prendre en Italie sont assez alléchantes pour rallier nombre de seigneurs. Boniface de Castellane le rebelle en est si désappointé qu'il compose un *sirventès* sur les traîtres et félons qui l'ont abandonné et qu'il voue aux gémonies : « Peu importe que le comte devienne puissant, ils lui feront ce qu'ils m'ont fait. Que Dieu les confonde ! »

Comme tout Capétien, Charles est attentif aux problèmes juridiques. Les droits sur la Provence, base territoriale qui lui fournit hommes, finances et autres fournitures, sont légalement détenus par sa femme. Il la fait donc tester en sa faveur devant les évêques de Sisteron, de Riez, de Toulon et d'Avignon. Dans le même temps, il envoie des émissaires en Lombardie et Piémont négocier l'alliance des cités guelfes. Bref, le faucon est prêt à l'envol quand le pape Urbain IV meurt le 2 octobre 1264.

Tout est à recommencer, du moins du côté de celui qui a le pouvoir de désigner le roi de Sicile. La confusion qui règne chez les cardinaux du Sacré Collège n'incite guère à l'optimisme.

19

Les saveurs de la victoire

Palais de Poissy, juin 1264.

— Il ne te manque que le heaume, l'écu et l'épée, dit Marguerite.

Les deux reines s'esclaffent de bon cœur. Il y avait un certain temps que cela ne leur était pas arrivé. Eléonore est pourtant dans une situation plus difficile qu'elle ne l'a jamais été. Son époux est prisonnier, son fils Edouard pris en otage. Quant à l'oncle Pierre, il est en Savoie dont il est devenu en titre le comte. Les deux sœurs ont retrouvé leur complicité d'enfance et de jeunesse à la faveur des ennuis de la cadette. Marguerite s'est démenée pour la soutenir, comme si sa propre vie était en jeu. Elle a fourni chariots et chevaux, prêté de l'argent sous sa propre garantie, joué les intermédiaires pour régler divers litiges, faciliter des ralliements ou le recrutement de combattants, elle est intervenue auprès du roi Louis, d'Alphonse de Poitiers, des amis pour obtenir des facilités, et auprès des adversaires pour négocier.

— Notre mère nous a appris à ne jamais nous décourager, rappelle-t-elle. Te souviens-tu de cette chasse à l'épervier ?

— Elle nous a dit que la violence et la cruauté n'étaient pas l'apanage des éperviers, et que nous serions amenées à en user nous aussi pour nous défendre. Le moment est venu de m'en souvenir.

Le ton est si rude, si tendu que Marguerite frémit à la pensée de ce que pourrait être la revanche d'Eléonore.

— Tu devrais tout de même réfléchir avant de prendre des décisions graves. La violence appelle la violence. Il faut essayer d'en éviter l'usage. N'oublie pas que le pardon est le privilège des souverains.

— Notre mère nous a dit aussi : « Dieu pardonne à ceux qui doivent se battre contre le diable ! » Eh bien, c'est contre le diable que je me bats, contre ceux qui veulent détruire une royauté consacrée par Dieu.

Marguerite croit entendre Louis. Elle ne s'interroge pas moins sur ce qu'il ferait à la place de Henry et d'Eléonore. Serait-il implacable ou clément ? Il prône la justice et fait preuve d'une grande humanité, mais n'est-il pas aussi très attaché à la fonction royale ? N'est-il pas impitoyable pour les blasphémateurs et tous ceux qui se comportent comme des enfants du diable ? Ce bon Samaritain peut faire peur quand sa main si compatissante s'arme du glaive de Dieu. Par contre, elle est persuadée qu'Eléonore, aussi dure qu'elle puisse se montrer envers quiconque touche à son amour-propre et à sa dignité, est trop réaliste pour ne pas être capable d'assouplir sa position.

— Tu auras ta revanche, dit-elle. Mais toi et le roi Henry devrez considérer que celui qui demande justice n'est pas forcément le diable.

Eléonore regarde sa sœur avec sévérité.

— Tu as toujours été trop indulgente. N'oublie pas que nous avons beaucoup donné. Qu'est-ce que notre générosité nous a valu sinon d'être humiliés, déshonorés ? Si tu avais entendu les injures abominables de la horde sauvage du pont de Londres, si tu avais vu leurs faciès haineux, tu comprendrais mes sentiments.

Marguerite juge bon de ne pas insister. Son affection l'empêche de contrarier sa sœur au moment où celle-ci est engagée dans une lutte sans merci.

Eléonore ne ménage pas ses efforts. Elle se rend d'abord à Paris pour récupérer la somme due au roi Henry en vertu du traité de 1258. Elle revend au roi Louis, avec possibilité de retour, les droits sur les trois évêchés de Limoges, Cahors et Périgueux. Elle contracte plusieurs emprunts et se rend ensuite à grandes guides en Aquitaine afin d'y affirmer l'autorité royale. Elle court de Bordeaux à Bayonne pour affréter les navires nécessaires au transport de l'armée d'invasion très cosmopolite qui se rassemble au cours de l'été au port de Damme

Alors que tout est prêt pour traverser la Manche, l'embarquement est retardé. Aux chevaliers qui lui en demandent la raison, la reine invoque les conditions climatiques. En fait, elle recule devant l'irréparable. Plusieurs voix, dont celle du légat Foulquoi, se sont élevées contre les conséquences d'une guerre entre Anglais et de l'intervention d'une armée étrangère qui n'aura aucun scrupule à ravager le royaume. Le légat est d'ailleurs entré en pourparlers avec les trois chefs des rebelles, Montfort, le comte de Gloucester et l'évêque de Chichester Stephen Berksted. C'est un homme solide qui ne s'en laisse pas compter. Large d'épaules, le visage sans barbe et le regard droit, il respire l'énergie et inspire confiance.

— Songez, ma dame, que le roi, le prince Edouard et Henry d'Allemagne sont entre leurs mains...

— Ils n'oseraient tout de même pas leur faire du mal.

— Vous savez mieux que moi que Montfort est capable de tout.

— Je compte sur vous, Monseigneur, pour exiger en priorité leur libération.

— C'est ce que j'ai fait. Pour le moment, Montfort ne veut pas en entendre parler.

— Puisqu'il en est ainsi, je les ferai évader !

— Je ne sais comment vous allez vous y prendre, mais je vous demande de me laisser une chance de l'obtenir par la négociation.

— Il faut alors qu'elle aboutisse rapidement, parce que bientôt je ne pourrai plus entretenir cette troupe.

Le légat promet de faire son possible, mais la patience d'Eléonore sera mise à rude épreuve. Elle refuse une première proposition de paix jugée humiliante. Le roi Louis, lorsque Marguerite lui en donne connaissance, s'écrie d'ailleurs :

— Je préférerais labourer la terre qu'être roi dans de telles conditions !

— Comment faire entendre raison à ces forcenés ?

— Il faut en tout cas éviter une invasion. Le roi Henry m'a écrit pour exprimer la crainte qu'une telle expédition ne coûte la vie à Edouard et à Henry d'Allemagne, qui sont détenus en otage.

A fin du mois de septembre, Montfort envoie de nouvelles propositions. Elles scandalisent la reine, car la libération des captifs n'y est pas évoquée.

— Je l'ai bien dit, il faut commencer par délivrer les captifs avant de discuter.

Egalement écœuré, le légat Foulquoi rompt les pourparlers et met à exécution sa menace d'excommunication. Il doit d'ailleurs regagner Rome, où le collège des cardinaux doit choisir un successeur au pape Urbain IV. Eléonore a les mains libres pour agir. Malheureusement, faute d'argent, elle est contrainte, la mort dans l'âme, de rendre leur liberté à l'armée d'invasion et à la flotte qu'elle avait si péniblement rassemblées.

Alors qu'elle est à Bordeaux, où elle réfléchit aux moyens de continuer la lutte, un message de l'oncle Pierre lui annonce le décès de sa mère au château des Echelles, où la comtesse douairière vivait les derniers temps.

Assommée par ce coup qu'elle n'attendait pas, Eléonore a l'impression d'être projetée dans un grand vide, de se retrouver soudain seule, orpheline. Elle s'effondre en pleurs et s'enferme dans sa chambre, appelant l'image de sa mère, comme si elle pouvait la ramener à la vie par la mémoire.

Christiana de Maresco se permet de rompre cette claustration pour lui rappeler de répondre à Béatrice qui, chargée des obsèques, a demandé à ses deux sœurs si elles désiraient assister à la cérémonie de l'inhumation dans la chapelle du château. Eléonore répond affirmativement, comme l'a fait de son côté Marguerite, et ordonne aussitôt de préparer chevaux et attelages pour gagner l'Embrunais.

Après un voyage effectué pendant la quasi-totalité du trajet à cheval sur les routes boueuses, enneigées, ou verglacées de décembre, la reine d'Angleterre retrouve Marguerite, arrivée un jour avant elle, et Béatrice, toutes deux agenouillées devant le cercueil de leur mère, dressé sous la nef de l'église, illuminé d'un millier de bougies. Elle se jette dans leurs bras et toutes trois restent un long moment serrées l'une contre l'autre. Oubliant tout ce qui a pu les séparer, elles partagent leur douleur, leurs prières, leurs souvenirs et leurs larmes en une longue veillée, entrecoupée de crises de sanglots, mais aussi de rires à l'évocation de souvenirs des jours heureux.

Au petit matin, le comte Pierre et Mgr Philippe, archevêque de Lyon, les seuls oncles encore vivants, font leur entrée dans la chapelle. Ils embrassent leurs nièces qui tiennent à peine debout et assistent à la cérémonie que la comtesse a voulue simple. A l'issue de la messe, elles leur annoncent qu'elles ont décidé de faire ériger un mausolée. Le prélat leur dit :

— Je sais ce que vous avez perdu et suis sûr que vous continuerez de prier pour l'âme de notre chère sœur, votre mère, mais elle est maintenant auprès de Dieu et vous êtes encore de ce monde. Souvenez-vous donc de ce qu'elle vous a appris et de l'exemple qu'elle vous a donné.

Les trois sœurs échangent un regard et Marguerite, redressant la tête la première, déclare :

— Merci de nous le rappeler, mon oncle. Je me souviens surtout de ce que mère nous a dit un jour que nous étions chagrinées : « Ne pleurez pas, vous allez connaître de terribles épreuves dans votre vie. Il vous faudra les affronter avec courage et dignité. »

Béatrice, incapable de proférer une seule parole, enlace ses sœurs comme si elle espérait trouver en elles le soutien maternel qui désormais lui manquera.

Eléonore, dont le visage est ravagé de fatigue et les yeux rougis par l'insomnie, déclare à son tour sur un ton surprenant de fermeté :

— Elle nous a dit aussi : « Jamais, non jamais, vous ne devrez céder ni accepter la défaite. »

L'oncle Pierre, qui connaît mieux que personne la situation dans laquelle se débat sa nièce, sourit.

— Je suis heureux que vous reteniez surtout ces mots en ces temps difficiles que vous vivez, ma nièce. Plaise à Dieu qu'ils vous insufflent l'énergie et le courage indispensables pour triompher de vos épreuves. Croyez bien que je regrette de n'être plus à votre côté pour vous y aider.

Eléonore remercie mais elle n'a nul besoin de cet encouragement. L'âme de la comtesse, ancrée au plus profond d'elle-même, l'anime plus que jamais de la volonté de vaincre.

La reine d'Angleterre reprend vite confiance.

Elle dispose d'amis dévoués et sûrs, comme Maud de Lacy, qui emploie son immense fortune à l'aider en payant des espions, en soudoyant des gens de Montfort, et en achetant des alliances. Bien renseignée par son réseau d'informateurs, elle sait que le roi ne manque pas d'atouts, sa légitimité lui valant le soutien des monarques étrangers et du pape. A l'inverse, les adversaires restent malgré tout des hors-la-loi. La personnalité de Montfort n'a cessé de décourager de nombreux barons et prélats. L'un des trois chefs du mouvement, le comte de Gloucester, ne le supporte plus et n'admet pas le maintien en captivité du roi. Les évêques d'Angleterre partagent ces sentiments. Ils s'effraient des ravages causés par les troupes rebelles et s'ils se sont plaints des méthodes du légat et de sa sentence d'excommunication, ils ne désirent nullement rompre avec le Saint-Siège.

Eléonore décide d'établir sa base en Aquitaine – « Je m'y sens chez moi », explique-t-elle à Marguerite. Elle s'y installe au début de l'an 1265 et n'hésite pas à y exercer le pouvoir royal dans toutes ses prérogatives, avec une seule idée en tête : préparer l'évasion de son fils, désormais le seul otage. Montfort a en effet libéré Henry d'Allemagne pour l'envoyer en France obtenir le soutien du roi Louis. Il faut non seulement sauver Edouard d'une éventuelle exécution, mais il est le seul capable de rassembler le parti royal et d'attaquer victorieusement Montfort.

Une première tentative échoue. Eléonore met alors sur pied une petite troupe d'une centaine de chevaliers aguerris, avec à leur tête deux hommes sûrs, William de Valence et John de Warenne.

— Vous trouverez un soutien auprès de Jouffroy de Joinville et de sa femme Maud de Lacy, recommande-t-elle. Ils sont prêts à recevoir le prince chez eux.

Au mois de mai, le groupe part en Angleterre. Grâce à des complicités, il parvient à faire échapper Edouard, qui rejoint au château de Ludlow Jouffroy de Joinville, Maud et le comte de Gloucester, qui a déserté le camp de Montfort. Le prince jure devant eux et un groupe de barons de faire respecter les anciennes lois et coutumes du royaume, ainsi que de s'assurer que le roi gouverne avec des Anglais de naissance et sans étrangers dans son conseil. Ce second engagement ne risque pas d'être apprécié de sa mère et des oncles de Savoie, mais il faut bien donner des gages. Il peut ainsi battre le rappel de tous les fidèles revigorés par la détermination de la reine et de tous les transfuges du clan réformiste.

En Aquitaine, Eléonore continue activement de tisser son réseau d'alliances. Elle arrange le mariage de Henry d'Allemagne avec la fille de son cousin Gaston de Béarn, qui déteste Montfort. Elle obtient du nouveau pape, Clément IV, qui n'est autre que Gui Foulquoi, qu'un légat bien disposé à son égard soit envoyé en Angleterre. Il s'agit du cardinal Ottobuono Fieschi, frère de Béatrice Fieschi, seconde épouse de l'oncle Thomas de Savoie. Les instructions pontificales lui prescrivent de ne pas accepter de traité de paix avant que Montfort soit rejeté hors du royaume

Edouard mène sa campagne tambour battant. Il parvient à isoler Montfort et, le 4 août 1265, lui inflige une sanglante défaite à Evesham. C'est un épouvantable carnage. Montfort est capturé, décapité, son corps démembré, sa tête et ses testicules offertes à l'épouse de Roger Mortimer, l'un de ses ennemis les plus farouches. La bataille a été si acharnée que, faute d'avoir été reconnu, le roi Henry a failli être tué.

La reine tient sa revanche. L'horrible fin de Montfort ne l'en a pas moins révulsée. L'image de sa mère observant froidement un épervier déchiquetant sa proie lui revient, mais si elle détestait cet homme, qui s'est rendu si odieux à tous, elle se souvient de l'époque où ils étaient amis et son cœur se serre. Elle éprouve le besoin de confesser ces sentiments à son chapelain, John de Sancta Maria.

— Vous devez beaucoup prier, ma dame, afin que Dieu vous

donne le courage de faire taire toute pensée vindicative à votre retour en Angleterre. Ce qui s'y passe n'est pas honorable. Il ne faut pas répondre à la violence par la violence. Vous avez le devoir d'apporter la paix au royaume.

Les vainqueurs exercent en effet une implacable répression. Si l'attribution du pont de Londres à la reine, celles du comté de Leicester à Edmond et de Douvres à Edouard peuvent se justifier, les représailles et les confiscations de biens infligées aux vaincus, en particulier aux Londoniens, relèvent d'une volonté revancharde plus contestable. Richard de Cornouailles et quelques barons marquent leur désapprobation en quittant le Parlement.

Eléonore pour sa part, n'est pas pressée de retourner en Angleterre. Comme Marguerite s'en étonne, elle lui répond :

— J'ai besoin de réfléchir, de me recueillir... et je ne veux pas être impliquée dans ces actes de vengeance. Je n'arrive pas à me faire épervier.

— Ne crains-tu pas que Henry te remplace ? On dit que la comtesse de Gloucester, la veuve de Richard de Clare, est toujours auprès de lui.

— Qu'ai-je à craindre d'une pintade ? Non, je suis sûre de Henry. Et puis il ne doit pas être en bonne condition pour folâtrer.

Précisément, Henry écrit à Marguerite une lettre dans laquelle il la prie d'insister auprès d'Eléonore pour qu'elle revienne. Sans en dire un mot à sa sœur, Marguerite lui répond qu'elle souhaite également ce retour car elle craint qu'il ne soit incité à épouser quelqu'un d'autre, notamment cette veuve du comte de Gloucester, si empressée auprès de lui.

Eléonore sait comme toujours ce qu'elle veut. Elle tient à apparaître comme la reine de la paix et de la réconciliation. Quand elle s'embarque pour l'Angleterre, elle se fait accompagner du légat Ottobuono Fieschi. En débarquant à Douvres le 29 octobre 1265, elle peut se rendre compte de la portée de son geste en recevant un accueil chaleureux des barons et des prélats qui accompagnent le prince Edouard et en voyant la foule l'acclamer comme elle ne l'a jamais été.

— C'est à vous, ma dame, que nous devons la victoire, lui dit Edouard.

Elle entend la même phrase, prononcée avec beaucoup plus d'émotion, dans la bouche de Henry, qui la reçoit à Canterbury.

— J'aimerais surtout vous aider à restaurer la concorde en votre royaume, mon seigneur, répond-elle.

*

Pendant que la reine Eléonore savoure sa victoire, sa sœur Béatrice rêve du moment où elle sera couronnée. La perspective en a été renforcée par l'intronisation de Gui Foulquoi, qui connaît bien Charles d'Anjou. Il avait accompagné en 1263 le légat pontifical Simon de Brie à Paris pour obtenir le consentement du roi Louis à la désignation de Charles.

Il reste cependant un obstacle de taille à surmonter, Manfred, qui tient à sa Sicile. Ses partisans gibelins occupent si bien le terrain au nord de la péninsule italienne que le nouveau pape a été obligé de se déguiser en moine pour tenter d'atteindre Rome. Réfugié à Pérouse, il envoie Barthélemy Pignatelli, l'archevêque de Constance, annoncer au roi Louis son intention de confirmer le choix de son prédécesseur.

Au palais de la Cité, le prélat, qui attend d'être reçu, surprend les cris d'une dispute. Elle oppose la reine à son beau-frère toujours à propos de l'héritage provençal et de la dot impayée. Depuis que Louis a donné son aval à l'intronisation de Charles en Sicile, Marguerite n'a cessé de renouveler ses revendications. Le soutien apporté à Eléonore l'en a détournée, mais il a suffi que Charles se montre à nouveau pour qu'elle les reprenne. L'Angevin reste inflexible. L'entreprise sicilienne exige trop d'argent pour qu'il s'en déleste, surtout à cause d'un litige qu'il estime hors de propos et injustifié. Pour l'heure, seul lui importe de connaître la décision du pape.

En apprenant la présence du prélat, Marguerite se calme, mais elle ne tarde pas à faire grise mine quand elle prend connaissance de la teneur de la bulle pontificale qu'il apporte : la confirmation de la désignation de Charles. Sans doute est-elle assortie de plusieurs conditions : il doit renoncer à tous droits ou charges et à toute autorité dans les domaines de l'Eglise. Il renonce pour lui-même et ses successeurs à briguer la couronne impériale ni aucune autre souveraineté en Italie, il s'engage à rétablir les ecclésiastiques du royaume de Sicile dans tous leurs biens, à payer annuellement au pape huit mille onces d'or, à abandonner la charge de sénateur de Rome dans trois ans, à rejeter de sa succession toute lignée collatérale jusqu'au quatrième degré. Charles les accepte bien évidemment. Le calendrier de l'expédition étant fixé par le pape, il prend immédiatement la route pour la Provence.

Il rassemble ses troupes à Marseille, où la comtesse et ses enfants le rejoignent. Alors que ses préparatifs ne sont pas achevés, il apprend que Manfred s'apprête à investir Rome.

— Je dois brusquer mon départ, annonce-t-il à Béatrice. Je pense m'embarquer avec une partie de mes troupes pour devancer le Hohenstaufen. Vous pourriez m'y rejoindre par la voie terrestre avec mon ost.

Béatrice est déçue. Elle aurait aimé arriver à Rome avec lui. Elle a tant rêvé d'y entrer en majesté qu'elle a caché sa grossesse, de crainte d'être retenue à Aix, et ce n'est pas de gaieté de cœur qu'elle assiste à son départ. Elle est néanmoins fascinée par son audace d'oser partir en guerre en terre inconnue avec une troupe réduite, sans chevaux et sans assez d'argent pour recruter des hommes sur place. Pendant qu'il fait voile avec une quinzaine de galées vers Ostie, elle doit patienter à Marseille en attendant l'ordre de départ. Ce n'est pas un mal, car elle peut tranquillement donner naissance à son cinquième enfant.

Puis les mois passent, interminables, laissant un doute s'insinuer dans son esprit. Charles n'aurait-il pas le projet de la laisser en Provence ? Comment pourrait-elle imaginer l'ampleur de la tâche qu'il doit assumer ?

Après s'être emparé de Rome par un coup de force, le roi désigné de Sicile est très occupé à renforcer sa position. Grâce à l'argent du pape, il peut recruter des troupes partout où c'est possible, s'assurer des appuis et préparer la traversée de l'Italie du Nord par son armée. La prise de la Ville éternelle lui vaut un prestige qui s'étend jusqu'au royaume de France. Il gagne des partisans en Italie, et même en Provence. Chevaliers et seigneurs, mais aussi mercenaires attirés par la solde et les promesses de butin, sont de plus en plus nombreux à s'engager dans son ost. L'effectif de mille cinq cents cavaliers s'est ainsi augmenté de façon considérable pour atteindre une dizaine de milliers d'hommes.

Pendant ce temps, Béatrice voit passer les mois avec un mélange d'ennui et d'anxiété. Elle n'a plus sa mère pour la rassurer et elle se refuse à des confidences que les dames de son entourage sont toutes prêtes à écouter. Et ce ne sont pas les nuages d'automne ni les vents d'hiver qui peuvent lui apporter du réconfort. Aussi éclate-t-elle de joie quand enfin parvient à Philippe de Montfort, qui commande l'armée, l'ordre de départ.

Le voyage est très pénible, pour elle comme pour les enfants. A l'état déplorable des chemins s'ajoutent l'accueil mitigé sinon hostile de certaines cités et des combats sporadiques. En Lombardie, les troupes du marquis de Montferrat, un fidèle du pape, se joignent à l'ost opportunément, car les gibelins lancent une violente attaque contre ces envahisseurs. Des cavaliers atteignent le char de Béatrice, en déchirent les rideaux à coups de sabre. Leur chef, la voyant effrayée, blottie tout au fond avec ses enfants, leur donne l'ordre de s'en éloigner. La bataille manque de tourner à l'avantage des assaillants lorsqu'un des leurs change brusquement de camp. La situation s'inverse et le convoi peut poursuivre sa route sans qu'aucun incident grave ne survienne. C'est néanmoins avec un immense soulagement que Béatrice entend annoncer l'arrivée à Rome.

L'antique cité est en fête. Elle baigne dans l'euphorie de la victoire remportée par le Capétien. Aux fenêtres et aux balcons sont accrochées des banderoles et des tentures aux couleurs du pape et du comte d'Anjou. La population emplit les rues que traverse le triomphateur, *il Carlitto*, comme certains l'appellent déjà. Son armée est impressionnante, mais les Romains savent que les gibelins et les partisans de Manfred sont nombreux parmi eux et que la paix n'est pas pour demain.

Pour l'heure, en ce 6 janvier 1266, Béatrice vit sans doute le plus beau jour de sa vie. Dans la basilique Saint-Pierre, sanctuaire aux proportions monumentales, resplendissant de son marbre et de ses ors et plein d'une foule chaleureuse, elle reçoit avec le comte l'onction royale et la couronne de Sicile des mains de cinq cardinaux. Elle est si émue qu'elle manque de s'évanouir au milieu de toute cette pourpre. Charles ne l'est pas moins qu'elle. Au sortir de l'église, tandis qu'il regarde avec un imperceptible sourire aux lèvres la multitude qui pousse des vivats, Béatrice ferme les yeux et s'abandonne avec délices au rêve devenu réalité.

Le soir, toute la ville est dans les rues pour festoyer, jouer, danser, vouer au diable les gibelins et s'enivrer d'allégresse.

Il reste à Charles à éliminer définitivement Manfred et à entreprendre la conquête de son royaume. Le bâtard de Frédéric lui envoie un de ses fils avec une proposition de négociation qu'il rejette avec morgue.

— Retournez vers votre père, le sultan de Lucera, et dites-lui que bientôt je l'enverrai en enfer !

Certes, mais pour combattre, il faut des hommes, et pour avoir les hommes et les entretenir, il faut de l'argent, sinon ils désertent. Le pape envoie un légat au roi Louis afin d'obtenir des subsides et des renforts pour cette « croisade » contre le Hohenstaufen. Charles ne peut attendre. Il marche sur la Campanie.

Pendant ce temps, Béatrice est à Rome, installée dans un magnifique palais princier. Auréolée de la gloire de son mari, elle est très vite entourée d'un grand nombre de dames de l'aristocratie romaine. Curieuses, empressées, d'une liberté de comportement étonnante, elles forment spontanément une véritable Cour à laquelle se joignent d'élégants seigneurs d'une extrême galanterie, toujours engagés dans des conciliabules secrets avec des prélats non moins distingués, peu réservés, et d'une vaniteuse outrecuidance. Au milieu d'eux, Sordello le troubadour, que Charles a emmené avec lui pour l'aider et le conseiller, déploie tout l'éventail de son savoir-faire de courtisan pour capter des renseignements au profit du nouveau roi.

Le séjour romain n'est pour Béatrice qu'un intermède. Le 26 février 1266, Manfred est vaincu et tué sous les murs de Benevento. Cette ville est envahie par la soldatesque des vainqueurs qui viole, massacre les habitants, saccage ou incendie églises et monastères avec une sauvagerie qui répand la peur dans tout le royaume. Le pape, indigné, envoie à l'Angevin une dépêche pour lui exprimer sa colère et assurer que même Frédéric l'antéchrist, ennemi de l'Eglise, n'a jamais laissé ses hommes se comporter de la sorte.

Charles s'en moque. Pour lui, l'important est qu'il est maître de la Campanie, partie continentale de son royaume. Il lui reste à conquérir la grande île, mais en attendant il prépare son entrée à Naples qu'il veut triomphale et en compagnie de la reine.

— Si vous voulez gagner les Napolitains à votre cause, conseille Sordello au Capétien, il faut leur faire une forte impression. Ils ont été accoutumés au faste par l'empereur Frédéric et par Manfred qui ne lésinaient ni l'un ni l'autre en la matière.

Charles le sait bien. Il a entendu tant de choses sur ces Hohenstaufen qu'il a l'impression de les connaître. Sans jamais le dire, ni même vraiment se l'avouer, l'ombre de Frédéric a beaucoup joué dans son projet sicilien. C'est sur ses pas et dans ses habits qu'il a rêvé de marcher, mais sans ses extravagances. Il n'est pas dans son tempérament de le suivre sur ce terrain. Il est plutôt fasciné par cette incroyable aura, acquise par d'autres moyens que les armes et qui reste pour lui un mystère.

En attendant de le percer, il convient de ne pas déchoir aux yeux des peuples conquis. Il bat le rappel de toutes ses forces, recommande à ses chevaliers et seigneurs d'Anjou et de Provence de revêtir leurs plus beaux habits, fait décorer le char de la reine et des enfants – des princes maintenant – d'un tissu de velours bleu parsemé de lys d'or, emblématique des Capétiens. Il veille lui-même à l'ordonnance des bannières et du défilé pour une démonstration de puissance, dont il prend la tête.

L'entrée est un succès plus encore qu'à Rome. L'exubérance du Sud la transforme en triomphe.

— C'est gagné, du moins pour quelque temps, reconnaît Sordello. Les gens d'ici aiment la majesté et ils sont toujours prêts à en accueillir une nouvelle, mais ils attendent qu'elle se montre généreuse, sinon...

Béatrice, elle, savoure les acclamations. C'est avec le sentiment d'être investie de la majesté royale qu'elle pénètre dans le Castel Capuano, qui a été la résidence de l'empereur et de son fils. Eblouie, elle en parcourt les immenses salles, où flotte encore le parfum des fêtes que les Hohenstaufen y ont données. Elle n'est pas atteinte par la fièvre qui s'empare de l'entourage de Charles quand commencent les recherches pour trouver le trésor enfoui dans les soubassements de ce château ou dans ceux du Castel dell'Ovo, la forteresse massive et rébarbative qui se dresse au bord de la mer. Il n'en reste d'ailleurs presque rien, Manfred l'ayant joyeusement dilapidé. Peu importe encore à Béatrice les grincements de dents lors du partage du butin et des fiefs confisqués. Elle est au-dessus de cela, elle est la reine.

Du moins le croit-elle. Sa mère ne lui avait-elle pas parlé des couleurs changeantes du sceptre ? Elle ne tarde pas à s'apercevoir qu'il peut être tout simplement un bâton creux.

Sordello connaît depuis longtemps la benjamine du comte Raimon Bérenger. Elle venait de naître quand il a débarqué un soir à la cour d'Aix. Fils d'un pauvre chevalier de Goïto, il est devenu troubadour pour fuir on ne sait quelle sombre affaire de dette. Il a beaucoup vagabondé, « de Trévise à Gap, de Barcelone à Poitiers », comme l'a dit l'un de ses rivaux Peire de Brémon Ricas Novas à l'occasion d'une *tenson* qui les a opposés, mais la Provence a été sa région de prédilection. Il y est resté quand Charles d'Anjou y a imposé sa férule, et s'est d'abord joint au chœur des critiques en chantant à la cour de Barral de Baux, alors en révolte contre l'« usurpateur ». Rallié ensuite à celui-ci, il l'a initié aux langues et aux coutumes d'Italie. Il en est devenu l'interprète et même le conseiller plus ou moins écouté. A ce titre, il se désole de ne pouvoir faire comprendre au nouveau roi de Sicile que son autorité rigide et brutale et le comportement de son armée lui donnent une réputation détestable de tyran.

Il sent bien que Charles, qui le rétribue chichement, le tolère parce qu'il a encore besoin de lui et qu'il le laissera choir un jour, comme il l'a d'ailleurs fait lorsqu'il a été emprisonné à Novare pour dettes de jeu. Il a fallu une intervention du pape Clément IV obtenue par ses relations pour que Charles consente à le faire libérer. Sordello n'en est pas encore à prendre la décision de déserter, d'abord parce qu'il craint de payer de sa vie ce que le roi considérerait comme une trahison. Quoi qu'il en soit, il est profondément affligé de voir la pauvre Béatrice passer d'un enthousiasme, assez touchant d'ailleurs, au découragement.

Il s'est toujours étonné de l'attachement qu'elle manifestait à cet époux si froid, si peu attentionné, mais il connaît trop les femmes pour tenter de comprendre les ressorts des sentiments qui les animent. Il les aime trop aussi pour ne pas s'affliger quand elles sont traitées comme l'est en ce moment Béatrice, à laquelle il voue une tendresse quasi paternelle. Le roi Charles la tient plus qu'il ne l'a jamais fait pour quantité négligeable. Certes, il doit assurer sa conquête en Sicile et mettre en place une administration, mais même quand il séjourne au Castel Capuano, il ne daigne pas lui rendre visite ni voir ses enfants.

— Il ne sait pas vivre, confie Sordello à ses amis de Naples qui l'approuvent.

À l'évidence, le nouveau souverain venu du Nord n'est pas un grand séducteur comme l'étaient Frédéric et Manfred. Les Provençaux le trouvent froid, bigot, renfermé. Que dire des Napolitains et des Siciliens ? Quelle différence aussi entre l'empereur qui parlait plusieurs langues et aimait la poésie, comme son fils Manfred, et ce guerrier sombre qui n'a recruté Sordello que pour servir ses desseins politiques. Tous les fils de Frédéric chantaient, et l'aîné, Henri, emprisonné par son père jusqu'à sa mort pour l'avoir trahi, « chantait le matin et pleurait le soir ». On ne risque pas d'entendre la voix de Charles lancer autre chose que des ordres secs. Il y a un monde entre ce Capétien formaliste, calculateur et pingre et les Hohenstaufen extravagants, imprévisibles et prodigues.

— Malheureuse petite reine ! murmure Sordello.

Apitoyé par le regard voilé de tristesse de Béatrice, il reprend sa vièle dès qu'il le peut et réunit des musiciens de Naples pour la distraire, mais ce n'est pas l'ennui qui affecte celle que les Napolitains appellent déjà la « reine aux yeux tristes ». Elle est bien trop occupée par l'éducation de ses enfants, surtout de l'aîné, Charles, qui est destiné à régner.

Les dames de la nouvelle cour royale se sont même prises d'affection pour elle, en particulier une aristocrate sicilienne, Loragrazia della Piave, qui a vite deviné la cause de cette tristesse, le sentiment de ne plus compter pour son époux. Petite femme au joli minois, très vive et entreprenante, elle en sait quelque chose pour être délaissée de la sorte par un époux volage. Les bavardages de camérières et de servantes lui ont appris que *Carlitto longo naso* – Petit Charles au long nez – ne demandait même pas à Béatrice de remplir une fonction dévolue aux épouses, surtout aux reines, celle de la reproduction. Peut-être estime-t-il que deux garçons suffisent désormais à assurer sa lignée.

Loragrazia n'a, quant à elle, aucun scrupule à se venger des infidélités de son mari en lui rendant la pareille. Pour la paix de sa conscience, elle se fait chaque fois absoudre par un confesseur dont elle achète la tolérance par des « bontés ». Elle tente donc d'entraîner la reine sur les mêmes sentiers fleuris et s'arrange pour lui présenter les chevaliers les plus séduisants de Naples, mais Béatrice affecte de les ignorer. Elle est retenue à la fois par le sens de la dignité royale – « une reine ne peut se permettre l'adultère » –, la peur viscérale que lui inspire Charles, et la piété. Il ne reste guère à Loragrazia qu'à l'emmener en promenades dans le pays, pour un mal et pour un bien.

Le mal est la fièvre des marais que Béatrice contracte lors d'un séjour dans une résidence royale située au pied du Vésuve et infestée de moustiques. Le bien est la décision, afin d'échapper aux miasmes malsains de l'été en ville, d'aller avec les enfants séjourner sur une colline, non loin de Naples, à Nocera

Le château plaît beaucoup à Béatrice. Non loin de la masse grisâtre et menaçante du volcan, il se dresse au milieu de vergers embaumés. En compagnie de Loragrazia, parfois de Sordello, et toujours avec une escorte, elle explore les alentours à cheval, monte parfois jusqu'à la Cresta Chiancolella à plus de sept cents mètres d'altitude, d'où elle peut contempler la plaine de Campanie.

— On se croirait chez moi, à Forcalquier, avec Saint-Maime en contrebas, murmure-t-elle.

Un jour, alors qu'elle évoque sa famille, son père et sa mère, ses sœurs, reines des deux plus grands royaumes d'Occident, Loragrazia lui dit :

— Dieu vous bénisse, vous avez une grande chance. Une belle famille, un époux victorieux. D'autres ont plongé dans l'enfer, car malheur aux vaincus.

— De qui voulez-vous parler ?

— De la famille de Manfred, d'Hélène, sa femme, de ses trois fils, de sa fille Béatrice. Savez-vous qu'ils sont détenus dans des conditions épouvantables au Castel dell'Ovo ? Ils y crèvent de faim, les fils sont enchaînés.

Béatrice ouvre de grands yeux étonnés. Elle ne s'est jamais souciée de la famille de Manfred, ni d'ailleurs des circonstances de la victoire, ni du sac de Benevent. Elle vivait dans son rêve, et personne n'a osé lui en parler, tant Charles inspirait de la crainte.

— Ne pourriez-vous intervenir pour adoucir leur sort ? lui demande Loragrazia.

Béatrice est interloquée.

— Je le ferais volontiers, mais vous savez bien que je ne vois plus le roi...

— Vous pouvez lui écrire. Vous feriez un acte de charité qui toucherait tout le peuple du royaume.

Béatrice acquiesce sans conviction. Elle redoute de recevoir un camouflet de Charles. Sa conscience n'en est pas moins troublée. Pourquoi refuserait-elle un geste de compassion à la veuve d'un vaincu et à ses enfants ? Loragrazia lui parle d'ailleurs de l'état d'esprit de la population, terrorisée par la présence de l'armée étrangère, et attendant en vain du roi des gestes de clémence. Béatrice se souvient des épreuves subies par Eléonore. Pourquoi cela ne lui arriverait-il pas un jour ?

Le lendemain, en se confessant à son chapelain, le franciscain Pietro Giovanni Andrei, elle lui demande son avis.

— Vous devez le faire, ma dame. Je dois vous dire ce que les gens pensent de Manfred et de la bataille de Benevento. Le fils de l'empereur était un ennemi de l'Eglise, certes, mais il était très aimé. Il était généreux, une qualité très appréciée ici. On raconte qu'avant la bataille, Occursius, le vieil écuyer de son père, lui a dit : « Vous avez trop souvent oublié votre royaume pour le plaisir et la chanson, mon seigneur. Où sont maintenant vos joueurs de rebec, où sont ces poètes, que vous aimiez plus que soldats et chevaliers ? Qu'ils essaient de chanter et de jouer à présent, on verra si l'ennemi lui aussi choisira de danser au son de leur musique ! » Manfred s'est borné à revêtir l'armure de Frédéric, et Occursius s'est mis à pleurer. Alors Manfred lui a dit : « Ne sois pas ridicule. Je dois accomplir mon devoir et penser à mon père. » Ses chevaliers n'ont retrouvé son corps que plusieurs jours plus tard, près du pont sur la Calore. Savez-vous comment ils l'ont reconnu ? A ses mains, longues et fines, d'une blancheur lumineuse, comme celles de son père. Ils se sont jetés dessus pour les baiser. Le roi Charles a ordonné de l'ensevelir près du pont de la Liris, mais Sa Sainteté

Clément a ordonné de le faire exhumer et de l'enfouir dans le sable d'une rivière, afin qu'elle l'emporte dans ses flots...

Frère Pietro Giovanni s'interrompt un instant, il est en larmes.

— Aussi pécheur qu'il soit, un homme reste un homme, ma dame. Ici, personne ne comprend pourquoi Hélène, la veuve de Manfred, et ses quatre enfants doivent payer pour des péchés qu'ils n'ont pas commis. Si vous pouvez incliner le roi au pardon pour ces innocents, vous seriez bénie de Dieu.

— Je le ferai, dit Béatrice.

L'automne pointe son nez de nuages et la brise qui caresse le château de Nocera commence à provoquer des frissons. Les crises de fièvre de Béatrice augmentent d'intensité et l'épuisent. Les drogues diverses, les décoctions de *Citrullus colocynthis* et de *Cnicus benedictus*, autrement dit le chardon, que le médecin lui fait ingurgiter ne la soulagent guère. Charles quant à lui reste parfaitement indifférent. Elle a attendu plusieurs semaines une réponse à sa supplique concernant la famille de Manfred. Sans crier gare, il surgit un jour à Nocera pour la lui apporter de vive voix. Le ton est rude.

— Je sais ce que je fais, ma dame. Les Staufen sont une engeance de démons. Il y en a toujours un qui resurgit. Les damnés gibelins viennent de faire appel à Conradin, le petit-fils de Frédéric. Il a quinze ans et osé se proclamer roi de Sicile. La clémence est un luxe réservé aux saints. Les enfants de Manfred resteront donc où ils sont.

Béatrice n'insiste pas. Si elle a pu témoigner quelque attachement pour Charles, elle sait maintenant qu'elle n'éprouve à son égard aucun sentiment, pas même de rancœur, pour cet homme de pierre. Quand il lui demande si elle a l'intention de descendre à Naples, elle refuse net, ne tenant guère à faire figure de reine de paille.

— A votre guise, répond Charles.

A Nocera, les jours s'étirent, surtout par mauvais temps. Le soleil donne l'impression de dépérir, comme Béatrice. Dans un rêve, elle a vu la mort, une sorte de forme blanchâtre qui l'emportait dans ses bras. C'est pourtant la vie qui se montre une fin d'après-midi pluvieuse en la personne d'un cavalier.

Le guetteur ne l'a pas vu venir et les gardes lui ont ouvert la porte avec une facilité déconcertante. Béatrice s'apprête à sermonner le sergent d'armes responsable quand l'étranger fait son apparition, enveloppé dans un long manteau détrempé.

— Le sergent n'a rien fait de mal, ne vous inquiétez pas, ma dame, dit-il dans un italien rocailleux.

Grand et maigre, il a le teint basané, la chevelure et le poil noirs d'ébène, un nez aquilin, des yeux rieurs et surtout un air altier.

— Je suis don Enrique d'Aragon et sollicite de votre bienveillance l'hospitalité d'une nuit, ma dame.

— Don Enrique ? N'êtes-vous pas...

— Oui, le frère du roi Alphonse de Castille.

Béatrice a entendu parler de ce prince qui avait fait sensation en débarquant à Naples avec une troupe de huit cents cavaliers, des Castillans et surtout, étrangement, des Sarrasins. Charles était au courant de cette arrivée annoncée et l'avait autorisée. L'Infant Enrique venait officiellement pour une visite de courtoisie au roi de Sicile, mais celle-ci a dû mal tourner, car les deux troupes ont failli s'affronter en bataille rangée hors de la cité où celle des visiteurs avait dressé son camp. Selon les rumeurs parvenues à Nocera, la situation reste tendue.

— Rassurez-vous, je ne suis pas venu en ennemi du roi, affirme don Enrique. Vous savez sûrement qu'il est mon cousin, par sa mère, la reine Blanche. Nous avons quelques affaires à régler, mais nos conversations n'ont pas encore abouti.

— Pourquoi venir ici alors ?

— Je crains un attentat...

— Au milieu de votre armée ?

— Mon armée est encerclée et je dois rester libre de mes mouvements. Personne ne peut supposer que je suis ici et je vous fais confiance.

— Vous ne me connaissez même pas.

— Loragrazia della Piave m'a parlé de votre générosité et de votre démarche en faveur de la famille de Manfred.

— Pensez tout de même que je ne suis pas seule. Ne craignez-vous pas qu'un homme d'armes ou un palefrenier vous dénonce ?

— Je crois savoir qu'ils sont tous de la région. Ils ne diront rien. Pardonnez-moi, mais la population n'est guère favorable au roi Charles.

Béatrice fait appeler son chambellan pour accompagner l'Infant à l'une des chambres réservées aux visiteurs. Quand il redescend pour souper, il est vêtu de linge propre et d'un surcot de brocart aux motifs orientaux.

Pendant le repas, il raconte qu'il a dû quitter son pays à cause de l'hostilité de son frère Alphonse. Il a livré une bataille qu'il a perdue et s'est réfugié à la cour de Barcelone, avant de s'embarquer pour Tunis.

— En croisade ? demande Béatrice.

— Non. J'ai été invité par le sultan al-Mostancer. Comme j'étais accompagné de fidèles, j'ai accepté son offre de combattre pour lui.

— Contre des chrétiens ?

— Contre n'importe qui, ma dame. J'étais payé pour cela.

— N'avez-vous aucune foi ?

— Si, la foi chrétienne, mais je n'ai que faire d'une Eglise qui bafoue l'enseignement du Christ.

— Alors, vous êtes hérétique.

— Non plus, je suis libre, sans dogme. Le sultan me respectait plus que le pape. Il ne m'a jamais demandé d'abjurer...

Il observe en souriant le visage de Béatrice :

— Ces paroles vous choquent, vous me condamnez, n'est-ce pas ?

— Je ne crois pas pouvoir condamner quiconque. Autrefois, j'ai suivi un chemin qu'on avait tracé pour moi. Je me suis soumise. Il a fallu beaucoup de temps pour réaliser que je m'étais trompée. Il était alors trop tard.

— Il n'est jamais trop tard pour changer de route et faire ce que vous dicte votre désir.

Béatrice hoche la tête, veut parler mais elle en est incapable. Elle est saisie de violents frissons et se met à transpirer abondamment. Le chambellan, l'écuyer, et les valets se précipitent. Ils ont l'habitude de ces crises. Avant de se laisser transporter dans sa chambre, elle a le temps de s'excuser et de murmurer :

— Vous voyez bien que je n'ai plus le temps.

Remise de sa crise, Béatrice reçoit le réconfort de Loragrazia, qui accepte de demeurer quelque temps avec elle à Nocera. Elle n'a plus revu don Enrique, mais elle ne pense qu'à lui, sans savoir vraiment pourquoi cet étrange météore qui a traversé si brièvement son ciel gris a laissé une telle marque en son esprit et en son cœur.

— Qui est-il vraiment ? demande-t-elle à Loragrazia.

— Je ne sais comment le qualifier. Il a eu l'audace d'aimer la veuve de son propre père dans l'Alcazar au vu et au su de toute la cour de Castille. On dit qu'il était encore enfant quand il a été enfermé dans une étable avec deux lions. Il les a tenus en respect avec une épée. Il a livré combat à son frère et osé se vendre aux Sarrasins ! Il a d'ailleurs si bien combattu que le sultan l'a inondé d'or et d'argent.

— Il dit qu'il a des affaires à régler avec le roi.

— Il paraît qu'il lui aurait prêté de l'argent et serait revenu pour se faire rembourser. Il aurait proposé au roi de faire participer ses cavaliers à la conquête de la Sicile.

— Le roi l'a-t-il remboursé ?

— Certainement non. Le roi ne veut pas voir de Sarrasins combattre aux côtés de son ost. L'Infant est parti furieux en hurlant : « Que Dieu donne la mort à celui qui m'a traité avec ignominie et qui retient mon bien. » Vous pouvez être sûre qu'il va se joindre à Conradin.

La sympathie de Loragrazia pour le terrible Enrique transparaît dans le ton de sa voix. Sordello, que Béatrice questionne aussi, est encore plus chaleureux :

— On l'accuse d'être sans morale, impie, et au service d'un sultan pour de l'argent. Eh bien, pour moi, c'est un véritable chevalier par sa vaillance, son audace, sa générosité. Pourquoi le condamner pour avoir aimé la veuve de son père ? Il ne s'en est pas caché. Son frère Aphonse a tout fait pour qu'il s'exile, parce qu'il craignait sa popularité. Enrique est un réprouvé qui s'est vengé et qui suscite l'envie parce qu'il est libre.

« Libre » ! Le mot, l'idée fascinent Béatrice, elle qui n'a jamais osé se défaire de son carcan. Et puis l'Infant est le contraire de Charles, et c'est aussi cela qui lui plaît. Elle peut rêver d'amour avec ce beau cavalier venu illuminer sa solitude un jour de pluie. Un rêve qui la soutient dans le calvaire que lui impose son mal.

De plus en plus affaiblie, elle appelle son fils Charles pour lui transmettre la cigale en bois d'olivier sculptée par le comte Raimon Bérenger.

— Ne t'en sépare jamais. Ainsi penseras-tu à ton pays. Que tu puisses être un jour couronné roi de Sicile, je le souhaite, mais cette terre est étrangère. La tienne, celle où tu es né et où sont accrochées nos racines est la Provence.

Béatrice poursuit son rêve jusqu'à ce jour de juillet 1267 où, après une crise pas plus violente que les autres, son corps et son cœur, épuisés, s'arrêtent soudain de vivre.

Il ne lui sera même pas accordé la satisfaction d'être inhumée en sa *cara Proensa*, comme elle en exprimé le désir. Elle est mise au tombeau dans le sanctuaire de Maria Materdomini, un lieu de pèlerinage situé dans l'arrière-pays du golfe de Salerne.

20

La main de Dieu et la griffe du diable

Château de Poissy. 25 mars 1267.

En ce jour de l'Annonciation, alors que la nuit va tomber, la reine sort de sa chapelle quand son confesseur Guillaume de Saint-Pathus accourt vers elle et, tout essoufflé, lui dit :

— Ma dame, mon seigneur le roi vient d'annoncer aux barons qu'il se croisait.

Marguerite devient si pâle que le prêtre et les dames se précipitent pour la soutenir.

— Laissez-moi, je vous prie, je vais bien, dit-elle en se ressaisissant.

Louis a donc pris la décision qu'elle redoutait depuis plusieurs mois, car elle avait perçu à travers les propos tenus par les conseillers et les familiers du roi les signes annonciateurs de ce projet.

Louis avait souvent exprimé ses inquiétudes à propos des Etats latins d'Orient, qui étaient au bord du gouffre. Les Francs de Syrie avaient reconquis une partie du littoral de Palestine, mais le sultan mamelouk d'Egypte Baïbars avait repris les armes et engagé une campagne victorieuse qui les menaçait d'être rejetés à la mer. Dès 1261, le pape Clément IV avait appelé à une nouvelle croisade. Le roi Louis ne pouvait y être insensible, d'autant plus que le grand mirage de l'alliance tartare s'était définitivement effondré avec la condition à nouveau exigée du Grand Khan mongol Hülegü de reconnaître sa suzeraineté. Et puis, la Sicile, maintenant aux mains de Charles, offrait une base commode et sûre.

Marguerite s'enferme dans sa chambre. Elle éprouve le besoin de rester seule. Elle est certaine que, cette fois, le roi ne l'invitera pas à le suivre, alors qu'il aurait plus que jamais besoin d'elle. Il a une santé très fragile, que son ascétisme et la charge royale à laquelle il se consacre ne contribuent pas à améliorer. Plusieurs fois dans l'année, il est pris de fièvre et doit s'aliter. Sa jambe droite se met à enfler et à devenir si rouge qu'on a l'impression qu'elle va éclater. La reine sent surtout qu'elle n'a plus de prise sur lui, même s'il continue d'éprouver du désir pour elle. Il faut dire qu'à plus de quarante ans et après tant de grossesses, elle garde une étonnante grâce. Elle n'a pas plus qu'Eléonore oublié les conseils de leur mère sur la nécessité pour une femme de préserver un pouvoir de séduction que Marguerite n'exerce plus en l'occurrence que sur la couche conjugale et à l'ombre de la croix.

Louis semble au fil des ans vouloir s'acheminer vers la sainteté. Il se soumet à une discipline quasi monacale, dort sur un lit de bois, se calfeutre souvent dans sa chambre pour se consacrer à ses oraisons et à la lecture des Evangiles, n'en sortant que pour assister à des messes basses ou chantées. Il fait allumer une chandelle de trois pieds afin de mesurer la durée de sa pieuse retraite quotidienne, car il lui faut bien réserver du temps à l'exercice du pouvoir. Dans la matinée, il préside à son conseil, règle les affaires de gouvernement, rend la justice devant la porte de ses palais, sous un orme ou un chêne. Outre ses dévotions, il multiplie les actes de charité, aumônes, fondations d'hospices ou d'établissements religieux, avec la même prédilection marquée pour les dominicains et les bons franciscains qui ont redonné à l'Eglise le sens de l'humilité et du sacrifice. Il ne néglige pas l'instruction de ses enfants qu'il s'oblige à réunir à l'heure du coucher pour leur prodiguer des conseils.

Cette piété s'accompagne d'une rigoureuse tempérance. S'il déjeune et dîne dans la grande salle du palais, il n'ordonne aucun mets particulier, tend lui-même le gobelet de vin à un serviteur pour le couper d'eau. Il invite des pauvres, parfois au nombre d'une centaine, à partager ses repas Il lui arrive d'en recevoir dans sa chambre, leur tranche lui-même le pain et les viandes. En visitant des lépreux ou des mourants, il touche parfois leurs plaies, comme les ulcères d'un moine de Royaumont. Marguerite lui ayant rappelé un jour le risque de contagion, il l'a vertement rabrouée : « Le Christ n'a-t-il pas lavé les pieds des mendiants ? Pour moi, il n'y a pas de lèpre pire que le péché mortel ! » Elle ose encore moins proférer la moindre remarque sur la pénitence qu'un chambellan lui révèle un jour confidentiellement : le roi s'enferme dans sa chambre chaque vendredi et en carême les lundis, mercredis et vendredis pour se faire fouetter avec des cordelettes à nœuds par son confesseur, frère Geoffroi de Beaulieu.

Marguerite aimerait s'ouvrir à quelqu'un de la peine et du trouble que lui suscite cette piété qu'elle juge excessive. Depuis la disparition de la chère et discrète Iselda, elle n'a trouvé aucune dame de la parenté royale ou de sa suite assez compréhensive pour recevoir ses confidences. Quand elle a parlé de ses préoccupations à son propre confesseur Guillaume de Saint-Pathus, il lui a doctement expliqué qu'on ne pouvait reprocher au roi de vouloir suivre l'exemple du Christ.

— Quand Dieu vous tend la main, vous ne pouvez vous dérober.

— La main de Dieu est-elle donc autoritaire ou compatissante ?

— C'est un péché, ma dame, de poser la question.

Marguerite aurait pu se confier à Éléonore lors du long séjour de celle-ci, mais chaque fois qu'elle a été sur le point de le faire, elle s'est abstenue, soit par une réaction de pudeur, soit parce qu'elle a redouté une compassion qui eût blessé son amour-propre. Finalement, puisqu'il s'agit de Louis, elle a pensé à Joinville. Ne lui a-t-il pas manifesté en Orient respect et sympathie ? Il est l'un de ceux qui connaissent le mieux le roi. Il fait d'ailleurs partie de ce groupe de fidèles avec lesquels Louis aime à discuter à bâtons rompus après le dîner. Elle a longuement hésité avant que l'annonce, le 9 février 1268, du départ de la croisade, fixé au mois de mai 1270, l'ait inclinée à lui livrer ses sentiments.

— Le roi est l'homme le plus loyal et le plus juste que je connaisse, ma dame, mais je désapprouve sa décision de repartir en croisade. J'ai d'ailleurs refusé d'y participer et lui en ai donné les raisons. La précédente a tué trop de gens et appauvri le peuple de France. Notre-Seigneur a exposé son corps pour sauver son peuple, non pour le rendre plus malheureux. Je commettrais un péché si j'abandonnais les miens. Et puis le roi est en mauvaise santé, n'est-ce pas ? Depuis quelque temps, il ne supporte d'aller ni en voiture, ni à cheval.

— Que vous a-t-il répondu ?

— Qu'il obéissait à la volonté de Dieu.

Marguerite n'a plus qu'à se résigner à l'inéluctable. Impuissante, elle voit le roi s'épuiser encore davantage aux préparatifs financiers et politiques, assortis de mesures dont elle ne comprend pas la sévérité. L'une d'elles frappe les blasphémateurs, coupables de lèse-majesté divine. Une autre oblige les Juifs à assister aux sermons de conversion et surtout à porter une rouelle écarlate cousue sur le vêtement au niveau de la poitrine et dans le dos. Cette mesure infamante, symbole des trente deniers de Judas, avait été édictée par le IVe concile de Latran de 1215, mais n'avait pas été encore appliquée.

Comment Marguerite oserait-elle en faire remontrance alors qu'elle ne peut s'opposer au départ de ses fils Jean Tristan, Pierre et Philippe, qu'accompagne sa femme Isabelle d'Aragon, et de son gendre le roi de Navarre Thibaut de Champagne ? Elle accepte même à la demande de Louis et à son corps défendant d'écrire à Eléonore pour qu'elle soutienne l'appel à la croisade. Dans le royaume d'Angleterre, les barons y répondent sans enthousiasme. Le roi ne veut entendre et voir que le succès. Il surgit un soir dans la chambre de la reine en clamant :

— Dieu merci ! J'ai été entendu. Si trop de chevaliers et de barons refusent de partir parce qu'ils sont égoïstes et attachés aux plaisirs, de bons esprits m'approuvent. L'un de mes conseillers, frère Humbert de Romans, a rédigé un manuel sur la croisade. Et ce jongleur de Rutebeuf, qui m'a critiqué pour l'amitié fraternelle que je voue aux frères Mendiants, le voilà qui vient de louer ma décision et de rappeler dans plusieurs poèmes que le devoir de tous les chrétiens est d'aller défendre l'Eglise en Syrie. Vous devriez lire ce poème où il chante le dévouement aux causes sacrées et le goût du sacrifice !

Hors du royaume, la pieuse entreprise a aussi peu de succès que la précédente. Il manque le soutien de la papauté, car Clément IV décède en novembre 1268 et, faute d'entente entre les cardinaux, la vacance du Saint-Siège est appelée à durer. Seuls parmi les princes importants se décident le roi d'Aragon Jacques Ier le Conquérant, Edouard et Edmond d'Angleterre, Henry d'Allemagne.

24 juin 1268, Northampton.

Le roi Henry et la reine Eléonore assistent à la prise de croix de leurs fils et de leur neveu, accompagnés de quelques barons, devant le légat Ottobuono.

Ils ont pourtant exprimé leurs réticences. Eléonore a bien reçu le message de Marguerite, mais à quarante-cinq ans, et après avoir été trop souvent confrontée aux réalités de la guerre, elle ne rêve plus d'exploits chevaleresques, surtout si ses fils en prennent le risque. Au demeurant, la croisade n'a plus le prestige d'antan, et surtout, de nouveaux désordres sont à craindre à la faveur de l'absence d'Edouard, devenu le véritable protecteur du royaume depuis que son père est affaibli par la maladie et l'âge.

En effet, la victoire d'Evesham n'a pas éteint toutes les flammes de la rébellion. Les partisans de Montfort s'étaient regroupés, notamment autour de la place forte de Kenilworth. Le roi avait promis le pardon avec la possibilité pour les rebelles de récupérer leurs terres moyennant de lourdes amendes, mais l'obligation préalable de payer celles-ci en totalité avait déclenché une nouvelle flambée de révolte. Le roi avait en effet refusé d'ordonner l'expulsion de tous les étrangers des conseils royaux, de restaurer les droits des anciens rebelles et de leur restituer les terres confisquées avant le paiement complet des amendes. Le versatile comte de Gloucester, ayant à nouveau changé de camp, avait pris la tête de ces derniers pour entrer dans Londres, y saisir les biens des partisans du roi et libérer les prisonniers.

Eléonore avait quitté aussitôt Windsor pour Douvres et chargé Roger Leybourne d'aller quérir sur le continent les comtes de Boulogne et de Saint-Pol et un contingent d'une centaine de chevaliers français. Devant la menace d'une nouvelle guerre, le roi avait accepté la restitution des biens confisqués sans le préalable du paiement complet des amendes. Gloucester s'était alors retiré de la capitale. Le calme était donc revenu, même du côté des Marches galloises, autre foyer de troubles, où une trêve était conclue sous l'égide du légat.

Ce n'était pas du goût d'Edouard *long shranks* dont le tempérament martial avait besoin de s'exprimer. L'interdiction des tournois par son père lui a tant pesé qu'il n'a eu de cesse de les faire autoriser à nouveau. A l'appel du roi de France, il n'a donc pas résisté à l'envie d'aller ferrailler contre le Sarrasin. Son cadet Edmond n'a pas voulu être en reste. Le roi et la reine n'ont pu s'opposer à leur décision, mais ont imposé une condition, l'assurance que des barons tels que Gloucester ne profiteront pas de l'absence des princes pour créer du désordre. Richard de Cornouailles parvient à convaincre le turbulent comte de partir lui aussi en croisade.

Dans un esprit d'apaisement, Edouard confie la tutelle de ses enfants à Richard et non à sa mère, comme elle l'aurait souhaité. Eléonore est vexée, mais elle a trop de sensibilité politique pour ne pas comprendre le bien-fondé d'un choix justifié par les sentiments de xénophobie de la plupart des barons. Elle ne tient d'ailleurs nullement à provoquer la discorde dans la famille au moment où ses fils partent risquer leur vie en Orient. Autre précaution pour assurer la continuité du gouvernement au cas où le roi décéderait pendant l'absence d'Edouard, la décision de placer la plus grande part du domaine royal sous le contrôle du prince héritier et de ses hommes pour une durée de cinq ans.

Par contre, Edmond confie officiellement la responsabilité de tous ses biens à sa mère, avec le pouvoir de contracter des emprunts en son nom.

— Celui-là sait ce que sont le respect filial et la reconnaissance, déclare-t-elle avec émotion au roi.

Elle s'est en effet autant souciée de constituer à son cadet un important apanage que de préserver celui de l'aîné. C'est en grande partie grâce à elle qu'Edmond a été l'un des principaux bénéficiaires des confiscations et des transferts opérés sur les biens des rebelles, en particulier ceux de Montfort.

Avant le grand départ, elle peut assister à deux mariages qu'elle a elle-même arrangés avec un sens aussi pragmatique que politique. Edmond épouse une riche héritière, Aveline, petite-fille d'une des amies de sa mère, Amice, comtesse douairière de Devon, et Henry d'Allemagne Constance, la fille du cousin Gaston de Béarn.

Au mois d'octobre 1269, la famille royale est réunie pour une cérémonie à laquelle le roi tient particulièrement, le transfert solennel du corps de saint Edouard le Confesseur dans le sanctuaire qui vient d'être achevé après des travaux commencés vingt-quatre ans plus tôt au cœur de l'abbaye de Westminster. Lui-même, ses fils et son frère portent la relique en présence des barons et des prélats, consacrant ainsi l'unité retrouvée autour de la couronne.

— Puisse saint Edouard assurer la paix du royaume, murmure Eléonore.

*

Printemps 1270. Palais de Vincennes.

A l'approche du départ, la reine Marguerite s'efforce de garder son calme au milieu de la fièvre qui s'est emparée de la Cour et de toute la famille. Elle ne peut se défaire de l'angoisse qui l'étreint et n'accorde plus guère d'attention aux préparatifs. Elle se plaît à penser qu'il pourrait lui confier une responsabilité, et pourquoi pas la régence.

Elle est en train de délivrer dans une salle du palais des recommandations à Jean Tristan et à Pierre, tous deux enfants de la croisade, quand le nouvel évêque de Paris, Etienne Tempier, demande à être reçu. Les deux princes se retirent et le prélat lui apprend la décision du roi de charger deux de ses plus proches conseillers, l'abbé de Saint-Denis Mathieu de Vendôme et Simon de Nesle, d'administrer le royaume. Il ajoute

— A moi-même, mon seigneur le roi a attribué le droit de conférer les bénéfices, les prébendes et les dignités ecclésiastiques qui sont de son ressort.

La reine a écouté sans broncher. Elle remercie l'évêque et court aussitôt s'enfermer dans sa chambre, profondément meurtrie. Si le roi ne lui accorde pas toute confiance, il aurait pu au moins lui donner le titre de régente pour la forme, quitte à lui adjoindre des conseillers choisis par lui. A-t-il donc oublié le temps où elle a géré le dur épisode de sa captivité, alors qu'elle était enceinte ? Renvoyant camérières et dames de compagnie, elle pleure toute la nuit, en silence, ressassant la mémoire des épreuves vécues avec ce roi qu'elle aime toujours de toute son âme et de tout son corps. Quand épuisée, fiévreuse, elle s'endort à l'aube, elle fait un cauchemar : le roi chevauche un cheval noir dans du sable. Il est enveloppé dans un linceul blanc et sur la poitrine, à l'emplacement de la croix, un glaive est enfoncé jusqu'à la garde. Il se lance dans une cavalcade et disparaît dans un lac rempli de sang. Elle se réveille en sursaut et se rend dans la chambre du roi. Elle le trouve en prière, se jette sur lui, l'embrasse, le palpe, lui caresse le visage.

— Que vous arrive-t-il ? demande-t-il, surpris.

— Vous allez me quitter, nous quitter. Je voulais vous toucher, voir vos yeux, que je ne verrai plus...

— Que dites-vous là ? Je reviendrai, voyons !

— Mais quand ?

— Dieu seul le sait.

Ce jour-là, 14 mars 1270, le roi Louis part à Saint-Denis pour la rituelle prise de bâton de pèlerin et la levée de l'oriflamme. Le lendemain, il se rend pieds nus de son palais de la Cité à la cathédrale Notre-Dame. Le soir, il retourne à Vincennes retrouver la reine.

Dans la chaleureuse intimité de la chambre, ils s'étreignent longuement et s'endorment liés l'un à l'autre. La sonnerie des cloches les réveille à l'aube. Ils se lèvent et font une prière commune avant de faire leurs ablutions et de s'habiller.

— Dieu nous a réunis, il ne nous séparera jamais, dit le roi en quittant la chambre.

Il n'entend pas Marguerite murmurer :

— En quel monde nous réunira-t-il à nouveau ?

Quelques mois plus tard Palais de la Cité.

Le palais est en émoi. Le sire Gontran vient d'arriver, fourbu, les traits ravagés. Marguerite a eu recours une nouvelle fois à lui pour être tenue au courant des faits et gestes du roi. Le bâtard a accepté par affection pour elle, et aussi par devoir. Il a dépassé la cinquantaine et n'avait guère envie de quitter la vie paisible qu'il menait avec Esclarmonde et leurs cinq enfants sur une terre allouée par le roi Louis près de Beaucaire.

Il a le visage couvert de poussière. A son regard, chacun pressent que les nouvelles qu'il apporte sont mauvaises. Il ne répond pas aux questions, car il tient à informer d'abord la reine et court à sa chambre. La porte est ouverte. Assise sur une chaise, elle lit son livre de psaumes. Gontran s'agenouille et dit simplement :

— Mon seigneur le roi a été rappelé à Dieu, ainsi que le comte de Nevers, ma dame.

— Je le savais, murmure la reine en lui prenant la main qu'elle serre très fort.

Elle ne pleure pas, mais lui demande de se retirer et de fermer la porte. Les chambrières entendent alors des sanglots et des gémissements si déchirants qu'elles ne peuvent retenir leurs larmes. Le palais tout entier sait maintenant que le roi n'est plus et sombre dans un immense chagrin.

Marguerite ne fait aucune prière. Elle se défend d'en vouloir à Dieu de lui avoir enlevé cet époux avec lequel elle a partagé tant de bonheur, et avec lui, son cher Jean Tristan, mort comme il est né, sur la terre d'Orient. Pourquoi ? Pour quelle faute, quels péchés le Seigneur les a-t-il ainsi punies, elle et sa famille ?

Elle sait bien que de telles pensées sont sacrilèges et, songeant à Louis, elle en a honte. Alors, pour être digne de lui, elle veut montrer qu'elle est une reine capable d'affronter toutes les tempêtes. Elle ne peut toutefois afficher un tel visage qu'en gardant le silence, car énoncer la moindre parole la ferait pleurer. Et ce silence est si impressionnant que certaines dames de son entourage s'inquiètent de sa santé mentale.

Elle sait pourtant ce qu'elle fait quand elle demande à Gontran de lui raconter ce qui s'est passé depuis le départ. Déjà, à Aigues-Mortes, le roi était si fatigué qu'il n'avait pu enfourcher son cheval pour se rendre au port. Son Conseil avait proposé de retarder le départ, mais le roi avait refusé. Les croisés, arrivés à Tunis le 17 juillet, se sont emparés de la ville comme le roi lui-même l'a annoncé au royaume. Et puis le mal, cette fièvre qui brûle la tête, accompagnée d'une dysenterie qui vide le corps, en a frappé un grand nombre et leur guide. Après la mort du comte de Nevers, parti le premier, le roi a demandé d'installer un lit de cendres en forme de croix avant de s'endormir.

— Le prince Philippe, le Conseil et moi-même l'avons veillé, précise Gontran. Le lendemain, en ouvrant les yeux, le roi nous a souri et a demandé qu'on le porte sur le lit de cendres. Il a dit :

« Très saint Jacques, sois le sanctificateur et le gardien de ton peuple... Seigneur ! J'entrerai dans ta maison, j'irai t'adorer et me confesserai à toi... Très saint Denis, nous te prions pour l'amour de toi de nous donner la grâce... de mépriser la prospérité terrestre, de ne pas craindre l'adversité... » Il s'est assoupi et brusquement a ouvert de grands yeux en disant : « Nous irons à Jérusalem. » Après quoi, il a cessé de respirer. C'était le 25 août.

Marguerite a écouté le récit sans l'interrompre. Elle imagine si bien toutes ces scènes, qu'elle éprouve l'étrange impression que Louis n'est pas mort et elle attend son retour.

Un terrible retour. Philippe, prince héritier, reçoit le serment de fidélité des barons et des commandants d'armée. Charles d'Anjou, qui l'a rejoint, négocie le retrait des forces avec le sultan. Le territoire occupé est restitué contre une indemnité de guerre, la liberté du commerce en Tunisie reconnue pour les marchands chrétiens ainsi que le droit pour les prêtres chrétiens de prêcher et de prier dans leurs églises.

Le premier problème est celui du transport des corps. Selon la seule technique de préservation, on les fait bouillir dans un bain de vin et d'eau jusqu'à ce que les chairs se détachent des os. L'opération effectuée, Charles propose d'inhumer son frère à Palerme. Il a ses raisons. Abriter chez lui la sépulture de son frère, le roi voué à la sanctification, accroîtrait un prestige assombri par la haine qu'il suscite.

Il est maître de la Sicile et de l'Italie méridionale depuis sa victoire, le 23 août 1268 à Tagliacozzo, sur le Hohenstaufen Conradin, et il étend maintenant sa maîtrise sur l'Italie centrale. La répression impitoyable qu'il a exercée contre ceux qui avaient trahi sa cause et le sort qu'il a réservé à son rival terrorisent la population. Au mépris des règles généralement observées quand un souverain est vaincu et captif, il a fait décapiter Conradin, à peine âgé de seize ans, en public et en sa présence sur la place du marché de Naples. On raconte qu'au moment où la tête a roulé à terre, un aigle descendu du ciel a fait traîner son aile droite dans le sang de Conradin, et ainsi maculé du sang des divins empereurs, a pu s'élancer en un vol vertigineux vers le firmament. On dit aussi que la terre a tremblé la nuit suivante, présage d'une vengeance qui viendra à son heure. Indifférent aux imprécations lancées contre lui et surtout soucieux d'étendre sa domination en Méditerranée, Charles aimerait donc jouir de la bienfaisante aura de son défunt frère.

Son désir heurte Philippe, l'héritier. Soutenu par les barons, celui-ci insiste pour que son père repose dans la nécropole royale de Saint-Denis, selon le vœu qu'il avait formulé pour tous les souverains de France. Après discussion, un accord est intervenu : Charles gardera les entrailles et les chairs en Sicile, au couvent de Monreale, tandis que les ossements et le cœur seront déposés à Saint Denis.

Les deux cercueils, et celui du chapelain du roi, Pierre de Villebéon, sont embarqués le 11 novembre avec l'armée croisée. Trois jours plus tard, les navires accostent à Trapani, en Sicile. Est-ce par la main de Dieu, ou par celle du diable ? La mort frappe à nouveau la famille royale en la personne de Thibaut de Champagne, le gendre. Elle n'en a pas fini avec les Capétiens. Alors que le convoi est sur le continent pour remonter la péninsule italienne vers le nord, Isabelle d'Aragon, l'épouse de Philippe, fait une chute de cheval, accouche prématurément d'un enfant mort-né et meurt le 30 janvier 1271. C'est ensuite le tour d'Alphonse de Poitiers et de son épouse Jeanne de Toulouse. Le cortège funèbre aborde enfin le royaume de France après avoir franchi les Alpes par le Mont-Cenis, et arrive à Paris le 21 mai 1271. Le cercueil du roi est exposé à Notre-Dame de Paris avant les funérailles qui se déroulent dès le lendemain à Saint-Denis.

A la vue des cercueils de bois, la reine Marguerite réalise brusquement que Louis, Jean Tristan et les autres ne sont plus. Elle ne verra plus Louis lire les psaumes le vendredi, enseigner l'Evangile à ses enfants, manger avec les lépreux, s'emporter contre les blasphémateurs et le jeu de dés, rire avec Joinville et discuter avec Robert de Sorbon, s'asseoir par terre pour deviser avec son petit cénacle de clercs et de barons, elle ne subira même plus ses sautes d'humeur et ses cinglantes remontrances. Elle ne le sentira plus la nuit à son côté, tout contre elle. En cet instant, elle se sent soudain vidée de son sang et chancelle. Des mains la soutiennent. Elle se redresse, mais avec une étrange impression. N'est-ce pas un songe que tout ce monde se mouvant avec lenteur autour d'elle, les incantations de l'officiant, les chants liturgiques, le parfum d'encens ?

Eléonore a subi un choc en apprenant la mort du roi Louis et celle de Jean Tristan à Tunis, et elle a tremblé en pensant à ses fils. Dieu merci, ils sont indemnes, et elle se réjouit de savoir que les forces croisées vont se retirer. Le retour d'Edouard s'avère urgent, car le pays est livré à une violence latente. Le ban sur les tournois proclamé à nouveau par le roi n'est qu'un remède aléatoire limité au monde des seigneurs. L'émeute couve à Norwich, à Londres.

Il est toutefois difficile de le faire admettre au prince héritier, qui ignore les lettres de ses parents demandant son retour. Le pouvoir royal, privé du soutien d'hommes forts, habiles et expérimentés tels que Pierre de Savoie, l'archevêque Boniface, ou John Mansel, tous trois décédés, est d'autant plus vulnérable que la main de Dieu frappe maintenant les Plantagenêt, après avoir emporté tant de Capétiens. Le premier à disparaître, en 1271, est le fils d'Edouard, John, âgé de cinq ans. Au mois de mars de la même année, Henry d'Allemagne est assassiné à Viterbe par les fils de Montfort. Son père Richard de Cornouailles meurt un an plus tard en avril 1272.

Au cours de l'été 1272, les troubles qui secouent Norwich sont durement réprimés, mais la révolte gronde à Londres, devant le palais de Westminster, où le roi est alité, presque mourant. Les Londoniens exigent d'avoir pour maire un certain Walter Harvey. Le roi fait venir le comte de Gloucester et lui fait promettre d'être loyal envers le prince Edouard. Le 16 novembre 1272, alors que le grand baron intervient avec fermeté pour calmer la foule, le roi Henry rend le dernier soupir.

La reine Eléonore est auprès de lui. Jamais elle ne s'est sentie aussi seule. Par un singulier concours de circonstances, aucun de ses enfants, tous hors du royaume, n'est auprès d'elle pour la soutenir. Elle ne pleure pas, mais ses traits sont marqués et ses yeux rougis par l'insomnie. La nuit précédente, sa mémoire s'est ouverte sur les tumultueux souvenirs de son union avec ce bon Henry. Si elle ne l'a pas aimé avec passion, elle n'a jamais cessé, malgré quelques brouilles, d'éprouver une profonde affection à l'égard de cet époux avec lequel elle a partagé l'amour de leurs enfants, le plaisir de la fête, les dépenses extravagantes, le sceptre même.

Le 20 novembre, le corps du roi est transporté au sanctuaire de Westminster où, selon sa volonté, il est déposé dans le même cercueil qu'Edouard le Confesseur. A la fin de la cérémonie, célébrée avec ce faste qu'il a toujours aimé, les grands barons prêtent le serment de loyalisme au roi Edouard.

Désormais, comme Marguerite, l'autre reine venue de Provence, Eléonore n'est désormais qu'une reine mère. Elle connaît trop son fils aîné pour savoir qu'il ne lui cédera jamais la moindre parcelle du pouvoir et qu'il n'écoutera ses conseils que s'ils correspondent à ses propres vues. A l'instar de Marguerite, elle a conscience que la plus dense et la plus longue page de leur vie est tournée. Ce qui leur reste à vivre ne saurait être qu'une promenade plus ou moins agréable dans un monde qui se passera d'elles en attendant l'appel de Dieu.

Durant plusieurs mois, l'existence de Marguerite se déroule dans l'ombre de son veuvage. Elle écrit beaucoup, dans cette langue française que le roi Louis a imposée pour la correspondance officielle. Elle s'adresse surtout à sa sœur Eléonore, frappée comme elle par une succession de deuils, et au roi Edouard, son neveu, auquel elle trouve un air de famille et une ressemblance avec le comte Raimon Bérenger. Il lui est néanmoins difficile d'échapper à un chagrin qui ne l'abandonne pas.

Pourtant, Louis semble revivre avec la procédure de canonisation engagée par le pape Grégoire X, élu enfin le 1er septembre 1271 après trois ans de vacance pontificale. Le 4 mars 1272, Geoffroy de Beaulieu, le confesseur du défunt, commence à réunir des informations. Sur la terre chrétienne de Sicile, nombreux ont été ceux qui ont cru humer l'étrange et suave odeur propre aux saints. Sa relique y aurait opéré des miracles, puis d'autres encore lors de la remontée du convoi funèbre, à Parme, à Reggio d'Emilie, à Bonneuil-sur-Marne, à Saint-Denis. Tout cela ne fait que raviver les souvenirs d'une existence si longtemps partagée. La main de Dieu n'en continue pas moins de s'abattre sur la famille capétienne, car elle happe une autre fille de Louis et de Marguerite, la jeune Marguerite, épouse de Jean de Brabant.

La reine douairière ne se montre plus guère à la Cour. L'atmosphère en a profondément changé. Le roi Philippe est un être fragile, impulsif, influençable. Certes, élevé dans le culte de son père, il s'efforce de suivre les « Enseignements » écrits par celui-ci à son intention, notamment d'obéir aux devoirs de piété, de compassion, de respect envers la famille et les ancêtres. Il lui est recommandé d'aimer et d'honorer sa mère, de retenir et d'observer ses bons enseignements, de croire en ses bons conseils. Son instruction a été stricte et le dominicain Vincent de Beauvais, l'un des familiers de son père avec Joinville et Robert de Sorbon, le fondateur de la Sorbonne, avait d'ailleurs écrit et offert à sa mère un ouvrage à cette intention, *De eruditione filiorum regalium* – « De l'éducation des enfants royaux ». La reine Marguerite, qui connaît bien son fils, est consciente que ces efforts n'ont pu lui donner les qualités essentielles d'un souverain, la fermeté de caractère et l'esprit de décision.

La Cour est le reflet de ces manques. Loin d'être un lieu de débat de philosophie ou de haute politique en un temps de foisonnement intellectuel illustré par les Roger Bacon, Albert le Grand et Thomas d'Aquin, pour ne citer qu'eux, elle est un nid de vipères. L'austérité et l'intégrité imposées par Louis se sont évaporées. Autour du roi et de sa seconde épouse, Marie de Brabant, virevoltent deux principaux clans assoiffés de pouvoir, celui des Brabançons avec le duc Jean de Brabant auquel se joint le jeune comte d'Artois, et celui des Tourangeaux, conduit par Pierre de La Brosse, qui exerce sur le roi dont il a été le précepteur un tel ascendant que la jeune reine en prend ombrage.

Marguerite n'intervient guère dans cette confrontation qui entretient un climat de tension, sinon en essayant de convaincre son fils d'imposer son autorité et de ne pas laisser La Brosse accaparer tout le pouvoir. Peine perdue. Philippe promet de l'écouter, mais marque de l'agacement dès qu'on touche à son favori. Son confesseur, Guillaume de Saint-Pathus, auprès duquel elle s'en désole lui conseille la prudence :

— Ne soyez pas tentée de reprendre de l'autorité, ma dame. Vous êtes trop isolée face à des adversaires aussi solides que coriaces. Je ne parle pas seulement de La Brosse. Il y a encore beaucoup d'autres personnages qui sont trop dévoués à la dynastie pour accepter votre intrusion dans les affaires.

Marguerite en sait quelque chose. Le conseil de régence institué par le défunt roi avant son départ à Tunis et composé de Mathieu de Vendôme et de Simon de Nesle avait amputé son douaire de plusieurs terres. L'affliction et le deuil avaient empêché la reine de réagir immédiatement, mais elle protesta ensuite vigoureusement auprès de son fils :

— C'est une spoliation anticipée ! Mon douaire reviendra un jour au Domaine. Pour l'heure, je ne suis pas encore morte !

Si Marguerite a obtenu satisfaction, elle n'oublie pas qu'outre La Brosse le roi écoute beaucoup son oncle Charles. Le roi de Sicile ne l'a-t-il pas poussé à briguer la couronne impériale ? Cette influence la chiffonne d'autant plus qu'elle se persuade que la seule lumière susceptible d'éclairer le crépuscule de sa vie ne pourra venir que de sa chère Provence.

La reine Marguerite ne s'est jamais désintéressée de son pays natal, qu'elle considère comme le sien propre, et dont elle estime toujours avoir été injustement dépossédée. Après en avoir voulu à sa sœur Béatrice, elle s'est bien aperçue que la benjamine n'était qu'une colombe victime de ce vautour de Charles. Si elle a fini par se décourager d'en obtenir la restitution, Louis n'y a pas été étranger. Il manifestait de l'humeur chaque fois qu'elle évoquait la question ou critiquait son frère. N'était-ce pas à lui, l'aîné, et à lui seul, que revenait le droit de juger les gens de son lignage ? Les disputes de la comtesse douairière Béatrice et de ses deux filles aînées avec Charles indisposaient tant le roi qu'il réussit à la longue à les geler, surtout après le décès de la pauvre Béatrice en Campanie.

Marguerite a été d'autre part très déçue par le changement d'état d'esprit des seigneurs provençaux. Les doléances qu'elle avait si souvent entendues dans leurs bouches au début de la prise en main du comté par les Franchimands s'étaient singulièrement affaiblies avec le temps. Le comte venu du Nord avait su les retourner en sa faveur en les associant à son expédition italienne et en les récompensant par des terres et de l'argent. Etaient-ils donc si faciles à acheter ? Avaient-ils oublié la longue lutte du comte Raimon Bérenger pour donner à la Provence son indépendance envers et contre tous ?

Des informations qu'elle en reçoit attestent toutefois que l'esprit d'opposition n'y a pas totalement disparu. Des *sirventès* en témoignent, encourageant Marguerite à reprendre le flambeau de sa revendication, d'autant plus que Louis n'est plus là pour s'y opposer. L'occasion favorable de s'en mêler lui est fournie par l'élection le 1er octobre 1273 du landgrave d'Alsace Rodolphe de Habsbourg au trône de Germanie.

Elle sait que ce prince, réputé intègre, est en mauvais termes avec Charles. Au titre de la suzeraineté impériale sur le royaume d'Arles, pourquoi ne pas lui demander la reconnaissance de ses droits d'aînesse sur le comté de Provence ? Elle ne peut s'engager sans en aviser Eléonore qu'elle invite à venir sur le continent pour en discuter.

Eléonore accepte avec enthousiasme. Elle vient d'assister au couronnement d'Edouard le 19 août 1274 en l'abbaye de Westminster. Reine d'Angleterre en titre, mère du roi, lady d'Irlande et duchesse d'Aquitaine, elle s'ennuie en effet quelque peu. Malgré la cinquantaine, elle a gardé tout son allant, et continue même de pratiquer la chasse au vol. Richement dotée par le roi Henry elle n'a aucun problème d'argent et passe son temps à voyager, accompagnée de la toujours pétillante Christiana de Marisco, suivie d'un clerc, d'un chapelain et de son médecin William le Provençal, qui ne cesse d'évoquer le pays. Après la mort de Béatrice, elle avait réclamé sa part d'héritage en Provence, mais trop réaliste pour espérer tirer quelque bénéfice de la revendication, elle ne refuse pas l'opportunité de rencontrer Marguerite et de s'investir dans un nouveau combat en commun.

*

La rencontre des deux sœurs a lieu dans la plus grande discrétion au manoir d'un baron ami, près de Caen. Il faut craindre les espions de Charles et les rumeurs qui pourraient faire capoter le projet. Quoi qu'il en soit, elles ne dissimulent pas leur joie de se revoir.

— Comment fais-tu pour rester si remuante, si élancée ? s'étonne Marguerite, dont le corps s'est quelque peu alourdi.

— Je n'aime toujours pas la cuisine anglaise, répond Eléonore en riant.

Pendant quelques jours, elles ne sont plus du tout des veuves éplorées, mais des femmes que la disparition de leurs époux royaux ont laissées isolées dans un monde livré à de féroces luttes de pouvoir, et résolues à se défendre pour ne pas être reléguées au rang de fantômes d'un autre âge.

Eléonore n'en tique pas moins lorsque Marguerite lui propose d'engager la démarche auprès de Rodolphe sur la base de son droit d'aînesse.

— Ne t'inquiète donc pas, la rassure son aînée. Cette reconnaissance est plus simple à obtenir et je n'oublierai ni toi, ni tes enfants – tu sais quelle affection j'éprouve pour Edouard –, ni le fils de Sancie. Je me contenterai d'une quarte part.

Eléonore connaît trop bien sa sœur pour s'en méfier.

— Je te fais confiance. Mais Charles n'appréciera pas d'être réduit à la situation d'arrière vassal de l'empereur. Il va sûrement avoir un coup de sang !

Elles éclatent de rire. Eléonore, qui n'a rien perdu de sa fibre politique, avance une suggestion :

— Pourquoi ne pas proposer à Rodolphe de marier son fils Hartman avec ma petite-fille Jeanne, la fille d'Edouard ?

Marguerite fronce les sourcils. Une telle union permettrait de réaliser l'une des ambitions des Plantagenêt, la prise en étau du royaume de France par une alliance entre l'Angleterre, la Germanie et l'Italie.

— Non, chère sœur. Je ne peux accepter ce qui pourrait nuire à la France. D'ailleurs, le roi Philippe et la Curia n'apprécieraient pas... Ce qui importe, n'est-ce pas que la Provence de notre père nous soit restituée ?

Eléonore approuve. Le nuage dissipé, les deux sœurs retrouvent le sourire. Elles passent une partie de la nuit à évoquer une fois de plus des souvenirs de Forcalquier, de Saint-Maime et d'Aix, non sans échanger des recettes nouvelles pour soigner leur peau et leur corps. La nostalgie cède soudain le pas à l'émotion quand Eléonore évoque la mémoire de Sancie. Une immense surprise saisit Marguerite quand elle apprend ce qu'une dame de Cornouailles prénommée Helen a appris à sa sœur : Sancie aurait vécu un grand amour avec un jeune seigneur, qui aurait été tué par un sergent d'armes de Richard.

— Pauvre Sancie ! Elle aurait eu besoin de réconfort... Je m'en veux, avoue Eléonore.

— Ma faute est plus lourde encore, car tu as été retenue par les charges du pouvoir, tandis que moi, je ne lui ai pratiquement jamais écrit, alors que j'en avais le temps. Mais ce n'est pas notre sollicitude qui l'aurait empêchée de commettre ce péché d'adultère.

Eléonore hoche la tête.

— Pourquoi appeler péché un acte justifié par le comportement de Richard ? Sancie était un ange et elle a osé se rendre libre. Je ne crois pas que Dieu la condamne pour cela. Après tout, tant mieux pour elle, si elle a pu connaître quelques moments de bonheur. Je ne suis pas sûre que cela soit arrivé à Béatrice.

Après une brève nuit de sommeil, Marguerite et Eléonore se quittent le lendemain en formulant le vœu de fêter leur retour en Provence.

Dans un premier temps, Rodolphe donne un accord de principe à Marguerite. Le roi Edouard, répondant à la sollicitation maternelle, lui écrit pour lui demander de satisfaire les revendications des deux reines douairières. Mais la rumeur de la démarche arrive aux oreilles de Charles, qui envoie aussitôt un émissaire au pape Grégoire X pour dénoncer les intrigues de Rodolphe de Habsbourg concernant la Provence et le royaume d'Arles et de Vienne. Le souverain pontife, qui nourrit un grand projet de croisade, tient à éviter un affrontement entre le roi de Germanie et le roi de Sicile. Il propose sa médiation et négocie une alliance entre les deux princes. Le mariage d'une fille de Rodolphe avec Charles Martel, petit-fils de l'Angevin, assorti du royaume d'Arles et de Vienne en cadeau de noces, en serait la consécration. Rodolphe revient aussitôt sur sa promesse.

Les deux reines douairières sont furieuses. Elles font connaître leur opposition à cette union qui sonnerait le glas de leurs revendications. Eléonore demande instamment à son fils d'intervenir auprès de Rodolphe, mais Edouard d'Angleterre n'y est guère disposé, car il entretient de bonnes relations avec Charles de Salerne, père de Charles Martel. Sa sœur n'a pas plus de succès du côté de

Philippe de France. Toutes deux sont bien obligées de convenir qu'au jeu des combinaisons politiques et matrimoniales, elles ne sont guère de taille à rivaliser avec leur beau-frère.

Blessée dans son amour-propre par cet échec, Eléonore regrette même de s'être engagée dans l'affaire. A sa déception s'ajoutent de nouveaux malheurs. Au lendemain des fêtes du couronnement, son petit-fils Henry, gravement malade, expire dans ses bras. Sa bru Aveline, l'épouse d'Edmond, meurt en couches, en donnant naissance à deux jumeaux. Quelques mois plus tard, c'est au tour de sa fille aînée, la reine d'Ecosse Margaret, puis celui de son autre fille, Béatrice, épouse de Jean de Bretagne. Accablée, Eléonore se retire du monde. Au cours de l'été 1276, elle prend le voile de bénédictine en entrant au couvent d'Amesbury. Elle a soixante-trois ans.

*

Marguerite reste en lice. Elle n'a pas dit son dernier mot, quoique, pour l'heure, elle ne puisse qu'observer le conflit qui oppose à la Cour la reine Marie à Pierre de La Brosse.

Il prend un caractère aigu lorsque le puissant conseiller fait courir le bruit que la jeune reine a fait empoisonner Louis, le fils aîné du roi, né de sa première épouse, Isabelle d'Aragon. La riposte est immédiate. Une rumeur accuse le roi et son favori d'entretenir des relations homosexuelles. De quoi agiter Louis dans sa tombe. Une pluie d'accusations accable La Brosse. Jeté en prison pour corruption et diverses malversations, il est condamné à la pendaison et exécuté au cours de l'été 1278.

La chute de l'homme qu'elle exècre ranime les espoirs de Marguerite. Elle pense disposer de certains atouts, à commencer par une reprise éventuelle de son influence sur son fils. Elle fait le tour des barons susceptibles de la soutenir, en particulier les seigneurs des territoires proches du royaume d'Arles comme le duc de Bourgogne, les comtes de Vienne, de Savoie et de la Bourgogne impériale. Elle sait que son dessein peut se conjuguer avec les intérêts du royaume.

La réussite et l'ampleur des ambitions de Charles d'Anjou suscitent en effet beaucoup de craintes et d'oppositions. Son alliance avec Rodolphe et la perspective de voir se constituer dans le Midi un vaste territoire dans la vassalité de l'empire font peser une sérieuse menace sur la primauté française dans cette région. Sa position est d'autre part menacée par le roi Pierre d'Aragon, qui reprend les visées de son père Jacques le Conquérant sur le royaume de Sicile. Hanté par l'ambition d'étendre son emprise en Orient et sur le royaume de Jérusalem, Charles craint un coup de poignard dans le dos et se rapproche de son neveu le roi de France. Il envoie son fils, le prince de Salerne, s'interposer en médiateur dans un conflit de succession qui oppose la France et la Castille.

Alors que les pourparlers traînent en longueur, Marguerite fait appel au pape et le roi Philippe se décide à la soutenir dans ses démarches. Il lui donne même l'autorisation de lever une armée. De son côté, Edouard d'Angleterre promet à sa mère la même aide. Lorsque les négociations entre la France et la Castille échouent au début de 1281, Marguerite juge le moment venu de prendre l'initiative. Avec l'aval des rois Philippe et Edouard, elle convoque ses partisans pour le mois de septembre à Mâcon. La décision y est prise de rassembler une armée pour le mois de mai 1282 à Lyon, en vue d'une expédition en Provence.

Dans un premier temps, le roi Edouard accepte d'envoyer une force, mais il manœuvre pour éviter un affrontement. Il écrit donc au pape Martin IV, un Français, à Charles et au prince de Salerne. Devant l'intransigeance du roi de Sicile, il revient sur sa promesse et renonce à envoyer des troupes en prétextant un nouveau soulèvement des Gallois.

De toute façon, la situation prend un tour totalement nouveau en raison de l'événement majeur qui survient en Sicile.

Le 30 mars 1282, un lundi de Pâques, au moment des vêpres, une rixe entre des Siciliens et des sergents du roi à Palerme débouche sur une insurrection et le massacre des Français. La révolte de la population, exaspérée par la tyrannie du « nouveau Néron », s'étend dans toute l'île. Le pouvoir royal est rejeté et des capitaines du peuple sont élus. Les conséquences sont graves. Charles perd la Sicile, où la population appelle à l'aide un Pierre d'Aragon qui n'attendait que cela pour accourir. Après avoir projeté de s'affronter en combat singulier, les deux adversaires en viennent à la guerre.

La solidarité capétienne et française exige de porter secours à Charles. Marguerite est bien obligée de renoncer à son projet. Une bonne partie des seigneurs réunis à Mâcon prend la route de Naples. L'Angevin, qui a un urgent besoin de forces pour contre-attaquer, est contraint de lâcher du lest. A l'initiative de son fils héritier, le prince de Salerne Charles dit le Boiteux, il accepte enfin de reconnaître les droits de sa belle-sœur sur la Provence.

La guerre tourne cependant à son désavantage. Sa flotte est

détruite et le prince de Salerne capturé. Il ne cède pas. Après avoir obtenu du pape Martin IV une sentence d'excommunication et de déchéance contre Pierre d'Aragon, qui a osé violer un fief du Saint-Siège, il meurt à Foggia le 7 janvier 1285.

Le 5 octobre de la même année, le roi de France Philippe meurt à son tour au cours de l'expédition qu'il conduisait contre Pierre d'Aragon. Cinq jours plus tard, ce dernier le suit dans la tombe.

Le nouveau roi de France, Philippe le Bel, ne tient aucun compte des droits de sa grand-mère sur la Provence, qu'il reconnaît à Charles le Boîteux. En échange, il lui donne des châtellenies en Anjou, consolation bien maigre au regard de ce que la *cara Proensa* représente pour la fille aînée du comte Raimon Bérenger.

La Provence reste ainsi dans les mains du fils de Charles et de Béatrice.

Printemps 1286.

A Draguignan, un serpent mange les enfants,
A Cavaillon, c'est un dragon,
Dans le lac noir danse la tarasque...

En chevauchant sur la route de Forcalquier, le sire Gontran sourit d'entendre le refrain qu'il connaît bien et qu'il a chanté tant de fois dans son enfance.

A soixante-sept ans, il est encore solide, mais depuis quelque temps, il ressentait ce désir irrésistible de retour aux sources qui agite et trouble les hommes lorsqu'ils commencent à percevoir l'ombre de la faucheuse au-dessus de leur tête. Il en a fait part à la reine Marguerite, qui ne l'a pas oublié lorsque s'est conclu l'arrangement avec Charles. Celui-ci a accepté de lui octroyer une terre au pied de la colline de Forcalquier, avec droits afférents de châtellenie. C'est donc le seigneur de Saint-Maime qui vient prendre possession de son castel avec sa femme et ses sept enfants.

Il n'y retrouve plus personne de la famille vivant autrefois dans la ferme. Arnaut et Fantine, qui avaient suivi comme lui la jeune Marguerite au royaume de France, sont morts et leurs enfants dispersés. Egalement disparus Gaucher le brigand, et bien d'autres.

— Peu importe ! dit Esclarmonde. Je ne les connaissais pas. Au moins, cette terre sera repeuplée par notre famille et fertilisée par notre sang et notre sueur.

Gontran retrouve bien à Forcalquier et dans les environs des personnes qu'il a connues, mais il en est une qu'il aimerait rencontrer et ne tient pas à évoquer en famille. Il a le sentiment qu'elle seule peut renouer le lien avec un passé singulièrement évanoui.

Un soir de mai, il enfourche sa monture et part à la recherche de cette créature de la nuit. Sous la lumière argentée du soleil des loups, il trotte sous les frondaisons agitées par le vent roux du printemps. Si des silhouettes fugitives de renards et de cerfs traversent parfois les sentiers, aucune âme chrétienne ne semble y vivre. Après avoir vainement sillonné la forêt et fait du bruit pour attirer l'attention, il s'apprête à rentrer au castel quand une femme vêtue de rouge et de noir émerge des broussailles et se plante devant lui.

Malgré le rayon de lune qui creuse les rides du visage, Marca semble encore bien gaillarde.

— On dirait que tu me cherches, dit-elle sur un ton ironique de sa voix rauque. Pourrais-tu me dire pourquoi ?

— Je ne te cherche pas. Je faisais simplement un tour d'inspection. Je suis chez moi ici !

— Tu ne sais pas mentir, Gontran. Tu es chez toi, c'est vrai. Et même beaucoup plus que tu dois le penser. Mais avoue que tu as besoin de percer le secret qui te hante.

— Que veux-tu dire, sorcière ?

— Ah non ! Ce n'est pas toi, le bâtard, qui dois me traiter ainsi ! Je suis peut-être la seule maintenant à savoir qui tu es.

— Alors, dis-le-moi. Combien veux-tu ?

— Ne m'insulte pas. Il me plaît de te le révéler. Tu es le fils du comte...

— Un ragot que tu n'es pas la seule à répéter !

— Je sais ce que je dis. Ta mère n'était pas la brave fermière qui était en fait ta nourrice. Ta mère était la femme du seigneur de Trévans. Elle a aimé le comte et t'a enfanté pendant que son mari était parti en Orient.

Comme Gontran garde le silence, Marca poursuit :

— Ton père venait me consulter pour connaître le sexe de ses enfants à naître. Il s'est toujours demandé si c'était la main de Dieu ou la griffe du diable qui lui avait donné quatre filles, devenues reines. Il s'est aussi demandé si c'était la main de Dieu ou la griffe du diable qui lui avait donné un fils hors des règles...

Gontran est profondément ému. Malgré l'obscurité, Marca s'en aperçoit.

— Peu importe ! dit-elle. Si la Provence est gouvernée par Charles le deuxième, dit le Boîteux, fils de Béatrice, héritière du comte Raimon Bérenger, les vrais enfants de la terre de Provence, ce sont toi et les tiens, tes quatre fils et tes trois filles. Ils y ont leurs racines et je sais qu'ils y vivront. Le reste n'est qu'anecdote emportée par les flots du temps qui passe.

— Ne t'étonne pas si, un jour ou l'autre, tu entends résonner dans le silence des chants de cigales aussi purs que l'éclat du diamant, du cristal, de l'or, ou mêlés aux bruissements d'un olivier.

Sur ces dernières paroles, Marca s'éclipse dans la nuit. Gontran ne la reverra plus jamais, mais il n'oubliera pas ce qu'elle a dit.

A la veille de la Nativité de l'an 1291, le sire de Saint-Maime reçoit d'un messager venu d'Angleterre la nouvelle du décès de la reine Eléonore.

— Les funérailles ont eu lieu à Amesbury le 8 septembre, en présence du roi, de Lord Edmond, et d'une grande assemblée de prélats et de barons. Le roi a porté le cœur de sa mère dans un coffret d'or au ministre général des franciscains pour y être déposé dans l'église londonienne de l'Ordre. Il m'a chargé de vous remettre ceci, selon le vœu de la reine.

C'est une petite boîte en or ouvragé. Elle contient deux petites cigales, l'une en cristal, l'autre en or.

Quatre années plus tard, un autre messager arrive à Saint-Maime, cette fois du royaume de France. Il annonce le décès de la reine Marguerite à soixante-quinze ans le 30 décembre 1295 et son inhumation dans la nécropole royale de Saint-Denis. L'une de ses dernières volontés a été de donner au sire Gontran, outre une rente, un bijou de rubis et d'émeraude en forme de cigale, avec une précision écrite de sa main : « Cela m'a été donné par le comte Raimon Bérenger, et il vous revient maintenant, cher et fidèle Gontran, notre frère qui nous survivez. Puisse un jour la quatrième cigale vous parvenir. »

Gontran mourra très vieux. Peu de temps avant qu'il expire, son fils aîné Raimon, juge-mage à Brignoles est venu le voir. Il arrivait d'Aix où il avait participé à une assemblée des fonctionnaires du comté. Gontran remarqua entre ses doigts un petit objet de bois.

— Que tiens-tu là ?

— Une cigale en bois d'olivier, père. Je l'ai trouvée dans un couloir du palais, quelqu'un a dû la perdre.

— Je sais qui l'a perdue.

— Alors, j'irai la rendre.

— N'en fais rien, mon fils. Tu peux la garder sans aucune mauvaise conscience, mais prends bien soin de ne pas l'égarer. C'est à toi, à nous qu'elle revient. Tu la transmettras à tes enfants ou à tes neveux...

Et comme Raimon s'étonne, Gontran ajoute :

— ... Sache qu'au-delà de toutes les péripéties de l'existence dictées par le bien ou le mal, il arrive toujours un moment où une main toute-puissante renoue les fils défaits de la justice immanente.

Repères chronologiques

1205 Naissance de Raimon Bérenger V.
1207 Naissance de Henry Plantagenêt.
1209 Mort d'Alphonse II, comte de Provence, père de Raimon Bérenger.
Naissance de Richard, comte de Cornouailles.
Bataille de Bouvines.
1215 Concile de Latran. Condamnation des cathares.
1216 Henri III roi d'Angleterre.
1219 Mariage de Raimon Bérenger, comte de Provence, avec Béatrice de Savoie.
1221 Naissance de Marguerite de Provence.
1223 Naissance d'Eléonore de Provence.
1226 Croisade des Albigeois. Louis IX roi.
1228 Naissance de Sancie de Provence.
1229 Traité de Meau-Paris (affaires du Midi).
1231 Naissance de Béatrice de Provence.
1234 27 mai, mariage de Marguerite de Provence avec Louis IX.
1236 Mariage d'Eléonore de Provence avec Henry III.
1238 Testament de Raimon Bérenger.
1240 Naissance de Blanche, premier enfant de Louis IX et de Marguerite.
1242-
1243 Guerre de l'Ouest (France contre barons de l'Ouest et Angleterre).
1243 Innocent IV pape (1243-1254). Trêve France/Angleterre et Paix de Lorris.
Mariage de Sancie de Provence avec Richard de Cornouailles.
1244 Prise de Jérusalem par les Sarrasins. Louis IX fait vœu de croisade.
1245 Mort de Raimon Bérenger.
1246 Mariage de Béatrice de Provence avec Charles d'Anjou.
1248 Départ en croisade du roi et de la reine de France.
1249 Prise de Damiette par les croisés.
1250 Avril, défaite de Mansourah. Louis IX et ses frères capturés.
6 mai, libération de Louis IX.
Retour d'Alphonse de Poitiers et de Charles d'Anjou en France.
13 décembre : mort de l'empereur Frédéric II

1251 En France, révolte des Pastoureaux.
1252 Mort de Blanche de Castille.
Candidature d'Edmond d'Angleterre au trône de Sicile.
1254 Retour d'Orient de Louis IX et de Marguerite.
Alexandre IV pape.
Rencontre familiale à Paris. « Entente cordiale » Louis IX-Henry III.
1255 Mariage d'Isabelle de France avec Thibaut de Champagne.
1256 Conflit Béatrice de Savoie/Charles d'Anjou.
1257 Richard de Cornouailles roi des Romains.
Fondation de la Sorbonne.
1258 Révolte en Angleterre et Provisions d'Oxford.
1259 Traité de Paris France-Angleterre.
1261 Mort de Sancie.
1261-
1265 Angleterre, conflit entre le roi et les barons.
1264 14 mai : défaite de Lewes, Henry III et son fils Edouard prisonniers.
Simon de Montfort maître de l'Angleterre.
1265 Angleterre : victoire royale d'Evesham, mort de Simon de Montfort.
Charles d'Anjou, roi de Sicile. Clément IV pape (1265-1268).
Mort de Béatrice de Savoie.
1266 Victoire de Charles à Benevento.
1266-
1267 Béatrice et Charles à Naples.
1267 Mort de Béatrice à Nocera. Vœu de croisade de Louis IX.
1270 Huitième croisade. Mort de Saint Louis. Philippe III le Hardi roi.
1272 Mort de Henri III, avènement d'Edouard Ier
1273,
1278,
1282 Enquêtes pontificales de sainteté sur Louis IX.
1280- Charles d'Anjou officiellement investi comte de Provence et de
1281 Forcalquier.
1282 Vêpres siciliennes.
1285 Mort de Charles d'Anjou, roi de Sicile.
Mort de Philippe III et avènement de Philippe IV le Bel.
1286 Eléonore entre au couvent.
1291 Mort de la reine Eléonore.
1295 Mort de la reine Marguerite

Je remercie tout particulièrement Philippe Franchini pour la documentation très précieuse qu'il a mise à ma disposition et Muriel Beyer pour son accompagnement amical et avisé.

Composition et mise en page

NORD COMPO
multimédia

Cet ouvrage a été imprimé par la
SOCIÉTÉ NOUVELLE FIRMIN-DIDOT
Mesnil-sur-l'Estrée
pour le compte des Éditions Plon
76, rue Bonaparte
Paris 6e
en juillet 2005

Imprimé en France
Dépôt légal : avril 2005
N° d'édition : 13907 - N° d'impression : 74722